DAVID GIVENS

ANGOR

Auf den Spuren einer Legende

Band I

SPICA

VERLAG GMBH

www.spica-verlag.de

© Spica Verlag GmbH
2. Auflage, 2024

Alle Rechte vorbehalten. Das Werk darf – auch teilweise –
nur mit Genehmigung des Verlages wiedergegeben werden.
Coverbild: Nadine und Björn Keidel

Autor: David Givens
Für den Inhalt des Werkes zeichnet der Autor selbst verantwortlich.
Die Handlung und die handelnden Personen sind frei erfunden.
Ähnlichkeiten mit lebenden Personen wären zufällig und unbeabsichtigt.

Gesamtherstellung: Spica Verlag GmbH

Printed in Europe
ISBN 978-3-98503-150-4

Inhalt

Der Ruf

Der Frühling war bereits angebrochen, als er den letzten Hügel überquerte. Ein tiefer Atemzug löste sich aus seiner Brust, während er seinen Blick über das Tal vor ihm schweifen ließ. Es war genauso, wie er sich die Heimat des Burschen vorgestellt hatte. Etwa zwei Dutzend Häuser sammelten sich um einen schmalen Bach, der von Norden her das Land durchschnitt. Kräuselnde Rauchwolken stiegen über den strohgedeckten Dächern auf, während mehrere niedrige Scheunen den Ort zu den Viehweiden hin abgrenzten.

Er hatte so viele Dörfer wie dieses auf seiner Reise durchquert, doch dieses Mal war er an seinem Ziel angekommen. Ein sachtes Schnalzen seiner Zunge verriet seinem Pferd, dass er weiterziehen wollte. Vorbei an grasenden Tieren und braunen Äckern folgte der Reiter der Straße, die ihn nach Tresmark bringen sollte. Das Klappern der Hufe auf dem Weg schallte wie eine Ankündigung über das friedliche Tal dahin. Aufgeschreckt von dem Geräusch, sahen ihm die wenigen Menschen auf den Feldern entgegen. Neugier und Vorsicht zierten ihre Gesichter, doch Wulfun konnte sie verstehen. Ihre Heimat lag so weit abseits der lebhaften Zentren des Reiches, dass sich nur selten Fremde in ihr Zuhause verirrten und die Absichten eines einsamen Reiters mochten ebenso verdächtig wie faszinierend erscheinen.

Mit einem leichten Lächeln auf den Lippen begegnete er den Blicken der Bauern und nickte ihnen zum Gruß zu. Er wusste nicht, ob diese Geste genügte, um ihr Misstrauen zu zerstreuen, doch wenn er ehrlich zu sich selbst war, dann war es ihm auch egal. Er war nicht ihretwegen gekommen. Sein wahres Ziel lag direkt vor seinen Augen. Dunkler Rauch stieg unentwegt aus dem dicken Kamin des Hauses auf und der Klang der Hammerschläge war bereits von Weitem zu hören gewesen. Dies musste das Zuhause des jungen Mannes sein.

Ein sanfter Zug an den Zügeln seines Pferdes brachte das Tier vor dem Gebäude zum Stehen. Der Geruch von Schwefel und Kohle wehte ihm in einer sanften Brise entgegen und stärkte seine Zuversicht, am richtigen Ort zu sein. Mit einer geübten Bewegung schwang er sich aus dem Sattel. Sein Blick strich über das Ziel seiner Reise. Geschwärzt vom Ruß des Kamins erhoben sich die gedrungenen Wände der Werkstatt beinahe in der Mitte des Dorfes. Alt, aber gut gepflegt, trotzte das Gebäude der Witterung.

Ein eiserner Ring an der Wand diente ihm zum Anbinden seines Pferdes. Er hatte lange genug gebraucht, um hierher zu kommen. Es wurde Zeit, dass er herausfand, ob sich seine Reise gelohnt hatte. Seine Hand zur Faust geschlossen, trat der Reiter an die Tür. Mehrere feste Schläge erweckten einen pochenden Ton, der selbst durch das dicke Holz der Pforte gut zu hören war. Doch das Geräusch der Hammerschläge aus dem Inneren hielt an. Der helle Klang geformten Metalls schallte in einem gleichmäßigen Rhythmus an seine Ohren. Doch dies war nichts, was ihn beunruhigen konnte. Er hatte bereits zuvor mit meisterhaften Schmieden zu tun gehabt und wusste, dass der glühende Stahl zügig bearbeitet werden musste, wenn er erst einmal aus dem Feuer war.

Der Klang der Schläge veränderte sich und endete schließlich vollkommen. Nur Sekunden später öffnete sich die Tür vor ihm und enthüllte einen Mann, der unmöglich seine Berufung verbergen konnte. Dunkle Rußflecken bedeckten das Antlitz des Schmieds und der wallende Bart in seinem Gesicht schien das immer lichtere Haar auf seinem Kopf auszugleichen. Die Augen des Handwerkers begegneten dem Fremden. Für einen kurzen Moment strich der einschätzende Blick des Schmieds über den Mann, der seine Arbeit unterbrochen hatte. Wulfun war groß, größer als die meisten, wenn auch von einer drahtigen Statur. Sein braunes Haar war mit einem Band in seinem Nacken zusammengefasst und enthüllte eine lange Narbe auf seiner Stirn. Seine Augen waren warm und strahlten eine ehrliche Freundlichkeit aus, die von einem Lächeln in seinem bartlosen Gesicht unterstrichen wurde. Doch der Blick des Schmiedes schien noch mehr zu erkennen. Der Glanz des Kettenhemdes an Wulfuns Körper, genau wie der Helm an seinem Gürtel, verrieten seinen kriegerischen Hintergrund, doch vor allem das Schwert an seiner Hüfte schien die Aufmerksamkeit des Handwerkers für einen Moment zu binden. Gut gearbeitet und sichtlich oft benutzt, haftete ihm noch immer ein edler Anblick an.

„Guten Tag, mein Herr. Was kann ich für Euch tun?" Die Stimme des Schmiedes war tief und volltönend.

„Ich suche den Schmied dieses Dorfes und wenn ich mich nicht irre, dann steht er mir bereits gegenüber. Mein Name ist Wulfun von Karteln", erklärte der Fremde mit sorgsam gewähltem Ton.

„Ihr habt recht, ich bin der Schmied. Mein Name ist Guntrich. Eurer ist mir allerdings noch nicht bekannt, verzeiht. Habt Ihr etwas vollbracht, von dem ich wissen könnte, werter Ritter?"

„Ich denke nicht", entgegnete Wulfun gelassen. „Meine Taten geschehen im Dienst des Königs und so ist es sein Ruhm, der aus ihnen hervorgeht. Euer Ruf hingegen eilt Euch weit voraus. Die Kunde dessen, was Ihr hervorgebracht habt, hat Ihren Weg bis an den Hof unseres Regenten gefunden."

Diese Worte aus dem Mund des königlichen Ritters zu hören, ließ die Brust des Schmiedes ein Stück anschwellen. „Es ehrt mich, dies zu hören. Schickt Euch der König, um eine meiner Waffen zu erwerben, oder seid Ihr es selbst, der ein Schwert aus meiner Schmiede wünscht?"

„Keines von beiden, fürchte ich", antwortete Wulfun direkt. „Ich bin wegen Eures Sohnes gekommen. Ist er hier?"

Die Verwirrung im Gesicht des Handwerkers war nicht zu übersehen. Sein Lächeln war geschwunden und doch hielt er dem Blick des Ritters stand. „Angor, ja, er ist hier. Aber sagt mir, was wollt Ihr von ihm?"

Bemüht, das Misstrauen des Mannes zu lindern, schlug der Ritter einen ruhigen Ton an. „Gerüchte über die Fähigkeiten Eures Sohnes haben den Hof des Königs erreicht. Geschichten über seinen Umgang mit dem Schwert. Sie haben das Interesse unseres Herrn geweckt und er schickt mich, um ihre Echtheit zu überprüfen. Wenn es Euch also nichts ausmacht, dann bitte ich Euch, Euren Sohn zu mir zu bringen."

Der Blick des Handwerkers blieb verschlossen. Die Augenbrauen zusammengeschoben musterte er den Fremden ein weiteres Mal, ehe er einen Schritt zurücktrat.

„Wartet hier", brummte er über seine Schulter, bevor er wieder in seinem Haus verschwand.

Einmal mehr vor einer verschlossenen Tür stehend, strich sich Wulfun über die Stirn. Er hatte sich nicht die Illusion gemacht, mit offenen Armen empfangen zu werden. So weit von der Hauptstadt entfernt, war es zu erwarten gewesen, dass die Menschen mit Misstrauen auf einen Abgesandten der Krone reagierten. Für die meisten Bürger des Reiches waren die Steuereintreiber die einzigen Diener des Königs, die sie in ihrem ganzen Leben trafen.

Es dauerte einige Minuten, bis sich die Tür wieder öffnete. Doch dieses Mal war Guntrich nicht alleine. An der Seite seines Vaters stehend, offenbarte sich dem Ritter ein junger Mann, der längst die Statur eines Erwachsenen hatte. Seine breiten Schultern und starken Arme verrieten ein Leben voller harter Arbeit und ließen ihn deutlich älter wirken, als er den Gerüchten nach war. Einzig der dünne Bart in der gleichen braunen Farbe wie das wuschelige Haar auf seinem Kopf verriet das wahre Alter des jungen Mannes.

Der Vater des Burschen öffnete gerade seinen Mund, als dieser ihm zuvorkam. „Ihr seid also der Ritter aus der Hauptstadt. Seid Ihr gekommen, um mir im Kampf zu unterliegen?"

Von der Begrüßung überrascht, fehlten Wulfun für einen Moment die Worte. Er war schon vielen großspurigen Burschen begegnet, die sich für große Krieger hielten, weil sie einmal eine Wirtshausschlägerei gewonnen hatten. Keiner von ihnen hatte ihn je beeindrucken können und nur die wenigsten hatten den gleichen Schneid besessen wie dieser hier. Herausgefordert von den Worten des jungen Mannes, war er darauf gespannt, ob dieser hier genauso war.

„Um herauszufinden, ob dein Ruf gerechtfertigt ist. Man erzählt sich Geschichten über dich, weißt du? Gerüchte, die ihren Weg bis in die Hauptstadt gefunden haben. Erzählungen, die zu tollkühn klingen, um wahr sein zu können. Mein Name ist Wulfun von Karteln und ich bin hier, um deine Fähigkeiten zu prüfen."

„Mein Name ist Angor. Es überrascht mich, dass die Geschichten über meine Fähigkeiten so fern noch bekannt sind, aber ich beweise Euch gerne, dass sie nicht übertrieben sind. Tretet mir mit Eurem Schwert in der Hand entgegen und Ihr werdet es selbst sehen."

Die Worte des jungen Mannes ließen Wulfun innerlich seufzen. Er hatte zweifellos ein gesundes Selbstbewusstsein und mit jedem Moment, der verging, freute er sich mehr darauf, ihn auf die Probe zu stellen.

„Ich nehme an, Ihr wollt Euch nach Eurer langen Reise zuerst etwas ausruhen. Wenn Ihr so weit seid, werde ich Euch bereitstehen. Kommt einfach wieder hierher."

„Eine Ruhepause wird nicht notwendig sein", entgegnete der Ritter bestimmt. „Ich bin ausgeruht genug, um deine Fähigkeiten beurteilen zu können. Du kennst doch sicher einen geeigneten

Ort für einen Zweikampf, oder? Verlieren wir keine unnötige Zeit."

„Halt, einen Moment!", fuhr Guntrich plötzlich dazwischen. „Verzeiht Herr von Karteln, aber der Junge hat zu arbeiten. Wir müssen unser Geld hart verdienen. Euer Kampf muss warten, bis der Bursche mit seiner Arbeit fertig ist."

Wulfun war auf eine solche Reaktion vorbereitet gewesen. Die silberne Münze, die einen Augenblick später in seiner Hand erschien, schimmerte im Licht der Sonne. „Hier, dies sollte Euch für seine Zeit entschädigen. Wir werden nicht zu lange brauchen. Habt dank, dass Ihr ihn mir überlasst."

Etwas überrumpelt von den Worten des Ritters nahm der Schmied die Münze entgegen.

„Wollen wir dann?" Wulfuns auffordernde Frage entlockte Angor ein breites Grinsen.

Angor sah, wie der Ritter mit dem Fuß am Boden scharte. Die Wiese, zu der er ihn geführt hatte, war zu steinig, um als Acker oder Weide verwendbar zu sein. Doch für ihn war das einerlei. Er wollte schließlich kämpfen und in der Vergangenheit hat sich noch niemand in Tresmark daran gestört, wenn er diesen Ort dazu genutzt hatte.

Das Gesicht des Ritters offenbarte, dass er mit dem Untergrund nicht ganz zufrieden war. Mit einem kurzen Schnauben löste er seinen Blick vom Boden und blickte den jungen Schmied an. „Also gut, bringen wir es hinter uns. Dieser Kampf soll mir vor allem deine Fähigkeiten zeigen. Ich stelle ein paar einfache Regeln für den Kampf auf und erwarte, dass du dich an sie hältst."

Die Ungeduld in Angors Brust ließ ihn nervös von einem Fuß auf den anderen treten. Dies war nicht das erste Mal, dass er auf einen Herausforderer traf, der den Kampf mit einer langwierigen Erklärung begann. Immer wieder den Ermahnungen der älteren Männer zu lauschen, langweilte ihn mehr, als er sich anmerken lassen wollte.

Der Ritter des Königs sprach weiter. „Beim ersten blutenden Treffer ist der Kampf vorbei. Fällt ein Kämpfer hin und wird gestellt, bevor er wieder aufstehen kann, verliert er. Schwere Verletzungen sind zu vermeiden. Von einem Kämpfer deines Rufes erwarte ich, dass er das hinbekommt. Verlässt einer von uns das Kampffeld, hat er verloren. Bist du mit diesen Regeln einverstanden?"

„Sicher." Das Wort wurde von einem Schulterzucken begleitet. „Ich mache das ja nicht zum ersten Mal."

„So sagt man", entgegnete Wulfun mit ernster Miene.

Angors Hand fasste nach dem Griff seines Schwertes. Mit einer schnellen Bewegung zog er die Klinge aus der Scheide. Die Balance der Waffe war perfekt. Von einem Hochgefühl ergriffen, wog er das Schwert sanft in seiner Hand und spielte mit seinem Schwerpunkt. Alleine seinen Griff zu halten, schenkte ihm eine Freude, die er in keine Worte fassen konnte. Es war, als sei die Waffe zu einer Verlängerung seines Armes geworden. Dieses Schwert war ein wahres Meisterwerk und es gehörte nur ihm. Er hatte es von seinem Vater geschenkt bekommen, als Anerkennung für seine gute Arbeit und damit er die Finger von den Waffen der Kunden ließ.

„Bereit?" Die Frage des Ritters riss ihn aus seinen Gedanken.

„Bereit!", rief Angor zurück und nahm seine Kampfhaltung ein. Ein sanftes Grinsen huschte über seine Lippen, als er seinen Gegner das Gleiche tun sah. Schon auf den ersten Blick konnte er erkennen, dass der Mann des Königs genau wusste, wie er sich bewegen musste. Die Anspannung des jungen Schmiedes wuchs. Wenn er ehrlich zu sich selbst war, dann wusste er so gut wie nichts über die Ritter des Königs. Er konnte sich nur vage vorstellen, welche Fähigkeiten es erfordern musste, um im Dienst der Krone zu stehen.

Wulfuns erster Zug erwischte ihn beinahe auf dem falschen Fuß. Binnen eines einzigen Herzschlages wechselte der Ritter von der langsamen Umrundung des Kampffeldes zu einem schnellen Satz nach vorne und ließ seine Waffe auf seinen Gegner zu schnellen. Überrascht trat Angor einen Schritt zurück und erkaufte sich damit die Zeit, den Angriff des Königsmanns abzuwehren. Sein Schwert fuhr herum und lenkte den Hieb des Ritters ab, nur um einen Augenblick später eine Attacke von der anderen Seite zu blockieren.

Das Grinsen war von seinen Lippen verschwunden. Von der Geschwindigkeit seines Gegners in Bedrängnis gebracht, war auch die Leichtigkeit in Angors Gedanken vergangen. Sein Herzschlag hatte sich beschleunigt. Sein Gesicht zeigte eine Maske der Konzentration, doch tief in seinem Inneren tobte ein Sturm der Freude. Auf diesen Moment hatte er sich am meisten gefreut.

Die Angriffe des Ritters kamen aus allen Richtungen. Seinem Gegner ausgeliefert, verfolgten die Augen des jungen Mannes jede einzelne Bewegung des Herausforderers. Wulfun war schnell. Sein Schwert bewegte sich einem Schemen gleich durch die Luft und änderte so oft seine Richtung, dass es schwer war, seinen Hieben zu begegnen. Doch Angor war kein Anfänger. Er hatte schon so viele Männer besiegt, dass er eine Sache dabei gelernt hatte. Jeder Kämpfer folgte einem Muster. Angriffe wiederholten sich, bauten aufeinander auf und versuchten ihn dazu zu zwingen, seine Deckung zu öffnen. Sein Gegner mochte sich darauf verstehen, seinen Plan gut zu verstecken, doch früher oder später würde er ihn offenbaren.

Im Kampf mit dem Ritter versunken, wurde der junge Schmied über das Kampffeld getrieben. Er hielt den Attacken stand, blockierte die Hiebe seines Gegners und zwang ihn immer wieder zurück und doch konnte Angor keinen Vorteil erringen. Schweiß trat auf seine Stirn, als das pochende Blut in seinen Adern durch seinen Körper schoss. Zorn, Frust und Verzweiflung versuchten sich über seine Gedanken zu legen, doch der junge Mann ignorierte ihre lähmenden Finger. Gewillt, sich nicht aus der Ruhe bringen zu lassen, erfassten seine Augen jedes Detail an seinem Gegenüber. Er musste eine Schwäche finden. Eine Lücke in der Verteidigung seines Gegners.

Der Moment kam so schnell, dass er ihn beinahe verpasst hätte. Eine Öffnung, winzig klein und doch nicht zu übersehen, erschien vor seinen Augen. Angor handelte, noch bevor er darüber nachdenken konnte. Ein schneller Schritt zur Seite begleitete den kurzen Hieb und belohnte ihn mit einem Gefühl, das er so dringend ersehnt hatte. Das klirrende Geräusch des Kettenhemdes war nur für einen einzigen Augenblick zu hören gewesen und doch hatte er seinen ersten Treffer gegen den Königsmann errungen.

Ermutigt von seinem Erfolg, verstärkte der junge Streiter seine Bemühungen weiter. Es wurde Zeit, dass er die Führung in diesem Kampf übernahm. Sein Schwert, im letzten Moment erhoben, ließ den Angriff seines Gegners abgleiten und brachte ihn in eine ausgezeichnete Position. Bereit, seinen nächsten Treffer einzufahren, verlagerte der Schmied sein Gewicht und wandte sich dem Ritter zu. Doch der Mann war bereits fort. Aus der Reichweite seines Hiebes entschwunden, begegneten sich ihre Blicke für die Dauer eines einzigen Herzschlags. Zweifel keimten in Angors Gedanken auf. Ein Funkeln, kaum zu erkennen, hatte in Wulfuns Blick gelegen. Ein Funkeln, das ihm entgegenrief, dass sein Treffer nicht allein sein Verdienst gewesen ist.

Von der bloßen Unterstellung provoziert, trat der junge Mann seinem Herausforderer entgegen. Er musste einen weiteren Treffer landen. Einen Treffer, der unzweifelhaft sein Verdienst war. Sein Schwert schoss wieder voran und der Kampf gewann eine Intensität, die ihnen beiden den Atem raubte. Unter Einsatz all seiner Fähigkeiten bearbeitete Angor die Verteidigung des Ritters, um die entscheidende Gelegenheit zum Siegestreffer zu erhalten. Mit zusammengebissenen Zähnen rang er die Waffe des Königsmanns nieder und öffnete eine Lücke, die der Ritter nicht mehr schließen konnte.

Sein Körper bewegte sich bereits, als er sein Unglück herannahen spürte. Das Gefühl, als drängte sich sein gesamter Körper durch zähen Honig, hüllte seinen Verstand ein. Der Kies knirschte unter seinen Füßen, als seine Zehenspitze an dem runden Stein hängenblieb. Aus dem Gleichgewicht gebracht, war sein Fall nicht mehr zu verhindern. Mit einem Gesichtsausdruck, der seinen Schrecken offenbarte, stürzte der junge Streiter vor seinem Gegner zu Boden.

Die Schmach seines Unglücks raubte ihm den Atem. Das Gefühl der Schande, als er plötzlich die Schwertspitze des Ritters auf seinem Rücken spürte, erfüllte seine Gedanken. Eine kalte Welle der Enttäuschung spülte durch seinen Verstand, ehe er sich erschöpft schnaubend auf den Rücken drehte.

„Alles in Ordnung bei dir?" Das besorgte Gesicht des Ritters erschien über ihm.

„Hm, ja, ich denke schon", erklärte Angor mit einem schiefen Lächeln.

Die ausgestreckte Hand des Ritters zog ihn wieder auf die Beine. „Du hast gut gekämpft. Du kannst stolz auf dich sein."

Die Worte des Fremden linderten die Scham im Herzen des jungen Mannes.

„Und dennoch muss ich mir jetzt Kieselsteine aus der Stirn pulen", murrte er, als er mit der Hand über seinen Kopf fuhr.

„Das muss echt komisch ausgesehen haben, als ich da vor Euch hingefallen bin." Das Lachen des Schmiedes durchbrach die Anspannung.

„Das stimmt. Eine würdige Entlohnung für meine Mühen", grinste der Ritter und klopfte Angor auf den Rücken. Den Blick auf den Himmel gerichtet, verschwand ein Teil seiner

Gelassenheit „Komm, lass uns zu deinem Vater zurückkehren. Es sieht nach Regen aus."

„Was für ein Urteil habt Ihr über meinen Sohn gefällt? Wird er den Geschichten am Hof des Königs gerecht?" Guntrichs Stimme war von seiner Neugier erfüllt.

Wulfun nahm einen tiefen Schluck aus dem Becher vor ihm. Das herbe Bier darin war eine willkommene Erfrischung und erkaufte ihm ein klein wenig mehr Zeit. „Dies zu beurteilen ist vermutlich unmöglich, aber ich habe gesehen, was ich sehen wollte. Euer Sohn ist ein guter Kämpfer. Ich bin beeindruckt, dass er sich all das selbst beigebracht hat."

„Ja, der Junge verbringt schon seit Jahren jede freie Minute damit, meine neuesten Schwerter zu schwingen. Ihr glaubt nicht, wie oft ich einen Kunden warten lassen musste, um seine Waffe aus Angors Händen zu befreien."

Das Gesicht des Königsmanns zeigte seine Belustigung. „Wenn man einmal zu den Besten gehören will, muss man früh anfangen. Mit etwas mehr Ausbildung wird er den Rittern des Königs gewachsen sein."

„Hörst du das, Vater? Ich habe das Zeug, sie zu besiegen!", warf Angor stolz ein.

Der Blick des Ritters flößte ihm wieder ein wenig Demut ein.

„Mit mehr Ausbildung, ja", bestätigte Wulfun bestimmt.

„Gedenkt Ihr denn, ihn auszubilden?", fragte der alte Schmied vorsichtig.

„Mehr als das", erklärte der Ritter und sah den jungen Mann an. „Ich bin nicht nur gekommen, um dich zu prüfen. Ich bringe auch ein Angebot des Königs. Du weißt sicher, dass unser Land vielen Gefahren gegenübersteht. Gerade hier im Norden ist die Bedrohung durch die Druhks allgegenwärtig und unsere Truppen kämpfen hart, um die Bestien von Dörfern wie Tresmark fernzuhalten. Überall entlang unserer Grenzen müssen wir solchem Übel begegnen und der König möchte ein neues Heer aufstellen, um die Sicherheit Nurays zu garantieren."

„Also wollt Ihr meinen Sohn als Soldat der Krone rekrutieren?" Guntrichs Worte unterbrachen Wulfuns Erklärung.

„Nicht als einfachen Soldaten. Männer, welche die Ränge der Armee füllen, lassen sich in jedem Dorf finden. Unser Reich braucht Anführer, die den einfachen Männern ein Beispiel sein können. Krieger, die ihre Soldaten mit ihren Fähigkeiten inspirieren. Der König bietet dir an, ein solcher Mann zu werden. Ein Offizier der Krone. Ein Heerführer, der in seinem Auftrag das Land beschützt."

Angors Augen wurden groß. Seine Haut kribbelte, als er die Bedeutung der Worte verstand. Niemals in seinem Leben hätte er damit gerechnet, eine solche Ehre zu erhalten. In seiner Vorstellung malte er sich bereits heroische Taten im Namen des Reiches aus.

„Ein Leben als Krieger. Das klingt für mich nach einem kurzen Dasein voller Gefahren. Wieso sollte er das annehmen? Er hat einen guten Beruf gelernt und kann ein sicheres Auskommen über viele Jahre haben. Warum sollte er das wegwerfen, um in den Krieg zu ziehen?"

Die Antwort seines Vaters holte den jungen Schmied wieder aus seiner Träumerei. Was er sagte, war die Wahrheit. Er hatte die Ausbildung zum Waffenschmied erst vor wenigen Monaten abgeschlossen und ein Leben im Krieg würde all seine Mühe vergebens machen. Als Handwerker konnte er ein ruhiges Leben genießen, ohne sich jeden Tag zu fragen, ob er den nächsten noch erleben durfte.

„Ich verstehe Eure Bedenken, aber ich denke Eure Sorge ist zu groß. Angor, wenn du dich als klug erweist und mit Umsicht vorgehst, dann wird dir ein solches Schicksal erspart bleiben. Dein Dienst für den König wird zudem nicht umsonst sein. Ich habe hier ein Schreiben von ihm, in dem die Vorteile seines Angebotes aufgeführt sind."

Seinen Worten folgend, reichte Wulfun ihm ein zusammengerolltes Pergament. Gleichsam fasziniert und zurückhaltend streckte der junge Schmied seine Hand nach dem Schriftstück aus. Das wächserne Siegel, das es verschloss, zeigte das Wappen des Reiches. Angors Herzschlag wurde schneller. Dieses Zeichen vor sich zu sehen, verlieh den Worten des Ritters eine erdrückende Wirklichkeit.

„Na los, brich das Siegel und schau es dir an." Die Stimme des Fremden versuchte ihm Mut zu machen.

Sein Blick lag auf dem Pergament in seiner Hand. Die gekreuzten Langschwerter unter der Krone, das Wappen von Nurays König, strahlten ihm mit all ihrer Bedeutung entgegen. Was auch immer sie verbargen, er würde es nicht entziffern können.

„Verzeiht, Herr Wulfun, aber ich kann nicht lesen." Das Geständnis kam nur schwer über seine Lippen. Er fühlte sich wie ein Narr, dies einem Mann aus der Hauptstadt gegenüber zugeben zu müssen. Der Gedanke daran, dass vermutlich jeder Einwohner Gurndas lesen konnte, ließ seine Wangen vor Scham erröten.

„Hm, das ist kein Problem. Wenn du mit mir kommst, werden wir auch das ändern können. Gib mir die Rolle zurück und ich lese dir die Worte des Königs vor."

Der Blick auf die offene Hand des Recken schickte einen schmerzhaften Stich durch Angors Brust. Er wusste nicht wieso, aber ein Teil von ihm betrachtete die Botschaft der Krone als wertvollen Schatz, den er nur ungern wieder hergeben wollte. Widerwillig streckte er seine Hand aus. Das Knacken des Wachses, als der Ritter das Siegel brach, klang wie der Schlag eines Hammers in seinen Ohren. Als sich Wulfuns Stimme schließlich in der kleinen Wohnstube seines Zuhauses erhob, flutete eine Welle der Aufregung durch seinen Verstand.

Hiermit bietet Turag, der erhabene König von Nuray, dem Anwärter die Ehre an, als Offizier seiner Armeen zu dienen.
Neben der Gelegenheit, den Ruhm des Königs zu mehren, bietet die Krone eine Bezahlung von zehn Goldtalern für jede Woche des Dienstes.
Er bekommt ein Heim in der Hauptstadt und alles, was er für die Erfüllung seiner Pflicht braucht.
Um seine Familie in der Zeit seiner Abwesenheit zu entlasten, wird ihr vom König die Steuerpflicht erlassen.
Nach dem Ende der Ausbildung soll er als Heerführer Nurays dienen und das Reich vor allen Gefahren beschützen.

Als der Ritter das Pergament auf den Tisch zwischen ihnen legte, herrschte Stille. Unfähig, einen klaren Gedanken zu fassen, sah Angor auf das Schriftstück vor ihm herab. Ein Teil von ihm weigerte sich noch immer zu verstehen, dass dies alles wirklich passierte. Noch bevor er etwas zu den Worten des Königs sagen konnte, hörte er die Stimme seines Vaters.

„Herr von Karteln. Würde es Euch etwas ausmachen, mich und meinen Sohn für einen Moment alleine zu lassen? Ich denke, wir sollten das Angebot des Königs kurz besprechen, bevor er eine Entscheidung trifft."

„Nur zu, sprecht miteinander. Ich werde so lange eine Unterkunft für mich und mein Pferd suchen. Ich hoffe, ich finde etwas, bevor der Regen über uns niedergeht."

Als die Eingangstür hinter dem Ritter ins Schloss fiel, wich auch die letzte Zurückhaltung von seinem Vater. Mit einem Funkeln in den Augen breitete sich ein breites Grinsen auf Guntrichs Gesicht aus. „Zehn Goldtaler! Das ist ein fürstlicher Lohn für einen einfachen Mann. Ich gebe es nur ungern zu, aber das Angebot des Königs klingt zu gut, um es abzulehnen. Stell dir nur vor, wie reich du werden kannst."

Angors Augen waren auf das Pergament gerichtet. Sein Vater hatte recht, aber war es wirklich das, was er wollte? Das drückende Gefühl der Unsicherheit breitete sich in seiner Brust aus. „Aber was wird mit dir passieren Vater? Was wirst du tun, wenn ich dir nicht mehr in der Schmiede helfen kann? Seit Mutter gestorben ist, waren wir immer zusammen. War es nicht immer dein Traum, dass ich die Werkstatt eines Tages übernehme?"

„Das stimmt, das war er, aber ein Vater darf nicht immer nur an sich selbst denken. Du bist nun erwachsen, Sohn, und ich muss daran denken, was das Beste für dich ist. Eine Gelegenheit wie diese wird sich vermutlich nie wieder ergeben. Dies ist der Moment, in dem du ein besseres Leben einschlagen kannst. Ein bedeutenderes Leben. Vor dir liegt die Möglichkeit aufzusteigen in unserer Gesellschaft und mehr zu werden als ein einfacher Mann aus einem entlegenen Dorf. Das ist es, was ich mir für dich wünsche und das ist es, was deine Mutter für dich gewollt hätte."

Das drückende Gefühl in seinem Inneren verwandelte sich in einen unangenehmen Wirbel verschiedenster Gedanken.

„Angor, denk darüber nach. Hast du nicht immer von großen Abenteuern geträumt? Davon mit Rittern auszuziehen und die Welt zu bereisen? Dies ist der Moment, in dem deine Träume wahr werden können."

Er wusste, dass sein Vater recht hatte. Solange er zurückdenken konnte, hatte sich ein Teil von ihm immer danach gesehnt, mehr zu sein als nur ein einfacher Schmied. Dieser Wunsch war es gewesen, der ihn dazu gebracht hatte, mit den Schwertern seines Vaters zu üben. Wenn die alten Wandererzähler ihre Geschichten vor den Kindern des Dorfes zum Besten gaben, hatte er sich in ihren Worten verloren und vorgestellt, selbst der Held in ihren Geschichten zu sein. Doch nun, da sich ein solcher Weg vor ihm öffnete, spürte er die Zweifel in seinem Inneren. War er wirklich bereit, ein solches Leben zu führen? Was würde der König von ihm verlangen, wenn er erst einmal in seinem Dienst stand? Wohin würden seine Wege ihn führen und konnte er den Erwartungen wirklich gerecht werden?

„Aber du wirst weniger Aufträge annehmen können und weniger verdienen, wenn ich fort bin. Ich möchte nicht, dass du hungern musst, nur weil ich dich verlassen habe." Angors Worte versuchten das bohrende Gefühl des schlechten Gewissens in ihm zu besänftigen.

„Mach dir darüber keine Sorgen. Wir kamen zurecht, noch bevor du mir helfen konntest und ich werde auch zurechtkommen, wenn du unterwegs bist. Denk an die Steuerbefreiung. Wenn du den Dienst antrittst, wirst du mir damit eine große Erleichterung verschaffen. Und wenn du doch noch ein schlechtes Gewissen haben solltest, dann kannst du mir ja hin und wieder ein paar Münzen schicken, sobald du dir ein neues Leben aufgebaut hast."

Von der Schwere der Entscheidung beinahe erdrückt, lehnte sich der junge Schmied auf seinem Stuhl zurück und schloss für einen kurzen Moment die Augen. Die Worte seines Vaters waren die Wahrheit und doch verließ ihn das Gefühl nicht, dass sein Sinneswandel auch mit der goldenen Bezahlung zusammenhing. Zehn Goldtaler für jede Woche waren mehr, als er und sein Vater zusammen verdienen konnten.

Seine Antwort kam mit einem Seufzen. „Vielleicht hast du recht. Aber was ist, wenn ich wirklich in einen Krieg ziehen muss?"

„Dann wirst du darauf vorbereitet sein", erklärte sein Vater mit einer Sanftheit, die sich wie eine Decke über Angors Sorgen legte. „Du bist klug und ein hervorragender Kämpfer und der Ritter sagt, dass er dich weiter ausbilden wird. Wenn du in den Kampf geschickt wirst, dann sicher nicht alleine. Man wird dir erfahrene Streiter zur Seite stellen, die dir helfen, die Feinde unseres Volkes zu besiegen. Denk an das, was dieser Wulfun gesagt hat. Wo du hingehst, wirst du Nuray verteidigen und Nuray besteht aus seinem Volk. Hier an meiner Esse sind deine Fähigkeiten nur für mich von Nutzen, aber wenn du dein Talent überall in unserem Reich einsetzt, hilfst du damit allen Menschen."

Die Worte des alten Schmiedes linderten den Sturm der Unsicherheit in Angors Herzen. Mit einem leichten Lächeln auf den Lippen sah er auf und begegnete dem warmen Blick seines Vaters.

„Wenn du dir dabei so sicher bist", entgegnete er und gewann sein Selbstvertrauen zurück.

„Das bin ich", bestätigte Guntrich und grinste breiter. „Deine Mutter und ich werden in unseren Herzen immer bei dir sein, und solange du uns in deinem trägst, lässt du uns nicht zurück."

Als der Ritter wenig später zu ihnen zurückkehrte, sah er dem jungen Streiter neugierig entgegen. „Und, wie hast du dich entschieden, Angor?"

„Ich werde das Angebot des Königs annehmen." Seine Stimme war fest, als die Worte seinen Mund verließen. „Wenn ich hier bleibe, kann ich den Menschen Nurays nicht helfen, aber wenn ich mit Euch gehe, kann ich für das Reich kämpfen. Mein Vater hat recht. Wofür sind Fähigkeiten wie meine gut, wenn ich sie nicht zum Nutzen aller einsetze?"

Der Blick des Ritters offenbarte seine Anerkennung. „Deine Einstellung gefällt mir, Bursche. Die Menschen Nurays werden von deinem Schutz profitieren."

Die Nacht hatte ihm nur wenig Schlaf gebracht. Seit der Ritter sie am Vorabend verlassen hatte, kochte eine unbestimmbare Unruhe in seinem Herzen. Eine Unruhe, die ihm die erholsamen Stunden der Nacht genommen hatte. Beleuchtet vom Licht des Mondes hatte er in seinem Bett gelegen und über seine Entscheidung nachgedacht. Eine Entscheidung, die sein Leben für immer verändern würde. Wenn er ehrlich zu sich selbst war, dann war er sich noch immer nicht sicher, ob er die richtige Wahl getroffen hatte. Doch nun, da sie gefallen war, gab es für ihn kein Zurück mehr. Er würde mit dem Ritter gehen und ein Offizier des Königs werden, zumindest so viel war sicher.

Als das erste Licht der Morgensonne die kühle Dunkelheit der Nacht vertrieb, waren die Strahlen Spott und Erlösung zugleich. Befreit von der Last noch ein wenig Schlaf finden zu wollen, sah der junge Schmied dem grauen Himmel entgegen. So wie der neue Tag kam, stand auch seine Abreise aus seinem Zuhause unmittelbar bevor. Der Klang polternder Geräusche aus dem Untergeschoss verriet Angor, dass sein Vater ebenfalls bereits auf den Beinen war. Wach und doch zu träge, um aufzustehen, zwang sich der junge Mann aus seinem Bett. Wenn er schon bald aufbrechen musste, dann wollte er das vorerst letzte Frühstück mit seinem Vater nicht verpassen.

Ihr Mahl war einfach und doch genoss Angor jeden Augenblick davon. Sie sprachen nicht viel miteinander und dennoch war die freundschaftliche Wärme zwischen ihnen zu spüren, die nur ein Vater mit seinem Sohn teilte. Als er schließlich in sein Zimmer zurückkehrte, spürte er die Aufregung in seinem Herz wachsen. Die Zeit war gekommen, er musste seine wenigen Habseligkeiten zusammenpacken.

All seine Sachen auf seinem Bett vor sich ausgebreitet zu sehen, sandte ein seltsames Gefühl durch seinen Verstand. Es war nicht viel, dass er vor sich hatte. Kaum genug, um den kleinen Rucksack zu füllen, den sein Vater ihm gegeben hatte. Neben seinem Schwert und seiner Kleidung hatte sein alter Herr ihm noch einen Satz hölzernen Geschirrs mitgegeben. Doch abgesehen davon gab es kaum noch etwas, das er mitnehmen wollte. Über die Jahre hatte er eine kleine Sammlung seltsamer Äste und schimmernder Steine angelegt, doch in diesem Moment erkannte er, dass sie nichts weiter als Tand waren. Nichts, das er länger behalten wollte.

Unter all den Dingen, die er auf seine Reise mitnehmen würde, gab es nur noch zwei Sachen, die für ihn wirklich von Wert waren. Das erste war ein seltsames metallenes Gebilde. Seine erste Schmiedearbeit in der Werkstatt seines Vaters. Er hatte ein Messer schmieden wollen, doch das, was er erschaffen hatte, konnte noch nicht einmal mit Wohlwollen als Klinge bezeichnet werden. Es mochte wertlos sein, doch für ihn war es eine Erinnerung daran, wo er einst angefangen hatte. Eine Ermahnung, dass wahres Können Geduld und Übung erforderte.

Doch es gab noch etwas Wertvolleres für ihn. Etwas, von dem nur er und sein Vater wussten. Als er seine Hand nach dem pflaumengroßen Rubin ausstreckte, zierte ein Lächeln sein Gesicht. Er hatte einst seiner Mutter gehört. Sein Vater hatte ihm erzählt, dass er ein Erbstück ihrer Familie war und nach ihrem Tod war er an ihn übergegangen. Für ihn war er eine Erinnerung, die er sorgsam hütete. Er holte ihn nur selten heraus, doch wenn sich das Licht der Sonne in seiner Oberfläche brach, schien es ihm stets, als schenkte seine Mutter ihm ein letztes Lächeln. Er hatte nur wenige Erinnerungen an sie. Verschwommene Bilder und ungreifbare Gefühle, doch tief in seinem Inneren wusste er, dass sie ihn geliebt hatte. Sie war gestorben, als er noch sehr jung gewesen war, doch wann immer er den Stein in die Hand nahm, kehrte das Gefühl ihrer Umarmung zu ihm zurück.

Mit vorsichtigen Handgriffen ließ Angor das Kleinod in seiner Tasche verschwinden. Der Moment war gekommen. Es war Zeit, dass er aufbrach. Mit der Tasche auf seinem Rücken kehrte er zu seinem Vater zurück.

Die Hände nach seinem Sohn ausgestreckt, trat Guntrich auf den jungen Mann zu. „Bist du bereit?"

„Ich weiß es nicht, aber ich werde mein Bestes geben", antwortete Angor mit einem schiefen Lächeln.

„Ich möchte, dass du weißt, dass ich unendlich stolz auf dich bin, und deine Mutter wäre es ebenso. Du bist ein guter Mensch und ich bin mir sicher, dass du deinen Weg in der Welt finden wirst. Du wirst jede Herausforderung bestehen, die auf dich wartet. Glaube an dich, so wie ich es tue."

Das warme Lächeln auf dem Gesicht seines Vaters schenkte dem jungen Schwertkämpfer neuen Mut. Unschlüssig, was er sagen sollte, nahm er seinen Vater in den Arm. „Danke. Für alles!"

„Ach, eines hätte ich fast noch vergessen!", fuhr Guntrich nach wenigen Sekunden plötzlich auf und löste sich aus der Umarmung. „Ich hab hier noch eine Kleinigkeit für dich."

Das Stoffbündel, das er vom Tisch aufnahm, ließ Angor überrascht die Augenbrauen hochziehen. „Ich habe gedacht, du kannst ihn auf deiner Reise sicher gebrauchen. Ich wollte ihn dir eigentlich zum Geburtstag schenken, aber weil du dann ja schon fort bist, bekommst du ihn eben schon jetzt."

Neugierig, was sich unter dem Stoff verbarg, nahm der junge Mann das Bündel entgegen. Als er erkannte, was sich darunter versteckte, sah er seinem Vater erstaunt entgegen.

„Ich dachte, das kannst du vielleicht gebrauchen. Mit dem Schwert bist du ja schon ganz gut, aber wenn dich mal jemand auf Distanz herausfordert, kann so ein Bogen nicht schaden. Ich kann dir zwar nicht zeigen, wie man ihn benutzt, aber ich bin mir sicher, dass du auf deiner Reise jemanden finden wirst, der sich darauf versteht."

Angor wog den kurzen Bogen prüfend in seiner Hand. Zehn Pfeile lagen in einem ledernen Köcher zusammengefasst bei ihm. Überwältigt von seiner Freude, fehlten ihm die Worte.

„Los, geh schon", rief sein Vater schließlich und wedelte mit seiner Hand in Richtung der Tür. „Du willst den Ritter doch nicht an deinem ersten Tag bereits warten lassen."

Das Grinsen auf Angors Gesicht wurde breiter. Mit einem letzten Blick in die Augen seines Vaters verstaute er sein Geschenk an seiner Tasche und schwang sich den Rucksack wieder über die Schulter. „Auf Wiedersehen, Vater."

„Mach's gut, mein Sohn", entgegnete der Schmied, als der junge Mann an die Tür trat.

Als er den Eingang seines Zuhauses öffnete, stach ihm das grelle Licht der Sonne entgegen. Für einen Moment geblendet, hob Angor seinen Arm, um seine Augen zu schützen. Während das Bild vor seinen Augen allmählich wieder klarer wurde, nahm er einen letzten tiefen Atemzug. Darüber im Klaren, dass er sein Zuhause vermutlich eine lange Zeit nicht wiedersehen würde, trat er schließlich über die Schwelle.

Der Ritter des Königs wartete nicht weit entfernt. Mit einem breiten Lächeln auf dem Gesicht deutete er auf ein gesatteltes Pferd direkt neben seinem eigenen. „Wer einmal ein Offizier im Dienst des Königs werden will, der läuft nicht auf seinen Füßen durch das ganze Land. Ich habe dir ein Pferd gekauft, junger Mann."

Die Überraschung über diese Enthüllung stand Angor ins Gesicht geschrieben. Er wusste, wie teuer diese Tiere waren, und hatte sich in Gedanken schon auf einen langen Fußmarsch eingestellt.

„Dieses Pferd?", fragte er und deutete auf das Tier neben dem des Ritters.

„Genau dieses. Ich denke, es passt zu dir." Der Ritter reichte ihm grinsend die Zügel. „Es hat noch keinen Namen, aber ich denke, als sein neuer Besitzer solltest du es sein, der ihm einen passenden gibt."

Das Pferd war ein Prachtexemplar. Das reine weiße Fell des Hengstes umgab einen muskulösen Körper. Angor trat vorsichtig näher. Er kannte das Tier bereits, seit es geboren worden war. Es hatte Bernod gehört, dem örtlichen Pferdezüchter. Er erinnerte sich gut daran, wie es immer wieder den Annäherungsversuchen seines Besitzers entkommen war, als Angor als Lohn für eine seiner Arbeiten mit seinen ersten Reitstunden belohnt worden war.

Sein Temperament war wild wie ein ungezähmtes Feuer und seine Beine so stark, dass es wie der Wind über das Land hinwegflog.

„Windfeuer, das ist ein passender Name", grinste der Schwertkämpfer und kramte einen Apfel aus seiner Tasche. Der Anblick des Obstes brachte den Hengst dazu, seinen Kopf nach dem jungen Mann zu strecken. Es war kein Zufall, dass Angor ausgerechnet seinen liebsten Leckerbissen hervorgeholt hatte.

„Na, mein Lieber, werden wir Freunde sein?", murmelte er, während er dem Pferd die Leckerei anbot. Das zufriedene Schnauben des Hengstes klang wie eine Zustimmung. Während der saftige Apfel im Maul des Tieres verschwand, klopfte der junge Mann ihm sanft auf den Hals und trat näher.

„Ich glaube, er mag dich." Die Stimme des Ritters offenbarte seine Zuversicht. „Komm, lass uns aufbrechen. Wir haben noch einen weiten Weg vor uns."

Bemüht, seine Nervosität zu verstecken, nickte Angor dem Mann des Königs zu. Mit einem letzten Blick auf sein Zuhause zog er sich vorsichtig in den Sattel. Die Hand zum Gruß erhoben, winkte er seinem Vater zum Abschied und folgte dem Ritter auf die Straße nach Süden.

Der Fund

Sein Hintern brannte wie Feuer. Nie zuvor hatte er eine so weite Strecke auf einmal auf dem Rücken eines Tieres überwunden. Das stete Auf und Ab des Sattels hatte ihn durchgeschüttelt und seinen Körper mit einem regelmäßigen Schmerz beschenkt. Der Abend war noch Stunden entfernt und die Aussicht darauf, in absehbarer Zeit von Windfeuers Rücken absteigen zu können, für Angor spätestens seit der beiläufigen Bemerkung des Ritters verschwunden. Wulfun schien es eilig zu haben. Zumindest eilig genug, um für den jungen Mann an seiner Seite keine Zeit zur Erholung einzuplanen. Es war schon eine Weile her, seit er verlauten ließ, erst beim Anbruch der Dämmerung ihre Reise zu unterbrechen.

Angors erschöpftes Seufzen ließ den Ritter aufhorchen. „Warst du schon einmal so weit von Tresmark entfernt?"

Sein überraschter Blick richtete sich auf den Reiter an seiner Seite. Er hatte nicht damit gerechnet, dass der Mann des Königs ihm plötzlich eine Frage stellte. „Ja, hin und wieder. Doch ich bin den Weg noch nie geritten und es ist sicher schon Monate her, dass ich das letzte Mal einen ganzen Tagesmarsch von meinem Zuhause entfernt war."

„Es muss schwer für dich sein, dein Zuhause so plötzlich hinter dir zu lassen. Ich hoffe, du bereust deine Entscheidung nicht", fuhr der bisher eher schweigsame Ritter fort.

Die Gedanken des jungen Mannes versuchten das Brennen seines Hinterteils zu verdrängen.

„Nein, ich stehe noch immer dazu", verkündete er mit mehr Zuversicht, als er in diesem Moment tatsächlich empfand. „Aber Ihr habt recht. All dies geschieht für mich sehr plötzlich und der

Gedanke daran, Tresmark hinter mir gelassen zu haben, fühlt sich für mich noch seltsam an.“

„Das wird sich ändern“, entgegnete Wulfun mit einem freundschaftlichen Lächeln und sah seinem Rekruten entgegen. „Wenn du erst ein Offizier der Krone bist, wirst du stolz darauf sein, dein Reich verteidigen zu können. Der Gedanke daran, dass du Tresmark mit deinen Taten schützen kannst, noch bevor die Gefahr zu ihm kommt, wird dir jeden Tag neue Kraft verleihen.“

„Ein einfacher Mann wie ich ein Offizier der Krone? Noch vor einem Tag hätte ich nie angenommen, dass so etwas tatsächlich möglich ist. Ich dachte immer, die Ehre der Führerschaft ist einzig dem Adel vorbehalten.“

„Für eine lange Zeit war es auch so, doch wir alle müssen uns manchmal neuen Gegebenheiten anpassen. Nuray sieht großen Herausforderungen entgegen und wenn wir sie überwinden wollen, dann muss es bereit sein, auf all seine Talente zurückzugreifen. Unsere Truppen kämpfen an vielen Fronten und an manchen haben wir in letzter Zeit Rückschläge erlitten. Der König gedenkt neue Truppen aufzustellen und für diese braucht er Männer, die sie anführen können. Führerschaft ist eine Bürde, Angor, und nicht alle Adligen dieses Landes sind bereit, diese auch in Zeiten des Kampfes zu übernehmen.“

„Weil sie nicht so gut kämpfen können wie wir?“, unterbrach der junge Mann den Ritter.

„Bei vielen mag das stimmen, andere mögen ihre eigenen Gründe haben. Auf jeden Fall hat unser König entschieden, dass es an der Zeit ist, all den Geschichten nachzugehen, die über gute Streiter aus den Rängen der Gewöhnlichen umgehen. Menschen, die neben den Fähigkeiten auch den Verstand haben, um eine Armee anzuführen.“

„Und Ihr meint, ich bin ein solcher Mensch?“, fragte der Schmied vorsichtig.

„Das bin ich. Sonst hätte ich dich nicht rekrutiert. Was dir noch an Wissen fehlt, werde ich dir auf unserer Reise beibringen und deine Fähigkeiten im Schwertkampf werde ich weiter schärfen, bis sie genauso gefährlich sind wie deine Klinge. Truppen erfolgreich in den Kampf zu führen erfordert einiges, doch das meiste davon kann man lernen. Das Einzige, was man dazu mitbringen muss, sind ein kluger Verstand und die richtige Einstellung, und beides konnte ich in dir erkennen."

Von den Worten des Ritters geschmeichelt, sah der junge Mann wieder auf den Weg vor ihnen. Vielleicht übertrieb dieser Wulfun ein wenig in seiner Zuversicht, und doch stärkte seine Stimme den Mut in Angors Herzen.

„Ihr spracht vom König. Dient Ihr ihm schon lange?"

„Seit vielen Jahren schon. Und vor ihm seinem Vater. Es ist eine Art Familientradition, die hoffentlich eines Tages auch meine Kinder fortführen werden."

„Was hat Euch in den Dienst gebracht?", hakte der junge Schmied neugierig nach.

„Das ist eine lange Geschichte. Länger, als ich sie dir jetzt erzählen will. Wie ich schon sagte, begann ich meinen Dienst bereits während der Regentschaft des letzten Königs. Er war ein guter Mann und ein kluger Regent. Es ist bedauerlich, dass seine Herrschaft so früh endete."

„Wie meint Ihr das?" Angors Neugier war echt. Hoch oben in Tresmark erreichten die Menschen nur wenige Nachrichten aus dem Rest des Reiches. Viele konnten sich schon glücklich schätzen, wenn sie überhaupt den Namen des aktuellen Herrschers kannten und die Gelegenheit, nun etwas über die Menschen zu erfahren, die seine Heimat regierten, wollte er sich nicht entgehen lassen.

„Er starb. Erst vor wenigen Jahren. Eine Krankheit ergriff ihn und beendete sein Leben binnen weniger Tage. Sein Tod kam überraschend und ließ das Reich führerlos zurück. Sein Sohn

Turag war zu diesem Zeitpunkt gerade so alt wie du. Als einziger Erbe seines Vaters musste er die Krone übernehmen, noch bevor er wirklich darauf vorbereitet war."

„Wie ist er so? Also ich meine als König. Ist er großzügig? Ist er weise und gerecht?"

„Ich denke, er sucht noch immer nach seinem Weg. Die ersten Jahre seiner Regentschaft haben ihn bereits vor einige Schwierigkeiten gestellt. Er lernt noch und doch bin ich mir sicher, er gibt sein Bestes, um das Reich in eine gute Zukunft zu führen. Seinen Mangel an Erfahrung kann man ihm nicht vorwerfen und ich denke, wenn er in seinen Plänen von guten Männern unterstützt wird, wird das dem ganzen Reich nutzen. Ich bin mir sicher, wenn du aufmerksam lernst, was ich dir beibringe und deinen Verstand einsetzt, dann wirst auch du bald seine Gunst erlangen und ihm helfen, das Land zu leiten."

Von der Erklärung des Ritters nicht gerade beruhigt, blickte Angor zu den sonnenbeleuchteten Blättern der Bäume über ihm auf. Im Schatten ihrer Zweige reitend, versuchte sein Verstand herauszufinden, welche ungesagten Wahrheiten die Worte des Ritters noch über seinen Regenten preisgegeben hatten. Als der Klang plätschernden Wassers schließlich seine Ohren erreichte, kehrte sein Blick wieder zu der Straße vor ihnen zurück. Ein schmaler Bach war aus dem Wald am Wegesrand hervorgekommen und führte sein klares Wasser an einer kleinen Wiese entlang.

„Wir werden hier eine kurze Rast einlegen. Lassen wir die Tiere für einen Moment ruhen und nutzen die Zeit, um unsere Wasservorräte aufzufüllen." Die Stimme des Ritters schickte eine Welle der Freude durch den Leib seines Gefährten.

Zum ersten Mal, seit er sein Zuhause verlassen hatte, konnte Angor dem Sattel entkommen. Als Wulfun sein Pferd auf die Wiese lenkte und es zum Stehen brachte, stieß der junge Mann an seiner Seite ein zufriedenes Seufzen aus. Noch bevor der

Ritter aus dem Sattel steigen konnte, kam Angor ihm zuvor und streckte seine steifen Glieder. Gelenke knackten und die festen Muskeln seiner Oberschenkel protestierten, als er sie zwang, nach dem langen Ritt wieder sein Gewicht zu bewegen. Der Ritter beobachtete die ersten steifen Schritte seines Rekruten. Mit einem Lächeln auf den Lippen schüttelte er seinen Kopf und ließ den jungen Mann seine beanspruchten Beine erproben.

Umgeben vom warmen Wind des Frühlings stapfte Angor dem nahen Waldrand entgegen. Er musste ein paar Schritte gehen und das Blut in seinen Beinen wieder in Bewegung bringen.

„He, Angor, was hast du vor?" Der Ruf des Ritters ließ ihn kurz innehalten.

„Ich gehe in den Wald. Ich muss mich mal erleichtern."

In Wirklichkeit wollte er lediglich ein paar Schritte gehen und für wenige Minuten alleine sein. Der Mann des Königs war nett und doch musste er sich noch daran gewöhnen, fortan den ganzen Tag mit diesem Fremden zu verbringen.

Umgeben vom Zwitschern der Vögel und dem stetigen Rascheln am Waldboden schritt der junge Mann voran. Der Frühling hatte die Pflanzen bereits wieder zum Leben erweckt und doch erlaubten die sanften Sprösslinge ihrer Blätter seinem Blick durch das Unterholz zu streifen. Der Duft aufkeimender Pflanzen lag in der Luft. Vom Frieden der Szenerie ergriffen, schloss Angor für einen Moment seine Augen und atmete die kühle Luft des Waldes ein. Für einen kurzen Augenblick dazu in der Lage zur Ruhe zu kommen, ging er langsam in die Hocke und ließ den schweren erdigen Geruch des Waldbodens in seine Nase strömen.

Als er seine Augen wieder öffnete, sah er die vermoderten Überreste eines gewaltigen Baumes vor sich. Von Moos überwachsen, lag der breite Stamm einer uralten Eiche neben dem zerbrochenen Wurzelstock, auf dem er einst geruht hatte. Von dem Anblick fasziniert trat der junge Schmied vorsichtig näher.

Ein Funkeln, nur für einen einzigen Augenblick zu erkennen, ließ ihn kurz innehalten. Was war das? Der Gedanke erfüllte seinen Geist. Der helle Schimmer am Waldboden war so schnell wieder verschwunden, wie er aufgetreten war. War er wirklich dort gewesen, oder hatte er ihn sich nur eingebildet? Der Zweifel in seinem Geist rang mit seiner Neugier. Angors Blick war auf die Stelle gerichtet, an der er das Funkeln gesehen hatte. Die wachsenden Pflanzen des Waldbodens lagen matt vor ihm und schienen ihn zu verhöhnen. Es war dort gewesen, und er musste es wieder finden.

Eilig näherkommend suchten seine Augen nach dem Schimmer. Vom Licht der Sonne beleuchtet, strahlte ihm das satte Grün des Mooses entgegen, als versuchte es seinen Blick zu zerstreuen. Doch Angor war nicht bereit, so schnell aufzugeben. Langsam, seinen Blick aufmerksam auf den Waldboden gerichtet, sank er erneut in die Hocke herab. Es musste hier sein. Sein Instinkt sagte ihm, dass er an der richtigen Stelle war.

Mit beiden Händen ausgestreckt fuhr er über das Moos. Tastend und suchend strich er umher, bis seine Finger schließlich gegen etwas Hartes stießen. Von einem Stich der Aufregung durchdrungen, hielt Angor plötzlich inne. Was auch immer er suchte, er hatte es gefunden. Als er seinen Blick senkte, kehrte der silbrige Schimmer zurück. Von Moos bedeckt und doch nicht gänzlich versteckt, verbarg sich etwas unter seinen Händen. Mit vorsichtigen Bewegungen befreite er seinen Fund von den flachen Gewächsen. Von einer Aufregung ergriffen, die seinen gesamten Körper in Aufruhr versetzte, spürte er, wie sein Herz schneller schlug. Als er sah, was er freigelegt hatte, stahl sich ein breites Grinsen auf sein Gesicht.

Noch immer mit Erde beschmiert, offenbarte sich ihm ein silbernes Kästchen. So lange wie sein Fuß und so breit wie seine Hand ruhte es in seinem weichen Bett unter dem Stamm. Die Freude über seinen Erfolg hielt ihn für einen Moment in ihrem

Bann. Unfähig einen klaren Gedanken zu fassen, starrte er seinen Fund an. Doch der Moment seiner Zurückhaltung währte nur kurz. Mit gierigen Händen hob Angor die Kiste auf und drehte sie vor seinen Augen. Ein alberner Gedanke schoss durch seinen Kopf. War dies der erste Schatz, den er bei seinen Abenteuern fand?

„Hey, Angor, wo bleibst du? Wir müssen weiter!"

Die Stimme des Ritters ließ ihn erschrocken auffahren. Für einen Moment von der Furcht ergriffen, seinen Schatz teilen oder gar abgeben zu müssen, sah er sich eilig um. Die Kontur des Königsmannes am Waldrand war kaum zu erkennen. Verdeckt von den Ästen und Blättern niedriger Büsche wandte Wulfun seinen Kopf suchend hin und her.

„Ich komme!", rief der junge Schmied aufgeregt zurück, bevor er wieder auf das Kästchen herabsah. Was auch immer sich darin verbarg, er würde es herausfinden.

Das Licht der Abendsonne sank bereits über den Wipfeln der Bäume herab, als der Ritter ihn auf eine weite Lichtung führte. Schon auf den ersten Blick war zu erkennen, dass dieser Ort in der Vergangenheit auch von anderen Reisenden als Lagerstätte genutzt worden war, wenn auch meist von größeren Gruppen. Eine verkohlte Feuerstelle umgeben von den eingefahrenen Spuren mehrerer Ochsenwagen befand sich nur wenige Schritte vom Wegesrand entfernt. Während der Ritter ihren Lagerplatz für die Nacht vorbereitete, sandte er seinen jungen Gefährten aus, um das Feuerholz für das Abendessen zu sammeln. Von seiner Entdeckung am Nachmittag beflügelt, eilte Angor freudig los, doch sosehr er sich auch anstrengte, wollte sich ihm kein weiterer Schatz mehr enthüllen.

Das feuchte Holz zu entzünden, das der junge Kämpfer stattdessen zurückbrachte, erwies sich als echte Herausforderung für den Ritter. Erst als trübe Rauchschwaden unter den Ästen hervorkamen, löste sich die Anspannung in seinem Gesicht auf. Noch während die Flammen langsam um sich griffen und stetig wuchsen, erhob sich Wulfun bereits wieder und griff nach seinem Schwert.

„Wir haben noch für einige Zeit etwas Tageslicht übrig. Wir sollten es sinnvoll nutzen. Komm, nimm dein Schwert auf. Es wird Zeit, dass wir mit deiner Ausbildung beginnen."

Die Aufforderung des Ritters entlockte Angor einen entgeisterten Gesichtsausdruck. Müde vom langen Ritt, hatte er gehofft, den Abend in Ruhe verbringen zu können. „Aber ich weiß doch schon, wie man mit einem Schwert umgeht."

„Und dennoch konnte ich dich besiegen", hielt der Ritter des Königs dagegen. „Du magst Talent haben, aber dir mangelt es noch an der Geduld und Beherrschung, die einen guten Kämpfer von einem hervorragenden unterscheiden. Nur wenn du lernst, deine Fähigkeiten zum rechten Zeitpunkt und im richtigen Maß einzusetzen, wirst du bereit sein, dich jedem Gegner zu stellen. Du bist nicht der einzige Rekrut, nach dem der König geschickt hat und ich will verdammt sein, wenn du nicht der Beste wirst, bis wir die Hauptstadt erreichen."

Wulfuns Worte hatten die Neugier des jungen Mannes geweckt, doch das Funkeln in seinen Augen verdeutlichte nur zu gut, dass dies nicht der richtige Zeitpunkt für seine Fragen war. Während ein Teil seiner Gedanken noch immer daran hing, dass noch weitere Kämpfer auf dem Weg zur Hauptstadt waren, mühte sich Angor der Erklärung seines Gefährten zu folgen.

Der Übungskampf, den er daraufhin gegen den Ritter bestritt, wurde für ihn zu einer ernüchternden Erfahrung. Auf dem weichen Gras der Lichtung stehend, war ihm der Streiter mit ernster Miene entgegengetreten. Mit seinem Schwert in der Hand und trotz seiner Erschöpfung hatte sich Angor freudig in den Kampf gegen den Mann des Königs geworfen. Er hatte seine Waffe geschwungen, wie er es immer getan hatte, doch dieses Mal war alles anders gewesen. Der Gesichtsausdruck seines Gegners hatte sich in Wut verwandelt und nichts an seinen Bewegungen hatte mehr dem geglichen, was Angor bei seinem ersten Kampf gegen den Ritter erlebt hatte. Schneller als er es erwartet hatte, wich Wulfun all seinen Angriffen aus und konterte mit unbarmherziger Härte. Immer und immer wieder stellte sich der Schmied dem Königsmann, nur um nach wenigen Sekunden mit einem weiteren blauen Fleck zu verlieren.

Als das schwindende Licht der Sonne ihre Übungen schließlich beendete, trat der Ritter mit ernster Miene auf seinen Rekruten zu. „Du hast mir nicht zugehört! Deine Fähigkeiten mögen gut sein, aber wenn du weiter zügellos und ohne Vorsicht kämpfst, wird das eines Tages dein Tod sein. Wir werden diese Übungen in den kommenden Tagen fortsetzen, doch für heute ist es genug."

Angors beschämter Blick schien den Zorn seines Begleiters gelindert zu haben. Nie zuvor hatte er so oft hintereinander einen Kampf verloren und die Schmach dieser Tatsache zehrte stärker an seinem Selbstbewusstsein, als er es sich eingestehen wollte. Er hatte zuvor gegen Wulfun gekämpft, doch als er ihm in Tresmark gegenübergetreten war, hatte der Ritter nicht annähernd so hart gekämpft, wie er es nun gezeigt hatte. Die Erkenntnis, dass der Mann des Königs sich bei seiner Prüfung noch zurückgehalten hatte, verstärkte die Scham des jungen Mannes noch weiter.

„Komm, es wird Zeit, dass wir etwas essen und wieder zu Kräften kommen."

Das laute Brummen seines Magens antwortete, noch bevor Angor es selbst konnte. Während der Ritter einen kleinen Topf über dem Feuer aufstellte und mit der Zubereitung eines Eintopfes begann, ließ sich der junge Streiter im Gras neben ihm nieder.

„Ihr sagtet, dass der König noch andere wie mich rekrutiert. Wie viele Offiziere braucht er denn für seine neue Armee?"

Überrascht von der Frage hielt Wulfun in seiner Bewegung inne. „Wieso interessiert dich das?"

„Na ja, die Männer werden meine Kameraden sein. Ich wüsste einfach gerne, wie viele wir sein werden."

„Hm." Das Schnauben des Ritters wurde von einem überlegenden Gesichtsausdruck begleitet. „Ich weiß es nicht genau. Als ich die Hauptstadt verließ, hieß es, dass unser König ein Dutzend seiner Ritter ausschicken wollte, doch das bedeutet keineswegs, dass auch alle Gerüchte wahr sind oder die Betroffenen bereit sind, ihr Zuhause zu verlassen. In Gurnda gibt es viel Gerede, weißt du, und nicht jedem davon darf man glauben. Manche erzählen sich sogar, dass die Ausbildung weiterer Männer bereits geplant ist und ihr lediglich die Ersten sein werdet."

„Weitere Männer als Anführer? Ist die Gefahr für Nuray denn so groß? Brauchen wir so viele Soldaten?" Angors Stimme vermittelte seine Sorge.

„Gib nicht so viel darauf. Eine Armee braucht mehr als nur seinen Kommandanten. Die meisten von ihnen werden einen untergeordneten Posten einnehmen und dafür sorgen, dass die Befehle des Heerführers von den Soldaten auch umgesetzt werden. Außerdem habe ich gehört, dass der König die Ausbildung zum Offizier den Kindern reicher Familien anbieten will, wenn ihre Eltern dafür bezahlen. Nur ein Weg, die Aufstellung unserer Truppen etwas günstiger zu machen. Was auch immer der König vorhat, solange die Druhks an unseren nördlichen Grenzen versuchen, Raubzüge in unser Reich zu unternehmen, können wir immer weitere Verteidiger gebrauchen."

Von Wulfuns Worten nicht wirklich beruhigt, starrte Angor in das zuckende Licht der Flammen. Gebannt vom Knistern des Feuers und dem Blubbern des Eintopfes versuchte er seine Sorgen für einen Moment zu vergessen.

„Der Eintopf muss noch etwas ziehen, lass uns die Zeit bis dahin nutzen."

Überrascht, was der Ritter noch mit ihm vorhatte, sah der junge Streiter zu seinem Begleiter auf. Bereits dabei das braune lederne Bündel auf seinem Schoß zu entknoten, sah Wulfun für einen Moment zu Angor auf. „Ich habe mich daran erinnert, dass du noch nicht lesen kannst. Aber wir haben Glück. Ich konnte diese Schreibsachen von einem alten Mann in Tresmark erstehen. Er schien ganz begeistert von dem Gedanken, dass du es benutzt, um die Bedeutung der Schrift zu erlernen."

Seine Augen weit aufgerissen, entfleuchte Angors Kehle ein langgezogenes Seufzen. „Das war sicher dieser Harol."

Der alte Mann war der Einzige in seinem Heimatort gewesen, der die Kunst der Buchstaben beherrschte. Schon seit Jahren hatte er versucht, die jungen Kinder im Ort mit ihnen vertraut zu machen und nicht nur Angor hatte sich stets bemüht, seinen Versuchen zu entgehen.

„Stimmt, so war sein Name", bestätigte Wulfun und nahm das Schreibzeug aus dem Beutel. Unfähig der Lektion des Ritters zu entgehen, nahm der Schmied das Pergament und den Kohlestift entgegen. Dieses Mal würde es für ihn kein Entkommen mehr geben, und der Gedanke daran, dass ihm die Sache vielleicht wirklich Spaß machen konnte, half ihm sein Schicksal zu akzeptieren.

Die nächsten beiden Tage konzentrierte sich der Ritter darauf, die Ausbildung seines Rekruten in Gang zu bringen. Während sie tagsüber der Straße nach Süden folgten, forderte er immer wieder Angors Geschick beim Reiten heraus. Mit verschiedenen Übungen versuchte er herauszufinden, wie sicher sein Begleiter auf dem Rücken eines Pferdes war. Obgleich der junge Mann mit den Anforderungen des Ritters zu kämpfen hatte, gab er sein Bestes, um sich stetig zu verbessern. Windfeuer war dabei ein gleichsam eifriger wie auch schwieriger Partner. Darauf versessen, niemals hinter das Pferd des Ritters zurückzufallen, kämpfte der Hengst voller Elan darum, mit dem braunen Reittier Wulfuns mitzuhalten, wann immer es vorausritt. Über Stunden immer wieder herausgefordert, spürte Angors schließlich, wie sein Verständnis für die Bewegungen seines Tieres wuchs. Er war sich zwar sicher, dass es noch viele Tage dauern würde, bis er ein ebenso sicherer Reiter wie der Mann aus Karteln war, doch mit jedem Mal, wenn er und Windfeuer eine weitere Herausforderung gemeistert hatten, fühlte er sich besser.

Die Abende gehörten wie schon am Tag zuvor der Übung mit dem Schwert. Vom Ritter gestellt, musste der junge Streiter aus Tresmark bitterlich erfahren, dass seine Niederlagen am ersten Abend keine Ausnahme waren. Wulfun bewegte sich schneller, als er es für möglich gehalten hatte. Es war beinahe, als würde er stets wissen, was sein Gegner als Nächstes vorhatte. Selbst die schnellsten Finten fanden keinen Weg zu seinem Körper und je länger Angor mit dem Königsmann focht, desto klarer wurde für ihn, wie sehr sich der Streiter bei ihrem ersten Kampf zurückgehalten hatte.

Doch trotz seiner Niederlagen zeigte sich der Ritter immer zufriedener mit seinem Rekruten. Obgleich er ihn unablässig forderte, erkannte er auch die Fortschritte, die der einstige Schmied machte. Von seinen Rückschlägen in seiner Selbstüberschätzung gebremst, wurde Angors Kampfverhalten zunehmend bedachter. Seine Angriffe waren noch immer kraftvoll und verwegen, doch mit jedem Mal, wenn die Waffe seines Gegners seinen Körper nur um ein Haar verfehlte, achtete er mehr auf die kleinen Details, die den Unterschied in ihren Kämpfen ausmachen konnten.

Nach einem beinahe verhängnisvollen Ereignis, bei dem Wulfuns Waffe Angor fast aufgespießt hätte, entschied sich der Ritter, ihre Kämpfe fortan mit Stöcken statt mit den messerscharfen Schwertern auszufechten. Ein Wechsel, der seine Angriffe noch schneller machte.

Genau wie Angors Schwertkunst widmete sich Königsmann auch weiter seiner Fähigkeit zu schreiben. Mit einer Geduld, die der Schmied insgeheim bewunderte, lehrte er den jungen Mann nicht nur die Bedeutung der einzelnen Buchstaben, sondern auch, wie er aus ihnen Worte formte. Während das Schreiben der Schriftzeichen nur am abendlichen Lagerfeuer voranging, drängte Wulfun seinen Rekruten dazu, seine Lesekünste auch während des Reitens weiter zu üben. Die Schriftrollen des Ritters auf dem schaukelnden Rücken eines Pferdes zu entschlüsseln, erhöhte die Schwierigkeit des Ganzen dabei so sehr, dass Angors daneben nicht mehr dazu in der Lage war, seinen Gefährten mit seinen Fragen zu bedrängen.

Zuerst hatte der Mann aus Karteln es begrüßt, dass sein Gefährte mehr über das Reich und seine Funktion lernen wollte, doch als sein Strom an Fragen kein Ende mehr fand, sehnte sich der schweigsame Ritter nach ein wenig Ruhe. Vor allem in den Morgenstunden, kurz nach Aufgang der Sonne, war der junge Streiter besonders wissbegierig. Ihn mit den Schriftstücken zu beschäftigen, die er auf seiner Reise mitgenommen hatte, war Wulfun dabei wie der einzige Ausweg erschienen.

Als Angor am vierten Morgen ihrer Reise erwachte, spürte er den Protest seiner beanspruchten Glieder bei jeder Bewegung. Der Boden ihrer Schlafstätte war hart gewesen. Nichts, was ihn gewöhnlicherweise gestört hätte, doch nach den Schlägen, die er am Vorabend eingesteckt hatte, verlangte sein Körper nach etwas Erholung.

Mit einem tiefen Atemzug versuchte er sich auf den neuen Tag vorzubereiten. Ein weiterer anstrengender Ritt wartete bereits auf ihn, doch in der Wärme unter seiner Decke war der Gedanke an die Anstrengung noch fern. Unwillens, sich schon zu erheben, griff seine Hand nach der Tasche, auf der sein Kopf gelegen hatte. Darauf bedacht, den Ritter nicht auf seine Bewegung aufmerksam zu machen, glitt seine Hand unter den

Lederverschluss und tastete nach dem Schatz, den er darin versteckt hatte. Das silberne Kästchen war noch immer dort, wo er es zuletzt verstaut hatte.

Sein Geheimnis war noch immer vor ihm verborgen. In jeder freien Minute, in der er von seinem Gefährten unbeobachtet war, hatte er sich seinen Fund genauer angeschaut. Was ihm zunächst wie eine gewöhnliche Schmuckschatulle vorgekommen war, entpuppte sich als ein viel größeres Rätsel. Selbst bei genauer Untersuchung hatte er weder einen Riegel noch ein Schlüsselloch entdecken können. Ohne einen Weg sie zu öffnen, hatte er sogar schon angenommen, dass sie vielleicht nur eine Attrappe war, doch ein Spalt, kaum dicker als ein Haar, verriet, dass es einen Deckel gab. Was es auch immer mit dem Kästchen auf sich hatte, seine Faszination dafür wuchs jedes Mal, wenn er es betrachtete und etwas Neues daran entdeckte. Erst am Abend zuvor war ihm das feine geschwungene Muster aufgefallen, das seine Oberfläche bedeckte. Filigran und geradezu kunstvoll verzauberte es das Auge seines Betrachters, je länger er es ansah. Als Wulfun mit seinem Stapel Brennholz zu ihm zurückgekehrt war, hatte sich Angor beinahe so sehr erschrocken, dass er seinen Schatz beinahe vor dem Ritter fallen gelassen hatte.

Das Geräusch eines langen Schnaubens ließ ihn seine Hand langsam aus der Tasche zurückziehen. Er war sich sicher, dass sein Begleiter seinen Schatz noch nicht entdeckt hatte, doch er wollte kein Risiko eingehen. Das Geräusch wiederholte sich. Mit eingezogenem Kopf drehte sich der junge Schmied langsam unter seine Decke um. Darauf gefasst, den Ritter direkt vor sich zu sehen, hielt Angor plötzlich überrascht inne. Wulfun stand keineswegs vor ihm. Stattdessen saß er einige Meter abseits seiner Schlafrolle mit verschränkten Beinen und geschlossenen Augen. Sein Gesicht zeigte einen Ausdruck tiefer Entspannung, während seine Arme langsam und in seltsamen Mustern durch die Luft fuhren.

Unsicher, was sein Begleiter dort tat, setzte sich der junge Mann unter seiner Decke auf und beobachtete das Schauspiel. Offenbar auf seine Tätigkeit konzentriert, fuhr Wulfun noch einige Minuten mit den seltsamen Bewegungen fort und bewegte stumm seine Lippen dazu. Als er plötzlich seine Augen öffnete, erschrak Angor so sehr, dass er beinahe umfiel.

„Wieso beobachtest du mich?", fragte der Ritter mit sanfter Stimme.

„Ich, ähm, ich wusste nicht, was Ihr da tut", stammelte der junge Mann überrumpelt.

„Sicherlich. Ich habe es bisher auch immer gemacht, bevor du aufgewacht bist", entgegnete Wulfun und erhob sich.

„Was war das?" Die Frage des Schmiedes offenbarte seine Faszination. „Ist das etwas, das ich auch lernen soll?"

„Das? Nein, das kann ich dir nicht beibringen. Es ist eine Technik, um den Geist zu beruhigen, um sich besser auf das konzentrieren zu können, was vor einem liegt. Es hilft mir, das zu erkennen, was wirklich wichtig ist."

„Auch wenn wir miteinander kämpfen?"

„Vor allem dann", erklärte der Ritter.

„Ist das der Grund, warum Ihr mich immer wieder schlagen könnt?" Angors Neugier war geweckt.

„Einer davon, aber nicht der entscheidende. Schlagen kann ich dich, weil du selbst unkonzentriert bist. Um das zu ändern, brauchst du diese Technik nicht. Sie macht mich nur schneller."

„Wenn diese Technik einen schneller macht, dann möchte ich sie auch lernen. Wenn Ihr sie mir nicht beibringen könnt, dann könnt Ihr mir aber dennoch sicher sagen, wer es vermag."

Wulfuns Blick zeigte seine Zweifel. Ein sanftes Lächeln umspielte seine Lippen, als er für einen Moment darüber nachdachte. „Das kann ich, aber das wird dir nicht weiterhelfen. Es ist eine Technik der Elfen. Sie kennen Mittel und Wege, um sich schneller zu bewegen, als irgendjemand sonst es vermag.

Jemanden im Kampf zu schlagen, der über diese Fähigkeiten verfügt, erfordert allerhöchste Kontrolle und großes Talent. Nur wenige, die nicht ihrem Volk angehören, haben es je geschafft, einen Elfen im Zweikampf zu besiegen und damit das so bleibt, hüten sie das Wissen um ihre Kunst sehr sorgfältig. Aber du brauchst ihr Geheimnis nicht zu kennen, um mich im Kampf zu bezwingen. Dir mangelt es nicht an den Fähigkeiten Angor, sondern nur an der Disziplin, sie gezielt genug einzusetzen."

Die Worte des Ritters beflügelten den Verstand des jungen Kämpfers. Von den Elfen zu hören, hatte seinen Geist auf eine Traumreise geschickt. Etwas über diese mysteriösen Wesen zu erfahren, die er bisher nur aus den Geschichten alter Wandererzähler kannte, war eine Verlockung, der er nicht widerstehen konnte. Wenn es sie wirklich gab, dann musste er von dem Ritter mehr über sie erfahren.

„Wie kam es, dass Ihr ihre Technik erlernt habt?", fragte er eifrig und erhob sich von seinem Lager.

„Das ist eine Geschichte, die ich jetzt nicht mit dir teilen möchte. Vergiss, was ich über die Elfen gesagt habe, und arbeite lieber an deiner Konzentration. Auf diesem Weg wirst du den schnellsten Erfolg haben."

Ein Lächeln breitete sich auf Angors Gesicht aus. Auch wenn der Ritter ihm nicht mehr verraten wollte, hatte er ihm doch ein neues Ziel gegeben. Der Gedanke daran, einen Mann zu besiegen, der von den Elfen im Kampf ausgebildet wurde, versprach einen Erfolg, der alles übertrumpfen würde, was er bisher vollbracht hatte.

„Los, pack deine Sachen. Wir müssen weiter." Wulfuns Stimme war zu ihrer Direktheit zurückgekehrt. „Aber behalte dein Schwert und dein Messer bei dir. Die Etappe, die vor uns liegt, wurde in den vergangenen Wochen mehrmals von kleinen Banden umherziehender Grünhäute überfallen. Wir sollten darauf vorbereitet sein, ihnen zu begegnen."

„Druhks?", fragte Angor überrascht. „Ich dachte, die Truppen des Königs halten sie im Norden zurück."

„Die meisten schon, aber nach den letzten Verlusten unserer Soldaten ist es einigen kleineren Gruppen gelungen, durch ihre Reihen zu schlüpfen. Sie sind zu wenige, um ganze Dörfer zu bedrohen, aber für kleine Gruppen Reisender sind sie sehr gefährlich." Wulfuns Stimme vermittelte den Ernst der Lage.

„Aber wofür brauche ich das Messer, wenn ich ein Schwert habe?"

Der Blick des Ritters begegnete den Augen seines Rekruten. „Wenn sie dich überraschen und dir dein Schwert aus der Hand schlagen, wirst du froh sein, wenn du noch das Messer hast. Behalte es bei dir, bis wir Denton erreichen. Danach sollte die Straße wieder sicher sein."

Mit diesen Worten alleine gelassen, beobachtete Angor, wie sein Gefährte auf die Pferde zutrat. Mit einem unangenehmen Gefühl im Bauch griff der Schmied nach seiner Tasche. Vermutlich war es besser, auf den Königsmann zu hören.

Der Weg aus dem Norden ließ schon bald die letzten großen Waldstücke hinter sich und führte sie zwischen weitläufigen grasbewachsenen Hügeln hindurch. Angor war noch nie hier gewesen und doch sah er in der Landschaft keinen Unterschied zu der Umgebung seines Zuhauses. Zwei Tage lang folgte er dem Ritter und beobachtete die gleichen sanften Hügel, die auch Tresmark eingeschlossen hatten. Von ihrem steten Auf und Ab in seiner Sichtweite beschränkt, bot die Landschaft ihm nur wenig Ablenkung von der Stille der Reise. Wulfun war ein zunehmend ruhigerer Gefährte geworden, und obgleich er es nicht zugab, umhüllte den Ritter eine stete Aura der Anspannung. Sein Blick glitt beständig über das Land und wann immer einer der Büsche unweit der Straße raschelte, fuhr seine Hand wie von alleine zu seiner Waffe.

Der Mann des Königs hatte ihm keine weiteren Fragen zu den Grünhäuten beantwortet. Mit dem Hinweis darauf, dass sie sich in dieser Gegend möglichst ruhig verhalten sollten, hatte er jedes weitere Gespräch beendet. Doch seine Stille beruhigte den jungen Mann an seiner Seite keineswegs. Alleine mit seinen Gedanken beschäftigte sich Angors Verstand nur umso fantasievoller mit der angeblichen Gefahr, die sie umgab. Natürlich hatte er schon etwas über die wilden Ungeheuer aus dem Norden gehört. Die Druhks waren seit jeher ein Übel, das seine Heimat bedrohte, doch er war noch nie einem von ihnen begegnet. Manche Geschichten über sie erzählten von großen muskelbepackten Bestien, die einen Mann mit bloßen Händen zerreißen konnten, und andere stellten sie als schwächliche Wichte dar, die ihre Beute mit List in eine Falle jagen wollten. Angor wusste nicht, was an diesen Gerüchten dran war, doch wenn die Armee Nurays sie in Schach halten konnte, dann waren sie nicht unbezwingbar.

Und doch spürte er, wie auch in ihm die Unruhe immer weiter zunahm. Zuerst hatte er sich gefreut, als Wulfun ihm sagte, dass er keine weiteren Übungen auf ihrem Weg nach Denton mehr durchlaufen musste. Doch als der Ritter erklärte, dass er seine Aufmerksamkeit auf das umliegende Gebiet richten sollte, hatte er sich gefragt, wie ernst der Streiter der Krone die Sache tatsächlich nahm.

Eine erste Antwort auf diese Frage hatte er erhalten, als sie am Abend ihr Lager aufschlugen. Die knorrigen Äste einer geschwungenen Buschgruppe hatten ihnen sowohl Schutz vor dem Wind wie auch vor möglichen Beobachtern geboten. Mit ihrem Lagerplatz zufrieden, hatte sich Wulfun um die Tiere gekümmert, während Angor ihre Schlafstätte vorbereiten sollte. Bereits in Vorfreude auf eine warme Mahlzeit hatte der einstige Schmied seinen Feuerstein gezückt und war gerade dabei gewesen, die Flammen zum Leben zu erwecken, als die Hand seines Gefährten ihn aufhielt. Die Ermahnung des Ritters, von seinem ernsten Blick unterstrichen, war dem jungen Mann nur zu gut im Gedächtnis geblieben. Kein Feuer, das waren Wulfuns Worte gewesen. Zumindest nicht so lange, bis sie sicher sein konnten, dass sich keine der Bestien mehr in der Umgebung herumtrieben.

Mit einer kalten Mahlzeit im Bauch und einer steigenden Unruhe in seinem Herzen hatte sich Angor schließlich zur Ruhe gelegt. Zumindest hatte er es versucht. Zwar erließ ihm der Ritter den abendlichen Schwertkampf und verzichtete ohne das Licht des Feuers auf die Schreibübungen, doch als er ankündigte, dass sie fortan Nachtwache halten mussten, gab es für Angors Gedanken keine Ruhe mehr.

Der Ritter hatte die erste Wache übernommen. Als er seinen Gefährten schließlich für den Wachwechsel weckte, hatte das Herz des jungen Mannes wie eine Trommel in seiner Brust getobt. In der Finsternis der Nacht und nur beleuchtet vom trüben Mondlicht, hatte sich Wulfun über ihn gebeugt und seine Hand auf seinen Mund gedrückt. Von der Berührung alarmiert, hatte Angor seine Augen aufgerissen und war bereits dabei gewesen, seinen Schreck laut auszurufen, als er den ausgestreckten Zeigefinger vor dem Mund des Ritters entdeckte.

„Wachwechsel. Du bist dran. Weck mich bei Sonnenaufgang."

Das Herz des früheren Schmieds tobte noch Minuten, nachdem sich der Ritter selbst zur Ruhe gelegt hatte. Umgeben von den Geräuschen der Nacht, hatte Angor in der Dunkelheit gesessen und bei jedem Laut nach seiner Quelle gesucht. Doch selbst der Schreck in seinem Körper ließ irgendwann nach und nahm die belebende Anspannung mit sich. Alleine mit seinen Gedanken in der Nacht merkte Angor zum ersten Mal, wie anstrengend es sein konnte, nicht wieder einzuschlafen. Als das erste Licht der Sonne den Horizont erhellte, brachte es eine Erleichterung mit sich, die er niemals erwartet hätte. Geradezu dankbar dafür, dass er seinen Weg mit dem Ritter bald fortsetzen konnte, sah er die Morgenröte aufziehen.

Der folgende Tag unterschied sich vom vorherigen in kaum mehr als der Müdigkeit, die Angor empfand. Bemüht nicht im Sattel einzuschlafen, vertraute er darauf, dass Windfeuer stets an der Seite des Ritters bleiben würde. Als Wulfun am Abend einen geeigneten Lagerplatz entdeckte, freute sich der junge Mann bereits auf die wenigen Stunden Schlaf, die er vor dem nächsten Wachwechsel erhalten sollte. Doch die Ansage seines Gefährten bereitete seiner Hoffnung ein jähes Ende. Noch während er seinen Sattel vom Rücken seines Reittieres hob, sah er seinem Schützling mit einem aufmunternden Lächeln entgegen.

„Heute wirst du die erste Wache übernehmen. Dann kannst du die letzten Stunden bis zum Sonnenaufgang ungestört schlafen."

„Seid Ihr Euch sicher?", fragte Angor, unfähig seine Enttäuschung zu verbergen.

Der Ausdruck in den Augen des Ritters offenbarte seine Überraschung. „Ja. Dann erschrecke ich dich nicht, wenn ich dich in der Nacht wecke", betonte er seine guten Absichten.

Die Dunkelheit der Nacht kam schnell und Wulfun schlief bereits, noch bevor die letzten Strahlen der Sonne hinter dem Horizont verschwunden waren. Alleine mit seinen Gedanken sank Angor auf seiner Schlafrolle nieder und betrachtete das funkelnde Licht der Sterne. Ihr Glanz war geradezu magisch und sosehr er es auch versuchte, konnte er sich ihrer einschläfernden Wirkung kaum entziehen. Als er seine Augen nach einem kurzen Blinzeln wieder aufschlug, schickte der Schreck einen schmerzhaften Stich durch seine Brust. Er wusste nicht, wie die Lichter am Firmament es vollbracht hatten, doch in nur einem einzigen Moment waren sie um ein ganzes Stück über den Himmel gewandert. Die Wahrheit war ihm gleichermaßen bekannt wie unangenehm. Er hatte den Kampf gegen die Erschöpfung verloren.

Mit einem frustrierten Schnauben rieb er sich übers Gesicht. Er hätte nicht einschlafen dürfen. Mit kribbelnden Augenlidern sah er zu seinem Gefährten hinüber. Was, wenn der Ritter ihn erwischt hätte? Allein der Gedanke an seine Enttäuschung und die unweigerliche Strafe schickte Angor einen Schauder über den Rücken. Er durfte sich nicht wieder hinlegen. Eine Ablenkung war nötig. Etwas, das ihn wachhalten würde.

Sein erwachender Verstand erforschte seine Möglichkeiten. Es durfte nichts sein, dass Lärm machte und nichts, dass ihn zu weit vom Lagerplatz forttrieb. Zu gerne hätte er sich ein wenig die Beine vertreten, doch gerade davor hatte ihn Wulfun am Tag zuvor gewarnt. Von seiner Schlafrolle erhoben, schlenderte Angor die wenigen Meter zu seinen Taschen hinüber. Unter all den Dingen, die er besaß, gab es nur eine Sache, die ihn ausreichend beschäftigen konnte.

Als er das silberne Kästchen aus seiner Tasche hervorzog, hielt er einen Augenblick inne. Der Anblick des funkelnden Sternenlichtes, das sich in der Oberfläche spiegelte, bannte seinen Verstand. Vom kalten Licht der Sterne erleuchtet, schienen die filigranen Muster der Schatulle eine ganz neue Form anzunehmen. Angor drehte sich um und hielt seine Schatztruhe in das matte Licht des Mondes. Er hatte seinen Fund auch in der Nacht zuvor untersucht jedoch noch immer keinen Weg gefunden, ihn zu öffnen. Eine Sache war ihm allerdings im Gedächtnis geblieben. Er hatte seine Finger über die Oberfläche gleiten lassen und an einer Stelle etwas Seltsames bemerkt. Zuerst hatte er gedacht, dass er es sich eingebildet hatte, doch als er nun seine Hand über die gleiche Stelle bewegte, spürte er es erneut. Eine Mulde, eine flache Vertiefung, verbarg sich auf einer der Seiten. Nicht zu sehen und kaum zu fühlen, sagte ihm sein Verstand doch, dass sie nicht ohne Grund dort war.

Vorsichtig rieb er mit seinem Finger noch einmal darüber und drückte sachte auf die Vertiefung. Sein Herz schlug schneller.

Leise, doch in der Stille der Nacht nicht zu überhören, vernahm er den Klang eines Schabens, das schließlich mit einem dumpfen Zischen endete. Fasziniert von dem Geräusch, starrte Angor seinen Fund an, als er plötzlich einen schnellen Luftzug an seiner Wange spürte. Das Gefühl war so schnell wieder vorbei, wie es gekommen war, aber sein Auslöser steckte unübersehbar vor ihm im Boden.

Der zitternde Pfeil aus der Dunkelheit hatte sich in den grasbewachsenen Grund gegraben. Gelähmt von der Erkenntnis, was das Geschoss bedeutete, stand Angor mehrere schmerzhafte Herzschläge lang da. Unfähig sich zu bewegen, erlöste ihn erst ein zweites Zischen, das schier eine Ewigkeit später die Nacht durchschnitt. Von seinem Instinkt getrieben, warf sich der junge Mann zu Boden. Seine Gedanken rasten. Sie wurden angegriffen, so viel war ihm klar. Er wusste nicht, wer es war, wie viele es waren, oder woher der Angriff kam, doch er wusste eine Sache. Er musste Wulfun wecken, wenn er diesen Überfall überleben wollte.

Auf dem Bauch liegend robbte er zu dem schlafenden Ritter hinüber.

„Steht auf! Wir werden angegriffen!" Angors Stimme war von seiner Aufregung erfüllt.

Der müde Blick des Ritters klärte sich augenblicklich.

„Zieh dein Schwert!" Wulfuns Worte kamen mit einem Knurren aus seinem Mund. Noch ehe er sich von seiner Decke befreit hatte, suchte der Blick des Kriegers bereits die Umgebung nach ihren Feinden ab.

Angor stolperte zurück. „Sie haben Bogenschützen", stammelte er, während seine Hände seine Hüfte abtasteten.

„Ich weiß", entgegnete der Ritter gehetzt und sprang auf die Beine. „Ich sehe sie!"

Nur einen Augenblick später war der Mann des Königs bereits auf dem Weg. Von wachsender Verzweiflung ergriffen, bewegte

Angor seine Hände immer schneller. Ein Fluch floh über seine Lippen, als er seinen Fehler bemerkte. Sein Schwert war nicht an seiner Seite. Obwohl der Ritter es ihm anders befohlen hatte, hatte er seine Waffe am Abend abgelegt und nun lag sie neben seiner Schlafrolle im Gras. Brennende Wut keimte in seinem Herzen auf. Dies war das erste Mal, dass er einen echten Kampf bestreiten musste, und er hatte seine Waffe nicht am Leib. Tief geduckt und mit seinem Blick auf die Dunkelheit gerichtet, hastete der junge Streiter voran. Die Waffe lag genau vor ihm. Zwei, vielleicht drei Sekunden vergingen, bis sich seine Hand um ihren Griff schloss und doch fühlte es sich für ihn wie eine Stunde an. Als er das polierte Metall aus seiner Hülle befreite, hörte er das Knirschen von Schritten vor sich.

Beinahe unwillig hob Angor seinen Blick. Die beiden Gesichter, die er vor sich sah, waren an Hässlichkeit beinahe nicht zu überbieten. Lange schmutzige Eckzähne, den Hauern von Wildschweinen gleich, ragten den Ungetümen aus ihrem wulstigen Mund. Augen, klein und gelb, leuchteten im Mondlicht mit einer fiesen Gerissenheit. Breite Schultern und Arme, beinahe so dick wie Angors Beine, verliehen diesen Monstern einen wahrhaft erschreckenden Anblick.

Mit einem markerschütternden Brüllen stürmten die beiden Druhks auf ihn zu. Von seiner Aufregung erfasst, sprang der junge Krieger auf die Beine und wich den brutalen Hieben aus, die sie auf ihn niedergehen ließen. Mit kruden Waffen ausgestattet, die nur mit viel Fantasie als Schwerter bezeichnet werden konnten, schlugen die Monster auf ihn ein. Die Beklommenheit, die ihn in ihrem Bann gehalten hatte, verließ Angor genau in dem Moment, als seine Hand sein Schwert ihn ihren Weg brachte. Neuer Mut brandete durch sein Herz.

Das Klirren des Metalls erschallte in der Nacht. Ihre Hiebe waren kräftig, doch schlecht gezielt. Mit einer Bewegung, die Wulfun ihm gezeigt hatte, wehrte der junge Streiter die Angriffe ab und wappnete sich für ihren nächsten Versuch. Die Zeit schien sich zu verlangsamen. Frei von der lähmenden Wirkung der Furcht war Angors Verstand so scharf wie seine Klinge. Die Lektionen des Ritters hallten in seinem Kopf wider. Ruhig und konzentriert wartete er auf den richtigen Moment. Als sein Schwert in die Höhe schoss, breitete sich ein breites Grinsen auf seinem Gesicht aus. Dies war der erste echte Kampf, den er bestritt. Die erste wahre Bewährungsprobe für seine Fähigkeiten und er würde diesen Monstern nicht erliegen.

Erst im letzten Augenblick wich er dem nächsten Hieb aus. Die Klinge der Grünhaut vor ihm durchschnitt die Luft, wo er nur Sekundenbruchteile zuvor noch gestanden hatte. Kein Zögern, keine Gnade, wenn sich die richtige Gelegenheit ergab, dies waren die Worte des Ritters gewesen. Schneller als er selbst es für möglich gehalten hatte, schritt er nach vorne und hieb sein Schwert in den Leib seines Feindes. Mit all seiner Kraft riss er die Waffe frei, nur um einen weiteren Treffer in den Rücken seines Gegners zu landen. Von einem jämmerlichen Grunzen begleitet sackte der Druhk in sich zusammen.

Gewarnt vom wütenden Brüllen der zweiten Bestie wehrte Angor den nächsten Angriff des anderen Druhks ab. Sein Arm bebte, als er der rohen Kraft seines Gegners widerstand. Eine schwielige Hand, so groß wie sein Kopf, griff nach ihm aus. Mehr aus Instinkt als aus einer klaren Überlegung heraus, ließ der junge Krieger seine Schwertklinge auf das Handgelenk seines Gegenübers herabschnellen. Die Waffe ließ ihn nicht im Stich. Von Schmerz und Wut ergriffen, jaulte der Druhk und fasste mit seiner anderen Pranke an den Stumpf, der nun dort war, wo sich gerade noch seine linke Hand befunden hatte.

Angor zögerte nicht. Er wusste, dass er keine Gnade von seinem Gegner erwarten konnte und selbst keine zeigen durfte. Mit einem Stoß seines Armes trieb er seine Waffe durch den Leib des Ungetüms. Ein letztes stinkendes Röcheln entfleuchte der Kehle des Monsters, bevor es vor ihm zu Boden sackte.

Ein gellender Schrei einige Meter entfernt kostete ihm beinahe sein Leben. Von dem Geräusch abgelenkt, übersah der frühere Schmied beinahe den dritten Druhk, der auf ihn zustürmte. Sein Schwert widerstand dem wilden Angriff, als es im letzten Moment der Waffe des Angreifers begegnete. Seine Selbstsicherheit war zurück. Ein Stoß mit seiner freien Hand brachte den Gegner auf Abstand und gab ihm den Platz, seine eigene Waffe einzusetzen. Angor parierte die unförmige Axt, die auf seine Brust zuschoss, und rammte der Grünhaut sein Schwert in den Hals. Der erschrockene Ausdruck auf dem Gesicht des Ungeheuers wurde von einem leisen Gurgeln begleitet, als es zu Boden ging.

Ein weiterer Schrei erklang in der Ferne. Selbst ohne zu wissen, was passiert war, erkannte Angor den Todesruf eines weiteren Druhkschützen. Noch immer im Rausch der Aufregung gefangen, blickte sich der junge Mann eilig um. Umgeben von Büschen und in der Dunkelheit der Nacht konnte jeder der Schatten in seinem Rücken einen weiteren Feind verstecken. Als sich ihm plötzlich eine weitere Gestalt näherte, reagierte er sofort. Das Schwert zum Schlag erhoben, konnte er sich erst im letzten Moment von einem fatalen Hieb abhalten.

„Gut gekämpft, junger Mann", schnaubte der Ritter mit erhobener Hand. Schwer atmend senkte der junge Krieger seine Waffe. Sie hatten überlebt. Sie hatten einen ersten Sieg errungen.

„Ich glaube, die können wir vielleicht noch gebrauchen", keuchte Wulfun, als er seine Beute hochhob. Der hässliche Köcher mit der Handvoll Pfeilen und der Bogen erschienen Angor geradezu primitiv.

„Komm, pack deine Sachen. Wir brechen auf. Dieser Ort ist nicht länger sicher. So wie es scheint, waren diese Bestien nur ein Spähtrupp einer größeren Bande und ich will von hier fort sein, wenn ihre Freunde hier ankommen."

Im abnehmenden Rausch seiner Aufregung gefangen, war Angor zu kaum mehr fähig, als stumm zu nicken. Dem Plan des Ritters folgend, machte er sich an die Arbeit. An diesem Ort hätte er ohnehin keinen Schlaf mehr gefunden. Begleitet vom Klang der Pferdehufe auf dem Weg, eilten die beiden wenig später die Straße nach Süden entlang. Stumm in der Dunkelheit der Nacht stellte sich der junge Mann der Erinnerung an den zurückliegenden Kampf. Er hatte eine Schwelle überschritten. In dieser Nacht hatte er zum ersten Mal ein Leben mit seinem Schwert genommen und eine andere Kreatur getötet. Eine Tat, die er nie vergessen würde. Ob Druhk oder nicht, sein Gegner verdiente es, dass er sich daran erinnerte.

Denton

Sie legten weder Rast noch Pause ein. Der Tag war längst angebrochen und doch ritten sie immer weiter. Weiter durch das wilde Land fernab der Straßen. Wulfun hatte ihn von dem befestigten Weg fortgeführt, kaum dass er sicher war, dass ihr Vorsprung vor möglichen Verfolgern ausreichte. Noch in der Dunkelheit der Nacht hatte er seinem Rekruten erklärt, dass die Gefahr, einem Überfall zu erliegen, jenseits der Hauptstraße weit geringer war.

Abgesehen davon redete der Ritter nur noch wenig mit seinem Gefährten. Während sein Blick stets ihre Umgebung im Auge behielt, war der einstige Schmied an seiner Seite alleine mit seinen Gedanken. Das betäubende Gefühl in seiner Brust war über die Stunden immer stärker geworden. Je länger er darüber nachdachte, was er an ihrem Lagerplatz getan hatte, desto beklemmender wurde der Druck um sein Herz. Er hatte jemanden getötet. Er hatte sein Schwert in den Leib eines anderen Wesens gestoßen und sein Leben genommen.

Schuld wallte in Angors Verstand auf, wann immer die Bedeutung seiner Tat in ihm emporkam. Eine Schuld, der er nur schwer entgehen konnte und doch rief ihm auch ein Teil seines Geistes zu, dass er gezwungen war, so zu handeln. Waren es nicht die Druhks gewesen, die sie angegriffen hatten? War es nicht die Entscheidung der Bestien gewesen, diesen Kampf zu beginnen? Der ernsthafte Teil seines Verstandes kämpfte gegen die betäubende Wirkung seiner Unsicherheit an. Sie hatten ihm keine Wahl gelassen. Er hatte sich verteidigen müssen. Wenn er gezögert hätte, wäre sein Leben verwirkt gewesen, und er war sich sicher, dass keiner der Druhks sich wegen seines Todes geschämt hätte.

Als der Nachmittag kam, zwang sie der Lauf eines schmalen Flusses zurück auf die Straße. Wulfuns Blick war unruhig gewesen, als er die hölzerne Brücke vor ihnen gemustert hatte. Umgeben von Büschen bot der Engpass einen ausgezeichneten Ort für einen Hinterhalt. Mit seinem Schwert in der Hand war der Ritter schließlich vorausgeritten. Seine Vorsicht stellte sich als grundlos heraus. Abgesehen von einem aufgeschreckten Hasen, wartete niemand auf den Mann aus Karteln.

Die Druhks waren nicht hier, doch die groben Spuren ihrer vorherigen Anwesenheit konnten kaum übersehen werden. Nicht lange, nachdem sie den Fluss überquert hatten, enthüllte sich ihnen ein Anblick, der Angors Magen zum Krampfen brachte. In einem schmalen Tal zwischen zwei Hügeln und im Schatten einer natürlichen Hecke lagen die zertrümmerten Reste eines Wagens am Wegesrand. Die Plane, die seine Ladefläche überspannte, war von den Hieben einer groben Waffe zerrissen worden.

Je näher sie kamen, desto mehr Details enthüllten sich ihren Augen. Das stämmige Pferd, das einst das Gespann gezogen hatte, war von den Angreifern wie eine Jagdbeute ausgenommen worden. Noch immer von den Pfeilen gespickt, die es getötet hatten, lag es neben der gebrochenen Deichsel des Pferdewagens. Der plötzliche Verlust des Zugtieres hatte die Kutsche offenbar unkontrolliert vom Weg abkommen lassen. Als eines ihrer Räder gebrochen war, hatte nichts mehr den Umsturz des Gefährtes verhindern können.

Gefesselt von der Szenerie verpasste Angor beinahe, wie sein Begleiter sein Reittier anhielt. Aufgeschreckt vom lauten Schnauben des Tieres merkte er auf. Der Geruch des Pferdeblutes hatte es sichtlich beunruhigt.

„Steig ab. Wir sehen uns das genauer an." Die Stimme des Ritters offenbarte seinen Groll.

Mit gezogenem Schwert folgte der junge Mann Wulfuns Beispiel. Der Ritter trat voran. Vorsichtig und mit ernstem Gesicht musterte er jeden Winkel ihrer Umgebung. Seine Anspannung war kaum zu übersehen und als er plötzlich stehen blieb, wappnete sich Angor bereits für den nächsten unerwarteten Angriff. Doch es war kein Feind, der die Starre des Ritters ausgelöst hatte. Als er eine Sekunde später an die Seite seines Gefährten trat, enthüllte sich dem einstigen Schmied die wahre Tragödie, die hier stattgefunden hatte.

Der aufgerissene Körper des Mannes lag noch immer neben seiner Kutsche. Ohne eine Waffe und nur mit einem Stock in der Hand hatte er sich jenen gestellt, die ihn angegriffen hatten. Doch sein Kampf war vergebens gewesen. Von den Bestien überwältigt, war er seinen Wunden erlegen. Doch es kam noch schlimmer. Als Angor seinen Blick weiter schweifen ließ, erkannte er, dass der Mann für noch viel mehr als nur sein Fuhrwerk gekämpft hatte. Nur wenige Schritte hinter dem Wagen lagen die Körper seiner ganzen Familie. Auf ihrer Flucht von den Pfeilen der Bestien getroffen, war seine Frau zusammen mit ihren Kindern gestorben.

Erschüttert von dem Anblick spürte Angor eine Abscheu in ihm erwachsen, die mit jedem Augenblick stärker wurde. Von seinem Entsetzen gefüttert, schürte sie eine Wut in ihm, die seine Schuld über den Tod der Druhks mit einem Mal hinfortwusch. Nun, da er mit eigenen Augen sah, wozu die Bestien fähig waren, empfand er ein Gefühl der Gerechtigkeit, wenn er an ihren Tod dachte.

Wulfun ließ seinen Rekruten stehen und untersuchte den Ort des Unglücks. „Keine Spur von Waffen zu sehen. Sie hatten nicht die geringste Chance."

Die Worte des Königsmanns rissen den jungen Kämpfer aus seiner Starre. Noch immer erschüttert, sah Angor seinen Gefährten an „Das waren die Grünhäute oder nicht?"

„Ohne jeden Zweifel", entgegnete der Ritter und kehrte zu ihm zurück. „Die Biester haben sie überfallen und alles geraubt, was sie mitnehmen konnten."

„Und was machen wir jetzt?" Angors Stimme kämpfte gegen seine zugeschnürte Kehle an.

„Das Einzige, was wir tun können. Wir reiten weiter nach Denton und informieren die Menschen dort."

„Aber wir können sie hier nicht einfach so liegen lassen! Wir müssen sie begraben!", rief der frühere Schmied aus.

„Nein, das können wir nicht", antwortete Wulfun ruhig und trat an seinem Rekruten vorbei. „Wir haben keine Schaufel und auch sonst nichts zum Graben. Denton ist nicht mehr weit. Die Menschen dort haben, was gebraucht wird. Das Beste, was wir tun können, ist ihnen zu sagen, was hier passiert ist, damit sie sich der Toten annehmen können. Jetzt komm! Es wird Zeit, dass wir von hier verschwinden."

Den Worten des Ritters zuzustimmen kostete ihm einige Mühe. Natürlich wusste er, dass der Streiter der Krone recht hatte, und doch hatte er gehofft, dem kalten Griff der Ohnmacht in seinem Inneren durch die Bestattung entkommen zu können.

Ihr weiterer Weg nach Denton war von einer stillen Anspannung geprägt. Das Gelände um die Siedlung herum war mit jedem Kilometer offener geworden und doch überkam Angor erst ein wenig Erleichterung, als er die ersten Dächer Dentons vor sich sah. Tatsächlich schaffte es der Anblick des Dorfes sogar, für einen Augenblick die Erinnerung an den Überfall aus seinen Gedanken zu vertreiben. Als der Ritter von dem Ort gesprochen hatte, war in Angors Gedanken die Vorstellung entstanden, dass Denton nicht anders als Tresmark sein würde. Doch in Wahrheit unterschied es sich schon auf den ersten Blick von seinem Zuhause. Größer und von einer stabilen hölzernen Palisade umschlossen, wirkte die Ortschaft für ihn wie ein Bollwerk gegen die Unsicherheiten der Wildnis.

„Lass mich sprechen, wenn wir das Tor erreichen. Wir wissen nicht, was hier in letzter Zeit passiert ist, und in unsicheren Zeiten neigen die Menschen zu Misstrauen gegenüber Fremden." Wulfuns Worte entlockten dem Schmied ein stummes Nicken.

Die letzten Meter bis zum Rand der Ortschaft flogen geradewegs unter ihnen dahin. Fasziniert vom Anblick einer fremden Siedlung, versuchte Angor mehr zu erkennen als nur die Dächer der Häuser über die hölzerne Mauer hinweg. Als sie schließlich das verschlossene Tor der Palisade erreichten, gab ihm der Ritter das Zeichen, sein Pferd anzuhalten. Von seinem eigenen Reittier herabgestiegen, überwand Wulfun schließlich die letzten Meter und klopfte mit erhobener Faust gegen das verwitterte Holz. Die Stille, die sich daraufhin anschloss, schien sich zu einer Ewigkeit auszudehnen, als plötzlich eine kleine Klappe in der Pforte aufschwang. Das grimmige Gesicht, das sich dahinter enthüllte, sah ihnen mit offenem Argwohn entgegen.

„Wer seid ihr? Was wollt ihr hier?"

„Wir sind nur Reisende, die in Eurem Dorf ein wenig Ruhe und Schutz finden wollen", antwortete Wulfun mit ruhiger Stimme.

„Ruhe ja, das können wir hier alle gebrauchen. Ihr zwei seht mir wie vernünftige Menschen aus. Ich werde euch hereinlassen. Wenn ihr jedoch meint, Ärger zu machen, dann bekommt ihr es mit mir zu tun."

Die Klappe im Tor schloss sich nur Sekunden, nachdem der Wächter zu Ende gesprochen hatte. Der knarzende Klang beanspruchten Holzes kündigte nur wenig später die Öffnung des Tores an. Genau wie der Ritter in der Zwischenzeit von seinem Pferd gestiegen, sah Angor dabei zu, wie sich der Weg nach Denton vor ihnen öffnete.

„Wenn ihr klug seid, bleibt ihr nicht allzu lange. Wir haben in letzter Zeit immer wieder Probleme mit diesen verdammten Grünhäuten. Ohne den Wall hätten sie uns bestimmt längst angegriffen. Aber lasst euch von meinen Worten nicht beunruhigen.

Denton ist sicher, genau wie ihr es sein werdet. Ich hoffe, ihr findet bei uns die Ruhe, die ihr sucht. Wenn etwas ist, wendet euch an mich."

„Danke für die Warnung", entgegnete Wulfun bestimmt. „Da wäre tatsächlich etwas. Nördlich von hier sind wir an den Überresten eines Hinterhaltes vorbeigekommen. Wie es aussah, haben die Druhks eine Familie überfallen. Erst vor ein oder zwei Tagen. Die Biester sind fort, aber die Körper der Toten liegen noch immer dort."

„So ein Mist", fluchte der Wächter betrübt. „Ich habe ihnen noch gesagt, dass sie besser warten sollten, bis jemand anders den gleichen Weg antritt wie sie. Danke, dass Ihr mir das sagt. Wir werden uns um sie kümmern. Aber jetzt solltet ihr reinkommen. Wenn ihr eine Unterkunft braucht, geht zum *Fliegenden Falken*. Sein Besitzer Ferdur ist ein Freund von mir. Er wird euch willkommen heißen. Sagt ihm, Hort schickt euch. Und wegen der Pferde solltet ihr euch bei Anin melden. Er ist zwar zuweilen etwas launisch zu Menschen, aber den Tieren gegenüber schlägt stets sein Herz."

Mit der Wegbeschreibung des Wächters im Ohr betraten die beiden den Ort. Obgleich Denton nach den Worten des Ritters selbst nur ein Dorf war, brachte sein Anblick den Schmied zum Staunen. Von dem Wall verdeckt, verbargen sich weitaus mehr Häuser hinter der Palisade, als der junge Mann es zunächst angenommen hatte. Sicher dreimal so groß wie Tresmark, verfügte der Ort über mehrere Straßen, die von seiner Mitte abzweigten.

Den Stall der Ortschaft zu finden, war nicht schwer. Gleich neben dem einzigen steinernen Gebäude Dentons gelegen, nahm die strohgedeckte Scheune eine ganze Seite des zentralen Dorfplatzes ein. Der Geruch frischen Heus begrüßte sie noch vor dem Mann, der nach den Worten des Wächters nach ihren Tieren sehen konnte. Alt und mit verkniffenem Gesichtsausdruck sah ihnen der Stallmeister mürrisch entgegen.

„Was macht ihr denn hier?", rief er ihnen entgegen, noch bevor sie seinen Hof betreten hatten.

„Ihr müsst Anin sein. Der Stallmeister dieses Ortes", begrüßte ihn Wulfun bemüht freundlich.

„Ich weiß nicht, ob ich das sein muss, aber ich bin es. Wer hat euch das verraten?", brummte der alte Mann zurück.

„Der Torwächter, Hort. Er sagte, wir sollten uns an euch wenden, wenn wir unsere Pferde gut unterbringen wollen", entgegnete der Ritter etwas überrumpelt.

„Dann hat der Dummkopf endlich auch mal was richtig gemacht. Ich bin überrascht."

„Habt Ihr nun noch Platz für unsere Pferde?" Wulfun war bemüht seine Ungeduld aus seiner Stimme herauszuhalten.

Der Blick des Stallmeisters richtete sich auf die beiden Reittiere. Der mürrische Ausdruck seiner Augen hellte sich augenblicklich auf. „Natürlich habe ich das. Für solche Prachtexemplare finde ich immer einen guten Platz. Ihr könnt sie für die Dauer Eures Aufenthaltes bei mir lassen. Für sie wird gut gesorgt sein. Den Preis für ihre Unterkunft besprechen wir dann später."

Nicht gewillt, sich länger als nötig mit dem Mann zu beschäftigen, überreichten sie ihm die Zügel ihrer Pferde. Mit ihren Satteltaschen über die Schultern geworfen, verließen sie schließlich die Stallung und traten dem Gasthaus entgegen. Der Fliegende Falke war selbst für jene zu erkennen, die seinen Namen an der Fassade nicht lesen konnten. Das hölzerne Tavernenschild über seinen Eingang verdeutlichte nur zu gut, welchen Namen sein Besitzer ihm gegeben hatte.

Der Gastraum jenseits der Tür war noch leer, doch der Nachmittag war auch noch nicht in den Abend übergegangen. Tische und Bänke füllten den Raum aus und breite Kerzen warteten bereits darauf, in der Nacht etwas Licht zu spenden. Aufgewärmt vom prasselnden Feuer im Kamin, bot der Raum eine einladende Atmosphäre.

„Na, was kann ich für euch tun?" Der freundliche Ruf des Wirtes lockte sie näher an seinen Tresen. „Ein Krug Bier vielleicht, oder doch lieber einen Becher süßen Met, um Eure Kehlen nach der langen Reise zu befeuchten? Oder verlangt es euch nach etwas Außergewöhnlicherem? Wir haben noch etwas Wein aus dem Süden. Ich sage euch, diese Süße wird euch verzücken!"

„Fürs Erste suchen wir nur nach einer Unterkunft. Der Torwächter Hort sagte, wir sollen uns an Euch wenden. Habt Ihr noch Zimmer frei?", fragte der Ritter.

„Ihr habt Glück, das habe ich. Eines für jeden von euch oder wollt ihr ein Zimmer teilen?", hakte der Wirt nach.

„Zwei Zimmer. Wir werden für einige Tage bleiben."

Angor schaute seinen Begleiter überrascht an. Er hatte nicht damit gerechnet, dass sie länger als eine Nacht in Denton verweilen würden.

„Sehr gerne. Folgt mir", rief Ferdur, als er mit den Schlüsseln in der Hand in Richtung einer kleinen Treppe marschierte.

„So sagt mir, von woher hat euch euer Weg hierher nach Denton geführt." Die Neugier des Wirtes war nicht zu überhören.

„Von Norden her. Wir kommen aus Tresmark", erklärte der junge Schmied stolz, noch bevor der Ritter etwas sagen konnte.

„Soso. Das ist doch das kleine Dorf, einige Tage die Straße entlang, oder? Dort soll es nicht viel geben, was den weiten Weg wert ist. Abgesehen vom alten Guntrich natürlich. Seine Arbeit soll außergewöhnlich sein. Außerdem habe ich gehört, dass sein Sohn jedem Kunden einen Probekampf anbietet. Man sagt, dass er ein sehr guter Schwertkämpfer ist. Seid Ihr ihm vielleicht begegnet?"

„Bin ich", antwortete Wulfun trocken. „Aber glaubt mir, wenn ich Euch sage, dass ich schon besseren begegnet bin. Er hat großes Talent, aber es mangelt ihm noch an der nötigen Disziplin."

Der Seitenblick des Ritters unterband jede Einmischung seines Rekruten.

„Hm, die Geschichten erzählen etwas anderes", murmelte der Wirt und blieb vor zwei Türen stehen. „Hier sind wir. Wenn ihr etwas braucht, gebt mir Bescheid. Ich bin Ferdur, falls ihr es noch nicht wisst."

Fröhlich pfeifend kehrte der Mann an seine Theke zurück und ließ die beiden alleine. Angors Blick fiel auf das offene Zimmer vor ihm. Auf den ersten Blick unterschied es sich nur wenig von seinem eigenen im Haus seines Vaters. Mit einem zufriedenen Seufzen ließ er seine Sachen auf den Boden seiner Unterkunft nieder und betrachtete das Bett.

„Was bin ich froh, endlich wieder in einem richtigen Bett schlafen zu können. Nach den letzten Nächten kann ich es kaum noch erwarten. Ich glaube, ich lege mich gleich mal hin."

„Nein, tust du nicht. Letzte Nacht hast du am eigenen Leib erfahren, wie wichtig es ist, stets auf seine Gegner vorbereitet zu sein. Es war gut, dass du dich an einen Teil meiner Lektionen erinnert hast. Den Rest müssen wir weiter üben. Leg deine Sachen ab und triff mich unten. Heute lassen wir deine Übungen nicht ausfallen."

Wulfuns Worte ließen Angors Vorfreude verschwinden.

„Aber ich bin müde. Ich habe seit Tagen keine Nacht mehr durchgeschlafen." Die Beschwerde des jungen Mannes kümmerte den Ritter nicht.

„Ich auch nicht. Wenn du mal eine Armee anführen willst, solltest du dich mit dem Gedanken abfinden, dass du nicht immer so viel schlafen kannst, wie du willst. Oft kannst du dir nicht aussuchen, wann du kämpfst. Du solltest auch müde in der Lage sein, deine Waffe zu benutzen. Beeil dich. Ich werde unten im Gastraum auf dich warten. Es gibt hier einen Übungsplatz, auf dem wir weiter an deinen Fähigkeiten arbeiten können."

Das Poltern von Wulfuns Schritten auf den Holzdielen beendete ihr Gespräch. Der Hoffnung auf einen baldigen Schlaf beraubt, ließ sich Angor seufzend auf sein Bett fallen. Als er seine Augen wenige Sekunden später wieder öffnete, schoss ein Stich der Aufregung durch seine Brust. Er war beinahe eingeschlafen und der Gedanke an den Ärger, den er von dem Ritter dafür bekommen hätte, genügte, um die Müdigkeit in ihm zu vertreiben. Belebt von seinem Schrecken, sprang er wieder auf die Beine. Gerade dabei, den Raum zu verlassen, hielt er noch einen Augenblick inne. Wenn Wulfun ihn wirklich auf einen richtigen Übungsplatz führen wollte, dann gab es dort vielleicht auch eine Möglichkeit, seinen neuen Bogen zu erproben. Mit der Waffe und seinem einfachen Köcher in den Händen eilte er wenig später die Treppe zum Gastraum hinab.

Mit einem Elan, den Angor nicht verstehen konnte, marschierte der Ritter vor ihm durch die Straßen Dentons. Mit den Stöcken aus dem Wald als Übungsschwertern in den Händen hielt er mit einer Sicherheit auf den Übungsplatz zu, die verriet, dass er ihn bereits zuvor besucht hatte. Der Kampfplatz des Dorfes war kaum mehr als eine größere Fläche mit gestampftem Boden und bot doch um einiges mehr als Angors erwähltes Kampffeld in Tresmark. Bestückt mit einigen Strohpuppen, denen man ihren langen Gebrauch ansah, lag er hinter einer kleinen Hütte am Ortsrand.

Nur Augenblicke, nachdem der Klang ihrer ersten Hiebe über den Platz geschallt war, durchschnitt ein lauter Ruf die Luft.

„Was fällt euch ein, einfach hierherzukommen!" Das Blaffen des mürrischen Mannes ließ die beiden unvermittelt innehalten.

„Man sagte mir, wir können diesen Ort nutzen, wenn wir unseren Umgang mit dem Schwert üben wollen", erklärte Wulfun verdutzt und sah dem älteren Mann mit dem Vollbart entgegen.

„Ach ja, wer sagt das? Ist es normal für euch, einfach die Sachen anderer zu benutzen. Habt ihr keinen Respekt vor fremden Sachen?"

„Ferdur“, antwortete der Ritter eilig. „Wir haben unsere eigenen Übungswaffen dabei und brauchen nur etwas Platz. Ich hatte nicht angenommen, dass wir damit irgendjemanden stören.“

„Hm, wenn das so ist, dann tut, was ihr tun wolltet. Ich dachte, ihr seid wieder welche von den Schmarotzern, die nicht einmal wissen, welches Ende man dem Feind entgegenhält und denen ich alles zeigen muss.“ Die Stimme des Mannes war versöhnlicher geworden.

„Macht nichts kaputt, ja, sonst muss ich mir euch zur Brust nehmen.“

Wulfuns Konzentration kehrte zurück, kaum dass sich der alte Mann am Rand des Kampffeldes niedergelassen hatte. Als er den Kampf wieder aufnahm, schonte er seinen Schüler nicht im Geringsten. Die Hiebe des Ritters kamen schnell und aus allen Richtungen. Obgleich er nur mit einem Stock kämpfte, führte er das Holz, wie er sein eigenes Schwert geführt hatte. Immer und immer wieder durchbrach er die Verteidigung seines Rekruten und brachte dem Leib des jungen Mannes eine weitere schmerzhafte Erinnerung an sein Versagen bei.

„Konzentriere dich! Denk an den Kampf in der Nacht. Denk nicht daran, dass du gegen mich kämpfst, sondern stell dir vor, du kämpfst gegen einen Druhk. Du hast gesehen, was sie mit der Familie gemacht haben. Willst du ihr Schicksal teilen?“

Die Worte des Ritters ließen sein Herz schneller schlagen. Der Gedanke an die Gefahr, in der er schwebte, und das Schicksal, das ein Versagen begleitete, verliehen ihm neue Kraft. Sein Blick wurde schärfer. Seine Atmung ruhiger. Der Ritter hatte recht. Bisher mochte er meist nur zum Spaß gekämpft haben, doch diese Zeit war vorbei. Kein echter Gegner würde ihn schonen, nur weil er nicht alles gegeben hatte.

Mit neuem Mut und voller Entschlossenheit begegnete der junge Krieger der nächsten Angriffsserie seines Gegners. Die Stöcke knallten laut, als Angor Hieb um Hieb abwehrte. Wulfun versuchte immer neue Manöver, um seinen Kontrahenten in eine Falle zu locken, doch der junge Krieger wehrte jeden Versuch ab. Seinem Bauchgefühl folgend kämpfte der einstige Schmied mit einer Ruhe und Beharrlichkeit, die er selbst nicht von sich kannte.

Ihr Kampf zog sich in die Länge. Bedacht darauf, seine starke Position zu halten, blieb der junge Streiter instinktiv auf Abstand zu seinem Gegner. Wach und mit klarem Verstand beobachtete er jede Bewegung des königlichen Streiters, bis er sah, wie sich Lücken in der Verteidigung des Mannes vor ihm öffneten. Die Enthüllung dieser Schwächen ließ sein Herz für einen Moment erbeben. Die Erkenntnis, dass er den Kampf dieses Mal für sich entscheiden konnte, gab ihm die Ruhe, auf den richtigen Moment zu warten. Die Oberhand wechselte mehrere Male, doch dann sah er es. Ein Schrittfehler, kaum zu sehen und doch zu klar, öffnete eine Lücke in Wulfuns Verteidigung, die der Ritter nicht mehr schließen konnte.

Das Schwert des jungen Mannes schoss voran. Er konnte es sehen, sein Treffer war unvermeidbar. Begleitet vom metallischen Klirren der Kettenringe traf sein Holzschwert auf das Kettenhemd des Ritters. Ein Hochgefühl brandete durch Angors Geist. Er hatte Wulfun getroffen. Er hatte den Kampf für sich entschieden. Ein breites Grinsen stahl sich auf sein Gesicht, befeuert von der Freude in seinem Inneren. Erfüllt von einer Erleichterung, die er nicht vermutet hätte, spürte er, wie ein Lachen aus seiner Kehle quoll. Doch der Moment war nicht von Dauer. Noch bevor der erste Laut aus seiner Brust erschallte, spürte er die warme Berührung des Holzes an seiner Kehle. Die kalte Wahrheit dieser Tatsache riss seine Freude hinfort. Wulfun hatte ihn gleichermaßen getroffen.

„Nicht schlecht, junger Mann. Gar nicht schlecht. Du hast mich tatsächlich ins Schwitzen gebracht. Du hast beinahe gewonnen." Wulfun nahm langsam seine Waffe fort. „Aber denk immer daran. Auch wenn du deinen Gegner triffst, wenn du dabei selbst verletzt wirst, ist das auch immer eine Niederlage für dich."

Das aufmunternde Lächeln seines Gegners konnte Angors Enttäuschung nicht mehr lindern. Frust keimte in ihm auf. Frust darüber, dass er sich im entscheidenden Moment wieder von seiner Ungeduld hatte hinreißen lassen.

„Du hast dich gut geschlagen, Junge. Ich denke, du hast dir damit einen freien Abend verdient. Für heute verzichten wir auf weitere Übungen. Genieß die Zeit, die du hier hast. Ich werde zurück ins Gasthaus gehen. Wir sprechen uns dann morgen wieder."

Wulfuns Abgang ließ seinen Rekruten alleine auf dem Übungsplatz zurück. Enttäuscht über seinen verlorenen Sieg ließ sich der junge Streiter schnaubend auf einem verschrammten Fass nieder.

„Das war wirklich beeindruckend." Die Stimme des alten Veteranen ließ Angor aufsehen. „Du hast dir einen schweren Gegner gewählt. Ich bin mir sicher, kein anderer hier im Dorf wäre in der Lage gewesen, dich im Kampf zu besiegen. Wer bist du, dass du so mit einem Schwert umgehen kannst?"

„Ich bin Angor, der Sohn von Guntrich aus Tresmark", erklärte der junge Mann.

„So, ich habe deinen Namen schon einmal gehört. Es scheint, dass die Geschichten über dich doch nicht übertrieben sind. Ich bin Vrodh und das ist mein Übungsplatz hier. Wenn du möchtest, kannst du ihn jederzeit nutzen. Ich habe ja jetzt gesehen, dass du weißt, was du tust."

Angors Blick richtete sich auf den Bogen, den er am Rande des Kampffeldes abgelegt hatte. „Habt Ihr hier auch einen Ort, an dem ich den Bogen benutzen kann? Ich möchte mich mal an der Waffe versuchen."

„Den habe ich." Von seinem Sitzplatz erhoben, bedeutete der Veteran dem jungen Mann ihm zu folgen. Die Zielscheibe war nicht weit entfernt. „Sag, beherrschst du den Bogen genauso gut wie dein Schwert?"

„Ich weiß es nicht", gestand Angor offen ein. „Wenn ich ehrlich bin, habe ich ihn noch nie benutzt. Mein Vater gab ihn mir, damit ich auf meiner Reise etwas jagen kann."

„Hm, wenn du nicht weißt, wie du ihn benutzten musst, wirst du damit weder Wild noch Feind erlegen. Komm, ich zeig dir, wie es geht."

Unsicher, ob er wirklich schon wieder von einem Fremden unterrichtet werden wollte, zögerte der junge Schmied für einen Augenblick, doch das aufmunternde Lächeln des alten Veteranen ließ ihn schließlich zustimmen. Obgleich von einer gewissen Rauheit erfüllt, war die Unterweisung Vrodhs von einem gänzlich anderen Charakter als die des königlichen Ritters. Weniger dringlich und mit einer offenen Freude daran, ihm etwas beibringen zu können, erklärte ihm der alte Mann die Grundlagen des Bogenschießens. Während der frühere Schmied die Waffe vorsichtig spannte, achtete der erfahrene Kämpfer auf seinen Stand, seine Atmung, seine Haltung und seinen Blick. Mit sanftem Druck und gütiger Stimme korrigierte er die Fehler seines Schülers, bis er Angor endlich erlaubte, seinen ersten Pfeil fliegen zu lassen.

Das Ergebnis brachte den jungen Mann zum Staunen. Sein Geschoss hatte zwar nicht die Mitte der Scheibe getroffen, jedoch war es nah genug daran, dass er noch immer den Körper eines Gegners erwischt hätte. Vom Lob des alten Mannes bestärkt, schickte er seinen nächsten Pfeil auf seine Reise. Doch genau wie beim Kampf mit dem Schwert hatte er sich von seinem Übermut hinreißen lassen. Von seinen unruhigen Bewegungen aus dem Gleichgewicht gebracht, schlingerte das Geschoss einen ganzen Schritt breit an der Strohscheibe vorbei und verschwand im flachen Gras.

„Ha, das passiert den Besten. Mach dir nichts draus. Übe weiter und du wirst bald besser werden."

Die Beschwichtigung des Veteranen konnte die Enttäuschung in Angors Gedanken nur wenig lindern. Bemüht sich an seine Erklärung zu erinnern, verschoss der junge Mann auch die restlichen Pfeile, die sein Vater ihm gegeben hatte, doch keiner von ihnen kam der Mitte mehr näher, als es sein erster Versuch getan hatte.

„Dein Ergebnis ist gut. Vor allem für deinen ersten Versuch. Übe weiter und du wirst bald ein genauso guter Bogenschütze wie Schwertkämpfer sein."

„Das werde ich, doch für heute habe ich genug. Habt Dank für Eure Unterstützung." Mit diesen Worten verabschiedete sich der junge Streiter und verließ den Übungsplatz, um endlich ein wenig Ruhe zu finden. Seine Erfolge mochten gut gewesen sein, doch er wusste, dass er sich noch weiter steigern konnte. Sein Ehrgeiz war geweckt.

Als er ins Gasthaus zurückkehrte, war der große Raum hinter der Tür nicht mehr leer. Vom Duft bratenden Fleisches erfüllt, saßen bereits mehrere Dörfler an den vorbereiteten Tischen. Der Geruch des kochenden Essens ließ Angor das Wasser im Mund zusammenlaufen. Nach Tagen der kargen Kost in der Wildnis sehnte sich sein Bauch nach einer anständigen Mahlzeit und einem guten Getränk, mit dem er sie herunterspülen konnte. Bestrebt, seinen Bogen schnell fortzubringen, eilte er in sein Zimmer und kehrte danach sofort in die Gaststube zurück.

„Was darf's sein, junger Mann?" Die freundliche Stimme des Wirtes erreichte ihn, noch bevor er sich am Tresen niederlassen konnte.

„Ein Krug von Eurem besten Bier und etwas von dem, was hier so gut riecht", raunte der müde Kämpfer.

„Ein Krug unseres besten, was? Wir haben hier hervorragendes Helles, erst vor Kurzem gebraut. Aber wenn Ihr etwas ganz

Besonderes ausprobieren wollt, dann habe ich für Euch vielleicht noch ein paar Tropfen köstlichen *Zurnacks*. Dieses Zwergenbier ist wahrlich ein ganz besonderer Genuss."

Der Gedanke an die Zwerge beflügelte Angors Fantasie. Genau wie die Elfen gehörten sie zu den Wesen, die er einzig aus Geschichten und Mythen kannte und doch hatte er schon immer gewusst, dass es sie wirklich gab. Sein Vater war einst einem begegnet, und sein Respekt vor ihrer Schmiedekunst flammte jedes Mal erneut auf, wenn er die Geschichte erzählte.

„Euer Zwergenbier klingt verlockend, doch ich denke, ich nehme lieber einen Krug Eures Hellen."

„Ganz wie du willst. Der Abend ist noch jung, wenn du es doch probieren willst, sag einfach Bescheid."

Das Poltern des Kruges, als der Wirt ihn auf den Tresen stellte, offenbarte den Anblick, den der junge Mann erhofft hatte. Gekrönt von einer dicken Schaumkrone, schwappte ein klein wenig der goldenen Flüssigkeit über den Rand des Gefäßes.

„Hast du vorhin den Kampf auf Vrodhs altem Übungsplatz gesehen? Das war mal ein Anblick. Selbst der alte Griesgram war von ihrem Duell so gefesselt, dass er nicht meckernd dazwischen gegangen ist."

„Nur das Ende, aber das war trotzdem sehr sehenswert. Ferdur hat gesagt, die beiden kommen aus Tresmark. Oder zumindest der Jüngere von ihnen."

„Ob das dieser Bengel von Guntrich ist. Der Schwertkämpfer aus den Geschichten, meine ich."

„Psst, sei etwas leiser. Der hockt doch da drüben und schaut schon rüber."

Die Stimmen der beiden Männer wurden leiser, doch Angor Neugier war geweckt. Entschlossen herauszufinden, was man sich so über ihn erzählte, erhob er sich von seinem Platz und schlenderte dem Tisch der Fremden entgegen.

„Guten Abend. Ich habe gehört, wie ihr über mich gesprochen habt."

„Was?", fuhr einer der Männer erschrocken auf. „Wir haben nur über den Trubel geredet, den ihr beim alten Vrodh gemacht habt. War ein ganz schönes Spektakel."

„Ja, sah so aus, als wüsstet Ihr mit Eurem Schwert umzugehen", plapperte der andere und trank schnell von seinem Bier.

„Wenn ihr möchtet, zeige ich euch das eine oder andere", lud Angor fröhlich ein.

„Nein, nein, vielen Dank. Mir genügen schon die harschen Worte, die Vrodh uns immer nachruft, wenn wir zu seinen Übungen antreten", wehrte der erste Sprecher ab und stand auf. „Verzeiht mir, ich habe noch etwas zu tun."

Verdutzt beobachtete Angor, wie die beiden Männer ihre Krüge austranken und eilig aus der Gaststube verschwanden. Alleine an ihrem Tisch sitzend, lehnte er sich selbstzufrieden zurück und nahm einen genüsslichen Zug von seinem Bier. Zumindest hatte er sie beeindruckt. Als er seine Augen wieder öffnete, bemerkte er den eindringlichen Blick eines Fremden auf ihm. Er hatte den alten Mann bisher kaum bemerkt. In einfache Gewänder gehüllt, saß er alleine unweit des Kamins und schien außer ihm niemanden zu beobachten.

Vom Starren des Fremden beunruhigt erhob sich der Schwertkämpfer von seinem Platz. Vielleicht war es besser, wenn er zu Ferdur an den Tresen zurückkehrte.

„Du, Junge! Komm mal rüber zu mir."

Die Stimme des alten Mannes ließ ihn augenblicklich innehalten.

Die Geschichte von Seris

Erschrocken sah er zu ihm rüber. „Meint Ihr mich?"

„Ja, genau dich. Oder ist hier noch ein junger Mann aus einem anderen Dorf", säuselte der Alte und setzte ein breites einnehmendes Grinsen auf.

Zögerlich drehte sich Angor um und ging einen Schritt auf ihn zu. „Was wollt Ihr von mir?"

„Mit dir reden, Junge. Du bist kaum einen Tag hier und hast schon die Aufmerksamkeit der anderen Dorfbewohner auf dich gezogen. Die sind zwar allesamt ein neugieriges Pack, aber dennoch beeindruckt mich das."

Eine warme Welle jugendlichen Stolzes durchströmte die Brust des Schmiedes. Sein Misstrauen wurde durch die schmeichelnden Worte des alten Mannes ein wenig besänftigt. Gespannt, was er von ihm wollte, trat er an den Tisch in der Ecke des Zimmers heran. „Wer seid Ihr?"

„Ich?", seufzte der Mann und lehnte sich schnaubend zurück. „Ich bin nur ein alter Geschichtenerzähler, der versucht, die Erinnerungen an längst vergangene Heldentaten und wundersame Ereignisse in den Köpfen der Menschen wachzuhalten."

Angor musterte ihn aufmerksam. Er war sich nicht ganz sicher, aber irgendwas an der Person vor ihm schien das Bild, das er darstellte, aus dem Gleichgewicht zu bringen. Faltige Haut, ein stoppeliger grauer Bart und abgetragene Kleidung, die schon bessere Tage gesehen hatte, unterstützen die Aussage des Mannes über seinen Beruf. Ein gebeugter Rücken, vermutlich das Erzeugnis eines Lebens voller harter Arbeit, steigerte den großväterlichen Eindruck und doch schien etwas nicht zu passen.

„Sag mir Angor, das ist doch dein Name nicht? Sag mir, hat man dir je die Geschichte von *Seris dem Drachenkrieger* erzählt?"

Unschlüssig darüber, was er antworten sollte, zögerte der junge Mann. Einerseits hatte er sich schon immer für spannende Geschichten interessiert. Gerade jene, in denen die mythischen Drachen vorkamen, hatten einen besonderen Platz in seinem Herzen. Andererseits zehrten die Strapazen des vergangenen Tages noch immer an seiner Kraft. Tief in seinem Inneren wünschte er sich nichts mehr als ein weiches Bett und einen ruhigen Schlaf.

„Du siehst so aus, als wäre dir die Geschichte unbekannt. Lass mich das in Ordnung bringen. Komm, setz dich und lausche meinen Worten. Vielleicht lernst du ja was über die Geschichte deiner Heimat, das dich faszinieren wird."

Angors Neugier gewann den Wettstreit mit seiner Zurückhaltung. Gelockt von der warmen Stimme des alten Mannes, ließ er sich auf den Stuhl vor ihm sinken. Der Geschichtenerzähler zwinkerte ihm grinsend zu, bevor er tief Luft holte und mit seiner Erzählung begann.

„Es gab einst einen Mann, einen Krieger, dessen Taten das Schicksal unseres gesamten Königreiches bestimmen sollten. Es ist sechshundert Jahre her, dass dieser Mann unter uns wandelte. Er schützte unsere Heimat in einer Zeit voller Turbulenzen und Gefahren. Der Mann, von dem ich spreche, hieß Seris.

Als Denker genauso geschätzt wie als Krieger, gab es niemanden, der es wagte, an seiner Ehre zu zweifeln. Geschätzt für seine Qualitäten war es niemand Geringeres als König Barteus, der Herr von Nuray, der seine Dienste in Anspruch nahm.

Nuray, weißt du, profitierte in dieser Zeit von großem Glück. Nicht nur dass ihm ein großer Krieger diente, es wurde auch von einem König geführt, dessen Sorge stets bei den Menschen seines gewaltigen Reiches lag. Barteus war ein guter König gewesen. Er war schlau, gütig und weise. Als Staatsmann sah er noch in erster Linie die Verantwortung des Königtums und nicht die Privilegien, die es mit sich brachte. Manchmal fürchte ich, dass die Könige in den Jahrhunderten danach diese Bürden vergessen haben.

Es war der Edelmut des Königs, der die unerschütterliche Treue unseres Helden an sich band. Beeindruckt von der Güte seines Herrn, diente Seris mit tiefer Ergebenheit und half Barteus dabei, nicht nur Frieden mit den umliegenden Ländern zu schließen, sondern obendrein auch noch Bündnisse der Freundschaft und des Vertrauens zu knüpfen. Das größte Kunststück von allen gelang allerdings dem König selbst. Durch kluge Verhandlung und geschickte Diplomatie erreichte König Barteus sogar den ersten Frieden zwischen den Menschen und den Stämmen der Druhks, seit Nuray bestand. Eine Zeit unvergleichlichen Wohlstandes war der Lohn für all diese Mühen.

Jahr um Jahr verging, in denen Nuray von reichen Ernten beschenkt wurde. Die Handwerker fertigten die wunderbarsten Dinge und das gesamte Land blühte wahrlich auf. Doch es kam, wie es kommen musste. Keine Zeit des Glücks besteht für immer. Auf jeden Sommer folgt auch ein Herbst.

Es waren die Stämme der Ungeheuer aus dem Norden, die den Pakt zwischen Menschen und Grünhäuten brachen und in einer Welle des Leids brandschatzend über die unschuldigen Menschen Nurays herfielen. Neid und Habgier hatten die Monster dazu gebracht, den kostbaren Frieden zugunsten von Raub und Krieg aufzugeben. Dörfer brannten, Städte wurden belagert. Plünderungen, Mord und Zerstörung folgten den Druhks, wohin auch immer sie gingen.

König Barteus zögerte nicht die Hand, die er zum Frieden ausgestreckt hatte, nun sein Schwert ergreifen zu lassen. Er rief zu den Waffen. Rief die tapferen Krieger Nurays dazu auf, an seiner Seite ihre Heimat zu verteidigen. Der Erste, der antwortete, sollte auch jener sein, der an der Spitze der nurayanischen Truppen marschieren sollte. Von rechtschaffener Wut erfüllt rückte Seris als Anführer der Armee Nurays aus.

Beinahe ein Jahr der blutigen Schlachten und des Gemetzels folgte. Wo auch immer eine Horde der Druhks gesichtet wurde, marschierten die Krieger Nurays hin und stellten sich ihr in den Weg. Die Männer waren guten Mutes, führte sie doch der größte von ihnen allen an. Mit Seris als ihrem Anführer errangen die Soldaten Nurays einen Sieg nach dem anderen. Keine Auseinandersetzung, an der er beteiligt war, endete in einem Unglück für die Armeen der Menschen und dennoch genügten ihre Anstrengungen nicht, um alle zu retten. Die Siege waren hart errungen, der Feind erbarmungslos. Mit jedem Kampf, der ausgetragen wurde, sank die Zahl der Krieger des Reiches weiter. Selbst die tapfersten von Seris Männern waren eines Tages verwundet oder erschöpft.

In dem Wissen, dass diese Kämpfe so nicht mehr ewig weitergehen konnten, trat der Krieger vor den König. Dem Anliegen seines größten Streiters gegenüber offen, zog sich der Herrscher mit seinem Heerführer zu Beratungen zurück. Es hatte eine Sache gegeben, die dem Helden nach all den Kämpfen aufgefallen war. Nicht einmal waren Druhks aus der Schlacht geflohen, durchaus unüblich für ihre Art. Schlimmer noch, als er die Zahl der getöteten Feinde darlegte, wurde ihm klar, dass längst das ganze Volk der Grünhäute gegen die Menschen zu Felde gezogen sein musste.

Er wusste, dass es ein Geheimnis hinter dieser Wahrheit geben musste. Einen Grund, aus dem sie den endlosen Horden keinen Einhalt gebieten konnten. Vom König beauftragt, die Lösung des Rätsels zu ergründen, machte sich der Heerführer auf den Weg.

Monate der Suche vergingen. Monate, in denen Seris fieberhaft nach dem Geheimnis hinter der Stärke der Druhks suchte, während das Land unter den wilden Horden litt. Ein Gerücht kam ihm zu Ohren, erzählt von den Überlebenden, die er aus den Klauen der grünhäutigen Ungeheuer gerettet hatte. Je mehr er befreite, desto öfter hörte er die gleiche unglaubliche Geschichte.

Die Gefallenen dieser Monster blieben nicht länger tot. Erschüttert von dieser Information verstärkte der Krieger seine Suche, bis er schließlich das schreckliche Geheimnis ergründete.

Erweckt durch die Magie einer mächtigen Schamanin erwachten jene Grünhäute, die im Kampf erschlagen wurden, nur kurze Zeit nach den Kämpfen wieder zum Leben. Ihre Macht durch die Lebenskraft eines gefangenen Drachen verstärkt, war die Druhkhexe der Schlüssel, um die Druhks zu besiegen.

Das Ziel des Helden war klar. Keine Armee konnte ihm dabei helfen, an diese mächtige Zauberin heranzukommen. Heimlichkeit und ein einziger Vertrauter würden ihm genügen müssen, um seine Heimat von den Schrecken zu befreien. Nur begleitet von seinem besten Freund, einem Mann aus einem fernen Land, stellte er sich der Aufgabe, die Schamanin und den Drachen, der ihr Macht verlieh, zu töten.

List und Schläue waren notwendig gewesen, um das Versteck der unheilvollen Zauberin zu finden. Eine Unzahl an wiedererweckten Druhkkriegern bewachte den Unterschlupf ihrer Anführerin. Mit großer Vorsicht schlichen sich die beiden Männer an der stinkenden Horde vorbei. Ihr Ziel war schon beinahe in Reichweite, als das Glück sie verließ. Das donnernde Brüllen eines wachsamen Druhks beendete ihr verschlagenes Eindringen. Der Kampf, der entbrannte, war erbittert. Der Horde unterlegen, wussten die Krieger, dass der einzige Weg zu ihrem Sieg und Überleben der Tod der Schamanin sein konnte.

Seite an Seite mit seinem Gefährten kämpfte sich der Held zu der Zauberin vor und sorgte schließlich dafür, dass ihr Treiben ein Ende fand. Gemeinsam mit ihrem Leben verlor auch die Macht, die den Druhks ihren Untod verlieh, an Stärke. Die Grünhäute wurden schwächer. Schwach genug, damit Seris und sein Gefährte sich einen Weg in Sicherheit erkämpfen konnten.

Der Sieg über die Schamanin war jedoch nicht ohne einen Preis errungen worden. Es war Seris Freund, der auf dem Höhepunkt der Kämpfe von der Macht der Hexe getroffen worden war. Gequält durch die Auswirkungen ihrer fürchterlichen Kräfte ereilte ihn ein Schicksal schlimmer noch als der Tod, erzählt man sich.

Geschwächt durch die Herausforderung, die sie gemeistert hatten, galt es für die beiden Recken noch eine letzte Hürde zu überwinden, ehe sie ihre Aufgabe abschließen konnten. Von der dunklen Magie, die sein Leben auszehrte, in den Wahnsinn getrieben, wütete der Drache. Selbst unter Einsatz aller Kräfte unterlagen die beiden Helden beinahe dem gepeinigten Biest. Es war erneut Seris, der dem Drachen mit einem Stoß seines Schwertes den Hals durchbohrte. In seinen letzten Augenblicken von dem Bann auf seinem Verstand erlöst, klärte sich schließlich der Geist des Drachen.

Mit seinem letzten Atemzug trug das gewaltige Wesen, von Verzweiflung getrieben, Seris eine Aufgabe auf. Die Reinheit seines Herzens erkennend, übertrug der Geschuppte dem Helden von Nuray die schwerste Verantwortung von allen. Ein einzelnes Ei, in einem steinigen Nest hinter den Fesseln des Drachen versteckt, war das Druckmittel der stinkenden Grünhäute gewesen. Auserkoren von dem Drachen das Ei und das Junge darin zu beschützen und aufzuziehen, wurde Seris die größte Ehre zuteil, die ein Mensch seit Anbeginn der Zeit erfahren hatte.

Scham überkam den Verteidiger Nurays, als er die Wahrheit vor sich sah. Darniederliegend in seinem eigenen Blut war nun mehr denn je offensichtlich geworden, dass der Drache genau wie die Menschen nur ein Opfer der verderbten Druhks gewesen war.

Nach dem Sieg über die Anführerin der Ungeheuer versammelte der König schließlich seine letzten Soldaten und verbannte die verbliebene Bedrohung aus seinen Ländern. Nuray hatte durch die Taten unseres Helden überlebt. Die Menschen atmeten auf. Was verloren war, konnte wiederaufgebaut werden. Frieden kehrte nach Nuray zurück. Doch die Geschichte unseres Helden ist hier noch nicht vorbei.

Mit Sorgfalt und Liebe brütete Seris das Ei aus. Der Drache schlüpfte und flocht ein Band der Freundschaft und des Vertrauens, das enger war als jedes andere. Von den Pflichten des Krieges befreit, genoss der Retter Nurays nichts mehr, als seinem Drachen beim Wachsen zuzusehen. Doch der Schatten des Kampfes, der einst über dem Land gelegen hatte, weigerte sich ein weiteres Mal lange fortzubleiben. Eine neue Bedrohung überkam Nuray, noch bevor es bereit war.

Nach wie vor geschwächt vom Krieg gegen die Grünhäute, hatte das Land den plötzlichen Eindringlingen aus dem Osten nichts entgegenzusetzen. Es waren Menschen, die nun von Habgier getrieben durch Nuray zogen und alles an sich rissen, was nicht verteidigt werden konnte. Obgleich sofort Truppen zusammengezogen wurden, genügten die Anstrengungen der Krone nicht, den Angreifern Einhalt zu gebieten. Der unerwartete Tod König Barteus verschlimmerte die Lage noch weiter. Das Land war zerstritten und noch immer nicht wieder aufgebaut und so vergingen viele Monate, bis es Seris schließlich gelang, die Menschen Nurays wieder hinter sich zu vereinen. Die Zeit der Unruhe hatte dem Reich viel gekostet, doch unser Held wusste, dass ein noch größerer Preis bezahlt werden musste, um den Frieden endlich zurückzubringen.

Er versammelte seine Truppen, jeden Mann, der bereit war, an seiner Seite gegen die Plünderer zu kämpfen, und folgte den Spuren ihrer Zerstörung. Als die Angreifer schließlich gestellt wurden, kam es zu einer entscheidenden Schlacht. Vom Rücken seines Drachen aus focht unser Held gegen all jene, die seine Heimat bedrohten. Das Schlachtenglück wechselte mehrere Male die Seiten. List und Tücke begegneten Edelmut und Ehre. Zahlenmäßig gleichauf gelang es keiner Seite einen wirklichen Vorteil zu erringen, bis der Heerführer Nurays seine mächtigste Waffe einsetzte. Es war das Feuer seines Drachen, das die Feinde schließlich in die Flucht trieb.

Nuray war ein weiteres Mal gerettet worden. Manch einer sagt, die Geschichte wiederholt sich, was man auch tut, denn wie bereits zuvor schon im Kampf gegen die Druhks war kein Sieg ohne ein Opfer zu erringen. Eine Wunde schwärte in Seris, die ihm seine Lebenskraft kostete. Man munkelt heute nur noch darüber, was dies für eine Verletzung gewesen sein konnte, doch kein Heiler und keine gute Magie konnten sein Leben mehr retten.

Als seine letzten Tage angebrochen waren, ereilte ihn eine Vision. Was er sah, erweckte seine letzten Kräfte. Nuray würde in Zukunft wieder einen Retter brauchen. Von einer Überzeugung getrieben, die so heiß wie Feuersglut in ihm brannte, verschwand er eines Tages aus seinem Haus. Man sagt, er habe eine Schatulle versteckt. Ein silbernes Kästchen belegt mit mächtigen Zaubern. Nur sein wahrer Nachfahre würde in der Lage sein, das Kästchen zu öffnen und die darin versteckte Macht zu offenbaren.

Seris starb und mit ihm die Ehre unserer Könige. Kein Herr von Nuray kam mehr den Herrschern jener Zeit gleich. Keiner von ihnen war mehr ein so guter König, wir jene, die zu Seris Zeiten lebten."

Gebannt starrte Angor auf den geschlossenen Mund des Geschichtenerzählers. Er brauchte einige Sekunden, um zu begreifen, dass die Geschichte ihr Ende gefunden hatte.

„Was ist mit dem Drachen passiert?", platze es aus ihm heraus.

„Hm, das ist eine gute Frage. Eine Frage, die ich dir nicht beantworten kann. Wer weiß, vielleicht wirst du es eines Tages selbst herausfinden."

Angor fühlte sich wie vor den Kopf gestoßen.

„Aber was ich weiß, ist, dass es heißt, das silberne Kästchen liege irgendwo hier in der Gegend versteckt. Darauf wartend vom wahren Nachfahren des Helden gefunden zu werden."

Als er die Worte vernahm, machte sein Herz einen Satz. Meinte der alte Mann vielleicht das Kästchen, das er im Wald gefunden hatte? Wusste er von seinem Fund? Warum hatte er ihm ausgerechnet diese Geschichte erzählt? Als er seinen Blick wieder hob, war der Geschichtenerzähler aufgestanden.

„Ahhrg, es tut gut, wieder zu stehen. Verzeih mir Junge, ich muss mal austreten. Danke, dass du mir zugehört hast."

Unfähig, auch nur ein einziges Wort zu sagen, beobachtete der junge Krieger den alten Mann dabei, wie er das Gasthaus verließ.

„*Was hat das alles nur zu bedeuten?*", fragte sich Angor im Stillen, als er die Stufen zu seinem Zimmer hinauf stapfte.

Die Tür fiel mit einem dumpfen Schlag hinter ihm ins Schloss. In Gedanken noch immer in der seltsamen Begegnung gefangen, ließ sich Angor auf dem Bett nieder. Je mehr er darüber nachdachte, desto eigenartiger kam ihm die ganze Sache mit dem Geschichtenerzähler vor. Die Frage, warum er ausgerechnet ihm die Geschichte des alten Helden erzählt hatte, blieb dem jungen Schmied ein Rätsel. Niemand in Denton hatte gesehen, dass er im Besitz einer silbernen Schatulle war, darauf hatte er geachtet.

Ein düsterer Gedanke ließ ihn vor Schreck erstarren. „*Was, wenn jemand in seinem Zimmer gewesen ist?*"

Mit zusammengekniffenen Augen sah er sich um und suchte nach einer Spur, die ein Einbrecher hinterlassen haben könnte. Stuhl, Tisch und Bett waren noch immer, wo sie gestanden hatten, als er das erste Mal hereingekommen war. Selbst sein Rucksack und seine Taschen lagen noch immer dort, wo er sie abgelegt hatte.

Begleitet von einem erschöpften Schnauben wischte sich Angor mit der Hand über das Gesicht. Die Müdigkeit zehrte zunehmend an ihm. Vielleicht war es auch einfach nur Zeit, etwas zu schlafen, um den Kopf wieder klar zu bekommen. Mit seinem Haupt auf dem weichen Kissen liegend, konnte er an nichts anderes als an diese Geschichte denken. Bis zu diesem Abend hatte er noch nicht einmal ein Wort über einen Seris oder seine Taten gehört. Sein Vater hatte ihm immer gesagt, dass er die

Ereignisse der Vergangenheit dort lassen sollte, wo sie waren und das hatte er getan. Und doch. Er wusste nicht wieso, aber irgendwie hatte er den Ausgang der Geschichte gekannt, noch bevor der alte Mann so weit gesprochen hatte.

Die Satteltasche mit dem Schatz darin lag vor ihm. Beleuchtet vom schwachen Licht des Mondes, das durch sein kleines Fenster fiel, lag das dunkle Leder dort. Ein Drang wuchs in seinem Kopf und formte mit jeder verstrichenen Sekunde mehr und mehr eine Entscheidung. Es dauerte nicht lange, ehe Angor schließlich schnaubend seine Decke zurückwarf und aus seinem Bett trat. Mit eifrigen Fingern öffnete er den Verschluss der Tasche und zog vorsichtig seinen geheimen Fund hervor. Erleichterung durchströmte ihn, als seine Hände das kühle Metall berührten. Egal was der alte Mann wusste, er hatte ihm zumindest nicht seinen Schatz gestohlen.

Von Unruhe erfasst setzte er sich auf sein Bett, die glänzende Schatulle auf seinem Schoß. Genau wie beim letzten Mal, als er das Kästchen untersucht hatte, schienen seine Augen ihn zu verspotten. Ein sanfter Glanz, beinahe schon ein Leuchten, ging von den feinen Linien aus, die die gesamte Oberfläche der Schatulle bedeckten. Von Neugier und dem Drang getrieben, endlich Klarheit über seinen Fund zu erlangen, ließ Angor seine Finger wie in der letzten Nacht über das Silber gleiten.

Sein Herzschlag beschleunigte sich, als seine Fingerspitze erneut die kleine Mulde an der Rückseite fand. Unsicherheit ließ ihn zögern. Was mochte das alles bedeuten? Ein tiefer Atemzug half ihm, seinen Mut zu sammeln. Von Unruhe erfüllt biss er sich sachte auf die Unterlippe und drückte mit seinem Finger auf die Vertiefung, wie er es bereits zuvor getan hatte. Angestrengt lauschte er, bis er das verräterische Klicken erneut hörte. Die Aufregung brachte ihn zum Schwitzen. Nichts an dem Kästchen hatte sich verändert und doch spürte er, dass er noch fester drücken konnte.

Kaum hörbar und für den jungen Mann doch so laut wie ein umgefallener Stuhl, klackte es im Inneren plötzlich erneut. Angor hielt die Luft an. Ein leises Rattern, begleitet von einem steten Ticken, drang aus dem Inneren. Zischend und von ganz alleine öffnete sich der Deckel des Kästchens. Überrascht riss er die Augen auf. Was passierte hier? Welche Bedeutung mochte all das haben? Neugier und Unsicherheit rangen in seinem Geist miteinander und doch setzte sich sein Wunsch durch, die Ereignisse bis zum Ende zu verfolgen. Voller Spannung versuchte der Bursche zu erkennen, was sich unter dem Deckel verbarg. Noch bevor seine Augen etwas sehen konnten, fegte plötzlich ein gleißend heller Energiestoß durch den Raum und warf in auf das Bett.

Ein ohrenbetäubend lautes Brüllen erfüllte auf einmal die Kammer. Geblendet und verwirrt schaute Angor in dem kleinen Zimmer hin und her und versuchte seine Quelle zu entdecken. Doch so schnell wie es gekommen war, verschwand das Geräusch wieder. Sein Herz pochte, seine Gedanken rasten. Er war sich sicher, dass binnen weniger Augenblicke alle Bewohner des Gasthauses in sein Zimmer stürmen würden. Erstarrt hielt er inne. Sekunden verstrichen, doch nichts passierte. Wie konnte das sein? Zischend stieß er seinen Atem aus. Es war nicht seine Absicht gewesen ihn anzuhalten, doch als er jetzt jauchzend einatmete, brannte seine Lunge.

Unfähig, auch nur an irgendetwas zu denken, hörte Angor plötzlich eine leise Stimme. Sie kam nicht von der Tür, nicht von dem Boden unter ihm und dem Gastraum darunter. Worte wurden gesprochen, aber er konnte sie nicht verstehen. Egal wohin er schaute, er konnte nicht erkennen, woher die Stimme kam.

Die Worte wurden lauter, deutlicher und eindeutig an ihn gerichtet. Das Geräusch schwoll an, bis es all seine Gedanken ausfüllte. Keiner hätte diesen Lärm überhören können. Wie konnte es sein, dass niemand außer ihm darauf reagierte? Die

Erkenntnis fiel ihm wie Schuppen von den Augen. Niemand außer ihm war in der Lage, diese Geräusche zu hören. Was auch immer dahintersteckte, es war sicherlich Magie im Spiel.

Getragen von einem feierlichen Tonfall erklang die Stimme ein weiteres Mal. *„Der Nachfahre ist auf den Plan getreten. Du bist es, der auserwählt wurde, unser Land von allen Gräueln zu befreien. Du, der du im Stande warst, meine verzauberte Schatulle zu öffnen, hast dich als würdig erwiesen für Nurays Zukunft zu streiten. Dein wird die Aufgabe sein, das Volk von Nuray vor allen Gefahren zu beschützen. An dir wird es sein, den Menschen Mut und Hoffnung zu geben. Höre auf dein Herz, nutze deine Kraft mit Weisheit und eine goldene Zukunft wird die Menschen erwarten."*

So plötzlich, wie sie aufgetaucht war, verschwand die Stimme wieder, nur um noch einmal zurückzukehren. Etwas wärmer und ohne die Wucht, die ihr zuvor angehaftet hatte, sprach die Stimme erneut zu ihm. *„Mein Name ist Seris und ich weiß, dass du schon einmal von mir gehört hast. Ich weiß, dass du um meine Taten für meine Heimat weißt und welches Vermächtnis ich hinterlassen habe. Du, junger Angor, wirst mein Nachfolger sein. Folge deiner Bestimmung und tritt mein Vermächtnis an. Ein großes Schicksal wartet auf dich, genau wie viele Gefahren. Eine Dunkelheit liegt über Nuray und droht das Land in den Abgrund zu ziehen. Rette es vor den Gefahren, die es bedrohen. Diene den Menschen und führe sie, wo sie selbst den rechten Pfad nicht sehen. Der Zauber des Kästchens hat eine Macht in dir erweckt, die du schon immer in deinem Blut getragen hast. Bis heute verborgen wird sie dir helfen, die Herausforderungen auf deinem Weg zu überwinden. Kontrolliere sie, aber nutze sie mit Bedacht. Werde der Mann, zu dem dein Schicksal dich berufen hat.*

Die Kraft, die in der Schatulle gebunden war, ist beinahe aufgebraucht. Wenn du auf deinem Weg zauderst, wenn du Rat benötigst oder Hilfe, dann suche den Kontakt zu mir. Sprich ‚Digabol' und der Zauber wird es dir ermöglichen, in Gedanken zu mir zu sprechen. Bleibe dir treu, Angor, und du wirst alle Prüfungen meistern, die auf dich warten."

Völlig verdutzt blieb der junge Krieger auf seinem Bett sitzen. Nichts von dem, was hier soeben passiert war, konnte von seinen Gedanken erklärt werden. Nach und nach versuchte er die Geschehnisse der letzten Minuten zu verarbeiten. Wenn er die Sache richtig verstand, dann hatte gerade der Seris, der vor sechshundert Jahren gestorben war, durch einen uralten Zauber zu ihm gesprochen. Schwindel erfasste ihn, als er versuchte diese Tatsache zu begreifen.

Ein Schauder lief ihm über den Rücken, als er sich an das mächtige Brüllen erinnerte, das zuvor in seinem Kopf erklungen war. Wenn die Erzählung des alten Mannes und die Worte des Zaubers stimmten, dann konnte es sich dabei nur um die Wut eines Drachen gehandelt haben.

Ein freches Schmunzeln umspielte für einen Augenblick seine Lippen, als er sich vorstellte, selbst einmal einen Drachen zu besitzen. Wenn er wirklich Seris Erbe antreten sollte, wieso nicht auch diesen Teil? Überrascht von seiner eigenen Träumerei schüttelte der junge Mann den Kopf. Derartigen Fantasien nachzuhängen war nicht nur dumm, sondern auch gefährlich.

Sein Blick fiel wieder auf das silberne Kästchen. Es war auf den Boden gefallen, nachdem der helle Blitz ihn umgeworfen hatte. Vorsichtig griff Angor nach dem Behältnis. Obwohl der Deckel wieder zugefallen war, hielt ihn der Mechanismus nicht mehr verschlossen. Mühelos öffnete er das Kästchen erneut. Seine Magie war verbraucht, seine Macht erloschen. Gerade im Begriff, die verzierte Schatulle wieder wegzulegen, entdeckte er einen gefalteten Zettel im Inneren. Aufregung ergriff ihn ein weiteres Mal. *„Birgt es noch ein Mysterium für mich?"*, schoss es durch seine Gedanken.

Vorsichtig nahm er das alte Pergament heraus und entfaltete es. Vom Licht des Mondes beschienen, offenbarte es eine Zeichnung von Nuray und seiner Nachbarn. Städte, Flüsse und Wälder waren gleichermaßen auf der Karte zu erkennen wie die Reiche der Zwerge im Osten und das Land der Elfen im Westen. Die Faszination hatte ihn gepackt. Niemals hatte er damit gerechnet, dass sich ein derart großes Gebirge im Osten an Nuray anschloss und vom hohen Norden bis in den warmen Süden reichte. Nicht minder beeindruckte ihn auch der gewaltige Wald, in dem das Volk der Elfen lebte. Noch aus den Geschichten, die er in seiner Kindheit gehört hatte, erinnerte er sich an den Namen „*Suhra*" der die Heimat des mysteriösen Volkes bezeichnete, und der über den Wald geschrieben war. Ein Wald, der beinahe ein Viertel so groß wie Nuray war.

Noch vor einer Fläche, die nur mit „*das Meer*" beschriftet war, schloss sich im Süden ein Land an Nuray an, von dem Angor bis heute noch nichts gehört hatte. „*Wardonien*" stand dort, als würde es alles erklären, doch für ihn warf es nur weitere Fragen auf.

Nur eine einzige Sache auf der Karte weckte Sorgen in ihm. Von Ost nach West noch weit über die Grenzen Nurays hinaus breitete sich das Land der Druhks im Norden aus. Nicht weit von Tresmark entfernt begann das Land der grünen Unholde und erstreckte sich unbekannt weit in den Norden hinein. Wenn nicht einmal Helden wie Seris die Größe dieses Landes voller Monster kannten, wie konnte er dann hoffen, der stetig lauernden Gefahr Einhalt gebieten zu können.

Als der Schein der morgendlichen Sonne ihn weckte, fühlte sich Angor, als hätte er einen ganzen Tag geschlafen. Die Erschöpfung der letzten Tage hatte ihn verlassen und die schmerzenden Stellen an seinem Körper waren mit ihr verschwunden. Erholt und voller neuer Kraft schlug er seine Decke zurück und setzte sich auf.

Die Nacht war vorüber und doch bevölkerten die Überreste seiner wilden Träume noch immer seine Gedanken. So tief er auch geschlafen hatte, war es seinem Geist nicht gelungen, die wirren Erinnerungen an seine Traumvorstellung hinter sich zu lassen. Angestiftet von der Geschichte des alten Mannes hatte sein umnebelter Verstand ihn in eine Fantasie gerissen, die zu tollkühn war, um wahr zu sein. Sie hatte sich echt angefühlt. Sie war mitreißend gewesen und hatte seinen Geist vollkommen überwältigt und doch war es ihm nicht gelungen, aus ihr zu erwachen. Als seine Gedanken nun erneut zu seinem nächtlichen Erlebnis zurückkehrten, schlich sich ein spöttisches Grinsen auf Angors Gesicht. Alleine die Vorstellung, dass all dies wahr gewesen ist, war lächerlich. Wie hätte es auch wahr sein können. Die Stimme eines Toten, die in seinen Gedanken erklang? So etwas passierte nur in den Geschichten, die man den Kindern erzählte. Er, der Erbe eines seit langem verstobenen Helden? Der Gedanke genügte, um sein Grinsen wachsen zu lassen. Ein magisches Licht, das ihn geblendet und umgeworfen hatte. Manchmal wunderte er sich selbst darüber, auf welche Träumereien sein Geist alles kam.

All dies musste seinem übermüdeten Verstand entsprungen sein. Er war nur der Sohn eines Waffenschmiedes und noch dazu tatsächlich bereits auf dem Weg, sein eigenes Abenteuer zu erleben. Die Reise, die er mit dem Ritter des Königs unternahm, war mehr, als er je geglaubt hatte, erleben zu dürfen. Was vor ihm lag, war auch ohne die Fantasien in seinem Geist verheißungsvoll.

Noch immer belustigt über die Ausschweifung seines Traumes erhob er sich von seinem Bett und griff nach seiner Kleidung. Der unerwartete Widerstand einer Last bremste seine Bewegung. Überrascht hob der junge Mann seinen Blick. Als das Silber seines Fundes im Schein der Morgensonne vor ihm funkelte, hielt Angor augenblicklich inne. Erschrocken, entsetzt und doch zugleich von ungeheurer Aufregung erfüllt, entdeckte der Schmied die geöffnete Schatulle vor sich. Hatte er sich all das doch nicht eingebildet? War das nicht alles nur ein Traum gewesen? Sein Herzschlag beschleunigte sich. Es fiel ihm schwer, seine Hand ruhig zu halten, als er sie nach seinem Schatz ausstreckte. Unsicher, was er sehen würde, wenn er sie genauer betrachtete, hob er sie langsam hoch.

Die Enthüllung ihres Inhaltes ließ ihn das Kästchen beinahe wieder fallen. Ein Blick allein hatte ihm genügt, um die gefaltete Karte im Inneren zu erkennen, und wenn sie echt war, dann vielleicht auch der Rest seines Traumes.

„Du hast unser Gespräch gestern nicht geträumt, Angor." Die Stimme des früheren Helden in seinem Kopf ließ ihn vor Schreck beinahe aufschreien. Seine Gedanken rasten, Flüche, Furcht und Zorn strömten durch seinen Kopf, ehe er sich so weit beruhigt hatte, dass er wieder einen klaren Gedanken fassen konnte.

„Vorsicht junger Mann", mahnte die Stimme in versöhnlichem Ton. *„Ich kann alles hören, was du in deinen Gedanken sprichst. Du solltest etwas besser aufpassen, was du mir da entgegenrufst. Aber ich kann dich irgendwie verstehen. All das muss sehr seltsam für dich sein. Ich hatte nicht daran gedacht, wie ungewohnt es für dich sein muss, die Stimme eines anderen in deinen Gedanken zu hören. Keine Angst, ich bin nicht immer bei dir. Ich werde mich in Zukunft bei dir ankündigen, wenn ich vorhabe, zu dir zu sprechen. Ein kurzer Pfeifton sollte dafür genügen."*

„Also ist das alles gestern wirklich passiert?", Angors Gedankenstimme mühte sich, die Worte klar zu formen.

„Das ist es. Du bist mein Erbe und deine Reise auf dem Weg, mein Nachfolger zu werden, hat bereits begonnen. Du wurdest gefunden und ich bin mir sicher, dass du deine weiteren Prüfungen mit großem Geschick meistern wirst."

„Was? Wie meinst du das?" Die Verwirrung in seinen Gedanken wurde immer größer.

„*Ich kann nichts Genaues sagen, doch ich habe das Gefühl, dass die Erweckung deiner Fähigkeiten gestern nicht jedem verborgen geblieben ist. Die Menschen Dentons mögen es vielleicht nicht bemerkt haben, doch es gibt andere Gefahren dort draußen. Du solltest dich auf sie vorbereiten.*"

„*Was für Gefahren? Was soll ich tun?*" Angors Gemüt schwankte zwischen Furcht und Wut.

„*Wie gesagt, ich weiß nichts Genaues. Sei einfach wachsam.*"

Das Seufzen, das seinen Mund verließ, wurde von einem gedanklichen Ausdruck begleitet. Unsicher, wie er seinen Geist zurückbekommen konnte, mühte sich der junge Mann zumindest seine Gedanken für sich zu behalten.

„*Ich werde mich jetzt wieder zurückziehen. Solltest du irgendwelche Fragen an mich haben, kannst du mich erreichen. Konzentriere dich auf mich und sprich das Wort Digabol und ich werde da sein. Bis dahin pass auf dich auf.*"

Die Verbindung endete so schnell, wie sie begonnen hatte. Die plötzliche Leere, die in seinem Geist entstand, überzeugte Angor vom Abzug seines ungebetenen Gesprächspartners. Endlich wieder alleine mit seinen Gedanken, fiel er auf sein Bett zurück. Fragen. Die Stimme des toten Helden hatte ihm angeboten, sie zu beantworten und es gab so vieles, was ihm durch den Kopf ging. So vieles, was er nicht verstand und doch sträubte sich jede Faser seines Wesens dagegen dieses seltsame Wort zu sagen, das ihn mit diesem Seris verbinden sollte. Ganz gleich, welche Geheimnisse er kannte. Fürs Erste wollte Angor nichts anderes, als wieder alleine in seinem Kopf zu sein. Mit der Zeit würde er sicher dahinterkommen, was es mit diesem Ereignis auf sich hatte, doch für den Moment musste er so tun, als wäre nichts geschehen. Allein der Gedanke daran, wie andere Menschen darauf reagieren würden, wenn er ihnen von seinem Erlebnis erzählte, trieb ihm die Schamesröte ins Gesicht. Wer ihn nicht für verrückt hielt, würde ihn sicherlich verspotten.

Als er wenige Minuten später angezogen vor seine Zimmertür trat, spürte er ein drängendes Gefühl in seinem Inneren aufsteigen. Noch immer wollte ein großer Teil von ihm die Ereignisse der letzten Nacht in seine Träume verbannen und doch kehrten seine Gedanken immer wieder zu der Warnung des Helden zurück. Wenn dort draußen eine Gefahr lauerte, dann wollte er vorbereitet sein. Mit seinem Schwert an der Hüfte machte er sich schließlich auf den Weg in den Speisesaal des Gasthauses.

Die Stunden zogen dahin und nichts, was an diesem Tag passierte, konnte die Erinnerung an die morgendliche Begegnung aus seinen Gedanken verdrängen. Weder sein Frühstück, das aus seiner Leibspeise Pfannkuchen bestand, noch die ausführlichen Erläuterungen des Ritters über die Gepflogenheiten am Königshof schenkten ihm eine Ablenkung.

Als Wulfun ihm am Nachmittag erlaubte, ein paar Stunden seinen eigenen Angelegenheiten nachzugehen, verwandelte sich sein Spaziergang in eine Inspektion. Eigentlich hatte er lediglich Denton erkunden wollen, um die Unterschiede zu seinem Zuhause zu studieren, doch seine Gedanken erlaubten ihm keine Ruhe. Unfähig die Gefahr zu vergessen, von der Seris gesprochen hatte, wanderte Angor an der Palisade entlang und musterte jeden Meter der Befestigung. Erst als er sicher war, dass ihr Holz frisch und robust war, erlaubte er sich, ein wenig Ruhe in sein Herz zu lassen. Was auch immer dort draußen lauern mochte, solange er hinter der hölzernen Mauer blieb, konnte es ihm nichts anhaben.

Bewährungsprobe

Das dumpfe Läuten einer Glocke riss Angor aus dem Schlaf. Nichts als trübes Mondlicht schien durch die leinenen Vorhänge in sein Zimmer. Das Läuten kehrte zurück, lauter, energischer, warnender. Vom Schlaf noch immer benebelt vergingen mehrere Sekunden, ehe der junge Krieger endlich verstand, was er da eigentlich hörte. In Tresmark hatte es auch eine Glocke gegeben. Selten benutzt und doch mit einer eindeutigen Botschaft, die jeder kannte. Gefahr!

Der Schreck, der ihn erfasste, ließ ihn augenblicklich erwachen. Seine Gedanken rasten, eilten umher und ließen eine Vielzahl an Möglichkeiten durch seinen Kopf schwirren. Noch ehe das dritte Läuten begann, schlüpfte er bereits in seine Kleidung. Von Eile getrieben, hüpfte er vorwärts, während er seine Stiefel anzog. Was auch immer dort draußen vor sich ging, er musste es mit seinen eigenen Augen sehen.

Es war der Moment, in dem seine Hand den Griff der Tür berührte, als ein sanfter Pfeifton durch seinen Kopf schallte. *„Nimm dein Schwert mit! Beschütze die Menschen!"*

Die Stimme von Seris klärte Angors wirbelnde Gedanken. Mit wild pochendem Herzen drehte er sich um und griff nach seiner Waffe. Nur Sekunden später war er durch die Tür verschwunden. Seine Aufregung wurde immer größer und doch verlieh ihm das Gefühl, sein Schwert zu halten, eine Ruhe, die für den Moment gänzlich unangebracht schien. Die Präsenz in seinem Kopf bewirkte jedoch das Gegenteil. Noch während er mit polternden Schritten die Treppe hinunterrannte, spürte Angor, dass der Geist des Helden noch immer in seinem Kopf war.

„Nicht der schon wieder." Die genervten Worte entstanden in seinem Geist, noch ehe er es bemerkt hatte.

„Ich kann deine Gedanken noch immer hören, junger Mann. Eile dich, das Dorf wird angegriffen. Hilf den Menschen die Monster zurückzuschlagen!"

Unfähig, eine passende Antwort in seinen Gedanken zu bilden, begnügte sich der Schmied mit einem angestrengten Schnauben. Schnelle Schritte brachten ihn durch den Gastraum und zur Tür. Ein gellender Schrei hallte von draußen bis in das Gebäude hinein. Für Zögern war keine Zeit. Mit mehr Kraft, als er beabsichtigt hatte, stieß er die Tür auf und blickte auf die Szenerie vor ihm.

Die Ereignisse auf der Straße zeigten ein Bild des puren Chaos. Dutzende Druhks strömten durch die Gassen und griffen mit wildem Brüllen die überrumpelten Dorfbewohner an. Mehr Grünhäute, als Angor zählen konnte, und viel mehr, als er in seinem gesamten Leben bisher gesehen hatte, fielen erbarmungslos über die Bewohner Dentons her. Mit knorrigen Ästen als Knüppeln und Mistgabeln als Speeren versuchten die Bauern des Ortes sich zu verteidigen. Selbst jemand mit Angors geringer Erfahrung konnte erkennen, dass die Menschen den Kampf verloren.

Mehr aus Reflex, einer unbestimmten Vorahnung folgend, wich der junge Krieger im letzten Moment dem wuchtigen Hieb einer zweiblättrigen Streitaxt aus. Das Holz des Türrahmens neben ihm knirschte, als die Waffe sich hineinfraß. Von Schock und Schrecken übermannt, brüllte der junge Kämpfer die muskelbepackte Bestie vor ihm an. „Sag mal, spinnst du? Man schlägt nicht einfach mit scharfen Waffen nach anderen Leuten!"

Die Wut und die Kraft, die Angors Stimme dem mit Hauern versehenen Gesicht vor ihm entgegenwarf, brachten die Kreatur zum Stocken. Verblüfft von der Reaktion des Menschen starrte das Ungeheuer den Krieger für einen Moment ratlos an. Mehr Zeit hatte er nicht gebraucht. In Gedanken wieder klar, riss er sein Schwert aus der Scheide und rammte es der Grünhaut in den Leib. Mit geweiteten Augen und einem schmerzerfüllten Grunzen sackte das Biest in sich zusammen und fiel zu Boden.

„Tja, von Stechen habe ich nichts gesagt", grinste Angor, als er sich umwandte. Die Ereignisse auf dem Hof entwickelten sich mit rasender Geschwindigkeit. Den Druhks an Kraft und Zahl unterlegen war es nur eine Frage der Zeit, bis die Bewohner Dentons schließlich von Grünhäuten überwältigt wurden. Eine Mischung aus Schuld und Pflichtgefühl fesselte den Streiter. „*Seris hatte recht*", dachte er und festigte den Griff um seine Klinge. Ohne ihn würden die Menschen dieses Dorfes nicht überleben.

Mit einem Ruf von Wut und Zorn getragen, stürzte er sich in den Kampf. Mit der Schulter voran prallte er auf einen Druhk, der soeben versuchte einen verwundeten Mann zu erschlagen. Aus dem Gleichgewicht gebracht stolperte das Monster. Wut gab ihm Kraft, Zorn fokussierte sie. Keine Sekunde verging, ehe Angors Waffe das Leben des Angreifers beendete. Mit einer Klarheit, die er bis zu diesem Moment nicht gekannt hatte, kämpfte der junge Krieger gegen die Monster. Nichts schien ihm mehr verborgen, kein Detail entging ihm. Instinktiv wich er dem Angriff einer weiteren Grünhaut aus, nur um sie mit zwei schnellen Hieben zu erledigen.

Schlag um Schlag rückte er weiter vor, drängte die Druhks zurück und rettete die Dorfbewohner. Fünf, sechs, dann ein ganzes Dutzend der stinkenden Ungetüme fielen der wirbelnden Klinge des Kämpfers zum Opfer. Mit jedem Hieb, den er ausführte, mit jeder brennenden Bewegung seiner Muskeln, wenn er die Waffen der Monster abwehrte, spürte Angor, wie seine Wut wuchs. Sie nährte seine Entschlossenheit, nahm ihn ein und trieb ihn immer weiter. Im Kampf gefangen drang nichts anderes zu ihm hindurch als das Wissen, wie er den nächsten Gegner bezwingen konnte. Nicht einmal der Jubel, den die Menschen Dentons ausstießen, als sie seinem Schwertarm bei der Arbeit zusahen, konnte ihn erreichen.

Schneller als er es selbst für möglich gehalten hatte, wich er dem schnellen Stoß einer gegnerischen Waffe aus. Sein Schwert wie ein weißer Blitz im kalten Mondlicht fuhr nur wenige Herzschläge später von oben herab und teilte den hässlichen Schädel seines Angreifers. Mit hämmernden Herzen flog sein Blick umher. Die Druhks hatten sich vor ihm zurückgezogen. Keiner von ihnen wagte es mehr, ihm nahe zu sein. Das Blatt hatte sich gewendet.

In den wenigen Sekunden außerhalb des Kampfes erfasste Angors rasender Verstand, was er verändert hatte. Er hatte den Ansturm der Grünhäute nicht nur gebrochen, sondern das Kräfteverhältnis gewandelt. Selbst jetzt, als er es klar vor seinen Augen sah, konnte er kaum glauben, dass die wütenden Bestien plötzlich in der Unterzahl waren. Doch er hatte noch mehr erreicht. Von seinem Mut und seinem Vorbild inspiriert, hatten sich die verbliebenen Verteidiger zusammengerauft, und stemmten sich den Angriffen der Ungeheuer mit neuer Entschlossenheit entgegen. Ausgerüstet mit den aufgehobenen Waffen ihrer gefallenen Feinde, brüllten sie den Druhks ihren Trotz entgegen und schritten gegen die Bestien voran.

Der Anblick erfüllte Angors Herz mit flammendem Mut. Denton konnte bestehen. Solange die Menschen dieses Ortes an seiner Seite kämpften, war der Sieg für sie erreichbar. Sein Griff um die mittlerweile glitschige Waffe in seiner Hand festigte sich. Beseelt von dem Wunsch, diesen Kampf zu beenden, hob er sein Schwert über den Kopf und stürzte sich auf den nächsten Gegner.

„Für Denton, für Nuray", rief er aus voller Kehle, als er sein Schwert auf ein verängstigtes Ungeheuer niederfahren ließ. Ermutigt durch sein Beispiel wiederholten die Menschen Angors Ruf und stürmten mit ihm voran. Obgleich noch immer einige Hiebe auszuteilen waren, wusste der junge Krieger, dass der Kampf gewonnen war. Zu zweit, zu dritt nebeneinander kämpften die Menschen gegen die Monster, die ihre Heimat zerstören wollten. Vom Mut und der Kraft der vereinten Dorfbewohner überwältigt, flohen wenig später die letzten überlebenden Grünhäute in die Nacht hinaus.

Für einen Moment herrschte Stille, als jeder den letzten Feinden dabei zusah, wie sie in der Dunkelheit verschwanden. In stummer Anspannung standen die Menschen beieinander, während ihr Verstand versuchte zu verarbeiten, wie sie diesen Sieg hatten erringen können. Im Nachhinein erinnerte sich Angor nicht mehr, wer es gewesen war, der als Erstes plötzlich in warmes brummendes Lachen ausgebrochen war. Wie eine Welle der Erleichterung flutete die Freude über die Dörfler hinweg und riss die Furcht um ihr Leben mit sich. Mann um Mann stimmte in das Gelächter mit ein. Er wusste nicht, wieso er angefangen hatte, und er wusste auch nicht, wieso er nicht aufhören konnte, aber Angor lachte mit seinen Kameraden seinen Sieg in die Nacht hinaus.

Angelockt von dem Geräusch ihrer lachenden Männer erschienen mehr und mehr Gesichter hinter den Fenstern um sie herum. Vor den Monstern in ihren Häusern versteckt, hatten die Frauen und Kinder des Dorfes den Kampf überdauert. Hoffnung, Freude und Glück strahlten ihm aus den Augen der Menschen entgegen, als er in ihre Gesichter blickte. Das Gefühl von Wärme und Stolz, das nun in jeden Winkel seines Körpers floss, gab Angor beinahe das Gefühl zu schweben. Wenn dies der Lohn dafür war, die Menschen Nurays zu verteidigen, dann hatte er vielleicht doch richtig gewählt.

Vorsichtig stapfte er zurück zum Ortskern. Der erdige Boden war vom vergossenen Blut schlüpfrig geworden. Verwundete hatten sich an die Mauern der Häuser gelehnt und die Körper der Toten erfüllten die Straßen. Angor betrachtete die verdrehten Leichen der gefallenen Druhks. Nichts an ihnen konnte Sympathie erwecken. Ihr Anblick ganz und gar abstoßend, erregte nichts als Abscheu in ihm. Wo eben noch die Erleichterung um sich gegriffen hatte, kehrte nun die Ernsthaftigkeit zurück. Der Kampf war gewonnen, doch auch das Dorf hatte Verluste zu beklagen. Geliebte Freunde und Familienmitglieder waren verwundet oder gar getötet worden. Wer nicht verletzt war, half denen, die weniger Glück gehabt hatten. Von seiner Erschöpfung ergriffen war Angor zu kaum mehr in der Lage, als das Geschehen zu beobachten. Frauen, Alte und einige der Männer stützten ihre Freunde und geleiteten sie hinfort.

Müde trat er einen Schritt voran. Ein stechender Schmerz durchfuhr plötzlich seinen Körper. Mit zusammengebissenen Zähnen schaffte er es gerade noch, sein Gleichgewicht zu halten. Unsicher, was ihn erwarten würde, senkte er seinen Blick. Ein breiter Schnitt hatte Stoff, Haut und Fleisch an seinem Oberschenkel durchtrennt. Dunkles Blut ran langsam aus der Wunde. Vermutlich war es die Aufregung des Kampfes gewesen, die verhinderte, dass er den Treffer gleich gespürt hatte. Woran auch immer es lag. Die Wunde musste verbunden werden, wenn die Bestien nicht noch einen späten Sieg gegen ihn erringen sollten.

Es war eine der Frauen aus dem Dorf, die ihm half, den Weg zum Haus des Heilers zu finden. Das kleine strohgedeckte Gebäude am Rand der Siedlung war eines der ältesten des Dorfes, erzählte die Frau, während sie den humpelnden Recken stützte. Eine unförmige Schlange aus Verletzten hatte sich bereits davor gebildet und die Menschen warteten darauf, von dem alten Mann im Inneren behandelt zu werden. Ein provisorischer Verband, angefertigt aus einem abgerissenen Stück Stoff von der Schürze seiner Helferin, hielt zumindest die stärkste Blutung an Angors Bein im Zaum, bis er an der Reihe sein sollte.

Obgleich er sich sicher war, dass der Heiler so schnell arbeitete, wie er konnte, dauerte es beinahe eine Stunde, ehe der junge Krieger an die Reihe kam. Das Innere des Hauses war von einer Vielzahl flackernder Kerzen erleuchtet. Getrocknete Kräuter und tönerne Töpfe voller Salben und Tinkturen nahmen den gesamten Raum ein. Ein Tisch, bereits mit dem Blut seiner Vorgänger besudelt, stand in der Mitte vor ihm.

„Auf komm, draußen warten sicher noch mehr Leute", drängte der alte Mann, als er Angor näher winkte.

Bemüht sein verletztes Bein zu schonen, setzte sich der junge Krieger auf den Tisch. Mit kundigen Fingern öffnete der Heiler den Verband an seinem Bein. Ein klein wenig der Aufregung kehrte in sein Herz zurück, als er dem alten Mann dabei zusah, wie er die Verletzung musterte.

„Ein kleiner Schnitt also. Ein wenig Salbe und ein paar Stiche und du bist wieder wohlauf. Bina, bring mir schon mal die Salbe. Lurt, her mit der Nadel."

Erst jetzt bemerkte Angor die beiden Kinder, die sich mit in der Kammer befanden. Seine Augen folgten noch immer dem Mädchen, als ein fieses Brennen sein Bein hinaufschoss. Aus einer kleinen Flasche ausgegossen, rann eine klare Flüssigkeit über sein Bein. „Ein wenig Schnaps für dich. Fördert die Heilung!"

Es dauerte einige Augenblicke, bevor er sich an den brennenden Schmerz gewöhnt hatte. Die Frage, ob der Schnaps nicht besser in seiner Kehle aufgehoben war, konnte er nur mit Mühe zurückhalten. Der Moment, als die Spitze der Nadel in seine Haut stach, ging beinahe im Brennen seines Fleisches unter. Stich um Stich zog der alte Mann die geteilte Haut wieder zusammen und verschloss die Wunde. Mit überraschender Sorgfalt verteilte der Heiler schließlich eine grünliche Paste auf seinem Bein. Die lindernde Kühle, die von dem weichen Gemisch ausging, betäubte schon nach kurzer Zeit Angors Sinne.

„So, das war's", sagte der alte Mann, nachdem er einen sauberen Verband um sein Bein festgezogen hatte. „Schick mir den nächsten rein."

Mit einem Klaps auf die Schulter wurde er schließlich verabschiedet. Zurück in der Kühle der Nacht starrte der junge Mann in den Himmel. Der Mond würde noch einige Stunden brauchen, ehe er wieder hinter dem Horizont verschwinden und der Sonne die Herrschaft über den Himmel zurückgeben würde. Je mehr Zeit seit dem Kampf vergangen war, desto deutlicher drängte sich Angor ein Gedanke auf. Bei all der Klarheit und Konzentration, die er im Kampf verspürt hatte, fühlte er doch immer mehr das nagende Gefühl, dass er selbst nicht alleine der Herr über seinen Körper gewesen war. Es war beinahe so, als wäre er einem Sog gefolgt, einem Instinkt, der ihn dazu getrieben hatte, immer weiter zu kämpfen, ganz gleich, was um ihn herum passierte. Er hatte nicht nachgedacht, er hatte einfach nur reagiert. Der Lohn war ihr Sieg gewesen und doch fühlte sich der Gedanke daran, von einer unbekannten Kraft gelenkt worden zu sein, irgendwie falsch, fast schon beängstigend, an.

„Dort steht er, unser Retter!", ertönte die laute Stimme eines der Dorfbewohner, als er schließlich die Tür der Schenke öffnete.

„Danke, wohl dir!", rief ein anderer.

Die Dankbarkeit der Menschen ließ ein warmes Gefühl der Scham in seiner Brust entstehen. Sie hatten gemeinsam gekämpft. Als Kameraden im Widerstand gegen einen erbarmungslosen Feind vereint und obgleich er unbestreitbar die meisten der Bestien bezwungen hatte, wagte es sein Verstand nicht, die Ehre dieser Leistung für sich zu beanspruchen. Mit seinen Gedanken vom Kampf noch immer in Aufruhr, sah er den Menschen mit einem leichten Lächeln entgegen.

Mit einem Gesichtsausdruck, der nur zu deutlich seine Verstimmung offenbarte, eilte Wulfun aus der Menge auf ihn zu. Der Griff seiner starken Hände um Angors Schultern hielt ihn fest.

„Was hast du dir nur dabei gedacht? Du hättest hier sterben können! Das nächste Mal stürze dich nicht so blind in den Kampf! Hol mich dazu, lass uns zusammen kämpfen! Ein Krieger kann stark sein, eine Truppe kann aber noch viel mehr erreichen."

„Ich musste ihnen helfen! Sie brauchten jeden verfügbaren Mann. Ich dachte, ich wurde geholt, um dem Reich zu dienen, die Menschen zu beschützen. Ist es nicht meine Pflicht für sie in den Kampf zu schreiten, wenn sie in Gefahr sind?", trotze Angor über das Gejubel hinweg.

Mit einem etwas sanfteren Ton lenkte der Ritter schließlich ein. „Ja, da hast du recht. Pass nur gut auf dich auf. Nur ein Moment der Unachtsamkeit macht aus Heldenmut Torheit. Ich möchte nicht, dass du das Ende deines Dienstes erreicht hast, bevor du noch fertig ausgebildet bist!"

Sein Blick schweifte durch den Raum. Ein Lächeln bildete sich auf seinem Gesicht. „Ich habe dich kämpfen sehen. Du warst unglaublich! Warum kämpfst du nicht gegen mich so? Du hast einiges gezeigt, was ich nicht im Geringsten von dir erwartet habe. Ich denke, dies war die beste Übung, die du jemals hattest. Was war der Grund? War es die Gefahr? Oder der Nervenkitzel, oder hast du mich bisher einfach nur geschont? Egal was es ist, mach weiter damit!"

Verblüffung und Verlegenheit kämpften in Angors Gedanken um die Vorherrschaft. Das Letzte, womit er gerechnet hatte, war von dem Ritter so gelobt zu werden. Unter dem zunehmenden Einfluss seiner Erschöpfung ließ er sich auf einen Stuhl sinken. Ein dumpfer Schmerz ließ ihn zusammenzucken, als die Wunde an seinem Bein das Holz berührte.

„Du bist der Sohn von Guntrich, dem Schmied aus Tresmark, richtig?", fragte plötzlich ein Mann, der sich aus der Menge der Menschen herausgeschält hatte. Ein Verband um seinen Arm kennzeichnete ihn als einen der Verteidiger des Dorfes. Mit strahlenden Augen und einem breiten Grinsen schob er dem jungen Krieger einen schaumgekrönten Krug Bier zu.

„Der ist von Ferdur. Geht aufs Haus, sagt er. Wer so einen Kampf hinlegt, der hat einen kühlen Tropfen für seine Kehle verdient, hat er gemeint."

Mit trockenem Hals betrachtete er den gefüllten Krug. All die Aufregung der letzten Stunden hatte ihn vollkommen vergessen lassen, wie durstig er eigentlich war. Mit einem dankbaren Nicken ergriff er das Gefäß und nahm einen kräftigen Zug der köstlichen Flüssigkeit. Er wusste nicht, ob es am vergangenen Kampf lag, oder an seinem Durst, aber das Gefühl, dass dies das beste Bier war, welches er jemals getrunken hatte, setzte sich in seinem Kopf fest.

„Warum feiern hier alle?", fragte er schließlich. „Betrauert ihr nicht eure Verletzten und Toten? Zu viele sind dem Angriff dieser Ungeheuer erlegen."

Der Mann, der ihm den Krug gebracht hatte, runzelte die Stirn. „Vermutlich hast du recht. Heute Nacht feiern wir unser Überleben. Wenn der Tag anbricht, wird die Zeit zum Trauern kommen."

Angors Blick kehrte wieder zu den ausgelassenen Dörflern zurück. Manche von ihnen sangen, andere tranken und manch einer spielte sogar ein Würfelspiel. Vielleicht lagen diese Menschen ja richtig. Sie alle hatten Glück, dies hier noch tun zu können. Wenn man dem Tod entkam, war eine kleine Feier sicherlich erlaubt.

Für niemanden im Dorf hatte die Nacht länger als ein paar Stunden gedauert. Die Feiern waren schnell abgeebbt und die nüchterne Erkenntnis um das Schicksal, dem sie so knapp entronnen waren, erfüllte die Köpfe der Menschen.

Trübes Licht vertrieb schließlich die Nacht und weckte jene, die zumindest ein klein wenig Schlaf gefunden hatten. Es hatte keine Anweisungen gegeben, und doch versammelten sich die Bewohner Dentons stumm auf dem Dorfplatz. Das Bild des Massakers, das sich hier ereignet hatte, lag noch immer in all seinem Schrecken vor ihnen. Nichts war mehr von der Heiterkeit der Nacht geblieben. Trauer und Schmerz waren beinahe greifbar zwischen den Menschen zu spüren.

Es war der Heiler des Dorfes, der die Menschen schließlich in Bewegung brachte. Mit Ringen der Müdigkeit unter seinen Augen sprach er mit ruhiger Stimme zu den Mitgliedern der Gemeinde. Er erteilte Anweisungen und gab den Bewohnern etwas zu tun, um sich von der Trauer abzulenken. Vor allem die Unverletzten des Dorfes waren es, die eingeteilt wurden. Ein Trupp kräftiger Männer wurde von dem alten Mann ausgeschickt, den Friedhof für die Ankunft ihrer Angehörigen vorzubereiten. Anderen fiel die Aufgabe zu, jene, die ihr Leben für ihre Nachbarn gegeben hatten, auf Tragen zu der nahen Ruhestätte zu bringen.

Obgleich es sein Wunsch war, sich an den Arbeiten zu beteiligen, verwehrte es die Beinwunde dem jungen Schmied, den Menschen Dentons auch bei diesem Schritt unter die Arme zu greifen. Zwar konnte er stehen, sogar einige Schritte weit humpeln, doch selbst als er versucht hatte, einen vollen Eimer mit Wasser zu tragen, zwang der Schmerz in seinem Bein ihn zur Aufgabe. Von einem Ort am Rande des Dorfplatzes aus konnte er nichts weiter tun, als die Arbeiten zu beobachten. Frauen und Kindern fiel eine besondere Aufgabe zu. Obwohl die Druhks eine wahrhaft abscheuliche Spezies waren, trugen selbst diese Monster noch so manches von Wert bei sich. Mit geschickten Fingern und vor Ekel und Angst verzogenen Gesichtern nahmen sie alles von den toten Körpern der Angreifer, was für das Dorf noch zu gebrauchen war. Der Schaden in Denton konnte dadurch nicht mehr ausgeglichen werden, doch die Familien der Opfer konnten vielleicht eine kleine Gabe daraus erhalten.

Es war der Mittag, als alle toten Menschen zu dem nahen Friedhof gebracht worden waren. Eine stille Prozession all jener, die noch zu laufen im Stande waren, schlurfte langsam durch das Dorf. Nicht nur jene, die einen geliebten Menschen verloren hatten, reihten sich mit ein. Selbst Wulfun und sein Schüler traten den Menschen bei. Es war ein Brauch, mit dem Angor bestens vertraut war. In allen Orten, von denen er bereits gehört hatte, wurde er gepflegt. Es gab eine Geschichte, eher eine Sage, die sich die Menschen erzählten. Sein Vater hatte sie ihm zuerst verkündet und seitdem viele andere. Eine Welle des Unglücks, so sagte man, würde jene treffen, die den Toten die letzte Ehre der Bestattung verweigerten.

Auf dem kleinen Totenacker angekommen, verteilten sich die Trauernden. Körper, in weißes Tuch gewickelt, lagen neben einigen tiefen Gruben am Boden. Tränen flossen und das Schluchzen der Frauen und Kinder erfüllte die Luft. Ein Stich wie von einem Messer durchfuhr Angors Brust, als er sich auch nur für eine Sekunde vorstellte, der Angriff hätte seinem Heimatdorf gegolten. Seine Gefühle wirbelten umher. Er versuchte zu verdrängen, wie er sich fühlen würde, wenn seinem Vater etwas Derartiges zustoßen würde. Könnte er es vergessen, könnte er einem Schuldigen verzeihen, der seine letzte Familie von ihm nahm? Sein Hals zog sich zu, als die Vorstellung in seinem Kopf von Wut, Verzweiflung und Trauer angefacht wurde. Es war die Stimme des Heilers, im Kern des Kreises stehend, die ihn zurück in die Wirklichkeit brachte.

„Meine lieben Freunde, Nachbarn, Brüder und Schwestern. Unglück und Verlust sind über unser Zuhause gekommen. Unglück herangetragen von den fürchterlichen Monstern aus dem Norden bis zu unseren Häusern. Es hat uns Kraft gekostet, Mut, Schweiß und zu viel Blut, um unsere Heimat zu verteidigen. Manchen von uns kostete es auch das Leben. Danken wir jenen, die tapfer an unserer Seite standen und das größte Opfer erbracht haben, damit wir alle weiterleben können."

Gesenkte Köpfe und sanftes Nicken war alles, was die Menschen zur Antwort hervorbrachten. Im Schmerz gefangen lauschten sie den Worten aus ihrer Mitte.

„Unsere Verluste sind schmerzhaft, das Fehlen geliebter Menschen eine noch viel größere Tragödie als das Erleiden einer Wunde. Trauern wir um jene, die wir verloren haben. Durchleben wir den Schmerz, den ihr Fehlen in unser aller Herzen auslöst. Ehren wir die Toten und betten sie hier in unserer Nähe zur Ruhe, wo sie für immer ein Teil unserer Gemeinschaft sein werden. Schenken wir ihren Körpern die Ruhe, die ihre Seelen bereits gefunden haben.

Wir werden sie in Erinnerung behalten. Wir behalten sie in unseren Herzen genau wie in unseren Köpfen. Wir ehren ihr Andenken und sprechen nur die Wahrheit über sie. Der Hader, der uns vielleicht einst mit ihnen verbunden hat, soll weichen. So wie sie ihn nicht mitnehmen, so sollen wir ihn nun auch fahren lassen. Heute trauern wir, doch in Zukunft werden wir unser Leben weiterführen. Ich bin mir sicher, dass es genau das wäre, was jeder Einzelne von ihnen sich für uns gewünscht hätte. Wieder zu leben, wieder zu lachen und glücklich zu sein, denn das war es wofür sie gekämpft haben. Lasst uns nun gemeinsam in Trauer zusammentreten."

Die faltigen Hände von sich gestreckt lächelte der Mann die Gemeinde an. Still und mit verwundeten Herzen nahmen die Bewohner Dentons sich bei den Händen und stimmten gemeinsam ein Trauerlied an. Strophe um Strophe sangen sie ihren Schmerz in die Welt hinaus, die Seelen ihrer geliebten Menschen preisend.

Es war nach der Zeremonie, als die Leute in kleinen Gruppen zur Mitte des Dorfes zurückkehrten. Die Stille, die zuvor geherrscht hatte, war dem leisen Murmeln tröstender Worte gewichen. Keine Arbeiten würden mehr an diesem Tage verrichtet werden, kein Feuer in den Kaminen entzündet. Nur eine Sache, eine letzte Tätigkeit gab es zu erledigen, ehe sich die Menschen zurückziehen sollten.

Mit vereinter Kraft sammelten die Bürger Dentons die Körper der gefallenen Druhks aus ihrem Dorf zusammen. Nicht eine

Leiche wurde in den Straßen der Siedlung vergessen. Jeder Teil der stinkenden Körper der Monster wurde auf den Haufen wenige Meter vor dem zerschmetterten Tor der Siedlung geworfen. Zähes Öl und die Hitze einer Fackel genügten, um die stinkenden Leiber der Toten zu entzünden. Vom Wind angefacht stachen die züngelnden Flammen hoch in den Himmel. Keiner blieb, um den toten Feinden bei der Auflösung im Feuer beizuwohnen. Wer es nicht sah, der konnte es bald schon riechen. Der Gestank brennenden Fleisches verpestete noch für Stunden die Luft.

Der Aufenthalt in Denton war nicht von Dauer. Nur einen weiteren Tag hatte der Ritter seinem Rekruten gelassen, um sich zu erholen. Wulfun hatte die ganze Zeit über abgelenkt gewirkt, fast so, als denke er über eine Sache nach.

Angor selbst war auch nicht viel entspannter gewesen. Auf einer Bank vor dem Gasthaus sitzend, hatte er die Bewohner des Ortes dabei beobachtet, wie sie die erbeutete Ausrüstung der Druhks aufgeteilt hatten. Gerade die Waffen, so grob sie auch waren, besaßen einen großen Wert für die Menschen. Die Aussicht darauf, sich mit mehr als nur knorrigen Ästen und den Werkzeugen der Landarbeit verteidigen zu können, machte den Menschen Mut.

Den Anschein erweckend, er säubere nur in Ruhe sein Schwert vom Blut der Grünhäute, hatten sich Angors Gedanken auf eine ganz andere Sache gerichtet. Die Worte, die von der mysteriösen Stimme von Seris in seinem Geist gesprochen worden waren, beschäftigten ihn noch immer. Woher hatte der Tote von dem bevorstehenden Überfall gewusst? Wie konnte es sein, dass er ihn so genau hatte warnen können. Ein Schauder war ihm über den Rücken gelaufen, als er sich vorstellte, was der Geist wohl alles sehen konnte.

Er wusste, dass er eine Möglichkeit hatte, den verstorbenen Helden nach alldem zu fragen, doch die Vorstellung, die gruselige

Stimme ein weiteres Mal zu hören, bereitete ihm noch zu viel Schrecken. Was die Sache noch viel beängstigender machte, war die Tatsache, dass er den Kontakt offenbar auf magischem Weg herstellen sollte. Er wusste nicht viel über Magie, nur die oberflächlichen Aussagen aus den Geschichten alter Männer. Selten war dabei etwas Gutes passiert, wenn diese mystischen Kräfte an einer Sache beteiligt waren.

„Pack deine Sache zusammen, wir reiten noch vor heute Mittag weiter", sagte Wulfun zwischen zwei Bissen seines Frühstücks zu Angor.

„Ich dachte, wir wollten etwas länger hierbleiben", entgegnete der junge Kämpfer überrascht und schaute auf sein Bein.

„Das hatte ich zunächst auch vor, aber die Lage hat sich geändert. Diese Sache mit den Druhks, das hätte anders laufen müssen. Eine Bande dieser Größe hätte unserer Armee an der Nordgrenze nicht entrinnen sollen. Irgendwas stimmt hier nicht."

Verunsichert von den Worten des Ritters runzelte er die Stirn. „Was meint Ihr damit?"

„Hm, ach vergiss es einfach. Pack dein Zeug zusammen und lass uns weiterreiten. Je eher wir in der Hauptstadt sind, desto besser", grummelte Wulfun und aß weiter.

Das warme Licht der Sonne wanderte bereits auf den höchsten Punkt am Himmel zu, als der junge Mann schließlich mit seinen Taschen vor das Gasthaus humpelte.

„Ah, gut, du bist so weit!", rief der Ritter, als er mit ihren Pferden anmarschiert kam. Mit ernstem Gesichtsausdruck musterte er seinen Gefährten, bevor er ihm ein mitfühlendes Lächeln schenkte.

„Wie geht es dir? Ich hatte ganz vergessen dich danach zu fragen. Viele Männer werden von schweren Gedanken nach ihrem ersten Gefecht geplagt. Es ist keine Schande, mit seinen Kameraden darüber zu sprechen."

„Es geht mir gut. Ich weiß, dass es das Richtige war, diese Ungeheuer zu bekämpfen", antwortete Angor knapp. Tatsächlich meinte er seine Worte weniger ernst, als er vorgab. Der Kampf gegen die Druhks hatte tatsächlich seine Überzeugung gestärkt, dass es das Richtige war, im Dienst des Königs das ganze Land zu verteidigen, aber dennoch hielten sich hartnäckige Zweifel in ihm. Mehr als einmal waren seine Gedanken in der Zwischenzeit nach Tresmark zurückgekehrt. Seine Heimat und seine Familie waren dem Reich der Bestien noch näher als dieser Ort und ohne ihn gefährdeter denn je.

„Wenn du das sagst", entgegnete der Ritter unschlüssig. „Lass mich dir helfen", sagte er und befestigte die Satteltaschen seines Gefährten mit wenigen Handgriffen an Windfeuers Rücken.

Gestützt von seinem Freund zog sich der junge Krieger schließlich stöhnend in den Sattel. Dumpfer Schmerz pochte durch sein Bein, als sich sein Körper über die Belastung beschwerte. Geführt vom Ritter vor ihm trabte Angors Pferd schließlich gemächlich vorwärts. Von einer letzten Versammlung der dankbaren Bewohner Dentons in den Straßen des Dorfes verabschiedet, ritten die beiden winkend durch das südliche Tor auf die geschlängelte Straße in Richtung der nächsten Stadt.

Was ist ein Magieelement?

Die Kühle des Abends, die das schwindende Sonnenlicht begleitete, hatte sich bereits vor einiger Zeit über das Land gelegt. Mehrere Stunden der weiteren Reise trennten sie noch immer von jeder größeren Siedlung. Eine kleine Baumgruppe, die sich aus einer Senke in der Nähe der Straße erhob, bot ihnen einen idealen Platz für die Nacht.

Ihr kleines Feuer brannte rauchend zwischen den Reisenden und spendete Licht und Wärme. Leise blubbernd kochte ein köstlich duftender Eintopf über den Flammen und ließ Angor bereits das Wasser im Mund zusammenlaufen. Die Zutaten waren eine Spende gewesen. Ein Geschenk der Dankbarkeit von den Menschen Dentons für ihre Hilfe. Speck, Käse und allerlei frisches Gemüse hatten Wulfuns Satteltaschen gefüllt, als sie die Tore des kleinen Ortes hinter sich gelassen hatten. Die Vorfreude nach dem langen Ritt des Tages endlich etwas Gutes zu Essen zu bekommen, hatte nicht nur den jungen Krieger ergriffen.

„Wie geht es deinem Bein?", fragte der Ritter, während er langsam in der köchelnden Brühe rührte.

„Du hast dich schon seit mindestens einer Stunde nicht mehr beschwert", fügte er mit offener Gereiztheit hinzu.

Das verlegene Lächeln des Rekruten schien den gestandenen Ritter nur wenig zu besänftigen. Tatsächlich war es so gewesen, dass die Verletzung am Bein des jungen Kämpfers den Großteil ihres Rittes lang wie Feuer gebrannt hatte. Der Drang, sich an der Wunde zu kratzen, um sich nur ein kleines bisschen Linderung zu verschaffen, hatte Angor dazu getrieben, sein Leid mit seinem Gefährten zu teilen. Unwillig eine Rast einzulegen, damit sein Schüler sich in Frieden kratzen konnte, hatte der Ritter die Beschwerden seines Begleiters stoisch ertragen.

Überrascht, dass das Brennen plötzlich verschwunden war, streifte der junge Mann vorsichtig seine Hose über die Wunde. Von Schweiß, Blut und Salbe verfärbt, schlang sich der einst weiße Stoff des Verbandes um die Verletzung. Darauf bedacht, sich nicht noch selbst Schmerzen zuzufügen, fummelte Angor an dem Verband herum, bis er schließlich den Knoten geöffnet hatte.

„Es brennt nicht mehr", antwortete er dem Ritter knapp, während er den Stoff von seinem Oberschenkel nahm.

Vom flackenden Licht des Feuers beleuchtet, staunte der Krieger überrascht, als er erfasste, was der Verband verborgen hatte. Frische Haut zeigte sich nun an der Stelle, wo ihn die Waffe des Druhks getroffen hatte. Nichts außer einer leicht geröteten Linie deutete mehr darauf hin, dass hier einst eine schwere Verletzung gewesen war.

Ungläubig tastete Angor sein Bein ab. Kein Schmerz und kein Brennen waren mehr zu spüren, als er mit seinen Fingern über die verheilte Wunde strich.

„Die, die Wunde ist verheilt", stotterte er und nahm seine Hand wieder von seinem Bein.

„Was? Vollkommen?", fuhr Wulfun auf und starrte ihn mit hochgezogenen Augenbrauen an.

„Hm, ja, ich denke schon. Es tut nicht mehr weh, wenn ich die Stelle berühre und Blut ist auch keines mehr zu sehen", brabbelte der Kämpfer verdutzt.

Die Augen seines Gefährten verengten sich zu Schlitzen. Mit nachdenklichem Gesichtsausdruck starrte er stumm in die Flammen. Von dem Wunder an seinem Bein noch immer beeindruckt, fuhr Angor erneut mit seiner Hand über die Stelle. Die Verletzung war schwer gewesen, das hatte er gewusst. Früher, in Tresmark, hatte er Männer mit ähnlichen Wunden gesehen, meist verursacht durch Missgeschicke bei der Arbeit. Keiner von ihnen war vor dem Verstreichen eines vollen Monats wieder vollkommen genesen, ob mit oder ohne der Hilfe eines Heilers. Eine solche Wunde in nur wenigen Tagen verschwinden zu lassen, bedurfte einer ganz besonderen Macht.

„Denkst du, der Heiler in Denton hat die Menschen mit besonderen Kräften behandelt", fragte der junge Mann plötzlich in die Nacht. Aus seinen Grübeleien gerissen schrak der Ritter auf.

„Ich denke eher, dass er eine außergewöhnliche Kräutermischung verwendet hat. Du solltest dankbar dafür sein und nicht so viel darüber nachdenken", brummte er wenig überzeugend.

Was auch immer der Grund dafür war, Angor wusste, dass nicht die Wahl der Tinktur dahintersteckte. Wulfun zu fragen würde ihn nicht weiterbringen. Entweder wusste der Ritter die Antwort nicht, oder er wollte sie nicht verraten. Wichtiger war für ihn jedoch, dass der Mann des Königs nichts über das unvorhergesehene Erwachen irgendeiner alten Macht in ihm erfuhr.

Die Erkenntnis überkam ihn plötzlich. Was, wenn auch seine Heilung mit den Ereignissen rund um das silberne Kästchen zu tun hatte. Seris hatte von Kräften gesprochen, die in ihm zum Vorschein treten sollten. Kräften, die immer stärker werden würden. Getrieben von seiner Neugier entschloss sich der junge Krieger der Sache auf den Grund zu gehen, sobald sein Gefährte eingeschlafen war. Die leisen Schnarcher, die der Ritter eine halbe Stunde nach dem Vertilgen des Abendessens ausstieß, verrieten Angor, dass es an der Zeit war.

Fieberhaft versuchte er sich zu erinnern, was die Stimme in seinem Kopf ihm über die Kontaktaufnahme erzählt hatte. Konzentriert auf die Person, mit der er sprechen wollte, rollte sich der junge Mann unter seiner Decke zusammen. Mit angespannten Muskeln und zusammengekniffenen Augen flüsterte er schließlich das Wort, das Seris ihm gesagt hatte. „*Digabol*", ertönte in der Nacht und riss all seine angestaute Kraft mit sich mit.

Begleitet von einem Seufzer der Erschöpfung spürte Angor plötzlich, wie sich sein Geist öffnete und eine fremde Präsenz einen Teil seines Bewusstseins erfüllte. Die Verbindung zu einer Person, die schon seit Jahrhunderten nicht mehr existieren dürfte, stabilisierte sich in seinem Geist.

„Ah Angor, ich hatte gehofft, dass du bald Kontakt zu mir suchst. Was hat dir den Mut dazu gegeben?", fragte Seris heiter.

„Ich hatte nicht damit gerechnet, dass Magie so anstrengend ist", keuchte Angor mit der Stimme seiner Gedanken. Dann fokussierte er sich wieder auf das, was er eigentlich wissen wollte. *„Es geht um den Kampf in Denton, vor dem du mich gewarnt hast. Wir haben gewonnen, aber eine der Grünhäute hatte es geschafft, mich zu verletzen. Ich hatte einen tiefen Schnitt am Bein, das ist gerade einmal wenige Tage her und heute ist er schon verheilt. Ich habe so etwas noch nie gesehen. Die Vermutung, dass du mir erklären kannst, wie es zu diesem Wunder gekommen ist, lässt mich nicht los."*

Ein freundliches Lachen ging der Antwort voraus. *„Ja, natürlich kann ich das. Seit du die Schatulle geöffnet hast, verfügst du über starke Selbstheilungskräfte, die denen eines normalen Menschen bei Weitem überlegen sind. Du kannst zwar noch immer schwer verwundet oder gar getötet werden, aber wenn du verletzt wirst, heilen deine Wunden sehr viel schneller.*

Du kannst auch nicht alle deine Wunden selbst heilen. Sind die Verletzungen zu schwer, musst du noch immer einen Heiler aufsuchen. Wirst du zu schwer verletzt, kann dir auch deine neue Fähigkeit nicht mehr helfen. Du solltest also weiter darauf achten, nicht von deinen Feinden getroffen zu werden."

Von der neuen Enthüllung überrumpelt, schwieg der Kämpfer und versuchte die Sache wirklich zu verstehen.

„Warum bist du eigentlich so erschöpft? Die Heilung deiner Wunde sollte dir nicht so viel Kraft geraubt haben", fragte die Stimme.

„Ich denke, das liegt an diesem Zauber", keuchte Angor. *„Ich habe all meine Kraft aufgestaut und habe dann das Wort*

gesprochen, das du mir gesagt hast. Im selben Moment verschwand all meine Kraft und ich konnte deine Stimme hören."

„Oh je Junge. Du kannst froh sein, dass du noch bei Bewusstsein bist. Der Ansatz war nicht schlecht, aber auch nicht ganz ungefährlich. Du brauchst zwar schon Energie zum Zaubern, aber nicht alle, die du aufbringen kannst. Wenn alle Magie so funktionieren würde, könnte keiner wirklich mehr als einen Zauber am Tag einsetzen. Der Kontaktzauber, den du versucht hast, ist dabei noch ein sehr leichter. Versuche in Zukunft nur einen kleinen Teil deiner Kraft einzusetzen. Konzentriere dich das nächste Mal und gib der Magie nur so viel deiner Stärke, wie sie benötigt, um sich zu entfalten. Die Zauberei ist eine Frage der Übung. Je öfter du sie anwendest, desto besser wirst du Bescheid wissen, worauf es ankommt. Wenn du beachtest, was ich dir sage, wirst du schnell Fortschritte machen."

„Ich denke nicht, dass es eine gute Idee ist, mehr mit dieser Zauberei zu machen. Mein Vater hat mich immer davor gewarnt. Er sagte, dass nichts Gutes aus derartigen Kräften erwachsen kann. Wenn ich ehrlich bin, gewinne ich langsam denselben Eindruck."

„Ich bin mir sicher, dein Vater ist ein weiser Mann, aber Magie ist eine seltene Gabe und nur sehr wenige sind in der Lage, sie zu wirken. Ich kann gut verstehen, dass all jene, die nie mit derartigen Dingen in Kontakt gekommen sind, sich vor diesen Kräften fürchten."

Die Worte der fernen Stimme trafen Angors Stolz. „Mein Vater fürchtet sich nicht vor Magie. Vielleicht ist er einfach vernünftiger als ich. Ich denke, es ist Zeit, diesen Spuk zu beenden. Vielleicht war all das ein Fehler."

Von seinem Trotz geleitet, bemühte sich der junge Mann, die Verbindung in seinem Geist zu trennen. Selbst die erneute Nennung der magischen Formel änderte das Gefühl der Verbundenheit in seinem Kopf nicht.

„Es ist schade, dass du keinen Zauber mehr wirken willst. Nur Magie kann die Trennung unserer Gedanken wieder erreichen. Wenn du dich weigerst, werde ich für immer in deinem Kopf bleiben und alles verfolgen können, was du machst."

Der Schreck, der dem jungen Schmied bei dieser Vorstellung durch den Kopf schoss, ließ ihn beinahe erstarren. „Und wie kann ich diese Verbindung dann wieder lösen?", fragte er bissig.

„Sprich Lermon und kehre deinen Geist in dein Inneres und du wirst wieder für dich sein. Bevor du das tust, habe ich aber noch eine kleine Übung für dich. Ein Spaß vielleicht, wenn du dich darauf einlässt. Such dir einen kleinen Ast, keinen schweren und sprich das Wort Zírkonai. Wenn du es richtig machst, wird der Ast sich heben und um seine Achse drehen. Gib mir Bescheid, wenn du tapfer genug warst, um dich der Herausforderung zu stellen."

Angor spürte, wie sich die Präsenz in seinem Kopf zurückzog. Wieder alleine mit seinen Gedanken versuchte er sich zu sammeln. Eine Leere, fast wie eine Öffnung in seinem Geist, klaffte noch immer in ihm und ließ das Gefühl, verwundbar zu sein, zurück. Nur widerwillig murmelte er das Wort, das den Zauber beenden und seinen Geist schließen sollte. Von der Erschöpfung übermannt sank der Krieger schließlich in einen tiefen Schlaf.

Die Ruhe der Nacht war wie ein Balsam für seinen erschöpften Körper. Das Zwitschern von Vögeln und das Blubbern der Reste des Eintopfes über dem Feuer waren die ersten Geräusche, die er hörte. Mit steifen Gliedern rieb er sich die Augen und blinzelte in den neuen Tag hinein.

„Guten Morgen, junger Mann", begrüßte ihn der Ritter, während er ihre Essschalen bereitlegte.

Mit hängenden Augenlidern blickte Angor seinen Gefährten an und brummelte etwas, das mit viel Fantasie eine passende Erwiderung darstellen mochte. Die Müdigkeit seines Schülers ignorierend, sprach Wulfun munter weiter. „Ich denke, wir haben

Glück. Die Niederlage in Denton hat vermutlich alle Druhks in weitem Umkreis verscheucht. Ich habe mich heute Morgen mal ein wenige in der Gegend umgesehen und nicht die geringste Spur von diesen Ungeheuern entdecken können."

Einem ausführlichen Gähnen folgend kletterte der junge Krieger aus seinem Bett und setzte sich zu seinem Freund an das knackende Feuer. „Wie lange müssen wir denn noch weiterreisen? Wann werden wir die Hauptstadt erreichen?"

„Gurnda? Dorthin werden wir noch einige Wochen brauchen. Doch bevor wir Gurnda erreichen, werden wir noch in einer anderen großen Stadt Halt machen. Tront liegt nicht mehr so weit entfernt. In ein paar Tagen sollten wir es vor uns haben."

In Angors Kopf begann seine Fantasie ein Bild dieser Städte zu zeichnen. Tatsächlich hatte er noch nie eine richtige Stadt betreten. Fahrende Händler und Söldner, die durch Tresmark gereist waren, hatten ihm ihre wilden Geschichten von den unendlich vielen Möglichkeiten erzählt, die in den Städten des Reiches auf die Menschen warteten. Er konnte es kaum erwarten, sich selbst einen Eindruck davon zu verschaffen.

„Ist Gurnda wirklich so groß, wie es immer heißt? Dass man einen ganzen Tag durch seine Straßen wandern kann und doch noch immer nicht alles gesehen hat?"

Wulfun schaute ihn für einen Augenblick verwundert an. „Wer hat dir denn das erzählt?"

„Ein Händler, der einmal bei meinem Vater in der Werkstatt war. Stimmt es nun, oder hat der Mann gelogen?"

„Es stimmt. Ich würde sogar sagen, dass nicht einmal zwei Tage genügen, um jede Straße der Stadt zu erkunden. Für einen Menschen, der die Stadt noch nie gesehen hat, ist es beinahe unmöglich, ihre wahren Ausmaße zu begreifen. Ich erinnere mich noch gut daran, als ich sie zum ersten Mal gesehen habe. Ich kam tagelang nicht aus dem Staunen heraus."

Fantasien von der Großstadt erfüllten Angors Kopf noch lange, nachdem die beiden aufgebrochen waren. Eine Weile lang war der Ritter an seiner Seite aufgeschlossen genug, um ihm jede seiner Fragen zu beantworten. Die Verschlossenheit, die er die vergangenen Tage so streng gehütet hatte, zog sich ein wenig zurück und ermöglichte es dem Rekruten mehr über das Reich und seinen Dienst für den König zu erfahren.

Die Sonne hatte schon beinahe ihren höchsten Stand erreicht, als die Straße sie wieder an einen plätschernden Bach heranführte. Von hohen Bäumen gesäumt lag ein kühlender Schatten über ihrem Weg. Der Aufforderung des Ritters, den Pferden eine kurze Rast zu gönnen, kam der junge Krieger nur zu gerne nach. Sein Hintern prickelte bereits wieder, nachdem er Stunden im glatten Leder seines Sattels gesessen hatte. Während sein Gefährte sich mühte, beim Auffüllen seiner Wasserflasche nicht in den Bach zu treten, schlenderte Angor um die Baumreihe herum.

Nachdem der Moment erreicht war, an dem Wulfun ihm nichts weiter über die Städte auf ihrem Weg mehr erzählen wollte, waren seine Gedanken wild umhergekreist. Umgeben von lichtdurchfluteten Wiesen und starken Bäumen war es die Magie gewesen, die sein Denken beherrscht hatte. Wenn ihn jemand gefragt hätte, wäre es ihm nicht leicht gefallen es zuzugeben, aber die Vorstellung, Zauberei wirken zu können, fesselte seine Neugier mehr, als er sich eingestehen wollte.

Unbeobachtet von Wulfun sammelte Angor einen kleinen Ast auf. Klein genug, um nicht aufzufallen, und groß genug, um den Versuch, ihn mit dem Wort von Seris anzuheben, zu einer Herausforderung werden zu lassen. Sie saßen bereits wieder auf den Rücken ihrer Pferde, als er schließlich den Mut fand, sein Glück zu probieren. Einige Meter hinter seinen Gefährten zurückgefallen, kramte der junge Krieger seinen Stock wieder hervor. Mit misstrauischem Blick beobachtete er, ob sich der Ritter vor ihm vielleicht zu ihm umdrehen würde. Sich seiner

Sache sicher, sammelte er all seine Energie und konzentrierte sich auf den Zauber.

Mit laut schlagendem Herzen holte er Luft und war gerade dabei, den Mund zu öffnen, als ihm sein Fehler auffiel. Die Worte von Seris hallten ihm erneut durch den Kopf. In dem Versuch, sich zu entspannen, ließ Angor die aufgestaute Kraft in seinen Körper zurückströmen und behielt nur einen kleinen Rest zurück. Als er die Formel flüsterte, beobachtete er gespannt, was passierte.

Langsam und zitternd erhob sich der Ast von seiner Hand in die Luft, nur um einen Herzschlag später wieder herunterzufallen. Enttäuschung ergriff ihn, als er auf das Holz in seiner Hand blickte. Zweifel wuchsen in seinen Gedanken. Er biss die Zähne zusammen. So schnell wollte er nicht aufgeben. Es brauchte mehr Energie, außerdem hatte Seris ihm gesagt, dass Magie eine Frage der Übung war. Ein weiterer Versuch musste folgen. Mit mehr Kraft und Angors Hoffnung auf seiner Seite, erhob sich der Ast beim nächsten Versuch deutlich über seine Hand. Kaum hatte er das Wort „Zirkonai" ausgesprochen, schwebte das Holz los und begann langsam zu rotieren. Schneller und schneller drehte sich der Zweig über seiner Handfläche, bis er nur noch einen verschwommenen Schemen sehen konnte. Es dauerte einen Moment, ehe der junge Kämpfer spürte, wie ihn die Kraft mit zunehmender Beschleunigung des Holzes verließ.

Stolz erfasste sein Herz. Er hatte die Aufgabe gemeistert. Zufrieden mit sich selbst löste er die Kraft der Magie und fing den Ast wieder auf. Mit einem breiten Grinsen in seinem Gesicht feierte er seinen Erfolg.

Als Ort für ihr Nachtlager wählte der Ritter das Ufer eines großen Sees. Klares glänzendes Wasser reflektierte das Licht der untergehenden Sonne und verlieh der Umgebung einen magischen Schimmer. Kein Wort von Wulfun hatte den jungen

Schmied davon abhalten können, sich in die kühlen Fluten zu stürzen. Es war Tage her, dass sie in der Nähe eines Sees oder Teiches waren und Angor genoss die Kühle des Wassers. Als der Duft gebratenen Fleisches und der Ruf seines Freundes zu ihm herüberdrangen, stieg er schließlich zufrieden und erfrischt aus dem Wasser.

Gerade dabei, sich seine Kleidung wieder anzuziehen, entdeckte der junge Mann plötzlich ein schimmerndes Muster, das auf seinem rechten Oberarm prangte. Ein Wechsel aus Unsicherheit und Neugier ließ ihn unschlüssig darüber zurück, was er davon halten sollte. Je mehr er sich darauf konzentrierte, desto unsicherer wurde er, ob das Muster tatsächlich die Form einer Flamme hatte oder ob er sich das Ganze nur einbildete. Erfüllt von leuchtend gelber und oranger Farbe konnte sich Angor nicht daran erinnern, jemals an dieser Stelle ein Mal besessen zu haben.

„Wo bleibst du denn?", rief Wulfun ihm ungeduldig zu.

Mit gerunzelter Stirn schlüpfte der Kämpfer in sein Hemd und eilte zum Essen. Was auch immer der Grund dafür war. Angor war sich sicher, dass es etwas mit seinen neuen Fähigkeiten zu tun hatte.

Seine Neugier musste warten. Es dauerte mehrere Stunden, bis der Ritter schließlich einschlief. Als er sicher war, dass er das Misstrauen seines Begleiters nicht mehr entfachen würde, schlüpfte der junge Krieger wieder aus seinem Hemd. Im flackernden Schein der lodernden Flammen begutachtete er das Muster auf seiner Schulter. Allein sein Anblick verwirrte seine Augen. Der Form einer Flamme immer ähnlicher, hatte Angor beinahe das Gefühl, dass sich das Zeichen auf seiner Schulter passend zu den Flammen vor ihm bewegte. Der Drang, eine Antwort auf seine Fragen zu bekommen, wurde zu stark für seinen jugendlichen Geist.

Mit gerade genug Kraft, um den Zauber zu entfachen, konzentrierte sich Angor auf die Stimme von Seris und sprach die magische Formel. Kaum ein Herzschlag verging, bis die heitere Stimme des früheren Helden in seinem Kopf ertönte.

„Du bist ein Naturtalent!", lachte dieser.

„Was, warum das?", entgegnete der Junge verdutzt.

„Nun, ich gehe davon aus, dass du den Zauber versucht hast, den ich dir genannt habe. Und dass du erfolgreich warst. Ich kenne dich besser, als du denkst, weißt du?"

So faszinierend er die Gespräche mit Seris auch fand, so verstörend waren sie auch. Die Frage, woher ein seit Jahrhunderten verstorbener Mensch ihn kennen sollte, gesellte sich zu den unzähligen anderen, die wortlos in seinem Kopf herumschwirrten.

„Wenn du das sagst", brummte er. *„Natürlich habe ich deinen lächerlichen Zauber geschafft. So ein kleiner Zweig stellt für mich doch keine Herausforderung dar."*

„Offenbar nicht", kicherte die Stimme amüsiert. *„Es ist gut zu hören, dass du dich mit deinen Fähigkeiten beschäftigst."*

„Vielleicht. Aber die Sache mit dem Zweig war nicht der Grund, aus dem ich mit dir sprechen wollte." Angor bemühte sich, einen möglichst selbstsicheren Tonfall anzuschlagen.

„Ich habe heute etwas an mir entdeckt. Ein Muster! Ein Zeichen auf meinem Oberarm. Es sieht aus wie eine Flamme. Ich kann mich nicht erinnern, dass ich es früher schon gehabt habe."

„Was, denkst du, hat es damit auf sich, Angor?", fragte die Stimme.

„Ich weiß es nicht. Je genauer ich hinschaue, desto seltsamer wirkt es. Im Schein des Lagerfeuers sah es beinahe so aus, als bewege es sich. Was es auch ist, ich denke, es hat mit diesen neuen Fähigkeiten zu tun."

„Faszinierend, wirklich faszinierend", schmunzelte Seris vor sich hin.

„Na sag schon, was du darüber weißt", drängte der junge Mann ungeduldig.

„Jaja, ist schon gut", lachte die Stimme. „Ich weiß alles darüber, was es zu wissen gibt, aber ich sollte mit dem Allgemeinen anfangen. Das Zeichen steht für dein Magieelement. Es ist sehr ungewöhnlich, dass es sich so schnell offenbart, aber in deinem Fall auch sehr verständlich, dass es das Feuer ist, das dich gewählt hat."

„Was? Magieelement? Was soll mir das bringen?", hakte Angor verwirrt nach.

„Allen voran viele Vorteile. Zauber, die mit dem Element deiner Magie zu tun haben, kosten dich sehr viel weniger Kraft als alle anderen. Du kannst sie leichter wirken und mehr mit ihnen erreichen. Mehr noch kannst du durch das Element deiner Magie nicht verletzt oder gar getötet werden."

Erstaunen kam über den jungen Mann. Jetzt verstand er auch, warum er sich niemals am Schmiedefeuer verletzt hatte, selbst wenn ihm Funken und Glut entgegensprangen. Nicht einmal als ihm ein glühendes Stück Metall auf den Fuß gefallen war, hatte er eine Verbrennung davongetragen, was von seinem Vater als Wunder bezeichnet worden war.

„Es ist sehr interessant, dass sich dein Magieelement in Form eines Musters auf deiner Haut offenbart. Die meisten Zauberkundigen müssen sich stundenlangen kraftraubenden Versuchen unterziehen, um das Wesen ihrer Begabungen zu enthüllen. Nicht jeder von ihnen übersteht diesen Prozess dabei ohne bleibende Schäden."

„Das bedeutet, dass ich Zauber, die Feuer hervorbringen, leichter wirken kann als andere?" Angors Ehrgeiz war entfacht.

„Genau. Das hast du richtig verstanden. Wenn du das Ganze einmal ausprobieren willst, öffne deine Hand und sprich ‚Brask' und eine kleine Flamme wird auf deiner Handfläche erscheinen. Denk an das, was ich erzählt habe. Spare mit deiner Kraft dabei."

Angor nickte stumm, auch wenn er wusste, dass sein Gesprächspartner es nicht sehen konnte.

„Wenn du noch mehr Fragen zu dem Thema hast, erkläre ich dir gerne mehr", bot die Stimme von Seris freundlich an.

„Danke, ich denke, ich werde mich wieder melden", entgegnete der Krieger in Gedanken bereits woanders und beendete die Verbindung.

Den Blick auf die züngelnden Flammen des Lagerfeuers gerichtet, saß Angor noch eine Weile in der Kühle der Nacht. Sein Geist war noch immer zu aufgewühlt, um die Ruhe des Schlafes zu finden. Sein Verstand zu sehr mit all den Veränderungen beschäftigt, die sein Leben auf den Kopf gestellt hatten. Je mehr er erfuhr, desto mehr geriet die Welt, die er kannte, aus den Fugen.

War es solch ein Leben, von dem er seit seiner Kindheit geträumt hatte? Allein der Gedanke ließ ein höhnisches Schnauben aus seiner Nase hervorströmen. Nein, die Offenbarungen des früheren Helden übertrafen alles, was er je für möglich gehalten hatte. Versprachen mehr, als er je gehofft hatte. Selbst jetzt noch fiel es ihm schwer zu verstehen, warum das Schicksal ausgerechnet ihn zum Erben des legendären Kriegers erklärt hatte. Doch bei einer Sache war er sich gewiss. Ganz gleich welche Herausforderungen sein Weg aufbieten sollte, er war bereit sich ihnen zu stellen.

Vier weitere Tage des unentwegten Reitens lagen vor ihnen, bis sie sich endlich der Stadt Tront näherten. Vier Tage, die so eintönig waren, dass selbst Wulfun aus seiner stillen Verschlossenheit herauskam und mit seinem Rekruten sprach. Die Themen, über die sie sich unterhielten, waren weit vielfältiger als die Umgebung, an der sie vorbeikamen. Die Mischung aus bewirtschafteten Wiesen, kleinen Wäldern und grünen Äckern, auf denen einsame Bauern ihrer Arbeit nachgingen, bot den gleichen Anblick, den Angor schon seit seiner Abreise in Tresmark bewundern konnte.

Ein halbes Dutzend kleinerer Dörfer, meist lediglich aus einer Handvoll Häusern bestehend, lagen stets nur einen Steinwurf von der breiten Straße in den Süden entfernt. Von den sanften Hügeln verdeckt, waren es oft allein die gekräuselten Rauchsäulen der Kamine und das Vieh auf den Weiden, die ihre Nähe verrieten.

In den langen Stunden des Reitens konnte Angor einiges von seinem Begleiter erfahren. Neben weiteren Anekdoten über die Hauptstadt und dem Leben bei Hofe waren es vor allem die Lektionen zum militärischen Vorgehen, die den jungen Krieger begeisterten. Mit Staunen verfolgte der baldige Offizier die Geschichten, die der Ritter ihm erzählte. Es war unverkennbar, dass der Gesandte des Königs schon mehr als einen größeren Kampf bestritten hatte. Die Erzählungen über Strategie und das richtige Vorgehen bei der Führung einer Armee waren Geschichten, die Angor förmlich aufsaugte. Als Kämpfer aus einem kleinen Dorf hatte es niemanden gegeben, der ihm jemals etwas über das Kommandieren von Truppen erzählt hatte. Zweifel waren in ihm aufgekommen, als er zunehmend einen Eindruck von der Schwere der Verantwortung bekam, die schon bald auf seinen Schultern lasten würde. Die Fragen, ob er der Sache gewachsen und der Richtige für diese Aufgabe war, beschäftigten ihn. Sorgen plagten ihn jedoch nicht nur ob seiner Eignung zum Kommandanten. Meist war es in den Nächten, als nichts als die Schreie der Eulen und das Zirpen der Insekten zu hören waren, dass er über sein Zuhause nachdachte. Die Bilder von den Kämpfen in Denton stahlen sich immer wieder zurück in seinen Kopf. Den Schrecken und die Grausamkeiten, die er dort gesehen hatte, konnte er nicht so einfach vergessen.

Schlimmer als die Erinnerungen war ein Gefühl, das er nicht aus seinem Kopf bekommen konnte. Eine Ungereimtheit, aufgeworfen durch die Worte seines Gefährten, hatte Angor darauf gebracht. Selbst der Ritter war davon ausgegangen, dass die Truppen des Reiches die Dörfer im Norden vor der Gefahr durch die Grünhäute beschützten. Wenn eine Horde, groß genug um ein Dorf anzugreifen, durch das Netz der Armee geschlüpft war und Denton bedroht hatte, wer konnte dann schon sagen, dass dies nicht wieder oder an mehreren Stellen passiert war. Die unterbewusste Angst, dass dem Ort seiner Heimat ein ähnlicher Angriff gegolten hatte, konnte Angor nicht aus seinem Kopf verbannen.

Es war der siebte Tag seit ihrer Abreise aus Denton, als der Ritter ihren abendlichen Schwertkampf wieder ins Leben rief. Wulfun hatte ihn gefordert. Der Ritter hatte ihn gereizt und gedrängt so gegen ihn zu kämpfen, wie er zuvor in Denton gegen die Druhks gekämpft hatte. Ein kurzer Schlagabtausch mit den hölzernen Waffen des Königsmanns hatte schnell und eindeutig in einer schmerzhaften Niederlage für den jungen Schmied geendet.

„Hm, vielleicht brauchst du ja tatsächlich ein wenig Gefahr, um dein volles Potenzial auszuschöpfen", spekulierte der Mann des Königs und wechselte zu seiner stählernen Klinge.

Weitab von dem Gebiet, in dem noch mit Überfällen durch die stinkenden Druhks gerechnet werden musste, erklang schon bald wieder das hohe Sirren der gekreuzten Schwertklingen. Der Kampf wurde ohne Gnade geführt. Bemüht, die verborgenen Fähigkeiten seines Schülers selbst hervorzulocken, trieb der Ritter den jungen Krieger an seine Grenzen. Zorn und Wut fachten Angors Kampfeslust an. Die Erinnerung daran, wie er in Denton gekämpft hatte, hing wie eine Mahnung, mehr zu können, beständig in seinen Gedanken.

Vom Ritter getrieben und seinem eigenen Stolz unter Druck gesetzt, passierte dem jungen Streiter ein fataler Fehler. Sein Schwert schoss von unten heran und streifte das klirrende Kettenhemd seines Gegners. Der Treffer bedeutete jedoch keinen Sieg. Im letzten Moment gebremst, schnitt Wulfuns Schwert lediglich durch die Haut an Angors Arm, als dieser die heran-eilende Waffe übersah. Als sich ihre Blicke begegneten, wussten sie beide, dass einzig die Kontrolle des erfahrenen Streiters Angor davor bewahrt hatte, seinen Arm zu verlieren.

Warmes Blut war binnen Sekunden aus der Wunde getreten und hatte den Ärmel seines Hemdes in einer dünnen Spur bis zur Hand verfärbt. Die Sorge des Ritters war echt gewesen, als er den Arm seines Rekruten verbunden hatte. Angors Wunsch nach einem erneuten Versuch jedoch ebenso. Er mochte getroffen worden sein, doch diese Schmach stärkte seine Entschlossenheit nur weiter.

Mit verbundenem Arm und dem Verlangen, seine Ehre wie-derherzustellen, focht der junge Kämpfer eine zweite Runde gegen seinen Lehrmeister. Der Kampf dauerte an und keiner der beiden fand eine gute Gelegenheit, die Verteidigung seines Gegners zu durchbrechen. Die Anstrengung des Kampfes fachte den Siegeswillen des jungen Mannes weiter an. Er spürte, wie sein Ehrgeiz ihn drängte, dem Ritter zu beweisen, dass sich seine Fähigkeiten verbessert hatten.

Doch erst nachdem ihr Zweikampf bereits vorüber war, wurde ihm die Besonderheit des Gefechts richtig bewusst. Je stärker seine Muskeln gebrannt und je deutlicher er den Schmerz in seinem Arm gespürt hatte, desto stärker war er im Kampf ge-worden. Es schien beinahe so, als sei es das Leid des Körpers gewesen, das seinen Geist von seinen Gedanken befreit und seine Instinkte an die Kontrolle gebracht hatte. Er hatte mit einer Klarheit und Konzentration gekämpft, die er vor Denton nicht gekannt hatte. Einer Bestimmtheit, die seinen Bewegungen mehr Schnelligkeit verlieh. Einer Überzeugung, die dem Ritter keine Lücke in seiner Verteidigung geboten hatte. Er war über sich hinausgewachsen und hatte mehr vollbracht, als er in all den Kämpfen in Tresmark erreicht hatte. Der Sieg war in seiner

Reichweite gewesen und gegen einen geringeren Kämpfer als den Streiter des Königs hätte er zweifelsfrei gewonnen.

Und doch war da dieses Gefühl, dass ihm keine Ruhe ließ. Dieser unbestimmbare Eindruck, dass die Stärke seiner Angriffe nicht allein aus seinen Fähigkeiten entsprang. Je mehr er versuchte, dieses Gefühl zu greifen, desto deutlicher entzog es sich ihm. Es war wie ein Schatten, der stets außer Reichweite seiner Wahrnehmung am Rande seines Bewusstseins lauerte. Was auch immer es war, es hatte ihn im Kampf gestärkt, doch der Nachgeschmack des Rausches, in dem es ihn gefangen hatte, blieb bitter in seinem Mund zurück. Doch da war auch Frust. Je länger er darüber nachdachte, desto deutlicher spürte er die Enttäuschung darüber, dass er trotz seiner gesteigerten Fähigkeiten noch immer nicht in der Lage war, gegen den Ritter des Königs einen Sieg einzufahren. Er hatte sich gut geschlagen, doch nach all den Niederlagen, die er seit Tresmark gegen Wulfun eingesteckt hatte, hoffte doch ein Teil von ihm, mit einem Sieg endlich den Respekt seines Gefährten zu gewinnen.

Die Erinnerung an den Kampf weigerte sich seinen Verstand zu verlassen und je weiter sich die Sonne dem Horizont näherte, desto schwerer fiel es Angor, seine Enttäuschung zu vergessen. Unfähig sich von dem Gefühl zu trennen, spürte er, wie eine Frage in seinem Verstand Gestalt annahm. Eine Neugier, die danach verlangte gestillt zu werden und ihm fiel nur eine Person ein, die ihm dabei helfen konnte.

Als die stillen Stunden der Nacht kamen und er sicher war, dass der Ritter ihn nicht mehr stören würde, flüsterte er leise die Formel, die es ihm erlaubte, mit Seris zu sprechen.

„Angor, schön von dir zu hören. Was bedrückt dich?", fragte Seris gutmütig.

Als der Moment gekommen war, seine Frage zu stellen, zögerte der junge Schmied für einen Augenblick. War es töricht, wegen seines verletzten Stolzes die Weisheit des vergangenen Helden zu beanspruchen? Er war jung und sicher nicht so erfahren wie Wulfun, doch nach all dem, was der einstige Retter Nurays ihm offenbarte, hatte ein Teil von ihm angenommen, dass er endlich in der Lage war den Ritter zu bezwingen.

„Ich habe eine Frage. Eine Sache, die mir keinen Frieden lässt und ich habe gehofft, dass du sie mir beantworten kannst."

„So, um was geht es denn?", entgegnete Seris neugierig.

„Es geht um den Mann, der mich nach Gurnda bringt. Er ist ein Ritter. Ein Krieger, wie ich noch keinem zuvor begegnet bin. Ein Meister des Schwertes und ganz gleich was ich versuche, schaffe ich es einfach nicht, ihn zu besiegen. Bin ich nicht dein Nachfahre? Sagtest du nicht, dass ich derjenige sein soll, der Nuray retten wird? Ich spüre diese neue Kraft in mir, seit ich das Kästchen geöffnet habe und doch schaffe ich es nicht einmal den Ritter des Königs zu besiegen. Sollte ich nicht die Macht haben über ihn zu triumphieren? Wie soll ich Nuray beschützen können, wenn ich nicht einmal einen Mann überwinden kann?" Angors Stimme verdeutliche seine Unsicherheit.

„Diese Frage solltest du dir nicht stellen. Du bist mein Nachfahre und in deinem Blut liegt die gleiche Stärke, die einst in mir gewohnt hat. Doch jede Kraft braucht Prüfungen, um wachsen zu können. Mit meiner Offenbarung ist deine Stärke gewachsen, doch nur wenn du beständig daran arbeitest, deine Grenzen zu erweitern, wirst du das volle Potenzial deiner Gaben ausschöpfen können. Wenn dieser Ritter noch immer deinen Fähigkeiten standhält, bedeutet das nicht, dass du kein würdiger Nachfolger bist, sondern einfach, dass er ein sehr guter Kämpfer ist. Sieh ihn als eine weitere Herausforderung, die dir helfen wird zu wachsen. Aber wenn du von mir einen Rat willst, wie du gegen ihn vorgehen kannst, dann muss ich schon mehr über ihn wissen."

„Was soll ich über ihn sagen? Er verrät mir ja nicht viel", brummte Angor verdrossen.

„Du hast gegen ihn gekämpft, also hast du auch mehr über ihn gelernt, als dir seine Worte verraten können. Denk nach und du wirst mir sicher einiges über ihn erzählen können."

Seris Worte brachten seinen Erben zum Grübeln. Es dauerte einige Sekunden, ehe sich erneut klare Sätze in seinem Verstand bildeten. „Er ist schnell. Schneller als jeder andere Kämpfer, auf den ich je getroffen bin. Seine Bewegungen sind klar, kontrolliert und von einer Bestimmtheit, der nur schwer zu widerstehen ist. Sein Blick ist wach, und sein Körper so ruhig, dass es mir manchmal scheint, als ob er selbst im wildesten Gefecht ein bisschen Frieden findet. Ganz gleich wie sehr ich mich anstrenge, wie geduldig ich bin, wie kontrolliert meine Bewegungen sind oder wie zielgerichtet ich meine Angriffe führe, erkennt er stets, was ich vorhabe. Wenn seine Waffe meinem Hieb begegnet, ist sein Arm stark, doch schon einen Herzschlag später schwingt er sie erneut nach meinem Körper. Selbst mit meinen verbesserten Fähigkeiten fällt es mir noch immer schwer, die Oberhand gegen ihn zu gewinnen."

„Nun, deine Worte beschreiben einen wirklich zähen Gegner. Eine Herausforderung, wie selbst ich ihr nur selten begegnet bin. Ich kenne nur wenige Krieger, die dazu in der Lage sind, mit einer solchen Gelassenheit zu kämpfen und keiner davon ist ein Mensch."

Seris Worte weckten eine Erinnerung in Angors Gedanken.

„Hm, könnten sie Elfen gewesen sein? Wulfun erzählte mir einst, dass er vor vielen Jahren die Geheimnisse ihrer Kampftechniken gelernt hat, doch als ich ihn danach fragte, weigerte er sich, sie mir zu verraten."

„Du hast Recht. Sie alle waren Elfen und wenn dein Freund wirklich in ihren Künsten unterwiesen wurde, wundert es mich nicht, dass er dir noch immer Schwierigkeiten bereitet. Das ist etwas ganz Besonderes, musst du wissen. Die Schwertkunst der Elfen ist ein Geheimnis, das ihr Volk wie einen Schatz hütet und *wenn dieser Wulfun ihre Kunst erlernt hat, dann muss er ihnen einst einen großen Dienst erwiesen haben. Selbst unter ihrem eigenen Volk sind nur die talentiertesten dazu in der Lage alle Techniken zu meistern, und ihnen liegt die Geschwindigkeit im Blut, musst du wissen. Die Elfen sind anders als wir. Sie mögen nicht so stark wie die Zwerge sein oder so zahlreich, wie wir Menschen, doch ihre natürlichen Fähigkeiten sind denen der meisten gewöhnlichen Menschen überlegen. Mit ihren Kampftechniken haben sie es geschafft die natürlichen Stärken ihres Volkes perfekt einzusetzen und eine Klarheit und Geschwindigkeit zu erreichen, die manch einen sagen lässt, dass sie die Gedanken ihrer Gegner vorhersehen können.*

In Wahrheit tun sie nichts dergleichen, doch ihr Verstand ist so klar im Kampf, dass sie ihren Gegner bestens verstehen. Nur jahrelange Übung und große Disziplin können einen Krieger dazu bringen, derartige Fähigkeiten zu erlernen.

Sei nicht enttäuscht, wenn du diesen Ritter noch nicht besiegen kannst. Kämpfe gegen ihn, lerne deinen Körper kennen und höre auf die Lektionen, die er dir erteilt und ich bin mir sicher, dass du ihm schon bald ebenbürtig sein wirst. Du kannst dich glücklich schätzen einen Lehrmeister mit solchem Talent zu haben, doch wie du ihn bezwingst, musst du selbst herausfinden."

Die Antwort des einstigen Helden war nicht das, worauf Angor gehofft hatte und doch hatte Seris ihm neue Hoffnung gegeben. Auch wenn er von Wulfun nicht die Fähigkeiten der Elfen lernen konnte, würde die beständige Herausforderung des Ritters vielleicht genug sein, um sein eigenes Talent so sehr zu schärfen, dass er ihn eines Tages überwinden konnte. Der Gedanke an einen Sieg gegen seinen Gefährten erweckte ein leichtes Lächeln auf seinen Lippen.

„Hab Dank, Seris. Wenn es einen Weg gibt, die Techniken der Elfen zu überlisten, dann werde ich ihn finden. Bis dahin werde ich nicht aufgeben, es zu versuchen."

Die Wärme, die von Seris Geist zu Angors strömte, fühlte sich für den jungen Mann wie das stolz erfüllte Grinsen eines Großvaters an. Als er die Verbindung zu seinem Vorfahren löste und seine Augen in der Dunkelheit der Nacht schloss, erfüllte nur ein Gedanke seinen Verstand. Er musste sich noch mehr anstrengen, wenn er den Königsmann bezwingen wollte.

Große Stadt

Prächtig gedeihende Feldfrüchte und das ständige Getöne weidenden Viehs waren die ersten Hinweise auf ihre Nähe zur Stadt. Je weiter sie sich den Mauern Tronts genähert hatten, desto besser war auch die Straße geworden, der sie seit Tagen folgten. Wo zuvor tief eingefahrene Rinnen in die feste Erde gesunken waren und den Weg zu einer manchmal schlüpfrigen Stolperpartie gemacht hatten, war die Straße nun mit ordentlichen Steinen gepflastert worden, noch bevor die Türme der Stadtmauer zu sehen waren.

Wulfun hatte bei dem Gesichtsausdruck seines Begleiters lachen müssen, als dieser den ersten Blick auf eine richtige Stadt geworfen hatte. Für einen Menschen, der noch nie eine Siedlung größer als ein Dorf gesehen hatte, war der Anblick von Tront tatsächlich etwas Überwältigendes. Von manchen auch das Juwel des Nordens genannt, war die Stadt mit Sicherheit die größte im Umkreis mehrerer Wochen der Reise. Selbst in einem Land wie Nuray, das den Großteil des Kontinents einnahm, beanspruchte Tront eine besondere Stellung. Übertroffen nur von Städten wie Gurnda und vielleicht Heda, war sie wie ein Monument der Zivilisation inmitten einer Weite der Natur.

Mit jedem Schritt, den Windfeuer ihn näher an die riesige Siedlung herantrug, enthüllten sich mehr und mehr Details vor Angors Augen. Die dunklen Steine der Stadtmauer bildeten zusammen einen beinahe schon monumental wirkenden Schutzwall um Tront. Runde und viereckige Türme, manche gekrönt mit spitzen Dächern und andere mit den wechselnden Zähnen eines Zinnenkranzes erhoben sich in regelmäßigen Abständen weit in den Himmel. Riesige bunte Banner wehten über den Türmen im Wind. Niemand, der sie erblickte, würde noch einen Zweifel daran hegen, wen er hier vor sich hatte.

Überraschung erfasste Angor, als er erkannte, dass es nicht eines sondern zwei verschiedene Wappen waren, die sich über den Verlauf der Verteidigungsanlagen abwechselten. Der tiefrote Farbton von vergossenem Wein bildete die Grundlage, auf der zwei silberne gekreuzte Langschwerter prangten. Das Wappen Nurays verkündete stolz die Zugehörigkeit der Stadt zum weitläufigen Reich der Menschen. Das zweite Wappen, das erhaben im Wind flatterte, war ihm unbekannt. Ein deutlicher Kontrast hob das dunkle Blau der Flaggen vor den leichten Wolken am Himmel hervor. Mit zusammengekniffenen Augen bemühte er sich, das Bild auf dem weit entfernten Stoff zu erkennen.

„Der goldene Adler, der die Schlange fängt, ist seit der Gründung der Stadt das Wappen, das über Tront weht. Man sagt, dass der adlige Herr, der die Stadt gründete, einst dieses Wappen als Zeichen seiner Familie geführt hatte. Heute repräsentiert es alle Menschen, die in diesen Mauern leben", erklärte der Ritter entspannt, nachdem er dem Blick seines Rekruten gefolgt war.

„Wie viele Menschen leben denn hier?", fragte Angor aufgeregt. „Es müssen Hunderte sein!"

Das amüsierte Lachen des Ritters irritierte den jungen Schmied. „Nicht Hunderte! Tausende, ach was sage ich, viele Zehntausend Menschen vermutlich."

Staunen ließ die Kinnlade des Kriegers aufklappen. Allein die Vorstellung, dass es auf der ganzen Welt so viele Menschen gab, übertraf alles, was er erfassen konnte.

„Beinahe alle Dörfer im Nordwesten verkaufen ihre Erträge hierher. Nur durch die gemeinsame Arbeit all dieser Menschen kann Tront bestehen. Aber so wie die Stadt nicht ohne die Dörfer hier oben überleben kann, profitieren auch die vielen kleinen Ortschaften von den Möglichkeiten der Großstadt. All das, was in den Dörfern nicht hergestellt werden kann, kommt aus den

Städten des Reiches. Handwerker und Händler bevölkern die Straßen und sorgen mit ihrem Einsatz dafür, dass es stets die benötigten Werkzeuge für alle Arten von Arbeit gibt."

Die Symbiose der Stadt und ihrer Umgebung war Angor bisher noch nie in den Sinn gekommen. Jetzt, als Wulfun sie ihm erklärte, verstand er plötzlich eine Vielzahl der Zusammenhänge, über die er bereits sein ganzes Leben lang gerätselt hatte.

Das Torhaus in der Stadtmauer war nicht einmal im Ansatz mit der hölzernen Pforte im Wall von Denton zu vergleichen. Massiver noch als der Rest der Mauer um es herum erhob es sich als kleines Bollwerk in der mächtigen Ummantelung. Mehrere hölzerne Torflügel und zwei hochgezogene Fallgitter sollten im Falle eines Angriffes jeden übermütigen Angreifer aus der Stadt heraushalten. Ein Trupp von zwölf bewaffneten und schwer gepanzerten Soldaten bewachte den Durchgang. Kein Wagen und kein Reisender wurde in die Stadt gelassen, ohne vorher von den Männern überprüft zu werden. Als Wulfun und Angor schließlich die Pforte erreichten, trat einer der Männer vor sie.

„Halt, wer seid ihr?", fragte er mit fester Stimme.

„Männer des Königs. Auf sein Wort unterwegs", entgegnete der Ritter ruhig.

„Das kann jeder sagen. Habt ihr etwas, um die Wahrheit Eurer Worte zu beweisen?", fragte der Mann und warf ihnen einen musternden Blick zu.

Wortlos griff Wulfun in eine seiner Satteltaschen und zog ein zusammengerolltes Pergament heraus. Mit einem selbstsicheren Lächeln reichte er dem Mann das Schriftstück und lehnte sich danach wieder in seinem Sattel zurück. Mit gerunzelter Stirn öffnete der Soldat vor ihnen das Pergament und überflog die Worte darauf. Nach wenigen Augenblicken rollte er schließlich das Dokument wieder zusammen und reichte es dem Reiter.

„Eure Namen muss ich dennoch erfahren", sagte er und trat zurück.

„Wulfun von Karteln, Ritter im Dienste unseres Königs, begleitet von Angor aus Tresmark. Wenn es Euch nichts ausmacht, würden wir nun gerne passieren."

Die Worte des Ritters schienen den Mann zu überzeugen. Mit einem Nicken trat er zur Seite und machte den beiden den Weg durch die Mauern frei.

„Können alle Stadtbewohner lesen?", fragte Angor erstaunt, als sie die Wächter hinter sich gelassen hatten.

„Haha, nein. Und dieser ganz sicher nicht", lachte Wulfun. „Das Pergament, das ich ihm gereicht habe, war irgendeine deiner Schreibübungen. Der Mann war ein Dummkopf, der nicht erkannt hat, dass nicht einmal das Wappen des Königs darauf abgebildet war."

Verlegenheit ließ den jungen Schmied erröten, als er daran dachte, dass er selbst den Unterschied auch nicht bemerkt hätte. Das Gefühl hielt nur für wenige Sekunden an, ehe es von dem Anblick vor ihnen verdrängt wurde. Stein- und Fachwerkhäuser reihten sich entlang der breiten Straße eng aneinander. Drei, vier oder gar fünf Stockwerke hoch erbaut, erfüllten sie Angors gesamtes Blickfeld. Bunte Farben, aufwendige Schnitzereien und kunstvolle Bildhauerarbeiten zierten die Fassaden der prächtigen Gebäude an der Hauptstraße. Kleine Türmchen und Erker erhoben sich aus den Wänden mancher der Häuser und reckten sich weiter in den Himmel hinauf. Der Anblick, der sich ihm bot, raubte dem jungen Mann aus dem fernen Dorf beinahe den Atem.

Ähnlich atemberaubend, doch in einem viel wörtlicheren Sinne, war allerdings der strenge Geruch. Überrascht von dem Gestank konnte Angor ein ersticktes Keuchen nicht mehr unterdrücken, als er einen tiefen Atemzug genommen hatte. Das Lachen des Ritters verriet, dass er mit einer solchen Reaktion gerechnet hatte. Der Hinweis, dass dies eine übliche Begleiterscheinung dichter Bevölkerung war, erreichte den Dörfler zu spät. Eine Unzahl an Menschen bevölkerte die Straßen um sie herum und drängte sich stets eilig aneinander vorbei. Tiere vom Pferd bis zum Schwein waren hier ebenso häufig zu sehen wie Katzen und kleine Mäuse, die zwischen gestapelten Kisten und Säcken umherhuschten.

„Ich kenne einen Mann hier. Er ist ein alter Freund von mir. Ich bin mir sicher, dass wir bei ihm unterkommen können. Folge mir, es gibt einen Stall in seiner Nähe, wo wir unsere Pferde unterbringen können. Der Fußmarsch wird dann nicht lange sein", kündigte Wulfun an und lenkte sein Pferd in eine abzweigende Gasse.

Obwohl die Stallung, die sie suchten, nicht weit entfernt war, brauchten sie beinahe eine Viertelstunde, bis sie sich zwischen den Menschen hindurchbewegt hatten. Angor war überrascht von der steten Geschäftigkeit, die den Leuten hier anhaftete. Weder in Tresmark noch in Denton hatte er jemals so viele Menschen erlebt, die in ständiger Eile in den Straßen unterwegs waren.

Der Stallmeister, der ihre Pferde entgegennahm, war ein ähnlich mürrischer Geselle wie sein Berufsgenosse in Denton. Sein humpelnder Gang verriet eine alte Verletzung, die schlecht verheilt war. Kaum waren ihre Pferde in den Ruheplätzen des hölzernen Gebäudes verschwunden, marschierte Wulfun mit seinen Satteltaschen über der Schulter auch schon voran. Von der Zielstrebigkeit des Ritters beeindruckt, erfuhr der junge Krieger das Geheimnis hinter seinem Orientierungstalent. Im Gegensatz zu den meisten Dörfern des Reiches war Tront tatsächlich von einigen klugen Köpfen geplant worden. Eine Ordnung haftete der Stadt an, die ihren Straßen eine klare Richtung und ihren Bezirken einen logischen Aufbau gab. Vor allem die Geschäfte und Werkstätten waren nach der Art ihrer Produkte und Erzeugnisse sortiert worden. Unglauben erfasste den jungen Mann, als der

Ritter ihm erzählte, dass der Gestank im Viertel der Gerber und Färber selbst den meisten Stadtbewohnern Übelkeit bereitete.

Ein buntes Fachwerkhaus, mehrere Stockwerke hoch, beendete schließlich ihren Marsch. Mit geballter Faust klopfte der Ritter dreimal an die breite Holztüre. Umgeben vom Lärm der Stadt, warteten die beiden ungeduldig darauf, dass sich etwas vor ihnen tat. Wulfun war gerade dabei gewesen, erneut die Hand zu heben, als das schabende Geräusch eines zurückgezogenen Riegels das Öffnen der Tür ankündigte.

Ein rundliches Gesicht, eingerahmt von braunem, wuscheligem Haar, erschien mit neugierigem Blick im Eingangsbereich des Hauses. Ein kleiner untersetzter Mann in grünem Wollgewand und einer rauchenden Pfeife in der Hand musterte sie einen Moment, ehe er anfing, breit zu grinsen.

„Ah, Wulfun, was für eine Freude dich zu sehen!", rief er und breitete die Arme weit aus.

Das Grinsen des Ritters reichte von Ohr zu Ohr. „Die Freude ist ganz auf meiner Seite alter Freund", sagte er und umarmte den Mann.

„Was führt dich hierher?", lachte sein Freund, nachdem sie sich wieder getrennt hatten.

„Wenn ich schon mal wieder in Tront bin, dann muss ich doch bei dir vorbeischauen."

„Du meinst, du möchtest dir das Geld für ein Gasthaus sparen und bei mir übernachten", feixte der Mann.

„Wenn dein Angebot vom letzten Mal noch steht, sehr gerne", entgegnete der Ritter heiter.

„Für dich? Immer! Aber wo sind deine Manieren? Warum hast du mir deinen Gefährten noch nicht vorgestellt?"

Von der plötzlichen Aufmerksamkeit überrascht, blieb Angor wie angewurzelt stehen und lächelte verlegen. Er hatte den Ritter noch nie so herzlich gesehen und ihn nun nach vielen Tagen der gemeinsamen Reise so zu erleben, hatte ihn völlig aus der Bahn geworfen.

„Das, mein Freund, ist Angor aus Tresmark. Der Sohn von Guntrich, dem Schmied des Dorfes." Mit der Hand auf den dicklichen Mann in der Tür zeigend, fügte Wulfun hinzu, „und das ist Delvin, der Sohn von, hm…, seiner Mutter eben."

Erheitert über diese genaue Vorstellung brach der Städter in schallendes Gelächter aus. „Es ist mir eine Ehre, dich kennenzulernen Angor. Tatsächlich habe ich bereits Geschichten über dich und deinen Vater gehört. Wenn dein Talent ausgereicht hat, um unseren Wulfun hier so weit in den Norden zu locken, dann müssen die Gerüchte wirklich stimmen."

Nicht sicher, was er entgegnen sollte, lächelte der junge Krieger dem Händler nur entgegen. „Wo sind denn nun bloß meine Manieren? Kommt rein, kommt rein!", rief der Mann und winkte sie vorbei.

Dem Ritter folgend betrat Angor den langen Flur, der sich hinter der Eingangstür verbarg. Mit Schnitzereien versehene Türen gingen zu beiden Seiten des Weges ab und führten zu den Zimmern des Hauses. Wandteppiche und Gemälde von gut gekleideten Menschen zierten die Wände und vermittelten jedem Besucher einen Eindruck vom Wohlstand des Hausherrn.

Den Worten seines Freundes zuvorkommend öffnete Wulfun eine der Türen und trat unbeschwert in den Raum dahinter. Ein großer Tisch, umringt von schön gearbeiteten Stühlen, verkündete wortlos die Nutzung als Esszimmer.

„Habt ihr Hunger? Ich werde meiner Köchin sogleich auftragen, eine leckere Mahlzeit für euch beide zuzubereiten", rief der Freund des Ritters und wartete ihre Antwort nicht ab, ehe er weiter eilte.

„Womit verdient dein Freund eigentlich sein Geld, damit er sich ein so schönes Haus leisten kann?", fragte Angor, nachdem sie alleine waren.

„In gewisser Weise ist er selbst im Dienst des Reiches. Nachdem er jahrelang ein erfolgreicher Händler gewesen ist, dient er der Stadt nun als Handelsbeamter. Das ist eine wichtige Position in Tront. Er muss allen Handel, der in der Stadt getrieben wird, überwachen, Märkte organisieren und dafür sorgen, dass auch die fälligen Abgaben bezahlt werden."

Obgleich er keine Vorstellung hatte, was es brauchte, um all diese Tätigkeiten übernehmen zu können, war sich Angor sicher, dass Delvin ein kluger Mann sein musste.

„Ich hoffe, Ihr könnt Euren Hunger noch eine klein wenig im Zaum halten. Ich habe angeordnet ein Festmahl für den Abend zuzubereiten. Es kommt schließlich nicht alle Tage vor, dass der vornehme Herr von Karteln sich zu einem Besuch meines bescheidenen Zuhauses herablässt."

Das freche Leuchten in Delvins Augen verriet den Humor hinter seinen Worten. Beim Gedanken an das angekündigte Festmahl lief Angor bereits das Wasser im Mund zusammen. Obgleich der Ritter überraschend geschickt darin war, aus ihren Vorräten möglichst schmackhafte Mahlzeiten zu zaubern, war ihm der häufige Gebrauch von Hafer allmählich zuwider. Auch nur einmal etwas essen zu können, das man nicht gut auf einer Reise mitnehmen konnte, würde eine willkommene Abwechslung bedeuten.

„Bis das Essen fertig ist, zeige ich euch schon mal eure Zimmer. Eure Reise war sicher lang. Wenn ihr wollt, könnt ihr euch bei mir ausruhen und wieder zu Kräften kommen."

„Das ist eine gute Idee. Du weißt ja, wie ungemütlich diese Schlafsäcke in der Wildnis sind, wenn einem morgens der Tau das Gesicht aufweicht", sagte Wulfun zwinkernd und folgte seinem Freund.

Über eine Treppe, die fast doppelt so breit und weit weniger steil als jene in Angors Zuhause war, führte der ehemalige Händler seine Gäste bis in den dritten Stock des Gebäudes. Die kunstvollen Verzierungen und der wechselnd dezente Schmuck aus dem Erdgeschoss setzten sich hier oben fort. Die Räume, die Delvin ihnen überließ, waren geräumiger als jeder Raum, in dem Angor bisher gewohnt hatte.

Es war der Ritter, welcher zuerst sein Zimmer wählte. Mit einem Blick in den verbliebenen Raum zuckte der junge Krieger lediglich die Schultern. Ein weiches Bett, ein hoher Schrank, eine Kommode, ein Tisch sowie gepolsterte Stühle boten jede Annehmlichkeit, die er sich wünschen konnte. Selbst zwei Bücherregale, hoch bis an die Decke und gefüllt mit kostbaren Schriftstücken, waren in dem Zimmer zu finden. Vom offen zur Schau gestellten Wohlstand beeindruckt, ließ sich der junge Schmied auf dem Bett nieder. Er fühlte sich beinahe schäbig, als er seine Taschen erschöpft auf den mit Teppichen ausgelegten Boden fallen ließ.

Ein Blick auf die beiden Regale fesselte seine Aufmerksamkeit. Wulfun hatte ihm erzählt, dass es Wochen oder gar Monate dauern konnte, bis ein einziges Buch geschrieben war. Manche Werke wurden von mechanischen Vorrichtungen vervielfältigt, doch die kunstvollsten waren allesamt mit Hand geschrieben worden. Der Wert, den allein ein solches Buch innehatte, übertraf vermutlich alles, was Angor besaß.

Von seiner Neugier angetrieben, trat er näher an die Regale heran. Fasziniert von dem, was er sah, flogen seine Augen über die Rücken der Bücher. Titel um Titel versprach ihm neues Wissen zu enthüllen, doch es war ein Werk, das sein besonderes Interesse weckte. „*Ein Meister der Schwertkunst*", lautete die Inschrift, die in goldenen Buchstaben auf den Rücken geschrieben war. Mit ausgestreckter Hand gerade dabei das Buch herauszuziehen, wurde sich der junge Krieger seiner schmutzigen Finger bewusst. Eine Schale, gefüllt mit klarem Wasser, half ihm das Problem zu lösen. Allein die Vorstellung, für eines dieser Bücher aufkommen zu müssen, nachdem er es beschädigt hatte, trieb Angor einen Schauer über den Rücken.

Der lederne Einband des Schriftstückes fühlte sich weich und warm in seinen Händen an. Mit vorsichtigen Handgriffen schlug der Krieger die erste Seite langsam auf. Ein langer Text stand dort neben dem Bild eines stattlichen Kriegers mit einem goldenen Schwert. Die stolze Pose des Mannes gepaart mit seiner edlen Kleidung verdeutlichten nur zu gut, dass dieser Mann etwas Besonderes war. Noch bevor er den Text las, blätterte der junge Mann die nächste Seite um. Mit einer Kunstfertigkeit, die er noch nie gesehen hatte, war dort ein Bild verewigt, das Angor erstaunen ließ. Wieder war dort dieser Mann zu sehen, doch neben ihm noch eine andere Kreatur. Obwohl er so etwas bisher weder mit eigenen Augen noch auf einem Bild gesehen hatte, wusste er augenblicklich, dass das Wesen in dem Buch ein Drache sein musste. Von den Farben des Künstlers eingefangen, war der Schimmer in den Schuppen des Drachen bestens zu erkennen. Lange Zähne und gefährliche Krallen zierten die Kreatur, die sich majestätisch neben dem Krieger zeigte.

Das plötzliche Öffnen der Zimmertüre ließ Angor beinahe vor Schrecke einen Satz zurückmachen. „Gut, du hast etwas zum Lesen gefunden", sagte Wulfun ruhig, als er seinen Rekruten vor dem Regal stehen sah.

„Tut dir sicher gut, mal etwas anderes zu lesen als immer nur die gleichen Pergamente in meiner Tasche, Delvin wird sich sicher nicht beschweren, wenn du etwas in seiner Sammlung schmökerst, solange wir hier sind."

Ein überlegener Gesichtsausdruck vereinnahmte plötzlich Wulfuns Antlitz. „Es wird noch ein paar Stunden hell sein. Warum gehst du nicht ein wenig die Stadt erkunden, bis das Abendessen fertig ist. Ein Gefühl für das Leben in einer Stadt zu bekommen, bevor du Gurnda erreichst, wird dir sicher nicht schaden."

Bemüht, das Buch nicht zu beschädigen, schob Angor es zurück ins Regal. Die Aussicht, sich alleine etwas in den Straßen Tronts umsehen zu dürfen, war eine Verlockung, der er nicht widerstehen konnte. Die Wunder der Stadt, von denen er sein ganzes Leben lang gehört hatte, galt es nun endlich selbst zu entdecken. Mit einigen kurzen Handgriffen schnappte er sich alles, was er für seinen Ausflug brauchen würde. Der kleine Beutel, der noch immer mit einer guten Zahl an klimpernden Münzen gefüllt war, wartete bereits sehnsüchtig darauf, einen Teil seines Inhalts zugunsten der Wünsche seines Besitzers loszuwerden. Sich an die warnenden Worte seines Vaters erinnernd, schlang sich der junge Mann das lederne Band des Beutels lieber um den Hals, als ihn an seinen Gürtel zu binden. Sein Messer, in der kleinen Scheide an seinem Gürtel versteckt, vollendete seine Ausrüstung.

Darauf bedacht, nicht zu aufgeregt zu wirken, zwang sich Angor mit gemäßigten Schritten den Weg zurück zur Haustür zu nehmen. Eine junge Frau, die sich als Dienstmagd vorstellte, bat er, den Hausherrn darüber zu unterrichten, dass er auf dem Weg war, die umliegenden Straßen zu erkunden. Der irritierte Blick, mit dem die Frau ihn daraufhin bedachte, entging dem jungen Krieger, als er weiter zur Haustüre trat. Der Lichtunterschied zwischen dem Inneren des Hauses und der blendenden Helligkeit davor trieb dem unvorbereiteten Mann die Tränen in die Augen, als er die Tür öffnete. Mit zusammengekniffenen Lidern blinzelte Angor, bis er sich an das helle Licht gewöhnt hatte.

Unschlüssig, ob er nach rechts oder links gehen sollte, stapfte er einfach los. Die Eindrücke, die auf ihn einstürmten, drohten ihn zu erschlagen. Nichts hier erinnerte ihn an die beständige Gemächlichkeit, mit der das Leben in den Dörfern vor sich ging. Polternde Wagen und nervöse Pferde wetteiferten mit den ständigen Rufen und lauten Gesprächen der Menschen.

Nicht weit von Delvins Haus entfernt trugen ihn seine Füße in eine Gasse, erfüllt von bunten Farben. Nadel und Faden waren auf Schildern vor den Geschäften entlang des Weges abgebildet. Begünstigt von seiner neuen Fähigkeit, die geschriebenen Worte zu lesen, entzifferte der junge Mann die verschiedenen Namen, mit denen die Schneider ihre Geschäfte getauft hatten. Muskelbepackte Männer luden schnaubend einen Pferdekarren voller Stoffe ab, deren Farben wie das Bild eines Kaleidoskops wirkten.

Ein Geschäft zog Angors besondere Aufmerksamkeit auf sich. Versehen mit einem großen Schaufenster in seiner Front, zeigte der Laden etliche Regale gefüllt mit sauber gestapelten Stoffen im Inneren. Erst auf den zweiten Blick erkannte der begeisterte Entdecker, dass es sich bei den Stoffen um fertige Kleidungsstücke handelte. Noch nie hatte er einen solchen Vorrat an unverkaufter Ware gesehen. Von seiner Neugier getrieben stieg Angor die Handvoll Stufen zu dem Geschäft empor und trat hinein. Ein süßlicher Duft erfüllte das Innere und verdrängte den allgegenwärtigen Gestank, der in der Stadt vorherrschte.

„Guten Tag der Herr, wie kann ich behilflich sein?", begrüßte ihn eine adrette Frau in schimmernder Kleidung.

Von der plötzlichen Ansprache etwas überrumpelt, plapperte Angor das Erste aus, das ihm in den Sinn kam. „Was haben Sie denn so anzubieten?"

Seine offensichtliche Überraschung schien die Frau zu amüsieren. Mit gekonntem Blick musterte sie ihn, bevor sie begann eine ganze Palette an Kleidungsstücken aufzuzählen, die er möglicherweise gebrauchen könnte. Überfordert von der Auswahl entschied sich der ehemalige Schmied für einen neuen Satz, bestehend aus einem Hemd, einer passenden Hose und einem neuen Wams, das das abgetragene Kleidungsstück an seinem Oberkörper ersetzen sollte. Im Tausch für einige klimpernde silberne Münzern spazierte Angor wenig später zufrieden aus dem Geschäft.

Mehrere Straßen weiter lockte ein anderer Laden gleichermaßen wohlhabende Kinder und faszinierte Dörfler an, die einige Münzen zu viel in der Tasche hatten. Allein der Anblick unzähliger Tontöpfe, die bis zum Rand mit glänzenden und duftenden Leckereien aller Art gefüllt waren, ließ die Augen jedes Kunden leuchten. Beinahe eine Viertelstunde verging, bis sich der junge Krieger für eine der Süßigkeiten entschieden hatte. Mit einem gewachsten Beutel voller Honigbonbons schlenderte er nur wenig später weiter durch die Straßen.

Während das Gewicht der Kleidung auf seinem Rücken mehr und mehr zu spüren war, bemerkte Angor enttäuscht, dass er bereits die Hälfte der Münzen, die sein Vater ihm mitgegeben hatte, in der Stadt verschleudert hatte. Entschlossen, besser auf den Rest seines Geldes zu achten, konzentrierte er sich fortan darauf, den Geschmack seiner Süßigkeiten zu genießen, während er sich weiter umsah.

Von einem Krämer, der eine breite Auswahl an Waren im Angebot hatte, erfuhr der junge Mann von Dingen, die er in seinem ganzen Leben noch nie gehört hatte. Der Nutzen einer hölzernen Puppe, der man seine Kleidung anziehen konnte, erschloss sich ihm dabei keineswegs. In einem anderen Teil Tronts vertiefte sich der Sohn des Guntrich in ein ausführliches Gespräch mit einem Schmied. Es dauerte nicht lange, bis der erfahrene Handwerker sich in einer ernsthaften Diskussion mit dem jungen Berufsgenossen befand. Vor allem die Auswahl des richtigen Materials bei der Herstellung einer Klinge und die Art, mit der die Ringe eines Kettenhemdes miteinander vernietet werden mussten, waren Themen, bei denen keiner der beiden nachgeben wollte.

Mit dem Schwinden des Sonnenlichts verabschiedete sich der junge Mann von dem entnervten Schmied und machte sich auf den Weg zum Haus seines Gastgebers. Beleuchtet von den letzten rötlichen Strahlen der untergehenden Sonne schlüpfte Angor eilig durch die Tür zu Delvins Haus. Mit schnellen Schritten marschierte er zu seinem Zimmer und wechselte seine schmutzige Kleidung gegen seine neuen Errungenschaften.

Frisch eingekleidet und eilig gewaschen sah er an sich herab. Stolz und ein klein wenig beeindruckt von sich selbst, hoffte Angor, dass er als Wulfuns Begleiter nun einen besseren Eindruck machen würde als mit seiner schmutzigen Reisekleidung.

Unsicher, ob die Zeit für das Essen schon gekommen war, trat der junge Mann auf den Flur hinaus. Der Duft von gebratenem Fleisch und deftiger Soße erfüllte bereits das ganze Haus. Ein lautes Knurren aus den Tiefen seines Bauches erinnerte ihn daran, dass selbst eine Handvoll Honigbonbons nicht genügte, um seinen wachsenden Hunger zu stillen.

Als er die Tür zum Esszimmer vorsichtig öffnete, sah Delvin bereits zu ihm auf. „Ah, da bist du ja. Dann sind wir jetzt komplett", sagte er lächelnd und gab seinem Diener ein Zeichen.

Während der Mann durch eine Nebentür den Raum verließ, setzte sich Angor auf den freien Platz neben seinem Gefährten. Der Tisch vor ihm war schon gedeckt und mit dunklem Rotwein gefüllte Gläser standen an jedem Platz bereit. Außer Wulfun und Delvin war auch die Frau des Beamten zugegen. Von schlanker Statur war ihr doch eine starke Weiblichkeit zu eigen. Langes blondes Haar fiel einem Wasserfall gleich über ihre Schultern. Obwohl vermutlich schon näher am vierzigsten Lebensjahr als am dreißigsten, versprühten vor allem ihre Augen noch immer eine erfrischende Jugendlichkeit.

Mit einem breiten Grinsen stand Delvin auf und hob sein Glas hoch über seinen Kopf. „Heute ist wahrlich ein Tag, der gefeiert werden muss. Ich freue mich sehr, euch in meinem Zuhause willkommen zu heißen. Esst, trinkt und vergesst hoffentlich zumindest für eine kurze Zeit die Strapazen der Reise."

Das Klirren der anstoßenden Gläser erfüllte den ganzen Raum. Schon beim ersten Schluck flutete der kräftige Geschmack des

Weines Angors Mund. Nicht vergleichbar mit irgendeinem Getränk, das er jemals getrunken hatte, wagte er es beinahe nicht, die süße Flüssigkeit seine Kehle herabrinnen zu lassen. Der Wein aus den südlichsten Gebieten Nurays war Delvins Worten nach nur noch den Tropfen des sonnenverwöhnten Wardoniens unterlegen.

Als sich die Tür zur Küche erneut öffnete, klappte Angor die Kinnlade herunter. Getragen von den beiden Dienern des ehemaligen Händlers erschien eine glänzende Platte mit einem köstlich duftenden Spanferkel darauf. Platziert auf einem kleinen Beistelltisch, verhieß die gebratene Sau den Gästen einen grandiosen Genuss. Mehrere Schalen mit einer breiten Auswahl an Beilagen rundeten das Festbankett ab. Als Delvin an das Schwein trat und dicke Scheiben saftigen Fleisches davon abschnitt, konnte Angor es kaum noch erwarten, davon zu kosten. Ungeduldig wartete er, bis jeder am Tisch seinen Teller gefüllt hatte. Delvin war der Erste, der einen Bissen des Festmahles zu sich nahm, genau wie es Brauch war. Kaum hatte der Handelsbeamte die erste Gabel voll köstlicher Speisen in seinem Mund verschwinden lassen, stürzte sich sein junger Gast über seinen Teller. Mit einem Bärenhunger verschlang Angor, was er sich aufgeladen hatte. Knackige Bohnen, saftiges Fleisch und köstliche Kartoffeln verschwanden in rascher Folge in seinem Mund. Es dauerte unangenehm lange, bis dem jungen Mann auffiel, dass alle Augen bei Tisch auf ihn gerichtet waren. Von seinen Tischmanieren überrascht, hatten die anderen in ihrem Tun innegehalten. Vor Scham errötet verlangsamte Angor sein Vorgehen und hielt seinen Blick gesenkt. Der Hunger hatte ihn sein Benehmen vergessen lassen.

„Also entweder hat der Junge einen Riesenhunger oder ich bin ein schlechter Koch?", überspielte Wulfun die entstandene Stille lachend und klopfte seinem Schüler sanft auf die Schulter.

„Ich kann ihn verstehen. Wenn ich seit Wochen das essen müsste, was deine Hände hervorbringen, würde ich mich auch so auf jede Alternative stürzen", stichelte Delvin und ging darauf ein.

Bei gutem Essen und reichlich Wein wurde Angors Ausrutscher schnell vergessen. Die anregende Unterhaltung, die sich der Stille anschloss, tat ihr Übriges, um das Missgeschick des jungen Mannes zu überdecken. Mit der gleichen Neugier, mit der auch der Schmied früher immer den Geschichten der Reisenden gelauscht hatte, versuchte Delvin alles über ihren bisherigen Weg und Angors Vergangenheit zu erfahren. Gerade die Ereignisse in Denton ließen Wulfuns alten Freund vor Erstaunen aufhorchen. Bei guter Laune und netten Gesprächen merkte keiner von ihnen, wie die Zeit verflog. Als die Kerzen schließlich nach und nach erloschen, zogen sich der Ritter und sein Schüler müde zurück.

Furchtbare Kopfschmerzen waren das Erste, was der junge Krieger spürte, als er am nächsten Morgen die Augen öffnete. Mit zusammengekniffenen Lidern drehte er sich vom Fenster weg und versuchte sich vor dem hellen Licht des neuen Tages abzuschirmen. Auf wackeligen Beinen stakste er unsicher die Treppen bis ins Erdgeschoss hinab, in der Hoffnung, vielleicht noch etwas von dem köstlichen Schwein zum Frühstück zu bekommen.

Mit roten Backen und einem breiten Grinsen im Gesicht erwartete ihn der Hausherr anstatt einer leckeren Mahlzeit. „Du meine Güte", lachte er, als er seinen erschlafften Gast betrachtete. „Sieht aus, als plagt dich die Rache des Weines. Komm, trink einen Tee mit mir, der wird deine Schmerzen lindern."

Die sanfte Stimme von Delvin ließ Angors beanspruchten Schädel pochen wie geschlagene Trommeln. Dem kritischen Blick des jungen Mannes zum Trotz goss Wulfuns Freund ihm eine Tasse dampfenden Tee aus einer Kanne ein.

„Trink, er wird dir helfen", versuchte der Mann den zögernden Burschen zu überzeugen. Widerwillig und sich der Sache nicht sicher, griff Angor nach der Tasse. Tee war nichts, was er in seinem ganzen Leben gerne getrunken hatte, aber wenn es stimmte, was Delvin sagte, mochte es die Sache wert sein. In einer fließenden Bewegung hob er das Gefäß an seinen Mund und leerte die Tasse mit einem Zug. Mit geweiteten Augen betrachtete der ehemalige Händler das Geschehen und wollte bereits von seinem Stuhl aufspringen, als sein Gast die Tasse gemächlich wieder auf dem Tisch abstellte. Es dauerte einen Moment, ehe Angor die Verwunderung im Gesicht seines Gastgebers bemerkte. Den meisten Menschen hätte der heiße Tee vermutlich die gesamte Kehle verbrannt. Um eine Erklärung für den Schutz durch seine Fähigkeiten verlegen, lächelte er den erstaunten Beamten einfach dankbar an.

„Hm, der Tee war wohl doch nicht so heiß, wie ich gedacht hatte, was für ein Glück", seufzte Delvin erleichtert und ließ sich in seinen Stuhl sinken.

Von seinen Schmerzen erlöst und mit einem knackigen Apfel, um seinen Magen zu beruhigen, war Angor wenig später wieder in seinem Zimmer. Ruhe war das Mittel zur Erholung, das der Hausherr ihm genannt hatte. Nichts kam ihm dabei ruhiger vor, als sich in der Kunst des Lesens zu üben. Das Buch, das er am Vortag entdeckt hatte, war ihm noch immer nicht aus dem Kopf gegangen. Schon der Titel hatte ihn fasziniert, und das Bild eines Drachen zu sehen, hatte seinen Geist beflügelt.

Von Vorfreude ergriffen nahm er vorsichtig das wertvolle Buch aus dem Regal und legte es auf dem Tisch seines Zimmers ab. Es war der Moment, in dem er die erste Seite aufgeschlagen hatte, als er plötzlich die stille Anwesenheit von Seris in seinem Geist spürte. Kein Wort und auch sonst kein Zeichen von ihm wiesen darauf hin, dass er mit ihm sprechen wollte. Frustriert von dem ungefragten Eindringen in seinen Kopf, versuchte sich

Angor mit der Geschichte vor ihm abzulenken. Seite um Seite verschlang der junge Mann, als er voller Eifer die Worte auf dem Pergament entschlüsselte. Der Inhalt handelte von einem Krieger, einem Helden, der jedes Opfer für das Land, dem er diente, erbrachte. Kein Name wurde genannt, und doch drängte sich mehr und mehr der Eindruck auf, dass diese Geschichte eine andere Version derer war, die Angor bereits in Denton von dem alten Mann gehört hatte.

Eine Idee reifte in seinem Kopf. Eine Frage zu stellen, um Gewissheit zu erlangen. *„Seris, du bist doch da, oder?"*, ließ er seine innere Stimme erklingen.

„Ja, das bin ich", erklang die verlegene Antwort des Mannes in Angors Kopf.

„Kann es sein, dass diese Geschichte eine ausführlichere Ausgabe der Sage ist, die mir der alte Mann in Denton erzählt hat?", fragte der junge Mann mit einem hämischen Unterton.

„Ja, ich denke, da hast du recht."

„War das der Grund, warum du die ganze Zeit ungefragt in meinem Kopf warst?", hakte der Krieger nach.

„Ja, tut mir leid. Es hat mich einfach interessiert, was die Nachwelt über mich aufgezeichnet hat. Das nächste Mal werde ich mich wieder ankündigen."

„Na gut. Wenn du jetzt schon hier bist, dann kannst du mir wenigstens noch ein paar Fragen beantworten. Der Drache auf den Bildern, war das dein Drache?"

„Mein Drache ist nicht ganz richtig. Wyrdergu war meine beste Freundin. Einen Drachen kann man niemals besitzen. Man kann sich nur seine lebenslange Freundschaft verdienen."

Die Neugier hatte Angor in ihrem Bann. *„Erzähle mir mehr. Wie sind Drachen denn so?"*

„Hm, wo fange ich an? Drachen sind sehr intelligent. Sie sind stark und stolz und von wahrlich faszinierender Schönheit. Eitelkeit ist leider eine weitverbreitete Schwäche. Solltest du jemals

einen Drachen beleidigen, wirst du Glück haben, wenn du nicht als rauchendes Häuflein Asche endest."

„*Was kannst du mir noch sagen?*", fieberte der Kämpfer, begierig mehr zu erfahren.

Eine Traurigkeit hatte sich über Seris Stimme gelegt, als er erneut antwortete. Es war beinahe, als hätte sich ein Schatten über das Gemüt des Helden gelegt. „*Lass uns dieses Gespräch ein andermal führen, ja? Ich wünsche dir noch viel Spaß beim Lesen des Buches. Ich melde mich wieder, junger Angor.*"

Verdutzt über das plötzliche Ende der Verbindung saß der junge Mann einen Moment lang zurückgelehnt auf seinem Stuhl da. Entschlossen, seine Zeit nicht zu vergeuden, vertiefte er sich schließlich wieder in die Geschichte. Begeistert von der Mischung aus Worten und wunderschönen Bildern, bemerkte der junge Kämpfer das Vorüberziehen der Stunden nicht. Die Vorstellung, selbst eines Tages einen eigenen Drachen zum Freund zu haben, entführte Angors Gedanken immer wieder in eine Traumwelt.

Ein Klopfen an der Tür brachte ihn schließlich wieder zurück in die Wirklichkeit. „Hier steckst du also. Dieses Buch muss es dir ganz schön angetan haben, wenn du dich hier drinnen verkriechst, anstatt durch die Stadt zu wandern", sagte Wulfun, als er seinen Kopf hereinstreckte. „Komm, lass uns weiter an deinen Fähigkeiten arbeiten. Wenn wir erst in Gurnda sind, wirst du vor dem König zeigen müssen, was du kannst."

Ein kurzer Blick aus dem Fenster enthüllte Angor die fortgeschrittene Tageszeit. Die Sonne würde nicht mehr lange am Himmel über ihnen wachen. Auf den weichen Stühlen in Delvins Haus sitzend, war das übliche Prickeln, das Angors Hintern meist nach längerem Sitzen plagte, ausgeblieben. Mit weniger Motivation, als er sie früher noch gehabt hatte, holte der junge Kämpfer sein Schwert und folgte dem Ritter aus dem Haus. Ein Innenhof, umgeben von mehreren Nebengebäuden, lag hinter dem Wohnhaus versteckt. Überrascht musterte der Schmied den ausgedehnten Bereich, in dessen Mitte ein mächtiger Baum wuchs. Blumen und allerlei Zierpflanzen schmückten das Innere des Hofes und verwandelten ihn in eine grüne Oase, wie sie in der Stadt sonst nur selten zu finden war.

Ihr Kampf begann noch in der Sekunde, in der Angor seine Kampfhaltung eingenommen hatte. Mit einer blitzschnellen Attacke eröffnete Wulfun ihre Auseinandersetzung und setzte all seine Geschwindigkeit ein, um seinen Schüler unter Druck zu setzen. Vom Vorgehen des Ritters nicht mehr überrascht, reagierte der Krieger im letzten Moment und verwendete die Eile seines Gegners gegen ihn. Ein wilder Schlagabtausch schloss sich an, bei dem die beiden Kontrahenten sich beinahe durch den gesamten Hof bewegten. Die Minuten verstrichen, in denen keiner der beiden einen ausreichenden Vorteil erringen konnte, um den anderen zu bezwingen.

Angor hörte den keuchenden Atem seines Gegenübers, als er eine fintenreiche Angriffsserie aufhielt. Es war Wulfun, der diesmal einen Fehler machte. Die Chance ausnutzend flog Angors Schwert an seiner Verteidigung vorbei und streifte sein Bein. Der Kampf war vorüber. In ihrer Konzentration einzig auf das Gefecht fixiert, hatte keiner der beiden bemerkt, dass der Hausherr, vom Klingen der Schwerter angelockt, ihnen zugesehen hatte. Sein lautes Klatschen ließ die beiden Kämpfer aufschrecken.

„Was für eine Darbietung. Manch einer würde eine Menge Geld bezahlen, um einem solchen Kampf beizuwohnen und ich kann das in meinem eigenen Hof tun." Das breite Lächeln des ehemaligen Händlers erfüllte sein ganzes Gesicht.

„Beeindruckend, wirklich beeindruckend junger Mann", rief er, als die beiden Kämpfer auseinandertraten. „Ich habe bisher nur selten gesehen, dass sich jemand meinem Freund hier länger als nur ein paar Hiebe lang erwehren konnte. Ihn geschlagen zu sehen ist eine Freude, die mir in meinem ganzen Leben bisher versagt geblieben ist."

Der scharfe Blick des Ritters kümmerte den Gastgeber nicht.

„Wenn ihr so weit seid, das Abendessen wird fertig sein, sobald ihr es seid. Legt eure Waffen ab, reinigt euch und stärkt danach eure Kraft an meiner Tafel", legte Delvin nach, bevor er wieder in seinem Haus verschwand.

Mit einem kritischen Blick betrachtete Wulfun die Wunde an seinem Bein. Der Schnitt war nur oberflächlich, ein einfacher Verband sollte genügen, um das dünne Rinnsal aus Blut zu stoppen, das sein Bein hinabfloss. „Lass uns reingehen. Es wird Zeit, dass wir etwas essen", seufzte der Ritter und humpelte los.

„Delvin hat recht. Du hast gut gekämpft Angor, ich bin stolz auf dich", schob er erschöpft hinterher.

Das Turnier

Angor hätte wohl eine Ewigkeit in Delvins Haus in Tront verbringen können, doch dieses Glück war nicht auf seiner Seite. Drei Tage hatte Wulfun ihm gelassen, bevor er den weiten Weg nach Gurnda fortsetzen wollte. Der Abschied von der Familie des ehemaligen Händlers war ihm nicht leichtgefallen. Es war der Abend des dritten Tages ihres Aufenthaltes, als Wulfun ihrem Gastgeber sein Vorhaben verkündet hatte. Überrascht und etwas traurig hatte der freundliche Mann aus der Vergangenheit des Ritters auf die abrupte Abreise seines Freundes reagiert.

Es war noch am frühen Morgen gewesen, als sie sich von ihm verabschiedeten. Mit ihrem Gepäck über der Schulter waren sie aus der Tür des Stadthauses getreten. Selbst für Angor, der den früheren Händler erst seit wenigen Tagen kannte, gestaltete sich der Abschied zu einem gleichsam traurigen wie auch freundschaftlichen Akt. Er wusste nicht, welche Vergangenheit Delvin und den Abgesandten des Königs miteinander verband, doch die Freundschaft, die die beiden Männer geschmiedet hatten, fußte auf einem starken Fundament. Mit einer zusätzlichen Tasche, gefüllt mit Proviant, den der Handelsbeamte ihnen mitgab, waren sie schließlich wieder auf den Rücken ihrer Pferde gestiegen. Mit einer knackigen Möhre zur Begrüßung versicherte sich der junge Krieger das weitere Wohlwollen seines temperamentvollen Pferdes.

Der Weg aus der Stadt heraus kostete sie weit mehr Zeit, als Angor es gedacht hatte. Obgleich eine breite Straße vom Nordtor der Stadt bis zum südlichen Durchlass in der Stadtmauer führte, sorgte das dichte Gedränge auf der Straße dafür, dass sie beinahe zwei Stunden brauchten, um Tront zu durchqueren. Mit genug

Zeit, um sich seine Umgebung gut anzuschauen, ließ der junge Kämpfer seine Gedanken schweifen.

Immer wieder kehrte sein schlechtes Gewissen wie ein Stich ins Herz zu ihm zurück. Was er getan hatte, weckte ein brennendes Gefühl der Schuld in ihm. Am Abend zuvor, nachdem er in sein Zimmer zurückkehrte, war es geschehen. Das Buch über die Geschichte von Seris hatte vor ihm auf dem Tisch gelegen. Trotz der vielen Zeit, die er in das Studium der Schrift investiert hatte, war es ihm nicht gelungen, auch nur die Hälfte des Buches zu lesen. Die Neugier hatte die Saat des Gedankens ausgebracht, die Versuchung ihr die Kraft zum Wachsen gegeben und die drängenden Worte von Seris, der ihn aufgefordert hatten, das Buch mit ihm zu nehmen, seine Tat besiegelt.

Sorgsam eingewickelt in seine Kleider, ruhte das wertvolle Buch nun in einer von Angors Taschen. Der Gedanke, dass Delvin noch viele weitere Bücher sein Eigen nannte und daher dieses eine nicht vermissen konnte, war ein schwacher Trost für das Bedürfnis, das Richtige zu tun, das in dem jungen Mann schwelte. Wenn auch nur im Stillen, so bat Angor den guten Mann, bei dem sie die letzten Tage verbracht hatten, ihm zu verzeihen.

Eine lange Schlange aus Händlerkarren und anderen Reisenden hatte das südliche Tor der Stadt verstopft. Eine Weile lang hatte Wulfun die Geduld besessen, in der Schlange zu warten, bis sie an der Reihe sein würden. Ein Tumult, der plötzlich am Tor ausbrach, als einer der Händler einen Streit mit den Wachen der Stadt anfing, entwickelte sich jedoch schnell zu einer Unruhe, die jeglichen Fortschritt beendete.

Aufregung erfasste den Rekruten des Ritters, als er die Szenerie betrachtete. Das Handgemenge, das zwischen den beiden Parteien ausgebrochen war, fand ein jähes Ende, als die Verstärkung der Wachen eintraf. Einige feste Hiebe mit starken hölzernen

Knüppeln später war die Situation wieder unter Kontrolle und der Störenfried in einen erzwungenen Schlummer verfallen.

Wulfuns Geduld war aufgebraucht, als er einen langen Tross auf den Durchgang zuhalten sah. Die Menge der Wagen und die erforderliche Prüfung drohten, die Reisenden um mindestens eine weitere Stunde zurückzuwerfen. Mit grimmigem Gesichtsausdruck führte der Reiter sein Pferd an den Wartenden vorbei und ritt direkt auf den örtlichen Kommandanten zu. Eine hitzige Diskussion, die durch den Einsatz eines echten königlichen Schreibens durch Wulfun ein rasches Ende fand, schloss sich dem Vorstoß des Ritters an. Der verärgerte Blick, den ihnen der führende Wachmann hinterherwarf, als sie das Tor passierten, wurde vom Mann des Königs gelassen ignoriert.

Die Ansicht jenseits der Stadt unterschied sich nur in kleinen Details von dem Anblick, den Angor bereits vor dem Betreten Tronts erhaschen konnte. Über sanfte Hügel hinweg erstreckten sich unzählige Felder, bestellt mit den verschiedensten Feldfrüchten, soweit er sehen konnte. Die Straße, die sie weiter in Richtung Hauptstadt bringen würde, war dabei etwas anderes. Mehr noch als nördlich der Stadt machte sie hier einen gut gepflegten Eindruck. Als er Wulfun danach fragte, wie lange sie von Tront aus nach Gurnda brauchen würden, ließ sich der Ritter mit seiner Antwort Zeit.

„Wenn wir gut vorankommen, etwa drei Wochen. Die Straßen hier sind gut und das Land dichter besiedelt. Das sollte unsere Reise erleichtern", entgegnete er nach einer Weile.

Das kleine Dorf Mortret war die nächste Siedlung, durch die sie die Handelsstraße führen sollte. Der Plan des Ritters, im dortigen Gasthaus der Übernachtung unter freiem Himmel zu entgehen, ließ Angor vor Freude grinsen. Zwei Tage südlich von Tront gelegen machte ihre Reise trotz allem ein Nachtlager am Wegesrand notwendig. Im Schutz einer kleinen Gruppe knorriger Obstbäume waren die beiden zur Ruhe gekommen. Ein gutes Abendessen später, heruntergespült mit dem köstlichen Bier, das Delvin ihnen mitgegeben hatte, war der Ritter schnell eingeschlafen.

Mit misstrauischem Blick hatte Angor überprüft, ob sein Freund auch wirklich nicht mehr zu ihm rübersah, bevor er eine Sache probierte, die schon seit Tagen durch seinen Hinterkopf geisterte. Sosehr er zunächst die Anwendung von Magie abgelehnt hatte, musste er sich selbst eingestehen, dass sie ihn zunehmend faszinierte. Mit jedem geglückten Zauber stieg sein Interesse an der Erprobung dieser mythischen Kräfte. Die eindringliche Warnung seines Lehrmeisters, niemandem von seinen Kräften zu erzählen, hielt sich dabei stets in seinen Gedanken. Manchmal war er erstaunt, was ihm die Stimme des toten Mannes alles sagen konnte. Selbst als Angor ihn gefragt hatte, warum er dem jetzigen König, dem er ohnehin bald dienen sollte, nichts von seinen vollen Kräften erzählen durfte, hatte der frühere Held eine erschreckend genaue Antwort gehabt. Die Beschreibung des Charakters des Königs, die Seris ihm gegeben hatte, zeichnete ein Bild eines unerfahrenen Mannes, der zu vorschnellen Urteilen, ungerechter Behandlung und persönlicher Bereicherung neigte. In den stillen Phasen ihrer Reise stellte Angor dabei zunehmend fest, dass sich die Aussagen des Toten mit den gelegentlich geäußerten Kommentaren des Ritters deckten. Was auch immer der König für ein Mann war, es wäre wohl besser, sich in seiner Umgebung vorsichtig zu verhalten.

Die Gelegenheit nutzend, die Wulfuns schnelles Einschlafen ihm verschaffte, hatte Angor seinen Mut gesammelt und den Flammenzauber ausprobiert, den Seris ihm verraten hatte. Mit mehr Kraft, als notwendig gewesen wäre, hatte er das Wort gesprochen und das Feuer entfacht. Noch in der Sekunde, in der er „*Brask*" geflüstert hatte, war eine beinahe einen Meter hohe Feuersäule über seiner Handfläche emporgeschossen. Helles Licht und die Hitze des Feuers hatten die Nacht erleuchtet und den nahen Pferden einen gehörigen Schrecken eingejagt. Überrumpelt von dem Ergebnis hatte es dem Zauberneuling mehrere Herzschläge gekostet, um zu verstehen, dass er die eingesetzte Energie reduzieren musste. Erschrocken und geschockt war ihm für einen Augenblick nichts anderes übrig geblieben, als den unruhig schlafenden Ritter zu beobachten und zu hoffen, dass dieser nicht gleich aufwachen würde.

Besinnend auf die Worte seines Lehrers entzog der junge Krieger dem Feuer mehr und mehr seiner Kraft, bis das lodernde Licht kaum größer als die Flamme einer Kerze über seiner Hand flackerte. Die Größe des magischen Feuers beständig anschwellen und schrumpfen zu lassen, war eine zugleich lehrreiche wie auch spaßige Beschäftigung für den jungen Mann.

Fasziniert von der Tatsache, mit welcher Leichtigkeit er die Kontrolle über das eigentlich so eigensinnige Element aus Licht und Hitze übernehmen konnte, spielte er beinahe zwei Stunden mit der Flamme. Keine Verbrennung oder andere Form der Verletzung griff auf Angors Hand zurück, als das Feuer über seine Haut strich. Selbst die Hitze, die von den Flammen abgestrahlt wurde, fühlte sich für ihn lediglich wie die Strahlen der Sonne auf seiner Haut an. Es dauerte lange, ehe er überhaupt ein Zeichen der Erschöpfung spürte, die ihn bei der Verwendung anderer Zauber weit schneller ereilte. Zufrieden mit seinem Fortschritt ließ er die Flammen erlöschen. Er war sich sicher, dass Seris beeindruckt sein würde, wenn er ihm von seinem Erfolg erzählte.

Das Abendlicht des zweiten Tages begann bereits eine rötliche Färbung anzunehmen, als das Dorf Mortret vor ihnen sichtbar wurde. Durch das zunehmend hügeligere Land geschlängelt, führte die Straße genau auf die Ortschaft zu. In Anbetracht seiner günstigen Lage an einer der wichtigsten Handelsstraßen des Reiches gelegen, war Angor überrascht von der beschaulichen Größe des Dorfes. Der Ort war klein, kleiner sogar noch als seine

Heimat weit im Norden. Nicht einmal zwei Dutzend Wohnhäuser drängten sich dicht an etwa die gleiche Anzahl an Scheunen und Ställen. Niedrig erbaut und mit strohgedeckten Dächern verteilten sich die Gebäude in keiner klar erkennbaren Ordnung um einen zentralen Platz neben der Hauptstraße.

Wulfun klärte ihn darüber auf, dass der Ort keinen Stall für Reisende besaß, während er ihre Pferde zu einer umzäunten Wiese führte, auf denen die Tiere untergebracht werden konnten. Der Platz im Gehege kostete nichts, allerdings gab es auch niemanden, der sich dort um die Tiere kümmerte. Mit Geduld und sanften Händen übernahmen der Ritter und sein Rekrut die Arbeit, die sonst von den Stallmeistern der Siedlungen erledigt wurden. Angor erinnerte sich noch gut daran, wie schwer es ihm zunächst gefallen war, sich all die Arbeitsschritte zu merken, die notwendig waren, um sein Pferd am Abend fertigzumachen. Das Abnehmen des Sattels und des Zaumzeuges war ihm noch selbst eingefallen, doch die Tatsache, dass auch die Hufe und das Fell seines Tieres gepflegt werden mussten, hatte ihn zunächst überrascht. Die Erklärung Wulfuns, dass gute Pflege das Band des Vertrauens zwischen einem Reiter und seinem Pferd nicht nur festigte, sondern auch noch verstärkte, hatte genügt, um ihn anzuspornen, seine Sache gutzumachen. Nun, nach mehr als zwei Wochen der Reise, ging ihm jeder Schritt wie von selbst von der Hand. Mit einem sanften Klaps auf den Hals verabschiedete sich Angor von Windfeuer und ließ den Hengst in der Kühle des Abends zurück.

Nicht schwer zu erkennen, erhob sich das Gasthaus des Dorfes als einziges Gebäude mit einem festen Obergeschoss in der Mitte der Siedlung. Aus Holz und Lehm erbaut, erweckte das Gebäude im Gegensatz zu den Umliegenden den Eindruck, nicht beim nächsten Sturm sein Dach zu verlieren. Der Gastwirt im Inneren war ein alter Mann mit lückenhaftem grauen Haar. Mit einem Stapel Decken auf dem Arm schlenderte er gerade durch den Flur seines Hauses, als er die Neuankömmlinge entdeckte.

Während der Ritter mit dem Mann die Umstände ihrer Unterkunft besprach, stellte Angor überrascht fest, dass keine Gaststube das Erdgeschoss des Gebäudes einnahm. Im Gegensatz zu den anderen Gasthäusern, in denen er bisher eingekehrt war, gab es hier lediglich einen langen Flur mit Türen und einer Treppe am Ende. Das Ergebnis des Gespräches zwischen Wulfun und dem Wirt verblüffte ihn ebenso. Obwohl sie natürlich nicht die einzigen Reisenden auf der Straße gewesen waren, hatte es bisher nicht so ausgesehen, als wäre Mortret für viele Menschen eine Anlaufstelle für die Nachtruhe gewesen. Trotz allem hatte der Wirt nur noch ein einziges Zimmer für die beiden übrig.

Nicht nur Angor war unglücklich darüber, sich ein Zimmer mit seinem Gefährten teilen zu müssen. Wo der Bursche gehofft hatte, unbeobachtet seinen neuen Talenten nachgehen zu können, hatte der Ritter wohl seine ganz eigenen Gründe, eine Nacht in der Abgeschiedenheit eines eigenen Zimmers vorzuziehen.

Dankbarkeit anstatt der üblichen abendlichen Anweisungen begegnete dem Rekruten, als er ankündigte, sich ein wenig im Dorf umzusehen, nachdem er seine Taschen abgestellt hatte. Von Wulfun für den Tag von allen weiteren Pflichten entlassen, schlenderte er schon kurz danach zwischen den gedrungenen Häusern hindurch. Erleichterung erfüllte ihn, als er eine Theke am Rande der Ortschaft entdeckte. Jenseits der Häuser gelegen, verbarg sich die Schenke des Dorfes nicht im Gasthaus. Ein grobes Dach schützte zumindest den Schankbereich vor den Widrigkeiten des Wetters, während die Tische darum den Launen der Natur ausgesetzt waren.

Mit hängenden Schultern und einem erschöpften Seufzen sank Angor auf einem freien Stuhl nieder. Sein Hals war trocken und die Freude, als eine junge Schankmagd auf ihn zukam, umso größer. Kaum ein Jahr jünger als er selbst, sprach ihn die Frau mit freundlicher Stimme und respektvollem Ton an. Die Bezeichnung „Mein Herr", die sie verwendete, gab ihm dabei das Gefühl, ein alter Mann zu sein. Noch immer einladend lächelnd wiederholte die Frau ihre Frage geduldig. Mit Schrecken stellte Angor fest, dass er die Magd lediglich angestarrt hatte. Etwas verlegen bestellte er sich ein frisches Bier, bevor er sein Gesicht in seinen Händen versteckte. Ihm war nicht klar, was es gewesen war, doch irgendetwas am Antlitz der jungen Frau hatte ihn fasziniert. Mit roten Backen strahlte er sie an, als sie einen schaumgekrönten Krug vor ihm abstellte.

Beflügelt von Tagträumen schlürfte der junge Krieger genüsslich von seinem Getränk. Ein Gesprächsfetzen, aufgeschnappt vom Tisch neben ihm, ließ ihn aufhorchen. Die Rede von einem Turnier, einem Wettstreit im Nahkampf, weckte das Interesse des Kämpfers. Begierig darauf mehr zu erfahren, setzte sich Angor zu den Männern am Nachbartisch. Die raubeinigen Gesellen, die dort miteinander redeten, bedachten ihn zunächst mit abschätzigen Blicken. Offenbar kampferfahren versuchten sie herauszufinden, ob er die Mühe überhaupt wert war, ihm die Sache zu erklären.

Ein paar Witze und einen gemeinsamen Umtrunk später erfuhr der angehende Offizier, was in Mortret vor sich ging. „Ein Turnier findet hier morgen statt. Ein Turnier ganz ohne die hochnäsigen Ritter in ihren glänzenden Rüstungen. Ein gerechter Wettstreit normaler Leute, in dem es nicht darum geht, den schnellsten Sieg einzufahren. Gewonnen hat, wer den schönsten Kampf und die beste Unterhaltung geboten hat, auch wenn sich das Blatt gegen ihn wenden sollte."

Erstaunt und begeistert von dem Konzept versuchte Angor herauszufinden, wie er an den Kämpfen teilnehmen konnte. Die Anforderung, den Kampf für die Zuschauer spannend zu halten, würde für ihn eine ganz neue Herausforderung bedeuten.

„Sei bei Sonnenaufgang hier an der Schenke, dann bringe ich dich zum Turnierplatz. Bring deine Waffe mit. Gekämpft kann mit allem werden, was nicht gleich beim ersten Hieb zerbricht", sagte einer der Männer. Die Aussicht darauf, bei dem Turnier mitzumachen und sich einen weiteren Tag im Sattel zu ersparen, begeisterte den jungen Mann schon jetzt.

Beim ersten Licht des neuen Tages verließ Angor das Gasthaus. Das Zimmer zu verlassen, ohne Wulfun zu wecken, war eine spannende Herausforderung gewesen. Mit pochendem Herzen und ohne Stiefel an seinen Füßen war er aus dem Zimmer gehuscht. Ein Stück trockenes Brot und eine getrocknete Wurst mussten ihm als Frühstück genügen. Er hatte keine Zeit zu verlieren. Nur wenig Schlaf hatte ihn in der Nacht überkommen. Die Aufregung und Vorfreude auf das anstehende Ereignis hatten ihn lange Zeit wachgehalten. Und doch konnte ihn keine Müdigkeit vereinnahmen. Der Tatendrang hatte ihn fest im Griff.

Vom trüben Licht der morgendlichen Sonne beleuchtet, stapfte er schließlich durch die erwachende Siedlung. Doch er war nicht der Einzige. Mit jedem Moment, der verging, traten mehr und mehr Menschen aus ihren Unterkünften hervor und strömten dem Rand des Dorfes entgegen. Der Turniertag war gekommen und Mortret war bereit, ihn angemessen zu begrüßen.

Von seinen Schritten am letzten Bauernhaus vorbeigetragen, entdeckte der Blick des jungen Kämpfers den Mann, mit dem er am Vorabend gesprochen hatte. Er hatte Wort gehalten und auf ihn gewartet.

„Komm, komm, wir müssen uns beeilen", drängte er, als er Angor sah, und schenkte ihm ein nervöses Lächeln. Der Menge der aufgeregten Dörfler folgend, ließen die beiden die letzten Hütten Mortrets zurück und marschierten dem Ort des Turnieres entgegen. Was auch immer ihn bei dem Ereignis erwartete. Angor konnte es kaum noch erwarten.

Vom blendenden Licht der aufgehenden Sonne geweckt, schlug Wulfun brummend seine Augen auf. Der neue Tag mochte gekommen sein, und doch weigerte sich ein Teil von ihm, diese Tatsache zu akzeptieren. Die Nachwirkungen der Nacht hatten ihn noch immer in ihrem Griff. Ein Gefühl, als wären seine Gedanken von einem dichten Nebel gedämpft, erfüllte seinen Kopf und machte es ihm schwer klar zu denken. Ein tiefer Atemzug drängte einen Teil seiner Müdigkeit hinaus und erweckte die Disziplin in seinem Inneren. Er musste aufstehen. Ihr Weg nach Gurnda war noch weit und je eher sie loskamen, desto schneller würden sie die Hauptstadt erreichen.

Von seinem Schlaflager erhoben streckte der Ritter seine steifen Glieder. „Guten Morgen Angor. Es ist Zeit aufzustehen."

Sein trockener Hals verlieh seiner Stimme einen rauen Ton und erinnerte ihn an seinen morgendlichen Durst. Bemüht nicht auf das unordentliche Bündel aus Decken am Boden zu treten, schritt Wulfun vorsichtig zu seinen Taschen hinüber. Die lederne Flasche, die sich darin befand, war noch immer zur Hälfte mit kühlem Nass gefüllt.

Das Gefühl der kalten Flüssigkeit in seiner Kehle vertrieb auch den Rest seiner Müdigkeit und wusch den Nebel in seinen Gedanken hinfort. Erfrischt und mit klarem Verstand drehte sich der Ritter schnaubend um. Den Blick auf das Schlaflager des jungen Mannes gerichtet, holte er gerade Luft, um zu einer zweiten Aufforderung anzusetzen, als er seine Besonderheit erkannte. Angor war fort. Seine Decke achtlos zurückgeschlagen. Wulfuns Augen sahen durch den Raum. Eine Vorahnung breitete sich in seinen Gedanken aus. Die Stiefel seines Rekruten waren verschwunden. Ebenso seine Kleidung und sogar seine Waffe.

Ein langgezogenes Schnauben drängte sich durch seine bebenden Nase. „*Wo ist dieser …?*" Sein erwachender Verstand setzte die Einzelheiten zusammen.

Mit zusammengepressten Lippen sank der Ritter auf die Knie herab und legte seine Hand auf die Decke des jungen Mannes. Der Stoff war so kalt wie die Luft in seiner Kammer. Erfüllt von einem Frust, der seinen Magen verkrampfen ließ, richtete sich der Streiter wieder auf. Wenn der Bursche bereits so früh am Morgen erwacht und aufgestanden war, dann konnte das nichts Gutes bedeuten. Mit einem Fluch auf den Lippen griff der Ritter nach seinen Stiefeln. Was auch immer der Junge tat, er musste ihn finden.

Auf die Liste der Kämpfer zu kommen, war einfach gewesen. Kein Blatt aus Pergament, sondern lediglich eine Tafel bestrichen mit weichem Wachs diente dem Organisator als Schreibbrett. Als einer der wenigen, die wirklich schreiben konnten, sorgte Angor für einiges Aufsehen, als er seinen Namen in das Wachs ritzte. Seine Überraschung darüber, dass die anderen sich nur mit mehreren Kreuzen oder einer einfachen Zeichnung eines Tieres eingetragen hatten, wich schnell der Erinnerung daran, dass auch er erst seit einigen Tagen die Bedeutung hinter den Buchstaben verstand.

Die laute Stimme eines älteren Mannes durchbrach die beständige Kulisse der schnatternden Menge. Auf einer hölzernen Kiste stehend, überragte er die Menschen, sodass er für jeden zu sehen war.

„Ruhe, ihr schnatterndes Pack", lachte der Mann. Auf den Beginn der Veranstaltung aufmerksam geworden, beruhigten sich die Menschen und sahen zum Sprecher auf.

„Die tapferen Kämpfer haben sich versammelt. Hier stehen sie, die mutigen Männer, die heute hier zusammengekommen sind, euch etwas zu bieten, das ihr so schnell nicht vergessen werdet. Dieses Turnier der armen Leute, das wir heute ausrichten, kommt ohne Ritter in strahlenden Rüstungen aus. Einfache Menschen, gute Bürger unseres Reiches werden hier und heute beweisen, dass sie einen besseren Kampf darbieten können als die schnöseligen Krieger des Königs.

Ein Preis soll den Besten von ihnen für sein Können belohnen. Hier bei mir, gut aufbewahrt in dieser Kiste, befindet sich eine wunderbare Kettenhaube, frisch geschmiedet im nahen Tront."

Das helle Holz der neuen Truhe, die er über seinen Kopf hob, schimmerte im Licht der Sonne. „Wie es bei uns Tradition ist, geht es in unserem Turnier nicht darum, den Gegner möglichst schnell zu Boden zu schicken. Niemand hier möchte sehen, wie ein Kämpfer nach nur wenigen Hieben den Staub aus der Nähe betrachtet. Ich rufe unsere Streiter auf, gebt uns einen Kampf, von dem wir noch unseren Enkeln erzählen werden. Kämpft gegeneinander und zeigt uns, was ihr könnt! Begeistert uns mit eurer Kunst!"

Angefacht von den Worten des Mannes geriet Angors Blut schon jetzt in Wallung. Die Vorfreude, die er bereits früher immer vor den Kämpfen empfunden hatte, kehrte zu ihm zurück. Ein Kampf, um ihn zu testen und die Menschen um ihn herum zu begeistern, dies war es, was ihm am meisten Spaß bereitete. Eine Gelegenheit ohne die ständigen Belehrungen des Ritters zu kämpfen. Ein selbstsicheres Grinsen breitete sich auf seinem Gesicht aus. Schon in Tresmark hatte er es vermocht die Dörfler mit seiner Darbietung zu begeistern. Was bei ihm zuhause geklappt hatte, musste hier doch auch funktionieren.

Der Jubel nach den Worten des Sprechers ebbte allmählich ab. Als ein zweiter Mann den Platz auf der Kiste einnahm, wartete die Menge gespannt darauf, was er sagen würde. „Ich grüße euch, liebe Leute. Die meisten von euch kennen mich seit Langem. Für jene, die es nicht tun, mein Name ist Monlon und die Leitung des Turniers liegt in meiner Hand. Bevor wir mit dem ersten Kampf beginnen, möchte ich noch einmal kurz die Regeln für alle erklären.

Der Kampf endet erst, wenn einer der Kämpfer aufgibt oder seine Waffe fallen lässt. Faustkämpfe wie in einer Taverne wollen wir hier nicht sehen. Wer aus dem Kampffeld tritt, ist raus. Schwere Verletzungen müssen auf jeden Fall vermieden werden. Keiner hier trägt einen glänzenden Panzer. Wer seinen Gegner überrumpelt, muss sicherstellen, dass es bei kleinen Blessuren bleibt. Wer das nicht versteht, wird aus dem Kampf ausgeschlossen."

Durch die Übungen mit Wulfun bestens auf die anstehenden Kämpfe vorbereitet, kribbelte es Angor bereits in den Fingern.

„Die ersten Kämpfer, die uns erstaunen werden, sind Friedrar und Mathas. Tretet auf das Kampffeld und macht euch bereit!", eröffnete der Leiter den ersten Kampf.

Im Tal zwischen zwei Hügeln gelegen, boten die umliegenden Hänge den Zuschauern eine natürliche Tribüne, von der aus sie das Ereignis verfolgen konnten. Vom Rand des abgesteckten Kreises aus beobachtete Angor voller Spannung den ersten Kampf des Tages. Bar jeder Rüstung konnten die beiden Kontrahenten nicht unterschiedlicher sein. Während Mathas von hohem Wuchs und mit breiten Schultern gesegnet war, gehörte sein Gegner eher zur Sorte der kleinen und wendigen Kämpfer. Ausgerüstet mit einem langen Dolch fehlte es Friedrar an der Reichweite der schweren Holzfälleraxt seines Gegners.

Der Kampf der beiden dauerte mehrere Minuten und gewann schnell ein hohes Tempo. Bestens mit dem Umgang seines Dolches vertraut, bedrängte Friedrar seinen körperlich überlegenen Gegner von allen Seiten. Mit einer Reihe riskanter Angriffsmanöver setzte der kleine Mann den Axtkämpfer gehörig unter Druck. Ein schneller Stoß mit dem Stiel seiner Axt beendete schließlich den Kampf, als Mathas seinem Gegner die Waffe aus der Hand schlug. Die Entscheidung über den Sieger verdeutlichte Angor das Prinzip des Turnieres. Mathas hatte zwar den Kampf gewonnen, Friedrar aber den größeren Einsatz gezeigt und den

Zuschauern einen imposanteren Anblick geboten. Als Sieger für die nächste Runde qualifiziert, wurde der Dolchkämpfer von den Menschen gefeiert.

Agog und Frant waren gerade für den nächsten Kampf aufgerufen worden, als eine starke Hand Angor plötzlich an der Schulter packte. Aus seiner Konzentration auf den bevorstehenden Kampf gerissen, vermochte er der unnachgiebigen Kraft nichts entgegenzusetzen, die ihn plötzlich herumwirbelte. Noch immer im Griff seines Gegenübers gefangen und über die plötzliche Bewegung erschrocken, sah Angor in das wutverzerrte Gesicht des Ritters.

„Was fällt dir ein, einfach so hierher zu gehen? Wir haben keine Zeit für derartige Ausflüge! Der König wartet auf uns und ich werde nicht zu spät sein, nur weil du hier eine gute Unterhaltung wünschst. Los, beweg dich, wir reiten weiter!"

„Tut mir leid, aber wir können noch nicht gehen. Ich habe mich in die Liste der Kämpfer eingeschrieben. Wenn ich jetzt gehe, wird mein Verschwinden als Aufgeben gezählt", hielt der junge Schwertkämpfer mit zurückgewonnener Selbstsicherheit dagegen.

„Das ist mir völlig egal! Schluck deinen Stolz herunter und ab auf dein Pferd", blaffte der Königsmann.

Angor schürzte die Lippen. „Was werden wohl die Leute sagen, wenn sie erfahren, dass ihr neuer Heerführer bei einem Bauernturnier aufgegeben hat?"

Der herausfordernde Blick, den er seinem Gefährten zuwarf, provozierte den Ritter weiter. Mit knirschenden Zähnen zischte Wulfun zurück. „Na gut, aber wenn du für nur eine weitere Verzögerung sorgst, dann binde ich dich an dein Pferd, verstanden? Hoffentlich zeigst du bei dem Kampf wenigstens, was du gelernt hast."

Zufrieden mit seinem Sieg in der Diskussion sah der Rekrut wieder zu dem Kampf vor ihm. Deutlich schneller vorbei als der vorherige endete der Zweikampf mit einem Sieg für den erfahren wirkenden Agog.

„Xantis und Angor, tretet nach vorne", rief der Turnierleiter die nächsten Kämpfer auf den Plan, als der Jubel zu Agogs Sieg abgeklungen war.

„Wünsch mir Glück", rief der junge Kämpfer dem Ritter zu, als er in den Ring trat. Als ein Hüne, der selbst den groß gewachsenen Mathas in den Schatten stellte, baute sich der mit einem langen Schwert bewaffnete Xantis vor Angor auf. Sein mit Muskeln überzogener Körper versteckte nicht das kleinste bisschen seiner Kraft. Nur ein Leben erfüllt von Anstrengungen konnte einen solchen Körper formen.

Bestrebt, seinem Gegner nicht die geringste Chance zu geben, sich auf seine einschüchternde Erscheinung einzustellen, stürmte Xantis auf sein Gegenüber los, sowie der Kampf begonnen hatte. Es war nicht das erste Mal, dass Angor gegen einen Mann antreten musste, der um so vieles größer war als die meisten anderen. Ruhig und gelassen blieb der junge Kämpfer stehen und wartete bis zum letzten Moment, bis er reagierte. Ein kleiner Schritt zur Seite brachte ihn aus der Reichweite des Angreifers und zwang den Muskelprotz mit den Armen rudernd anzuhalten, bevor er aus dem Kampffeld hinaustrat. Von seinem Schwung aus dem Gleichgewicht gebracht, fiel der Mann schließlich taumelnd um und landete im Staub. Das laute Lachen, das dem unrühmlichen Fall des Kämpfers folgte, fachte seine Wut weiter an.

Leicht geduckt und mit seinem Schwert in der Hand, trat Angor auf die andere Seite des Kampffeldes und wartete auf den zweiten Angriff des wütenden Hünen. Zurück auf seinen stämmigen Beinen zögerte Xantis keinen Augenblick, den jungen Mann, der ihn eben lächerlich gemacht hatte, in den Boden zu stampfen. Mit einer inneren Ruhe, die Wulfun stolz machte, stellte sich der junge Krieger dem Angriff. Diesmal wich Angor nicht aus, sondern parierte den Hieb seines Gegners und verwendete dessen Kraft gegen ihn. Er nutzte den Schwung des Angreifers und drängte ihn in eine unvorteilhafte Position, in der er ihn mit einer Reihe an Schlägen weiter in Bedrängnis brachte. Vom Rand des Kampffeldes aus sah Wulfun genau, dass sein Schüler den Kampf längst hätte beenden können, doch Angor entschied sich mit seinem Gegner zu spielen, um den Menschen eine bessere Unterhaltung zu bieten. Mit jeder seiner Aktionen schaffte es der junge Krieger, den körperlich überlegenen Mann mehr und mehr lächerlich aussehen zu lassen. Ein schneller Hieb in die Parierstange seines Gegners besiegelte den Kampf schließlich. Mit einer plötzlichen Drehung hebelte Angor die Waffe seines Kontrahenten aus dessen Händen und ließ sie zu Boden fallen. Bejubelt von den Menschen trat der junge Krieger als Sieger vom Feld.

Von wenigen Tropfen eingeleitet, ergoss sich schon kurz danach ein beständiger feiner Regen über das Land. Unwillig das Turnier deswegen zu unterbrechen, rief Monlon freudestrahlend die nächsten Kämpfer auf das Feld. Überrascht stellte Angor fest, wie ein Mann mit einem Brecheisen bewaffnet den Kampf gegen einen Schwertkämpfer aufnahm. Ausgerüstet mit einem zu einer Waffe umfunktionierten Werkzeug gelang es dem Mann zur Überraschung aller Zuschauer den Kampf für sich zu entscheiden. Getragen von der besseren Technik und höheren Kraft setzte der Mann seinem Gegenüber so lange zu, bis dieser seine Waffe fallen ließ. Gefeiert von den Menschen wurde er zum Sieger der Runde ausgerufen.

Eine kurze Verschnaufpause zwischen den Kämpfen der ersten Runde, und den kommenden Duellen wurde vom Besitzer der Schenke genutzt, um den Menschen am Turnierplatz frisches Gebäck und prickelndes Bier zu verkaufen. Gemeinsam mit seinen beiden Töchtern schlenderte er zwischen den Zuschauern umher und bot seine Waren den Hungrigen an.

In einem Spektakel, das selbst bei Wulfun Begeisterung auslöste, trat im nächsten Kampf Agog gegen den vorherigen Sieger
Friedrar an. Bewaffnet mit einem überraschend schnellen Streitkolben hielt sich Agog den wendigen Dolchkämpfer geschickt
vom Leib und drängte den schnellen Mann immer wieder gekonnt zurück. Mehr und mehr in der Defensive war es letztlich auch Friedrar, der von seinem Gegner aus dem Kampffeld
gedrängt worden war. In einer Auseinandersetzung, die ganze
fünfzehn Minuten gedauert hatte, gewann Agog die Herzen der
Zuschauer mit seinen Fähigkeiten für sich.

Als einer der Sieger aus der ersten Runde war es nun an Angor,
in seinem zweiten Kampf zu beweisen, was er konnte. In den
Kampf gerufen war es der Mann mit dem Brecheisen, der sein
Gegner sein würde. Mit seinem Schwert in der Hand stellte
sich der junge Krieger der Herausforderung. Der einsetzende
Regen und die vorherigen Kämpfe hatten den Boden unter ihnen
schlüpfrig gemacht. Mit rutschenden Schritten näherten sich
die beiden Kontrahenten einander an und zögerten nicht, einen
wilden Schlagabtausch miteinander zu beginnen. Das Geräusch
klingenden Stahls schallte in seiner einmaligen Art in schneller
Folge durch das Tal. Bedacht darauf, nicht auf dem Boden aus-
zurutschen, verlangsamte der junge Krieger seine Hiebe und gab
seinem Gegner so die Chance, in dem Kampf eigene Akzente
zu setzen.

Es war nicht so, dass Angor wirklich von seinem Gegner in
Gefahr gebracht wurde, doch der Gedanke daran, den Menschen eine aufregende Erfahrung zu bieten, spornte den jungen
Kämpfer dazu an, sein Schauspiel weiterzuführen. Den wilden
Angriffen seines Gegenübers trotzend, wich Angor mehr als
einmal erst im letzten Moment spektakulär aus und erweckte
den Eindruck, auf all seine Fähigkeiten zurückzugreifen zu müssen,
um nicht getroffen zu werden. Gefeiert von den Zuschauern

vollführte der junge Krieger beinahe einen Tanz mit dem Kämpfer mit der Brechstange.

Beeindruckende Schlagabtäusche reihten sich aneinander, gerade genug, um die Zuschauer nicht zu langweilen. Als ihn zunehmend das Gefühl bedrängte, dass es Zeit wurde, den Kampf zu beenden, machte der junge Kämpfer seinen letzten Zug. Mit einer einzigen fließenden Bewegung trat Angor um seinen Gegner herum, hackte sein Schwert in die Waffe seines Kontrahenten und riss ihn mitsamt der Brechstange in den Schlamm. Als wäre die Zeit verlangsamt, konnte er dabei beobachten, wie der Schreck und die Erkenntnis über seine Niederlage das Gesicht des stürzenden Mannes einnahmen. Von einem lauten Platschen begleitet, landete der Kämpfer mit dem Gesicht voran im Matsch.

Mit einer kurzen Berührung seiner Schwertspitze beendete Angor den Kampf. Lauter Jubel und der Sieg im zweiten Durchgang ebneten dem Sohn eines Schmiedes den Weg in den letzten Kampf. Eine letzte Pause folgte vor dem letzten Kampf, in dem der Sieger des Turniers ermittelt werden sollte. Niemand hier zweifelte mehr an den Fähigkeiten der beiden Streiter, die in Kürze aufeinandertreffen sollten. Als gleichsam aufmerksame Zuschauer wie auch Kämpfer im Turnier hatte keiner der beiden die Gelegenheit verpasst, die Gefechte des anderen genau zu beobachten. Angor wusste um die Herausforderung, die auf ihn zukam, und er wusste, was zu tun war, um sie zu meistern.

„Meine lieben Leute", rief Monlon aus vollem Halse, bevor er die nächste Runde einläutete. „Sechs Kämpfe haben wir heute bereits gesehen. Sechs Kämpfe von unvergleichlicher Spannung und atemberaubender Vielseitigkeit. Wir haben nicht nur das Talent, einen Kampf zu gewinnen, beobachten können, sondern auch die Fähigkeit, uns damit zu begeistern. Jeder unserer beiden Kämpfer hier hätte den Sieg im Turnier verdient und doch müssen sie noch einander überwinden, um uns zu beweisen, welcher der beiden es sein wird.

Der letzte Kampf steht an. Antreten wird auf der einen Seite unser Agog hier. Ein Mann, der uns aus den Turnieren der letzten Jahre bereits bekannt ist. Geboren und aufgewachsen im nahen Hulhert ist er manchen von uns ein Freund. Doch wird ihm das helfen, unseren Neuling hier zu überwinden? Angor, aus dem fernen Tresmark gekommen, ist hier, um uns zu beweisen, dass es auch in anderen Teilen Nurays gute Menschen gibt, die es mit unserem Agog aufnehmen können. Wünschen wir unseren Streitern Glück für ihren letzten Kampf und freuen wir uns auf ein aufregendes Spektakel!"

Die Stimmung unter den Menschen brandete wie eine Welle über die Kämpfer. Lauter Jubel erschallte aus der Menge. Angespornt von der Vorfreude der Zuschauer bereiteten sich die beiden auf den letzten Kampf um den Sieg vor. Mit festem Blick starrten sich die beiden Männer in die Augen. Selbstbewusst, ohne dabei überheblich zu wirken, ließ Agog seine Schulter kreisen. Angor wusste, dass er in der Lage war, den Mann zu besiegen, doch wenn er den Fehler machte, seinen Gegner zu unterschätzen, konnte der Sieg vor seinen Augen zerbrechen.

Die Sekunden verstrichen, in denen sich keiner der beiden von der Stelle bewegte. Es dauerte mehrere Herzschläge, ehe Angor auffiel, dass der Mann, der zuvor noch mit einem Streitkolben gekämpft hatte, nun ein breites Schwert in seiner Hand hielt. Den Blick noch immer auf die Augen seines Gegners gerichtet, begann der junge Krieger schließlich seitlich im Kreis gehend auf sein Gegenüber zuzulaufen. Erfahren genug, um sich nicht von den einfachsten Manövern überrumpeln zu lassen, kopierte Agog den jungen Kämpfer und hielt den Abstand zu Angor aufrecht. Schritt um Schritt bewegten sich die beiden umeinander, bis der Herausforderer aus Tresmark schließlich auf dem Platz stand, an dem sein Gegner sich zuvor befunden hatte. Ein Moment des Stillstands ließ die Szenerie wie eingefroren wirken. Wie vom Blitz getroffen, stürmte Angor plötzlich laut brüllend auf seinen Kontrahenten zu.

In hohem Tempo über den matschigen Boden zu stürmen erwies sich dabei als ganz eigenes Kunststück. Das eindringliche Sirren der Schwerter, als ihre Klingen wuchtig aufeinandertrafen, erfüllte den gesamten Platz. Mit beeindruckender Kraft hatte der Titelverteidiger die Attacke des jungen Mannes abgewehrt und die Waffe zur Seite abgelenkt. Die Konterattacke, die er folgen ließ, zwang Angor dazu, in einem riskanten Manöver auszuweichen. Ein erstauntes Raunen ging durch die Menge, als der junge Krieger aus Tresmark jedem Angriff, den Agog folgen ließ, mit seinem Talent begegnete.

Bestrebt, mehr über die Kampfweise seines Gegners herauszufinden, blieb der junge Kämpfer in der Defensive. Mit jedem Hieb, den er parierte, jedem Angriff, den er abwehrte und jeder Finte, die er konterte, zeichnete sich ein immer klareres Bild seines Gegners in Angors Kopf. Ein Muster wurde erkennbar, eine klare Linie, die wie eine Schablone für die Abfolge der Angriffe des Mannes wurde.

Mit zitterndem Arm stoppte Angor einen brutalen Hieb, der auf seine Schulter gezielt war, und durchbrach die Serie seines Gegners. Den Moment der Verwirrung nutzend, riss der Krieger den Vorteil auf seine Seite und setzte zu einer verheerenden Abfolge von Angriffen an. Wann immer es ihm möglich war, baute er dabei einen Hieb oder ein Manöver ein, das kämpferisch gesehen völlig sinnlos war, den Leuten aber einen spektakulären Anblick bot. Mit der Geschwindigkeit, die der junge Krieger vorgab, geriet Agog mehr und mehr in Bedrängnis, bis er sich nur noch mit Mühe verteidigen konnte. Ein kräftiger Stoß, geführt von Angors freier Hand, schickte den Mann schließlich rückwärts auf seinen Hintern. Statt den Kampf an dieser Stelle zu beenden, trat der Kämpfer aus Tresmark einige Schritte zurück und erlaubte es seinem Gegner, wieder auf die Beine zu kommen. Begeisterte Rufe und erfreutes Klatschen belohnten diese Geste der Großzügigkeit, welche die Menschen auf Angors Seite brachte.

Nicht bereit, sich so einfach geschlagen zu geben, stürmte Agog mit einem verzweifelten Angriff nach vorne und versuchte seinen Gegner durch die schiere Anzahl seiner Hiebe zu überwinden. Mit ruhig schlagendem Herzen und auf dem Höhepunkt seiner Konzentration sah Angor jeden Angriff, noch bevor sein Gegner ihn richtig ausgeführt hatte. Lebendiger als je zuvor und erfüllt von einer inneren Ruhe hielt er den ungezügelten Angriffen des Streiters stand und gab keinen Fuß Boden preis. Die Erschöpfung im Gesicht seines Kontrahenten sehend, entschied der Mann aus dem Norden, den Kampf zu einem Ende zu bringen.

Schneller als sein Gegner es erfassen konnte, duckte sich Angor unter einem Angriff hinweg, bevor er die zurückkehrende Klinge mit seinem Schwert zur Seite wischte und das kalte Metall seiner Waffe an Agogs Kehle zum Stehen brachte. Schwer atmend blickte der Mann auf die glänzende Klinge an seinem Hals und ließ widerwillig sein Schwert fallen.

Stille herrschte um sie herum. Es war beinahe, als hielte jeder einzelne der Zuschauer den Atem an. Herzschlag um Herzschlag verging, in denen es niemand wagte, auch nur den geringsten Laut von sich zu geben. Die Anspannung war beinahe greifbar. Mit einer langsamen Bewegung nahm Angors schließlich sein Schwert von der Kehle des Besiegten. Als hätte er den Korken einer Flasche gezogen, brach die Menge plötzlich in den lautesten Jubel des Tages aus. Mit klingelnden Ohren ließ sich der junge Krieger für seine Darbietung feiern. Die jubelnden Menschen und strahlenden Gesichter fühlten sich an wie das Licht der Sonne, das bis in sein Herz schien.

Minuten verstrichen, ehe die Leute sich allmählich beruhigten. Mit donnernder Stimme schallte die Stimme des Turnierleiters über den Platz, als er aus voller Kehle den Menschen zurief.

„Wir haben einen Sieger! Angor aus Tresmark hat unser Turnier gewonnen!"

Mit brennenden Beinen stapfte der junge Kämpfer grinsend auf Monlon zu. An der Seite des Siegers stehend, entlockte der ältere Mann den Zuschauern noch einmal einen besonders lauten Jubel, bevor er die Menschen um Ruhe bat.

„Auch wenn jeder unserer Kämpfer heute einen tollen Kampf und einen grandiosen Anblick geboten hat, gibt es leider nur einen Sieger. Als Kämpfer, in letzter Minute angemeldet, wagte sich dieser junge Krieger unter unsere erfahrenen Streiter und zeigte uns, dass es auch in der nächsten Generation Talente gibt, die uns zu begeistern wissen. Es ist mir eine Freude und eine Ehre, dich hier und heute zum Sieger unseres Turniers zu ernennen. Als bester der Kämpfer heute hast du dir den Preis wahrlich verdient!"

Den Deckel geöffnet, überreichte der Turnierleiter dem Sieger die kleine Truhe. Gebettet auf buntem Stoff lag darin eine glänzende neue Kettenhaube bester Qualität. Vor Freude lachend nahm der junge Mann die Truhe an sich und reckte seine Beute mit beiden Armen hoch über seinen Kopf. Mit donnerndem Applaus bejubelten die Menschen Mortrets den Helden des heutigen Tages.

Die Feier, die anschließend an der Schenke des Dorfes stattfand, sorgte dafür, dass auch der Wirt des Dorfes seinen Gewinn aus dem Turnier mitnehmen konnte. Mit einem Krug leckeren Hopfengebräus vor sich saß Angor an seinem Tisch und betrachtete seinen Gewinn. Von kundigen Händen gefertigt, gab es nicht den geringsten Makel, den er an seiner neuen Haube entdecken konnte.

Zur Belohnung für seinen Sieg hatte der Ritter seinen Plan über den Haufen geworfen, mit seinem Schüler noch am gleichen Abend wieder auf die Straße nach Süden zu ziehen. Angesteckt von der guten Stimmung im Dorf gestattet er dem jungen Mann sogar mit den Menschen zu feiern. Irgendwann im Laufe des Abends war auch der unterlegene Herausforderer des letzten Kampfes auf Angor zugekommen. Der junge Krieger war überrascht gewesen, als der Mann sich bei ihm für den guten Kampf bedankte und ihm zu seinem Sieg beglückwünschte. Als Sieger der letzten fünf Turniere war es für Agog eine bittere Schmach gewesen, seine Siegesserie beendet zu sehen. Bei einem Gespräch über ihre kämpferische Vergangenheit ließen die beiden Männer den Abend ausklingen.

Am Ziel

Ein hoher Pfeifton schreckte Angor aus seinen Gedanken. Still und in Fantasien von edlen Rittern und mächtigen Drachen versunken, hatte der junge Schwertkämpfer die Umgebung um sich herum vergessen. Die Gespräche, die er den gesamten Morgen über mit seinem Gefährten geführt hatte, waren schon seit einiger Zeit einem geteilten Schweigen gewichen. Obgleich Wulfun ihm gegenüber immer mehr auftaute, behielt der Ritter seine zurückhaltende Art bei. Der Distanziertheit des Mannes zum Trotz wagte Angor es zu behaupten, dass sich ein freundschaftliches Verhältnis, vielleicht gar eine Freundschaft zwischen ihnen entwickelt hatte. Die Tatsache, dass sich Wulfun überhaupt auf Unterhaltungen abseits seiner Ausbildung mit ihm einließ, schürte in ihm die Hoffnung, dass sich diese noch weiter festigen würde.

Zwei Tage waren seit ihrem Aufbruch aus Mortret vergangen. Zwei Tage, in denen sich der junge Krieger aus Tresmark bemüht hatte, den Ritter nicht durch weitere Trödeleien zu reizen. Tatsächlich kamen sie deutlich schneller voran, seit sie Tront verlassen hatten. Angor hatte zunächst an Wulfuns Worten gezweifelt, als dieser ihm gesagt hatte, dass die gepflasterten Straßen ihre Reise beschleunigen würden. Der Unterschied, den der befestigte Weg jedoch hervorbrachte, war eine deutliche Lehre für den Schmied.

Dem Pfeifton folgend ertönte plötzlich die Stimme des früheren Helden im Kopf des jungen Streiters. Erschrocken und mit pochendem Herzen zuckte Angor zusammen, als er die Worte in seinem Kopf vernahm. Für einen Augenblick fürchtete er, der Kämpfer des Königs würde die Worte von Seris ebenfalls hören. Nur wenige Schritte neben ihm reitend, ließ der Ritter seine Augen über die saftig grüne Landschaft gleiten. Die Erinnerung daran, dass seine Unterhaltungen mit dem Mann aus einer vergangenen Zeit lediglich in seinem Kopf stattfanden, ließ seine Anspannung ein wenig schwinden.

„Du hast ein Turnier gewonnen, nicht wahr?", ertönte die Stimme von Seris gut gelaunt in seinem Kopf.

„Ja, das habe ich", antwortete Angor stolz, bevor sein Misstrauen erwachte. *„Halt, woher weißt du das?"*, schob er aufgebracht hinterher.

Das vergnügte Glucksen der Stimme beruhigte den jungen Mann nicht im Geringsten. *„Na los, sag schon. Allmählich finde ich das zunehmend verstörend"*, drängte er weiter.

„Na gut, ich verrate es dir. Ich verwende eine andere Methode, um mit dir in Kontakt zu treten, als du es kannst. Einen anderen Zauber, wenn du es willst. Ein kleiner Vorteil meines Vorgehens ist, dass ich eine kurze Vision deiner vergangenen Taten bekomme, wann immer ich in Kontakt mit dir trete."

Der Schock über diese Enthüllung überflutete Angors Gedanken. Das Gefühl, bis in die Tiefe seiner Seele einem Fremden ausgeliefert zu sein, lähmte seinen Geist. Panik griff in seinem Herzen um sich, als er sich vorstellte, jede beliebige Person könnte ihn zu jedem Moment überwachen. Der Schlag seines Herzens beschleunigte sich, sein Atem ging stoßweise. Unfähig, einen klaren Gedanken zu fassen, übertrug es eine Flut wild umherwirbelnder Gefühle über die Verbindung zu Seris.

„Ach du Schreck, ich hatte nicht daran gedacht, was dieses Wissen in dir auslösen könnte", entfuhr es dem Helden mit aufgeregter Stimme.

„Beruhig dich, Angor", versuchte er es mit sanfterem Ausdruck. *„Lass mich dir die Sache erklären. Nur unsere besondere Verbindung ist es, die es mir ermöglicht, diesen Zauber zu wirken. Niemand außer mir wäre jemals in der Lage, mit dir auf diese enge Weise zu sprechen. Es ist nicht so, dass ich jeden einzelnen*

Moment deines Tages verfolgen kann. Es ist mehr eine Flut aus Bildern und Gefühlen, die auf mich einstürmt und mir einen Eindruck deiner Erlebnisse verschafft."

Die Mischung aus den sanften Worten und zu viel Luft in seinen Lungen schwächten den Sturm im Kopf des Kriegers ab. Mit stotternden Gedanken versuchte er eine Antwort zu bilden. *„Was? Warum sagst du mir all das erst jetzt? Kannst du dir nicht vorstellen, wie es mir damit geht?"*

„Ich weiß nicht. Es tut mir leid. Ich hielt es nicht für wichtig. Vertrau mir, ich wache über dich und versuche dich auf den richtigen Weg zu lenken", erklärte Seris sanft.

„Meinst du nicht, ich kann das nicht selbst? Ich bin alt genug und sicher in der Lage, meinen Weg in dieser Welt alleine zu finden", trotze Angor verletzt.

„Du bist klug und einfallsreich, aber dennoch fehlt dir die Erfahrung eines ganzen Lebens. Der Hof, an den du dich begibst, ist voller Fallen, die nur darauf warten zuzuschnappen. Du hast ein Schicksal zu erfüllen, Angor. Ein Schicksal, das dich nicht als das Opfer unbedachter Worte oder eigensüchtiger Ambitionen sehen will."

Unsicher, was er davon halten sollte, schwieg der junge Krieger für einen Moment, doch seine Gedanken waren noch immer in Aufruhr. Eine Frage brachte ihn dazu, wieder zu der Stimme zu sprechen. *„Warum hast du mir nicht gleich deine Methode beigebracht? Wenn ich mich von deiner Weisheit leiten lassen soll, wieso hilft es mir dann nicht, eine Vorstellung von deinen Taten und deinem Leben zu bekommen? Bring mir den Zauber bei, den du benutzt. Alles andere ist ungerecht!"*

„Ich verstehe deinen Punkt, aber so einfach ist das nicht", wich Seris der Forderung aus.

„Das ist es nie, oder?", grollte Angor verärgert.

„In diesem Fall stimmt das. Ich lebte vor vielen Hundert Jahren. Was es über mein Leben zu erfahren gibt, kannst du aus

dem Buch in deiner Tasche lernen. Wenn du es gelesen hat, wirst du mehr über mich wissen, als du jemals in den Visionen sehen könntest. Wichtiger noch ist, selbst wenn ich dir meine Methode erklären würde, könntest du sie nicht meistern. Eine Offenheit, eine Entwicklung der Seele ist notwendig, um den Zugang zu diesem Talent zu erlangen. Dies ist nichts, was ich dir beibringen kann."

„Wie kann ich diese Offenheit denn dann erlangen?", hakte der Krieger hartnäckig nach.

„Es gibt nur einen einzigen Weg. Eine besondere Verbindung ist notwendig, geknüpft zwischen der Seele eines jungen Drachen mit dem Wesen, das er für seine Eltern hält. Erweckt durch die besondere Macht dieser einzigartigen Einheit, entsteht die Fähigkeit in dir, auf diese Art und Weise zu kommunizieren."

Besänftigt und beflügelt von der Nennung der Drachen beruhigte sich Angors stürmisches Gemüt sofort. Allein die Vorstellung, wie es sein musste, diesen Moment zu erleben, erfüllte ihn mit einer warmen Welle des Friedens.

„Gibt es einen Weg, sich vor einem fremden Eindringen in den eigenen Geist zu schützen?", fragte der Schwertkämpfer nach einem Moment der Ruhe.

„Den gibt es tatsächlich, doch es erfordert weit mehr Kraft und viel mehr Kontrolle als die Aufnahme des Kontaktes. Ich werde dir erklären wie, doch erst, wenn du so weit bist. Übe weiter deine Zauber, stärke deine Fähigkeiten im Umgang mit der Magie und du wirst bald in der Lage sein, weitaus mächtigere Kräfte zu wirken, als nur einen Stock zum Schweben zu bringen."

„Ich habe auch den Feuerzauber gemeistert. Die Flamme zu beschwören ist mir leichter gefallen als alles andere zuvor. Wenn ich besser werden soll, dann musst du mir einen neuen Zauber verraten."

„Hm, an was für einen Zauber hast du gedacht?", hakte Seris nach.

„Am besten einen mit Feuer. Der Umgang mit den Flammen ist mir vertraut und den Zauber über längere Zeit zu wirken macht viel mehr Spaß."

„Na gut, so soll es sein. Bei deinem nächsten Versuch suche dir eine freie Fläche. Sorge dafür, dass du unbeobachtet bist, und sprich Brasken. Die Formel wird um dich herum eine lodernde Wand aus Flammen erzeugen, die dich vor Angriffen durch deine Feinde schützt. Je mehr Kraft du in den Zauber steckst, desto heißer und höher wird die Wand reichen. Richtig angewendet, können die Flammen sogar hölzerne Geschosse abwehren, die auf dich zufliegen."

„Ich werde dir von meinem Erfolg erzählen", antwortete der Schwertkämpfer und beendete die Verbindung.

Mit zunehmender Nähe zur Hauptstadt des Reiches gab es kaum noch Vorfälle, die ihr ungestörtes Vorankommen beeinträchtigen konnten. Das Aufregendste, was Angor erlebte, war eine Blockade der Straße durch einen beschädigten Wagen. Dem Gefährt eines Händlers war eines seiner Räder gebrochen, offenbar durch die Last darüber zu stark beansprucht. Im immer dichter werdenden Verkehr hatte die Straßensperre für eine größere Anhäufung von Reisenden gesorgt, die ihre Wagen nicht mehr an der Engstelle vorbeiführen konnten. Als einzelne Reiter im Vorteil hatte der Ritter seinen Schüler eilig an der Unfallstelle vorbeigeführt. Mit dem Anflug eines schlechten Gewissens zählte Angor im Vorbeireiten beinahe zwanzig Männer, die ihr Bestes taten, um den überladenen Wagen zur Seite zu räumen.

Begierig darauf, den neuen Zauber auszuprobieren, war der junge Kämpfer wieder einmal zur Geduld gezwungen. Stets umgeben von einer Vielzahl an Menschen, mindestens aber dem Ritter des Königs, ergab sich nicht einmal in den kommenden Tagen die Gelegenheit, die Wand aus Flammen zu erwecken. Ein

Zauber, derart auffällig, brachte sogar Angor dazu, statt seiner Neugier nachzugehen, lieber Vorsicht walten zu lassen.

Das Entzünden einer kleinen Flamme in seiner Hand war ein Kunststück, das er weit besser verstecken konnte. Dankbarkeit statt Argwohn schlug ihm entgegen, als er am Abend dem Ritter anbot, das Entzünden des Feuers zu übernehmen. Mit Feuerstein und Schlageisen in den Händen gab sich der Schmied den Anschein, die Flammen auf herkömmlichen Weg zu entfachen. Mit leiser Stimme flüsterte er stattdessen die Formel, die seine Kräfte erwachen ließ.

In den Nächten, wenn Wulfun längst in einen tiefen Schlummer verfallen war, wagte der junge Krieger es, das Buch über Seris aus seiner Tasche hervorzuholen. Mehr als einmal versank er dabei bis lange nach Mitternacht in die Geschichte, die Seiten beleuchtet von einer zuckenden Flamme, die auf seinem Zeigefinger tanzte. Seite um Seite verschlang er den Inhalt. Vor allem der Kampf gegen den Drachen und die Aufgabe, die der Held der Geschichte danach übertragen bekam, fesselten die gesamte Aufmerksamkeit des jungen Mannes. Viel ausführlicher beschrieben, als die Geschichte des alten Mannes in Denton es vermocht hatte, fieberte Angor jeden Tag der Abgeschiedenheit in der Dunkelheit entgegen. Kaum schlief der Ritter neben ihm, zog er die Schrift aus seiner Tasche hervor und versuchte mehr über die Beziehung des Helden zu seinem Drachen zu erfahren. Die Aufzucht und das Leben mit dem geschuppten Wesen waren ganz unzweifelhaft Ereignisse, die den Beschützer Nurays geprägt hatten.

Ausführlich wurde auch das Wesen der Drachen beschrieben. Es war eine Überraschung für Angor, als er von der Vielfältigkeit in Farbe und Größe der echsenartigen Wesen erfuhr. Von Geburt an mit einer Intelligenz und Weisheit gesegnet, die einen jeden Menschen übertrafen, waren diese Wesen so viel mehr als die beeindruckenden Kampfmaschinen, für die man sie leicht halten konnte.

Erst als er sich mehr und mehr dem Ende des Buches näherte, bemerkte der junge Krieger eine Unschärfe in der Geschichte, die schon die Worte in Denton offengelassen hatten. Es war beinahe, als wollten die Aufzeichnungen dieses Detail nicht beschreiben. Der Freund, der Gefährte des Helden, der mit ihm den Kampf gegen den grausamsten aller Feinde aufgenommen hatte, wurde nach dem Sieg über den Drachen nur noch selten erwähnt. Es war von einem Opfer die Rede, von einem Leid, das er ertragen musste, schlimmer noch als sein Tod. Weder Zorn noch Wut dem Helden gegenüber trübte ihre Freundschaft und doch war kurz danach die enge Verbindung der Männer unterbrochen worden.

In Gedanken versunken hatte Angor eines Abends an den züngelnden Flammen des Lagerfeuers gesessen und die Hitze auf seiner Haut genossen. Die Erinnerungen an die Bande, die er zurückgelassen hatte, kehrten wie die Geister der Vergangenheit zu ihm zurück. Nicht einen Tag in all den Wochen, die vergangen waren, seit er Tresmark verlassen hatte, war das nagende Gefühl von seinem Gemüt gewichen. Oft konnte er es vergessen, überdecken mit den Gedanken an andere Dinge, doch wann immer er in Stille in sich blickte, kam es wieder zurück. Die Erlebnisse, die er auf dieser Reise gemachte hatte, waren mehr, als er sich in seinem ganzen Leben vorgestellt hatte. Seine Anwesenheit in Denton war sicherlich ein Segen für die Menschen gewesen, sein Aufenthalt in Tront wahrlich beeindruckend. Dass er der auserwählte Nachfahre eines seit langem verstorbenen Helden sein sollte, eine Verrücktheit, die er noch immer nicht begreifen konnte und doch sagte ein Teil von ihm, das er Tresmark niemals hätte verlassen sollen.

Der Anblick der unzähligen flackernden Lichter am Horizont sah beinahe wie die Spiegelung des Nachthimmels am Boden aus. Selbst jetzt in der Nacht dominierte die gigantische Stadt noch das gesamte Sichtfeld.

Drei Wochen waren vergangen, seit sie die Tore von Tront hinter sich gelassen und die letzte Etappe ihrer Reise angetreten hatten. Je näher sie der Hauptstadt gekommen waren, je näher Wulfun der Erfüllung seiner Aufgabe kam, desto gelassener wurde der Ritter. Mehr und mehr erzählte er dem jungen Krieger an seiner Seite Geschichten aus seinem Leben und lehrte ihn Lektionen über die Herausforderung des Führens und die Tugenden eines Ritters. Sosehr er auch versuchte es zu verstecken, für Angor war es so klar wie das Wasser eines einsamen Baches. In den Dienst unter der Regentschaft von Turags Vater getreten, war der Ritter eindeutig nicht der größte Bewunderer des Herrschers von Nuray.

Angors Blick richtete sich wieder auf die Stadt vor ihm. Noch immer trennten sie viele Kilometer von dem Ort, der das Regierungszentrum des Reiches bildete. Vor dem Untergang der Sonne hatte er noch einen Blick auf die wahren Ausmaße dieses Molochs einer Stadt geworfen. Schritt für Schritt hatten ihre Pferde sie um den letzten Hügel herum auf die schier endlose Ebene gebracht, in deren Mitte diese wichtigste Stadt Nurays erbaut war.

Ein einsamer Hügel, beinahe hundert Meter bis zu seiner Spitze hoch, musste sich in der Stadtmitte befinden. Nur undeutlich hatte der angehende Offizier aus der Entfernung die Schemen einiger Gebäude über die gewaltigen Mauern ragen sehen. Ihre Größe war erstaunlich. Das Unglauben des späten Nachmittags kehrte zu ihm zurück, als die Erinnerung an den gigantischen Wall seinen Geist erfüllte. Vor wenigen Tagen noch hatte er Tront und seine Befestigungen für das stärkste Bollwerk gehalten, das Menschen jemals errichten konnten. Beeindruckt von den Mauern der nördlichen Stadt gab es kein Wort, das auch nur annähernd das Gefühl beschreiben konnte, das den jungen Schmied erfüllte, als er aus weiter Ferne die alles dominierenden Befestigungen sah. Es war weniger die Höhe, die für sich betrachtet schon wahrhaft überwältigend war, als vielmehr die unvorstellbare Ausdehnung der Stadt. Mit den Augen eines Menschen betrachtet, der sein ganzes Leben in einem einzigen Dorf verbracht hatte, vereinnahmte die Stadt ein Gebiet größer noch als das gesamte Umland von Tresmark.

Wulfun hatte ihn gewarnt. Das Erreichen der Stadt selbst würde noch nicht das Ende ihrer Reise bedeuten. Durch die wimmelnden Straßen und engen Gassen dieser größten Stadt Nurays zu gelangen, würde sie vermutlich einen weiteren halben Tag kosten. Es war die Mitte der Stadt, in die der Ritter ihn führen musste. Erbaut in einem der ältesten Teile dieser Metropole, lag heute der königliche Palast. Ein Schloss, das einer schmuckvollen Burg im Zentrum der schwer befestigten Stadt am nächsten kam, war bewacht von einer Truppe unerschütterlich loyaler Soldaten, die nur dem König und seinem obersten Wachkommandanten selbst unterstanden.

Vor Tausenden von Jahren einst als kleine Ortschaft auf der Kuppe des Hügels erbaut, hatten die Menschen von damals nicht damit gerechnet, dass ihre Stadt einmal eine solche Wichtigkeit haben würde. Die steppenartige Ebene, die die Stadt umgab, war in einem Umkreis von mehr als einer Tagesreise von den Mauern Gurndas aus zu überblicken. Kein Angreifer konnte darauf hoffen, unentdeckt den Weg zu den Menschen auf dem Hügel anzutreten. Vermutlich war es dieser Vorteil, hatte Wulfun gesagt, der die ersten Könige Nurays dazu gebracht hatte, diese Stadt im Westen zu ihrer Hauptstadt zu erwählen. Tatsächlich waren die Mauern bei all dem Leid, das in der Vergangenheit über Nuray hereingebrochen war, noch kein einziges Mal durchbrochen oder überwunden worden. Mit einem erschöpften Schnauben fügte der Ritter hinzu, dass das Wissen um diese Tatsache den Bürgern und Soldaten der Stadt eine unangenehme Selbstüberschätzung eingebracht hatte.

Müde stocherte Angor in der Glut des kleinen Feuers vor sich herum. Es hatte nicht viel Holz gegeben, um es zu entzünden und der Ritter hatte ihn auch davor gewarnt, die Flammen zu hoch schlagen zu lassen. Er hatte ihn gewarnt, dass alles hier draußen von den Mauern der Stadt aus zu sehen war, und jedes Feuer, das lange brannte, wurde mit großem Argwohn im Auge behalten. Menschen waren klug genug, auf ihre Feuer zu achten und es zu löschen, kaum dass es nicht mehr gebraucht wurde. Flackerndes Licht, das auf der Ebene von Gurnda eine ganze Nacht hindurch brannte, holte zumeist einen Trupp bewaffneter Reiter vor die Stadt, die auf der Suche nach einer verirrten Bande Druhks ohne Gnade um sich schlugen.

Der Duft des brutzelnden Fettes, das nach und nach in die Flammen tropfte, ließ Angors Magen ungeduldig brummen. Es war kurz vor Sonnenuntergang gewesen, als er einen Versuch mit seinem Bogen gemacht hatte. Auf dem flachen Land vor der Stadt stehend, hatte er herausfinden wollen, wie weit sein Bogen schießen konnte. Mit zitternden Armen hatte er die Waffe an den Rand ihrer Belastbarkeit gebracht. Das Zischen des Pfeiles, als er die Sehne schließlich mit einem Ruck freigelassen hatte, verschwand binnen eines Herzschlages, als das Geschoss in weitem Bogen durch die Luft flog. Ein kurzes schmerzerfülltes Kreischen hatte nicht nur Angor, sondern auch den Ritter zusammenfahren lassen. Hastig und mit weiten Schritten musste der Schütze beinahe zweihundert Meter weit laufen, um die Quelle des Geräusches zu finden. Wild zappelnd war ein überaus großer Hase von seinem Pfeil an den trockenen Steppenboden genagelt worden. Der Leib des Tieres war von dem Geschoss durchbohrt worden und nicht einmal die Entfernung des Pfeiles konnte sein Leben noch retten. Hin- und hergerissen zwischen Mitleid und Freude zog der junge Mann sein Messer und beendete das Leben des leidenden Wildtieres. Mit seiner unverhofften Beute auf dem Arm schlenderte er schließlich zurück zu ihrem Lagerplatz und präsentierte seinem Freund das tote Tier. Ein schiefes Grinsen war bei dem Anblick auf das Gesicht des Ritters geschlichen. Mit sachkundiger Hand bereitete er den Hasen auf die Zubereitung vor und befestigte ihn schließlich auf einem kleinen Spieß über dem Feuer. Ein Tag ohne zähen Haferbrei war für die beiden ein Tag zum Feiern.

Die flachen Strahlen der Sonne im Rücken warf Angor seinen Sattel auf Windfeuers Leib. In einer Mischung aus Ungeduld und Vorfreude scharrte das weiße Pferd bereits mit seinen Hufen. Mit vorsichtigen Handgriffen schloss der junge Kämpfer die Schnallen, die verhindern würden, dass er vom Rücken seines Pferdes rutschen konnte.

Von der Sonne beschienen ragte die Mauer der Stadt vor ihm in die Höhe. Ein halber Tag des strammen Rittes, hatte Wulfun gesagt, würde sie noch von der Stadt trennen. Eine Vorstellung, die Angor bei diesem Anblick gut glauben konnte. Die Stadt schien so nah, das Wulfuns Worte ihn zu verspotten schienen, doch der Ausdruck in den Augen des Ritters und sein ernster Gesichtsausdruck schlossen einen Scherz aus.

Es war erst am Morgen gewesen, als ihm ein Umstand aufgefallen war, der Gurnda neben seiner Größe deutlich von Tront unterschied. Im Gegensatz zum Juwel des Nordens gab es nicht ein Dorf, kein Gehöft oder eine andere Niederlassung von Menschen im Umkreis einer Tagesreise um die gigantische Stadt herum. Abgesehen von der breiten Straße zeugte auch nichts anderes von einem Eingriff der Menschen in ihre Umgebung. Nicht einmal Äcker, bestellt mit Nahrungsmitteln für die hungrigen Bäuche in der Stadt, waren im Umfeld zu sehen. Es war ganz so, als ließe die Stadt keine Nachbarn zu.

„Auf in den Sattel, Angor. Lass uns diese Reise zu einem Ende bringen!", rief der Ritter energisch und stieg auf den Rücken seines Pferdes.

Die Vorfreude darauf, nach über einem Monat der ständigen Reise endlich ein wenig Sesshaftigkeit zurückzuerhalten, ließ den jungen Krieger breit grinsen. Mit einem letzten Tätscheln auf Windfeuers Hals stieg er auf und gab seinem Pferd das Zeichen, ihn nach Gurnda zu tragen.

Je näher die Gefährten der Stadt kamen, desto deutlicher wurde die angespannte Stille, die zwischen ihnen herrschte. Selbst als Angor versuchte, ein Gespräch aufzunehmen, erstickte Wulfun seine Bemühungen mit knappen Antworten. Das Ende ihrer Reise rückte immer näher, der nächste Abschnitt in ihren Leben war nur einen Steinwurf weit entfernt.

Kaum mehr sechs Kilometer trennten den Ritter und seinen Rekruten noch von den breiten Toren der Stadt, als ein verräterisches Funkeln in Wulfuns Augen ein keckes Vorhaben ankündigte.

„Wer zuletzt die Tore der Stadt erreicht, gibt dem anderen ein Bier aus!", rief er und gab seinem Pferd die Sporen. Aufgescheucht und angetrieben von seinem Reiter stob das Tier des Ritters voran. Von der List seines Kameraden überrascht, sah Angor dem davonpreschenden Krieger hinterher. Noch vor seinem Reiter erkannte Windfeuer unter ihm die ausgesprochene Herausforderung und schnaubte unruhig, begierig darauf dem anderen Tier nachzujagen. Ein schallendes Lachen brach aus der Brust des jungen Kriegers hervor, als er das Temperament seines Pferdes freiließ und dem Hengst erlaubte, seine gesamte Kraft auszuleben.

Freudig wiehernd sprang das Tier nach vorne und schoss dem Pferd des Ritters hinterher. Angesteckt vom Ehrgeiz des Pferdes presste sich Angor dicht an seinen Rücken. Im Gegenwind ihrer Bewegung flog die Mähne des wilden Hengstes wie eine

Flagge umher. Getragen von kraftvollen Schritten holte das weiße Pferd schnell zu seinem Herausforderer auf. Die mächtigen Stöße von Windfeuers Atem beschleunigten sich im gleichen Maße wie seine polternden Schritte auf dem Steppenboden. Mit Tränen in den Augen winkte der junge Kämpfer lachend seinem Gefährten, als der Hengst ihn an dem Ritter vorbeitrug. Mehr als jemals zuvor machte das Pferd in diesem Moment seinem Namen alle Ehre.

Etwa hundert Meter vor den Toren der Stadt wartete Angor schließlich auf Wulfuns Ankunft. Außer Atem und schon längst nicht mehr im Galopp hob der Ritter abwehrend die Hand und rief seinem Rekruten kleinlaut entgegen. „Schon gut, du hast gewonnen."

Das Lächeln eines Siegers auf den Lippen hatte der Gewinner das Gefühl, dass sich Windfeuer von diesem Eingeständnis gleichermaßen betätigt fühlte.

Sie waren nicht die Einzigen, die versuchten Einlass in die Stadt zu erhalten. Ähnlich wie zuvor schon in Tront trafen sie auch hier auf eine ganze Ansammlung von Wagen und Karren, die Zutritt zu den engen Straßen der Stadt verlangten. Der Tag war noch kaum zur Hälfte vergangen und doch lag Angor bereits die Ermahnung des Ritters in den Ohren. Wollten sie es noch heute bis zum König schaffen, dann hatten sie keine Zeit zu verlieren. Unwillig abzuwarten, bis die zahllosen Reisenden vor ihnen von den Zöllnern an den Stadttoren beurteilt worden waren, führte Wulfun seinen Schüler direkt an den Wartenden vorbei. Rufe des Ärgers und Beschimpfungen ob ihrer Dreistigkeit folgten ihnen, als sie jene hinter sich ließen, die bereits seit einiger Zeit warteten.

„Halt! Stellt euch hinten an, wie alle anderen auch!", blaffte ein gerüsteter Mann in den Farben des Reiches.

Anders als in Tront wehte nur ein Banner über den Türmen Gurndas. Das Wappen Nurays prangte in all seinem Stolz über den Mauern der Stadt und machte die Einheit der Hauptstadt und des Reiches für jeden deutlich. Gepanzert mit einem eingetragenen Kettenhemd offenbarte der Wappenrock der Wächter ihre Aufgabe als Kämpfer der Stadt.

„Beruhig dich!", hielt Wulfun bestimmt dagegen. „Mein Name ist Wulfun von Karten und ich bin im Auftrag des Königs unterwegs. Du tust besser daran, uns sofort einzulassen."

Die Stimme des Ritters war fest wie Stein. Nichts an ihr ließ vermuten, dass er auf irgendwelche Spielchen aus war. Vom Auftreten des Fremden eingeschüchtert, trat der Mann einen Schritt zurück. „Wenn Ihr Eure Worte nicht beweisen könnt, dann kann ich Euch nicht vorziehen, Herr."

Das zusammengerollte Pergament, das der Ritter dem Wachmann reichte, zeigt deutlich das rote Wachs des königlichen Siegels. Das Symbol war gebrochen, doch die Autorität, die es einst angebracht hatte, war für jeden klar zu erkennen. Mit unsicheren Fingern nahm der Mann das Schriftstück entgegen und rollte es vorsichtig auf. Überrascht stellte Angor fest, dass der Wachmann den Inhalt des Schreibens tatsächlich las. Offenbar besser gebildet als die Soldaten in Tront, reichte der Mann das Pergament kurz darauf zurück.

„Euer Anliegen ist berechtigt, ihr dürft passieren", sagte er und trat zur Seite.

Obgleich neugierig darauf zu erfahren, was genau auf dem Schreiben stand, wagte Angor es nicht seinen Begleiter danach zu fragen. Ohne weiter auf den Wachmann zu achten, trieb der Ritter sein Pferd wieder an und führte es durch das massive Torhaus. In Höhe und Breite dem Gebäude in Tront noch einmal überlegen, war die Pforte in die Hauptstadt mehr als zwei Dutzend Schritte lang. Fallgitter und Mordlöcher in der Decke verrieten nur einen Teil der Verteidigungsanlagen, die in dem Durchlass angebracht waren.

Sein erster Blick auf die Stadt hinter den Mauern machte Angor sprachlos. Nach seinem Besuch in der Stadt im Norden hatte er zwar schon mit dem strengen Geruch gerechnet, nicht aber mit dem Anblick, der ihn hier erwartete. Heruntergekommene Häuser, manche mit Löchern in ihren Dächern, drängten sich im Schutze der Mauer dicht aneinander. Schmutz und Abfälle lagen in allen Ecken der Straße und besudelten die Umgebung. Reihe um Reihe gedrungener Häuser, teilweise aneinandergelehnt, machten den Eindruck krachend einzustürzen, sobald man eines aus der Gruppe herausnehmen würde. Rinnen am Rand der Straße waren mit Haufen an Unrat gefüllt, der von weiter oben am Hügel hinab gespült und nicht beseitigt worden war.

Die Worte des Ritters schreckten den jungen Mann aus seinen Gedanken. „Schau nicht zu genau hin. Diese Stadt hat ihre Schattenseiten. Lass uns schnell von hier verschwinden. Weiter im Zentrum ist es besser."

Mit einem mulmigen Gefühl im Bauch ritt Angor seinem Gefährten hinterher. Sein Blick fiel immer wieder in die leeren Augen zerlumpter Menschen. Nie zuvor hatte er solche Armut gesehen. Dünn und bleich, zeigten nur die wenigsten eine echte Reaktion, als sein Blick den ihren begegnete. Was musste einem Menschen widerfahren, damit ihn ein solches Schicksal ereilte? Der Gedanke verfolgte ihn noch eine ganze Weile.

Doch Wulfun sollte Recht behalten. Mit zunehmender Höhenlage am Hügel und größerer Nähe zum Zentrum der Stadt wurde nicht nur die Luft, sondern auch der Zustand der Menschen und Gebäude besser. Sein Ziel immer vor Augen führte der Ritter seinen Rekruten Straße um Straße durch die gigantische Stadt. Vom Rücken seines Pferdes aus betrachtete der junge Krieger die Szenerie um ihn herum. Klapprige Holzbaracken wichen schon bald den festen Gebäuden aus Fachwerk und Lehmziegeln, um schließlich immer öfter von beeindruckenden Bauten aus verschiedenfarbigem Stein ersetzt zu werden. In der lauten Kulisse der Stadt konkurrierten die Rufe von Händlern, die ihre Waren anpriesen, mit den Geräuschen aus den vielfältigen Werkstätten.

Die Flut an Eindrücken, die auf ihn einstürmte, war mehr, als Angor auf einmal verarbeiten konnte, und doch reifte in ihm bereits der Plan, seine Zeit in der Hauptstadt zu nutzen, um all ihre Wunder und Geheimnisse zu entdecken. Je tiefer sie in die Stadt vordrangen, desto prächtiger waren die Menschen gekleidet. Bunte Stoffe, manche von ihnen gar mit glänzenden Fäden aus edlen Metallen versehen, zierten nicht nur die Kleidung edler Damen, sondern auch vornehmer Männer.

Obgleich im Verhältnis zu den parfümierten Menschen, die sie in der Nähe des Stadtkernes antrafen, noch immer eher blass gekleidet, war Angor nun froh, sich am Morgen dafür entscheiden zu haben, seine neue Kleidung anzulegen. Der Gedanke, mit seiner zerschlissenen und abgetragenen Garnitur vor den Herrscher des Reiches zu treten, hatte ihm ein Gefühl der Scham bereitet.

Größer und prächtiger noch als eine Vielzahl der Häuser im Rest der Stadt glichen die Anwesen in der Nähe des königlichen Schlosses selbst schon kleinen Palästen. Hoch aufragend waren manche von ihnen sogar mit kunstvoll angelegten Gärten versehen. Ein Luxus in der Enge der Stadt, den selbst der Mann aus dem fernen Norden beurteilen konnte.

Mit gedämpfter Stimme, damit nur Angor es hören konnte, erklärte der Ritter ihm, dass die meisten dieser Häuser hohen Adligen des Reiches gehörten. Allesamt treue Anhänger der Krone, die mit dem Ziel der persönlichen Bereicherung ständig in der Nähe des Regenten umherschlichen, während sie ihren Stellvertretern die Verwaltung ihrer Ländereien überall im Reich überließen. Unsicher, ob er die Worte seines Freundes richtig verstand, war der ablehnende Ton, den Wulfun dabei angeschlagen hatte, nicht zu überhören.

Eine zweite Mauer, verputzt und mit weißer Farbe gestrichen, trennte das königliche Schloss vom Rest der Stadt. Als Sitz des Herrn über ganz Nuray wurde das Schloss von einer Befestigung geschützt, die der äußeren Verteidigung der Stadt in nichts nachstand. Ein Torhaus war der einzige Weg, um in den inneren Bereich des Schlosses zu gelangen. Verziert mit kunstvollen Malereien rankender Pflanzen, die schließlich ein Schild mit dem Wappen des Reiches umfingen, war es eine unübersehbare Erinnerung an die Pracht von Nurays Herrschern.

Der Ritter hatte recht behalten. Der Abend war über die Stadt gekommen und kühlte die drückende Luft bereits ab, als sie den Durchgang endlich erreichten. Vorbereitet auf das, was kommen würde, stieg der Ritter wenige Meter vor dem Tor von seinem Pferd ab und holte das Schreiben des Regenten hervor. Nicht sicher, was das richtige Verhalten war, entschied sich Angor, es dem Ritter gleichzutun, und nahm die ledernen Zügel seines Pferdes in die Hand.

Zwei Wachmänner, gepanzert in glänzende Plattenrüstungen und bewaffnet mit schmuckvollen Hellebarden, standen zu beiden Seiten des Tores und warfen den beiden einfach gekleideten Männern misstrauische Blicke zu. Ein dritter Wächter, nicht weniger edel gerüstet, doch mit einer roten Feder auf seinem Helm, trat ihnen aus dem Inneren des Torhauses entgegen. Der kurz geschorene graue Bart und die wettergegerbte Haut des Mannes ließen keinen Zweifel an der langen Erfahrung dieses Kriegers.

„Was wollt ihr hier? Dies ist der Sitz des Königs. Er gibt heute keine Audienzen mehr. Kommt nächste Woche wieder, um eure Bitten zu äußern!", grollte der Mann mit entschlossener Stimme.

„Wir sind keine Bittsteller, sondern Männer des Königs und in seinem Auftrag hier. Lasst uns ein, auf dass wir vor unseren Herrn treten können." Die ausgestreckte Hand des Ritters mit dem Schreiben der Krone war eine stille Aufforderung, sich von der Wahrheit seiner Worte zu überzeugen.

Angors Herz pochte schneller. Mehr und mehr wurde ihm bewusst, dass der Moment, in dem er den Mann treffen würde, der ihn aus seiner Heimat gerufen hatte, immer näherrückte.

„Ihr könnt eintreten. Eilt euch, der König wird bald sein Abendmahl einnehmen. Er wird nur ungern dabei gestört", sagte der Wächter und reichte das Schreiben zurück.

Ehrfurcht überkam den jungen Mann, als er Schritt für Schritt das Zentrum des Königreiches betrat. Kaum ein Bürger Nurays konnte drauf hoffen, je einen Schritt hierher zu setzen. Viele, die es versuchten, würden dabei scheitern. Jenseits der Mauer schloss sich ein weitläufiger Hof an, eingerahmt von einer ganzen Kaskade niedriger, aber anmutiger Gebäude. Das Schloss selbst war ein Prachtbau, der seinesgleichen suchte. Hohe Fenster erfüllt von buntem Glas unterbrachen den reinen weißen Stein der Mauern. Viele Stockwerke hoch erhob sich das Gebäude in den Himmel und reckte immer wieder runde Türme mit spitzen Dächern über sich hinaus. Von vorne betrachtet, konnte Angor nicht einmal im Ansatz einschätzen, wie groß das Schloss des Königs in seiner Gänze war. Vor den aufragenden Mauern stehend, erinnerte er sich an eine Aussage, die Wulfun während ihrer Reise getroffen hatte, um ihm einen ersten Eindruck von dem zu verschaffen, was ihn am Königssitz erwartete. Nicht nur die Dienerschaft des Schlosses, sondern selbst die Wachen und ein Teil des Hofes wurden von den hoch aufragenden Mauern dieses imposanten Gebäudes beherbergt.

Ein junger Bursche in der Kleidung eines Stallknechtes eilte ihnen mit gesenktem Kopf entgegen. Verwirrung überkam den jungen Schmied, als sich der Knabe vor ihnen verbeugte und darum bat, die Zügel ihrer Pferde ausgehändigt zu bekommen. Etwas widerwillig überließ Angor dem Jungen die Kontrolle über Windfeuer, nachdem Wulfun sein Pferd übergeben hatte.

„Sorg dich nicht um dein Pferd oder deine Sachen. Der Knecht wird gut auf beides achtgeben", sagte der Ritter, während er mit großen Schritten auf den Haupteingang des Schlosses zueilte.

Einige Diener, gekleidet in eine Kombination bunter Farben, standen sowohl innerhalb wie auch außerhalb des geöffneten Eingangsportals. Mit einem respektvollen Nicken reagierten die Männer auf die Ankunft der Fremden. Angor wagte es nicht es auszusprechen, doch die bunten Kostüme der Bediensteten erinnerten ihn stark an die Narrenkostüme, die von den Mitgliedern einer Spielmannstruppe getragen wurden, die Tresmark einst besucht hatten.

Ohne anzuhalten deutete Wulfun auf einen der Wartenden. „Du, begleite uns zum Thronsaal. Unterrichte den König über unsere Ankunft!"

Die steife Haltung bewahrend marschierte der Mann neben ihnen her. Trotz des schnellen Schrittes noch immer seine Anmut beizubehalten, war ein Talent, das Angor wahrlich beeindruckte. Eine hellgraue Steintreppe führte am Ende einer langen Halle wenige Stufen nach oben. Bunte Tücher, versehen mit vielen unterschiedlichen Wappen, hingen in langen Bahnen von der Decke herab. Gemälde mit den Porträts von liebreizenden Damen und stolzen Männern hingen in Nischen zwischen den verzierten Stützsäulen an den Wänden. Die Vermutung, dass dort die Herrscher früherer Zeiten abgebildet waren, wagte Angor in diesem Moment nicht laut auszusprechen.

Der Prunk, der hier allgegenwärtig war, verfehlte sein Ziel nicht im Geringsten. Fast schon erschlagen von der Zurschaustellung all dieser Kunstfertigkeit spürte der junge Krieger, wie er mehr und mehr in sich zusammensank. Einem Mann gegenüberzutreten, der über all das gebot, war eine Sache, die ihn vor Demut beinahe schrumpfen ließ.

Zehn Soldaten, nicht weniger beeindruckend als die Männer am Tor, sicherten den Eingang zum Thronsaal ab. Ihre Gesichter hinter den Visieren ihrer Helme versteckt, war einzig der harte Ausdruck ihrer Augen zu sehen.

„Bitte wartet hier einen Augenblick", bat der Diener und trat einen Schritt vor sie. „Wen darf ich unserem König ankündigen?"

Wulfuns Antwort war genauso präzise wie kurz. Von einem der Soldaten aufgezogen, öffnete sich das große Portal Sekunden später einen Spalt breit. Nachdem der Diener hineingeschlüpft war, schloss der Wächter die Türe wieder und blickte den Wartenden grimmig entgegen. Das Pochen seines Herzens ertönte immer lauter in Angors Ohren. Um sich auch nur ein wenig von der stetig wachsenden Aufregung abzulenken, verfolgte er die aufwendigen Muster, die in die doppelflügelige Tür des Thronsaales eingearbeitet waren. Mit Blattgold hervorgehoben, zierte ein beinahe schon magisch anmutendes Relief die hohen hölzernen Türen.

Ein Klopfen aus dem Inneren des Saales animierte zwei der Wächter dazu, die Tore zu öffnen. Warmes helles Licht war das Erste, was der angehende Offizier aus dem Inneren des Saales wahrnahm. Kräftige Farben, vor allem Rot, Silber und Gold, strahlten ihm entgegen. Von den Eindrücken überwältigt, stand er einen Augenblick wie gelähmt da. Ein sachter Stupser von Wulfuns Ellenbogen brachte seine Fassung zurück.

„Tretet ein und huldigt Eurem König", sprach der Diener mit überschwänglicher Höflichkeit.

Sich einen Schritt hinter dem Ritter haltend, betrat Angor den Thronsaal. Bemüht sich seine Aufregung nicht anmerken zu lassen, beobachtete er aus dem Winkel seiner Augen, was sein Gefährte tat. Sechs Schritte weit trat der Mann des Königs in den Saal ein, bevor er auf ein Knie niedersank und den Kopf nach unten nahm. In der Spiegelung seines Freundes tat der junge Mann das Gleiche, inständig hoffend keinen Fehler zu begehen.

Im selben Ton wie bereits zuvor erhob sich die Stimme des Dieners erneut. „Gekommen, um den Auftrag Eurer Majestät zu erfüllen, treten heute vor Euch der Ritter Wulfun von Karteln, begleitet von dem jungen Schwertkämpfer Angor aus Tresmark."

„Tretet vor, lasst mich einen Blick auf Euch werfen", erklang die neugierige Stimme des Herrn von Nuray.

Überraschung ließ Angor für einen Moment zögern. Er hatte zwar erwartet, dass der König noch jung war, doch allein die Stimme verriet ihm, dass er kaum älter sein konnte als er selbst. Als er den Kopf wieder hob, erblickte er einen Mann, gehüllt in prachtvolle Kleidung. Mehr als fünfzig Schritte trennten sie noch von dem Thron, und doch war offensichtlich, dass der König kaum mehr als drei Jahre älter war als er selbst. Der Stuhl, auf dem er saß, leuchtete mit dem Glanz reinen Goldes. Edelsteine, schimmernd in allen Farben des Regenbogens leuchteten von allen Ecken des Thrones hervor.

Das Haupt erhoben ging Wulfun gemessenen Schrittes über den roten Teppich auf seinen König zu. Etwa fünf Meter vor dem Podest, auf dem der Stuhl des Regenten ruhte, blieb er stehen und verneigte sich ein weiteres Mal. Mit ruhiger und respektvoller Stimme richtete der Ritter das Wort an den Herrn von Nuray.

„Mein König, von meiner Reise in den Norden kehre ich erfolgreich zu Euch zurück. Mit mir gekommen ist der junge Krieger, von dessen Fähigkeiten die Gerüchte erzählt haben. Wie Ihr mir aufgetragen habt, zog ich aus, um ihn zu finden und zu prüfen. Er erwies sich als würdig, Euch und dem Reich zu dienen. Bei verschiedenen Gelegenheiten bewies er sein Talent und zeigte, dass er ein geeigneter Anführer Eurer Armeen sein wird."

Der beurteilende Blick des Königs lag stumm auf dem jungen Mann, den er zu sich gerufen hatte. Ohne eine Regung zu zeigen, schaute er zurück zu seinem Ritter.

„Ist das so, ja? Was hat dieser Bursche denn vollbracht, das mich davon überzeugen soll?", fragte er mit ungläubiger Stimme.

„Druhks zogen durch den Norden, kaum dass wir Tresmark verlassen hatten. Eine Bande muss durch das Netz der Armee geschlüpft sein und griff das Dorf Denton an, als wir dort für eine Übernachtung unterkamen. Mehr als jedem anderen gebührt diesem jungen Mann die Ehre, für den errungenen Sieg über diese Bestien gefeiert zu werden. Es war sein Schwertarm, der Dutzenden Eurer Untertanen das Leben gerettet hat."

„Hm, ich hörte davon", sprach König Turag mit gedehnter Stimme. „Ich hatte mich schon gewundert, wie diese Bauern es geschafft haben sich ohne meinen Schutz ihrer Haut zu erwehren. Gut, dass ihr zugegen wart, um ihnen zu helfen. Aber sagt mir Wulfun, hat dieser Bengel tatsächlich mehr dieser Grünhäute erschlagen, als selbst Ihr es tatet?"

„Das hat er, Eure Majestät", bestätigte der Ritter.

Der Blick des Königs richtete sich wieder auf den Schwert-kämpfer. „Nun, wenn die Worte meines besten Ritters stimmen, dann gebührt Euch der Dank für diese Rettung. Ich werde mir etwas überlegen müssen, um dem Ausdruck zu verleihen", säuselte Turag und kratzte sich am Kinn.

„Die Menschen Nurays waren in Not und ich konnte ihnen helfen. Ich tat nur meine Pflicht, Eure Majestät", brachte Angor in ergebenem Tonfall hervor.

Ein kurzes Lachen entfleuchte der Kehle des jungen Königs. „Ist es das, was Euch dazu getrieben hat, in meine Dienste zu treten? Na gut, wenn das so ist."

Noch immer grinsend zuckte er mit den Schultern. „Ich werde Euch dennoch einen Lohn für Eure Mühen zukommen lassen. Ihr habt mir den Wegfall wichtiger Steuereinnahmen aus diesem Kaff erspart und eine solche Tat schätze ich. Die Überlebenden werden weiter arbeiten und weiter bezahlen und darauf kommt es an."

Der Schreck, der Angor bei diesen Worten traf, spiegelte sich beinahe auf seinem Gesicht wider. Die Zahlungen der Menschen über ihr Leben zu stellen war eine Sache, die er nicht nachvollziehen konnte.

„Weiter, erzählt mir, welche glorreichen Kämpfe dieser Junge noch gewonnen hat!", forderte Turag und lehnte sich lässig auf seinem Thron zurück.

Das Verhalten des Königs offensichtlich mehr gewohnt als Angor, erzählte der Ritter seinem Herrn ruhig vom Sieg seines Schülers beim Turnier in Mortret. Die anfängliche Geringschätzung des Regenten für die Teilnahme eines seiner Krieger bei einem solch niederen Ereignis wandelte der Ritter gekonnt mit einem Argument, das er aus Angors früherer Rechtfertigung zog. Die Vorstellung, dass ein zukünftiger Offizier der königlichen Truppen den einfachen Menschen die Überlegenheit der Autorität verdeutlichte, erregte die Heiterkeit des jungen Königs.

„Ruht Euch diese Nacht aus, Kämpfer", sagte der Herr Nurays zu seinem neuen Gefolgsmann. „Bevor ich Euch in meine Dienste aufnehme, möchte ich mich selbst von Euren Fähigkeiten überzeugen. Ihr werdet morgen kämpfen und ich werde Euch beurteilen. Mein Diener dort wird Euch ein Quartier für die Nacht zuweisen. Sammelt Eure Kraft, ich erwarte einiges von den angepriesenen Fähigkeiten, die man Euch nachsagt. Enttäuscht mich nicht!"

Ein Wink des Königs verdeutlichte Angor, dass sie entlassen waren. Mit schnellen Schritten führte der Ritter ihn wieder aus dem Saal hinaus. Ein Stück abseits der Thronwachen nahm Wulfun seinen Schützling noch einmal zur Seite. „Du hast dich gut geschlagen da drin. Zerbrich dir nicht zu viel den Kopf über die Worte des Königs. Versuch etwas Ruhe zu finden. Er wird dich morgen prüfen und ich will, dass du dein Bestes gibst. Mach mich stolz und zeig ihm, was du alles kannst. Nun folge dem Diener. Ich habe noch etwas zu erledigen. Wir werden uns morgen sehen, gute Nacht!"

Das Pochen der Schritte des einzigen Mannes, den Angor hier kannte, hallte noch einige Sekunden durch die weiten Flure des Schlosses. Trotz der Worte seines Freundes konnte der junge Krieger das mulmige Gefühl, das sich in seinem Bauch hielt, nicht vergessen. Dem bunt gekleideten Diener durch die labyrinthartigen Flure des verwinkelten Schlosses folgend, verlor er schon bald die Orientierung. Vor einer verzierten Tür in der Mitte eines Ganges stehend wartete der Diener schließlich auf ihn. „Dies hier wird Euer Gemach für die Nacht sein. Ich hoffe, Ihr fühlt Euch wohl. Euer Gepäck wird Euch hierhergebracht werden und ich werde dafür sorgen, dass Ihr etwas zu essen bekommt."

Mit großen Augen betrat der Schmied aus Tresmark die Unterkunft, die man ihm zugewiesen hatte. Vermutlich für weitaus edlere Gäste als ihn gedacht, war das Gemach mit einer Vielzahl an goldenen und silbernen Ornamenten verziert. Nicht nur ein Zimmer, sondern gleich vier Räume, aufgeteilt in ein Schlafzimmer, einen Raum zum Essen sowie eine Kammer mit büchergefüllten Regalen und einem Schreibtisch standen ihm zur Verfügung. Doch es war die Kammer zum Erledigen seiner Waschungen und persönlicher Bedürfnisse, die ihn am meisten erstaunte. Einen solchen Raum für nur einen einzigen Bewohner hatte er noch nie gesehen.

Die Prüfung

Die Nacht in einem Bett zu verbringen, das so weich war, dass er das Gefühl bekam, im Fell eines Schafes zu schlafen, war eine gänzlich neue Erfahrung für Angor. Vom Licht der aufgehenden Sonne geweckt, reckte der junge Krieger müde seine Arme in die Luft, bevor er sich gemächlich unter den Bettdecken hervorzog. Der Duft köstlicher Speisen waberte bereits wie die Verlockung eines Traumes um ihn herum in der Luft. Je wacher er wurde, desto deutlicher spürte der junge Mann den Hunger in seinem Bauch.

Mit schlurfenden Schritten und nichts als seiner Unterwäsche bekleidet, betrat Angor das naheliegende Esszimmer seiner Unterkunft. Der Anblick, der sich ihm bot, ließ zugleich das Wasser in seinem Mund zusammenlaufen und ihn vor Staunen erstarren. Auf unzähligen Tellern verteilt, offenbarte sich auf dem Tisch ein Frühstück, das nach den Maßstäben des Schmieds wahrhaft königlich war. Frisches Obst, Gebäck, Käse und Speck waren ordentlich auf dem Esstisch drapiert worden. Unzweifelhaft für ihn bestimmt, stürzte sich Angor mit leuchtenden Augen auf die Mahlzeit. Die Frage, wer und wann dieses Essen gebracht hatte, wurde von seinen Gedanken ebenso zurückgestellt wie das Rätsel darum, wohin sein Schwert gekommen war.

Mit übervollem Bauch und leichtem Unwohlsein nutzte der junge Mann eine Gelegenheit, die ihm auf ihrer bisherigen Reise nicht oft offengestanden hatte. Es war nicht so, dass er schon immer besonders reinlich gewesen war, doch hier inmitten eines so sauberen und ordentlichen Ortes wie dem königlichen Schloss ungewaschen zu sein, weckte in ihm doch ein Gefühl der Scham. Voller Neugier inspizierte er die Waschstube, in der nicht nur ein breiter Badezuber aus glänzendem Kupfer, sondern auch ein großzügiges Becken gefüllt mit klarem, kühlem Wasser auf ihn wartete. Erleichtert, sich endlich den Schmutz seiner Reise vom Leib waschen zu können, schrubbte Angor seinen gesamten Körper. Nass und mit leicht geröteter Haut schlenderte er schließlich zurück in das Schlafgemach, wo er am Vorabend seine Taschen abgelegt hatte. Müde von ihrer Reise hatte er darauf verzichtet, seine Habseligkeiten noch gleich am Abend auszuräumen, und stattdessen die ledernen Satteltaschen zusammen mit seinem Rucksack in einer Ecke des Zimmers abgestellt. Erst Verwirrung, gefolgt von einem stechenden Schrecken, erfüllte den Krieger, als er nirgends auch nur die Spur eines Kleidungsstückes entdecken konnte. Mit nichts als seiner Unterwäsche und seinem Paar Stiefeln bestückt, würde er den Raum niemals verlassen können.

Allein die Vorstellung der Schmach, die ihn verfolgen würde, musste er so vor den König treten, schickte dem jungen Mann einen eiskalten Schauer über den Rücken. Mit hektischen Bewegungen suchte er jeden einzelnen Raum seiner Unterkunft nach seiner Kleidung ab. Nicht einmal die Sachen, die er hier am Vorabend ausgezogen hatte, waren noch irgendwo zu finden. Eine Mischung aus fürchterlichem Unbehagen und Zorn brandete durch den Körper des Kämpfers. Wer auch immer sich hier einen Scherz mit ihm erlaubt hatte, sollte das noch bereuen.

Das leise Knarzen der Türscharniere ließ Angor auffahren. Das Gesicht von Überraschung erfüllt, stand plötzlich der Diener des Königs im Eingang seiner Unterkunft. Es war der gleiche Mann, der ihn am Abend zuvor hierhergeführt hatte, welcher nun mit einem Stapel sauberer Kleidung auf dem Arm vor ihm stand.

„Bitte verzeiht mein Herr. Ich hoffe, ich habe Euch keine Unannehmlichkeiten bereitet. Ich habe mir erlaubt, Eure Kleidung zu reinigen. Sie war nach Eurer Reise ein wenig verschmutzt."

Der entschuldigende Tonfall des Mannes ließ Angors Wut wie Nebel im Schein der Sonne verfliegen. Nachdem der Schreck von ihm gewichen war, überkam ihn ein warmes Gefühl der Dankbarkeit. Kein Scherz, sondern Hilfsbereitschaft hatte zu dieser Situation geführt. Mit einem respektvollen Nicken legte der Mann die Kleidung auf einem kleinen Schrank ab und trat zurück.

„Wenn Ihr Euch angekleidet habt, bitte ich Euch mir zu folgen. Der König möchte mit Euch sprechen und fordert Eure Anwesenheit im Thronsaal. Ich werde vor der Tür auf Euch warten."

Sprachlos beobachtete Angor, wie der Diener ruhig wieder aus seiner Kammer trat und die Tür hinter sich schloss. Mehrere Sekunden vergingen, ehe der junge Krieger begriff, was er zu tun hatte. Während er eilig in seine Kleidung schlüpfte, wurde ihm mehr und mehr bewusst, was es bedeutete, unter dem direkten Befehl eines so mächtigen Mannes wie dem König von Nuray zu stehen. Selbst im Dienst des Ritters war es ihm nicht so absolut vorgekommen. Das freundschaftliche Verhältnis, das er mit dem Streiter des Königs aufgebaut hatte, war mit einem gewissen Grad an Freiheit und Selbstbestimmung einhergegangen. Im Dienst des Königs zu stehen, brachte jedoch die Notwendigkeit absoluten Gehorsams mit sich.

Als Angor die Tür öffnete, stand der Mann des Königs mit einem freundlichen Lächeln im Gesicht nur wenige Schritte gegenüber. Überrascht von dem Anblick und in seinen Gedanken noch immer dabei seine neue Lage zu begreifen, erschrak sich der Kämpfer so sehr, dass ihm ein kurzer Schrei entfuhr. Mit pochendem Herzen und einer Hand auf seiner Brust schüttelte er seinen Kopf und lachte verlegen. „Ihr habt echt ein Talent andere Leute zu erschrecken."

„Ich versuche nur unauffällig im Hintergrund zu bleiben. Wenn Ihr mir bitte folgen möchtet?", entgegnete der Diener mit sanfter Stimme.

„Wie heißt Ihr?", fragte Angor neugierig, als er dem Mann durch die verwundenen Gänge des Schlosses folgte. Dieses Mal führte ihn der Diener einen offizielleren Weg entlang als noch in der Nacht zuvor. All der Prunk und die Kostbarkeiten, die hier zur Schau gestellt wurden, boten einen deutlichen Kontrast zu den dunklen Gängen, durch die der Mann ihn am Vorabend geleitet hatte.

„Mein Name ist Jandrik. Wenn Ihr wollt, könnt Ihr mich mit ihm ansprechen", entgegnete der Diener geduldig.

„Jandrik also, hm. Wohnt Ihr auch hier im Schloss? Habt Ihr eine Familie?", hakte der junge Schmied bei seinem Führer nach.

„Das tue ich. Wie einige andere Diener auch lebe ich mit meiner Familie in einem der Bedienstetenzimmer jenseits des königlichen Bereiches in diesem Schloss. Wir alle hier dienen dem Herrn des Reiches."

Mit gerunzelter Stirn dachte Angor über die Worte des Mannes nach. Er erinnerte sich nicht mehr an viel, was er am Abend zuvor von dem Schloss gesehen hatte, aber eine Reihe winziger Kammern, dicht an dicht gebaut und ohne Fenster, an denen er vorbeigeführt worden war, hatte sich in sein Gedächtnis eingebrannt. Gefüllt mit nichts als einem schmalen Bett und einem kleinen Schrank, waren diese Räume karger gewesen als jede andere Unterkunft, in der er je untergekommen war.

Die bunten Bilder, die von Sonnenlicht durch die verglasten Fenster an die gegenüberliegenden Wände projiziert wurden, entgingen dem jungen Krieger, während seine Gedanken weiter um das Schicksal der Dienerschaft kreisten. Erzeugt von den Strahlen der Sonne waren die Bilder edler Damen und tapferer Ritter beinahe magisch anzusehen.

„Du meinst, deine ganze Familie wohnt in einer einzigen dieser Kammern?", wollte sich Angor versichern, während er den zielstrebigen Schritten des königlichen Bediensteten hinterhereilte.

„So ist es. Jeder Bedienstete bekommt nur einen Raum zur Verfügung gestellt."

Es war deutlich, dass Jandrik nicht weiter auf die Details seiner Unterkunft eingehen wollte, doch auch das Schweigen half nicht, das starke Gefühl der Schuld zu vertreiben, das sich in Angor ob seiner Unterkunft ausgebreitet hatte.

Das übliche Prozedere aus Ankündigung und Aufrufung, das dem Betreten des Thronsaales voranging, musste auch dieses Mal eingehalten werden. Bemüht keinen der Schritte auszulassen, den er sich am Vorabend von Wulfun abgeschaut hatte, trat der junge Kämpfer auf den König zu.

„Ahh, da bist du ja endlich", rief ihm der junge Herr von Nuray von seinem Thron aus entgegen. „Ich habe mir von Wulfun bereits alle Einzelheiten über Eure Reise ausführlich schildern lassen. Er wusste nur Gutes über dich und deine Fähigkeiten zu berichten. Ich muss zugeben, was er mir über die Vorkommnisse in Denton berichtet hat, hat mich besonders beeindruckt. Der Großteil der Bauern hat überlebt und kann im Herbst die Ernte einfahren. Noch dazu konnten wertvolle Metalle und weiteres von den Druhks erbeutet werden. Die Treue und Tapferkeit, die du dort bewiesen hast, sollen belohnt werden. Männer, die ihr Leben selbstlos für die Belange des Königreiches riskieren, kann ich gebrauchen. Folgsamkeit und Mut sind die wichtigsten Eigenschaften eines königlichen Streiters."

Mit weit weniger Freude in seinem Gesicht, als seine Worte vermuten ließen, änderte der König seine Sitzposition und lehnte sich auf seinem Thron gemütlich zurück. Einige Sekunden vergingen, in denen er nichts sagte und seinen Blick stattdessen durch den Raum schweifen ließ.

„Ich habe mir etwas überlegt", fuhr er nach der Stille fort. „Das Dorf, das du bewahrt hast, wird mir in diesem Jahr einen guten Ertrag einbringen. Um dich dafür zu belohnen, und um mir in Zukunft weitere Kosten zu ersparen, werde ich dir etwas schenken. Einer meiner Ritter ist im vergangenen Herbst verstorben. Ein nerviger Mann ohne jedes Talent, Reichtümer anzuhäufen. Er besaß ein kleines Anwesen hier in der Stadt, das ich zur Begleichung der Erbsteuer eingezogen habe. Es hat schon bessere Tage gesehen und ich habe keine Lust, die Kosten für die Reparatur zu übernehmen. Es soll dir gehören. Pflege es und lass es wieder glänzen. Geh gleich jetzt dorthin und verschaffe dir einen Eindruck meiner Großzügigkeit. Deine Unterkunft im Schloss endet damit. Einer meiner Soldaten wird dich dorthin bringen. Aber trödle nicht zu lange. Sei bis zur Mittagsstunde wieder hier. Nachdem ich gespeist habe, möchte ich mich selbst von deinem Nutzen für mich überzeugen."

„Ich danke Euch, Eure Majestät. Ich werde Eure Großzügigkeit nicht vergessen", sagte Angor und verbeugte sich tief.

„Jaja, wie du meinst", entgegnete König Turag mit den Gedanken bereits bei einer anderen Sache. Ein herablassender Wink mit der Hand machte unmissverständlich klar, dass der junge Krieger aus der Aufmerksamkeit des Königs entlassen war. Eine wilde Mischung aus Gefühlen rang im Kopf des Schmieds um die Vorherrschaft miteinander. Die Ehre, vom König selbst für seine Taten in Denton belohnt und derart großzügig beschenkt zu werden, konkurrierte mit dem mulmigen Gefühl, das die Worte des Regenten aufgebracht hatten. Sosehr er auch versuchte nicht daran zu denken, hinterließ die Tatsache, das Turag stets zuerst an seinen persönlichen Gewinn und die Stärkung seiner Schatzkammer dachte, einen üblen Nachgeschmack nach jedem ihrer Treffen. Von großen Schritten getragen, eilte der junge Mann aus dem Thronsaal heraus.

Der Gedanke, was sein Vater dazu sagen würde, dass sein Sohn schon am zweiten Tag in der Hauptstadt sein eigenes Anwesen verliehen bekommen hatte, schenkte ihm wieder etwas Freude. Von Jandrik empfangen, wurde Angor von dem Diener wieder zum Eingang des Schlosses geleitet. „Ich werde Euch hier auf euch warten, wenn Ihr zurückkehrt. Die Verlegung Eures Eigentums zu Eurem neuen Zuhause werde ich in Eurer Abwesenheit in die Wege leiten. Wenn ich Euch noch einen Rat geben darf, werter Herr. Seht zu, dass Ihr pünktlich wieder zurück seid. Der König speist, wenn die Sonne am höchsten steht. Danach ist ihm meist nach Zerstreuung und dabei ist er stets recht ungeduldig."

Dankbar für den Ratschlag nickte der junge Krieger dem Diener noch einmal respektvoll zu, bevor er schließlich hinaus auf den Hof trat. Ein Mann, gekleidet in die schwere Rüstung der königlichen Wachen, wartete dort bereits mit den Zügeln zweier Pferde in den Händen auf ihn. Der grimmige Gesichtsausdruck, den er ihm entgegenwarf, war ein deutliches Zeichen, dass er kein Freund seiner Aufgabe war. Ohne ein Wort zu sagen, reichte er dem neuen Mann am königlichen Hof die Zügel von Windfeuer und stieg auf den Rücken des braunen Rosses neben ihm.

„Folgt mir und geht nicht verloren", brummte der Mann knapp und setzte sein Tier in Bewegung, noch ehe der junge Mann in den Sattel gestiegen war. Verärgert über die schroffe Behandlung schwang sich Angor auf den Rücken seines Pferdes und eilte dem Mann hinterher. Ohne weiter etwas zu dem jungen Krieger zu sagen, führte der Soldat ihn durch die Straßen der Stadt. Über die zunehmend dichter werdende Menge auf den Straßen hinwegblickend, versuchte Angor sich den Weg so gut wie möglich einzuprägen. Ein Händlerbezirk schloss sich an die Straßen an, in denen die höchsten Adligen des Reiches ihre Domizile errichtet hatten. Feine Lebensmittel, prunkvolle Kleidung und allerlei anderer Tand, den sich nur die Wohlhabenden kaufen konnten, wurde in schicken Geschäften angeboten.

Als der Wind drehte, wehte der Geruch der Gerbereien eines angrenzenden Distriktes über das ferne Ende des Handelsviertels. Beinahe vom Geruch überwältigt schossen dem jungen Mann die Tränen in die Augen. Ohne langsamer zu werden, führte ihn der Soldat des Königs durch immer weitere Gebiete der Stadt. Lager und Wohnhäuser, Geschäfte und Werkstätten zogen an ihnen vorbei, als sie weiter vorstießen. Als der Soldat plötzlich anhielt und sprach, schrak Angor beinahe zusammen.

„Wir sind da. Dieses dort ist es", sagte der Soldat und zeigte mit seiner Hand auf eine hohe steinerne Mauer, die am Ende der Straße auf sie wartete. Der erste Blick, den der neue Besitzer des Anwesens auf das Grundstück werfen konnte, verriet ihm nicht allzu viel darüber, was ihn erwarten würde. Ein hölzernes Tor, beschlagen mit einer Vielzahl stählerner Nägel, versperrte den Eingang auf das Gelände, während nur das Haupthaus über die Mauer hinausragte. Der graue Stein seiner Mauern erhob sich bis in den dritten Stock, wo er den Giebel für das spitz zulaufende Dach bildete. Bunte Fenster mit gläsernen Scheiben schimmerten im Licht der stärker werdenden Sonne. Nur an den roten Ziegeln ihrer Dächer zu erkennen, mussten mindestens drei weitere Gebäude hinter der Mauer verborgen liegen. Die Vorfreude, sein neues Zuhause zu erkunden, trieb den jungen Mann an.

„Ich warte hier auf Euch. Eilt Euch, lasst den König nicht warten", grollte der Soldat und stieg von seinem Pferd.

Von Neugier erfüllt führte Angor sein Pferd auf das große Tor zu. Ein Wappen musste einst über dem Eingang des Grundstückes im Schlussstein des Torbogens geprangt haben, doch es war mit groben Werkzeugen zerstört worden. Unschlüssig darüber, was er davon halten sollte, stemmte sich der ehemalige Schmied gegen die Torflügel und brachte das Holz knarzend dazu, sich zu bewegen.

Der Blick in das Innere des Hofes ließ Angors Herz gleichsam vor Freude hüpfen und vor Überraschung schneller schlagen. Ein überraschend weitläufiger Hof schloss sich hinter dem hölzernen Tor an. Mit abgerundeten Steinen gepflastert und eingefasst von bewachsenen Nebengebäuden bildete er das Zentrum der Anlage. Auf den ersten Blick nur zu deutlich zu erkennen, hatte der König nicht eine einzige Münze in die Erhaltung der

Liegenschaft investiert. In ihrem Wuchs nicht gebremst, hatten die Kletterpflanzen an den Wänden der Gebäude die Mauern ohne Zurückhaltung überwuchert. Gräser, Blumen und allerlei Gewächse, die von den Bauern aus Angors Heimat immer als Unkraut beschimpft worden waren, wuchsen wild zwischen den Steinen des Pflasters hervor. Eine Menge Arbeit würde nötig werden, um all das wieder zu korrigieren.

Ein hölzernes Haus, deutlich kleiner als das Hauptgebäude und nur ein Stockwerk bis zum Dach hoch, versteckte sich gleich links des Tores. In ausgeblichenem Rot gestrichen, nahm Angor an, dass dies die frühere Unterkunft der Bediensteten gewesen war. Ein Stall, groß genug um ein ganzes Dutzend an Pferden unterzubringen, schloss sich an das Gesindehaus an und stieß schließlich auf eine niedrige Scheune, die den Hof nach hinten begrenzte. Als einziges Gebäude komplett freistehend, nahm das Herrenhaus eine besondere Position ein.

Aus grauen Bruchsteinen erbaut, lag sein breites Eingangsportal am Ende einer kleinen Treppe zum Hof hin. Hölzerne Läden konnten vor den verglasten Fenstern geschlossen werden. Beschädigt von einem Sturm hingen mehrere der Blenden schräg in ihren Angeln oder lagen zerbrochen auf dem steinernen Weg, der entlang der Mauer führte. Von den Beschädigungen nicht verunsichert, führte Angor sein Pferd einige Schritte weit in den Hof, bevor er Windfeuer an einem hölzernen Balken festband. Mit einem breiten Grinsen im Gesicht marschierte er geradewegs auf die mit Schnitzereien verzierte Holztür seines Hauses zu.

Der Anblick im Inneren war nicht weniger beeindruckend, als Angor es sich erhofft hatte. Obgleich von einer dicken Staubschicht bedeckt, breitete sich ein großzügiger Eingangsbereich vor ihm aus. Sechs auf sechs Schritte in Länge und Breite messend, gingen zwei Türen je zur linken und zur rechten Seite davon ab. Eine Küche, ein Esszimmer und zwei Räume, die sich offenbar in ein Schreibzimmer und einen mit gepolsterten

Stühlen ausgestatteten Aufenthaltsraum aufteilten, beherrschten das Erdgeschoss.

Eine breite hölzerne Treppe mit einem lackierten Geländer führte dem Eingang gegenüber in das obere Stockwerk. Behangen mit verstaubten Wandteppichen und den Gemälden fremder Menschen, waren die Wände des Flures dort von sechs Türen unterbrochen. Hinter den dreien auf der linken Seite verbargen sich einfach eingerichtete Gästezimmer. Die Räume auf der anderen Seite waren wohl eher für den Besitzer des Anwesens gedacht. Eine Kammer, gefüllt mit leeren Schränken, konnte von Angor nur als Aufbewahrungszimmer benannt werden. Im Raum gegenüber befand sich ein großzügiges Schlafzimmer, in dessen Mitte ein riesiges Himmelbett stand, über das sich lange Bahnen hellblauen Stoffes spannten. Die letzte Kammer, die er betrat, erinnerte ihn an seine Unterkunft im Schloss. Bestückt mit einem tiefen steinernen Becken und einem großen hölzernen Zuber diente dieser Ort zweifellos der Reinigung der Hausbewohner. Eine Nische, die über die eigentliche Hauswand hinausragte, versteckte den Ort, der zur körperlichen Erleichterung genutzt wurde.

Die Zeit schien zu verfliegen, während der junge Mann die Räume der Gebäude durchging. Eines nach dem anderen untersuchte er die Häuser, die nun ihm gehörten. Zweifellos vernachlässigt, boten sie einem eifrigen Mann dennoch alles, was er brauchte, um ein gutes Leben zu führen. Größer als die meisten Höfe in Tresmark konnte dieses Grundstück mühelos eine ganze Familie beherbergen. Als er aus dem Bedienstetenhaus trat, überkam ihn eine Idee. Vielleicht konnte er mehr aus diesem Geschenk machen, als es zunächst den Anschein hatte. Ein Plan begann in seinem Kopf zu reifen.

Ein Blick zur Sonne ließ Angor aufschrecken. Kaum eine Handbreit trennte sie noch vom höchsten Stand. Die Prüfung des Königs stand bevor. Es wurde Zeit, dass er zum Schloss zurückkehrte. Mit einem Gesicht, das aussah, als hätte man ihm vor das Bein getreten, starrte der Soldat den jungen Krieger vorwurfsvoll an, als dieser mit seinem Pferd aus dem Hof trat.

„Ihr habt Euch ja ganz schön Zeit gelassen", grollte er, als er in den Sattel stieg und sein Pferd antrieb.

Der Rückweg durch die Stadt entwickelte sich zu einer anstrengenden Tortur. Das dichte Gedränge an Menschen, die sich wimmelnd durcheinander bewegten, erschwerte es den Reitern mehr und mehr, schnell zum Schloss voranzukommen. Die Passage eines Marktes zur Mittagszeit war eine Herausforderung, auf die Angor in Zukunft gerne verzichten wollte. Begleitet vom Wächter des Schlosses wurde er ohne weitere Prüfung in den Hof der königlichen Residenz eingelassen. Ein junger Bursche aus den Stallungen wartete bereits darauf, ihre Pferde entgegenzunehmen. Ohne Verabschiedung oder letzte Worte entfernte sich der schlecht gelaunte Soldat und ließ den jungen Kämpfer alleine zurück.

Froh den Wächter los zu sein, eilte Angor zum Eingang des Schlosses. Der Schatten des Gebäudes spendete kühlen Schutz vor den Strahlen der Sonne. Auf den Stufen vor dem Eingang wartend, empfing ihn Jandrik, wie er es angekündigt hatte. „Eure Sachen sind bereits auf dem Weg zu Eurem Haus. Wir müssen uns beeilen, wenn Ihr nicht zu spät zur Prüfung kommen wollt. Folgt mir bitte. Seine Majestät hat angewiesen, dass Ihr Euch direkt zur Waffenkammer begeben sollt, wenn Ihr ankommt."

„Was erwartet mich?", fragte Angor, während er dem Diener mit großen Schritten durch die Flure des Schlosses folgte.

„Ich weiß nicht viel, aber wie es aussieht, müsst Ihr einen Kampf bestreiten. Der König wird Euch zusehen und Eure Leistung bewerten. Euer Gegner scheint bereits festzustehen, doch ich bin nicht darüber informiert, wer es ist. Ihr werdet in der Waffenkammer ausgerüstet, der Rüstmeister weiß bereits Bescheid."

Unsicher, was genau auf ihn zukommen würde, hetzte der junge Kämpfer voran.

„Darf ich dich eine Sache fragen", stieß Angor zwischen zwei Atemzügen hervor.

„Ganz wie Ihr möchtet", antwortete der Diener gelassen.

„Gefällt es dir, im Dienst des Königs zu stehen. Macht dir die Arbeit hier im Schloss Spaß? Fühlen du und deine Familie sich hier wohl?"

Mit einer Plötzlichkeit, die Angor beinahe in den Bediensteten hineinlaufen ließ, blieb der Mann unvermittelt stehen. Mit zusammengezogenen Augenbrauen musterte er den jungen Mann, der ihm dichtauf folgte.

„Verzeiht, aber warum fragt Ihr mich das?", flüsterte er, nachdem er einen Schritt nähergetreten war.

„Reine Neugier. Ich habe gesehen, unter welch beengten Bedingungen Ihr lebt, und mich gefragt, ob dies Eurem Wunsch entspricht", entgegnete der Krieger und zuckte mit den Schultern.

Hektisch den Kopf drehend, schaute sich Jandrik nach eventuellen Zuhörern um. „Ich möchte mich nicht beklagen, aber es ist jetzt auch nicht so, dass ich eine große Wahl habe. Die Enge ist schwer für uns alle, aber zum Glück sind wir selten alle zugleich im Zimmer. Der Dienst für den König erfordert unsere ständige Verfügbarkeit und eine Unterbringung außerhalb des Schlosses birgt gewisse Risiken für die Krone."

Von den Worten des Dieners eher bestärkt als gebremst, nickte Angor lediglich und folgte dem Mann weiter durch die Korridore. Vorbei an Unterkünften, Lagerräumen und Speisesälen führte ihn Jandrik schließlich zu einer dicken Eichentür, geschmückt mit dem Wappen des Reiches.

„Die Waffenkammer liegt dahinter. Ihr müsst alleine hinein, ich werde hier auf Euch warten", sprach der Mann und trat zur Seite.

Mit einem stummen Nicken griff der einstige Schmied nach dem Türgriff und öffnete mit einem selbstsicheren Schwung die Pforte. An einem kleinen Tisch sitzend, blickte ihm ein älterer Mann mit grauem Vollbart entgegen.

„Wen haben wir den da, hm?", brummte der Mann und stand auf. Ein warmes Lächeln vereinnahmte sein Gesicht, als er weitersprach. „Sieht aus, als hätte Wulfun seinen Fisch doch erfolgreich an Land gezogen. Du musst der Junge aus Tresmark sein, nach dem er gesucht hat."

„Ja, der bin ich. Woher wisst Ihr das?", fragte Angor verdutzt.

„Neuigkeiten sprechen sich hier im Schloss sehr schnell herum, weißt du", entgegnete der Mann und zwinkerte. „Sag mal, ist es dort oben im Norden, wo du herkommst, wirklich so kalt, wie alle sagen? Dass einem der Hintern abfriert, wenn man ihn im Winter raushält?"

Unsicher, wie er darauf antworten sollte, schüttelte der Krieger nur den Kopf.

„Hm, vielleicht war das ja übertrieben. Mein Name ist Dungar und ich bin der Waffenmeister des Schlosses. Falls du dich gewundert hast, wohin dein Schwert gestern verschwunden ist. Es ist bei mir. Ich sollte deine Waffe in meine Obhut nehmen, nachdem du angekommen bist. Bewaffnete Männer, die noch nicht im Dienst des Königs stehen, sind im Schloss nicht gerne gesehen. Ich hab mir mal erlaubt, deine Klinge genauer anzusehen. Ist wirklich ein Meisterstück, das du da hast. Hat schon einige Kämpfe hinter sich, was? War sicher teuer das Ding, was hast du dafür bezahlt?"

Den Blick auf das Schwert vor ihm gerichtet zuckte Angor lediglich mit den Schultern. „Nicht viel. Hauptsächlich etwas Zeit und meinen Schweiß. Ich habe es gemeinsam mit meinem Vater geschmiedet. Es war ein Geschenk von ihm an mich."

Mit geübter Hand nahm er die Waffe vom Tisch auf und zog sie ein Stück aus ihrer Scheide hervor. Der erstaunte Blick des

Rüstmeisters raubte ihm für einen Moment den Atem. „Willst du damit sagen, dass du der Sohn von Guntrich, dem Schmied von Tresmark, bist?"

„Ähm, ja genau der bin ich", stammelte er überrascht.

„Wahnsinn, was hat mir der alte Haudegen da nur gebracht." Die Hände nach Angors Schwert ausgestreckt, fügte der alte Mann hinzu. „Gib mir dein Schwert noch mal!"

Widerwillig überreichte der junge Krieger dem Rüstmeister seine Waffe. Mit großen Augen inspizierte der Herr der Rüstkammer jeden Fingerbreit des Schwertes. „Wahrlich ein Meisterwerk", gluckste er vergnügt. „Die Schmiedekunst deiner Familie ist im ganzen Land bekannt. Jeder, der sich mit guten Waffen und deren Schmiedekunst ein wenig auskennt, hat schon einmal von deinem Vater gehört, weißt du? Wenn dein Vater hier in der Hauptstadt leben würde, man, was könnte der da verdienen. Seinen Sohn jetzt hier in den Diensten des Königs zu sehen, lässt meine Hände kribbeln."

„Wo wir beim Dienst sind. Man sagte mir, ich solle mich hier melden, um meine Ausrüstung für den Kampf zu empfangen. Ich möchte den König besser nicht warten lassen", sagte Angor und spürte den Druck der Zeit stärker werden.

„Du hast recht, verzeih mir", grinste der Mann und legte das Schwert wieder auf den Tisch. „Lass uns mal schauen, welche Rüstung deine Größe hat."

Ein Schreck fuhr durch die Knochen des Kriegers. Noch nie in seinem ganzen Leben hatte er einen Kampf in einer Rüstung bestritten. Der eine Kampf gegen Wulfun, den er mit seiner Kettenhaube auf dem Kopf bestritten hatte, war darin geendet, dass ihm das Stück quer über das Gesicht gerutscht war.

„Komm her, probiere diese mal aus. Du hast starke Arme, das schränkt die Auswahl etwas ein", grübelte Dungar vor sich hin.

Fünfzehn Minuten vergingen, ehe jedes Teil des mehrschichtigen Panzers schließlich um Angors Körper herum angebracht war. Über die gepolsterte Unterkleidung, die man ihm gegeben hatte, stülpte Dungar ein klimperndes Kettenhemd. Das Anlegen der stählernen Platten der letzten Schicht war eine Aufgabe, die sie nur zu zweit erledigen konnten. Abgesehen von einem Helm war die Rüstung vollständig. Auf die Frage des jungen Kämpfers, warum ausgerechnet der Kopfschutz zurückgelassen wurde, erklärte Dungar knapp, dass der Herr von Nuray es schätzte, die Gesichter der Kämpfer zu sehen, wenn diese vor ihm fochten.

Das Gewicht der Rüstung nicht gewohnt, trat Angor mehrere Schritte durch den Raum und versuchte ein Gefühl für den Panzer zu bekommen. Egal wie sehr er sich anstrengen würde, die Rüstung würde seine Bewegungen verlangsamen. Dies war der Preis, den er für den überlegenen Schutz durch die klappernden Platten bezahlen musste. Den Gürtel seines Schwertes über der Rüstung geschlossen, überreichte Dungar dem Kämpfer zuletzt noch einen kunstvoll bemalten Schild. Das Wappen Nurays, die gekreuzten Langschwerter unter der Krone, prangte stolz nicht nur auf dem Brustpanzer der Rüstung, sondern auch auf dem mit einem Eisenband ummantelten Schild.

„Ich wünsche dir Glück, junger Mann. Zeig dem König, was du kannst. Als Sohn des Guntrich hast du sicher noch den einen oder anderen Kniff zur Hand", rief Dungar, als er ihn verabschiedete.

„Ihr seht stattlich aus", merkte Jandrik an, als er ihm die Richtung zum Kampffeld wies.

Schritt um Schritt polterte Angor durch die engen Flure. Überraschung überkam ihn, als sein Gefühl für die Panzerung wuchs. Die Bewegungsfreiheit, die ihm trotz der überlappenden Platten der Rüstung noch immer offenstand, war weitaus größer, als er es vermutet hatte. In der Lage, sich in beinahe jede Position zu bewegen, die er im Kampf einnehmen konnte, war die deutlich erhöhte Masse, die er mit sich herumschleppte, wohl die größte Herausforderung. Beim Gedanken daran, in einer echten

Schlacht eine solche Rüstung zu tragen, rang eine Mischung aus Zuversicht und Unbehagen miteinander. Geschützt von den metallenen Platten, hätte er den Schnitt am Bein in Denton wohl niemals erlitten. Die Aussicht auf Kämpfe, die noch größer waren als das Scharmützel im Norden, war allerdings nichts, worauf er sich freute.

Der Weg bis zu einer breiten doppelflügeligen Tür war leicht zu merken. Ein gleißender Lichtstrahl blendete Angors Augen, als der Diener an seiner Seite das hölzerne Portal vor ihm aufstieß. Vom Lichtunterschied zwischen dem gemauerten Gewölbe und dem sommerlich beschienenen Vorplatz überwältigt, füllten dicke Tränen die Augen des Kämpfers. Mehrere Sekunden lang versuchte er sich an das helle Licht zu gewöhnen, bevor er aus dem Schatten trat. Die Szenerie, die sich ihm schließlich offenbarte, brachte ihn zum Staunen. Eine Tribüne, zwei Dutzend Schritte breit und ein halbes Dutzend hoch, befand sich im Schutze einer schattenspendenden Mauer auf der anderen Seite eines kleinen Hofes. Ein staubiger Boden aus gestampfter Erde war alles, was zwischen ihm und den menschengefüllten Rängen lag. Vom Anblick überwältigt, war es für Angor beinahe unmöglich, die genaue Zahl an Höflingen zu erfassen, die sich auf der gegenüberliegenden Seite zusammengefunden hatten. In losen Gruppen lässig auf gepolsterten Stühlen sitzend, starrte ihn eine wahre Horde von edel gekleideten Herren und Damen mit neugierigen Augen an.

Im Durchgang exponiert und den Blicken der Menschen schutzlos ausgeliefert, freute sich der junge Krieger schließlich doch noch über die stattliche Rüstung, mit der er ausgestattet worden war. In das glänzende Metall gehüllt, gab er einen deutlich imposanteren Anblick ab als der schmutzig gekleidete Mann aus einem fernen Dorf.

„Ihr müsst nun dort hinaustreten, Herr", flüsterte Jandrik aus dem Schatten hinter Angor.

Von den Worten des Dieners aufgeschreckt, sammelte er sich wieder. Mit klappernden Schritten marschierte er auf den Platz hinaus. Die Lautstärke des Gemurmels auf der Tribüne nahm zu. Wildes Getuschel vermengte sich mit geflüsterter Feilscherei, als Wetten auf den baldigen Kampf abgeschlossen wurden. Von seinen eigenen Gefühlen überrascht, schweifte der Blick des jungen Kriegers über die Adligen des königlichen Hofes. Er hatte vermutet, dass ihn Aufregung oder Scham überkommen würde, wenn er unter den Blicken so vieler wichtiger Personen antreten würde, doch nichts als kühle Gleichgültigkeit ruhte in seinem Herzen. Dieser Kampf war nur eine weitere Prüfung. Eine Prüfung, die er bestehen würde, um Wulfun stolz zu machen. Der lederne Riemen, der den Schild an seinem Arm hielt, knarzte, als er seine Hand zu Faust ballte. Die Meinung dieser Leute spielte für ihn keine Rolle.

Das rumpelnde Geräusch des wiederverschlossenen Tores hinter ihm verriet Angor die Endgültigkeit der Situation. Es gab kein Zurück mehr. Wer auch immer sein Gegner war, der Kampf würde hier und jetzt stattfinden. Am Rande des Kampffeldes aufgestellt ließ er seinen Blick über den Platz schweifen.

Ein Stich des Schreckens fuhr durch sein Herz, als er seinen Gegner erkannte. Bisher von den Schatten verborgen, stand ihm ein großer Mann in eine ebenso schweren Rüstung gehüllt, wie er selbst eine trug, gegenüber. Ein glänzendes Schwert in seiner rechten und einen hölzernen Schild in seiner linken Hand präsentierte er ein völlig anderes Wappen als der junge Streiter. Ein hellgrauer Hintergrund, vor dem ein Bär eine Streitaxt in seinen Pranken hielt, zeigte das persönliche Wappen des Ritters von Karteln. Gehüllt in seine schwere Rüstung haftete Wulfun ein geradezu einschüchternder Anblick an.

Unter einem schimmernden Baldachin sitzend, hatte der junge König einen Platz in der Mitte der Zuschauer eingenommen, ein Stuhl, nicht ganz so edel wie sein Thron und dennoch vor Prunk

kaum anzublicken, bot dem Herrn von Nuray alle Bequemlich-
keiten. Ein Mann, gehüllt in feinen Zwirn und mit einem Hut,
der von einer auffallend bunten Feder geschmückt war, stand
zur Linken des Regenten. Ein kurzes Getuschel zwischen dem
Herold und seinem Herrn ging den erhobenen Händen des Mannes voraus. Es dauerte mehrere Sekunden, bis alle Anwesenden
auf der Tribüne wie gefordert zur Ruhe kamen.

„Durch die Gnade unseres geliebten Königs Turag, Herr über
ganz Nuray und größter aller Herrscher, wird uns heute ein
besonderes Schauspiel geboten. Ein Kampf findet hier statt. Ein
Kampf, der gleichermaßen eine Prüfung wie hoffentlich auch
ein beeindruckendes Spektakel sein wird."

Das Auf- und Abschwellen der Stimme ließ Angors Herzschlag
ansteigen. Die Wirkung der anheizenden Worte des Mannes
erregte nicht nur die Stimmung der Gäste auf der Tribüne, sondern auch das Gemüt der beiden Kämpfer.

„Die Recken, die heute für uns kämpfen werden, haben beide
einen Ruf, der große Erwartungen weckt. Auf der einen Seite,
mit seinem Wappen stolz in der Hand, steht der Ritter Wulfun
von Karteln, Herr von Rotha und treuer Diener unseres Königs.
Ein Mann, der im ganzen Land für seine herausragenden Fähigkeiten und sein unvergleichliches Geschick mit dem Schwert
bekannt ist. Als bester Streiter des Königs focht er bereits in einer
Vielzahl von Schlachten, um das Reich unseres Herrn vor allen
Gefahren zu beschützen.

Der Knabe, der heute hier vor uns getreten ist, um ihn heraus-
zufordern, sieht einer schweren Prüfung entgegen. Angetreten,
um sich vor seinem König zu beweisen, uns allen zu zeigen,
dass er es verdient hat, in den Dienst unseres glorreichen Herrn
zu treten, ist ein junger Mann aus dem hohen Norden. Nicht
weit von den Landen der Druhks geboren, ist er ein einfacher
Mensch, als Sohn eines Schmieds aufgewachsen. Große Geschichten über das Geschick dieses Burschen erreichten selbst

den königlichen Hof und bewegten unseren Herrn in seiner Großzügigkeit, diesem Menschen aus der Provinz die Chance zu geben, seine Existenz einer größeren Sache zu widmen als einem einfachen Leben auf dem Land. Seht ihn an, den jungen Angor aus dem fernen Tresmark. Geehrt mit den Farben des Reiches ist er gekommen, um die Rechtmäßigkeit seines Rufes und das Vertrauen des Königs zu verteidigen.

Wünschen wir den beiden Kämpfern Glück und hoffen auf einen aufregenden Wettstreit!"

Die Worte des Herolds verfehlten ihre Wirkung nicht. Angeheizt von seiner Rede rutschten die Höflinge erwartungsvoll auf ihren Sitzen hin und her. Weniger begeistert bemühte sich Angor hingegen die Abneigung gegen die beinahe schon erdrückende Verherrlichung des Königs nicht auf seinem Gesicht zu zeigen. Sein Blick lag auf seinem Gegner. Ruhig und konzentriert stand ihm Wulfun gegenüber.

„Nur wenige Regeln werden diesen Kampf einschränken. Der Kampf endet erst, wenn einer der Streiter nicht mehr in der Lage ist, weiter zu kämpfen. Schwere und tödliche Verletzungen werden vom König nicht gebilligt. Wir erwarten einen gerechten und ehrenhaften Kampf. Und nun, lasst den Kampf beginnen!"

Die zischende Luft, die Angor ausstieß, begleitete das sirrende Geräusch seiner Waffe, die aus ihrer Scheide befreit wurde. Der Zweikampf gegen den Ritter war nichts, was für den jungen Krieger neu war, und doch war er sich sicher, dass diesmal nichts so sein würde wie zuvor. Der Kampf würde schnell geführt werden und Angor war überzeugt, dass der Streiter des Königs den Umgang mit einer schweren Rüstung weitaus besser gemeistert hatte als er selbst.

Schritt für Schritt näherten die beiden Männer sich an, bis nur noch die Länge eines ausgestreckten Schwertarmes sie voneinander trennte. Obgleich noch immer der Funke der Freundschaft in seinen Augen glomm, wusste Angor in dem Moment, in dem er Wulfuns Blick gesehen hatte, dass der Ritter ihn nicht schonen würde. Die Prüfung musste echt sein, um den König zu überzeugen. Herausgefordert und angespornt vom harten Auftreten seines Gefährten, breitete sich ein warmes Gefühl des Trotzes in der Brust des jungen Streiters aus. Wenn der König hier ein Spektakel geboten haben wollte, dann würde er ihm eines liefern, an das er sich noch lange erinnern würde.

Von seinen Gedanken nur für einen einzigen Herzschlag abgelenkt, offenbarte sich Angors Verwundbarkeit wie ein brennendes Feuer in der Nacht in seinen Augen. Weder Gnade noch Verständnis hielten den Ritter zurück, als er mit einer Geschwindigkeit, die den jungen Kämpfer zum Staunen brachte, seinen gepanzerten Arm hob und einen gewaltigen Hieb von oben herabfahren ließ. Überwältigt von der plötzlichen Attacke seines Freundes blieb dem Krieger nichts anderes übrig, als dem Angriff mit einer schnellen seitlichen Drehung auszuweichen.

Der Schwertstreich ging daneben und doch bahnte sich bereits das nächste Unglück an. Vom Gewicht seiner Rüstung mitgerissen, verlor der junge Kämpfer das Gleichgewicht. Als wäre die Zeit verlangsamt, erlebte Angor, wie er einem Baum gleich zur Seite fiel. Das scheppernde Donnern der Panzerplatten klang beinahe wie der peinliche Applaus seines Fehlers. Johlendes Gelächter und verhaltenes Kichern von den Zuschauerrängen garnierten den Anblick des Herausforderers, der bei seiner ersten Bewegung zum Gespött wurde. Zorn flackerte im Herzen des jungen Mannes auf. Zorn, der seine Entschlossenheit nur noch weiter schärfte.

Der Hieb, den der Ritter auf den am Boden liegenden Kämpfer führte, war langsamer, als Wulfun es hätte tun können. Für die meisten nicht zu sehen, erkannte Angor, wie sein Freund ihm die Gelegenheit bot, wieder auf die Beine zu kommen. Mühselig und unter großer Anstrengung wälzte sich der junge Krieger herum, bis er sich wieder auf seine Füße stellen konnte. Der krachende Angriff, den Angor im letzten Moment mit seinem Schild parieren konnte, ließ den Kampf weiter Fahrt aufnehmen.

Hieb um Hieb, Schlag um Schlag trieb der Ritter des Königs seinen Rekruten vor sich her. Selbst ein wenig eingeschränkt durch die schwere Rüstung hatte Wulfun sein Angriffsmuster so weit geändert, dass es kaum noch Ähnlichkeit mit seiner früheren Art hatte. Ein donnerndes Pochen ließ Angors Arm erbeben, als die Klinge seines Gegners mit voller Wucht auf seinen Schild traf. Obgleich geschützt durch das stabile Holz des Schildes fuhr die Kraft des Ritters dennoch bis in die Schulter des jungen Streiters hinauf.

Ein dumpfer Schmerz setzte sich im Gelenk des jungen Mannes fest. Ein Schmerz, schwach genug, um ihn nicht zu behindern, und doch zu deutlich, um nicht einen kleinen Teil seiner Konzentration zu zerstreuen. Ein Pfeifen erfüllte die Luft, als das Schwert des Ritters nur wenige Finger breit von Angors Kopf entfernt durch die Luft strich. Eine Lücke hatte sich in der Verteidigung seines Kontrahenten geöffnet, eine winzige Chance und doch deutlich genug, um den jungen Mann zu zwingen sein Glück zu versuchen.

Das glänzende Schwert in seiner Hand schoss mit unglaublicher Geschwindigkeit auf den Ritter zu. Überraschung blitzte für weniger als einen Augenblick im Gesicht des königlichen Streiters auf, als er den Angriff des jungen Mannes erkannte. Kaum die Dicke eines Haares trennte die Spitze von Angors Klinge davon, seinen Gegner zu treffen. Der Schild, im letzten Moment herumgebracht, lenkte den Schwertstoß ab und rettete den Ritter vor dem Treffer.

Die Lage im Kampf hatte sich geändert. Den kleinen Vorteil nutzend, den sein überraschender Angriff auf den Herrn von Rotha ihm eingebracht hatte, stemmte sich der junge Krieger dem Ritter entgegen. Der Schlagabtausch, der sich entwickelte, trieb die beiden in einer wilden Auseinandersetzung über den gesamten Platz. Das Klirren der Schwerter erfüllte das Kampffeld und entlockte den begeisterten Zuschauern immer wieder ein aufgeregtes Raunen.

Von den Platten seiner Rüstung gleichsam geschützt wie auch verlangsamt spürte Angor mehr als einmal, wie die Klinge des Ritters auf seinen Körper prallte. Kein Schnitt oder gar Schlimmeres resultierte aus den Treffern und doch durchfuhr ihn jedes Mal eine Welle tauben Schmerzes, der seine Sinne für einen Augenblick betäubte. Mit jedem Treffer und jeder Schmerzwelle, die ihn durchfuhr, wuchs der Zorn, der tief in seiner Brust schwelte. Wut fachte seine Kraft an, während seine Konzentration und Wahrnehmung von der zunehmenden Übermacht des Zorns bald so scharf wie eine Klinge wurden.

Das scheppernde Geräusch, das erklang, als Angors Schwert mit voller Kraft auf den Rücken seines Gegners prallte, erstaunte nicht nur den Ritter, sondern entlockte auch der gesamten Tribüne ein Raunen der Spannung. Mit diesem Hieb hatte der Kampf eine neue Stufe erreicht.

Im Nachhinein erinnerte sich Angor nur noch an wenig. Sein Kampf mit Wulfun hatte länger gedauert als jede einzelne Übung, die die beiden während ihrer Reise je miteinander absolviert hatten. Es hatte einen Moment gegeben, einen Augenblick, ab dem sich der Ablauf des weiteren Kampfes für den jungen Krieger sonderbar fern angefühlt hatte. Getroffen oder gestreift von immer weiteren Treffern hatte die Vielzahl der Prellungen und Blutergüsse, die er unter seiner Rüstung angesammelt hatte, schließlich seinen ganzen Körper vor Schmerz pochen lassen. Es war nicht so, dass der Ritter nicht ebenso viele Treffer hatte einstecken müssen, doch besser mit seiner Rüstung vertraut, nutzte der erfahrene Streiter die metallenen Platten besser aus, um die Treffer harmlos abgleiten zu lassen.

Gleichsam getrieben und paralysiert von den zunehmenden Schmerzen in seinem Körper, war etwas mit Angor passiert, das ihn zuletzt in Denton ereilt hatte. Überwältigt von Zorn und Wut war es beinahe, als übernähme eine fremde Macht die Kontrolle über seinen Körper. Sein Geist, in die Rolle eines Zuschauers verbannt, verfolgte, wie sein Körper wie von selbst in einer Kaskade aus wilden Hieben ausbrach. Mit einer Kraft und Geschwindigkeit, die ihm unmöglich sein sollte, übertraf er sogar noch die Fähigkeiten seines Gegners. Schnell genug, damit seine Bewegung nur noch als verschwommener Schimmer zu erkennen waren, schlug er wieder und wieder erbarmungslos auf den Ritter ein. Die gleichsam wilde und doch kontrollierte Stärke seines Rekruten drängte Wulfun immer weiter in die Defensive. Bedrängt und doch unwillens sich geschlagen zu geben, setzte der Ritter all seine Fähigkeiten ein, um den Sturm aus Angriffen aufzuhalten. Doch Angors Attacken zeigten keine Gnade. Mit einer Zielstrebigkeit geführt, wie Wulfun sie noch nie gesehen hatte, prasselten die Hiebe auf seine Verteidigung ein. Unfähig sich vollkommen gegen die unnachgiebigen Angriffe des einstigen Schmiedes zu verteidigen, brach schließlich seine Verteidigung zusammen.

Angors Kontrolle kehrte genau in dem Augenblick zurück, als sein Gegner scheppernd auf dem Boden aufkam. Niedergestreckt von einer wahren Flut aus Angriffen, sank Wulfun vor ihm zu Boden. Es war beinahe, als lichtete sich ein roter Nebel vor seinen Augen, als der junge Krieger auf seinen Freund niederblickte. Bewegungslos und mit flatternden Augenlidern lag der Ritter auf der Erde. Schwer atmend ließ der Herausforderer seine Waffe sinken.

„Der Kampf ist vorbei! Angor aus Tresmark ist der Sieger", donnerte die Stimme des Herolds über den Platz, offenbar selbst vom Ausgang des Kampfes überrascht. Stille herrschte um ihn herum. Niemand wagte es ein Wort zu sagen und selbst der

König saß mit seinen Ellenbogen auf den Beinen aufgestützt da und starrte stumm auf seinen niedergestreckten Streiter.

Sekunden verstrichen und nichts als das leise Blasen des Windes ertönte. Langsam, von beinahe ehrfürchtiger Zurückhaltung getragen, hob Turag plötzlich seine Hände und klatschte. Das schallende Geräusch brandete wie eine Welle durch den Hof. Für Angor fühlte es sich beinahe wie eine Ewigkeit an, bis das Geräusch ein weiteres Mal erklang. Wieder und wieder trafen die Hände des Herrn von Nuray aufeinander und verschafften dem immer größer werdenden Grinsen in seinem Gesicht Gehör. Zuerst zögerlich, doch dann immer beständiger stimmten die anderen Zuschauer schließlich in den Beifall ihres Herren ein.

Überwältigt von seinen Gefühlen und noch immer von den Ereignissen des Kampfes paralysiert, konnte der junge Sieger nichts anderes tun, als still dazustehen. Gefangen in dem Moment konnte er nicht einen klaren Gedanken fassen.

„Was für ein Kampf", lachte Turag erstaunt, nachdem sich der Applaus gelegt hatte. „Ich habe noch nie ein solches Spektakel gesehen. Meinen besten Kämpfer auf eine solche Art und Weise zu besiegen, wahrlich beeindruckend. Erfrischend endlich zu erleben, dass das Geschwätz des einfachen Volkes tatsächlich auch mal der Wahrheit entspricht."

Sprachlos und wie versteinert war Angor unfähig zu antworten.

„Ich erkenne deinen Sieg an, junger Mann. Du darfst in meine Dienste treten. Ich erwarte dich in einer Stunde in meinem Thronsaal, wo wir die Sache offiziell machen werden. Ich sage es nur ungern, aber du bist ein Kämpfer von einem besonderen Format."

Noch immer begeistert grinsend erhob sich der König und schritt gemächlich von der Tribüne. Den Blick auf seinen Freund gerichtet kniete sich Angor neben den Ritter. Der Atem des Mannes kam stoßweise. Mit einiger Anstrengung drehte Wulfun seinen Kopf, um seinen Rekruten anzusehen.

„Ich bin stolz auf dich, junger Mann. Heute hast du uns alle überrascht." Die schwache Stimme des Ritters verstummte, als er das Bewusstsein verlor. Angst flutete durch Angor hindurch. Angst seinen Gefährten schwer verletzt zu haben. Erschrocken und von seinen Befürchtungen getrieben sprang er wieder auf.

„Eure Majestät, was ist mit Wulfun? Kümmert sich kein Heiler um ihn?", rief er aufgeregt aus.

Von der plötzlichen Ansprache überrascht stockte der König in seiner Bewegung. Das Lächeln etwas getrübt, drehte er sich zu dem Sieger herum. „Ist er denn zu schwach, um wieder aufzustehen?"

Das herablassende Seufzen, das der junge Regent ausstieß, ließ dem jungen Krieger die Galle im Hals hochsteigen. „Lasst unseren geschlagenen Ritter in den Krankenflügel bringen. Ein Heiler soll sich seine Wehwehchen anschauen", schnalzte der Herrscher und setzte seinen Weg fort.

Weniger schnell, als es Angor lieb gewesen wäre, näherten sich vier der königlichen Wachen, um sich um den Ritter zu kümmern. Noch immer auf wackligen Beinen stehend, stolperte der junge Mann einige Schritte zurück, um ihnen Platz zu machen.

Gefallen

Zurück im Schatten des Schlossflures lehnte sich Angor erschöpft an die Wand. Überdeckt von der Aufregung hatte er seine Erschöpfung nicht so stark gespürt. Dem Diener Jandrik folgend, war er zurück auf dem Weg zur Rüstkammer. Abgesehen von seinen Schultern, die etwas unter dem Gewicht der Rüstung brannten, hatte er sich schon einigermaßen an die Last der Panzerung gewöhnt. Diese nun wieder in der Waffenkammer abzulegen, war trotz allem eine Sache, auf die sich der junge Krieger bereits freute.

Ein Schmunzeln breitete sich in Angors müdem Gesicht aus, als er an die Sorge des Dieners dachte, nachdem er durch das Tor zurückgekehrt war. Aufgeregt hatte der Mann ihn nach seinem Erfolg und den erlittenen Verletzungen gefragt und damit ein deutlich höheres Maß an Mitgefühl bewiesen, als es der junge König getan hatte.

An Dungars Waffenkammer angekommen, trat der junge Kämpfer wieder alleine in den Raum. An einer sachte qualmenden Pfeife nuckelnd, saß der alte Waffenmeister an seinem Tisch und polierte eine angelaufene Schulterplatte.

„Ahh, du bist zurück und noch in der Lage zu stehen. Dann hat dich der alte Wulfun wohl geschont, was?", kicherte der Mann.

„Das würde ich nicht sagen. Ich habe gewonnen", hielt Angor dagegen. „Ich wollte dir für die Rüstung danken und sie dir zurückbringen. Sie hat mir gute Dienste geleistet."

„Du hast gewonnen?", wiederholte Dungar verblüfft und blieb einen Moment still. „Wenn das so ist, dann kannst du die Rüstung behalten. Die Anweisung des Königs lautete, dass ich Euch eine passende Rüstung für Euren Dienst heraussuchen sollte.

Wenn Ihr zurückkommt und sie noch immer tragt, bedeutet dies, dass der König Euch in seine Dienste aufnehmen wird."

Angor fragte sich, was das bedeuten mochte. Er hatte keine Vorstellung, was der Herr Nurays mit ihm gemacht hätte, wenn er ihn nicht hätte überzeugen können. Die Erinnerung an seine Reaktion auf Wulfuns Zustand ließ jedoch einen dunklen Schatten über sein Gesicht huschen.

„Erzähl mal, wie hast du es geschafft, den besten Ritter des Königs zu schlagen?", hackte der Rüstmeister neugierig nach.

„Wenn ich ehrlich bin, der Kampf verlief so schnell, dass ich mich an vieles gar nicht mehr erinnere", redete sich der junge Krieger heraus.

„Ah ich kenne das. Wenn das Feuer der Schlacht in deinen Adern verebbt, nimmt es oft die Erinnerungen an die wilden Momente zuvor mit sich. Ich bin mir sicher, dass es ein spektakulärer Kampf gewesen ist. Wie auch immer, diese Rüstung gehört nun dir. Pass gut auf sie auf und lasse ihr hin und wieder ein wenig Pflege zukommen. Dem Sohn eines Schmiedes muss ich sicher nicht erzählen, was er zu tun hat, oder?"

„Nein, sicher nicht", lachte Angor und verabschiedete sich.

Die Stunde Zeit, die der König ihm gelassen hatte, um sich im Thronraum einzufinden, war schneller vergangen, als er es gedacht hatte. Bemüht mit dem leichtfüßigen Diener Schritt zu halten, eilte der junge Krieger erschöpft durch die Flure. Die Tore des Thronsaals standen bereits offen, und die Menschen, die Angor zuvor von der Tribüne aus beobachtet hatten, waren nun in kleine Grüppchen überall in dem weitläufigen Saal verteilt.

Durch seine Ankunft in ihren Gesprächen unterbrochen, richtete sich die Aufmerksamkeit der königlichen Gesellschaft schnell auf den Neuankömmling. Dem üblichen Prozedere folgend trat der Sieger des Zweikampfes schließlich vor den Herrn von Nuray.

„Du hast es also pünktlich geschafft, ja? Ich schätze das", säuselte Turag in flegelhaftem Tonfall von seinem Thron herab.

„Ich muss schon zugeben, dass ich ein klein wenig beeindruckt von deinen Fähigkeiten bin. Wulfun versprach mir einen Mann zu finden, dem ich die Führung meiner Armeen anvertrauen kann. Als ich ihn ausschickte, um den Gerüchten über dich nachzugehen, erwartete ich ehrlich gesagt einen dürren Burschen mit einem hölzernen Stecken anzutreffen, der mit seinen Freunden Soldat spielt. Solche Tage liegen sicher hinter dir, aber ich bin froh, dass du es geschafft hast, aus deinem Leben etwas Sinnvolleres zu machen, als wie all die anderen Schafe in diesem Land ohne jeden Nutzen zu versauern.

Ich habe Verwendung für dich und die vielfältigen Bedrohungen, die von allen Seiten auf mein Königreich einwirken, sind mit dem, was mir sonst so unter die Augen kommt, kaum aufzuhalten."

Nicht sicher darüber, ob die Worte des Königs so etwas wie ein Lob mit seinen Worten darstellen sollten, entschied sich Angor ergeben seinen Kopf zu senken. Worauf auch immer der junge Herrscher hinauswollte, wenn er es richtig anstellte, dann würde er auch eines seiner eigenen Anliegen durchsetzen können.

„Eine besondere Ehre wird dir zuteil, Angor, aus dem fernen Tresmark am Ende meines Reiches. Hier und heute nehme ich dich in meine Dienste auf. Du wirst mir dienen, mit dem Ziel, mich und mein Reich vor jeglichen Gefahren zu beschützen. Du erhältst den Rang eines Heerführers meiner Armeen und sollst als solcher eingesetzt werden, sobald du dich in meinen Diensten in einem wahren Gefecht bewiesen hast."

Trotz all der Zweifel am Dienst für die Krone, die gelegentlich durch sein Herz geisterten, breitete sich eine Welle des Stolzes in Angors Brust aus. Als der König weitersprach, wuchs seine Überraschung noch weiter.

„Als zusätzliches Zeichen meiner Gunst möchte ich dir einen Gefallen gewähren. Deine Fähigkeiten, soweit ich sie beurteilen konnte, machen eine weitere Ausbildung unnötig. Da mir dies viel Geld ersparen wird, bin ich bereit, dir für dieses Glück einen kleinen Wunsch zu erfüllen."

Bemüht, seine Freude nicht zu offen zu zeigen, kniete sich der junge Offizier demütig nieder. „Ihr ehrt mich, Eure Majestät. Das Zeichen Eurer Gunst bedeutet mir viel und der Gefallen wird mit Bedacht beansprucht."

Wie ein Schatten huschte die ungehaltene Überraschung des jungen Regenten über sein Gesicht. „Du hast schon etwas, das du verlangen möchtest?", sprach der junge König vorsichtig aus.

Sich der Anwesenheit des gesamten Hofstaates bewusst, bemühte sich Angor, seine Worte vorsichtig zu wählen. „Das habe ich, verehrter König. Euren Worten folgend habe ich mir das Anwesen angesehen, dass Ihr in Eurer Güte und Großzügigkeit in meine Hände gelegt habt. Es ist mein Wunsch, Eurer Anweisung zu folgen und dem Hof wieder die Größe zu verleihen, die er einst innehatte. Doch Eure Weisheit ist nicht weniger umfassend als Eure Güte. Ohne einen Bewohner dem Verfall anheimgefallen, bedarf das Grundstück einer fleißigen Hand und hoher Aufmerksamkeit, um wieder zu altem Glanz zurückzukehren. Einen solchen Hof zu unterhalten braucht viel Aufmerksamkeit. Diese Aufgabe gemeinsam mit dem treuen Dienst an Euch zu bewältigen, ist jedoch mehr, als ich alleine im Stande bin zu tun. Ein fähiger Helfer, ein guter Diener ist notwendig, um diese einfachen Tätigkeiten zu erledigen, während ich in Eurem Auftrag zu Felde ziehe.

Meine Bitte ist folgende. Wenn Ihr in all Eurer Güte einen Eurer Diener entbehren könntet, so würde seine Kraft auf meinem Hof einem sinnvollen Ziel dienen."

Angespanntes Schweigen herrschte in der Kammer. Alle Augen waren auf den jungen König gerichtet, der mit nachdenklichem

Blick auf seinem goldenen Stuhl saß. Sekunden verstrichen, ehe er plötzlich in schallendes Gelächter ausbrach. „Dafür verschwendest du deinen Gefallen?"

Es dauerte einige weitere Sekunden, bis der König sich so weit beruhigt hatte, dass er wieder sprechen konnte. „Herold, ruft alle Diener in den Thronsaal, die wegen einer Lehnsschuld in meinen Diensten stehen. Ich habe sowieso zu viele dieser Taugenichtse, die mir auf der Tasche liegen. Unser neuer Offizier hier soll sich einen aussuchen."

Angors Herz schlug bei diesen Worten höher. Bis zu diesem Augenblick war sein Plan aufgegangen. Beinahe eine halbe Stunde verging, bis sich insgesamt drei Dutzend Männer in einer langen Schlange im Thronsaal aufgestellt hatten. Aufregung hatte den jungen Krieger erfasst, als er bemüht ruhig nach der Ankunft von Jandrik Ausschau gehalten hatte. Als der Mann begleitet von zwei weiteren in der Reihe Stellung bezog, hatte er Angor einen verwirrten Blick zugeworfen.

„Dort stehen sie. Wähl einen von ihnen aus", rief Turag, nachdem sein Herold ihm berichtete, dass alle infrage kommenden Männer anwesend waren.

Sich den Anschein gebend, als inspizierte er jeden einzelnen der Männer in der Reihe, schlenderte der einstige Schmied an den Dienern vorbei. Manche von ihnen schauten ihm neugierig entgegen, andere mit einem Anflug von Abneigung. Ihre Gedanken waren ihm egal. Seine Entscheidung hatte schon festgestanden, bevor er seinen Wunsch geäußert hatte.

„Wenn es Eure Majestät erlaubt, würde ich gerne diesen hier in meine Dienste nehmen", sagte Angor schließlich und deutete auf den überraschten Jandrik.

„Diesen? Wenn du das willst. Mir ist es gleich", entgegnete der junge König und machte eine wegwerfende Handbewegung. Die geflüsterten Worte, die der Herold leise an seinen Herrn richtete, ließen das Herz des Kriegers noch einmal schneller schlagen.

Unsicherheit überkam ihn, begleitet von der Furcht, dass sein Plan noch im letzten Augenblick scheitern konnte.

„Wie mir scheint, hat dieser hier eine Familie. Wenn du ihn wählst, musst du sie dazunehmen", erklärte der König plötzlich mit lauter Stimme.

„So sei es", antwortete Angor bestimmt. „Mehr Hände, die ihm bei der Arbeit helfen können, sind sicher ein Gewinn und gleichermaßen weniger Menschen, die in Eurem Schloss verpflegt werden müssen."

„Hm, deine Weitsicht gefällt mir, junger Mann", lachte Turag entspannt. „Mach weiter so und du wirst mir ein guter Diener sein."

Mit einem freudigen Lächeln im Gesicht verbeugte sich der frisch gebackene Offizier des Königs vor seinem Herrn.

„Du kannst gehen. Ich habe heute keinen Bedarf mehr für dich. Ich werde nach dir schicken lassen, wenn sich eine Aufgabe anbahnt, die deinen Talenten entspricht. Bis dahin halte dich bereit", flötete der König in Gedanken bereits woanders und schickte die beiden hinaus.

„Warum habt Ihr das getan?", fragte Jandrik aufgeregt, als er und Angor außerhalb der Hörweite der Wachen vor dem Thronsaal waren.

„Ich hatte das Gefühl, dass du und deine Familie hier im Schloss nicht gut behandelt werdet. Ich habe vom König ein Anwesen verliehen bekommen. Ein großes Grundstück im Osten der Stadt. Was ich sagte, war die Wahrheit, ich kann es nicht alleine erhalten und schon gar nicht wieder instand setzen. Ich hatte gehofft, du und deine Familie könnten mir dabei helfen. Zum Dank für eure Mühe überlasse ich euch das Gesindehaus, das neben dem Haupthaus steht. Es ist wohl eigentlich für ein paar Leute mehr gedacht, aber ich denke, nach der Enge hier im Schloss habt ihr ein wenig Platz verdient."

Der Ausdruck auf dem Gesicht des Dieners wechselte von Fassungslosigkeit zu einem tränenüberströmten Lachen. Etwas verdutzt beobachtete Angor die starke Reaktion des Mannes.

„Danke, vielen Dank", stieß Jandrik glücklich hervor. „Meine Familie wird überglücklich sein zu hören, dass wir nun einem so großzügigen Menschen gehören."

Verwirrt trat der junge Krieger einen Schritt zurück. „Was meint Ihr mit *gehören*?"

Überraschung zeigte sich auf Jandriks Gesicht. „Wir sind Leibeigene, Herr. Durch geerbte Schuld in den Dienst der Krone gezwungen. Wir sind keine freien Bürger dieses Reiches, bis unsere Schuld beglichen ist. Unser Leben und unsere Arbeit gehören dem Menschen, dem wir dienen."

Der Schreck über diese Enthüllung erschütterte Angor zutiefst. In seinem ganzen Leben hatte er noch nicht einmal etwas von einer Leibeigenschaft gehört. Allein der Gedanke, dass ein Mensch einen anderen besitzen kann, nur aufgrund einer Geldschuld, die er oder seine Vorfahren angehäuft hatten, ließ ihm übel werden. Angewidert und verstört trat der junge Krieger einen weiteren Schritt zurück.

„An so einer Machenschaft will ich keinen Anteil haben!", stieß er hervor und wischte sich mit der Hand ungläubig über das Gesicht. „Betrachtet euch als freie Leute, so wie es jeder andere in Nuray auch ist. So es mir denn überhaupt zusteht, schenke ich euch die Freiheit! Etwas wie Leibeigenschaft wird es unter mir niemals geben!"

Der Tränenstrom im Gesicht des Dieners setzte erneut ein. Mit offen stehendem Mund und einem Wirbelsturm an Gefühlen in seinem Herzen war er nicht in der Lage, dem jungen Mann zu antworten.

„Ich würde mich natürlich dennoch freuen, wenn Ihr für mich arbeiten würdet. Ich zahle euch einen festen Lohn und die Unterkunft stelle ich euch kostenlos zur Verfügung. Wie wäre das?", legte Angor nach.

Unfähig, auch nur ein Wort zu sagen, warf sich der Diener vor dem Krieger auf den Boden und versuchte dessen Füße zu küssen. Erschrocken und beschämt sprang Angor zurück und rief laut aus. „Nein, was? Lass das. Hör auf damit!"

„Es wird mir eine Ehre sein, für Euch zu arbeiten. Ihr wisst nicht, was für ein Geschenk Ihr uns heute gemacht habt. Seid versichert, wir werden Euch mit Ergebenheit und Treue dienen."

Verlegen lächelnd brummte der Kämpfer kleinlaut. „Trefft mich heute Abend in meinem Haus. Bringt all Eure Sachen mit, dann könnt Ihr gleich in Euer neues Zuhause einziehen."

Nur Sekunden später rannte der Diener lachend durch die Flure des Schlosses. Ein Fuß vor den anderen setzend marschierte Angor schließlich los. So lange der Tag auch bisher gewesen war, seinen Freund auf der Krankenstation zu besuchen, würde er sich nicht nehmen lassen. Den Fehler, den ehemaligen Schlossdiener nicht nach dem Weg zu fragen, bereute er dabei schnell. Nachdem er sich mehrmals verlaufen hatte, konnte ihm schließlich einer der anderen Bediensteten den richtigen Pfad weisen. Noch immer mit der Panzerung bestückt, polterte der junge Krieger durch die Flure des Schlosses.

Der Anblick der Krankenstation überraschte Angor in mehr als nur einer Weise. Mit weiß getünchten Wänden und zwei Reihen von Betten, die nur durch leinene Lacken voneinander getrennt waren, war der Raum doch etwas kleiner, als er es vermutet hatte. In Gedanken hatte er sich eine riesige Kammer vorgestellt, in der viele Dutzend Verletzte einen Platz finden konnten. Die Wirklichkeit war ein wenig bescheidener. Mit Platz für etwa fünfzig Männer war diese Kammer nicht darauf ausgelegt, die Opfer schwerer Kämpfe für lange Zeit aufzunehmen. Der Gedanke, dass für eine Versorgung von Verletzten ohnehin nicht mehr viel Zeit blieb, sollte das königliche Schloss selbst erst einmal angegriffen werden, ließ seine Verwunderung etwas verschwinden.

Begleitet vom Geräusch aneinander reibender Platten, stapfte der Kämpfer zwischen den Reihen hindurch. Die meisten der Betten waren leer. Abgesehen von drei Männern, die so aussahen, als wären sie unter einen Wagen gekommen, konnte Angor nicht einmal seinen Freund entdecken. Erst eine Frau, gekleidet in ein grünes Kleid und einer weißen Schürze darüber, konnte ihm auf seiner Suche weiterhelfen. Untergebracht in einer separaten Kammer, lag Wulfun noch immer schlafend da, als er eintrat. Von seiner Rüstung befreit und in ein weites Hemd gesteckt, ruhte der Ritter still auf seinem Bett. Nur das Heben und Senken seiner Brust verriet, dass er noch am Leben war. Von der Kleidung größtenteils verdeckt, waren nur noch wenige der Prellungen und Blutergüsse zu sehen, die der Krieger bei ihrem Duell erlitten hatte. Als mittlerweile bunt verfärbte Ausbrüche auf seiner Haut schimmerten einige von ihnen trotz allem unter seinem Hemd hervor.

Unsicher, was er tun sollte, stand Angor für eine Weile stumm da und starrte seinen verwundeten Gefährten an. Dies war der Preis seines Sieges gewesen. Der Preis eines Sieges, von dem er nicht mehr wusste, wie er ihn errungen hatte. Er musste eine ganze Weile dagestanden haben, als die Pflegerin der Verletzten zurückkam und ihn bat zu gehen. Die Ruhe ihrer Schützlinge sollte nicht zu lange von Gästen gestört werden.

Im Schloss fertig und in der Hoffnung bald aus seiner neuen Rüstung wieder herausschlüpfen zu können, machte sich der Kämpfer des Königs schließlich auf den Weg zu seinem neuen Zuhause. Der Gedanke, schon jetzt ein eigenes Haus in der Stadt zu besitzen, erschien ihm dabei ebenso wundersam wie aufregend.

Das überraschte Schnauben, das Windfeuer ausstieß, als er in voller Rüstung auf seinen Rücken stieg, amüsierte Angor. Das hohe Gewicht seines Reiters nicht gewohnt, war der Hengst zuerst hektisch geworden und hatte mit den Hufen gescharrt. Es hatte mehrerer sanfter Streichler über den Hals und eines anderen Pferdes mit einem gepanzerten Reiter vor ihnen bedurft, um das stolze Tier in Bewegung zu setzen. Angor hatte beinahe lachen müssen, als er mitbekam, wie Windfeuer einen stattlichen Hengst entdeckt hatte, der einen der Ritter des Königs auf dem Rücken trug. Es kam ihm beinahe so vor, als wolle das weiße Pferd beweisen, dass es ebenso in der Lage war einen gerüsteten Mann zu tragen. Dem anderen Pferd in sanftem Trab hinterher spazierend, trug es seinen gepanzerten Reiter aus dem Schlosshof.

Ohne einen Helfer war es an dem jungen Krieger, eine der Kammern im Stall eines Anwesens für sein Pferd vorzubereiten. Einigermaßen gereinigt, allerdings nicht für die Aufnahme eines Pferdes vorbereitet, bedurfte es vor allem frischen Strohs und duftenden Heus, um die Unterkunft für den stolzen Hengst einladend zu gestalten. Die Arbeiten in den Platten seiner Rüstung auszuführen war eine Sache, die der junge Krieger im Nachhinein bereute. Mit schweren Schultern und erschöpften Armen führte er schließlich sein Pferd in die Kammer und verstaute den Sattel und das Zaumzeug auf einem staubigen Tisch. Auch wenn Wulfun ihn immer ermahnt hatte, die Pflege seines Reittieres und seiner Ausrüstung niemals hintanzustellen, wollte Angor in diesem Moment nichts lieber, als dem Gewicht seiner Panzerung zu entkommen.

Mit polterndem Schritten die Stufen zu seinem Schlafzimmer überwindend, nestelte der junge Krieger bereits mit seinen behandschuhten Fingern an seiner Ausrüstung herum. Das erleichternde Gefühl, als er nach über zwanzig Minuten endlich aus den Schichten seiner Rüstung herausgeschlüpft war, ließ ihm beinahe schwindlig werden. Vom Gewicht befreit fühlte sich jeder weitere Schritt an, als wöge er nicht mehr als eine Feder.

Die Rüstung auf einem hölzernen Ständer im Zimmer der Schränke untergebracht, wurde es allmählich Zeit, sein Gepäck auszupacken. Der Gedanke daran, zumindest für eine gewisse Zeit hier sesshaft werden zu können, bevor die nächste unaufhörliche Reise ihn wieder durch das gesamte Königreich hindurchzerren würde, entfachte ein angenehmes Gefühl der Zufriedenheit in Angor. Die Freude darüber, sein Eigentum zum voraussichtlich letzten Mal auspacken zu müssen, zauberte dem jungen Mann ein Grinsen ins Gesicht. Mit einem eigenen Haus als Ausgangspunkt, zu dem er immer wieder zurückkehren konnte, hatte sein Leben endlich wieder etwas von der Beständigkeit zurück, die er so lange vermisst hatte.

Mit leerem Rucksack und platten Satteltaschen betrachtete er ernüchtert den kleinen Stapel an Habseligkeiten, die er von Tresmark aus mitgebracht hatte. Was in seinem Zuhause schon nach einer überschaubaren Menge innerhalb einer vernünftigen Größenordnung gewirkt hatte, erschien in diesem riesigen Haus beinahe lächerlich wenig. Tatsächlich hätte Angor all seinen Besitz allein in die hölzerne Truhe am Fuß seines Bettes bekommen, ohne auch nur einen der anderen Schränke in Anspruch zu nehmen. Der Gedanke, was er alles besitzen musste, um das gesamte Haus zu füllen, überstieg sein Vorstellungsvermögen.

Erschöpft von den Ereignissen des Tages ließ er sich schließlich auf die weiche Matratze seines Bettes fallen. Ein tiefer Atemzug und ein langgezogenes Gähnen halfen ihm seinen Kopf zu klären und sich ein wenig zu sortieren. Mit seinen Gedanken alleine dachte er wieder an seinen Gefährten. Wulfun bewusstlos und vollkommen entkräftet im Bett liegen zu sehen, hatte ihn mehr getroffen, als er es zuerst vermutet hatte. Stets von Kraft und Tatendrang erfüllt, war der Ritter über die vergangenen Wochen nicht nur zu einem guten Freund, sondern auch zu einem Vorbild geworden.

Der Kampf gegen ihn war einzig als verschwommenes Wirrwarr in Angors Erinnerungen zurückgeblieben. Es lag nicht nur daran, dass der Kampf so schnell eine unglaublich hohe Geschwindigkeit aufgenommen hatte, sondern vor allem daran, dass Angor nicht wusste, was seinen Körper übernommen hatte. Unsicherheit und Zweifel hatten in seinem Kopf miteinander gerungen, ehe sich schließlich die Neugier über beide hinwegsetzte. Den Entschluss gefasst, lehnte sich der junge Krieger mit dem Rücken in die dicken Kissen seines Bettes und sammelte seine Energie. Wenn ihm einer eine Antwort auf seine Fragen geben konnte, dann war es der mythische Held aus der Vergangenheit. Mit dem Wort „*Digabol*", das gehaucht über seine Lippen kam, öffnete sich die magische Verbindung zu dem Helden einer früheren Zeit.

„*Ahh, Angor, ich hatte mich schon gewundert, wann du dich wieder einmal melden würdest*", begrüßte ihn Seris knapp.

„*Ähm, ja, ich war ziemlich beschäftigt die letzten Tage. Ich bin jetzt in der Hauptstadt angekommen, weißt du?*", entgegnete der Kämpfer überrascht.

„*Heißt das, dass du dem König von Nuray vorgestellt wurdest? Was hast du für einen Eindruck von ihm? Wie hat er sich verhalten? Möchte er dich als Kämpfer in seiner Armee haben?*"

Bestürmt von den Fragen in seinem Kopf, zog sich Angors Geist ein Stück zurück. „*Bitte verzeih mir, dass ich dich so bedränge. Es ist nur so, dass ich selbst schon fast so lange wie du auf diesen Moment gewartet habe. Wenn es dir nichts ausmacht, würde ich mich freuen, wenn du mir von deinen Erlebnissen erzählen würdest*", ruderte Seris zurück.

Bereit auf den Wunsch des Toten einzugehen, stellte der junge Mann seine Frage zurück und begann von vorne zu erzählen, was sich alles ereignet hatte. Nur selten unterbrach ihn die Stimme in seinem Kopf, um nach dem einen oder anderen Detail zu fragen. Gerade die Zusammentreffen mit dem Herrn von Nuray faszinierten den Helden besonders, wobei Angor nicht verstehen konnte, warum sich ein Toter so sehr für einen lebenden König interessierte. Als seine Erzählung sich dem Punkt näherte, an dem auch seine Frage relevant wurde, änderte sich der Tonfall des Kriegers.

„Ich muss zugeben, die Aussicht darauf, diesen wichtigen Kampf in einer vollen Rüstung auszutragen, ohne jemals zuvor in einer gesteckt zu haben, hat mich wirklich beunruhigt. Vom gesamten Hofstaat des Königs beobachtet zu werden, half mir dabei auch nicht, meine Aufregung zu vergessen. Ich war mir beinahe sicher, dass ich eine schmachvolle Niederlage gegen den Ritter einfahren würde, aber so kam es nicht.“

„Hast du dich schnell an die Panzerung gewöhnt? Konntest du ihn besiegen?“, hackte Seris aufgeregt nach.

„Ja, ich konnte ihn besiegen, doch ich bin mir nicht sicher wie. Der Kampf mit einer so schweren Rüstung war mit nichts zu vergleichen, das ich bisher schon einmal gemacht hatte. Beim ersten Ausweichen fiel ich glatt hin. Ich weiß auch nicht, warum ich den Kampf gewinnen konnte. Etwas ist mit mir passiert. Etwas, das dem Vorfall in Denton sehr ähnlich war. Es war, als kämpfte mein Körper von ganz alleine. Es war, als würde eine fremde Macht die Kontrolle über meinen Körper übernehmen und die Bewegungen meiner Arme und Beine steuern. Ich weiß, es klingt verrückt, aber ich hatte das Gefühl, nur einer der Zuschauer zu sein, gefangen in meinem eigenen Körper. Ich erinnere mich kaum noch daran, was mit mir passiert und wie der Kampf abgelaufen ist. Als meine Gedanken wieder klar wurden und ich die Kontrolle zurückhatte, war der Kampf vorüber und mein Freund vor mir zu Boden gegangen.“

„Hm, seltsam. Und du sagst, so etwas ist dir schon einmal passiert?“

„Nicht ganz so deutlich, aber ja. Es war damals in Denton, als wir gegen die Druhks gekämpft haben. Ich spürte einen Sog, fast

wie ein Zug an meinem Bewusstsein, der meine Gedanken in den Hintergrund gedrängt und mich nur noch blind hat kämpfen lassen. Ich finde es erschreckend. Wenn es über mich kommt, bleibt mir nichts anderes, als in ungezügelter Wildheit zu kämpfen."

„Ich habe schon von so etwas gehört. Begann es gleich zu Beginn des Kampfes, oder ist zuvor etwas mit dir passiert?"

Seris Frage brachte Angor zum Stutzen. Bisher hatte er nicht über einen Auslöser nachgedacht, doch als er jetzt seine Erinnerungen angestrengt durchforstete, entdeckte er eine Gemeinsamkeit zwischen Denton und seinem Kampf mit Wulfun.

„Ich spürte einen gewaltigen Druck. Sowohl in Denton, aber auch heute Mittag wusste ich, dass ich den Kampf unbedingt gewinnen muss. Wo es das letzte Mal noch schwächer gewesen war, überkam mich diese Wildheit heute, nachdem ich mehrere schmerzhafte Treffer habe einstecken müssen. Ich weiß nicht mehr, wie viele, doch ab einem gewissen Moment war es, als pochte beständig eine Mischung aus Schmerz und Drang durch meine Adern. Alles Weitere ist in meinem Kopf nur noch verschwommen erhalten."

„Ich hatte so was schon befürchtet. Auch wenn ich selbst nie unter etwas Vergleichbarem gelitten habe, so weiß ich doch das eine oder andere über das, was dir widerfahren ist. Es gibt keinen Namen dafür, doch kenne ich den Ursprung. Tief in dir, in den Fasern deines Körpers verborgen muss schon immer ein starker Trieb zu Selbsterhaltung geschlummert haben. Von den Grenzen eines normalen Geistes eingefangen, schärft dieser Trieb für gewöhnlich nur deine Konzentration in Gefahrensituationen. Die Kräfte, die vor Kurzem in dir erweckt wurden, haben jedoch die Fesseln deines Blutes zerschlagen und die volle Macht deiner Fähigkeiten befreit.

Es ist dein Körper, der reagiert, wenn du unter starkem Druck stehst oder in Lebensgefahr schwebst. Ausgelöst von Panik, Aufregung oder Schmerz schürt dein Körper eine Wut, die verborgene

Kraftreserven in dir freisetzt. Geöffnet von deiner Wut und gelenkt durch einen unbändigen Zorn auf jene, die dir schaden, übernehmen deine Instinkte die Kontrolle über dich und entfesseln alles, was noch in dir steckt. Das Ergebnis eines solchen Ausbruches konntest du nun schon zweimal beobachten. Während sich niemand in Denton Gedanken über diese ungezügelte Gewalt gemacht hat, ist es vermutlich nur den außergewöhnlichen Fähigkeiten deines Freundes zu verdanken, dass er mit dem Leben davongekommen ist."

Der Schock, der Angor überkam, raubte ihm den Atem. Zum Sklaven seiner eigenen Fähigkeiten zu werden, war nichts, was ihn beruhigen konnte. Die Angst, in einem Kampf einmal einen seiner Kameraden zu verwunden, lähmte sein Herz.

„Du hast recht, mich hatte eine Wut gepackt. Zuerst habe ich nur gespürt, wie der Zorn meine Sinne geschärft hat. Meine Sicht wurde klarer, meine Bewegungen genauer, doch mit jedem Treffer, den ich nicht verhindern konnte, stieg die Raserei in meinem Blut weiter an. Was, wenn ich eines Tages jemanden verletze, der mir wichtig ist? Es muss einen Weg geben, wie ich diese Fähigkeit kontrollieren kann. Einen Weg, wie ich mich selbst von meinen Instinkten schützen kann!" Angors Worte wurden von Verzweiflung getragen.

„Es gibt tatsächlich einen Weg, doch er erfordert viel Übung und einen starken Willen. Die Wut ist nichts Schlechtes, hilft sie dir doch, über dich hinauszuwachsen. Nutze den Zorn, um sie zu lenken, ohne dich in ihm zu verlieren. Dein Geist ist stark genug, um die Oberhand zu behalten, solange du es wirklich willst. Zwinge die freigesetzte Kraft deinem Weg zu folgen, unterwerfe den Zorn deinem Ziel und leite deine Macht mit deiner Überzeugung. Es ist der Wille der Menschen, der uns unsere wahre Stärke verleiht. Wenn die Wut über dich kommt, stelle dich ihr in den Weg. Erobere Stück für Stück deinen Körper zurück und behaupte dich gegen

deinen inneren wie äußeren Feind. Hast du dies erst einmal gelernt, wirst du selbst die gefährlichsten Gegner überwinden können!"

Unsicher, ob er wirklich verstand, worauf Seris hinauswollte, prägte sich Angor dennoch seine Worte ein. Sollte er je wieder in eine solche Situation kommen, wollte er sich nicht mehr widerstandslos der Macht in seinem Blut unterwerfen. Dankbar für den Ratschlag, erzählte er seinem mystischen Mentor von seiner weiteren Begegnung mit dem Herrn von Nuray. Lob und Anerkennung schlugen ihm von Seris entgegen, als dieser hörte, wie und warum sein Schüler seinen verdienten Gefallen nutzte. Ihr Gespräch zog sich in die Länge und der Schein der Sonne, der durch das Fenster hineinströmte, wurde immer flacher.

„Wenn du in deinem neuen Anwesen jetzt Platz hast, findest du sicher einen Ort, an dem du deine Magie weiter üben kannst. Auch wenn du den letzten Zauber noch nicht gemeistert hast, möchte ich dir einen weiteren verraten. Sammle deine Kraft, stelle dir die Form eines bestimmten Objektes von und sprich dann Tyrnok. Lodernde Flammen werden vor dir erscheinen und das nachbilden, was du dir vorgestellt hast. Wähle das Objekt mit Bedacht, denn je größer deine Vorstellung ist, desto größer wird auch der flammende Avatar werden."

Faszination ergriff Angors Gedanken. Die Vorstellung, etwas aus seinem Kopf mit Flammen nachzubilden, ließ ihn schon jetzt träumen.

Übung macht den Meister

Etwas Zeit war noch übrig geblieben, ehe der Diener und seine Familie eintreffen würden. Bei seinem Streifzug über das Grundstück am Vormittag hatte er etwas entdeckt, das seine Neugier geweckt hatte. Ein hölzernes Tor, hinter einigen leeren Fässern nicht gut zu sehen, war im hinteren Bereich seiner Scheune versteckt. Die Gelegenheit nutzend, hatte Angor seine verbliebene Zeit eingesetzt, um der Sache auf den Grund zu gehen.

Von wildwachsendem Gestrüpp bedeckt und umrandet von unförmigen Büschen, hatte sich eine kleine Wiese mit knorrigen Obstbäumen hinter dem Gebäude enthüllt. Umgeben von einer drei Meter hohen steinernen Mauer markierte die Wiese das hintere Ende seines Grundstückes. Mit strahlendem Lächeln im Gesicht war Angor schließlich durch das hüfthohe Gras gestapft und hatte sich umgesehen. Geschützt durch die Bäume, gab es kein Haus um ihn herum, von dem aus man den Garten gut einsehen konnte. Gedämpft durch die Blätter um ihn herum, waren die Geräusche der Stadt kaum noch zu hören. Mit geschlossenen Augen und tiefer Zufriedenheit fühlte sich der junge Mann beinahe wieder wie in seinem Heimatdorf.

Noch immer beflügelt von den Worten von Seris, verschaffte sich der angehende Offizier einen Eindruck von der Fläche um ihn herum. Mit einer Größe von mehreren Dutzend Schritten in der Breite und etwa halb so vielen in der Länge hoffte Angor genug Platz für das Üben seiner neuen Zauber zu haben.

Die Strapazen des Tages vergessend, sammelte der Krieger, was noch an Kraft in ihm steckte. Bedacht darauf nur einen Teil seiner Macht einzusetzen, sprach er schließlich die Formel, die Seris ihm noch auf seiner Reise genannt hatte. Wie von seinem

Lehrer versprochen, entfesselte das Wort *Brasken* eine lodernde Wand aus Flammen, die in geringem Abstand um ihn herum das Gras knisternd verbrannte. Etwa kniehoch züngelnd und ihm hellen Licht des Tages kaum zu erkennen, beeindruckten die Flammen den ehrgeizigen Kämpfer nur wenig. Bemüht, den Flammen nicht zu viel Nahrung zu geben, fütterte Angor seinen Zauber mit mehr und mehr seiner Kraft, bis das orange leuchtende Feuer über seinen Kopf hinaus brannte. Begeistert und mitgerissen vom Anblick der Flammen erinnerte sich der junge Zaubernde an die Worte des Mentors. Je mehr Kraft er der Magie gewährte, desto mächtiger würde das Feuer werden. Die Möglichkeit, sogar Geschosse im Flug zu verbrennen, wurde nur zu deutlich, als mit einem lauten Knacken ein kleiner Ast regelrecht von einem nahen Baum geschnitten wurde. Die herabrieselnde Asche wurde vom Wind weitergetragen, noch bevor sie auf dem Boden aufkommen konnte.

Je länger Angor diesen Zauber aufrechterhielt, desto deutlicher spürte er das allmähliche Schwinden seiner Kraft. Bestrebt, sich nicht vollkommen zu entkräften, beendete der junge Krieger schließlich den Zauber und ließ die lodernden Flammen in der kühler werdenden Abendluft verschwinden.

Zufrieden mit seinem Erfolg sah er sich um. Zwei Meter breit war die Wirkung der Flammen zu erkennen und selbst an den Ästen der Bäume um ihn herum war sie nicht zu übersehen. Verkohltes Holz und verbranntes Gras waren ein stilles Zeugnis seiner brennenden Versuche.

Im abnehmenden Licht der Sonne stehend, nahm sich Angor einen weiteren Rat des früheren Helden zum Vorbild. Genau wie seine Fähigkeiten mit dem Schwert war auch seine Begabung Magie auszuüben etwas, was er üben konnte und musste. Den Zauber *Brask* verwendend, ließ er eine handtellergroße Flamme auf seiner Hand erscheinen, die er von Fingerspitze zu Fingerspitze weiterwandern ließ. Häufig angewendet und nicht besonders mächtig, raubte ihm der Zauber nur noch kaum spürbar seine Macht.

Zufrieden mit seinem Fortschritt und bedacht darauf, sich von seinen neuen Angestellten nicht gleich erwischen zu lassen, kehrte der junge Krieger in den Hof seines Hauses zurück. Von seinem Zeitgefühl nicht betrogen, dauerte es nur wenige Minuten, ehe der königliche Diener und seine Familie durch das Hoftor eintraten. Fünf Kinder scharten sich um die beiden Erwachsenen, die sich mit verlegenem Gesichtsausdruck umschauten.

„Kommt rein, kommt rein! Nicht so schüchtern!", lachte Angor, als er ihre unsichere Haltung bemerkte. Ihrem Vater folgend kam die Familie des Dieners näher.

„Ich freue mich, dass ihr gekommen seid", fuhr er fort, während er das spärliche Gepäck der Truppe in Augenschein nahm. Mit ausgestreckter Hand und breitem Grinsen im Gesicht ging er näher auf Jandrik zu. Anders als seine Familie in schöne und saubere Kleidung gehüllt, war der Diener wohl der Einzige gewesen, der im sichtbaren Bereich des Schlosses gearbeitet hatte. Das breite Lächeln und der feste Händedruck, mit dem der Vater seinen neuen Herren begrüßte, waren ein deutliches Zeichen für die noch immer anhaltende Freude des Mannes.

„Ich möchte Euch noch einmal im Namen meiner ganzen Familie danken. Wir werden Eure Großzügigkeit ehren und Euch gute Angestellte sein. Wenn Ihr erlaubt, möchte ich Euch gerne meine Familie vorstellen."

Angors stummes Nicken genügte, um den nächsten Redeschwall des Mannes auszulösen. „Das ist meine Frau Mara, eine gute Haushälterin und hervorragende Köchin. Mein ältester Sohn heißt Aomer. Er ist bereits vierzehn und wird Euch tatkräftig unterstützen."

Die Hand, die er dabei auf die Schulter seines Sohnes fallen ließ, brachte diesen zum Zusammenzucken. Der Gedanke daran, dass der Bursche gerade einmal einige Jahre jünger war als er selbst, bescherte Angor ein leichtes Schmunzeln.

„Dies hier ist Omir, mit elf Jahren mein Zweitältester. Dann haben wir noch Kaura, meine älteste Tochter, die schon ganz versessen darauf ist, hier mit anpacken zu dürfen, sowie Jindrak und Lara, die voller Tatendrang sind.“

„Hallo ihr, fürchtet euch nicht vor mir. Hier auf meinem Grund müsst ihr euch weder verstecken noch ständig in Eurem Zimmer bleiben“, versuchte der junge Mann die Schüchternheit der Kinder zu vertreiben. „Mein Name ist Angor, Sohn des Guntrich aus dem fernen Tresmark. Es ist mir eine Freude, euch kennenzulernen!“

„Die Freude ist ganz auf unserer Seite“, erwiderte die Mutter strahlend. „Stimmt es, was mein Mann uns erzählt hat. Dass Ihr uns nicht nur aus dem Schloss hierhergeholt, sondern auch noch die Freiheit geschenkt habt?“

Etwas verdutzt über die Skepsis der Frau strahlte Angor sie an. „Natürlich stimmt das. Menschen kann man nicht besitzen und niemals werde ich mich eines solchen Verbrechens schuldig machen.“

„Eure Worte ehren Euch, junger Herr. Wir stehen in Eurer Schuld und werden unser Bestes tun, um uns erkenntlich zu zeigen.“

„Ihr schuldet mir nichts, denn ich habe nur ein Unrecht beendet, dass schon viel zu lange Bestand hatte. Euren Dank schätze ich. Zeigt ihn mir, indem ihr gegen Bezahlung für mich arbeitet und mir helft, hier etwas Ordnung zu schaffen.“

„Das werden wir“, versicherten Jandrik und Mara zugleich.

„Ich habe euch ein Zuhause versprochen, nicht? Ich hoffe, dieses Haus dort bietet euch den Platz, den ihr benötigt. Geht hinein, schaut euch um und richtet euch ein. Es soll euch zur Verfügung stehen, solange ihr euch hier um das Grundstück kümmert.“

Die großen Augen der Familie, als sie das Gebäude inspizierten, waren für den jungen Krieger Lohn genug. „Jandrik, trefft mich bitte später im Haupthaus", rief Angor dem Diener noch hinterher, bevor er die Familie alleine ließ.

Der Lesesaal im Erdgeschoss des Herrenhauses war für den Hausbesitzer der passende Ort, um auf seinen neuen Diener zu warten. Auf einem gepolsterten Stuhl sitzend überflog er die Titel der Bücher im Regal, als Jandrik etwa eine halbe Stunde später hineinkam.

„Ich hoffe, euch gefällt das Haus. Es ist nichts Besonderes, doch es bietet mehr Platz als eure Kammer im Schloss."

„Das Haus ist wunderbar. Niemals hätte ich damit gerechnet, in einem eigenen Gebäude zu leben. Seid versichert, dass wir unser Bestes tun werden, um Euch zu unterstützen. Ich habe meinen ältesten Sohn Aomer angewiesen, morgen früh bereitzustehen, um Euch zu begleiten. Er wäre längst in Ausbildung, wenn er nicht im Schloss aufgewachsen wäre. Vielleicht kann er von Euch noch etwas lernen oder findet etwas, worin er gut ist", erklärte der Diener.

„Ich denke, ich kann Euren Sohn gebrauchen. Ich plane morgen noch einmal einen Abstecher zum Schloss zu machen. Ich möchte meinen Freund dort besuchen, außerdem hat der König vielleicht etwas für mich zu tun. Ach ja, bevor ich es vergesse …"

Mit der Hand an seinem Gürtel kramte Angor mehrere Münzen aus seinem Geldbeutel. „Es ist zwar nicht viel, aber ich hoffe, ihr kommt damit weiter, bis ich vom König bezahlt worden bin. Wenn ihr etwas braucht, kommt zu mir."

Die Augen des Dieners glänzten, als die klimpernden Münzen in seine Hand fielen. „Wir werden damit zurechtkommen. Verlasst Euch auf uns!", entgegnete Jandrik stolz.

Das Klappern der beschlagenen Hufe auf der gepflasterten Straße erklang in einem stetigen Rhythmus. Erholt von den Strapazen des Vortages, war Angor nicht lange nach dem Erscheinen der ersten Sonnenstrahlen aufgewacht. Er war verwundert gewesen, als Jandrik und sein ältester Sohn bereits im Eingangsbereich des Herrenhauses auf ihn gewartet hatten. Gewaschen und angezogen war Angor die Treppe hinab gestapft und hatte die beiden begrüßt. Während Jandrik verkündet hatte, zuerst mit der Reinigung und Pflege des Grundstücks zu beginnen, war Aomer gespannt darauf gewesen, was er mit seinem neuen Herrn erleben würde. Die anfängliche Scheu, die er noch am Tag zuvor gezeigt hatte, war schnell verschwunden, als er mehr mit Angor zu tun hatte. Zu lernen, wie man ein Pferd sattelte und was noch dazugehörte, um es auf den Ritt vorzubereiten, war nicht nur für Aomer, sondern auch für den jungen Omir außerordentlich interessant gewesen. Gemeinsam mit dem ältesten der Brüder, welcher die Ehre hatte, hinter Angor auf Windfeuers Rücken Platz zu nehmen, war der junge Streiter nun auf dem Weg zum Schloss.

Es hatte einen Moment gegeben, in dem der frisch gebackene Gefolgsmann des Königs mit seinem neuen Begleiter beinahe schimpfen musste. Unsicher, wie er ihn ansprechen sollte, hatte sich Aomer dafür entschieden, jeden seiner Sätze mit der Phrase „mein Herr" zu beenden. In Anbetracht ihres geringen Altersunterschieds und der Tatsache, dass sich Angor nicht wie irgendein „edler Herr" fühlte, bestand er darauf von dem Burschen ohne diese nervtötende Phrase angesprochen zu werden. Auch wenn dieser sich erst daran gewöhnen musste, versprach Jandriks Sohn es ernsthaft zu versuchen.

„Ich werde Euer Pferd in den Stall bringen!", rief Aomer aus, als er mit seinem neuen Herrn in den Schlossbereich einritt. Überrascht von diesem Eifer überließ Angor dem Knaben die Aufgabe, Windfeuer beim Stallmeister unterzubringen, und marschierte geradewegs auf den Eingang des Schlosses zu. Eine lange Schlange von Menschen hatte sich bereits vor dem Portal des

Thronsaales gebildet. Die Fetzen ihrer Gespräche und die genervten Blicke der Wachen ließen den Offizier darauf schließen, dass der Herr Nurays heute Audienzen für sein Volk abhielt.

Die Truppe, die vor ihm stand, konnte nicht unterschiedlicher sein. Einfache Bürger standen neben reichen Kaufleuten, allesamt in dem Wunsch vereint, ihr Anliegen an den König zu richten. Es dauerte eine ganze Weile, bis der junge Streiter schließlich in den Saal des Herrschers gerufen wurde. Die beiden Händler, die vor ihm aus dem Raum traten, machten ein Gesicht, als hätte man sie soeben in die Jauchegrube geworfen. Ein Ausdruck, der dem einstigen Schmied einen Schauer über den Rücken jagte.

„Du kommst, ohne dass ich dich gerufen habe", rief König Turag. „Die meisten meiner Gefolgsleute sind nicht so aufmerksam. Manch altgedienter Recke kann sich da noch ein Beispiel an dir nehmen. So gespannt ich doch darauf bin, deine Erfolge bei der Umsetzung meiner Wünsche zu sehen, habe ich heute jedoch keine Aufgabe für dich. Du darfst dich entfernen, junger Soldat."

„Eure Majestät, wenn Ihr erlaubt, möchte ich noch ein Anliegen äußern", wagte Angor es trotz des mulmigen Gefühls in seinem Bauch zu sagen.

„Möchtest du das, ja?", entgegnete Turag von oben herab. „Was bedrückt dich, dass du es an mich richten musst?"

„Die Reise hierher hat den Großteil meiner Ersparnisse aufgebraucht. Der Ritter, der mich rekrutiert hat, sagte, ich bekäme einen Lohn für jede Woche meines Dienstes für die Krone. Ich frage nur ungern, doch wo kann ich diesen Sold empfangen?"

Das Gesicht des Königs verzog sich zu einer Grimasse bei der Erwähnung des Geldes. Sich auf seine Stellung besinnend, lehnt er sich schließlich auf seinem Thron zurück und schickte Angor mit einer wedelnden Handbewegung fort. „Such meinen Schatzmeister Terdur auf. Er klärt derlei Angelegenheiten. Belästige mich nicht wieder mit solchen Dingen, ja?"

„Ganz wie Ihr es wünscht, Euer Gnaden", entgegnete der junge Krieger und verbeugte sich tief.

Das Klacken seiner Stiefelabsätze auf dem glatten Steinboden verfolgte ihn wie die widerhallende Mahnung, in diesem Raum vorsichtig zu sein. Aus dem Thronsaal entkommen schnappte er sich seinen jungen Begleiter. „Weißt du, wo sich der Schatzmeister Terdur aufhält?"

„Ja, er verbirgt sich in einer Kammer im Keller des Schlosses", antwortete der Bursche, bevor er Angor zu dem Raum führte. Versteckt in den tiefsten Bereichen des massiven Prachtbaus, befand sich eine einzelne braune Tür. Beleuchtet vom flackernden Licht mehrere Fackeln, erreichte kein Tageslicht diesen verborgenen Bereich. Ein eiserner Türklopfer war alles, was das einheitliche Braun des Holzes unterbrach. Mit drei festen Schlägen entfachte der junge Krieger das hallende Geräusch, das die Anwesenheit eines Besuchers im Raum verkündete.

Eine Klappe, zuvor nicht sichtbar gewesen, öffnete sich nach mehreren Sekunden in dem Holz. Zwei Augen, gekrönt von buschigen Augenbrauen starrten durch den schmalen Spalt in das Zwielicht des Flures.

„Wer bist du? Was willst du hier?", brummte eine Stimme schroff aus dem Inneren.

„Angor, Sohn des Guntrich. Der König meinte, ich solle mich hier melden, um meinen Sold zu empfangen."

„Einfache Soldaten werden von ihren Offizieren bezahlt. Schau zu, dass du von hier verschwindest, Bursche", blaffte die Stimme.

„Ich bin kein einfacher Soldat, sondern einer der Offiziere der königlichen Truppen", hielt der junge Kämpfer selbstsicher dagegen.

„Du?", sagte der Mann mit ungläubiger Stimme. „Wie ist das denn zustande gekommen?"

„Der Ritter Wulfun von Karteln hat mich aus Tresmark geholt. Der König hat ihn ausgeschickt, um die besten Kämpfer des

Landes zu rekrutieren. Als guter Schwertkämpfer soll ich ihm als Heerführer dienen."

„Hast du etwas, um deine Behauptung zu beweisen, Bursche?", hakte der Schatzmeister nach. Glücklich darüber, am Morgen das Schreiben des Königs eingepackt zu haben, das Wulfun ihm vor all den Wochen überreicht hatte, zog Angor stolz das Pergament hervor. Brummend und schnaubend studierte der Schatzmeister die geschriebenen Worte, ehe er das Schriftstück wieder zusammenrollte und ihm zurückgab. Ohne ein weiteres Wort schloss er die Klappe vor Angors Augen. Erschrocken und mit einem stetig wachsenden Ärger im Bauch wollte der junge Mann gerade erneut klopfen, als sich die dicke Tür einen Spalt breit öffnete.

„Komm rein, aber schließ die Tür hinter dir", knurrte der alte Mann und kehrte an einen breiten Schreibtisch zurück. Graues Haar bedeckte in spärlichem Wuchs den Kopf und das verkniffene Gesicht des Schatzmeisters.

„Und wie lange warst du mit dem Ritter unterwegs?", brummte der Mann, nachdem hinter Angor und Aomer die Tür zugefallen war. Im ersten Moment unsicher, überlegte der junge Krieger noch einmal. Nach all dem, was passiert war, hätte er beinahe ein ganzes Jahr gesagt, doch so kam es ihm lediglich vor. Als er seine Stimme wieder erhob, war er sich etwas sicherer.

„Etwa sechs Wochen, seit wir in Tresmark aufgebrochen sind."

Mit nachdenklichem Gesichtsausdruck blätterte Terdur in einem Buch voller eng geschriebener Zahlen. „Wir machen das so. Du bekommst von der Krone dreißig Goldtaler, die Hälfte des üblichen Soldes. Da sich der König für die Zeit deiner Reise noch kein Bild von deinen Fähigkeiten machen konnte und du ihm nicht zur Verfügung standest, ist das mehr als großzügig. Nimm es oder geh!"

Wut ob der dreisten Änderung der Absprache stieg in der Brust des Kämpfers auf. Dreißig Goldtaler waren noch immer ein Vermögen, aber die Vereinbarung, die er mit Wulfun geschlossen hatte, von einem knausrigen alten Mann in einem Kellerzimmer einfach geändert zu sehen, entfachte seinen Zorn.

„Na gut, ich nehme es", zischte er zwischen zusammengebissenen Zähnen hervor. Mit dem Gebot, einen Moment zu warten, verschwand der bucklige Mann durch eine mit Metallplatten versehene Tür in einen angrenzenden Raum. Mehrere Minuten vergingen, ehe der Schatzmeister mit einem kleinen Stoffbeutel wieder herauskam. Drei Stapel zu je zehn Münzen türmten sich wenig später auf seiner Tischplatte auf, während er eine weitere Zahl in sein Buch eintrug.

„Nimm es und geh schon. Ich habe noch etwas anderes zu tun, als mit dir zu reden", verabschiedete ihn der Mann und warf ihn förmlich aus der Tür.

Mit der schweren Börse an seinem Gürtel fühlte sich Angor weit weniger wohl, als er es vermutet hatte. Ein Gefühl der Unruhe, als würde er beobachtet werden, breitete sich schon bald in seinem Herzen aus. Entgegen seiner ursprünglichen Pläne entschied sich der junge Krieger, dass neu erworbene Geld sofort in seinem Haus in Sicherheit zu bringen.

Er war sich sicher, es entsprang seiner Einbildung, dass ihn jeder einzelne Bürger auf dem Weg vom Schloss bis zu seinem Hof mit den Augen verfolgte. Und doch konnte er dem Gefühl nicht entgehen. Eine Summe von dreißig Goldtalern war mehr, als die meisten Handwerker in einer ganzen Jahreszeit verdienten. Das erleichterte Schnauben, das er ausstieß, als Windfeuer ihn schließlich durch das Tor seines Anwesens trug, machte seinem Pferd beinahe Konkurrenz.

„Tu mir bitte den Gefallen und passe für einen Moment auf mein Pferd auf, ja? Ich möchte kurz mit deinem Vater sprechen", rief Angor dem jungen Burschen an seiner Seite zu und eilte bereits weiter.

Geräusche reger Tätigkeit und die sanfte Stimme des Dieners, der mit einem seiner Kinder sprach, schalten unüberhörbar aus den Stallungen heraus. Mit Heugabeln in der Hand zeigte der Diener seinem jüngeren Sohn Omir, wie er das Stallabteil von Angors Pferd vorbereiten musste.

„Wie ich sehe, macht ihr euch bereits nützlich", lachte der Hausbesitzer, als er näher herantrat.

„Aber sicher, Herr. Es wäre eine Schande für uns, Eure Großzügigkeit mit Faulheit zu belohnen. Ich zeige gerade Omir, welche Arbeiten im Stall zu verrichten sind. Er hat sich schon immer für die Arbeit mit den Tieren interessiert und würde sich freuen, Euch hier unterstützen zu können."

„Ich bin mir sicher, er wird seine Sache ausgezeichnet machen. Wenn er will, Windfeuer steht gerade draußen im Hof. Er darf gerne für einen Moment zu ihm hinaus und auf mein Pferd aufpassen."

Die Augen des Knaben leuchteten vor Freude, als er die Worte des Offiziers hörte. Mit einem fragenden Blick an seinen Vater versicherte er sich, dass er es auch wirklich durfte. Ein Nicken des Dieners genügte, um seinen Sohn wie von einer Biene gestochen aus der Stalltür eilen zu lassen.

„Ihr habt ihm damit eine große Freude gemacht, Herr", grinste Jandrik und stützte sich auf seiner Gabel ab.

„Nichts, was mir Umstände bereitet hat", entgegnete Angor und griff an seinen Gürtel. Mit einer goldenen Münze in der Hand verschloss er seinen Beutel wieder und richtete das Wort erneut an seinen Helfer. „Ich war beim Schatzmeister und habe meinen Lohn für die vergangenen Wochen erhalten. Es ist Zeit, dass ich deiner Familie ihren gerechten Anteil davon bezahle."

Mit ausgestreckter Hand überreichte er dem ehemaligen Diener des Königs die glänzende Münze. Unfähig seinen staunenden Mund wieder zu schließen, konnte Jandrik gerade noch so verhindern, dass ihm der funkelnde Schatz zwischen den Fingern hindurchschlüpfte. „Aber Herr, das ist viel zu viel! Kein Diener bekommt einen solch hohen Lohn gezahlt! Ich kann das nicht annehmen!"

„Dann sieh es als Entschädigung des Königs für die Jahre der Knechtschaft in seinen Diensten. Ich möchte, dass du und deine Familie genug habt, um leben zu können."

Tränen der Freude glänzten in den Augen des Mannes. Fassungslos und nicht in der Lage, etwas auf die Worte seines neuen Herrn zu erwidern, verbeugte er sich stumm vor Angor.

„Wenn du es erlaubst, würde ich mir gern deinen ältesten Sohn weiter ausleihen. Ich kann die Hilfe von jemandem, der weiß mit hinzulangen, gut gebrauchen."

Das wortlose Nicken des Dieners war Antwort genug. Die Hand zum Gruß erhoben, machte sich der junge Krieger auf den Weg zu seinem Haus. Es war noch am Abend zuvor gewesen, als er einen perfekten Platz für sein Geld gefunden hatte, ein Versteck, auf das er nur durch Zufall gestoßen war. Ausgelöst vom Gewicht seines Buches, das er auf einen versteckten Schalter gelegt hatte, war ein verborgenes Fach in einer der Schubladen seines Nachtkästchens aufgeklappt. Obwohl es leider keinen Schatz für den jungen Mann enthielt, erkannte er seinen eigentlichen Zweck. Eine nach der anderen verschwanden die Münzen in der Spalte im Holz, bis er nur noch drei der goldenen Taler in seinen Händen hielt.

Ein Blick auf die Sonne erinnerte ihn daran, dass er noch den gesamten Tag vor sich hatte. Endlich in der Hauptstadt des Reiches angekommen, gab es unfassbar vieles, was er unternehmen konnte, und doch war da eine Sache, die ihm keine Ruhe ließ. Das Gefühl der Hilflosigkeit, das ihn bei seinem ersten Manöver mit seiner neuen Rüstung überkommen hatte, stach noch immer wie ein Dorn in seine Erinnerungen. Es war unzweifelhaft, dass er in seiner Rolle als Heerführer immer wieder in die schweren Platten seines Panzers gehüllt kämpfen musste. Wie alles andere in seinem Leben auch würden Übung und Gewöhnung ihm den Umgang mit der Rüstung stetig erleichtern. Den Kopf aus dem Fenster seiner Ankleidekammer gereckt, rief er Aomer aus dem Hof zu sich.

„Wie kann ich Euch helfen, Angor", rief der junge Knabe, als er vorsichtig in das Zimmer mit den Schränken trat.

„Hast du schon mal einem Mann geholfen, seine Rüstung anzulegen?", hakte der Krieger nach und zeigte mit der Hand auf die silbernen Platten der Panzerung auf dem Ständer.

Die großen Augen und der eingeschüchterte Gesichtsausdruck des Burschen waren für den Kämpfer Antwort genug, um nicht länger zu warten. „Nun, es gibt für alles ein erstes Mal. Ich habe es auch erst gestern gelernt. Hilf mir dabei, ja, dann geht es deutlich einfacher."

„Gedenkt Ihr zu kämpfen?", fragte Aomer, während er die Schnalle an einer der Rüstungsplatten schloss.

„Zuerst möchte ich meinen Freund im Krankenflügel des Schlosses besuchen. Danach, ja, ich denke, ich werde mich etwas im Umgang mit der Rüstung üben. Es ist eine Sache mit nichts an als seiner Kleidung kämpfen zu können und etwas gänzlich anderes, das Gleiche gehüllt in die schweren Platten einer Rüstung zu tun, weißt du?"

„Gegen wen wollt Ihr kämpfen?", blieb der Knabe an der Sache dran, während er das nächste Teil holte.

„Hm, ich denke, von den Wachen wird sich niemand zur Verfügung stellen, aber ich habe gesehen, dass es einen Übungsplatz mit hölzernen Puppen im Schloss gibt. Für die ersten Übungen sollten sie mir genügen", erklärte der Krieger und erprobte seine Beweglichkeit.

„Kann ich Euch begleiten?", platzte es aufgeregt aus dem Burschen an Angors Seite heraus.

Lachend trat der Krieger einen Schritt zurück und musterte den Knaben vor ihm. „Ich hatte selbst schon daran gedacht. Wer weiß, vielleicht schaust du dir ja was ab."

Der Weg zum Schloss war für die beiden unterschiedlich angenehm. Unwillig sein Pferd mit dem Gewicht zweier Reiter und einer kompletten Rüstung zu belasten, hatte Angor entscheiden, dass der Sohn des Dieners den Weg zum Schloss auf seinen Füßen zurücklegen musste. Beauftragt damit das Pferd des Kriegers im Stall unterzubringen, nutzte der Kämpfer die Zeit, um einen Abstecher in den Krankenflügel zu unternehmen. Es hatte ihn überrascht, dass der Ritter beinahe einen Tag später noch immer in einen tiefen Schlaf verfallen war. Ruhig atmend und beinahe unbewegt lag Wulfun still vor Angor auf seinem Laken. Die Furcht, seinen Reisegefährten doch stärker verletzt zu haben, als er gedacht hatte, wurde von der sanften Stimme einer der Pflegerinnen gemildert, die ihm erklärte, dass der Mann schlicht zu erschöpft war, um schon zu erwachen.

Bestrebt seinem Freund die Ruhe zu gewähren, die er verdiente, verließ der einstige Schmied das Krankenbett des Ritters wieder. Der Übungsplatz der Wache, den er stattdessen aufsuchte, befand sich im Schatten der äußeren Schlossmauer. Abgesehen von dem schwer gepanzerten Recken war nicht ein einziger anderer Kämpfer zu sehen. Ein Schub der Enttäuschung erfasste Angor, als sich seine Hoffnung in Luft auflöste, vielleicht doch noch gegen einen anderen Kämpfer seine Fähigkeiten schärfen zu können. Mehrere Puppen, versehen mit Attrappen von Schwertern und Schilden, waren in einer geraden Linie am Rand des Platzes aufgebaut worden. Gepolstert mit Stroh gefüllten Säcken und mit einem hölzernen Eimer als Ersatz für den Kopf, stellten diese Gegner nur für die frischesten Rekruten eine Herausforderung dar.

Begleitet vom sirrenden Geräusch, das vom Stahl, der über die lederne Schwertscheide strich, ausgelöst wurde, zog Angor seine Klinge. Für einen Moment verunsichert, wie er anfangen sollte, holte er schließlich aus und hieb mit seiner Waffe nach der Puppe vor ihm. Schlag um Schlag prasselte schon nach kurzem von allen Seiten auf die wehrlose Übungspuppe ein, während der junge Krieger sich bemühte, jede der Einschränkungen, die seine Rüstung bedeutete, zu erfassen. Schneller und schneller, bestrebt die Grenzen seiner Beweglichkeit auszuprobieren, traf das schimmernde Schwert auf den Übungsgegner und brachte ihn zum Schwanken. Als die Puppe schließlich von einem knirschenden Geräusch begleitet aus ihrer Halterung brach, trat Angor erschrocken einen Schritt zurück. Er wusste nicht, wie lange er die Attrappe bearbeitet hatte, aber der Trümmerhaufen, der nun vor ihm lag, verkündete deutlich, was er von der Behandlung hielt.

Schwitzend und außer Atem blickte er sich um. Der Schatten, der ihn zuvor noch vor der heißen Frühsommersonne geschützt hatte, war nun gewichen. Auf der Suche nach einem kühlen Plätzchen entdeckte er den Sohn des Dieners an die Mauer der Kaserne gelehnt. „Hey du, Aomer. Komm mal her!", rief Angor ihm zu.

Überrascht eilte der Bursche zu dem Kämpfer. „Kannst du mit einem Schwert umgehen? Sowas schon mal in der Hand gehabt?"

„Nein, die Familien der Diener werden von den Palastwachen meist nicht weiter beachtet und sonst gibt es hier keine Gelegenheit, mal eine Waffe auszuprobieren."

„Willst du es lernen? Also den Kampf mit dem Schwert?", fragte Angor freundlich.

Die leuchtenden Augen des jungen Burschen verrieten seine Freude über die gebotene Möglichkeit. Mit zusammengekniffenen Augen suchte der Offizier den Platz ab. Ein Waffenständer, unter einem kleinen Vordach angebracht, beherbergte eine ganze Reihe hölzerner Übungsschwerter. Mit einem Grinsen im Gesicht stapfte der Krieger zu den ungefährlichen Waffen hinüber und suchte sich zwei passende Exemplare aus. Eines an den Knaben weitergereicht, führte er ihn in die Mitte der freien Fläche.

Mit Geduld und Konzentration erklärte der Krieger dem jungen Schüler die Grundlagen des Kämpfens. Die Wichtigkeit eines guten Standes wurde dabei genauso verdeutlicht wie die Möglichkeiten, einem Hieb auszuweichen. Das Prinzip, einem Kampf wann immer möglich aus dem Weg zu gehen, war Angor genauso wichtig wie die Auswahl an Schlägen und Paraden, die einem Schwertkämpfer zur Verfügung standen. Der Nachmittag verflog, während die beiden Kämpfer ihre Fähigkeiten verbesserten. Als der Abend kam, waren der Sohn des Schmieds und der Bursche des Dieners gleichermaßen erschöpft. Zufrieden mit ihren Fortschritten, kehrten sie schließlich zu Angors Anwesen zurück.

Die nächsten fünf Tage folgten einem ähnlichen Muster. Ohne einen Auftrag des Königs suchte der Offizier mit seinem Schüler den Übungsplatz auf und verbesserte seinen Umgang mit Waffe und Panzer. Während Aomer den Kämpfer des Königs mit seinen schnellen Lernerfolgen mehr und mehr beeindruckte, spürte Angor die Einschränkungen durch die schwere Rüstung immer weniger.

Die örtlichen Möglichkeiten nutzend, nahm der Krieger aus Tresmark immer wieder seinen einfachen Bogen mit. Eine Reihe von Strohscheiben dienten dabei nicht nur Angor, sondern auch seinem jungen Schüler als perfekte Ziele für ihre Übungen. Sich auf die Erklärungen des alten Abenteurers aus Denton besinnend, wiederholte der Krieger so lange die Abläufe, bis sie ihm wie von selbst von der Hand gingen. Die guten Ergebnisse, die er dabei jedes Mal erzielte, waren etwas, worauf er überaus stolz war.

Mit seinem Anwesen nun auch von anderen Bewohnern erfüllt, hatte der frühere Schmied sich einen neuen Ort für seine Übungen der Magie suchen müssen. Die neugierige Frage von Jandrik, ob er wüsste, was auf der Wiese hinter der Scheune passiert war, verdeutlichte dem jungen Mann, dass er einen unauffälligeren Platz finden musste. Ein Keller, überspannt von einem gemauerten Gewölbe, das ihm mehrere Meter Raum nach oben bot, war schließlich der Ort, den er sich erwählte. Versehen mit einer blickdichten Tür, die er mit einem Riegel verschließen konnte, zog sich der Zauberneuling bei jeder passenden Gelegenheit in das kühle Gewölbe zurück und verbesserte seinen Umgang mit den Formeln, die Seris ihm genannt hatte.

Es war der sechste Tag, als plötzlich einer der königlichen Diener auf Übungsplatz des Schlosses erschien und den angehenden Offizier aufsuchte. „Herr Angor, der König fordert Eure Anwesenheit im Thronsaal."

Die knappen Worte des Mannes ließen den Krieger darauf schließen, dass er in großer Eile kam. Überrascht darüber, was der König denn nun plötzlich von ihm wollte, folgte er dem Diener durch die Flure des Schlosses. Nur kurz nach der lauten Ankündigung seines Namens, betrat der Mann aus Tresmark wie schon einige Male zuvor den Ort, von dem aus der Herr über Nuray sein Land regierte. Es gab eine Sache, die ihm in diesem Moment besonders auffiel. Im Gegensatz zu seinen anderen Besuchen im Saal des Königs, drängten sich an diesem Tag keine wichtigtuerischen Höflinge um den Rockzipfel des Regenten. In ungewöhnlicher Leere vom Pochen seiner Schritte begleitet, näherte sich der Streiter, bis er schließlich vor seinem Herrn niederkniete.

„Angor, da bist du ja endlich. Ich habe eine Aufgabe für dich", schnarrte Turag und gebot ihm, sich zu erheben. Ein verwirrter Blick des Königs auf den jungen Begleiter, der einige Meter hinter seinem Kämpfer kniete, blieb ohne Frage.

„Wie es aussieht, steht dir deine erste Bewährungsprobe bevor. Ein Bote hat mich soeben erreicht und mir eine Nachricht überbracht, die mein Einschreiten erfordert. Offenbar sind einer meiner Ritter und der Bengel, den er mir bringen sollte, doch noch nicht tot und bemüht, den Weg hierher zu finden. Eine Horde Druhks, die sich irgendwie bis in den Süden meines Reiches verirrt hat, scheint für die beiden eine unüberwindbare Herausforderung darzustellen. Die zwei werden verfolgt und sind der Aussage des Mannes nach in einem zurückliegenden Kampf bereits verletzt worden. Ich möchte, dass du die Blockade dieser grässlichen Ungeheuer durchbrichst und mir die beiden lebend hierher geleitest."

„Ich werde mich umgehend auf den Weg machen, Eure Majestät. Könnt Ihr mir was über die Anzahl oder Stärke der Feinde berichten?", hakte Angor nach.

„Nicht wirklich. Offenbar werden die Monster von einem ihrer Druhkfürsten angeführt, aber ich denke, das ist eine Herausforderung, die deinen Fähigkeiten entspricht. Reite nach Süden. Etwa zwei Tagesritte im Südwesten, sagte der Bote, ist er zuletzt auf die beiden getroffen."

„Wie viele Soldaten werden mich begleiten? Haben die Männer Erfahrungen im Kampf gegen die Grünhäute?", versuchte der angehende Offizier herauszufinden.

Das Lachen des Königs klang wie blanker Hohn. „Du wirst keine Soldaten von mir bekommen. Der Wert dieses Bengels ist noch nicht bewiesen und ich möchte nicht mehr Kapital als unbedingt nötig einsetzen, um einen möglicherweise nutzlosen Bauerntrampel an meinen Hof zu holen. Nimm den Knaben hinter dir mit, er soll dir helfen."

Überraschung und Entrüstung über das Verhalten des Regenten ließen ein starkes Gefühl der Abneigung in Angor erwachen. Bemüht sich nichts anmerken zu lassen, verbeugte sich der

Kämpfer vor seinem Herrn. „Ich werde Euch nicht enttäuschen, mein König!"

Die geflüsterte Antwort des Regenten ging in den Schritten des Offiziers unter, als er eiligst den Saal verließ. Wut kochte in Angors Brust, als er über die Geringschätzung des Herrn von Nuray gegenüber den Leben seiner Untergebenen nachdachte. Er hatte sich für den Dienst an Nuray entschieden, doch im Angesicht eines solchen Königs nicht den Glauben an die Krone zu verlieren, fiel dem jungen Mann zunehmend schwerer.

„Ganz gleich, was der König gesagt hat, ich kann dich nicht auf diese gefährliche Reise mitnehmen", sagte der frühere Schmied zu Aomer, nachdem sie den Thronsaal verlassen hatten.

„Aber er hat es doch befohlen", entgegnete der Vierzehnjährige, auf dessen Gesicht Abenteuerlust und Furcht miteinander rangen.

„Wenn die Horde der Grünhäute so groß ist, dann werdet Ihr jedes Schwert brauchen", fügte er eifrig hinzu.

„Deine Eltern würden mich umbringen", schnaubte der Kämpfer und marschierte weiter. Die Erinnerung daran, was er selbst in Aomers Alter für die Gelegenheit an einer solchen Unternehmung teilzuhaben gegeben hätte, brachte ihn dazu, wieder stehen zu bleiben.

„Na gut, aber nur wenn du passend ausgerüstet bist. Diese Aufgabe wird nicht einfach werden. Wir müssen schnell sein und uns trotzdem auf einen schweren Kampf gefasst machen. Druhks sind gefährliche Gegner, die man keinesfalls unterschätzen darf. Du wirst genau das tun, was ich dir sage! Das Ganze wird kein Spaß werden."

Das ernste Nicken des jungen Burschen gab Angor ein klein wenig Zuversicht. „Folge mir!", befahl er streng und eilte dem Mann entgegen, der ihnen geben konnte, was sie benötigten.

Mit schepperndem Panzerhandschuh hämmerte er kurze Zeit später an die Tür von Dungars Kammer. Das freundliche Gesicht des Rüstmeisters erhellte sich weiter, als er den jungen Kämpfer durch den Türspalt entdeckte. „Angor, was für eine Freude. Was führt dich hierher?"

„Ein Auftrag des Königs", entgegnete er knapp und trat durch die geöffnete Tür ein.

„Soso, ein Auftrag. Dein erster, nicht?", brummelte Dungar und kaute auf seiner Pfeife. „Was brauchst du von mir dafür?"

„Eine Ausrüstung für den jungen Mann da. Der König hat befohlen, dass er mich begleiten soll, aber ohne Waffen und Rüstung ist er weder mir von Nutzen, noch werde ich ihn mitnehmen."

„Der Bursche da, ist der nicht noch zu jung für einen richtigen Kampf?", überlegte der Waffenmeister laut.

Der empörte Blick von Aomer wurde von keinem der Erwachsenen weiter beachtet. „Das dachte ich zuerst auch", erklärte Angor ruhig. „Aber ich habe die ganze Woche mit ihm den Umgang mit Schwert und Bogen geübt. Er hat sich gut dabei angestellt. Wenn er von dir ausgestattet ist, kann er sich möglicherweise beweisen."

„Hm, ich weiß nicht, aber wenn du dir da wirklich sicher bist, dann werde ich dir nicht widersprechen", brummte der Rüstmeister. „Was braucht dein junger Freund denn an Ausrüstung von mir?"

„Na, ein Schwert natürlich, und einen Bogen", platzte es aus Aomer heraus. Mit fragendem Blick versicherte sich der Rüstmeister, dass der Recke des Königs die Anforderung unterstützte.

„Wenn du schon am Schauen bist, kannst du bitte mal nachsehen, ob du noch eine passende Rüstung für unseren Krieger hier hast", schob Angor lachend hinterher.

Zwinkernd verschwand Dungar zwischen seinen Regalen. Aufgeregt wartend dehnten sich die Sekunden zu Minuten, während der Herr der Waffenkammer seinen Bestand durchforstete. Mit einem kleinen Schwert, für den ehemaligen Schmied sofort als ungewöhnlich leichte Waffe erkennbar, kehrte Dungar schließlich zu ihnen zurück. „Probiere dieses Mal aus. Wir geben es meistens für die jungen Knappen irgendwelcher Ritter heraus, bevor sie groß genug sind, um mit den Waffen der Erwachsenen zu kämpfen."

Unschlüssig darüber, ob er das Schwert stillschweigend annehmen oder dem Rüstmeister seinen verletzten Stolz klagen sollte, streckte Aomer die Hand nach der Waffe aus. Einige schnelle Probehiebe überzeugten den Burschen allerdings schnell von der Wahl des erfahrenen Mannes. Ein kleiner Bogen mit einem Köcher voller Pfeile folgte kurz danach. Nicht zu schwer zu spannen, entwickelte die Waffe doch eine beeindruckende Stärke.

„Gib mir am besten auch gleich noch ein paar Pfeile", forderte Angor verlegen, als er den gefüllten Köcher des Burschen neben ihm betrachtete.

Das Letzte, was Dungar zusammentrug, war eine wilde Mischung verschiedenster Rüstungsteile. Bemüht, genug Teile für die schmächtige Größe des Jungen aufzutreiben, stapelte er alles, was er finden konnte, auf seinen Tisch. Im Gegensatz zum Streiter des Königs erwarteten den Sohn des Dieners keine glänzenden Platten, die über zwei weitere Schichten der Rüstung getragen wurden. Über eine kompakte Rüstung, die aus einer gepolsterten Jacke und Hose bestand, stülpte der Rüstmeister ein rasselndes Kettenhemd.

Unter dem Gewicht ächzend griff der Knabe schließlich nach dem runden Schild, den Dungar ihm überreichte. Ordentlich ausgestattet und schon fast einem Soldaten ähnelnd, stand Aomer angestrengt, aber lächelnd da.

„Erzähl mir, wie es gelaufen ist!", rief der Rüstmeister, als seine Gäste sich schließlich wieder auf den Weg machten. Die Hoffnung dazu später noch in der Lage zu sein, sprach Angor lieber nicht aus.

Das hochfrequente Schnauben seines jungen Begleiters bildete eine stetige Kulisse auf ihrem Weg zu den Stallungen. Der Tag war noch jung, und je eher sie aufbrechen würden, desto schneller konnten sie den Ritter des Königs und seinen Rekruten erreichen. Neugier erfüllte den Offizier, als er sich fragte, wer dieser andere Kämpfer wohl war.

Der Geruch von Pferden und frischem Heu erfüllte das gesamte Innere der Ställe. Überrascht stellte Angor fest, dass er in den Tagen, seit er in Gurnda war, den Stall noch nicht einmal selbst betreten hatte. Es war seine Suche nach dem Stallmeister, die ihn nun in das Gebäude führte. Ein drahtiger Mann mit strengem Blick, der eine Truppe junger Knechte durch das Gebäude scheuchte, war sein erster Anlaufpunkt.

„Seid Ihr der Stallmeister?", fragte der Kämpfer ruhig, als er dem Mann näherkam.

„Der bin ich und gleichzeitig damit gestraft, auf diese verlausten Bengel hier aufzupassen. Was braucht Ihr?", entgegnete er rau.

„Ich habe einen Auftrag des Königs, der mich für ein paar Tage aus der Stadt führt. Ich brauche ein schnelles Pferd für diesen Burschen hier."

„Hm, kannst du überhaupt reiten?", knurrte der Pferdebetreuer.

„Natürlich kann ich das!", behauptete Aomer lauter, als er es beabsichtigt hatte. Stille Zweifel über die Wahrheit seiner Worte keimten nicht nur in Angor auf.

„Wartet einen Moment, ich werde Euch ein gutes Tier suchen", brummte der Mann und wandte sich ab.

Für einen Augenblick alleine ließ der frühere Schmied seinen Blick durch den königlichen Stall schweifen. Selbst hier in diesem funktionalen Gebäude hatten die Erbauer nicht an Schmuck und Pracht gespart. Mit feinen Ornamenten verziert, erhoben sich in regelmäßigen Abständen starke Säulen bis zur Decke. Auf einem Schemel in der Ecke der Stallungen sitzend, entdeckte Angor schließlich einen Mann, der nicht so recht in das Bild der Knechte passen wollte. Mit einer Vermutung im Kopf stapfte er auf den Fremden zu.

„Seid Ihr der Bote, der vor dem König gesprochen hat. Habt Ihr ihm von seinen bedrängten Recken erzählt?"

Erschrocken und offensichtlich verstört kippte der Mann fast von seinem Stuhl. „Ja, ja, der bin ich. Ich hab sie gesehen und dem König Bericht erstattet. Schickt er Euch? Schickt er Euch, um sie zu retten?"

„Das tut er. Was könnt Ihr mir noch erzählen? Wo finde ich sie und wie viele Druhks sind ihnen auf den Fersen?"

„Dutzende und noch viel mehr. Ich war zu verängstigt, um sie zu zählen, doch die Horde ist gefährlich und wird von einem mächtigen Monster angeführt. Es ist gut, dass der König eine Armee losschickt, um die Ungeheuer zu vernichten."

„Keine Armee, nur mich", entgegnete Angor knapp und sah, wie das Gesicht des Boten bleich wurde. „Könnt Ihr mich zu ihnen führen?"

„Nur Ihr? Ihr werdet ihnen unterlegen sein. Ich kann da nicht noch einmal raus. Nicht solange die Bestien dort lauern", krächzte der Mann vollkommen entsetzt.

„Dann sagt mir zumindest, wo sie zuletzt hinwollten!", forderte der Krieger ungeduldig. In stotternden Worten brachte der Bote die Wegbeschreibung hervor. Aufmerksam zuhörend, prägte sich der Krieger jedes Wort ein. Von einem feuchten Schnauben in seinem Genick aufgeschreckt, drehte er sich um. Mit einem grimmigen Gesichtsausdruck stand der Stallmeister hinter ihm. Die Zügel zweier Pferde, die er bei sich hatte, streckte er dem Kämpfer entgegen.

„Hier habt Ihr eure Pferde. Was Ihr mit Eurem Tier macht, ist mir egal, aber das Pferd des Königs bringt Ihr mir unbeschadet zurück, ist das klar?"

Angors Nicken schien den Mann nur wenig zu beruhigen.

In Gedanken versunken ließ er sich von Windfeuer durch die Stadt tragen. Es war das erste Mal, seit er sein Zuhause verlassen hatte, dass er alleine durch diese Welt reisen musste. Er hatte gehofft, bei seinem ersten Auftrag von einem erfahrenen Ritter begleitet zu werden. Diesen Schritt alleine gehen zu müssen, verstärkte seine Aufregung. Im Hof seines neuen Zuhauses angekommen, schickte er den Burschen an seiner Seite sofort los, damit er alles einpackte, was er für die Reise brauchte. Es dauerte nur Sekunden, ehe seine aufgebrachten Eltern aus dem hölzernen Haus der Familie stürmten.

„Was um alles in der Welt ist denn hier los?", kreischte Mara wütend und wurde von Jandrik unter Mühen zurückgehalten, bevor sie ihren neuen Herren erdrosseln konnte. Eingeschüchtert von der starken Reaktion der Frau hechtete der junge Krieger einen Schritt zurück.

„Aomer kam gerade hereingestürmt und hat etwas erzählt, von wegen er gehe jetzt mit Euch die Druhks bekämpfen", erklärte der Diener das Verhalten seiner Frau.

Innerlich wäre Angor am liebsten auf die Größe einer Maus geschrumpft. Die „Umsicht" des Jungen, seiner Mutter diese Neuigkeit auf diesem Weg beizubringen, brachte ihn in ganz schöne Probleme.

„Der König hat mir heute einen Auftrag gegeben. Zwei seiner Gefolgsleute sind ein Stück südlich der Stadt von Grünhäuten angegriffen und abgeschnitten worden. Er möchte, dass ich hinausreite und ihnen helfe, sicher hierher zurückzukommen, das ist alles. Es ist gar nicht sicher, dass wir die Druhks überhaupt sehen werden", versuchte er die beunruhigten Eltern zu beschwichtigen.

„Aber warum muss mein Junge da mitkommen?", fuhr Mara auf.

Etwas ruhiger, aber dennoch besorgt starrte Jandrik den jungen Mann vor sich an. Dem Glanz seiner Augen nach konnte

Angor erkennen, dass er sich ebenso viele Sorgen um seinen Sohn machte wie seine Frau, auch wenn er es besser zu verstecken wusste.

„Genau genommen hat der König befohlen, dass er mich begleiten soll, aber ich hätte ihn nicht mitgenommen, ohne euch zuvor zu fragen", versuchte er sich zu retten.

„Aber warum taucht er dann hier mit einem Pferd und einer Rüstung auf. Der Bengel hat sogar ein Schwert!", ereiferte sich die Frau des Dieners. In die Ecke gedrängt spürte der junge Krieger, wie die Luft für ihn dünner wurde.

„Weil ich Vertrauen in euren Sohn habe. Ich bin mir sicher, dass er nicht nur unbeschadet wieder zurückkommen, sondern auch noch einen großen Anteil an der Rettung dieser Männer haben wird. Ich habe die letzte Woche jeden Tag mit eurem Sohn den Kampf geübt und seine Fähigkeiten sind denen vieler älterer Männer bereits überlegen. Ich war mir sicher, dass auch ihr dieses Vertrauen zu eurem Sohn habt, das selbst ich bereits gefunden habe. Ich werde mit meinem Leben für seine Sicherheit einstehen, aber ich bin mir sicher, das wird gar nicht notwendig sein." Die starke Überzeugung, mit der er sprach, verblüffte ihn selbst fast genauso wie die Eltern des Knaben.

„Aber er ist doch noch ein Kind!", jauchzte Mara in ihrer Rage gebremst. Der starke Arm ihres Mannes, der sich um ihre Schultern legte, gab ihr ein wenig Rückhalt.

„Angor, Ihr seid ein guter Mann. In den wenigen Tagen, die wir uns nun kennen, habt Ihr mehr für meine Familie getan als irgendwer zuvor. Wenn Ihr sagt, Ihr glaubt an meinen Sohn, dann tue ich das auch. Wenn Ihr uns versprecht, dass Ihr ihn uns in spätestens einer Woche unverletzt zurückbringt, dann bekommt Ihr meine Erlaubnis."

Das Schluchzen seiner Frau ließ Jandrik merklich erbeben. Bemüht ein beruhigendes Lächeln aufzusetzen, sah der junge

Krieger den beiden entgegen. „Ich verspreche es euch. Euer Sohn wird nie in wirklicher Gefahr sein!"

Als Zeichen der Zustimmung ausgestreckt, ergriff Angor die Hand des Mannes, den er aus der Knechtschaft im Schloss befreit hatte. Beide Arme um seine Frau gelegt, flüsterte Jandrik der aufgelösten Mutter schließlich einige Worte ins Ohr. Angor verstand nicht, was er sagte, noch konnte er es erahnen. Die Furcht, die der Frau zugesetzt hatte, schien von ihr abzulassen. Mit nassen Augen sah sie den Mann an, der ihren Sohn in die gefährliche Welt vor der Stadt mitnehmen würde. „Was können wir für euch tun, um eure Reise einfacher zu machen?", fragte sie mit schwacher Stimme.

Überrascht, dass sie ihn nicht weiter verfluchte, lächelte der Streiter sie freundlich an. „Wir brauchen etwas Proviant, um stark zu bleiben. Würdet Ihr uns etwas zu essen besorgen, dass unsere Bäuche voll und unsere Arme kräftig hält?"

Betraut mit einer Aufgabe, von der sie etwas verstand, nickte die Mutter mit einem zarten Lächeln. Eine goldene Münze, von Angor überreicht, wanderte in ihre Hand. Wenig später war die Frau mit ihrem Mann durch das Tor verschwunden.

Die Taschen seines Sattels nur mit dem Nötigsten befüllt, trat der Kämpfer des Königs wenig später wieder auf seinen Hof hinaus. Angebunden an einen Pfahl warteten die Pferde geduldig darauf, dass ihre Reise losging. Mit zwei Taschen Proviant in den Armen kehrten Aomers Eltern schließlich zurück. Pökelfleisch, Brot, Käse und Obst waren eine deutlich abwechslungsreichere Aussicht als der schnöde Brei, den Wulfun ihm immer gekocht hatte.

Das üppige Restgeld der Besorgungen überließ der Kämpfer der Familie. „Ihr bezahlt uns zu gut", begehrte Jandrik beschämt auf.

„Ich denke nicht. Ich mute euch viel zu und es ist das Mindeste, dass ich dafür sorge, dass ihr andere Unannehmlichkeiten vergessen könnt." Mit einem Ruck zog sich der Krieger in den Sattel. „In ein paar Tagen werden wir zurück sein und dann feiern wir meinen ersten erfolgreichen Auftrag!"

Windfeuers aufgeregtes Wiehern, als er spürte, dass ihre nächste Reise begann, ließ Angors Herz schneller schlagen. Dem Krieger und ihrem Sohn nachblickend, standen Jandrik und Mara im Tor des Anwesens. Den Blick nach vorne gerichtet, sah der Sohn eines einfachen Schmiedes einem Abenteuer entgegen, von dem er noch vor wenigen Monaten nicht zu träumen gewagt hatte.

Auf Rettungsmission

Die Reise mit Aomer verlief etwas anders als sein Weg an der Seite von Wulfun. Wo der Ritter über eine lange Zeit in nachdenklichem Schweigen verharrt hatte, plapperte der aufgeregte Junge beinahe unaufhörlich. Angefangen hatte er, kurz nachdem sie die Stadt verlassen hatten. Für einen Menschen, der sein bisheriges Leben in der Enge eines einzigen Schlosses verbracht hatte, ohne es wirklich einmal zu verlassen, war es ein gewaltiges Unterfangen selbst die Mauern der großen Stadt hinter sich zu lassen, in der er sein ganzes Leben gelebt hatte.

Ein Wachsoldat hatte versucht sie aufzuhalten, als sie ihre Pferde mit Eile durch die dichten Menschenmengen geführt hatten. Es bedurfte einiger scharfer Worte und das Wappen Nurays auf Angors Brustpanzer, um den Stadtwächter davon zu überzeugen, dass ihre schnelle Abreise notwendig war. Mit dem steten Klopfen der Hufe auf dem staubigen Steppenboden bewegten sich die beiden schließlich in die Richtung, die der Bote dem Offizier genannt hatte.

Der Nachmittag schien genauso schnell an ihnen vorbeizueilen, wie ihre Pferde über die Ebene rannten. Von der Stadt aus nach Westen gesehen, war das Land nicht ganz so flach wie in den anderen Richtungen. Stunden von der Stadt entfernt unterbrachen sogar größere Buschgruppen und kleine Wälder die eintönige Landschaft.

Dem steten Strom an Worten des Burschen an seiner Seite konnte der Krieger tatsächlich so manch Interessantes entnehmen. Im Wechsel mit kleinlauten Beschwerden, dass ihm sein Hinterteil vom Reiten und seine Schultern vom schweren Kettenhemd brannten, erzählte er allerlei Geschichten über seine

Familie. Die Tatsache, dass die Eltern des Jungen nicht von ihrer Geburt an in den Dienst an der Krone gepresst worden waren, interessierte Angor besonders. Erst im Alter von zwölf Jahren waren die beiden von seinen Großeltern zur Tilgung ihrer Schulden beim Reich an die Krone verkauft worden. Ein Leben in Knechtschaft für den Erlass der Rückzahlungen. Allein die Vorstellung solcher Machenschaften drehten dem angehenden Offizier den Magen um.

Auf die Frage, was der Knabe am königlichen Hof gemacht hatte, bevor Angor seinen Vater befreite, erhielt er eine Antwort, die ihn mehr und mehr den Kopf schütteln ließ. Vom restlichen Personal des Schlosses gemieden, hatte er bei wenigen Gelegenheiten seiner Mutter helfen können oder auf seine Geschwister aufgepasst. Im Vordergrund des Schlosses nicht gerne gesehen, hatte der Bursche die meiste Zeit in ihrer kleinen Kammer verbringen müssen. Die Aussicht darauf, weiter mit seinem neuen Herrn Abenteuer zu erleben und den Kampf mit dem Schwert zu verbessern, beflügelte Aomer regelrecht.

Der erste Abend war schneller gekommen, als Angor es gehofft hatte. Die Silhouette der Hauptstadt beherrschte noch immer wie eine stumme Mahnung, dass sie zu langsam vorankamen, den Horizont. Mit dem wenigen Brennmaterial, das er hatte sammeln können, entfachte der Krieger ein kleines Feuer für die beiden. Abgeschirmt von den beiden Zelten, die sie mitgebracht hatten, flackerten die Flammen im leichten Wind. Dem Sohn des Dieners dabei zuzuschauen, wie er mühsam eine der leinenen Behausungen aufstellte, brachte Angor zum Schmunzeln. Die Erkenntnis, dass der Bursche in seinem ganzen Leben zuvor vermutlich noch nicht einmal ein Zelt gesehen hatte, trieb den Krieger dazu Aomer zur Hand zu gehen.

Erst im Nachhinein war ihm eine Sache so richtig aufgefallen. Während ihr Abendessen über den Flammen kochte, hatte Angor den Sohn von Jandrik zu einer weiteren Übung mit dem Schwert verdonnert. Gerade der Kampf in Rüstung war für sie beide neu und konnte nicht zu viel geübt werden. Zuerst euphorisch, doch mit zunehmender Anstrengung immer zurückhaltender, trat der Bursche gegen den Kämpfer an. Die Ähnlichkeit, die ihre vertauschten Rollen mit seinem eigenen Verhältnis zu Wulfun während ihrer Reise hatten, trieb Angor für einen Moment die Schamesröte ins Gesicht.

Im Morgengrauen erwacht, begannen sie den zweiten Tag ihrer Reise deutlich schweigsamer als den ersten. Während Aomer mit seiner Müdigkeit kämpfte, sprach sein Gefährte im Stillen mit seinem mysteriösen Mentor.

Die Erwähnung der Aufgabe, die er für König Turag erledigte, brachte ihm gleichermaßen Lob wie auch mahnende Worte ein. Belehrt wie ein Kind von seinem Vater, machte der Krieger ein langes Gesicht, während er den Ausführungen des toten Helden über die Gefährlichkeit der Druhks lauschte. Unter all den Worten von Seris hatte es dabei eine Sache gegeben, die für den jungen Krieger tatsächlich überaus interessant war. Der Druhkfürst, den der König so nebenbei erwähnt hatte, war nicht irgendeine Grünhaut, die durch ihre Geburt eine privilegierte Position im Stamm der Ungeheuer einnahm. Größer als die meisten seiner Artgenossen, weitaus stärker und ungewöhnlich gerissen eroberten Druhkfürsten ihre Position durch Gewalt und List. Einem solchen Gegner im Kampf gegenüberzustehen erforderte von einem Krieger den Einsatz all seiner Fähigkeiten, um mit dem Leben davonzukommen. Darauf hoffend einer Konfrontation aus dem Weg gehen zu können, starrte Angor müde in die Ferne.

Das Gespräch über seine Fortschritte beim Zaubern war für den unerfahrenen Magieanwender deutlich angenehmer. Im Plauderton erzählt, brachte der Kämpfer die Stimme in seinem Kopf auf den neuesten Stand. Mit seinen Übungen stetig besser werdend, prahlte der junge Mann damit, wie groß er die Flammenwand bereits erschaffen konnte. Selbst der Zauber Tyrnok, mit dem Angor einen flammenden Avatar aus seiner Vorstellung heraufbeschwören konnte, ging ihm mittlerweile gut von der Hand. Zuerst eine Eichel, dann einen Schuh und schließlich ein ganzes Schwein hatte er aus den Flammen erschaffen. Seris Lob und Anerkennung galt dabei nicht nur der Tatsache, dass er bemerkt hatte, dass ein größeres Objekt ihm deutlich mehr Kraft kostete. Auch Angors Feststellung, dass seine beschworene Kopie auch die Fähigkeiten und Eigenschaften des Originals übernahm, wurden von dem einstigen Helden gewürdigt. Wo die Nuss und der Schuh als tote Objekte lediglich auf seiner Hand gelegen hatten, hatte das brennende Schwein mit Aggression und Wut auf seine plötzliche Entstehung reagiert. Den Kopf gesenkt und ein wildes Quieken ausstoßend, war das feurige Tier im Kellergewölbe auf den jungen Krieger zugestürmt. Im letzten Moment zu Seite springend, hatte er den kräftezehrenden Zauber aufgelöst.

Es war der Nachmittag des zweiten Tages, als ihre Pferde sie zu den Ufern eines breiten Flusses trugen. Zwischen dem Wasser und einem nahen Wald entlangtrabend, behielt Angor unaufhörlich den Horizont im Auge. Mit der Hauptstadt außerhalb ihres Sichtbereiches hatten sie sich in eine Gegend gewagt, in der sie gleichermaßen auf die beiden Männer des Königs, wie auch die Bedrohung, die sie verfolgte, treffen konnten.

Die Sonne war bereits am Untergehen und der Fluss an einer Furt überquert, als Angor weit entfernt einen flimmernden Schemen am Horizont sah. In einer Mischung aus Grau und Grün zog er sich wie eine Schlange über die Ebene dahin. Nachdenklich stoppte er ihre Pferde. Die Wahrscheinlichkeit, dass dort vorne die Bande der Grünhäute durch das Land streifte, war zu hoch, um die Gefahr zu ignorieren. Gleichzeitig bedeutete das vermutlich, dass die beiden Kämpfer, die sie suchten, nicht weit entfernt sein konnten. Angespornt durch diese Erkenntnis entbrannte ein neues Feuer in Angors Brust. Wenn er es schaffen konnte, die beiden Männer zu finden und nach Gurnda zu bringen, bevor sie von den Druhks eingeholt wurden, dann kämen sie sicher alle mit dem Leben davon. Ein Seitenblick auf Aomer brachte den jungen Offizier wieder in die Wirklichkeit zurück. Erschöpft vom langen Ritt des Tages benötigten nicht nur die Pferde, sondern auch der Bursche dringend eine Pause zur Erholung. Mit zusammengebissenen Zähnen gestand sich der Krieger ein, dass ihre Reise für diesen Tag enden musste.

Kein Feuer wurde an diesem Abend entzündet. Getrocknetes Fleisch und saftiges Obst mussten als Abendessen genügen. Um den Jungen nicht zu beunruhigen, verschwieg der Streiter des Königs die umherstreifende Bedrohung vor dem Knaben. Genau wie Wulfun es getan hatte, verzichtete Angor dabei selbst an diesem Abend darauf, den müden Burschen in einen Schwertkampf zu verwickeln. Mit wachsamen Augen und an seinen Sattel gelehnt, starrte der Krieger in die Richtung, in der er die Druhks gesehen hatte, bis ihn der Schlaf übermannte.

Warmes Sonnenlicht ließ ihn erschrocken auffahren. Mit steifen Gliedern und schmerzenden Muskeln richtete er sich mühsam auf. Ungeplant in den Schlaf versunken, hatte Angor die gesamte Nacht in seiner Rüstung verbracht. Als die ersten Strahlen der morgendlichen Sonne nun über das Land strichen, ärgerte er sich über seine Unachtsamkeit. Ein Blick auf den schlafenden Jungen an seiner Seite ließ ihn ein wenig ruhiger werden. Was hatte er sich erhofft zu sehen, fragte er sich. Selbst bei einem sternenklaren Himmel konnten seine Augen die Nacht nur wenige Dutzend Meter weit durchdringen. Mit einer Distanz von einigen Kilometern zwischen ihnen und den umherstreifenden Grünhäuten wäre es ihm unmöglich gewesen, sie im Auge zu behalten.

Ein Zucken in der Ebene, Hunderte Meter entfernt, ließ ihn auffahren. Den Blick darauf gerichtet konnte er es besser erkennen. Zwei Reiter preschten mit ihren Pferden, so schnell sie konnten, in Richtung des nahen Flusses. In die Richtung, aus der er kam. Aufgeregt packte Angor den schlafenden Burschen an der Schulter und schüttelte ihn leicht, bis er aufwachte.

„Ich sehe sie, die Männer, die wir suchen. Komm, steh auf, wir müssen los!", rief er dabei hektisch.

Unwillig brummend regte sich Aomer nicht, bis der ältere Krieger neben seinem Ohr in die Hände klatschte. Noch immer schlaftrunken brauchte der Junge viel länger, um seine wenigen Sachen zusammenzuraffen. Sowohl die Reiter als auch den umliegenden Horizont im Auge behaltend, eilte sich Angor die beiden Pferde auf die nächste Etappe ihrer Reise vorzubereiten. Mit kundigen Handgriffen schloss er die Schnallen der Sättel und legte ihnen das Zaumzeug an. Kurze Zeit später schossen die beiden bereits über die Steppe.

Nicht darauf bedacht, den beiden Männern entgegenzureiten, hielt der junge Kämpfer stattdessen auf die Stelle zu, an der sie sich bei gleichbleibender Geschwindigkeit treffen würden. Durch das ständige Auf und Ab des Pferderückens unter ihm wachgeschüttelt entdeckte selbst der Bursche bald die fliehenden Reiter.

Begleitet vom Geräusch donnernder Hufe näherten sie sich den Fremden immer weiter an. Die linke Hand zum Gruß erhoben, überwand der junge Offizier die letzten Meter und brachte Windfeuer neben den braun gescheckten Hengst des führenden Reiters.

„Seid gegrüßt", brüllte er über den Lärm der Schritte hinweg. „Der König schickt mich, einen seiner Ritter und den Mann, den er rekrutieren sollte, in Empfang zu nehmen."

„Das sind dann wohl wir", entgegnete der Reiter lautstark, ohne sein Pferd zu verlangsamen. „Ihr seid töricht, wenn ihr nur zu zweit gekommen seid. Hat Euch unser Bote nicht erreicht?"

„Doch genau deswegen sind wir hier. Abgesehen von dem Burschen da, hat mir König Turag keine weiteren Soldaten bewilligt", rief Angor in vollem Galopp zurück. Der Fluch, der dem Ritter durch die Lippen schlüpfte, ging im Getrampel der Pferde unter.

„Mein Name ist Angor, Sohn des Guntrich", stellte sich der Streiter atemlos vor.

„Ich bin Hyrtal von Ägorn, Ritter im Dienste des Königs. Der Bengel, der da hinten so rumtrödelt, ist Morik, Sohn des Haunt, glaube ich."

Mit den Händen an die Zügel und den Sattel geklammert, warf der Krieger einen Blick über die Schulter. Einige Meter hinter ihnen hatten sich Morik und Aomer einander angenähert und mühten sich nun nicht weiter zurückzufallen. Der junge Mann, der dem Ritter folgte, war kaum jünger als Angor selbst, obgleich er einen schüchterneren Eindruck machte.

„Habt ihr die Horde der Druhks heute schon gesehen?" Angor hoffte nicht gerade in eine verzweifelte Flucht hineingeraten zu sein.

„Nein, zum Glück noch nicht, aber weit können sie nicht sein. Wir sind in den letzten Tagen immer von Versteck zu Versteck geritten, um der Bande zu entgehen. Sie haben Späher, die uns auf den Fersen sind, doch bisher konnten wir uns vor ihnen verbergen. Lange können wir nicht mehr hier draußen bleiben, bis sie uns entdecken werden, aber ich will verdammt sein, wenn ich es nicht bis über den Fluss schaffe."

„Ich weiß, wo die Furt ist. Folgt mir und ich führe euch darüber."

Das wortlose Nicken des Ritters genügte dem jungen Kämpfer, um Windfeuer noch ein klein wenig mehr anzutreiben. Angeführt von dem weißen Pferd preschte die Truppe mit donnernden Hufen über das Land. Auch wenn er nicht genau wusste warum, so verließ das Gefühl von missgünstigen Augen beobachtet zu werden nie Angors Gedanken. Ein Druck, fast als legte jemand eine Hand in sein Genick, erfüllte den Krieger und verstärkte das Gefühl der Dringlichkeit noch weiter.

Der Anblick der seicht strömenden Fluten des Flusses entlockte ihnen allen einen Seufzer der Erleichterung. Dieses Wasser markierte eine ungenannte Grenze. Mit Nuray auf beiden Seiten markierte die Furt den Übergang zu den inneren Bereichen des Reiches. Die Hauptstadt schon beinahe zum Greifen nahe, war die verheißungsvolle Sicherheit fast erreicht. Über eine Breite von mehr als hundert Metern flachte der Fluss so weit ab, dass nur noch ein dünner Strom Wasser über das steinige Flussbett rann. Wasser wild verspritzend eilten sie über die natürliche Brücke.

Der zunehmend stotternde Atem von Hytrals Pferd holte Angor aus seinen Träumen baldiger Sicherheit zurück. Vermutlich weniger jung als Windfeuer und sicher nicht so temperamentvoll stießen die Pferde seiner Begleiter allmählich an ihre Grenzen. Im schnellen Galopp über das Land rennend war ihre Kraft bald zu Ende. Eine Idee schoss ihm durch den Kopf, eine Abwandlung des Gedankens des Ritters. Sein Reittier ein wenig gezügelt, um auf eine Höhe mit dem königlichen Kämpfer zu kommen, erhob Angor ein weiteres Mal die Stimme.

„Ich fürchte, unsere Pferde brauchen bald eine Pause oder zumindest eine Drosselung unserer Geschwindigkeit. Nicht weit von hier habe ich einen Wald gesehen. Ich denke, er wird uns ein gutes Versteck bieten, bis wir uns sicher sein können, dass die Druhks unsere Fährte verloren haben.“

„Deine Idee gefällt mir, doch würde ich nicht davon ausgehen, dass sie unsere Verfolgung wirklich aufgeben“, hielt der Ritter dagegen.

„Dann bereiten wir uns im Wald eben auf einen Kampf vor. Das Gelände bietet uns einen Vorteil und genug Bauholz, um unsere Position zu befestigen, werden wir ebenso finden.“

„Hm, das Ganze könnte klappen. Versuchen wir es, würde ich sagen“, knurrte Hyrtal. Etwas langsamer als zuvor, um den Pferden ein klein wenig Erholung zu gewähren, führten sie ihren Weg fort.

„Der Bote meinte, ihr wäret verletzt", setzte Angor an, nachdem er die Richtung ein wenig geändert hatte.

„Ja, wir sind bereits einem Vortrupp dieser Biester begegnet. Wir haben nicht viel abbekommen, aber es hat gereicht, um uns die letzten Tage über zu verlangsamen. Ich hatte gehofft, die Kunde unserer Lage würde den König dazu bewegen, etwas mehr als nur zwei junge Reiter auszuschicken, um uns zu helfen. Die Bedrohung seines Landes kann er doch unmöglich nur mit euch abwehren wollen."

Der Anblick von Angors Miene brachte den Ritter in Verlegenheit. „Ich bin mir sicher, Ihr seid ein guter Kämpfer, aber alleine gegen diese Horde zu ziehen, ist nichts als Wahnsinn", schob der Mann eilig hinterher.

Bestrebt, die peinliche Situation hinter sich zu lassen, lenkte der junge Krieger vom Thema ab. „Wie viele Druhks verfolgen euch? Der Bote, den Ihr geschickt habt, konnte uns dazu keine Auskunft geben. Ich bin mir nicht sicher, doch ich glaube, ich habe sie gestern am Horizont entlangstreifen sehen."

„Eine genaue Zahl habe ich auch nicht, aber soweit ich gesehen habe, müssen es mindestens sechs Dutzend sein, vielleicht sogar mehr. Haltet mich nicht für feige, aber ich war bisher eher darauf bedacht, diesen Monstern aus dem Weg zu gehen, als mich ihnen aufzudrängen."

„Verstehe", entgegnete der Krieger knapp. „Vielleicht könnt Ihr mir eine andere Frage beantworten. Diese jungen Männer, die der König rekrutieren lässt, sollen doch einmal als Offiziere seiner Armeen dienen. Abgesehen von den Truppen, die im Norden Position bezogen haben, sind mir jedoch keine weiteren Streitkräfte bekannt. Welche Truppen sollen die Männer denn dann anführen?"

„Man, Ihr versteht es, schwierige Fragen zu stellen", brummte Hyrtal und schüttelte den Kopf. „Etwas Genaues weiß ich auch nicht. Die Männer im Norden können von dort nicht abgezogen werden. Als ich fortritt, gingen Gerüchte durch das Schloss, dass neue Aushebungen im Süden geplant sind. Doch ich kann mir kaum vorstellen, dass unser Herr es riskieren möchte, kräftige Männer von den üppigen Feldern und aus den Werkstätten in seine Armee zu rufen. Was auch immer unser König vorhat, dass die Rede von einem neuerlichen Angriff gegen einen Feind war, habe ich nicht vergessen."

Mit mehr Fragen im Kopf, als er beantwortet bekommen hatte, führte Angor die Truppe weiter auf den Wald zu.

Die Sonne stand noch nicht an ihrem höchsten Punkt, als sie die Waldgrenze erreichten. Dem Schatten der Bäume folgend, suchten sie gemeinsam eine Stelle, an der ihr Eindringen zwischen die Bäume am wenigsten auffallen würde. Es war der Ritter, der den besten Ort für ihren Unterschlupf entdeckte. Knapp mehr als zehn Schritte jenseits der buschigen Baumgrenze gelegen, erhob sich ein massiver Fels aus dem Waldboden. Bewachsen mit Moosen und gedrungenen Blumen, bot seine steinige Flanke einen ausgezeichneten Rückhalt.

Durch eine Lücke zwischen zwei Büschen führten sie ihre Pferde in den Wald. Versteckt von den dichten Blättern des Waldes inspizierten sie die Umgebung. Leicht nach vorne geneigt wirkte es beinahe, als behüte der Fels den weichen Grund zu seinem Fuß. In seiner Oberfläche so glatt, dass ein Erklimmen des viele Meter hohen Steines nahezu unmöglich war, bot dieser Ort wahrlich die beste Gelegenheit, die sie erhalten würden.

„Angor, wenn wir unsere Position befestigen wollen, dann hier!", sagte Hyrtal und trat einen Schritt auf den Krieger zu. „Zumindest so lange, bis wir uns sicher sein können, dass die Druhks an uns vorbeigezogen sind. Lass uns ein paar Bäume fällen und eine kleine Palisade errichten, hinter der wir uns verschanzen können. Mit dem Felsen im Rücken müssten wir hier nur noch drei Seiten verteidigen!"

„Ihr habt recht. Wenn wir sofort mit der Arbeit beginnen, sind wir bis zum Abend vielleicht schon fertig."

Mit festem Blick nickten sich die Männer zu. Es schien, als wüsste jeder der beiden, dass sie noch jede Verteidigung brauchen würden, die sie sich schaffen konnten. Das Wichtigste war gesagt worden. Ohne weitere Worte trat der Ritter an die Taschen seines Pferdes und holte eine Handaxt hervor. Den Stiel voran reichte er sie an den jungen Mann weiter, den er aus dem Süden geholt hatte. „Mach dich nützlich, Morik. Wir brauchen Baumstämme, stark genug, um dem Hieb eines Druhks zu widerstehen, und hoch genug, damit sie nicht darüber klettern können!"

Etwas widerwillig griff der Bursche nach dem Werkzeug und sah sich nach einem geeigneten Baum um. Mit einer zweiten Axt, die er aus seiner Tasche hervorzog, machte sich der Ritter Sekunden später selbst an die Arbeit. Mit der Hilfe von Aomer brachte Angor in der Zwischenzeit die Pferde tiefer in den Wald. Unfähig, sich gegen eine solche Übermacht selbst zu verteidigen, wären sie ein leichtes Opfer für die Grünhäute, sollten sie am Waldrand verbleiben. Das plätschernde Geräusch einer Quelle offenbarte dem Krieger dabei nicht nur einen ausgezeichneten Platz, um die Tiere zu beherbergen, sondern auch noch, wo sie ihre Wasservorräte auffüllen konnten. Mit vollen Flaschen und bereit mit anzupacken kehrten die beiden zu ihren neuen Kameraden zurück.

Von außen nicht ganz unsichtbar, bemühten sich die vier Menschen, die Stämme für ihre Palisade von verschiedenen Orten im Wald zu holen. Baum für Baum fiel den Äxten der Krieger zum Opfer und wurde von Angor und Morik zu dem Felsen geschleppt. Mit einem großen Messer bewaffnet rückte Aomer dem Geäst der Bäume zu Leibe und bereitete sie auf ihren Einsatz in die Erde vor. Zaghaft, beinahe schon schüchtern fragte der junge Rekrut den Ritter bei ihrer Rückkehr zu einem weiteren

Stamm. „Ähm, sollten wir nicht die Äste an einigen der Stämme dranlassen? Also zur Tarnung meine ich."

Das entgeisterte Gesicht des schwitzenden Mannes mit der Axt brachte sogar Angor dazu, lieber zu schweigen. „Das fällt dir jetzt ein Junge?", polterte er. „Na gut, sag dem Bengel da vorne, er soll mit seiner Arbeit aufhören."

Schon im Begriff sich umzudrehen, verharrte Morik noch einen Augenblick still. „Brauchst du noch was?", fragte Hyrtal ungehalten.

„Mit was wollen wir eigentlich die Stämme zusammenbinden?"

Eine Mischung aus Ratlosigkeit und Wut rang auf dem Gesicht des Ritters miteinander.

„Ich habe hier einige Weiden gesehen. Ihre Rinde ist zäh und stabil, genau wie ihre dünnen Äste. Wenn wir uns an den Bäumen bedienen, sollten wir genug Material zum Verbinden der Stämme finden", schob der Rekrut kleinlaut hinterher.

Hand in Hand arbeiteten die Männer zusammen. Das stete Klopfen der Äxte, die das Holz bearbeiteten, drang nur gedämpft zwischen den Blättern des Waldes hervor. Erstaunt und auch ein wenig stolz auf das, was sie erreicht hatten, begutachtete Angor kurz vor Sonnenuntergang die hölzerne Mauer. Drei Schritte hoch und breit genug, um im Inneren ein Zelt sowie ein Feuer einzurichten, spannte sich der Wall in einem runden Bogen um die Flanke des Felsens.

Zwei kleine Plattformen, gerade groß genug, damit sie darauf stehen konnten, ermöglichten es ihnen, über die hölzerne Palisade zu blicken. Wenn ihm irgendjemand erzählt hätte, dass er diese Arbeit in so kurzer Zeit mit nur vier Leuten erledigen konnte, dann hätte er diese Person vermutlich lachend fortgeschickt. Doch die Not ihrer Situation hatte ihnen allen neue Kraft verliehen und das Unmögliche möglich gemacht.

Mit brennenden Muskeln und von Erschöpfung ergriffen, kletterte er mühsam auf eine der Plattformen. Die glänzende

Rüstung schon längst auf einer Decke in ihrer Befestigung abgelegt, stemmte sich der junge Krieger auf den Aussichtspunkt. Der Wald von ihren Bemühungen gelichtet, bot ihnen nicht mehr die gute Deckung, die sie sich anfangs erhofft hatten. Die Hoffnung, dass die niedrigen Büsche und das vereinzelte Astwerk, das sie an den Stämmen ihrer Mauer gelassen hatten, den Blick möglicher Beobachter gut genug verwirren würden, um sie unentdeckt zu belassen, versuchte sich in Angors Brust festzusetzen. Eine Hoffnung, die sich nur schwer gegen seine Sorge durchsetzen konnte.

„Einer von uns muss zu jeder Zeit hier oben Wache halten. Auch wenn die Grünhäute uns übersehen sollten, möchte ich, dass wir über ihre Bewegungen Bescheid wissen, wenn sie in der Nähe sind", mahnte er mit einem strengen Unterton an.

„Ihr habt recht. Wir sollten uns abwechseln. Jeder übernimmt eine Schicht, bis die Nacht vorüber ist. Solange wir nicht wissen, dass die Ungeheuer unsere Fährte verloren haben, ist Vorsicht geboten", stellte der Ritter fest.

Die eindringlichen Blicke der beiden Männer überzeugten Aomer und Morik besser keine Einwände zu erheben.

„Bursche, du übernimmst die erste Wache. Halte die Augen offen. Das Licht ist noch für eine Weile auf unserer Seite. Solange der Schein eines Feuers uns nicht verrät, möchte ich die Gelegenheit nutzen und ein warmes Abendessen kochen."

Die Worte von Hyrtal bewegten seinen Rekruten dazu, mit schnellen Bewegungen auf die zweite Plattform zu klettern. Während der Ritter sich damit mühte, die feuchten Zweige und Äste zu entzünden, die beim Bau ihres Unterschlupfes übrig geblieben waren, spannten Angor und der Sohn des Dieners die Plane eines ihrer Zelte so auf, dass sie zu dritt darunter Schutz fanden. Das Blubbern einer Suppe, die sanft über den rauchenden Flammen kochte, erfüllte sie schon bald alle mit der Vorfreude auf ein reichlich verdientes Mahl.

„Sind die Pferde auch wirklich in Sicherheit?", fragte der Ritter des Königs nach einer Weile. Überrascht von den Worten des Mannes legte Angor die Stirn in Falten.

„Ich denke schon. Wir haben die Tiere etwa zweihundert Meter weiter in den Wald reingebracht. Eine kleine Quelle liefert ihnen dort frisches Wasser und ich habe ihnen etwas von dem Hafer gegeben, den wir mitgebracht haben."

„Ihr zwei habt Bögen dabei, nicht wahr? Ich denke, es wäre das Beste, wenn wir sie dort oben auf den Plattformen platzieren. Nur für alle Fälle. Ich weiß nicht, wie gut dein junger Freund hier mit der Waffe umgehen kann, aber ich weiß ganz gut mit einem Pfeil zu treffen. Wenn es Euch nichts ausmacht, würde ich eine der Waffen übernehmen."

Erleichtert eine beträchtliche Verantwortung an den erfahrenen Krieger abgeben zu können, schlug Aomers Kinn beim Nicken beinahe auf seine Brust. Mit einem Lächeln auf dem Gesicht bestätigte Angor die Zustimmung des Burschen.

Die warme Suppe in die hölzernen Schalen gegossen, die sie mitgebracht hatten, genossen die Kämpfer jeden Löffel ihrer stärkenden Mahlzeit. Mit gefülltem Bauch und zunehmender Müdigkeit erhob der Ritter ein weiteres Mal die Stimme. „Wir sollten ein wenig schlafen. Die Sonne wird bald untergehen und die Ungewissheit der Nacht über uns hereinbrechen lassen. Bleiben wir besser vorbereitet!"

Er hatte recht. Sie alle wussten es. Darauf verständigt, wann Morik den nächsten zur Wache wecken sollte, legten sich die anderen zur Ruhe. Die Nacht würde für keinen von ihnen viel Erholung bringen, doch jede Minute des Schlafes würde helfen.

Weißer Rauch hatte ihn angezogen. Aufgestiegen über den Wipfeln eines nahen Waldes kündete er entweder von einem Brand zwischen den Bäumen oder von einem Unterschlupf, den diese feigen Menschen sich gesucht hatten.

Vom Rücken seines Daraks aus beobachtete der Späher den nahen Waldrand. Das Licht war trügerisch. Nichts anderes als das funkelnde Licht der Sterne und der Schein der dünnen Mondsichel erhellten die Dunkelheit um ihn herum. Es war die Nase seines Reittieres gewesen, die ihn bis zu der Furt geführt hatte, und seine Neugier, die ihn den Fluss hatte überqueren lassen. Als Jäger in den eisigen Ebenen jenseits der Lande dieser schwachen Menschen geboren, war der Darak spezialisiert auf die Verfolgung argloser Ziele. Von Art und Wesen einem Wolf nicht unähnlich erreichten die Bestien, auf denen die Druhks ritten, beinahe die Größe eines Pferdes. Mit einem Maul voller gefährlicher Zähne und mit einem unberechenbaren Instinkt aus List und Brutalität fühlte sich die borstige Bestie unter ihm wie die Erweiterung seines eigenen Körpers an.

Eine lichte Stelle am Waldrand zog seine Aufmerksamkeit auf sich. Die krallenbewehrten Tatzen seines Monsters brachten ihn näher heran. Von der Dunkelheit um ihn herum versteckt, starrte der Späher mit seinen kleinen Augen auf den nahen Wald. Irgendwas an dem Anblick der Bäume passte nicht so recht in das Bild. Ein Verdacht, mehr ein Instinkt, ließ ihn innehalten. War dies die Stelle, an der sich die Menschen verbargen?

Sie mussten sie finden. Die Menschen mussten sterben. Der Häuptling hatte es gefordert. Als der Ruf nach Blut über den Zelten seines Stammes erklungen war, hatte er nicht danach gefragt, warum sie in den Kampf zogen. Wenn ihr Fürst den Tod der Menschen verlangte, dann war es nicht an ihm zu fragen, warum sie das Leben dieser Schwächlinge beenden sollten. Die Menschen waren eine Plage. Wie eine Herde Schafe, die den Lebensraum für die stärkeren Kreaturen des Nordens besetzten. Ihren Tod zu fordern war für die Druhks so natürlich wie die Kälte des Winters.

Der Häuptling hatte seine Gründe, warum er die beiden Reiter verfolgte und wenn sie ihnen endlich in die Hände fielen, war das Schicksal der Menschen besiegelt.

Eine Bewegung knapp unterhalb der Baumwipfel ließ ihn aufschrecken. Was auch immer dort war, es war ihre Aufmerksamkeit wert.

Hoffnungslos unterlegen

Ein jaulender Schrei ließ ihn aus dem Schlaf aufschrecken. Ein Geräusch, wie er es noch nie zuvor gehört hatte, schickte einen Schauder des Grauens durch seine Glieder. Vom Schreck hellwach, schoss Angor auf. Von der Ebene her gekommen, weckten die Töne eine dunkle Vorahnung in dem Krieger.

„Hast du etwas gesehen?", zischte er zu Aomer hinüber, während er auf die freie Plattform kletterte. Von der Frage überrumpelt, blickte ihn der Bursche verängstigt an. Der Abdruck der hölzernen Wand, die sich in sein Gesicht gedrückt hatte, verriet nur zu deutlich, dass der Junge bis gerade eben geschlafen hatte. Mit einem unterdrückten Fluch auf den Lippen blickte der junge Offizier über die Palisade. Den Kopf gerade weit genug über die Stämme erhoben, damit seine Augen die Weite vor ihnen überblicken konnten, entdeckte er ein Huschen.

Es dauerte einen Moment, ehe sein Kopf verarbeitete, was seine Augen soeben gesehen hatten. Auf einer pferdegroßen Bestie sitzend, eilte ein unmenschlicher Reiter über das flache Land. Von der Erkenntnis so schwer wie Stein geworden, lag sein Herz wie ein Fels in seiner Brust. Ihre Entdeckung war nicht mehr zu leugnen. Ein Späher hatte sie erkannt, der Kampf würde zu ihnen kommen.

Mit hämmerndem Herzen und kalten Tropfen des Schweißes rutschte der junge Kämpfer mit dem Rücken das Holz hinab, bis er auf seinem Hintern landete. Denton war hart gewesen, doch da hatte er weit mehr als drei Verbündete gehabt, die sich der Flut der Grünhäute entgegengestellt hatten. Ungewiss darüber, wie viele Feinde sie erwarten würden, übernahm die Fantasie in Angors Kopf die Führung.

„Was? Was war das?", stotterte der Sohn seines Dieners verängstigt neben ihm.

Pflichtgefühl, Fürsorge und seine eigenen umherwirbelnden Gefühle rangen in seinem Kopf miteinander. Ein Blick in die angsterfüllten Augen des jungen Burschen beendete das taumelnde Gefühl der Unsicherheit, das von ihm Besitz ergriffen hatte. Er hatte nicht nur diesem Jungen, sondern auch seinen Eltern etwas versprochen. Sie würden wieder nach Gurnda zurückkehren. Sie mussten es schaffen. Wenn es schon zum Kampf kommen musste, dann würde er alles geben, was in ihm steckte, um dieses Ziel zu erreichen.

Mit fester Stimme und starken Augen erwiderte er den Blick des Burschen. „Ein Zeichen. Wir müssen uns bereitmachen, unsere Position zu verteidigen. Bleib hier oben, halte weiter Ausschau. Ich werde die anderen wecken, sobald das erste Anzeichen der Horde sichtbar wird."

Zweifel rangen in seinem Inneren mit ihm genau wie die Frage, ob es nicht klüger war, den Ritter und seinen Schüler gleich jetzt zu wecken. So vernünftig das auch klingen mochte, Angor entschied sich dagegen. Die Wahrscheinlichkeit, dass die Grünhäute den Wald durchkämmen würden, war verschwindend gering. Wenn sie über die Ebene kamen, konnten sie die Bestien schon lange vor ihrer Ankunft entdecken. Die Monster hatten keinen Grund sich zu verstecken, verschaffte ihnen allein ihre Zahl einen großen Vorteil. Nein, seine Kameraden sollten jedes bisschen Kraft gewinnen, das ihnen möglich war. Sie würden sie sicher brauchen.

Bestrebt, die Zeit bis zum Angriff sinnvoll zu nutzen, schlüpfte der junge Krieger in seine Rüstung. Die metallenen Platten alleine in der Dunkelheit anzulegen, war eine ganz neue Herausforderung. Aomer hatte angeboten, ihm wieder zur Hand zu gehen, doch der Krieger des Königs wollte kein weiteres Risiko eingehen. Schon einmal hatten sie die Annäherung einer

Grünhaut nicht entdeckt, dieses Mal durfte ihnen dieser Fehler nicht mehr passieren.

Kein Plan und keine Taktik wollten ihm in den Kopf kommen, um den Angriff zu überstehen. Sie hatten sich befestigt, das würde sie vor einer sofortigen Niederlage bewahren. Ihre Mauer, erbaut aus jungen Stämmen und nassem Holz, würde die Druhks in ihrem Angriff verlangsamen, aber sicher nicht aufhalten. Er hatte zu wenige Informationen über die Horde, die sich ihnen näherte, zu wenig Erfahrung im Kampf gegen diese Monster, um sich in dieser ausweglosen Lage eine Lösung zu überlegen. Für einen Moment hatte Hoffnung in seinem Herzen gekeimt, als er an den Helden der Vergangenheit dachte. Zu seiner Zeit, vor allem aufgrund seiner Siege gegen die Ungeheuer des Nordens gefeiert, hatte Seris unzählige Schlachten gegen diese Monster geschlagen. Als Angor seine Magie eingesetzt hatte, um den Geist zu kontaktieren, hatte es einige Zeit gedauert, bis er eine Antwort bekommen hatte. Nicht ein einziges Mal zuvor hatte er erlebt, dass Seris sich mit seiner Antwort so viel Zeit gelassen hatte. Beinahe verschlafen klingend, hatte die Stimme in seinem Kopf sich seine Worte angehört und den einzigen Rat genannt, den er seinem jungen Nachfolger geben konnte. *„Die Herausforderung, die vor dir liegt, ist nicht unmöglich. Vertraue auf deine Fähigkeiten genau so, wie ich auf dich vertraue. Kämpfe gemeinsam mit deinen Kameraden und verliere deinen Mut nicht. Die Druhks sind ein Schrecken, aber ein Schrecken, den man überwinden kann."*

Unsicher, ob er sich nach den Worten seines Mentors besser fühlte, hatte der junge Krieger die Verbindung beendet. Der Kampf stand ihm kurz bevor. Das Warten würde bald ein Ende haben.

Zuerst sah er ein einziges oranges flackerndes Licht, dann gesellte sich ein weiteres hinzu und noch eines, bis er die Zahl der Lichter nicht mehr zählen wollte. Noch immer mehrere

Kilometer entfernt, war es unzweifelhaft die Bande der Grünhäute, die Jagd auf sie machte.

Vorsichtig kletternd stieg er von seiner Plattform herab. Mit
einem ausgestreckten Finger vor seinem Mund rüttelte er seine
Kameraden sanft aus dem Schlaf. Der verwirrte Blick des Rekruten war beinahe das genaue Gegenteil der Erkenntnis, die
im Gesicht des Ritters aufflammte, als er den Glanz der Sterne
auf den Platten von Angors Panzer entdeckte. Es wurde nicht
viel gesprochen und jedes Wort, das ihren Mündern entwich,
war vom zischenden Ton des Flüsterns hinterlegt.

Angst spiegelte sich in den Augen der beiden Jüngeren wider.
Angst, die weder der Ritter noch der Krieger vertreiben konnten.
Wenn er ehrlich zu sich selbst war, lag noch immer die kalte
Furcht vor einer Niederlage wie ein Stein in Angors Eingeweiden.

Bewaffnet mit den Bögen hatten sich Hyrtal und der angehende Heerführer auf den Plattformen postiert. Der Vorstoß
der Horde war genauso unaufhaltsam wie auch erschreckend.
Gleich einem flammengekrönten Wurm schlängelte sich die
Bande über die Ebene und machte deutlich, was keiner von ihnen aussprechen wollte. Der Feind holte sie ein. Doch obgleich
er die kalten Finger der Furch um sein Herz spürte, weigerte
sich Angor, ein Opfer ihrer lähmenden Kraft zu werden. Angst
würde ihm in dieser Situation nicht weiterhelfen. Wenn es zum
Kampf kam, musste er streiten, wie er es noch nie zuvor getan
hatte und dazu brauchte er einen klaren Verstand. Er musste
tapfer bleiben. Wenn nicht für sich selbst, dann zumindest für
den Burschen, der ihm auf die Ebene gefolgt war.

Schneller, als er gehofft hatte, näherten sich die Grünhäute und
suchten nach ihrer Beute. Kaum mehr ein Kilometer trennte die
flackernden Lichter von der Grenze des Waldes, als Angor eine
erstaunliche Tatsache auffiel. Je näher die Bande kam, desto unsicherer wurde ihr Kurs. Dass die Druhks nicht genau wussten,

wo sie sich befanden, gab ihnen trotz allem den Vorteil der Überraschung.

Fünf Reiter, auf den borstigen Rücken ihrer wilden Reittiere sitzend, schwärmten plötzlich von der eigentlichen Truppe aus. Nur als Schemen gegen das trübe Licht der Sterne am Horizont zu sehen, eilten die Späher los, um nach ihrer Beute zu suchen. Aufregung erfasste Angor, als einer der Reiter in ihre Richtung vorstieß. Den Köcher mit den Pfeilen vor sich an die Brüstung gelehnt, zog der Krieger langsam ein Geschoss heraus. Obgleich er sich darüber im Klaren war, dass ihre Feinde unmöglich das Geräusch des hölzernen Schaftes hören konnten, den er aus dem Bündel zog, bemühte er sich kein einziges Geräusch zu machen.

Die Sekunden verstrichen und der Bestienreiter vor ihnen kam immer näher. Genauso von der Dunkelheit der Nacht gestraft wie die Menschen, die er suchte, führte der Späher sein Reittier immer näher an den Wald heran. Mit jedem Schritt, den seine Bestie tat, beschleunigte sich der Herzschlag der Männer hinter der Palisade. Es war der Moment, in dem der Späher plötzlich stoppte und genau in ihre Richtung blickte, als Angor seinen Zug machte. In einer fließenden Bewegung spannte er seinen Bogen und schickte seinen gefiederten Pfeil in die Nacht hinaus. Von nichts als dem Licht der Sterne beleuchtet, eilte das Geschoss durch die Dunkelheit und grub sich zitternd in den Hals der Grünhaut. Niemand konnte den gurgelnden Laut des Monsters hören, als es getroffen aus dem Sattel rutschte und auf dem harten Boden der Ebene aufschlug. Ein zweiter Pfeil, nur Herzschläge nach Angors Geschoss auf den Weg geschickt, grub sich mit beeindruckender Präzision in die Stirn des monströsen Reittieres.

„Wenn es brüllt, sind wir verloren", zischte der Ritter und griff nach einem neuen Pfeil.

Es dauerte mehrere Minuten, ehe die anderen Druhks das Verschwinden ihres Kundschafters bemerkten. Selbst zwei eilig nacheinander abgeschossene Pfeile konnten nicht verhindern, dass die beiden Reiter, die ihren gefallenen Kameraden entdeckten, eine Warnung absetzten. Vom Hornstoß gerufen, beobachtete die gesamte Horde, wie die Daraks mitsamt ihren Reitern wankend zu Boden gingen.

„Sie kommen", war alles, was Hyrtal murmelte, als das Licht der Fackeln ein letztes Mal die Richtung änderte.

„Haben sie uns entdeckt?", jammerte der Sohn des ehemaligen Schlossdieners angsterfüllt, als er die Worte des Ritters vernommen hatte. Das aufregende Abenteuer, das er sich ausgemalt hatte, war gerade in diesem Moment zu einer erschreckenden Wirklichkeit geworden. Der Spaß, endlich einmal etwas zu erleben, der furchtbaren Tatsache gewichen, dass sein junges Leben in ernster Gefahr schwebte.

„Wir werden so viele von ihnen mit unseren Bögen erschießen, wie wir können. Macht euch keine Sorgen und haltet euch bereit. Wenn sie herankommen, erschlagen wir sie von der Brüstung herab, verstanden?", zischte Angor ihnen entgegen und hoffte, dass er dabei so aufmunternd klang, wie er es beabsichtigt hatte.

Das leise Zischen von Hyrtals Bogen verriet, dass er ein weiteres Geschoss auf die Reise geschickt hatte. Durchaus fähig mit dem Bogen erwies sich der Ritter als unschätzbare Unterstützung über die Distanz. Von seinem Pfeil gefällt, sackte die wilde Bestie unter einem der verbliebenen Späher jaulend zusammen und begrub ihren zappelnden Reiter unter ihrem muskulösen Körper.

Von dem Geräusch und der Lust auf einen Kampf angelockt, beschleunigte die restliche Horde immer weiter. Noch immer außerhalb der Reichweite ihrer Waffen wählte der Krieger aus Tresmark stattdessen den letzten fliehenden Späher als Ziel. Der Pfeil, von der beanspruchten Sehne des Bogens in die Dunkelheit entsandt, pflügte einem Vogel gleich durch die Luft. Das plötzliche Schwanken des Reiters, bevor er in den Staub fiel, bestätigte die Hoffnung des jungen Mannes.

Das Hochgefühl, das ihn ergriffen hatte, hielt nicht lange an. Fünf Druhks waren durch ihre Pfeile gefallen, ein guter Anfang und doch beinahe unbedeutend, wenn er den Strom aus Fackeln betrachtete, der auf sie zukam. Allein den Lichtern nach mussten es mindestens drei Dutzend Fackelträger sein und vermutlich ein Vielfaches davon an Grünhäuten im Ganzen. Entschlossen ihnen nicht den geringsten Vorteil zu schenken, griff der junge Krieger nach dem nächsten Geschoss.

Vermutlich waren es nur Sekunden gewesen, bis die Grünhäute sie entdeckt hatten, aber für Angor hatte es sich wie Minuten angefühlt. Drei, vier Pfeile hatte er in die Dunkelheit der Nacht entsandt und der näherkommenden Horde den Tod gebracht. Dicht beieinanderstehend war es kaum möglich gewesen, die vom flackernden Licht beleuchteten Körper zu verfehlen. Schmerzensschreie und der Anblick fallender Fackeln waren ihnen eine dankbare Belohnung.

Der Moment, als die Grünhäute sie entdeckt hatten, war nicht nur für die beiden Kämpfer auf den Plattformen eindeutig gewesen. Mit einem Brüllen, dass jedem der vier Menschen eine Gänsehaut bescherte, stürmte die gesamte Horde auf die Palisade zu.

„Schnell, kommt zu uns hoch und hindert diese Monster daran, über den Wall zu klettern", blaffte der Ritter die Burschen im Inneren im Befehlston an, während er seine Waffe erneut spannte.

Die Zeit, die die Monster brauchten, um näher zu kommen, wurde nicht vergeudet. Geschoss um Geschoss eilte schlingernd durch die Luft und grub sich in die grüne Haut der anrückenden Bestien. Etwa achtzig Meter entfernt und doch zu nahe, um sie zu ignorieren, löste sich plötzlich ein Teil der Druhks aus der Horde. Zuerst unbeachtet von den Schützen auf dem Wall, schossen die kleineren zierlichen Ungeheuer den Menschen plötzlich krumme Pfeile entgegen.

Das helle metallische Klingen, das Angors Schulterpanzer von sich gab, als eines der Geschosse von ihm abprallte, ließ einen schmerzhaften Schrecken durch die Brust des jungen Kämpfers zucken. Hin- und hergerissen, welche Gefahr er zuerst beseitigen sollte, schickte der Krieger schließlich seinen Pfeil den feindlichen Schützen entgegen.

Konzentriert auf den Kampf bemerkte er nicht einmal, wie die erste der muskelbepackten Grünhäute unter ihnen auf den Schutzwall traf. Das Klopfen ihrer hackenden Schläge drang genauso wie ihr ranziger Gestank zu den Kämpfern auf der Plattform hinauf.

„Jetzt schlag ihm schon dein Schwert auf den Kopf", herrschte der Ritter seinen Rekruten an, der mit weit aufgerissenen Augen auf die hässliche Bestie unter ihm blickte. Das mit langen Eckzähnen einem Wildschweinkiefer ähnelnde Gesicht starrte hasserfüllt zu ihm nach oben.

„Mach schon!", knurrte Hyrtal und erschoss einen weiteren Bogenschützen.

Das klopfende Geräusch wurde lauter und drang immer öfter zu ihnen nach oben. Mit einem knappen Befehl an Aomer brachte Angor den Burschen dazu, auf die Druhks unter ihm einzuschlagen. Angst, Unglauben und Fassungslosigkeit erfüllten das Antlitz des Jungen, als er verzweifelt sein Leben verteidigte.

Nur mit spärlichen Rüstungsteilen versehen, schimmerte die grüne Haut bleich im kalten Licht der Sterne. Den letzten der feindlichen Schützen erledigend, wagte der Krieger einen Blick auf seinen Köcher. Vier Pfeile waren ihm noch geblieben, bevor nichts als sein Schwert mehr zwischen ihm und einem grausamen Tod stehen würden. Entschlossener als noch zuvor versenkte er jedes einzelne dieser letzten Geschosse in der wütenden Horde unter ihm.

Unter dem Druck der Leiber und den ständigen Attacken der Druhks leidend, schwankte ein Stamm ihrer Mauer nach dem anderen. Das Geräusch splitternden Holzes erklang mittlerweile genauso häufig wie der gurgelnde Ton, den die Monster ausstießen, wenn sie von den Hieben der Verteidiger getroffen wurden.

Der Kampf wurde mit unerbittlicher Härte geführt, als plötzlich der Laut berstenden Holzes ertönte. Von der zunehmenden Belastung überfordert, stürzten gleich mehrere Stämme in die wimmelnde Bande vor der Palisade. Der Jubelschrei der Monster beim Anblick der zerstörten Verteidigung ging den Menschen durch Mark und Bein. Mit groben Händen und unförmigen Waffen machten sich die Ungeheuer daran, den Spalt zu vergrößern.

Mit seiner Munition am Ende und sich der Unausweichlichkeit eines blutigen Nahkampfes bewusst, ließ Angor seinen Bogen fallen und griff nach Schild und Schwert. Das Gesicht von Wut verzerrt und die Hand so fest um den Griff seiner Klinge geschlossen, dass seine Knöchel hell hervortraten, stürzte sich der Krieger von oben auf die Horde. Von seinem Schwung beschleunigt, traf sein Schwert einem Hammerschlag gleich auf die Körper der Grünhäute. Bis zur Perfektion geschärft durchschnitt die Klinge die ledrige Haut und ließ die Angreifer jammernd zurückweichen.

Es gab keine Zeit, um diesen kleinen Erfolg zu genießen. Bisher unverletzt und von Eifer erfüllt, schlossen jene Ungeheuer die Bresche, die bisher noch keinen Versuch unternehmen konnten, das Blut der Menschen zu vergießen. Bemüht, die breiter werdende Lücke in ihrer Verteidigung zu halten, griff Angor auf jeden einzelnen Kniff zurück, den Wulfun ihn gelehrt hatte. Wie ein Fels in der Brandung stellte er sich den Druhks entgegen. Hieb um Hieb traf ihre Feinde und doch hatte er den Eindruck, dass keiner seiner Schläge etwas ausrichten würde.

Begleitet von einem pfeifenden Geräusch schnitt seine Klinge plötzlich durch die Luft. Kein Körper und keine Waffe hatten sich ihm mehr in den Weg gestellt. Verwundert und mit pumpendem Herzen hob er seinen Blick. In ungewohnter Disziplin waren sämtliche verbliebenen Druhks einen Schritt von der Mauer zurückgetreten und warteten mit gefletschten Zähnen außerhalb seiner Reichweite. Ihr grollender Atem und das Funkeln der Kampfeslust in ihren Augen machte ihren Wunsch nach Mord mehr als deutlich.

Die Absurdität dieser Situation flößte ihnen beinahe mehr Furcht ein als die rohe Brutalität der Monster. Die Bresche war trotz Angors Bemühungen so weit vergrößert worden, dass sich gleich zwei dieser Monster zugleich hindurchschieben konnten und doch blieb dieser Vorteil von den Bestien ungenutzt, als sie ihm hasserfüllt entgegenstarrten.

Eine Flagge, ein Banner, gefertigt aus grobem Stoff, erhob sich plötzlich zwischen den grünen Körpern. Mit einer Farbe, die an getrocknetes Blut erinnerte, hatte jemand darauf die Form eines wütenden Wildschweines gemalt. Mehr schubsend als koordiniert traten die verbliebenen Monster auseinander, um der gefährlichsten Bestie in ihrer Mitte Platz zu machen. Gekleidet in ein wildes Sammelsurium an Rüstungsteilen, bedeckte ein dichter Panzer den Körper des Anführers. Mit zwei Pfeilen in seinem Körper strahlte das Ungeheuer noch immer eine Ruhe aus, die erschreckender als das Gebrüll seiner Krieger war.

„Ich weiß, wer du bist, Mensch. Du warst es, der die Krieger meiner Sippe im Norden besiegt hat. Du hast uns dort diese Niederlage zugefügt. Dieses Mal wirst du nicht mit deinem Leben davonkommen, Unheilsbringer!", knurrte der Druhkfürst mit tiefer grollender Stimme.

„Ich bin Kla'gsar, Stammesführer der Blutschweine, Bezwinger hunderter Herausforderer und Geisel der Menschen. Ich habe dich gesucht. Ich war wohl doch nicht auf der falschen Fährte, als ich diese jämmerlichen Gestalten gefunden habe, die sich neben dir verstecken. Ich hatte zunächst Zweifel, aber zu sehen, wie du dich mit der Wildheit eines Druhkberserkers durch meine Krieger geschlagen hast, hat mich überzeugt, den Richtigen zu haben.

Ich respektiere deine Wildheit und deinen Mut, aber ich werde nicht zulassen, dass du meiner Sippe den Ruin bringst! Im Norden bist du auf meinen Bruder getroffen und hast ihn mit deinem Schwert erschlagen. Ich werde diese Schande heute rächen, indem ich dir dein Herz aus deiner Brust reiße. Du hast mutig gekämpft, deswegen werde ich euch die Wahl lassen. Ergebt euch jetzt und euch erwartet ein schneller Tod. Kämpft weiter, und wir werden euch Stück für Stück zerreißen!"

Von den Worten der Grünhaut erschüttert, war der junge Krieger nicht in der Lage, einen klaren Gedanken zu fassen. Seine Erinnerungen an die Kämpfe in Denton waren unklar, aber von einem Druhk, der diesem hier ähnelte, wusste er nichts mehr. Die Tatsache, dass diese Monster ausgerechnet ihn gesucht hatten, raubte ihm jeden klaren Gedanken. Was auch immer durch seinen Kopf geisterte, eines wusste er so klar, wie er das Monster vor sich sehen konnte. Weder er noch seine Kameraden würden sich diesen Bestien ergeben.

Den Griff um seinen Schild festigend wappnete sich Angor auf den erneuten Ansturm ihrer Feinde. Sein Atem strömte tief in seine Lungen, als er die Ungeheuer vor ihm anstarrte. Diese Bestien wünschten nicht nur ihm, sondern auch den Menschen an seiner Seite den Tod. Menschen, die wegen seiner Taten in dieser Situation waren. „Wir werden uns nicht ergeben, du Unhold! Wir werden weiterkämpfen und wenn du töricht genug bist, gegen mich anzutreten, wirst du das gleiche Schicksal erleiden wie die Monster in Denton."

Die Entschlossenheit hinter seinen Worten gab den Menschen in der belagerten Palisade Mut. Die ausgesprochene Herausforderung mochte ihre Gegner nur noch weiter anspornen, aber Angor war sich sicher, dass es besser war aufrecht zu sterben, als seine letzten Momente in Feigheit zu verbringen.

Dem Geräusch von Felsen gleich, die einem Berghang hinabpolterten, stieß der Druhkfürst ein tiefes Lachen aus. „Ha, ich hatte gehofft, dass du das sagst!"

Es bedurfte keines weiteren Zeichens, um die Wut der Horde ein weiteres Mal zu entfesseln. Einer Welle gleich prallten die Ungeheuer mit unverminderter Wildheit erneut auf die Palisade. Durch die breite Öffnung, welche die Bestien mit ihren Waffen und Händen gerissen hatten, waren die Druhks nicht mehr aus dem Inneren der Befestigung herauszuhalten. Ungebremst stürmten gleich mehrere der Monster hinter die hölzerne Mauer.

Es gab kein Zögern. Es konnte keine Zurückhaltung unter den Menschen geben, als sie mit allem, was sie hatten, auf die überwältigende Überzahl der Druhks einschlugen. Ohne Unterlass geführt durchschnitt Angors Waffe Körper und Gliedmaßen. Wo eine der Grünhäute fiel, drängten sich nur Augenblicke danach zwei weitere durch den noch immer breiter werdenden Spalt. Seinen letzten Pfeil verschossen war nicht einmal mehr Hyrtal auf der Palisade verblieben und kämpfte nun Schulter an Schulter mit seinen Kameraden gegen die anrückende Schar.

Ein tosendes Schnauben, ein Wüten und das Gefühl des erbebenden Waldbodens waren die einzige Ankündigung, die dem wilden Angriff des Anführers vorausging. Einem Rammbock gleich stürmte die Bestie mit gesenktem Kopf durch die zerfledderte Befestigung und rammte jeden in ihrem Weg zur Seite. Druhks und Menschen wurden gleichermaßen zur Seite geschleudert, als die gewaltigste Grünhaut, die Angor je gesehen hatte, sich den Weg zu ihm bahnte.

Nur ein einziger Herzschlag verging, ehe Kla'gsar sich orientiert hatte. Durch seinen Angriff zerstreut, kämpften Morik, Aomer und Hyrtal nun abgeschnitten von Angor hinter dem Druhkfürsten gegen die Horde. Getroffen vom rammenden Vorstoß des Monsters war der junge Krieger von den Füßen gehoben und in den hinteren Teil der Befestigung geschleudert worden.

Mit wirrem Kopf und blitzenden Augen wich er gerade noch rechtzeitig aus, als die zweihändig geführte Axt des Ungeheuers auf ihn niederfuhr.

Von seiner Rüstung zugleich behindert wie auch am Leben gehalten, kämpfte der Streiter aus dem Norden mit allem, was er hatte. Sein Gegner in seiner Wildheit und Kraft nicht weniger schwer zu bekämpfen, als es der Ritter war, der ihn in die Hauptstadt gebracht hatte, stieg die Verzweiflung in der Brust des jungen Mannes mit jeder Attacke, die er im letzten Moment abwehren konnte.

Der Kampf, der von seinen Kameraden geführt wurde, war für Angor nicht mehr zu erkennen. In seiner Konzentration und seinen Fähigkeiten auf nichts als den erschreckend schnellen Druhk vor ihm fokussiert, kämpfte er wahrlich mit dem Rücken zu der steinernen Wand des Felsens. Mehr und mehr im Nachteil traf ein Hieb nach dem anderen die glänzenden Platten seines Panzers. Abgelenkt oder zumindest abgeschwächt von Angors Reaktionen genügte die Stärke des Monsters noch immer, um lähmende Wellen des Schmerzes durch seinen Körper zu schicken.

Ein gefährlicher Gleichklang streckte seine verheerenden Finger nach dem Körper des Kriegers aus. Gepeinigt von Schmerz und Verzweiflung, ohne einen erkennbaren Ausweg aus ihrem Schicksal, nährte sich die urtümliche Wut in seinem Herzen ungezügelt in seiner Brust. Der Zorn flackerte erneut auf und verwandelte sich schon bald in ein loderndes Feuer der Kraft, die ihn zwang, auf den Beinen zu bleiben. Es waren die Worte, die Seris gesprochen hatte, die Angor dazu brachten, die zehrende Wut in ihm unter Kontrolle zu halten. Gefangen im tödlichen Zweikampf mit der Bestie vor ihm und dem verzweifelten Ringen mit den Kräften in seinem Herzen tat der junge Mann alles, um nicht im Beisein seiner Kameraden zu einem ungezügelten Wirbelwind des Todes zu werden.

Mit jeder peinvollen Welle des Schmerzes, die seinem pochenden Schildarm hinabschoss, bekam die Hitze in ihm neue Nahrung. Das Maß an Kraft, das in ihm tobte, begierig darauf endlich freigelassen zu werden, schien ihn von innen heraus zu verbrennen.

Eine Idee, so gefährlich wie notwendig, schoss durch seinen Kopf. Mit zusammengebissenen Zähnen sprang er vorwärts und stieß den massigen Leib seines Gegners zurück. Von der plötzlichen Attacke seines des Menschen überrumpelt, gewährte der Druhkfürst dem jungen Krieger genau den Platz, den er brauchte.

„Hyrtal, verschafft mir eine Sekunde Zeit!", brüllte Angor über den Lärm der Schlacht hinweg. Er konnte nicht sehen, ob der Ritter ihn gehört hatte, als er seine Erinnerungen durchforstete. Das plötzliche Zucken und der wütende Gesichtsausdruck des größten aller Monster offenbarten die Wirkung des Ablenkungsangriffes. In seinen Rücken getroffen, zögerte der riesige Druhk seine Attacke gerade lange genug heraus, dass Angor die Zeit hatte, seinen Plan auszuführen.

Mit der Wildheit seines inneren Feuers aus seinen Augen strahlend, brüllte der Kämpfer das eine Wort, das sie entweder verdammen oder retten sollte. Lauter als alles andere in dieser Nacht erklang die Formel *Tyrnok* und badete den jungen Mann in einer lodernden Feuersäule. Wie in Eis erstarrt bewegte sich niemand um ihn herum mehr. Selbst die Druhks hielten in ihrem mörderischen Treiben inne und starrten voller Furcht auf den flammengebadeten Krieger, der ihrem Anführer gegenüberstand.

Von der Kraft seiner Wut zehrend, saugte der Zauber jedes bisschen von Angors Lebenskraft aus seinem Körper, als die Flammen höher und höher in die Nacht stiegen. Unfähig den Zauber weiter zu kontrollieren, sackte der Schwertkämpfer auf die Knie, den Blick in den Himmel gerichtet, und beobachtete, wie sich ein neuer Stern über ihnen bildete. Mit beeindruckender

Anmut wandelten die Flammen ihre Form, weiteten sich aus und bildeten schließlich einen Anblick, der selbst dem brennenden Zauberer eine Gänsehaut verschaffte.

Ein Drache, aus loderndem Feuer erschaffen, schwebte über ihnen am Himmel und schlug mit seinen riesigen Flügeln sanft in der Luft. Der Kopf, beinahe so groß wie ein Pferd, schaute mit brennenden Augen zu ihnen herab. Eine Stimme, grollend tief und dennoch mit einer unglaublich beruhigenden Wärme, ertönte plötzlich im Kopf des Kriegers, der ihn erweckt hatte.

„Warum hast du mich beschworen, Mensch? Was ist das für ein Ort, auf dem Tod und Verderben herrschen?"

„Rette uns!", flehte Angor. *„Rette uns vor den Druhks, die unser Leben beenden wollen! Du bist unsere letzte Hoffnung! Meine letzte Hoffnung auf unser Überleben!"*

Sekunden vergingen, in denen jedes einzelne Auge auf dem Boden in den Himmel gerichtet war. Sekunden, in denen der junge Krieger keine Antwort von dem Avatar am Himmel bekam. Mit einer Langsamkeit, die wahrhaft fesselnd war, schlug der riesige Drache mit seinen Flügeln und legte sich in eine weite Kurve. Von dem schreckenerregenden Anblick über ihnen wie erstarrt, reagierte keine der Grünhäute, als das feurige Wesen mit geöffnetem Maul auf sie zuschoss. Ein flammender Wirbel brach zwischen den brennenden Zähnen des Avatars hervor und hüllte die Ungeheuer vor der Palisade in den feurigen Tod. Selbst jetzt noch wie versteinert, vermochte es keines der Monster dem lodernden Zorn zu entgehen. Gebadet in Flammen, die heißer waren als alle, die je einer ihrer Rasse entzündet hatte, verbrannten die Bestien zu Asche, noch bevor ihre Waffen aus ihren sterbenden Händen fallen konnten.

Von den Resten der hölzernen Palisade geschützt, entgingen die Menschen nur knapp dem Schicksal der Ungeheuer, als der Körper des Drachen durch die angeschlagenen Stämme schnitt und die letzten Druhks in der Palisade verbrannte. Es war der

Moment, indem die Schnauze des feurigen Wesens den Druhk-fürsten berührte, als die Macht, die ihn erweckt hatte, verflog. Von der Hitze verbrannt und ausgezehrt, schwankte das Monster. Unglauben und das erste Mal Furcht huschten über sein Gesicht, als er sich der Katastrophe bewusst wurde, die über seine Kriegsbande gekommen war.

Von all dem bekam Angor nur noch wenig mit. Von der Wirkung des Zaubers ausgezehrt, hatte sich ein trüber Dämmerzustand über seine Gedanken gelegt. Er war sich nicht sicher, ob es seiner Einbildung entsprang oder wirklich passiert war, dass der Drache ein weiteres Mal zu ihm gesprochen hatte.

„Dein Werk ist getan. Du bist erlöst", hatte sich in seine Erinnerungen gebrannt, ganz so, als wollte der Drache nicht, dass er es vergaß.

Seine verbliebene Willenskraft zusammennehmend, hob Angor seinen schweren Kopf noch einmal an. Den Blick auf den qualmenden Körper des geschlagenen Druhks gerichtet, betrachtete er die Verheerung, die er angerichtet hatte. Die Bande war ausgelöscht worden und selbst der Anführer nicht mehr in der Lage zu kämpfen.

Die groben Gesichtszüge des Monsters bebten, als es den Bezwinger all seiner Krieger betrachtete. Eine Furcht, für ein Wesen dieser Stärke bisher völlig unbekannt, hatte von ihm Besitz ergriffen. „Was bist du? Wie konntest du das tun?", stammelte er völlig verängstigt.

„Wer ich bin?", flüsterte Angor. „Ich bin die Geisel aller, die meinem Volk schaden wollen. Die Menschen stehen unter meinem Schutz!"

Der Blick der Bestie nahm einen unterwürfigen Ausdruck an. „Na los, töte mich schon. Beende es!"

Nichts als Hass schwelte im Herzen des Kriegers, als er das Biest vor ihm betrachtete. Als einer der größten Feinde der Menschen verdiente dieses Monster den Tod noch mehr als seine

Krieger. Mit zitterndem Arm hob er sein Schwert. Die Spitze, dunkel verfärbt vom Blut der getöteten Feinde, zeigte auf das Herz des Ungeheuers.

„Nein, ich bin besser als du", sagte der Schwertkämpfer erschöpft und senkte seine Waffe. „Geh, geh und erzähle den anderen deiner Art, was hier und heute passiert ist. Sag ihnen, was passiert, wenn man die Menschen Nurays bedroht!"

Ein Ausdruck reinen Unglaubens erfüllte das verheerte Gesicht des Druhks. „Du, du schenkst mir mein Leben? Das kann nicht sein! Ich werde dir dienen müssen, bis die Schuld getilgt ist, das verlangen die Regeln meines Clans. Wie kann ich da jemals zurückkehren?"

„Ich befehle es dir!", knurrte der Krieger. „Sollte ich jemals die Dienste eines Druhks brauchen, werde ich dich sicher finden, Kla'gsar."

Mit zitternden Beinen stemmte sich der Druhk auf und entfernte sich mit wackligem Gang in die Nacht. Umgeben von rauchendem Holz und dem Gestank verbrannten Fleisches sackte Angor in sich zusammen. Der wohltuende Balsam der Bewusstlosigkeit senkte sich wie ein schwarzes Tuch über seine Augen.

Nachwirkungen

Die hellen Strahlen der Mittagssonne ließen seine Augenlider rot leuchten. Vom gleißenden Licht über ihm geweckt, blinzelte Angor mit zusammengekniffenen Augen gegen die Sonne. Mit schwachen Armen stemmte er seinen Körper in die Höhe, bis er aufrecht saß. Das Bild, das sich ihm bot, war ein Zeugnis purer Zerstörung. Verkohltes Holz und die eingebrochene Mauer der Palisade umringten ihn. Selbst von seinem Platz am Fuß des Felsens aus konnte er die Spuren des Feuers sehen, das bis weit hinaus in die grasbewachsene Steppe gewütet hatte.

Mit trockener Kehle blickte er umher. Ein Kampf hatte hier stattgefunden, den Spuren nach eine größere Auseinandersetzung. Eine lederne Flasche lag neben ihm auf dem Boden. Mit zitternden Fingern griff Angor nach dem Gefäß und zog den Korken aus der Öffnung. Kühles Wasser rann seine Kehle herab, als er gierig den Inhalt hinunterstürzte. Die lähmenden Nebenwirkungen des Durstes ein wenig gemildert, wurde seine Wahrnehmung wieder klarer. Dreck verkrustete seine Hände. Getrocknetes Blut von wilden Bestien.

Die Erkenntnis stürzte wie eine Flut über ihn herein. Erinnerungen, von seinem schwachen Körper unterdrückt, kehrten zu ihm zurück. Er erinnerte sich an den Kampf, den sie hier ausgetragen hatten. Erinnerte sich an die blutrünstigen Rufe der Bestien, die nach ihrem Leben getrachtet und nichts anderes als ihren Tod gewollt hatten. Als er weiter an sich heruntersah, erkannte er, dass man ihm seine Rüstung ausgezogen hatte.

Sie hatten gewonnen, daran erinnerte er sich. Doch wie war ihnen dieses Kunststück gelungen? Noch immer vollkommen entkräftet ließ er sich mit dem Rücken gegen den Felsen sinken.

Ein Hunger, größer als jeder, den er je zuvor gespürt hatte, zehrte an seiner Konzentration. Schlurfende Schritte kündigten die Ankunft einer anderen Person an. Mit grimmigem Gesicht und einigen schmutzigen Verbänden an Armen und Beinen trat ein älterer Mann durch eine der Lücken ins Innere der Ruine. Als sein Blick auf Angor fiel, erhellte sich sein Gesichtsausdruck ein wenig.

„Du bist wach, ja? Sehr schön. Wie geht es dir?", fragte der Mann und setzte sich neben ihm auf die Erde.

Bemüht, die richtigen Worte zu finden, überlegte er fieberhaft, wie dieser Mann, dieser Kampfgefährte hieß. *„Hyrtal, ja genau"*, schoss es ihm durch den Kopf, als er den alten Kämpfer genauer betrachtete. Der Kampf war auch an ihm nicht spurlos vorübergegangen.

„Ich glaube ganz gut. Wenn ich etwas gegessen habe, sollte ich wieder etwas mehr Kraft finden", krächzte Angor erschöpft.

„Das ist gut. Für heute werden wir noch hierbleiben. Die Jungs sind nicht viel besser dran als du und abgesehen von dem Burschen, den du mitgebracht hast, hat jeder von uns etwas abbekommen."

Dankbar nahm der erschöpfte Krieger das Brot und den Käse entgegen, die ihm der Ritter reichte. „Wo sind die beiden? Wie geht es Morik?"

„Er hat einige Prellungen erlitten und einen Schnitt auf dem Oberarm davongetragen. Der wird schon wieder, auch wenn er sich Mühe gibt, einen anderen Anschein zu erwecken. Aomer hat ihn zu den Pferden mitgenommen. Den Tieren geht es gut, sie haben tiefer im Wald nichts von den Kämpfen mitbekommen."

Erleichterung überkam Angor, als er diese Worte hörte. Den Weg zurück zur Hauptstadt zu Fuß zurückzulegen war nichts, was er gerne getan hätte.

„Du, sag mal", murmelte Hyrtal nach einer Weile und lehnte sich zu dem essenden Kämpfer nach vorne. „Ich denke, wir sind uns einig, dass es einem Wunder gleicht, dass wir den Kampf mit den Druhks überlebt haben. Deine Fähigkeiten mit dem Schwert haben mich wirklich beeindruckt und dennoch waren es weder dein Mut noch deine Schwertkunst, die mir im Gedächtnis geblieben sind. Dieses Feuer, dieses flammende Wesen, das über dir aufgestiegen ist, nachdem ich den großen Druhk abgelenkt hatte. Was war das?"

Von der Frage des Ritters auf dem falschen Fuß erwischt, biss Angor ein weiteres Mal von seinem Brot ab und kaute absichtlich langsam, um etwas Zeit zu gewinnen. Er wusste, dass es riskant gewesen war, diese Fähigkeiten in der Gegenwart anderer einzusetzen, doch wofür hatte er sie, wenn er sein Leben und das der anderen riskierte, indem er sich den Mächten verweigerte? Die Angst, dass der Ritter den König über sein verborgenes Talent unterrichten würde, war nicht nur etwas, vor dem Seris ihn gewarnt hatte, sondern auch etwas, das er selbst dringend vermeiden wollte. Nachdem er Turag kennengelernt hatte, war sich Angor sicher, dass er nicht zum magischen Lakaien eines derart eigensinnigen Mannes werden wollte.

„Hm, wenn ich ehrlich bin, ging alles so schnell, dass ich mich selbst nicht mehr an alles erinnern kann. Ich wollte, dass wir gewinnen, dass wir überleben. Stärker als alles andere in meinem Kopf habe ich mir genau das gewünscht", umging er die richtige Antwort.

„Hm, was auch immer du getan hast, es hat unser Leben gerettet. Der Sieg war hart errungen und viel länger hätte keiner von uns mehr kämpfen können. Ich bin froh, dass du getan hast, was auch immer das war." Die Dankbarkeit des Ritters war deutlich zu spüren.

„Ich hätte nichts ohne die Hilfe von euch allen tun können. Wir haben als Waffenbrüder gekämpft und diesen Sieg gemeinsam errungen", entgegnete der junge Krieger mit ernstem Ton. „Ich danke dir für deinen Beistand und doch möchte ich eine Bitte an dich richten. Was hier vorgefallen ist, das Feuer und die Art unseres Sieges, muss unter uns bleiben. Ich bin mir nicht sicher, ob unser König die Umstände verstehen und richtig einschätzen würde, sollte er davon erfahren."

Die Augen des Ritters verengten sich. „Wir sind Waffenbrüder", war alles, was Hyrtal ihm zur Antwort gab.

Es war der Nachmittag des nächsten Tages, als plötzlich dicke Regentropfen auf die Platten seiner Rüstung schlugen. Noch im Morgengrauen waren die vier Überlebenden losgeritten und hatten ihre Palisade im Wald zurückgelassen. Keiner von ihnen hatte zurückgeblickt und dem zerstörten Ort, an dem beinahe ihr Leben geendet hatte, einen letzten Blick gewidmet. Es hatte nicht lange gedauert, ehe die ersten Umrisse der Stadt am Horizont zu sehen waren.

Das Verhältnis zwischen Angor und dem Ritter hatte einen seltsamen Zustand angenommen. Eine Verbundenheit, wie sie nur unter Männern, die gemeinsam gekämpft hatten, bestehen konnte, war selbst ohne Worte zwischen ihnen zu spüren und doch spürte der Krieger nur zu deutlich, dass der Ritter des Königs mit seinem Gewissen haderte. Die Entscheidung, ob er seinem Herrn die Wahrheit über die Ereignisse im Wald berichtete, war noch nicht gefallen und der Ausgang seiner Überlegungen für den jungen Mann noch immer ein Rätsel.

Mal stumm, mal in ein leichtes Gespräch vertieft, ritten sie den Tag über vor sich hin. Den erlittenen Verletzungen und überreizten Muskeln geschuldet, wählten sie eine Geschwindigkeit, die ihr Eintreffen erst mit den letzten Sonnenstrahlen des Tages zusammenfallen ließ. Zum ersten Mal, seit sie einander begegnet waren, nutzte Angor dabei die Gelegenheit, etwas über den anderen jungen Mann zu erfahren, den der König zu sich gerufen hatte.

Obgleich er zumeist schüchtern wirkte, erwies sich Morik als durchaus schlau und geschickt mit der Waffe. Es hatte ein Turnier dort gegeben, wo er herkam, ähnlich der Veranstaltung in Mortret, an der Angor teilgenommen hatte. Als Sieger der Kämpfe hatte sich der Ruf des jungen Burschen schnell in der Umgebung verbreitet. Sein Vater führte eine Schenke, in der er bereits die beiden Schwestern und den jüngeren Bruder des Kämpfers beschäftigte. Die Gelegenheit, die sich ergeben hatte, als der König seinem Sohn eine gut bezahlte Anstellung anbot, wollte der Vater nicht verstreichen lassen. Mit einem Blick auf das Geld und die Tatsache, dass er eines seiner Kinder damit anständig untergebracht hatte, stimmte er der Vereinbarung im Namen seines Sohnes zu und überredete den überraschten Knaben mit dem Ritter fortzureiten.

Die Phasen der stillen Reise hatte der Kämpfer genutzt, um seine Erlebnisse mit der Stimme des Geistes zu besprechen. Mehr als erfreut zu hören, dass sein Schüler den Kampf unversehrt überstanden hatte, lobte Seris den Krieger für seinen unerschütterlichen Mut. Seine Zeit ausnutzend, schilderte Angor dem früheren Helden jedes Detail des Kampfes, an das er sich noch erinnerte. Obgleich überwiegend schweigend, äußerte der alte Mann immer wieder den einen oder anderen Kommentar oder erklärte dem jungen Krieger ein rätselhaftes Verhalten der Grünhäute. Für Angor war es deutlich zu hören, wie sehr der legendäre Held bei seiner Geschichte mitfieberte. Mit Spannung verfolgte dieser, wie der junge Kämpfer zuerst sein Wortgefecht und anschließend seinen Zweikampf mit dem kolossalen Druhkfürsten schilderte.

Wahrlich mit angehaltenem Atem lauschte der Geist jedoch den Worten, die den Höhepunkt der Auseinandersetzung beschrieben. Obgleich er bereits wusste, dass Angor den Kampf unbeschadet überstanden hatte, saugte Seris jedes Wort darüber auf, wie sein Schüler den Zauber benutzt hatte, um sie alle zu retten.

Trotz der mahnenden Worte über das hohe Risiko, das er mit der Wahl eines so gewaltigen Objektes gewählt hatte, sprach der Held nicht nur Lob aus, sondern auch seinen Respekt vor dem jungen Streiter. Es hatte nur eine Sache gegeben, die der junge Krieger bei alldem für sich behielt. Der Nebel der Bewusstlosigkeit lag noch immer darüber und trübte seine Erinnerungen, doch selbst jetzt noch geisterten Bilder, Gedanken und Gefühle wie Rauchschwaden, die sich langsam zerstreuten, durch seinen Kopf. Gefangen in der warmen Dunkelheit seines Verstandes, hatte er das Gefühl gehabt, die Stimme des Drachen habe zu ihm gesprochen. Mit ihrer gleichsam grollend einschüchternden und warmen Stimme hatte dieses mächtige Wesen mit ihm geredet. Die genauen Worte und der Inhalt ihres Gespräches waren Angor entschlüpft, aber das Gefühl einer starken Verbindung, enger als er sie je zu irgendeinem Menschen gespürt hatte, war geblieben.

Die Flaggen über der Stadtmauer waren bereits zu erkennen gewesen, als Aomer das Gespräch mit ihm gesucht hatte. Noch immer ein wenig eingeschüchtert, klang seine Stimme etwas leiser, als sie es vor ihrer Reise getan hatte. „Ich bin froh, dass wir bald zurück in der Stadt sind. Von den Gefahren hier draußen habe ich erst einmal genug", seufzte der Bursche.

„Das kann ich gut verstehen, mein Freund. Du hast dich sehr gut geschlagen und kannst stolz auf dich sein. Ruh dich etwas in der Stadt aus, aber erinnere dich daran, zu was du fähig bist, solltest du jemals wieder kämpfen müssen", entgegnete Angor, bemüht den Mut des Jungen zu erhalten.

„Warum hast du den letzten Druhk am Ende laufen lassen? Hattest du keine Angst, dass er zurückkommt und uns tötet?", fragte der Sohn des Dieners schließlich.

„Ich weiß es gar nicht mehr so recht. Ich hatte das Gefühl, dass es die Sache nur noch schlimmer machen würde, wenn ich die Bestien bis auf die letzte ausrotte. Wenn dieser die Kunde von der Gefahr für seine Art bis in seine Heimat trägt, hält das den Rest von ihnen vielleicht davon ab, uns erneut anzugreifen." Angor zuckte mit den Schultern. „Wie auch immer, ich denke, es ist das Beste, wenn du den genauen Ausgang des Kampfes für dich behältst. Wir haben gewonnen, das ist das Wichtigste."

Sie waren unter den letzten Reisenden, die hinter die schützenden Mauern der gewaltigen Hauptstadt Nurays eingelassen wurden. Die Straßen waren bereits nur noch von den vereinzelten Kohlelampen erleuchtet, die an den Ecken der meisten Gassen am Ende von langen Pfählen hingen. Nichts hätte Angor lieber getan, als den Weg zu seinem Anwesen einzuschlagen und die baldige Nacht in den Kissen seines weichen Bettes zu verbringen, doch er wusste, dass zuvor noch eine andere Pflicht auf sie wartete. Die Straßen Gurndas waren längst nicht mehr so dicht bevölkert, wie es in den Stunden des Tages der Fall war, und doch kostete es sie noch einige Zeit, um durch die Gassen und Wege der verschiedenen Viertel das königliche Schloss zu erreichen.

Der Mond stand schon deutlich am Himmel über den Dächern der Stadt, als die Truppe mit erschöpften Mienen vor das verschlossene Tor des Palastes ritt. Selbst in der Nacht prächtig anzuschauen, war es nicht sein edler Anblick, wegen dem sie gekommen waren. Seinen Kameraden zuvorkommend, war es Angor gewesen, der mit erhobener Faust die Schlosswache alarmiert hatte. Das laute Hallen seiner Schläge brachte schon bald das verärgerte Gesicht eines gepanzerten Soldaten hinter die hölzerne Klappe im Tor. Die Diskussion der beiden Männer darüber, ob der Eingang zum Schlossbereich zu so später Stunde noch geöffnet werden durfte, entschied Angor mit einer

Flut an Argumenten und Drohungen für sich. Ein Beispiel an dem Ritter nehmend, der ihn hierhergebracht hatte, drängte er den überrumpelten Soldaten so lange in die Ecke, bis dieser schließlich zerknirscht den Mechanismus betätigte, der sie in die innerste Festung einlassen würde.

Als Jüngster der Bande und zugleich als Einziger, der nicht direkt in den Diensten des Königs stand, war es an Aomer, die Pferde in den Stallungen unterzubringen, während die drei Männer, mit denen er geritten war, den Weg zum Herrn über ganz Nuray einschlugen. Obgleich die Nacht den Tag schon längst abgelöst hatte, war Turag noch immer nicht zu Bett gegangen. Bemüht sich vor den eiligen Schritten der Neuankömmlinge zu halten, erzählte der müde Diener ihnen, dass der König sich noch an einem Theaterspiel erfreue, dass einige junge Künstlerinnen für ihn aufführten.

Diskret genug, um ihnen keinen Einblick durch den dünnen Türspalt zu ermöglichen, schlüpfte der Bedienstete in den Saal des Herrschers hinein und verkündete die Rückkehr der königlichen Streiter. Von Ungeduld erfasst, warteten sie mehrere Minuten, ehe sich die Tür erneut ein kleines Stück öffnete. Mit ruhiger Stimme sprach der Diener zu ihnen. „Seine Majestät wünscht zuerst alleine mit Euch zu sprechen, Herr Angor."

Überrascht blickte der Krieger seine Kameraden an und trat durch den Türspalt ein. Ein Geruch, der eine Mischung aus süßen Düften und dem Schweiß von Menschen darstellte, hing wie unsichtbarer Nebel im gesamten Thronsaal. Bunte Stoffe von durchscheinender Natur lagen jenseits des zentralen Weges überall verstreut, ganz so als hätten ihre Träger sie dort achtlos zu Boden geworfen, wo sie gerade gestanden hatten. Je näher er dem Thron kam, desto deutlicher wurde auch die Note von schwerem Wein, der in rauen Mengen ausgeschenkt worden war. Im flackernden Licht der verstreuten Kerzen näherte sich der junge Mann immer weiter dem Herrscher seines Landes, der mit einem goldenen Kelch in der Hand auf seinem Stuhl flegelte.

„Du kommst sehr spät. Hattest du Schwierigkeiten auf deinem Weg, großer Krieger?", kicherte der König, bevor sein Gesicht einen ernsteren Ausdruck annahm. „Es ist schon sehr spät, aber für dich nehme ich mir noch einmal etwas Zeit. Erklär mir, warum du so lange gebraucht hast, um diese einfache Aufgabe zu erfüllen."

Der Groll, der bei diesen Worten in seiner Brust aufstieg, brachte Angor dazu, mit den Zähnen zu knirschen. Bemüht, den unerfahrenen König nicht zu verärgern, verbeugte er sich tief, bevor er zu einer Antwort ansetzte. „Wir hatten tatsächlich mit einigen Widrigkeiten zu kämpfen, Eure Majestät", entgegnete der Krieger. „Euren Ritter und seinen Rekruten zu finden war nicht das Problem. Genau wie der Bote von ihrer Notlage berichtet hatte, war ihnen eine Horde blutrünstiger Druhks auf den Fersen und suchte ihren Tod."

„Soso, wie viele mochten das schon gewesen sein? Zehn? Zwanzig? Drei von euch gehören zumindest den Worten nach zu meinen tapfersten Kriegern. Ein paar jämmerliche Grünhäute sind doch keine Sache, die euch vor Probleme stellt, oder?"

Sowohl der Ton wie auch die Wortwahl des jungen Regenten schürten den Zorn in Angors Brust immer weiter. Es war unzweifelhaft, dass dieser arrogante Mensch vor ihm noch nie einen echten Kampf bestritten hatte, geschweige denn gegen einen lebenden Krieger der grünhäutigen Ungeheuer. Mit derartiger Geringschätzung über die Gefahren zu sprechen, die seine Kämpfer dort draußen riskiert hatten, brachte den ehemaligen Schmied zum Kochen. Der Geruch um ihn herum und der undeutliche Beiklang der Worte des Königs verstärkten zudem die Vermutung, dass der junge Mann vor ihm sturzbetrunken war.

„Eure Majestät", versuchte er es mit bemüht geduldiger Stimme. „Es waren keine zwanzig Ungeheuer, die sich bis tief in Euer Land gewagt hatten, sondern weit mehr als hundert dieser Monster. Ungezügelt zog ihre Bande durch Nuray und stellte damit nicht nur für uns, sondern für alle Menschen Eures Reiches eine Bedrohung dar. Sie haben uns den Weg abgeschnitten und drohten uns auf dem offenen Feld vor der Stadt zu erschlagen, sollten wir diesem Weg folgen. Wir suchten in einem Wald Unterschlupf. Suchten uns eine Stelle, die wir verteidigen konnten, und befestigten diese, um dem Tod durch ihre Waffen zu entgehen.“

„Ihr habt euch vor ihnen versteckt? Bedeutet das, dass diese Monster noch immer dort draußen herumziehen und meine Reichtümer stehlen?“, spuckte der König verächtlich aus.

„Nein, Eure Majestät. Die Bestien fanden uns und wir haben sie zurückgeschlagen. Die Bedrohung ist vernichtet, doch die Verzögerung durch den Kampf kostete uns leider einen weiteren Tag.“

Mit roten Backen und zusammengekniffenen Augen lehnte sich der Regent nach vorne und studierte die Erscheinung seines Streiters. Seine Rüstung war vollkommen zerkratzt und mit den deutlichen Spuren des zurückliegenden Kampfes überzogen. Tatsächlich hatte selbst Angor schon festgestellt, in was für einem bemitleidenswerten Zustand seine Rüstung nach dem Kampf mit dem Druhkfürsten war. Selbst das Wappen Nurays, welches auf seiner Brust geprangt hatte, war von den Treffern, die er erlitten hatte, beinahe vollständig abgerieben worden.

„Das heißt, du hast nicht nur die Grünhäute in Denton für mich erschlagen, sondern das gleiche Kunststück auch noch hier unmittelbar vor meinem Haus vollbracht. Ich werde mir wohl eine weitere Belohnung für dich überlegen müssen. Eine Truppe aufzustellen, die diesen blutrünstigen Dummköpfen nachjagt und sie aus meinem Land vertreibt, hätte mich nicht nur wertvolle Männer, sondern auch noch ein gutes Sümmchen aus meiner Schatzkammer gekostet. Nicht auszumalen, was passiert wäre, wenn diese Ungeheuer es gewagt hätten, die Händler zu überfallen. Der finanzielle Schaden wäre nicht hinnehmbar gewesen."

Der Kloß aus Wut und stetig zunehmender Abneigung, der sich in Angors Kehle immer weiter verdichtete, ließ ihm übel werden. Es fiel ihm schwer, dem Herrn von Nuray mit einer respektvollen Antwort zu begegnen, anstatt ihm das zu sagen, was ihm zu dem erbärmlichen Auftritt des Königs wirklich in den Kopf kam.

„Es wäre ungerecht zu behaupten, dass ich den Sieg im Wald alleine errungen habe. Wir alle haben hart gekämpft und uns den wilden Angriffen der Druhks in den Weg gestellt. Mit unseren Bögen und Schwertern, Mut und dem Pflichtgefühl unserem Land gegenüber haben wir uns den Grünhäuten widersetzt und den Sieg für Euch errungen. Der Dank gebührt nicht einem Einzelnen als vielmehr uns allen zusammen."

Mit hochgezogenen Augenbrauchen lehnte sich Turag auf seinem Thron wieder zurück. „Ich denke, das zu entscheiden, obliegt noch immer mir, Bursche. Du kannst jetzt gehen. Ich werde wieder nach dir schicken, wenn ich dich wieder brauchen sollte. Schick mir jetzt die anderen herein."

Nicht im Geringsten daran interessiert, nur eine Minute länger als unbedingt nötig in der Nähe dieses unangenehmen Menschen zu verbringen, eilte der Krieger zackig aus dem Saal. Ein Gefühl der Erleichterung überkam ihn, als er durch das hölzerne Portal trat und die schwere Luft im Inneren hinter sich ließ.

„Der König möchte nun mit euch sprechen", sagte er schließlich mit ausdrucksloser Miene, als er in die Gesichter seiner Gefährten sah. Es war Hyrtal, den er noch für einen Augenblick zurückhielt, als dieser an ihm vorbeitreten wollte. Mit der Hand an seinem Arm lehnte er sich zu dem Ritter hinüber und flüsterte ihm ein paar letzte Worte zu. „Ich habe dem König nichts von den Flammen und dem Ende des Kampfes erzählt. Er wirkte für mich, als würde er mir ohnehin kaum glauben, also geben wir ihm keinen weiteren Grund an unseren Erlebnissen zu zweifeln."

Der Blick des Ritters verriet nicht, was er von Angors Worten hielt. Ein knappes Nicken war alles, was er dem Krieger anbot, bevor er seinen Arm löste und in den Thronsaal trat.

Alleine in der Weite des Schlosses wartete der junge Streiter vor den verschlossenen Türen. Wenngleich der Ritter und sein Rekrut sicher eine Unterkunft im Schloss bekommen würden, musste er zumindest auf Jandriks Sohn warten, sollte er bei seiner alleinigen Rückkehr nicht von dessen Mutter erschlagen werden wollen. Deutlich länger, als er selbst vor dem König gestanden hatte, verbrachten seine Gefährten die quälend langsam verstreichenden Minuten im Thronsaal. Von wachsender Unsicherheit gequält, trieben die immer gleichen Fragen durch Angors Verstand und nagten ohne Gnade an seinem Selbstbewusstsein. Was dachte Hytal wirklich über den flammenden Drachen, der sie gerettet hatte? Würde er sich dem König anvertrauen? War er bereit, das Band das sie im Kampf geknüpft hatten für seine Loyalität zum König zu opfern? Die Ungewissheit biss Angors eisern in die Brust. Noch vor wenigen Wochen hätte es ihn vermutlich wenig gekümmert, wenn der Herr Nurays von seinen magischen Talenten erfahren hätte, doch nun da er ihn kennen gelernt hatte, verstand er, warum Seris ihn einst warnte. Die Vorstellung von Turag gezielt zur Anwendung seiner geheimen Fähigkeiten gezwungen zu werden, um sich immer unmöglicheren Aufgaben zu stellen, sandte ihm einen eiskalten Schauer über den Rücken.

Er wusste nicht, wie viel Zeit wirklich vergangen war, als sich die Tür zum Herrschaftsraum des Königs schließlich wieder öffnete und die drei Gestalten mit hängenden Schultern aus ihm hervortraten. Keiner von ihnen sagte ein Wort, aber allein der Gesichtsausdruck der Kameraden verdeutlichte, dass sie zum Opfer von Turags Zorn geworden waren. Es war Aomer, den er sich kurz zur Seite nahm und danach fragte, was vor dem Regenten passiert war.

„Der König war nicht zufrieden damit, dass Herr Hyrtal erst jetzt hier in der Hauptstadt angekommen ist. Er verglich ihn mit einer Gassendirne und schimpfte, dass selbst diese schneller als der lahme Ritter unterwegs war." Noch immer eingeschüchtert von den Worten des Königs senkte der Junge seine Stimme. „Er gab Hyrtal die Schuld daran, dass die Druhks so nahe an die Hauptstadt heran gelangen konnten, als hätte dieser sie durch die Lücken in Nurays Verteidigung geführt. Nachdem er fertig war, den Ritter zu tadeln, befragte er uns nach den genauen Umständen der Reise, vor allem aber auch nach den letzten Tagen. Wenn ich ehrlich bin, habe ich da drinnen kein Wort gesagt."

„Ich denke, das war auch besser so", lachte Angor beruhigend und klopfte dem Jungen auf die Schulter. Sie waren gerade dabei, sich dem Ausgang zuzuwenden, als ihn die Stimme des erschöpften Ritters zurückhielt. Ein Wink brachte den jungen Mann dazu, sich seinem Kampfgefährten wieder zu nähern.

„Bevor wir gleich auseinandertreten, möchte ich mich noch einmal bei dir bedanken. Ganz gleich, ob ich die Ereignisse im Wald verstehe oder nicht, weiß ich doch sicher, dass du es warst, der uns alle gerettet hat. Sei versichert, dass ich dein Geheimnis für mich behalten habe. Du hattest Recht. Es wäre unklug gewesen, das volle Ausmaß unserer Erfahrung an unseren Herrn weiterzugeben. Du stehst in der Gunst unseres Königs und ich rate dir, den Zustand so lange wie möglich zu erhalten. Sollte sich das jemals ändern, denk daran, dass du nun Freunde hier am Hof hast."

Die ausgestreckte Hand des Ritters wurde von einem aufrichtigen Lächeln begleitet. Seine Sorgen vergessend ergriff Angor die Hand des erfahrenen Kriegers. „Es war mir eine Ehre an deiner Seite zu kämpfen, Hyrtal von Ägorn."

Keine weiteren Worte waren mehr nötig, der Ausdruck ihrer Augen klar genug, um alles zu sagen. Als sie auseinandertraten, schien der Ritter wieder ein klein wenig zu schrumpfen. Die Nacht war spät und jeder der beiden sehnte sich nach etwas Ruhe.

Bemüht, die Willkür und Ungerechtigkeit des Königs zu vergessen, kehrten Angor und sein junger Begleiter zu ihrem Zuhause zurück. Die Stille der nächtlichen Straßen war ein starker Gegensatz zu dem Trubel, der sie erwartete, als sie ihre müden Reittiere auf das Grundstück des Streiters führten. Vom Klappern der Hufe geweckt und von ihrer Neugier und Vorfreude angetrieben, stürzten die Eltern des jungen Burschen in die Nacht hinaus.

„Ihr seid wieder da! Du bist wieder da!", lachte Mara von Erleichterung erfüllt und umarmte ihren Sohn so fest, dass er beinahe keine Luft mehr bekam. Mit den strengen Augen einer Mutter inspizierte sie ihn und suchte nach irgendwelchen Blessuren, die Angor den Kopf kosten mochten.

Etwas zurückhaltender als seine Frau beobachtete Jandrik die Szenerie und musterte seinen Jungen. Nur grob gewaschen waren noch immer die Spuren der Kämpfe an ihm zu sehen. Getrocknetes Blut und brauner Schlamm befleckten nicht nur die Kleidung des Burschen, sondern auch seine Hände.

„Danke, dass Ihr ihn mir unversehrt zurückgebracht habt", sagte der Diener an den Kämpfer gerichtet. „Mara war schon beinahe krank vor Sorge. Ich mochte mir gar nicht vorstellen, wie sie gewesen wäre, wenn er nicht bald wieder aufgetaucht wäre."

„Bitte entschuldigt die Verzögerung. Wir wurden in unserem Weg ein klein wenig aufgehalten", entgegnete Angor müde.

„Ihr seht aus, als ob ihr in Kämpfe geraten seid", merkte Jandrik an und deutete auf die Dellen und Schrammen auf der Panzerung des Kriegers.

„Ja, obwohl wir versucht haben ihnen zu entgehen, haben uns die Druhks dennoch gefunden", antwortete der Schwertkämpfer müde.

„Er hat recht. Ihre Horde war gewaltig, aber zusammen haben wir sie alle erschlagen können", prahlte der junge Bursche und brachte seinen Kampfgefährten damit in Verlegenheit. Noch bevor Angor in der Lage war, sich zu der Angelegenheit zu äußern, fuhr die Stimme der Mutter durch den ganzen Hof.

„Ihr habt was?", rief sie und schickte damit nicht nur Aomer einen Schauder des Schreckens über den Rücken. „Sagtet Ihr nicht, Ihr haltet meinen Sohn von allen Gefahren fern? Was, wenn ihm etwas passiert wäre, er hätte getötet werden können! Wo waren Eure Gedanken, Euch einfach so in diesen Kampf zu stürzen?"

Der beklommene Ausdruck auf dem Gesicht des Kämpfers offenbarte, dass er in diesem Moment mehr Angst vor der wütenden Mutter hatte, als ihm ein Krieger der Druhks einflößen konnte.

„Beruhig dich Mara!", mischte sich Jandrik mit scharfem Ton ein. „Hast du seine Worte nicht gehört? Er hat versucht, den Kämpfen zu entgehen. Außerdem bin ich mir sicher, dass unser Herr alles in seiner Macht Stehende getan hat, um auf unseren Sohn Acht zu geben, genau wie er es versprochen hat. Aomer ist unverletzt wieder bei uns und das ist das Wichtigste."

Von ihrem Mann zurechtgewiesen, besann sich die Frau wieder ein wenig auf ihre Stellung. Mit einem entschuldigenden Lächeln schnappte sie sich ihren Jungen und zog ihn hinter sich in ihr Zuhause.

„Bitte verzeiht ihr, Herr. Sie hat sich einfach nur furchtbare Sorgen gemacht. Eure Pferde könnt Ihr bei mir lassen. Ihr seid sicher müde. Ruht Euch aus. Ich kümmere mich um alles Weitere."

„Ich danke dir, Jandrik. Mach dir keine Sorgen. Ich schätze, als Mutter musste Mara einfach so reagieren."

Drei Tage vergingen, bis Angor das nächste Mal gebraucht wurde. Drei Tage, die er ausgiebig nutzte, um ein wenig Ruhe und Beständigkeit zu finden. Das Erste, was er getan hatte, nachdem die Sonne ihn am Morgen nach seiner Ankunft mit ihren Strahlen geweckt hatte, war seinen Freund im Schloss zu besuchen. Wulfun war in seiner Abwesenheit aus seinem Schlaf erwacht und hatte sich von der Erschöpfung erholt. Das Gespräch mit ihm gipfelte in einer Einladung für ein Festmahl zur Feier ihres Sieges und Angors erstem erfolgreichen Auftrag im Dienst des Königs.

Begleitet von Aomer, hatte er sich um die Rückgabe der geliehenen Ausrüstung gekümmert. Das Pferd des Burschen, vom Stallmeister eingehend begutachtet, wurde mit einem zufriedenen Brummen wieder zu seinen Artgenossen in den königlichen Stallungen zurückgenommen. Schnell wieder aus dem Hort der Reittiere abziehend, kostete ihr Besuch in der Waffenkammer ihnen deutlich mehr Zeit. Von Dungar zu ihrem Sieg beglückwünscht, ließ sich der gut gelaunte Rüstmeister nicht davon abbringen, sich die gesamte Geschichte ihres Abenteuers erzählen zu lassen. Mit leuchtenden Augen lauschte der alte Krieger ihren Worten, als der Kämpfer aus Tresmark und der Junge an seiner Seite abwechselnd erzählten. Von Erstaunen ergriffen, fragte der Herr der Rüstkammer fasziniert nach jedem Detail ihrer Auseinandersetzung mit den marodierenden Grünhäuten.

Der Mittag des Tages war bereits vorüber gewesen, als die beiden schließlich zurückgekommen waren. Aomer, für den Rest des Tages aus seinem Dienst entlassen, versuchte sich für einige Stunden zur Ruhe zu legen, als sein Vater ihn entdeckte. Während Jandrik ihn sogleich für weitere Arbeiten einspannte, trat Angor auf die Mutter des Burschen zu. In Erinnerung an das Gespräch, das er mit Wulfun geführt hatte, veranlasste der junge Krieger ein Festessen zu Ehren ihres Erfolges. Zwei Tage sollten bis dahin vergehen, in denen die Familie seines Dieners ihr Bestes geben wollte, um sein Zuhause für den Ehrengast vorzubereiten.

Von der Vorfreude auf das baldige Ereignis erfüllt, verbrachte Angor die Zeit bis dahin mit einer gelassenen Mischung verschiedenster Tätigkeiten. Ohne eine Aufgabe, der er sich widmen konnte, wechselte er weitere Kampfübungen mit dem Sohn des Dieners mit dem versteckten Schärfen seiner magischen Fähigkeiten ab. Gerade die Lektionen im Schwertkampf mit dem Burschen waren dem Krieger besonders wichtig. Er hatte ein Potenzial in dem jungen Mann erkannt. Ein Potenzial, das er fördern wollte. Von seinen eigenen Erfahrungen eher ernüchtert, wusste Aomer, dass es beständiger Übung und stetiger Verbesserung bedurfte, wollte er irgendwann einmal in einer gefährlichen Lage ohne den Kämpfer des Königs bestehen.

Mit seinen Übungen am Vormittag die Kühle des Morgens ausnutzend, verwendete der junge Krieger seine freien Nachmittage, um endlich einmal die Stadt zu erkunden, die fortan das Zentrum seiner Welt sein sollte. Mit Münzen in seinem Beutel und einer unruhigen Vorfreude darauf, was er alles entdecken mochte, war er schon kurz darauf in den Straßen der Stadt verschwunden.

Gurnda war tatsächlich nur noch grob mit Tront zu vergleichen, was jedoch hauptsächlich an der gewaltigen Größe der Hauptstadt lag. Eingeteilt in sechsundzwanzig Distrikte, in denen nicht nur Handwerker, sondern auch Händler nach der Art ihrer Waren eingeteilt worden waren, war die gesamte Stadt einer einheitlichen Ordnung unterworfen worden.

In den Straßen der Stadt gab es einiges zu ergattern. Mit einem Blick auf seine eigene Ausstattung erkannte der Mann aus dem Norden den abgetragenen Zustand nicht nur seiner Kleidung, sondern auch seiner Schuhe. Noch bevor der Abend kam, stand er nicht nur in einem neuen Paar lederner Stiefel, sondern gleich mit mehreren Sätzen passender Kleidung da. Vom Schuster hatte er erfahren, dass es in der Hauptstadt neben einem Militärdistrikt, in dem alle Kasernen und die Stadtwache untergebracht waren, sogar noch einen Bereich gab, in dem einige Magier wohnten. Von der normalen Bevölkerung für gewöhnlich gemieden, lebten die Zauberkundigen dort unter sich und forschten beständig an neuen Formeln, die ihre Kräfte erwecken würden.

Als eine Organisation, die allein dem König von Nuray unterstand, schickten sie immer wieder Beobachter durch das gesamte Land, um taugliche Anwärter für ihre Gemeinschaft zu finden. Wann immer sie ein Gerücht über eine Person hörten, die angeblich über besondere Fähigkeiten verfügte, wurde einer der ihren losgeschickt, um den potenziellen Zauberwirker zu prüfen. Von den früheren Königen wohlwollend betrachtet, forderte Turag geradezu die stete Ausbildung immer weiterer Magier, um sie gemeinsam mit seinen Armeen einzusetzen.

Als der Abend des Festmahls schließlich kam, freute sich Angor von allem am meisten über den Besuch seines Freundes. Es war das erste Mal, seit er in der Hauptstadt angekommen war, dass er den Ritter außerhalb des Schlosses traf. Ihn nun sogar in seinem eigenen Zuhause begrüßen zu können, erfüllte den Krieger mit Stolz. In einer Freundschaft, die von der Bürde des königlichen Auftrages befreit war, unterhielten sich Wulfun und sein ehemaliger Schüler über die verschiedensten Dinge. Lob, Anerkennung und Glückwünsche für seine bisherigen Erfolge ausgesprochen von dem Mann, der ihn über Wochen hinweg immer wieder gefordert hatte, ließen Angor vor Stolz beinahe glühen. Als das Essen schließlich aufgetragen und der Duft des gebratenen Ferkels über dem Feuer zu ihnen hinüberwehte, lief ihnen allen das Wasser im Munde zusammen. Nicht einmal der satteste Mensch hätte sich bei diesem Geruch noch auf seinem Stuhl halten können. Bei Wein, Bier, gutem Essen und ausgelassenem Gelächter verbrachten sie eine Nacht voller Freude.

Die sommerliche Sonne erhitzte den Platz vor ihm. Das Feld, auf das er blickte, war durch die Trockenheit der letzten Tage jeder Feuchtigkeit beraubt worden und der Wind wehte den losen Staub umher.

Er war überrascht gewesen, als der Bote des Königs am Vormittag am Tor seines Anwesens erschienen war, um ihm zum Schloss zu rufen. Gekleidet in die Gewänder der königlichen Dienerschaft hatte der Mann ungeduldig am Tor gewartet, bis Jandrik seinen neuen Herrn geholt hatte. Die Aufforderung, umgehend gerüstet im Thronsaal zu erscheinen, hatte Angor zunächst verwundert, bis er sich daran erinnerte, warum er überhaupt hier war. Wenn der König eine Aufgabe für ihn hatte, würde sie sicherlich mit dem Einsatz seines Schwertarmes zu tun haben.

Von Aomer begleitet, der ihm beim Anlegen der Panzerung geholfen hatte, war er kaum eine Stunde später im Schloss des Königs erschienen. Das Gespräch mit dem Herrscher Nurays war ihm noch immer so klar im Kopf, als würde er noch immer mit ihm sprechen.

„Ich bin überrascht, dass du mich warten lässt", hatte der junge Regent zur Begrüßung in seiner unverwechselbar hochnäsigen Art gesprochen. Noch bevor Angor ihm etwas erwidern konnte, hatte Turag bereits weitergesprochen.

„Deine Dienste werden benötigt. Ein weiteres Mal. Es ist an der Zeit, die Fähigkeiten des jungen Morik zu prüfen. Genau wie dich möchte ich diesen Bengel nicht in meine Dienste aufnehmen, ohne selbst eine genaue Vorstellung seiner Fähigkeiten zu haben. Nachdem derzeit sowohl Wulfun als auch der lahme Hyrtal nicht auf der Höhe ihrer Möglichkeiten sind, möchte ich, dass du gegen den Burschen antrittst. Schone ihn nicht, nur weil ihr bereits miteinander gekämpft habt. Ich möchte sehen, ob mehr in ihm steckt, als sein Äußeres hoffen lässt. Wer weiß, vielleicht vermag er es sogar, dich zu besiegen."

Tatsächlich war diese Aufgabe nichts, worüber Angor sich freute. Während ihres Kampfes gegen die Druhks hatte er die Fähigkeiten des jungen Mannes zwar nur am Rande mitbekommen, aber dennoch hatte sich bei ihm der Eindruck erhalten, dass der junge Streiter den Kampf eher gescheut hatte.

Eile war geboten gewesen, um vor seinem Kampfgefährten am Kampffeld zu sein. Begleitet von Aomer, der ihn durch die richtigen Flure führte, war Angor in seiner schweren Rüstung durch die Gänge des Schlosses gepoltert. Dieses Mal den Platz einnehmend, den Wulfun bei seiner Prüfung innegehabt hatte, beobachtete der junge Krieger die Szenerie. Morik war noch nicht erschienen und die Vermutung, dass er gerade jetzt von Dungar in eine schwere Plattenrüstung gesteckt wurde, erschien Angor am wahrscheinlichsten. Seinem Gegner, genau wie Wulfun zuvor, allein schon dadurch im Vorteil, dass er in den vergangenen Wochen den Umgang mit der Panzerung hatte üben können, würde er eine Sorge weniger im Kampf haben. Eine andere Sache wog jedoch genauso schwer und sorgte dadurch dafür, dass die Waagschalen ihrer Chancen ausgeglichen blieben. Wo er zuvor mit dem Ritter an seiner Seite über Wochen hinweg seine Fähigkeiten mit dem Schwert verbessert hatte, war er noch nicht ein einziges Mal gegen den jungen Mann angetreten, den er in der Steppe gefunden hatte. Sein Auftreten im Gefecht mochte schüchtern gewesen sein, doch ein Mann konnte sich vollkommen anders verhalten, wenn er einen Zweikampf ohne wirkliche Gefahr bestritt.

Der Gedanke an Wulfun schallte wie eine Warnung durch den Kopf des Streiters. Wo der Ritter zweifellos über das Talent verfügt hatte, den schnellen Attacken von Angors Instinkten zu entgehen, war er sich bei Morik nicht so sicher. Die Gefahr einzugehen, den nächsten Gegner so lange zu bearbeiten, bis dieser auf die Krankenstation musste, ließ den Krieger zurückschrecken.

Die Geräusche von der Tribüne zu seiner Rechten veränderten sich. Wo zuvor noch stetiges Gemurmel und wilde Absprachen über Wetteinsätze zwischen den Höflingen umhergingen, kehrte nun für einen Moment Stille unter ihnen ein. Begleitet von seinem Herold und einer Truppe an Dienern die Speisen und Getränke für den Herrn von Nuray mit sich trugen, setzte sich der König auf den Platz in der Mitte der Zuschauerränge.

„Wo bleibt denn der Neue?", rief der junge Regent selbstgerecht, noch bevor er sich gesetzt hatte, und brachte die anwesenden Adligen dazu nervös zu lachen.

„Weiß es keiner?", rief er belustigt hinterher. „Ich hoffe, er ist nicht so träge wie der Ritter, der ihn gebracht hat. Wollen wir nachschauen gehen?", spottete Turag weiter.

Das verhaltene Lachen, das auf die Kommentare des Königs folgte, wirkte eher wie die gezwungene Bestätigung seiner Eitelkeit. Beinahe, als hätte er genau auf diesen Moment gewartet, öffnete sich die Tür zu dem gemauerten Flur, aus dem Angor vor wenigen Wochen selbst hervorgetreten war. Mit einem Helm auf dem Kopf, der seine zotteligen braunen Haare bedeckte, aber das Gesicht des jungen Mannes freiließ, trat Morik aus den Schatten des Ganges. Sichtlich überrascht von dem Anblick, der sich ihm bot, wanderte sein Blick über das Kampffeld und die Tribüne, bis er an seinem gerüsteten Gegner haften blieb. Nicht zu verwechseln in seiner noch immer verbeulten Rüstung, versuchte Angor auf der anderen Seite des Platzes einen aufmunternden Eindruck zu erwecken.

„Da ist sie ja die Beute, die meinem lahmen Ritter nicht entgehen konnte. Ich hoffe, er bietet uns hier ein besseres Schauspiel als die Vorstellung, die ich bereits von ihm habe", flötete Turag und sah sich nach dem Beifall der unterwürfigen Höflinge um.

Von den Worten seines Königs wie fortgewischt verschwand das schüchterne Lächeln, das sich der junge Kämpfer aufgesetzt hatte. Ein Ausdruck von Betroffenheit und Selbstzweifel nahm an seiner statt im Gesicht des jungen Mannes Platz. Mit dem weiteren Ablauf bereits vertraut, richtete Angor seinen Blick auf den Mann, den er an seine Grenzen bringen sollte. Die Worte des Herolds, der als Nächstes vortrat, um den Kampf einzuleiten, hörte er nur am Rande, während er jedes Detail am Körper des Kriegers aus Nurays Süden studierte. Gehüllt in eine Rüstung, die zumindest dem Anschein nach ein klein wenig mehr Bewegungsspielraum bot, als es seine eigene tat, trug der Prüfling noch einen kleinen Schild an seinem linken Unterarm. Ein zusätzlicher Schutz, der ihm einen wertvollen Vorteil bringen konnte.

Als der Herold schließlich den Beginn des Kampfes ausrief, bemerkte Angor bereits in der ersten Sekunde den größten Unterschied zwischen Wulfun und Morik. Wo der Ritter mit Bedacht gekämpft hatte, mit Geschick und List darauf abzielend, seinen Gegner mit einer Mischung aus Kraft und Geschwindigkeit in die Enge zu treiben, wählte der junge Prüfling einen deutlich direkteren Weg.

Zweifellos nützlich bei unerfahrenen Gegnern, die leicht in Angst zu versetzen waren, stürmte Morik laut brüllend auf seinen Gegner zu. Das Schwert erhoben setzte er darauf, bereits mit seinem ersten Angriff punkten zu können. Es war ein leichtes für Angor, der Attacke auszuweichen und das Schwert so abzulenken, dass sich der Angreifer mit dem Rücken zu ihm drehen musste. Das blecherne Geräusch, das erklang, als Angors Schwert den Rückenpanzer des jungen Kriegers traf, verkündete laut den ersten Punkt in diesem Kampf.

Von Anfang an gebannt, beobachteten die Adligen auf der Tribüne den Kampf vor ihnen. Es kam wahrlich nicht so häufig vor, dass sie in Gegenwart des Königs Auseinandersetzungen dieser Intensität beobachten konnten. Mit dem Sieger des letzten Kampfes, der sich in den wenigen Wochen seiner Anwesenheit bereits einen respektablen Ruf erarbeitet hatte, versprach der Kampf atemberaubend zu werden.

Die Geschwindigkeit des Kampfes erreichte schnell eine beeindruckende Höhe. Das Klirren der Waffen und das Donnern der Schilde, als sich die Hiebe begegneten, erfüllten den gesamten Platz. Obgleich er nicht erwartet hatte, dass der Junge aus Haina ihn besiegen würde, war Angor doch überrascht von der Erfolglosigkeit von Moriks Versuchen. Für Laien sicher spannend mit anzusehen, war für einen wahren Meister des Kampfes nur zu offensichtlich, dass der junge Kämpfer immer wieder an der Verteidigung seines Gegners abprallte. Seine Angriffe waren zu ungestüm, vorhersehbar und einfallslos, um einen erfahrenen Kämpfer in die Ecke zu treiben. Hätte er Morik nicht bereits zuvor im Kampf gesehen, wäre er überrascht gewesen, dass der Bursche überhaupt für die Truppen des Reiches ausgewählt worden war.

Beinahe enttäuscht war der Streiter des Königs schon fast versucht, den Anwärter zu höheren Leistungen anzuspornen. Befreit von der Last, sich ständig beweisen zu müssen, focht Angor mit einer Ruhe und Freude, die er im Kampf mit Wulfun nur selten gespürt hatte. Mit Spaß an dem Kampf, dem er sich gestellt hatte, reizte der Streiter der Krone seinen Gegner immer weiter, um auch das letzte bisschen von dessen Talent zu offenbaren.

Ob es an Angors Provokationen lag oder an einem Plan, den der Krieger verfolgt hatte, konnte keiner sagen. Von frischer Ausdauer erfüllt, griff der junge Streiter plötzlich auf neue Kraft zurück. Mit neuem Elan und einem breiten Grinsen im Gesicht erhöhte Morik den Druck und ließ die Kontrolle über den Kampf zwischen ihnen wechseln. Keiner der beiden Kontrahenten ging aus dem Zweikampf ohne Treffer hervor. Begleitet von neuen Dellen in seiner Rüstung und dumpfen Schmerz darunter, stemmte sich der Kämpfer der Krone gegen den Ruf seines Blutes. Mit jedem Hieb, den er einsteckte, und jeder Schmerzwelle, die durch ihn hindurchschoss, spürte er den Druck in seinem Inneren wachsen. Mit jedem Treffer wurde es schwerer, nicht jedwede Zurückhaltung abzulegen und seinen Gegner in einem Wirbel aus Klinge und Armen niederzumachen. Dem Drang entgegen nutzte Angor, genau wie Seris es ihm gesagt hatte, seinen unerschütterlichen Willen, um der Bestie in seinem Inneren zu widerstehen und die freigewordene Kraft seinen Wünschen zu unterwerfen.

Seine Wahrnehmung vom Zorn geschärft und sein Körper von der Macht der Wut beschleunigt, beschloss der Krieger aus dem Norden den Zweikampf zu einem Ende zu führen. Mit einer Abfolge schneller und harter Hiebe durchbrach er die Verteidigung des jungen Kriegers. Die funkelnde Spitze seines Schwertes am Hals des jungen Mannes machte den Ausgang des Kampfes schließlich offensichtlich.

Stille herrschte für einen Moment auf dem Platz, als das Klirren des Stahls verklungen war. Vom Spektakel gebannt, brauchten die Zuschauer mehrere Sekunden, um zu verstehen, dass der Zweikampf ein Ende gefunden hatte.

Der Applaus, der einsetzte, nachdem die Menschen begriffen hatten, was sie sahen, brandete über ihre Köpfe hinweg. Mehrere Sekunden lang ließ der König die Streiter im Mittelpunkt des Lobes stehen, ehe er sich erhob und zu sprechen begann. „Schade, dass es dir nicht gelungen ist den letzten Gewinner zu bezwingen Morik. Das wäre eine Sache gewesen, die ich wirklich gerne gesehen hätte. Was du gezeigt hast, hat jedoch genügt, mich ausreichend von deinem Talent zu überzeugen, um einen Platz in meinen Truppen für dich zu finden."

Noch immer schwer atmend, betrachteten die beiden Kämpfer den jungen Regenten, wie er begleitet von seinem Gefolge in das Schloss zurückkehrte.

„Du hast gut gekämpft, Morik", sagte Angor lächelnd und streckte dem unterlegenen Kämpfer seine Hand entgegen. Der feste Händedruck und das schüchterne Lächeln des jungen Mannes erweckten in ihm ein Gefühl der Kameradschaft.

Ein Bild des Feindes

Der Sommer war über das Land gekommen und die Bauern auf den Feldern waren gut damit beschäftigt, die Ernte vor dem Beginn der wechselhaften Jahreszeit einzuholen. Mehrere Wochen waren vergangen, seit Angor gegen Morik gekämpft hatte. Wochen, in denen der König abgesehen von einigen Kleinigkeiten bei Hof nichts wirklich Interessantes von ihnen gefordert hatte.

Überraschung hatte den jungen Offizier ergriffen, als vier weitere Ritter mit ihren Rekruten in die Hauptstadt gekommen waren. Noch einmal ein paar Jahre jünger als er selbst, mussten die Knaben, die sie dabeihatten, die gleiche schwere Prüfung bestehen, wie er es selbst zuvor getan hatte. In den Kampf gegen die Ritter gedrängt, die sie aus ihren Familien geholt hatten, gaben die Burschen ihr Bestes, um mit ihren Talenten zu überzeugen. Keiner von ihnen hatte es geschafft die Begeisterung auszulösen, die Angor einst entfacht hatte. Doch einem der Jungen drohte gar ein düstereres Schicksal. Vom König als nicht gut genug befunden, wurde ihm der Eintritt in den Dienst der Krone verweigert. Vom Hof verstoßen überließ Turag den fünfzehnjährigen Burschen auf sich alleine gestellt der gefährlichen Welt dort draußen. Die Verzweiflung und das Unverständnis, das im Gesicht des jungen Mannes miteinander gerungen hatten, versetzten Angor einen schmerzhaften Stich in die Brust.

Noch am gleichen Abend hatte er sich mit dem Burschen in einer Taverne in der Nähe seines Zuhauses getroffen. Die Herkunft des abgelehnten Anwärters war Angor unbekannt, doch als der Bursche erklärte, dass man von seiner Heimat aus die Berge im Osten sehen konnte, begriff der Krieger die schreckliche Lage des Jungen. Als Sohn eines bekannten Veteranen dazu genötigt, in die Fußstapfen seines Vaters zu treten, war er dem Ritter in die Hauptstadt gefolgt. Doch nun, fernab seiner Heimat zurückgelassen, wusste er nicht, was er mit seinem weiteren Leben anfangen sollte. Ein Beutel Silbermünzen am Tag darauf und eine arrangierte Mitreise bei einem vertrauenswürdigen Händler waren alles, was der Streiter aus dem Norden für den armen Kerl tun konnte. Die Dankbarkeit, die ihm aus den Augen des Burschen beim Abschied entgegenschlug, ließ ihn noch Tage danach lächeln.

Mit einer Menge Zeit zur freien Verfügung tat Angor sein Bestes, diese gut zu nutzen. Lange Ausflüge in die Stadt halfen ihm einen immer besseren Eindruck von Gurnda und seinem Aufbau zu bekommen. Ein Besuch in jedem der Distrikte und der vielen verschiedenen Märkte, die überall in der Stadt zu jeder Zeit abgehalten wurden, brachte ihm mehr Erkenntnisse über die Stadt, als jedes Buch es vermocht hätte.

Neben den regelmäßigen Übungen im Schwertkampf, die er immer wieder mit Morik und Aomer abhielt, arbeitete der junge Krieger auch an der steten Verbesserung seiner magischen Fähigkeiten. Bald schon von Brandspuren gezeichnet, wurde der geräumige Gewölbekeller zu einem häufigen Aufenthaltsort für ihn.

Eine letzte Sache hatte es gegeben, die er seit seiner Ankunft in der Hauptstadt sträflich vernachlässigt hatte. Es war König Turag gewesen, der ihn danach gefragt hatte, wie gut seine Lesekenntnisse gereift waren. Widerwillig und von Scham begleitet hatte er dem Regenten gestehen müssen, dass er die Kunst der geschriebenen Worte zwar erlernt hatte, jedoch noch weit von einer Meisterschaft dieser entfernt war. In all seiner Großzügigkeit, wie er selbst es genannt hatte, verzichtete der König darauf Angor deswegen zu tadeln und trug ihm stattdessen auf, seine Schwäche in diesem Bereich abzulegen. Nicht gewillt, sich eine solche Aussage von einem Mann wie Turag auch nur ein weiteres Mal anzuhören, hatte sich der junge Krieger der Bibliothek in seinem Haus gewidmet.

Das erste Buch, das er begonnen hatte zu lesen, legte er bald wieder zur Seite. Gebunden in einen grünen ledernen Einband, versprach der namenlose Wälzer ein Mysterium zu behüten. Die Kunst der Pflanzenaufzucht mit Vorschlägen zur Erzeugung besonderer Blüten war allerdings nichts gewesen, wofür er sich jemals begeistern konnte. Das zweite Buch, nach dem er seine Hand ausgestreckt hatte, fesselte seine Aufmerksamkeit weitaus mehr.

„Die Geschichte von Nuray und seinen Bewohnern", stand vielversprechend auf den Buchrücken gedruckt und lockte den jungen Mann. Den Lesesalon im Erdgeschoss seines Hauses zum ersten Mal richtig nutzend, vertiefte er sich in die Geschichte auf den Seiten.

Anfangend damit, dass die ersten Menschen Nurays vor vielen tausend Jahren über das große Gebirge im Osten in dieses Land kamen, schilderte das Buch alle wesentlichen geschichtlichen Begebenheiten. Angor war erstaunt gewesen, als er erfuhr, dass es ein Land jenseits der Berge im Osten gab. Die Mauer aus massiven Felsen, die sich dort in den Himmel erhob, hatte für ihn so endgültig gewirkt, dass er angenommen hatte, dass die Welt dort enden würde.

Nur wenigen hundert Menschen waren es gewesen, als die Ersten derer, die einst das Volk Nurays bilden sollten, in diese Länder kamen. Auf der Flucht vor einer Gefahr, die in diesem Buch nicht weiter beschrieben wurde, widmete sich die Schrift eher den Herausforderungen, denen sich die Menschen hatten stellen müssen. Woher auch immer sie gekommen waren, sie hatten ein wildes Land ohne jede Zivilisation vorgefunden. Mit nichts anderem ausgerüstet als dem, was sie mit sich trugen, hatten sie die Heimat der Zwerge durchquert. Erste Siedlungen und Dörfer entstanden schon bald im Schatten gewaltiger Berge und wurden zu einem ersten Anlaufpunkt für die Vertriebenen.

Die Wochen verstrichen und der Strom der Neuankömmlinge fand kein Ende. Die Unberührtheit der Welt um sie herum nutzend, breiteten die Menschen sich immer weiter aus und verteilten sich über das gesamte Land, das einmal Nuray werden sollte. Ein fremdes Volk im Süden waren die ersten Bewohner, denen sie jenseits der Berge begegneten. Andere Menschen, die offenbar schon sehr viel länger in dieser Welt lebten, hatten den Süden des Kontinents für sich beansprucht. Friedlich und mit einem ehrlichen Interesse an Handel mit den neuen Nachbarn, halfen die Südländer den Menschen aus dem Osten das zu erlangen, was diese selbst nicht herstellen konnten.

Es war erstaunlich, dass es ganze drei Jahre gedauert hatte, bis die Menschen das erste Mal auf eine Bande der Druhks getroffen waren. Damals noch nicht bitterlich mit den Fremden verfeindet, hatten die Grünhäute die Neuankömmlinge zunächst ignoriert. Unterteilt in viele verschiedene Stämme, die in ständigen Zänkereien miteinander verwickelt waren, brauchte die Botschaft über die neuen Menschen im Land mehrere Jahre, bis sie alle der nomadenartig lebenden Druhks erreicht hatte. Zu dieser Zeit waren bereits so viele Menschen über das Gebirge gekommen, dass die Grundfesten der ersten Städte im Westen bereits gelegt worden waren. Gurnda, Tyrm und Tront erhoben sich aus dem Staub des Bodens und waren schon bald mächtige Bollwerke in einem ungezähmten Land.

Von der zunehmenden Anzahl an Menschen immer weiter aus ihrer Heimat verdrängt, wichen die überrumpelten Grünhäute in den Norden aus. Während die Menschen sich mühten, mit den verschlossenen Elfen im Westen Geschäfte zu machen, wuchs der Hass der Druhks immer weiter, bis sich ihr Zorn ein Ventil suchte. In die kalte Einöde des Nordens verdrängt, starben viele der Ungeheuer, nachdem sie nicht mehr genug Tiere jagen konnten, um ihre eigene Zahl zu erhalten. Plünderungen und vereinzelte Angriffe in den Landen, die sie einst besessen hatten, brachen ungebremst über die Menschen herein.

In ihren fruchtbaren Ländern bestens genährt und gestärkt, stellten sich die Menschen dem, was folgte. Der erste Krieg zwischen den Druhks und den Bewohnern des weitläufigen Landes war nicht mehr zu stoppen. Ihre fähigsten Jäger zu einer Streitmacht vereint, entfesselten die grünhäutigen Ungeheuer ihren Zorn. Doch sie hatten einen Fehler gemacht. Isoliert im Norden hatten sie nicht die geringste Ahnung davon, wie gut sich die Städte der Menschen in den wenigen Jahren seit ihrer Ankunft entwickelt hatten. Verstärkt durch den steten Strom an Flüchtlingen waren die Gemeinden der Menschen immer weiter gewachsen, bis sie dieses Land wahrhaft beherrschten. Ein kleiner Teil der Menschen hatte genügt, um die Aggressoren abzuwehren. Ein Bund aus den Siedlungen im Westen und Norden war den Druhks entgegengetreten und hatte sie in die kalte Einöde nördlich allen fruchtbaren Landes vertrieben. Dies war für viele Jahre die letzte ernst zu nehmende Auseinandersetzung zwischen den Völkern gewesen.

Dreihundert Jahre vergingen und das aufstrebende Reich der Menschen gedieh. Der Zustrom der Flüchtlinge war längst versiegt, doch die Zahl der Bewohner des Landes genügte, um bereits als eine bedeutende Macht zu gelten. Unter den harten Bedingungen in der eisigen Ödnis ihrer neuen Heimat gestählt, überlebten bei den Grünhäuten indes nur die stärksten und zähesten. Die Größe ihrer einstigen Heimat in Erzählungen überliefert, schwelte der Traum einer Rückeroberung des gesamten Kontinents noch immer im Kopf beinahe jedes Ungeheuers.

Der Tag des Unglücks ging in den turbulenten Begebenheiten jener Zeit verloren, als sich schließlich eine Bestie, mächtiger als alle zuvor, unter den Grünhäuten erhob. Ein Druhkfürst, manche sagten der erste von allen, erhob sich und versammelte die zankenden Stämme unter seinem Banner. Er schmiedete eine Horde, deren Schritte den Boden zum Beben brachte.

Vereint unter dem Ziel, dem aufstrebenden Reich der Menschen, das sich unter dem Namen Nuray vereint hatte, ein Ende zu bereiten, ergoss sich die Flut der Monster über die ahnungslosen Menschen. Überrumpelt davon, dass die zerstrittenen Druhks zu einem echten Angriff in der Lage waren, erwischten die Grünhäute die Bewohner ihrer früheren Heimat vollkommen unvorbereitet. Siedlung um Siedlung, nur von spärlichen Truppen verteidigt, wurde von der wütenden Horde ausgelöscht.

Der König des vereinten Nurays stellte eine Armee auf, doch noch ehe die Truppen ausgebildet und bewaffnet waren, ereignete sich eine Katastrophe. Die Stadt Tyrm, das Juwel des noch jungen Reiches, konnte der Flut der plündernden Grünhäute nicht standhalten und fiel unter den starken Armeen der Ungeheuer. Die Bestien nahmen keine Gefangenen und nicht einmal die Kinder konnten der Raserei entgehen, mit der die Monster über die Bewohner der Stadt herfielen. Der Zorn der Menschen war geweckt. An der Spitze seiner Armee marschierend, zog der König aus, um sich den Invasoren in den Weg zu stellen.

Es kam zur Schlacht und der Stolz der Menschen wurde zu ihrem Untergang. Die eigenen Fähigkeiten überschätzend und den Gegner nicht ernst genug nehmend, unterlagen die Truppen Nurays der Wut der Druhks. Die Panik und Verwirrung ausnutzend, die nach dem Tod ihres Herrschers über die Menschen hereinbrachen, griffen die Grünhäute das Zentrum des menschlichen Landes an.

Die Belagerung von Gurnda war lange und entbehrungsreich. Die Stadt mit ihren gut gefüllten Getreidespeichern und hohen Mauern stellte für die Horde der Druhks eine schwere Probe dar. Gefangen in ihren eigenen Mauern hofften die Menschen, dass ihre Vorräte genügen würden, bis die Horden zurückgeschlagen werden konnten oder gelangweilt waren. Sie hofften, dass die Grünhäute wieder abziehen würden und sie ihr Leben weiterführen konnten. Nach einem Jahr der Belagerung schwand diese Hoffnung zunehmend. Ihre Vorräte waren beinahe aufgebraucht, während die Grünhäute alles Essbare in einem stetig wachsenden Umkreis geplündert hatten.

Von der Erzählung gefesselt blätterte Angor die nächste Seite um. Ein grobes Bild der belagerten Stadt war auf der nächsten Seite zu sehen, doch mehr stand dort nicht. Die zerrissenen Reste mehrerer Seiten deuteten darauf hin, dass irgendjemand den folgenden Teil der Geschichte aus dem Band gerissen hatte. Die folgenden Kapitel des Buches beschäftigten sich mit einer Zeit, die viele hundert Jahre später lag. Nuray hatte offenkundig überlebt und doch wusste er nicht, wie es dazu gekommen war. Die langweiligen Schilderungen über Politik und die Ränkespiele am damaligen Königshof nur grob überfliegend, legte der Schwertkämpfer das Buch bald zur Seite und widmete sich einer anderen Schrift.

Geschichten von edlen Rittern und der Ehre, die sie erwarben, erwiesen sich für den jungen Krieger als weitaus spannender als Worte über Pflanzenaufzucht oder Politik, die er in anderen Büchern vorfand. Immer wieder in den Taten der Helden der Vergangenheit stöbernd, verbrachte der junge Mann viele Abende damit, im Kerzenschein zu träumen.

Gerüchte waren dem Ruf des Königs vorausgegangen. Worte über eine Gefahr im Süden und dem Verstummen ganzer Ortschaften kursierten durch die Gassen der Stadt, lange bevor die Meldungen von der Krone bestätigt wurden. Ein Bote des Königs war es, der schließlich die Weisung überbrachte, dass er sich umgehend im Saal des Regenten einzufinden hatte.

Schon auf den ersten Blick konnte Angor erkennen, dass sich etwas im Gefüge des Schlosses verändert hatte. Obwohl er niemals ein Wort über eine Gefahr für Gurnda oder das königliche

Schloss selbst gehört hatte, war die Anzahl der Wachen, die hier ihren Dienst taten, verdoppelt worden. Der starke militärische Eindruck, der das sonst so unbeschwert wirkende höfische Gelände überdeckte, schaffte es sogar in Angor ein ernüchtertes Gefühl der Ernsthaftigkeit zu erzeugen.

Schnellen Schrittes eilte er von Aomer begleitet auf den Thronsaal zu. Was auch immer hier vorging, in seinem Inneren konnte er sicher mehr erfahren. Abgesehen von zwei Wachen, die in ihren glänzenden Panzern und geschärften Hellebarden vor dem Eingang des riesigen Raumes die Stellung hielten, waren weder ein Diener noch ein anderer Vorredner zu sehen. Durch die weit geöffneten hohen Türen des Saales erkannte der junge Krieger, lange bevor er seinen ersten Fuß in den Raum setzte, die bedeutenden Unterschiede in seiner Gestaltung.

Ohne Herold, der ihn ankündigte, betrat der angehende Offizier den Thronsaal. Von den Wachen zurückgehalten, musste Aomer auf die Rückkehr seines Herren vor der Tür warten und blickte aufgeregt zwischen den grimmigen Soldaten hindurch.

Ein großer Tisch war in der Mitte des Saales aufgebaut worden. Umrundet von einer Vielzahl von Personen erkannte Angor neben einigen der üblichen Höflinge auch mehrere der königlichen Ritter, die mit gerunzelter Stirn um die Tischplatte geschart waren. Als Einziger sitzend, stützte sich Turag mit seinen Ellenbogen auf den Lehnen seines Stuhles auf und studierte etwas, das vor ihm ausgebreitet lag. Der Ausdruck auf seinem Gesicht zeigte deutlich, dass die Laune des jungen Regenten sich dem Tiefpunkt näherte.

Vom hallenden Geräusch seiner Schritte angekündigt, drehten sich bald alle Köpfe zu ihm. Wo die Adligen ihm lediglich zunickten, winkten die Ritter ihn näher heran. Als Streiter des Königs an der Runde beteiligt, standen selbst Wulfun und Hyrtal um den großen Tisch und machten ein ernstes Gesicht.

„Ah, wenn es jetzt selbst Angor zu uns geschafft hat, können wir hoffentlich anfangen", schnaubte der genervte Herrscher.

Bemüht, den provokativen Kommentar seines Herrn zu ignorieren, trat der junge Krieger zu den anderen Männern an den Tisch. Ausgebreitet vor ihnen allen, zeigte eine große Karte Nuray in all seinen Details. In kleinen Buchstaben geschrieben, verteilten sich unzählige Namen über das riesige Schaubild und markierten die Position von nahezu jeder nennenswerten Siedlung im ganzen Königreich. Selbst Tresmark war auf der Karte verzeichnet, als eine der letzten Ortschaften vor der Nordgrenze Nurays. In verschiedenen Farben und Linien waren die Lehen und Rittergüter aller Vasallen auf der Karte verzeichnet und gaben so ein unglaublich detailliertes Bild des gesamten Landes wieder. Als seine Augen über das Pergament strichen, entdeckte er sogar das Wort Karteln, weit östlich von Tresmark gelegen. Die Distanz, die Wulfun offenbar von seiner Heimat trennte, war also nicht weniger groß, als es bei Angor selbst der Fall war.

„Verzeiht die Verzögerung, Eure Majestät. Die Straßen waren sehr geschäftig heute", sagte der junge Schwertkämpfer in ruhigem Ton.

„Wie auch immer", schnarrte der König in rauem Ton. „Wulfun, erklär unserem Nachzügler, in welcher Situation wir uns befinden."

„Ja, mein Herr", entgegnete der Ritter und wandte sich dem Tisch zu. „Angor, schwierige Zeiten kommen auf uns zu. Du hast sicher schon die Gerüchte gehört, die seit einigen Tagen überall in der Stadt kursieren. Die Wahrheit ist, dass sie nicht einmal ansatzweise das wahre Ausmaß unserer Lage beschreiben. Uns hat die Nachricht erreicht, dass die Menschen des Südens damit begonnen haben, die Dörfer entlang unserer südlichen Grenze anzugreifen. Etwa ein halbes Dutzend Ortschaften ist mittlerweile in der Hand der Armee der Wardonen.

Auch wenn es schon länger keine Freundschaft mehr zwischen Nuray und Wardonien gibt, hat uns dieser Schritt doch überrascht. Wir wissen nur wenig über die feindlichen Streitkräfte und das, was uns zugetragen wurde, stammt ausnahmslos von einigen wenigen Dörflern, die den Angreifern entkommen konnten. Die Wardonen scheinen eine Blockade über die besetzten Ortschaften verhängt zu haben, denn weder Informationen noch Menschen kommen mehr von dort, seit sie in Feindeshand sind.

Von denen, die rechtzeitig geflohen sind, konnten wir erfahren, dass ihre Armee nicht besonders groß ist. Im Angriff auf die schlecht verteidigten Dörfer ist es dennoch kein Wunder, dass sie bisher offenbar noch keine Verluste erlitten haben. Wir müssen handeln, ehe sie weiter vorstoßen und den Angriff auf die Städte dort unten versuchen. Ohne ernsthaften Widerstand steht es ihnen frei, ganz nach Belieben durch unser Land zu streifen und sich zu nehmen, was uns gehört."

„Diese elenden Mistkerle!", fuhr Turag plötzlich aus seinem Stuhl auf. „Allein ihre Anwesenheit wird verhindern, dass meine Steuereintreiber den Weg nach Süden antreten können. Gerade jetzt, wo die Ernte eingefahren wurde und die Bauern ihr Geld noch nicht verprasst haben. Den Ausfall an Einnahmen werde ich nicht akzeptieren!"

Ein schnaubender Atemzug des Regenten ließ alle Anwesenden zusammenzucken. „Angor, ich mache es zu deiner Aufgabe dieser Bedrohung meines Reiches ein Ende zu bereiten. Stell eine Armee auf, tritt diesen Möchtegerneroberern entgegen und hol mir mein Geld und mein Land zurück! Dies wird deine Feuertaufe werden, die uns allen zeigen wird, ob du den Erwartungen gerecht wirst oder doch genauso versagen wirst wie all die anderen Burschen, die mir gebracht wurden."

Die Last der Verantwortung, die sich plötzlich auf ihn senkte, zerrte an seinen Schultern. Den Kampf alleine zu den Feinden des Reiches zu bringen, war nichts, was er so bald erwartet hatte.

Die Hoffnung, seine ersten Erfahrungen in größeren Kämpfen unter den Augen eines erfahrenen Kommandanten zu machen, verpuffte ebenso wie seine Vorstellung eines friedlichen Sommers.

„Was, wenn es mir nicht gelingt?", fragte er unsicher und bereute seine Worte noch im gleichen Augenblick.

„Dann wage es nicht zu mir zurückzukehren! Eine Niederlage werde ich nicht akzeptieren! Gewinne diesen Kampf und erweise dich als nützlich oder stirb in der Schlacht und erspare es mir, weiter Zeit mit dir zu vergeuden", knurrte Turag und schlug mit seiner Hand auf den Tisch.

„Eure Majestät, wenn ich dürfte", mischte sich Wulfun mit fester Stimme ein. Das Nicken des Königs erteilte ihm erneut das Wort.

„Angor, sorge dich nicht zu sehr. Ich weiß, dass du der Sache gewachsen sein wirst. Die Wardonen sind in unserem Land fremd und die Menschen im Süden des Reiches werden dir weitere Unterstützung zukommen lassen. Um deine Chancen zusätzlich zu erhöhen, werden wir dich nicht alleine losschicken. Wir haben einige Veteranen hier in Gurnda, die bereitstehen, um dich zu begleiten und zu unterstützen. Die Männer sind erfahrenen Soldaten, die sich schon jedem Gegner gestellt haben, der unser Reich bedrohte. Sie werden an deiner Seite kämpfen und dich mit ihrem Rat unterstützen. Morik werden wir dir ebenso mitschicken. Als zweiter Offizier unter deinem Kommando soll er dir dabei helfen, deine Soldaten zu koordinieren, und an deiner Seite kämpfen.

Wir haben bereits Boten zu vielen der Ortschaften südlich von hier ausgeschickt. Der König ruft alle waffenfähigen Männer dazu auf, sich unter deinem Banner zu versammeln und mit dir in den Kampf zu ziehen. Auf deinem Weg in den Süden sammelst du deine Truppen ein und wenn du auf den Feind triffst, solltest du ihnen überlegen sein."

Angor erinnerte sich an die Geschichten über vergangene Schlachten, die er gelesen hatte. Die Menschen aus dem Süden wurden dort immer als herausragende Kämpfer gerühmt, mit einem Geschick, das den meisten Gegnern überlegen war. Die Befürchtung, dass sie einigen eilig rekrutierten Bauern ohne wirkliche Kampfausbildung bei weitem überlegen waren, ließ sich nicht aus seinem Kopf vertreiben. Eine weitere Gemeinsamkeit der Geschichten war die Tatsache, dass der Erfolg einer Armee meist vor allem auch vom Geschick ihres Kommandanten abhing. Als völliger Neuling in dieser Position konnte er nicht darauf hoffen, dass er sich als außergewöhnlich geeignet erweisen würde. Die Lehrstunden, die er von Wulfun erhalten hatte, und die Ausführungen in seinen Büchern hatten ihm zwar geholfen ein gewisses Wissen in dieser Angelegenheit zu erringen, aber dabei blieb es auch schon.

„Wer führt sie an?", fragte Angor mit zusammengezogenen Augenbrauen. „Ist ihr Kommandant ein bekannter Mann? Zeigt er Geschick bei der Aufstellung seiner Truppen? Was könnt Ihr mir sagen?"

Mit seiner Hand ausgestreckt deutete der Ritter auf die Karte vor ihnen. Eine Reihe kleiner hölzerner Figuren in verschiedenen Farben waren über ein großes Gebiet im Süden verteilt.

„Diese Figuren zeigen die Aufstellung unserer Truppen sowie der vermuteten Position des Feindes. Wenn du alle Männer rekrutieren kannst, von denen wir ausgehen, dass sie verfügbar sind, dürftest du den Wardonen an Mannstärke deutlich überlegen sein. Wie du sicher weißt, solltest du dem Feind nicht die Wahl des Schlachtfeldes überlassen und damit die Aufstellung seiner Truppen deinem Willen unterwerfen.

Über den feindlichen Anführer selbst ist uns leider nur wenig bekannt. Von den wenigen Bauern, die erfolgreich fliehen konnten, erreichte uns lediglich die Nachricht, dass der Name des Heerführers Jerem lautet und er wohl dem König Wardoniens nahesteht. Über einen Rang oder Titel des Mannes ist uns nichts bekannt, doch manche der Bauern behaupteten, dass er auch ,*der Ehrenhafte*' genannt wird."

„Der Dumme würde besser passen!", fauchte der König. „Bisher war der Mann offenbar zu feige oder zu dämlich, um sich mit den errungenen Reichtümern auf den Weg zu machen. Die dummen Bauern, die es hierher geschafft haben, meinten gar, seine Armee plündere nicht und verpflege sich mit mitgebrachter Nahrung. Ich werde mir die Zurückhaltung dieses Trottels zunutze machen und zurückfordern, was mir gehört, bevor er zu Sinnen kommt und es mitnimmt", spuckte er hinterher.

„Was unser König sagen will, ist, dass die Wardonen bisher offenbar von Plünderungen abgesehen haben. Entweder verfolgen sie ein anderes Ziel als die persönliche Bereicherung oder sie wollen den Wohlstand des eroberten Landes erhalten und es in Zukunft unter eigene Kontrolle bringen", erklärte Wulfun den Sachverhalt mit anderen Worten.

„Es ist völlig gleich, was diese Bauern denken. Sie sind ein dummes Pack und sollten lieber härter kämpfen, um mein Reich zu verteidigen. Sie erzählen gar herum, dass die Krieger Wardoniens ihre Gesichter vor dem Kampf dunkel färben, um ihnen Angst einzujagen. Den Worten derartiger Einfaltspinsel ist nicht zu trauen.

Angor, dein Befehl lautet, in drei Tagen loszumarschieren. Reite aus und stell dich dem Feind. Lehre ihn, dass es ein Fehler ist, sich mit dem König von Nuray anzulegen. Mach dich bereit, rücke aus und kehre mit einem Sieg zu mir zurück", blaffte Turag und schickte seinen jungen Kommandanten hinaus.

Von den Ereignissen noch immer überrumpelt, überhörte Angor beinahe, wie ihn der Sohn seines Dieners fragte, ob er diesmal wieder sein Begleiter sein durfte. „*Dieses Mal nicht*", dachte der Krieger im Stillen. Dieser Kampf würde zu gefährlich werden. Der Gedanke daran, bald in einen Kampf gegen

Menschen statt gegen die blutrünstigen Grünhäute auszurücken, erweckte ein unangenehmes Gefühl ein seinem Bauch.

Das Geschenk

ine starke innere Unruhe raubte ihm den Schlaf in dieser Nacht. Selbstzweifel, Zukunftsangst und eine Reihe weiterer Empfindungen, für die er keine Worte hatte, wirbelten in seinem Kopf umher. Allein der Gedanke, gegen andere Menschen in den Kampf zu ziehen, darauf abzielend diese mit seiner Waffe zu töten, brachte ihm einen unangenehmen Schwindel ein. Gegen die Druhks war es etwas anderes gewesen. Sie waren die uralten Feinde seines Volkes. Doch andere Menschen? Was unterschied sie von ihm? Er konnte es nicht sagen. Je länger er darüber nachdachte, desto klarer wurde ihm, dass jeder seiner neuen Feinde selbst eine Familie haben musste, die ihn liebte und vermissen würde. Eine Gewissheit, die ihm den Hals zuschnürte.

Von seinem Kopf im Stich gelassen, waren es die Nachwirkungen eines nächtlichen Unfalles, die ihm die ersehnte Ablenkung verschafften. Es war während seiner Rückkehr von einem erschöpfenden Spaziergang durch die Dunkelheit seines Anwesens gewesen, als er mit seinem Zeh an eine hervorstehende Kante seines Bettes stieß. Ein betäubender Schmerz schoss sein Bein hinauf und brachte den jungen Krieger dazu, sich zu wünschen, er hätte den Zeh lieber gänzlich verloren. In seinem jammernden Taumel durch sein Schlafgemach stieß er plötzlich gegen das Bücherregal, das eine der Wände einnahm. Von der Erschütterung gelockert, fiel eines der Bücher polternd heraus und blieb mit offenen Seiten vor ihm liegen.

Die Tränen in seinen Augen fortblinzelnd, entzündete Angor eine flackernde Flamme, um einem weiteren Zusammenstoß vorzubeugen. Das flackernde Licht über seinem Finger fiel zuckend auf die Seiten des Buches. Ein Bild, mit gekonnter Hand gezeichnet, offenbarte dort den Anblick zweier Armeen, die aufeinandertrafen. Den Schmerz vergessend hob der junge Krieger den Band vorsichtig auf, nur um überrascht festzustellen, dass das Buch der zweite Teil der „*Geschichte von Nuray und seinen Bewohnern*" war.

Überrascht darüber, dass ein einzelnes Buch nicht ausgereicht hatte die gesamte Geschichte seiner Heimat aufzuzeichnen, schlug der junge Mann erneut die Seite mit dem Bild auf. Vorsichtig auf sein Bett kletternd, begann er die Worte der Geschichte zu lesen.

Das Volk des Südens war der unglücklichen Lage der Menschen Nurays gegenüber nicht blind. Den Kampf gegen die Druhks führten sie schon viele Jahre länger als das jüngere Volk nördlich ihrer Heimat und so wussten sie, dass es schnell zu handeln galt, sollte ein endgültiger Sieg der Grünhäute verhindert werden. Schneller als irgendeine andere Nation auf dem Kontinent stellten sie ein Heer aus gut ausgerüsteten und bestens ausgebildeten Soldaten auf. Jeder Mann in Wardonien lernte bereits als Junge den Umgang mit der Waffe und stand seinem Reich in Zeiten der Not somit schnell als Soldat zur Verfügung.

Unsicher darüber ob diese Geschichte wirklich die Fortsetzung der Worte war, die er einige Tage zuvor gelesen hatte, vertiefte sich Angor weiter in die Geschichte.

Angeführt von ihrem Großfürsten und späteren König marschierten die Soldaten des Südens der wogenden Bedrohung aus dem eisigen Norden entgegen. Als guter Freund des Helden Nurays war es ein persönliches Anliegen des wardonischen Heerführers, die erschöpfte Armee von Nuray vor der endgültigen Niederlage zu bewahren. Der Kampf, der folgte, war einer der blutigsten des gesamten Konfliktes und kostete vielen Menschen das Leben. Die Druhks waren besiegt worden und die Menschen wagten es diesen Moment der Brüderlichkeit zu feiern. Zu Ehren der Helden, die sie so weit gebracht hatten, lobpreisten beide Völker die Freundschaft von Seris und Jerem.

Ein Schreck durchfuhr den jungen Schwertkämpfer, als er diese Worte las. Zugleich verunsichert und gefesselt von dem, was er in dem Buch gesehen hatte, versuchte er sich nicht von seinen Gedanken ablenken zu lassen. Nicht nur dass Nuray und Wardonien offenbar einst eine enge Freundschaft verbunden hatte, erschien ihm der Zufall, dass der beste Freund und Gefährte seines geisterhaften Mentors ausgerechnet den Namen seines baldigen Widersachers trug, überaus erschreckend.

Der Sieg der Menschen sollte nicht von Dauer sein. Nur wenige Wochen nach dem vernichtenden Schlag, mit dem die Wardonen die Bedrohung in Nuray beseitigt hatten, erschien eine weitere Druhkstreitmacht gleichsam gewaltiger Größe. Es war Seris gewesen, der es zuerst begriff, dass hinter diesem ungeheuerlichen Ereignis nichts anderes als irgendeine verfluchte Magie stecken konnte. Begleitet vom Heerführer der südländischen Armee machte sich der Anführer Nurays auf den Weg, das Übel aus der Welt zu schaffen. Ein erbarmungsloser Kampf erwartete sie, als sie schließlich auf eine verderbte Schamanin der Grünhäute trafen. Ihre dunklen Künste nutzend, war sie es, die den steten Strom an wilden Kriegern auf die Menschen losließ.

Den Sieg nur durch ein großes Opfer errungen, war es Jerem gewesen, der in dem Kampf beinahe tödlich verletzt wurde. Es kam einem Wunder gleich, dass der Heerführer der Wardonen sich schon nach kurzer Zeit von seiner Pein erholt hatte und erneut an der Seite des Führers von Nuray in den Kampf trat. Einen letzten Gegner galt es noch zu überwinden, bevor der Frieden in die Länder der Menschen zurückkehren konnte. Der Kampf gegen einen Drachen besiegelte schließlich den endgültigen Sieg über die Grünhäute und brachte den Menschen einige Jahre der Ruhe.

Der Einfall jener Menschen, die einst das Königreich Maryo gründen sollten, stellte Nuray vor seine nächste schwere Probe.

Nach Jahren der Plünderung und einem letzten Kampf um das Überleben des Reiches endete das Zeitalter der Helden mit einem schmerzvollen Verlust für das nördliche Königreich. Mit einem teuer erkauften Frieden und dem Verschwinden von Seris und seiner Weisheit vergaßen die künftigen Könige mehr und mehr die Opfer und das gemeinsame Blut, das sie mit ihren Rettern im Süden verband.

Gier und Eifersucht auf den Wohlstand der Wardonen führten schließlich dazu, dass der damalige König Nurays Jahrzehnte nach dem gemeinsamen Sieg über die Druhks den einstigen Verbündeten heimtückisch überfiel. Der Krieg, der entbrannt war, wurde verloren und das Verhältnis der menschlichen Reiche war für immer beschädigt. Obgleich immer wieder kluge Herrscher in Nuray versuchten die Wogen zu glätten und eine erneute Freundschaft suchten, war das Vertrauen der Menschen Wardoniens verspielt. Bestätigt durch das Vorgehen immer weiterer Könige, die in den vergangenen Jahrhunderten den Reichtum ihrer Nachbarn stehlen wollten, verschlechterte sich das Verhältnis der Völker immer weiter.

Nuray, in den vergangenen Jahrhunderten von größeren Angriffen durch die Grünhäute verschont, sah sich den immer wieder an- und abschwellenden Attacken der Ungeheuer fortan alleine gegenüber.

Als er das Buch schließlich zur Seite legte, schwirrten mehr Fragen als Antworten durch Angors Geist. Er fragte sich, was Seris sagen würde, wenn er erfuhr, dass er gegen einen Mann zu Felde ziehen sollte, der dem gleichen Volk wie sein einstiger bester Freund entsprang und sogar den gleichen Namen trug. Würde der alte Mann ihm mit Rat zur Seite stehen und ihm helfen eine gute Strategie zur Abwehr der feindlichen Truppen zu entwerfen, oder würde er sich gegen den bevorstehenden Kampf aussprechen?

Noch immer im Griff seiner Unruhe sammelte Angor die Kraft, die er für seinen Zauber benötigte. „*Digabol.*" Die Wirkung der Magie entfaltete sich noch in dem Moment, als das Wort über seine Lippen schlüpfte. Sein Geist, mit einem Mal von der Beschränkung seines eigenen Körpers befreit, griff aus und stellte die Verbindung zu seinem geisterhaften Lehrmeister her. Die sanfte Wärme, die Seris Verstand erfüllte, floss wie all die Male zuvor zu seinem Erben und umhüllte seinen Geist wie eine Hand, die einen Vogel hielt.

„*Seris, ich habe eine Frage.*" Die Worte des Ritters wurden von der kühle seiner Unsicherheit begleitet. „*Es geht um deinen einstigen Freund Jerem und die Wardonen.*"

Die unerwartete Stärke der Reaktion seines Mentors erwischte Angor auf dem falschen Fuß. Das plötzliche Verschwinden der Wärme um seinen Geist, als Seris die Verbindung mit einem Mal beendete, ließ ihn sprachlos zurück. Überrumpelt sah der junge Mann in die Dunkelheit der Nacht. Unfähig zu begreifen, was soeben passiert war, nahmen wachsende Sorgen die Leere in seinem Verstand ein. Hatte er etwas Falsches gesagt? Hatte seine Frage seinen Urahnen beleidigt? Warum hatte Seris nichts zu ihm gesagt?

Von den Ereignissen weiter gestärkt, schickte seine Unsicherheit mehr und mehr Zweifel in Angors Verstand. Er wollte sich ihnen nicht ergeben. Ihnen Widerstand leisten und seinen Mut behalten, doch die zermürbende Kraft des Zweifels nagte an seinem Geist. Nur ein einziger Gedanke schaffte es, dem unkontrollierten Vormarsch seiner Sorgen Einhalt zu gebieten. Vielleicht war es nicht die Absicht des einstigen Helden gewesen ihn abzuweisen, doch die Erinnerung an den Freund, den er in den Wirren der Zeit verloren hatte, zu schmerzhaft, um ihr unvorbereitet standzuhalten.

Ein langgezogenes Seufzen ließ die angehaltene Luft des Streiters aus seiner Brust entweichen. Was sollte er tun? Sollte er Seris erneut kontaktieren? Nein. Sosehr er sich auch den Beistand des früheren Helden wünschte, musste er alleine mit dieser Herausforderung klarkommen. Seris mochte versprochen haben, ihm stets mit Rat zur Seite zu stehen, doch in diesem Moment musste er sich seinen Befürchtungen alleine stellen.

Der folgende Tag war für Angor eine Mischung aus Rausch und Tortur. Unsicher, was auf ihn zukommen würde, achtete er darauf, so viel wie möglich beschäftigt zu bleiben, um seine Gedanken vom Wandern abzuhalten. Mit einem Amboss und einigen Hämmern, die er in der Scheune gefunden hatte, widmete sich der Schmied den verdellten Platten seines Panzers. Den Hammer nach so vielen Wochen abseits einer Esse erneut zu schwingen, half ihm nicht nur seine wilden Gedanken zu beruhigen, sondern brachte auch wieder etwas Freude in einen Geist, der unter der Flut an Veränderungen in seinem Leben zu wanken begann. Das Geräusch klingenden Metalls, das unter seinen fachkundigen Hieben in seine alte Form zurückgetrieben wurde, erfüllte den gesamten Hof.

Obgleich er sein Bestes gab die Gedanken an all die Gefahren und Risiken, die auf ihn warteten, zu vergessen, ereilte ihn eine düstere Vorstellung, kaum dass er am Nachmittag in sein Haus zurückgekehrt war. In den letzten Wochen in den Mauern dieses Gebäudes heimisch geworden, wusste er nicht, wie lange sein Feldzug dauern würde. Es konnten Wochen oder gar Monate vergehen, ehe er hierher zurückkehren würde. Wenn die Kämpfe nicht zu seinen Gunsten verliefen, vielleicht sogar noch mehr. Von unsteter Unruhe erfüllt, ließ sich sein Drang, alles zusammenzupacken was ihm wichtig und nützlich war, nicht mehr unterdrücken. Eines nach dem anderen packte er all die liebgewonnen Gegenstände, die er von zuhause mitgebracht oder seit seiner Abreise gekauft hatte, in seine Taschen. Mit einer Sorgfalt, die er selbst nicht von sich kannte, verstaute er nicht nur die neue Kleidung, die er sich in den vergangenen Wochen gekauft hatte, sondern auch seine wertvolleren Besitztümer.

Sein Rubin, das unschätzbar wichtige Erbstück, das seine letzte greifbare Erinnerung an die Frau war, die ihm das Leben geschenkt hatte, fand seinen Platz eingewickelt in den weichen Stoff seiner Hemden tief in seinem Rucksack. Ein prall gefüllter Beutel voller klimpernder Goldmünzen verschwand wenig später in den Falten seiner neuen Hose. Er hatte nicht alles Geld, das er besaß, in seine Taschen gepackt, war ihm das Risiko doch zu groß, es bei einem unglücklichen Unfall zu verlieren. Etwa die Hälfte seines Geldes, was nach mehreren Wochen im Dienst der Krone ein kleines Vermögen darstellte, verblieb im geheimen Fach in seinem Schrank.

Der Morgen des zweiten Tages seit der Verkündung seiner Aufgabe erwies sich schnell als eine glückliche Angelegenheit für den jungen Recken. In der Nacht noch von einem Gefühl der Unsicherheit geplagt, verflogen seine zweifelnden Gedanken in dem Moment, als Wulfun mit einer prall gefüllten Tasche an der Pforte seines Grundes stand.

Mit Karten und Ratschlägen im Gepäck ging der Ritter mit seinem ehemaligen Schüler noch einmal die wichtigsten Punkte seines Kommandos durch. Er teilte sein Wissen und die Erfahrung vieler Jahre im Dienst als Streiter des Königs und gab Angor damit mehr Sicherheit, als es jede Rüstung konnte. Jetzt, wo die Aufgabe, vor der er stand, Wirklichkeit wurde, jetzt, wo er langsam begriff, auf welche Herausforderung er sich noch im Frühjahr eingelassen hatte, kamen ihm all die Fragen in den Sinn, die ihm nur ein erfahrener Anführer beantworten konnte.

Mit Geduld und Weitsicht klärte der Ritter seinen Freund über die Dörfer auf, die auf seinem Weg nach Süden lagen. Informationen über ihre Größe und die Möglichkeiten, die sich für eine vorbeiziehende Armee in Sachen Versorgung und

Verstärkung boten, waren genauso wichtig wie die Reihenfolge und Geschwindigkeit, in denen er sie ansteuern sollte.

Als Veteran der Abläufe im königlichen Schloss war es auch Wulfun, der den jungen Heerführer über die Situation seiner Truppen informierte. Von dem Versprechen auf reiche Beute und guten Lohn gelockt, waren bereits etliche junge Männer aus den ärmeren Gebieten Gurndas zusammengekommen, um an Angors Seite zu kämpfen. Den falschen Versprechen der Krone folgend, war es in Wirklichkeit das Interesse des Königs gewesen, das Gesindel aus den verschmutzten Straßen seiner Stadt endlich loszuwerden. Abgesehen von dem knappen Dutzend Veteranen, das man ihm zur besseren Koordination seiner Streitkräfte mitgeben würde, hatten sich schon jetzt beinahe eintausend Männer in den Kasernen der Stadt zusammengefunden und vertrieben sich die Zeit damit, die Vorräte der Wache zu verspeisen. Weitere fünfhundert angebliche Soldaten wurden bis zum Ende des Tages erwartet, wenn die Kriegswerber des Königs ihren Streifzug durch die letzten heruntergekommenen Gebiete beenden würden.

Doch auch die Tauglichkeit derjenigen, die sich freiwillig für den Dienst in der neu aufgestellten Armee gemeldet hatten, war bestenfalls fragwürdig. Der Ritter schämte sich dafür, dem jungen Krieger keine besseren Soldaten an die Seite stellen zu können. Ausgerüstet mit allem, was sie zur Hand gehabt hatten, würde es schwierig werden die Truppen nach der Art ihrer Bewaffnung einzuteilen. Die wilde Mischung aus Werkzeugen und improvisierten Waffen wurde nur selten von verrosteten oder stumpfen Klingen unterbrochen. In einer Geste der Großzügigkeit, für die er sich von den Höflingen hatte bejubeln lassen, hatte sich der junge Regent Nurays dazu willens gezeigt, zumindest einhundert der alten Speere aus den verstaubten Waffenkammern der städtischen Kasernen verteilen zu lassen. Die Auswahl der vertrauenswürdigsten Männer, für das Privileg mit den echten Waffen ausgerüstet zu werden, war von dem Trupp erfahrener Krieger bereits durchgeführt worden.

Der Proviant für die unerfahrene Armee entsprach zu Angors Schrecken der gleichen Güte wie seine Soldaten. Unwillens mehr Geld als irgend nötig in die abgerissene Truppe zu investieren, hatte König Turag gerade genug ausgegeben, um der Armee genug Nahrung für den Weg zum Feind zu kaufen. Säckeweise trockenen Hafers waren gleichsam für die wenigen Pferde wie für die hungrigen Bäuche der Männer gedacht.

Der Nachmittag schritt bereits voran, als Wulfun sich schließlich verabschieden wollte. Eine Audienz beim König, schon am Vortag angekündigt, rief den Ritter zurück zum königlichen Sitz. Angor hatte angeboten seinen Freund bis zu den steinernen Mauern des Schlosses zu begleiten. Getarnt als ein Akt der Freundschaft, wussten sowohl der Heerführer als auch sein Freund nur zu gut, dass er die letzten Stunden vor seiner Abreise so wenig wie möglich alleine sein wollte.

Der Anblick von Jandrik, der mit einem Korb voller süßer Zwetschgen über den Hof spazierte, brachte Angor auf eine Idee. Zwanzig goldene Münzen und die Bitte des Kriegers schickten den Diener eilig zurück in die Stadt. Als Herr über eine ganze Armee von kampfesmutigen Männern, wollte der junge Mann nichts weniger, als sich wochenlang nur von fadem Haferbrei zu ernähren. Der Auftrag, die Münzen darin zu investieren, seinem Herrn eine gute Auswahl schmackhafter Speisen für seine Reise zu besorgen, war eine Sache, die der Diener mit allergrößter Freude erledigte.

Im Sattel seines Pferdes sitzend war Angor nur wenig später auf dem Weg zum Schloss.

Er war verwundert gewesen, als der Herold des Königs ihm gesagt hatte, er solle vor dem Thronsaal auf die Rückkehr des Ritters warten. Nicht weil er bei dem Gespräch zwischen Wulfun und Turag nicht anwesend sein sollte, sondern weil er tatsächlich warten sollte, bis der Ritter fertig war. Es war nichts als Zufall gewesen, dass er dem Ruf des Königs zuvorgekommen war und sich zur Residenz des Herrschers bewegt hatte, noch bevor dieser einen Boten ausschicken konnte.

Worüber der junge König mit ihm sprechen wollte, war ihm noch immer ein Rätsel. In der Stunde, die er auf die Rückkehr seines Freundes wartete, versuchten seine Gedanken das Interesse seines Herrn zu ergründen. Militärische Beratungen, auch wenn sie Turag sicher führen wollte, waren nichts, womit sich der junge König von Nuray auskannte. Seine bisherigen Treffen mit dem König hatten das nur zu deutlich werden lassen. In der Hoffnung, von einem Gespräch über den Einsatz der Truppen im Gefecht verschont zu bleiben, trappelte Angor vor dem Thronsaal umher.

Als sich die großen Türen schließlich erneut öffneten, kam Wulfun mit einem erschöpften Gesicht wieder zum Vorschein. Mit einer wortlosen Verabschiedung eilte er an seinem Freund vorbei und verschwand in den Gängen des Schlosses.

„Der König möchte nun mit Euch sprechen", sprach ihn die ruhige Stimme eines Dieners aus dem Türspalt entgegen.

Von den Worten aufgeschreckt, folgte der junge Krieger dem bunt gekleideten Mann in den Saal des Königs. Der Raum, noch immer so eingerichtet wie an dem Tag, als Angor sein Kommando erhalten hatte, zwang ihn dazu von seinem üblichen Weg abzuweichen und den breiten Tisch zu umrunden.

Flankiert von zwei seiner Diener blickte der Herr des Landes von seinem Thron auf seinen jungen Kommandanten herab. Wenige Schritte vor dem Thronpodest anhaltend, verbeugte sich der junge Krieger und sah zu seinem Herrn empor.

„Mein geschätzter Schwertkämpfer", begann der König mit einem versöhnlichen Lächeln im Gesicht. „Mein Hoffnungsträger, mein Vollstrecker. Bald ist es so weit. Morgen wirst du an der Seite meiner Armee hinausmarschieren und den aufmüpfigen Menschen des Südens beweisen, dass ihr Widerstand nichts als Dummheit ist. Hast du sie schon gesehen, die tapferen Soldaten, die sich zusammengefunden haben, um unter deinem Kommando die Ehre Nurays wiederherzustellen? Es scheint mir gar, das ganze Volk meines Reiches verzehrt sich danach meine Größe zu verteidigen."

Der selbstgefällige Ton des Regenten wurde von einem beinahe kindlichen Kichern abgerundet. „Ich habe mir Gedanken über dich gemacht, junger Mann. Ich versprach dir noch eine Belohnung. Einen Lohn dafür, dass du nicht nur eine, sondern sogar zwei Horden der Grünhäute für mich vernichtet hast. Eine Belohnung, die meiner Dankbarkeit und deinem Wert gerecht wird.

Es fiel mir nicht leicht, mich für etwas zu entscheiden, was für gewöhnlich nur an die verdientesten Streiter des Reiches vergeben wird. Doch in Anbetracht der Stellung, die du schon bald einnehmen wirst, halte ich es für angemessen. Als Kommandant einer meiner Armeen und Führer einer großen Truppe einfacher Bürger kann es nicht sein, dass du auf der gleichen jämmerlichen Stufe wie all die anderen Bauern verbleibst.

Angor, heute werde ich dich zu einem Ritter Nurays erheben. Einem adligen Krieger meines Reiches, mir per Eid zur Treue verpflichtet. Sei den Menschen ein Vorbild und zeige ihnen, dass nur jene, die in der Gunst des Königs stehen, es zu etwas bringen können. Sie sollen sehen, dass es ein Privileg ist aufzusteigen und die Führerschaft einzig dem Adel zusteht."

Überrumpelt von der Ankündigung des Königs starrte der junge Krieger seinen Herrn fassungslos an. Er, zu einem Ritter erhoben? Auf die Möglichkeit, dass dies einst Wirklichkeit werden könnte, hatte er nicht zu hoffen gewagt. Ein Traum, der aufgekeimt war, als Wulfun ihn vor Monaten in Tresmark gefunden hatte, war nun schneller Wirklichkeit geworden, als er es je gedacht hatte. Sein Herzschlag beschleunigte sich und seine Hände wurden feucht, als er die volle Bedeutung der königlichen Ankündigung begriff.

„Kniet nieder und empfangt Euren Ritterschlag", sprach König Turag mit feierlicher Stimme, als er die Stufen seines Throns hinabstieg. Einer der Diener an seiner Seite zog ein prächtig verziertes Schwert unter einem samtenen Tuch hervor. Gold und Edelsteine schmückten Griff, Knauf und Parierstange der Waffe und verliehen ihr einen wahrhaft edlen Anblick. Als die Hand des Regenten nach der funkelnden Waffe griff, sank Angor den Worten seines Königs folgend auf sein Knie herab. Den Kopf in Demut gesenkt, erinnerte sich der junge Kämpfer an die Beschreibung dieser Zeremonie, die er in seinen Büchern über Ritterlichkeit und Ehre gelesen hatte.

Mit sachten Schritten kam Turag vor seinem knienden Streiter zum Stehen. Das Schwert erhoben, lächelte er seinem Diener gönnerhaft entgegen. „Du hast dir diese Ehre wahrlich verdient, Angor. Schwör mir die Treue, diene meinem Reich und verteidige meine Ehre, wo auch immer sie beschädigt wird."

Vor Aufregung beinahe bebend, kostete es dem früheren Schmied einige Mühe, das leichte Zittern zu unterdrücken, das von ihm Besitz zu ergreifen drohte. Mit feierlicher Stimme und der Klinge des Schwertes hoch erhoben, sprach der König weiter.

„Mögen dies die letzten Schläge sein, die Ihr geduldig ertragen müsst. Mögen Eure Arme stark und Euer Herz stets aufrecht bleiben, auf das Ihr Euer Leben lang den König und das Reich von Nuray verteidigen könnt. Sprecht Euren Schwur, der Euch für immer an die Geschicke des Reiches binden soll und erhört Euren Ruf als Ritter des Reiches!"

Der Wirbelsturm an Gefühlen, der in seinem Kopf umhertoste, löste sich in einem einzigen Herzschlag auf. Er wusste nicht, woher sie kamen, doch die Worte die er sprechen wollte, erschienen in seinen Gedanken so klar wie die Sterne in einer Winternacht.

„Ich schwöre meinem Land zu dienen, solange ich lebe. Nicht zu verzagen und den Schutz des Reiches und des Volkes von Nuray stets über alle anderen Belange zu stellen. Ich schwöre für Gerechtigkeit und die Freiheit der Menschen einzutreten und nicht zu ruhen, sollten diese bedroht werden. Weder Leid noch Tod sollen die Menschen Nurays ereilen, solange ich mich ihnen in den Weg stellen kann."

Das Gesicht des Königs außerhalb seines Blickfeldes, konnte Angor den zerknirschten Ausdruck im Gesicht des jungen Regenten nicht sehen. Unglücklich darüber, dass weder seine Person noch die Krone mit einem Wort des Kämpfers erwähnt worden waren, zögerte der junge Herrscher einen Moment, ehe er die Zeremonie fortführte. Mit weit weniger Enthusiasmus als noch zuvor tippe Turag dem knienden Streiter vor ihm mit der Spitze seines Schwertes abwechselnd auf seine breiten Schultern.

„Mit diesen Schlägen erhebe ich Euch zu einem Ritter Nurays. Ehrt Euren Schwur und ehrt Euren König durch Treue und Aufrichtigkeit. Erhebt Euch, Herr Angor von Tresmark, Ritter im Dienste Nurays."

Die unbändige Woge des Stolzes, die durch seine Brust brandete, drohte ihn mitzureißen. Freude, Eifer und Elan strahlten aus den Augen des jungen Kriegers, der das Gefühl hatte mehrere Fingerbreit gewachsen zu sein. Das Schwert an seinen Diener zurückreichend, streckte der König die Hand dem Mann auf der anderen Seite entgegen.

„Mit Schwert und Ross hast du, was ein Ritter für seinen Dienst benötigt. Zum Beweis der Gunst, die ich dir erwiesen habe, überreiche ich dir hiermit die Ernennungsurkunde, die Euren Rang gegenüber jedem Zweifler mit meinem Siegel belegen wird. Ehrt das Schreiben, denn es belegt Euren Anspruch."

Der hölzerne Zylinder, der ihm gereicht wurde, war mit einer ledernen Kappe verschlossen. Vom König an seinen neuen Ritter übergeben, öffnete dieser vorsichtig die Röhre und entnahm das gerollte Pergament, das sich im Inneren verbarg. Verschlossen mit einer geflochtenen Kordel, prangte das Wappen der Könige von Nuray am Ende kunstvoller Bänder an dem Schriftstück. Neugierig auf die Worte, die darin geschrieben standen, entrollte Angor die Urkunde.

Hiermit wird feierlich festgehalten, dass
Angor aus Tresmark, Sohn des Guntrich
in den Stand eines Ritters von Nuray erhoben wurde.

Von nun an als Angor von Tresmark bekannt,
werden ihm die Dörfer
Tresmark, Denton und Ferdrun als Lehen überlassen,
auf dass er für ihren Schutz und ihr Gedeih verantwortlich ist.

Sich im Glanz seiner Großzügigkeit sonnend, ließ der Regent seinem Ritter einen Augenblick Zeit, um das Geschriebene zu verarbeiten. Mit leuchtenden Augen und vorsichtigen Bewegungen verstaute der Krieger das wertvolle Dokument wieder.

„Wie du wohl gelesen hast, unterstelle ich dir drei Dörfer im Norden deiner Verwaltung. Neben deinen restlichen Pflichten an der Krone wird es an dir sein, die Ortschaften gedeihen zu lassen und die Steuern aus den Einkünften an mich zu entrichten. Als Ritter mit eigenem Lehen bist du nicht mehr auf den Lohn angewiesen, den ich dir für deine Dienste bezahlt habe. Wenn du von deinem Feldzug zurückkehrst, endet dein wöchentlicher Sold aus meiner Schatzkammer und deine Lehen müssen für deinen Unterhalt aufkommen", erklärte Turag gelassen.

Noch immer zu glücklich über den überraschenden Ritterschlag, um sich Sorgen über das baldige Ende seiner Bezahlung zu machen, verbeugte sich der Krieger ein weiteres Mal vor seinem Herrn.

„Kehre morgen bei Tagesanbruch zum Schloss zurück. Deine Gefährten werden dich hier erwarten, bereit mit dir auszuziehen und die Feinde meines Reiches zu vernichten."

Mit bester Laune und dem Wunsch sein Glück mit irgendjemandem zu teilen, traf Angor wenig später wieder in seinem Zuhause ein. Von Aufregung und Freude erfüllt, versammelte er die Familie seines Dieners und erzählte ihnen von dem freudigen Ereignis. Vor allem Aomer war ganz begeistert und bettelte darum die Urkunde des Königs in Augenschein zu nehmen. Ein letztes Festessen, von Mara zubereitet, sollte den letzten Tag vor der Abreise des frisch gebackenen Ritters feiern.

Der Abend zog bereits über der Stadt herein, als der Vater der Familie schließlich von Angors Auftrag mit den Besorgungen zurückkehrte. Prall gefüllte Satteltaschen sowie Körbe mit verschiedenen Speisen schaukelten auf dem Rücken eines kleinen, aber stämmigen Pferdes in den Hof hinein. Breit grinsend rief Jandrik ihm entgegen. „Ich habe mir erlaubt ein Packpferd für Euch zu kaufen, damit Windfeuer das Gewicht Eurer Ausrüstung nicht alleine schleppen muss."

Angor lief auf das Pferd zu und streichelte ihm sanft den Hals. Die Umsicht seines verlässlichen Helfers bestärkte ihn immer wieder darin, dass er das Richtige getan hatte, die Familie aus dem Schloss zu holen. Neugierig warf er einen Blick in die Taschen und Körbe, die Jandrik besorgt hatte. Nicht nur getrocknetes Fleisch und Fisch befanden sich darin, sondern auch frisches und getrocknetes Obst. Selbst ein wenig harten Käse und haltbares Gemüse hatte der Diener beschafft. Die Freude darüber, diesmal nicht nur von eintönigem Hafer leben zu müssen, konnte der Krieger nicht in Worte fassen. Mit einigen Münzen übrig, hatte Jandrik ihm sogar einen kleinen Topf süßen Honig gekauft. Selbst mehrere kleine Fässchen voller Bier und Feldflaschen mit

Wein befanden sich neben einem Vorrat an Wasser für eine Woche auf dem Rücken des Tieres.

„Auf dich ist einfach Verlass", lachte Angor und klopfte dem Diener lachend auf die Schulter.

„Ich hatte noch einiges von Eurem Geld übrig und dachte, Ihr freut Euch über etwas mehr Abwechslung. Ich glaube zwar, die Händler, mit denen ich gesprochen habe, hätten lieber etwas mehr Gewinn gemacht, aber ich konnte gute Argumente finden und bessere Preise für Euch verhandeln", erwiderte der Diener grinsend.

In den Krieg

Der erholsame Schlaf, den er in seiner letzten Nacht in Gurnda erhaschen konnte, war vornehmlich dem Genuss mehrerer Kelche süßen Weines am Abend zuvor zu verdanken. Die Kühle der Nacht war noch nicht der Wärme der ersten Strahlen der morgendlichen Sonne gewichen. Das flaue Gefühl in seiner Magengegend, das ihn die letzten beiden Tage stets bedrängt hatte, war für ihn nicht mehr zu spüren.

Eine innere Zuversicht hatte sich in ihm festgesetzt, die all die Zweifel und Sorgen aus dem Kopf des jungen Streiters verbannte. Sicher gab es noch immer Risiken, denen er sich stellen musste, doch sein Unterbewusstsein hatte erkannt, dass er sie auf sich zukommen lassen musste. Was auch immer für Herausforderungen auf ihn warten mochten, er war nun ein Ritter Nurays und als solcher würde er sich allen Widrigkeiten stellen.

Noch bevor die ersten Strahlen der morgendlichen Sonne in die Straßen der Hauptstadt fielen, widmete sich Angor bereits seinem Frühstück. Ein letztes Mal vor seiner Abreise wollte er sich die Kochkünste von Jandriks Frau schmecken lassen. Die Überreste des Festessens vom vorherigen Abend vertilgend, beobachtete der Ritter seinen Diener dabei, wie er die Pferde für die Abreise seines Herren vorbereitete. Sein Eigentum in den Händen dieses Mannes zu lassen, gab dem jungen Krieger ein wenig Ruhe.

„Darf ich dich um einen Gefallen bitten?", fragte der Kämpfer den beschäftigten Mann, als er wenig später gerüstet auf seinen Hof trat.

„Alles, was Ihr wollt, Herr", entgegnete Jandrik ihm mit dem allzeit freundlichen Gesichtsausdruck, den Angor schon bald vermissen würde.

„Ich weiß nicht, wie lange ich fort sein werde und ich möchte, dass du auf dieses Anwesen aufpasst, solange ich weg bin. Kümmere dich um das Grundstück und erhalte, was mir gegeben wurde. Wenn du möchtest, kannst du mit deiner Familie in das Haupthaus ziehen, bis ich wieder da bin, doch diese Entscheidung überlasse ich dir. Wenn ich wiederkomme, werden wir hier einen großen Sieg feiern."

Geehrt vom Vertrauen seines Herren versteifte sich der Diener und begegnete dem Krieger mit geradem Rücken. „Es wird mir eine Freude sein Euren Wunsch zu erfüllen. Verlasst Euch auf mich, Herr. Wenn Ihr zurückkehrt, wird Euer Hof prächtiger erstrahlen als je zuvor."

„Ich weiß, dass ich auf dich zählen kann", entgegnete der Krieger überzeugt. Ein leises Klimpern verriet den ledernen Beutel in seiner Faust. „Ich werde dich für einige Wochen nicht bezahlen können, deshalb gebe ich dir Euren Lohn im Voraus."

Die ausgestreckte Hand mit dem wertvollen Inhalt ließ Jandrik einen Schritt zurückweichen. „Nein Herr, ich kann dieses Geld nicht annehmen. Ihr habt uns bereits jetzt schon viel mehr bezahlt, als uns für den Dienst eines ganzen Jahres zugestanden hätte. Behaltet Eure Münzen, bitte, wir werden auch ohne sie zurechtkommen."

„Ich bestehe darauf, mein Freund", hielt Angor freundlich dagegen.

„Aber Herr. Selbst jetzt noch habe ich die übrigen Münzen der gestrigen Besorgungen bei mir. Gebt Ihr mir noch mehr, werden wir die Schuld niemals abarbeiten können", versuchte der Diener zu erklären.

„Ihr habt keine Schuld mir gegenüber. Behalte das Geld von gestern und nimm diese Münzen hier. Nimm mir die Last der Sorge, ob ich ausreichend für Euer Wohlergehen gesorgt habe, und lass mich in dem Wissen ziehen, dass du und deine Familie noch immer hier auf mich warten werdet, wenn ich vom blutigen

Feld zurückkehre." Der eindringliche Blick, mit dem der junge Ritter seine Worte hinterlegte, ließ den Diener nachgeben.

„Ich werde Euer Geld für Euch mehren. Vertraut mir, wenn Ihr zurückkommt, werde ich Euch mehr als diese Münzen zurückzahlen. Ich danke Euch, Angor von Tresmark. Ich danke Euch für alles, was Ihr für mich und meine Familie getan habt." Die glitzernden Tränen in den Augen des treuen Mannes verrieten weit mehr über seine Gedanken, als jedes gesprochene Wort es je gekonnt hätte. Das Echo seiner Worte noch immer in den Ohren, verließ der Krieger schließlich sein Zuhause und die Menschen, die es in ein solches verwandelt hatten.

Begleitet von den klackernden Schritten zweier Pferde erreichte Angor schließlich den Hof des königlichen Schlosses. Die Kühle des sommerlichen Morgens genießend, standen bereits dreizehn Männer in der Nähe der Stallungen und bereiteten einige stattliche Pferde vor. Eine Welle der Unruhe flutete über sein Herz, als er sich mit ruhigen Schritten den Männern näherte. Dreizehn Krieger, ohne Zweifel die erfahrenen Soldaten, die man ihm versprochen hatte, waren die ersten Menschen, die unter sein Kommando gestellt wurden.

In diesem Moment bereute er es, dass er sich in den letzten beiden Tagen nicht die Mühe gemacht hatte, den Trupp Soldaten zu besuchen und sich einen Eindruck von ihnen zu verschaffen. Was er jetzt vor sich sah, gab ihm mehr Zuversicht, als er bisher verspürt hatte. Gerüstet in einen dichten Kettenpanzer verstärkt mit metallenen Platten und ihrer disziplinierten Gelassenheit, erweckten diese Streiter den Eindruck bereits eine Vielzahl von Kämpfen siegreich überstanden zu haben. Deutlich älter als er es selbst war, warfen ihm die Krieger nur einige kurze Blicke zu, während sie ihre Ausrüstung fertig machten. Strubbelige Haare und geölte Bärte verliehen den Soldaten einen verwegenen Eindruck, der den königlichen Palastwachen gänzlich fehlte.

Die Strahlen der Sonne wanderten mit jeder verstreichenden Minute tiefer in den Schlosshof hinab und vertrieben die Schatten, die sich noch immer hartnäckig an die Mauern klammerten. Nur noch auf das Zeichen zur Abreise wartend, stellten sich die Männer des Königs vor dem Eingang des Schlosses auf. Turag würde sie verabschieden. Eine Ehre, auf die er als König bestanden hatte. Ungeduldig auf die Ankunft des Regenten wartend, bemerkte Angor plötzlich das Fehlen seines letzten Kriegers. Er wusste nicht, ob Morik einfach nur verschlafen hatte oder vom König mit einer anderen Aufgabe betraut worden war, doch der junge Mann war nirgends zu sehen.

Ein Fanfarenstoß sendete schließlich die blecherne Ankündigung des Herrschers über den Hof. Vom lauten Geräusch an dem sonst so ruhigen Morgen aufgeschreckt, richteten die Männer ihren Blick stumm auf den Eingang des Palastes. Gekleidet in die edlen Stoffe, mit denen er sich gerne umgab, trat der missmutig blickende Herrscher Nurays auf die oberste Stufe der Eingangstreppe. Schon am gleichen Abend hatte Angor die Worte der Rede vergessen, die Turag vor den Männern gehalten hatte, doch der Eindruck seiner Selbstbelobung war geblieben. Weder mitreißend noch ermutigend trug der König seinen Kämpfern ein weiteres Mal auf, seine Reichtümer zu schützen und jeden diebischen Angreifer zu vernichten. Das Ende der Ansprache beinahe verpassend, runzelte der Offizier überrascht die Stirn, als er den Regenten eilig wieder hinter den Mauern seines Hauses verschwinden sah.

„Verzeih die Verspätung", plapperte Morik plötzlich hinter Angor und zog den Riemen seines Schwertgurtes fest. „Ich hatte heute Morgen ein paar Schwierigkeiten mit meiner Rüstung. Gar nicht so leicht die alleine anzuziehen", nuschelte er weiter, während er mit seiner Ausrüstung kämpfte.

„Hast du alles, was du brauchst?", fragte der Heerführer und versuchte zu verbergen, dass er über den peinlichen Auftritt seines stellvertretenden Offiziers vor seinen Soldaten beschämt war.

„Ich denke schon. Ich habe gestern bereist gepackt, um nichts zu vergessen, weißt du", grinste der Kämpfer, als er sein Schwert endlich an seiner Hüfte befestigt hatte. „Ich bin froh, dass mein erster Kampf im Dienst des Königs unter deiner Führung sein wird. Wenn ich ehrlich bin, habe ich mir ganz schön Gedanken darüber gemacht, dass ich schon so kurz nachdem ich in den Dienst der Krone getreten bin, auf ein Schlachtfeld marschieren und Menschen befehligen soll. Zu wissen, dass du uns anführst und mir zeigst, wie man es richtig macht, hat mich aber ein wenig beruhigt."

Von den Worten seines Stellvertreters alles andere als begeistert, drehte sich Angor den Veteranen zu. „Danke für dein Vertrauen", murmelte er und versuchte die Unruhe zu unterdrücken, welche die Erinnerung an die Last der Verantwortung in ihm auslöste. „Ich werde dich dort draußen brauchen Morik. Niemand kann so viele Soldaten ganz alleine befehligen. Wir werden auf einen Feind treffen, der uns keine Fehler erlaubt. Wir müssen vereint kämpfen und mit dem Kopf voll dabeibleiben."

„Du kannst dich auf mich verlassen, *Herr* Angor", entgegnete der junge Mann salopp und betonte den neuen Titel des Kommandanten grinsend.

Unwillig sich weiter mit der reizenden Art des anderen Offiziers auseinanderzusetzen, widmete sich Angor nur zu gerne dem Mann, den er gerade entdeckt hatte. Auf dem Rücken seines braunen Pferdes sitzend, trabte Wulfun durch das Tor der Schlossmauer herein. Mit einem freundlichen Wink grüßte er den gewappneten Krieger und brachte sein Tier neben ihm zum Stehen.

„Ich hatte gehofft dich noch einmal anzutreffen, bevor du losziehst. Ich komme gerade von den Kasernen. Der Kommandant der dortigen Wache hat die Männer deiner Armee bereits aus der Stadt geschickt. Sie halten sich vor dem südlichen Tor bereit und warten darauf, dass du zu ihnen stößt. Es sind offenbar mehr Freiwillige zusammengekommen, als zunächst angenommen wurde. Fast zweitausend Soldaten sollen sich deiner Armee angeschlossen haben. Wie auch immer, man sagte mir, ihre Moral sei gut und die Männer erpicht darauf, sich im Kampf zu beweisen."

„Hoffen wir es", entgegnete Angor mit einem schiefen Lächeln. „Ich freue mich, dass du noch einmal gekommen bist. Ich werde dir von meinem Sieg erzählen, wenn wir den Süden gesichert haben."

„Ich warte darauf", lachte der Ritter und zwinkerte seinem ehemaligen Schüler zu. „Ich wünsche dir viel Erfolg, Angor. Vertraue darauf, was du gelernt hast und vergiss nicht, warum ich dich ausgewählt habe. Du hast in dir, was es braucht, um diese Menschen zu einem Sieg zu führen. Ich freu mich darauf, dich bald wiederzusehen."

Der Abschied von seinem Freund fiel dem jungen Streiter nicht leicht. Der Moment, in dem er vollkommen auf sich allein gestellt auf die Gefahren dieser Welt traf, ließ sich nicht länger hinauszögern.

„Ihr seid also unser Kommandant, ja?", brummte plötzlich die Stimme eines der Veteranen neben ihm. „Bei den Geschichten, die man sich über Euch erzählt, hatte ich einen älteren Mann erwartet. Wenn es stimmt, was gesprochen wird, dann ist es mir gleich, wie alt Ihr seid."

Bemüht seinen Schreck über die unerwartete Ansprache zu verbergen, schenkte der Krieger dem Soldaten ein aufmunterndes Lächeln. „Es stimmt, ich bin euer Kommandant. Ich weiß nicht, was man sich so alles erzählt, aber Ihr könnt versichert sein, dass ich mein Bestes geben werde, um uns allen einen verdienten Sieg zu bescheren. Mein Name ist Angor, Sohn des Guntrich, ähm, von Tresmark."

Noch immer unvertraut damit, seinem Namen einen Titel hinzuzufügen, versuchte der junge Mann seinen Fehler mit einem selbstsicheren Auftritt zu überdecken.

„Mein Name ist Ergur und ich bin der Chef dieses Haufens da. Die Jungs wissen, was sie zu tun haben, wenn der Kampf beginnt. Ihr könnt Euch auf unser Schwert und unsere Unterstützung verlassen, Kommandant. Bringt uns einfach zum Kampf und wir werden tun, was wir am besten können."

Der raue Ton und harte Blick des Soldaten machten Angor Mut. Der Eindruck es mit kampfgestählten Kriegern zu tun zu haben, die wussten, was passieren würde, half ihm die Aufgabe, die vor ihm lag, etwas ruhiger anzugehen.

„Brechen wir auf. Wir haben noch einen weiten Weg vor uns und einen Feind, der darauf wartet, von uns wieder in seine eigenen Länder vertrieben zu werden", stieß der Heerführer kampfesmutig hervor.

Ein leichtes Grinsen umspielte den bartumringten Mund des Soldaten, als er den Eifer seines Kommandanten aufnahm. Ein kurzes Nicken später war er bereits auf dem Weg zu den Pferden.

In Zweierreihen formiert zog der Trupp in Richtung der Stadttore davon. Auf dem Weg vom Zentrum der Stadt bis zur äußeren Mauer nutzte der junge Ritter die Gelegenheit, die ersten Männer unter seinem Kommando besser kennen zu lernen. Jeder von ihnen brachte es schon auf mehr als zehn Jahre als Soldat in der königlichen Armee. Ergur mit seinen grauen Ansätzen in Bart und Kopfhaar sogar auf zwanzig. Zumeist im Kampf gegen die Banden der Druhks im Norden eingesetzt, hatten die Männer auch schon die Aufgabe übernommen gegen Gesetzlose vorzugehen, die die Straßen des Reiches bedroht hatten. Der Kampf gegen die Wardonen war für sie alle fremd. Einen Krieg gegen den größten von Menschen bewohnten Nachbarn Nurays gab es nur sehr selten und weder Plünderungen noch andere Angriffe wurden in Zeiten des Friedens von den Menschen des

Südens ausgeführt. Die Zuversicht, dass auch dieser Gegner mit genug Männern und Kampfesmut zu überwinden war, übertrug sich von den Veteranen auf ihren Anführer.

Immer wieder kamen Menschen in der Stadt auf sie zu. Frauen mit Kindern verschiedenen Alters warteten an den Kreuzungen ihres Weges und überreichten den Reitern um Angor herum kleine Pakete und persönliche Glücksbringer. Es hatte einige Zeit gedauert, bis der Ritter begriffen hatte, dass die Menschen die Familien seiner Soldaten waren. Worte der Zuneigung und Blicke der Sehnsucht verfolgten sie auf dem Weg zum südlichen Tor.

Im Gespräch mit den Kriegern des Königs versuchte der Kommandant sein Versäumnis der letzten Tage, sie aufzusuchen, wiedergutzumachen. Ergur und seine Leute hatten bereits die Aufgabe erfüllt, die Speere aus der Waffenkammer unter den tauglichen Männern zu verteilen. Dadurch schon einen ersten Eindruck von den Soldaten erhaltend, versuchte Angor sich ein Bild seiner Truppen zu machen.

„Darf ich ehrlich zu Euch sein, Herr?", fragte der älteste Veteran in seiner unverwechselbar rauen Art.

„Ich bitte Euch darum. Alles andere als Ehrlichkeit mag uns alle später in große Schwierigkeiten bringen", entgegnete der Heerführer ernst.

„Die Männer, die man zusammengetrieben hat, um unter Euch zu kämpfen, würde ich normalerweise nicht einmal dann als Soldaten bezeichnen, wenn ich sie verkaufen sollte. Soweit wir sehen konnten, sind die meisten von ihnen zu alt, zu jung oder schlichtweg zu dumm, um einen anständigen Beruf auszuüben. Es sind die Bettler und die Gossenbewohner der Armenbezirke, die selten in mehr als schmutzige Lumpen gekleidet sind. Viele von ihnen benutzen irgendwelche abgebrochenen Hölzer als Knüppel oder Werkzeuge als Waffen.

Es sind auch Männer aus den Dörfern gekommen, die nur einen Tag von der Hauptstadt entfernt liegen und es beschämt mich zu sagen, dass diese noch am besten ausgerüstet sind. Ihr habt einige Jäger unter ihnen, die Bögen und sogar eine Handvoll Pfeile mitgebracht haben. Andere sind sogar mit Speeren und Schwertern gekommen. Vermutlich die Erbstücke ihrer Familie, aber doch besser als die meisten anderen mitgebrachten Waffen.

Ich habe mir die Freiheit herausgenommen, Eure *Soldaten* ihrer Ausrüstung nach in Abteilungen einzuteilen. Es sollte leichter für uns sein, wenn all jene, die einen Speer tragen, zusammen kämpfen und der Pöbel mit seinem Schrott in einer eigenen Einheit eingesetzt wird. Wenn der Kampf beginnt, sollten wir diese Männer zuerst auf den Feind hetzen. Wenn er sich durch die Bande durchgeschnitten hat, ist er hoffentlich so erschöpft, dass wir leichtes Spiel mit ihm haben werden."

„Ich werde keine Soldaten opfern, nur weil sie schlecht ausgerüstet und ohne Ausbildung sind. Unser Weg wird uns durch viele weitere Dörfer führen. Vielleicht können wir dort zusätzliche Truppen erhalten, die unsere Zahl weiter stärken werden. Es liegen Städte auf dem Weg, von denen wir die Aushändigung von Waffen und Ausrüstung fordern können, um unsere Chancen zu verbessern.

Das Einteilen der Männer war eine gute Sache. Ich danke Euch dafür, doch dabei kann es nicht bleiben. Wer nicht schon kämpfen kann, der muss von uns darin ausgebildet werden. Wer es bereits erlernt hat, soll sich weiter darin üben. Unser Feind ist gut vorbereitet und wir müssen das auch sein. Wenn wir nutzen, was uns gegeben wurde, können wir nicht nur gewinnen, sondern unseren Sieg so kräfteschonend wie möglich erringen." Angors Worte rangen dem alten Soldaten ein anerkennendes Lächeln ab.

„Wenn Ihr das befehlt Herr, dann werden wir unser Bestes geben. Vielleicht erweisen sich manche von ihnen ja doch noch als nützlich", brummte der Mann.

Der Anblick von beinahe zweitausend Menschen, die sich am Fuße der Stadtmauer versammelt hatten, weckte gemischte Gefühle in dem Ritter. Ohne jede erkennbare Ordnung saß diese gewaltige Anzahl an Männern auf der staubigen Wiese und beschäftigte sich mit allerlei Dingen. Sie waren umringt von einer weiten Kette aus Stadtwachen, die die führerlose Bande davon abhalten sollten irgendwelchen Ärger anzufangen. Ungeduldig warteten die Freiwilligen darauf, dass sie ihren ersten Befehl erhielten.

Begleitet von seinen vierzehn Reitern führte Angor sein Pferd mehrere hundert Meter vor die Stadtmauer und stoppte Windfeuer schließlich einige Schritte von den neugierigen Menschen entfernt. Sein Blick schweifte über die Horde, den ersten Eindruck aufnehmend, den er sich selbst verschaffen konnte. Sosehr er sich doch erhofft hatte, dass Ergur ein wenig übertrieben hatte, konnte er nur wenig erkennen, was ihm das Gegenteil aufzeigen konnte. Es würde viel Arbeit auf sie zukommen, wenn er diesen zusammengewürfelten Haufen in eine Truppe aus schlagkräftigen Soldaten verwandeln wollte.

Von einer eigenen Abteilung der Wachen umringt, wartete ein Tross aus mehreren Dutzend Ochsenkarren im Schatten der Stadtmauer. Hoch beladen mit vollen Säcken, die vermutlich nichts anderes als Hafer enthielten und einer Menge anderer Ausrüstung, die für die Unterhaltung einer Armee notwendig war, wurden die Wagen vor dem Zugriff des Gesindels beschützt.

Die Nachricht über die Ankunft der Anführer verbreitete sich wie ein Lauffeuer unter den wartenden Soldaten. Es dauerte nur Minuten, bis sich die Menge verdichtete und die Menschen mit den Augen auf Angor gerichtet zusammenrückten. Die Erwartung der wartenden Meute war beinahe greifbar. Sie wollten wissen, wer es war, der sie in den Kampf führen würde. Wollten wissen, wem zu folgen sie sich gemeldet hatten. Ihm war klar, dass er etwas sagen musste. Er musste zu den Menschen sprechen und ihnen den Mut und die Zuversicht geben, die sie brauchten.

Die Füße in die Steigbügel seines Sattels gestemmt, erhob sich der Ritter weiter, um für jeden der Männer vor ihm gut sichtbar zu sein. Gekleidet in seine schimmernde Rüstung hoffte er, dass der Anblick, den er bot, zumindest ein wenig erbaulich wirkte. Getuschel und Geflüster setzten vor ihm ein, als die Menschen unruhig wurden. Einen letzten tiefen Atemzug nehmend, bereitete er sich darauf vor, seine Stimme laut über den Platz hallen zu lassen.

„Soldaten Nurays, ihr tapferen Männer. Heute marschieren wir, um uns einem Feind entgegenzustellen, der unsere Heimat bedroht und den Frieden zwischen den Völkern gebrochen hat. Uns steht ein Kampf bevor. Ein Kampf, den unser Feind nicht gewinnen kann. Wenn ich euch hier vor mir sehe, dann sehe ich Krieger, mutige Kämpfer, die sich nicht gescheut haben für ihr Volk zu den Waffen zu greifen. Es macht mir Mut zu wissen, dass ich an eurer Seite in den Kampf schreiten werde. Zu wissen, dass ihr es sein werdet, die ich in die Schlacht führen darf. Mein Name ist Angor von Tresmark, und ich habe schon viele Kämpfe gewonnen. Selbst die Wut der Grünhäute konnte mich bisher nicht aufhalten. Mit euch an meiner Seite wird uns niemand überwinden können!“

Auch wenn der donnernde Jubel ausgeblieben war, den sich sein Geist vorgestellt hatte, so sah er doch, wie sich die Haltung der Menschen vor ihm verändert hatte. Wo zuvor noch Lustlosigkeit und Trägheit geherrscht hatten, hatten seine Worte einen Tatendrang entfacht, der die Truppe in Bewegung brachte. Obwohl er mehr Zuversicht vorgegeben hatte, als er wirklich verspürte, war seine Mühe nicht vergebens gewesen.

Nach einer kurzen Besprechung mit seinen Anführern teilten sich die meisten der Veteranen auf den Heerzug auf. Aufgestellt und angetrieben von den erfahrenen Soldaten, formierte sich ein langer Tross mit Angor an der Spitze. Die Armee war auf dem Weg nach Süden.

Die Tage verstrichen und der Heerwurm aus Menschen schlängelte sich über die breite Handelsstraße immer weiter in Richtung Süden. Es war noch während der ersten Tage ihrer Reise gewesen, als Angor die Truppe an den Ortschaften Dwarnost und Serbran entlangführte. Nicht mehr weit von einem großen Wald gelegen, konnte der junge Heerführer gleich mehrere Dutzend Jäger aus den Ortschaften erhalten. Weniger klein, als er es zunächst angenommen hatte, konnten ihn die Siedlungen sogar mit zusätzlicher Nahrung und einigen Axt tragenden Holzfällern unterstützen.

Eine Sache war ihm im Laufe der Zeit immer deutlicher ins Auge gestochen. Je weiter er sich von der Hauptstadt und dem Sitz des Königs entfernte, desto mehr sank die Bereitschaft der Menschen und Städte ihn und seine Truppen zu unterstützen. Es war nicht so, dass die Menschen im südlichen Teil Nurays etwas gegen ihn oder seine Männer hatten, sondern vielmehr, dass sie in der Zahlung ihrer immer weiter steigenden Steuern genug Dienst am Reich sahen. Es war Morik gewesen, der Angor erzählt hatte, woher die Zurückhaltung der südlichen Gebiete Nurays kam, wenn es darum ging sich an einem Krieg mit Wardonien zu beteiligen. Je näher die Menschen der Grenze zu ihren Nachbarn lebten, desto dichter waren die Handelsverbindungen, die einst zwischen ihnen geherrscht hatten. Es war Turag gewesen, der den Handel mit den Wardonen zwei Jahre zuvor verboten und den Menschen im Süden Nurays damit ihre wichtigste Einnahmequelle geraubt hatte. Noch immer verärgert über diesen aus Neid geborenen Akt der Dummheit, brodelte unverändert eine unterschwellige Abneigung in den Herzen der Menschen.

Vorbei an unzähligen kleinen Dörfern und verstreuten Siedlungen seiner Landsleute waren es vor allem die Städte Davonstor und Gretzar, in die er seine Hoffnungen gesetzt hatte. Als zwei der größten Siedlungen in diesem Teil Nurays waren sie nicht nur wohlhabend genug, um ihn zu unterstützen, sondern verfügten auch über eine starke eigene Stadtwache. Die Hoffnung, gut ausgerüstete und erfahrene Soldaten aus den Truppen der Stadt abrufen zu können, wurde Angor rasch genommen.

Es war der Stadtrat von Davonstor gewesen, ein Gremium älterer Männer in feinem Zwirn, der den jungen Krieger beinahe zur Verzweiflung gebracht hatte. Mit gerauften Händen und traurigen Gesichtern hatten sie ihm versichert, dass ihre arme Stadt nicht annähernd genug Mittel zur Verfügung hatte, um ihm auch nur einen einzigen Soldaten zu stellen. Mit Fingern voll von goldenen Ringen versuchten sie ihn mit ihren vorgeschobenen Ausreden so schnell wie möglich abzuwimmeln. Selbst mehrere Tage nachdem er die Stadt verlassen hatte, stieg noch immer eine heiße Wut in Angor auf, als er an diese treulosen Spießgesellen dachte.

Der Bürgermeister von Gretzar war nicht viel besser gewesen. Die Stadt mit Blick auf den weit entfernten einsamen Berg Nurays hatte ihren Wohlstand durch Bergbau und Steinbrüche verdient. Als der Heerführer in der Stadt vorstellig wurde, um nach einigen Männern zu Verstärkung seiner Truppen zu fragen, wehrte ihn der Stadtherr mit dem Verweis auf die Wichtigkeit seiner Siedlung ab. Sich selbst mit einer langen Rede über die Gefahren für seine Geldquellen immer weiter aufbringend, hätte der untersetzte Mann, der seit Jahren die Geschicke der Stadt leitete, am liebsten den Ritter des Königs der Stadt verwiesen. Es war allein Angors Sturheit zu verdanken, dass er sich weder vertreiben noch ohne eine Gabe abspeisen ließ. Er hatte den gesamten Tag über verhandelt, bis der Herr der Stadt schließlich bereit war seiner Armee fünf Wagenladungen voller Kriegsmaterial zur Verfügung zu stellen, wenn er dann nur endlich verschwand. Stolz über seinen Erfolg und ernüchtert über die

Haltung der Menschen den Truppen des Reiches gegenüber, war der Krieger schließlich mit der Ausrüstung zu seinen Männern zurückgekehrt. Waffen, zwar alt, aber trotz allem noch immer gefährlich, klimperten auf den Karren und warteten darauf unter den begierigen Soldaten verteilt zu werden.

Eine Meldung, die ihn etwa eine Woche nach seiner Abreise aus Gurnda erreicht hatte, ließ ihn für eine Weile unruhig werden. Die Nachricht, dass die Armee der Wardonen die Besetzung weiterer Dörfer eingestellt und außerhalb der eroberten Siedlungen ein Lager errichtet hatte, erschien ihm rätselhaft. Warum auch immer seine Gegner diesen Schritt unternommen hatten, es schien, als würden sie sich ihm im Kampf stellen wollen.

Ganz unabhängig von den immer wieder eintreffenden Verstärkungen, hatte Angor bereits am dritten Tag ihres Marsches mit einer Arbeit begonnen, die ihm ein persönliches Anliegen war. Genau wie er es den Soldaten des Königs gesagt hatte, wollte er die unerfahrenen Männer seiner Armee im Kampf ausbilden. Der Mangel an erfahrenen Soldaten gepaart mit der hohen Zahl an völligen Neulingen in der bewaffneten Auseinandersetzung erschwerte es dem Krieger einen Plan für die Ausbildung zu erstellen. Er brauchte fast einen kompletten Tag, um festzulegen, wie die Übungen ablaufen sollen.

Am Ende jedes Tages, noch bevor das Abendessen ausgegeben wurde, führte er seine Ausbildungen durch. Angefangen mit den einfachsten Kleinigkeiten, ließ er jede Abteilung für eine Stunde seine Lektionen durchführen. Angeleitet von den Veteranen, die mit lauten Stimmen und gebrüllten Befehlen versuchten den Männern zumindest ein klein wenig Disziplin einzuhauchen, wiederholten die Rekruten Tag um Tag die gleichen Abläufe. Der Fortschritt im Können der Soldaten war deutlich zu erkennen. Wo sie zu Beginn noch daran gescheitert waren, eine gerade Linie zu bilden, standen Angors Kämpfer nach zwei Wochen der harten Ausbildung wie ein Kern zusammen. Auf den Befehl der Offiziere führten die Männer schon bald jede der erlernten Angriffsschritte durch oder erprobten ihre Verteidigung. Ergur weigerte sich zwar noch immer, die neu aufgestellte Miliz eine Armee zu nennen, weniger noch ihre Mitglieder richtige Soldaten, aber der Zorn des Veteranen, wenn er den Männern bei ihren Übungen zusah, schwand von Tag zu Tag.

Gemeinsam mit den Kampfübungen hatten Angor, Morik und die Männer des Königs weitere Regeln für die Truppe aufgestellt. Am ersten Tag war es noch notwendig gewesen, einen der Veteranen zu jeder Gruppe der Versorgungskarren zuzuteilen, die über den Heerzug verteilt waren. Auf diese Vorsicht konnten sie schnell verzichten. Natürlich hatte es in der Armee Halunken gegeben, die versuchten sich hinter dem Rücken der anderen etwas von den Wagen zu stehlen, doch gemeinsam mit den Fortschritten in den Kampfübungen wuchs auch der Zusammenhalt der Kämpfer.

Es hatte viele unter den Soldaten gegeben, die sich durch ihren Dienst in der Truppe tatsächlich ein besseres Leben frei von der Armut ihrer vorherigen Tage erhofft hatten. Mit ehrlichen Herzen und stolz darauf etwas Verantwortung zu übernehmen, waren dies die Männer gewesen, die Angor bald schon als Wagenlenker und Lagerwachen einsetzte. Von der zunehmenden Disziplin ihrer Kameraden unter Kontrolle gebracht, hatten sich schließlich selbst die Schlitzohren in der Armee gefügt. Um einen besonderen Anreiz für jene zu bieten, die die Last einer zusätzlichen Aufgabe übernahmen, gestand Angor den Männern eine zusätzliche Ration ihrer Vorräte am Abend zu. Dabei wurden all jene, die unter den restlichen Männern durch Fleiß und Einsatzbereitschaft auffielen, bei der Zuteilung der besten Speisen bevorzugt.

Als mehr als zwei Wochen des steten Marsches vergangen waren, hatte der junge Ritter nicht nur den Respekt, sondern auch die Freundschaft vieler seiner Männer errungen. Nachdem die Geschichte seiner bisherigen Taten unter den Soldaten die Runde gemacht hatte, wurde er bei seinen täglichen Rundgängen immer auffälliger beobachtet. Er hatte es sich früh zur Gewohnheit gemacht, am Abend unter den Männern umherzuwandern und das Gespräch mit den Soldaten zu suchen. Wo er sich bei manchen deren Sorgen anhörte, lauschte er bei wieder anderen und erfuhr viel über das bisherige Leben der Männer, die er in den Kampf schicken würde. Bald schon konnte er in keinem von ihnen mehr ein fremdes Gesicht sehen, mit dem er selbst nichts zu tun hatte. Selbst jene, mit denen er nicht hatte sprechen können, waren in seinem Bewusstsein als Menschen verankert, die eigene Träume und ein eigenes Leben hatten.

Neben der Möglichkeit mehr über ihren Kommandanten zu erfahren, als es die Geschichten verrieten, die mit jedem Tag abenteuerlicher durch das Lager kursierten, war es vor allem auch der Proviant, den Angor mitbrachte, der ihm einen Platz an jedem Lagerfeuer sicherte. Er hatte schnell erkannt, dass er es nicht über sich brachte, die Speisen, die Jandrik für ihn gekauft hatte, für sich zu behalten. Mit einigen Stücken Obst oder getrockneten Fleisches bewaffnet, stromerte er durch die Reihen der Zelte und teilte sein Essen, wohin auch immer es ihn verschlug. Die Dankbarkeit der Soldaten darüber nicht nur faden Haferbrei essen zu müssen, konnte der Krieger bestens nachvollziehen.

Sie waren gerade einen halben Tag südlich von Vrost gewesen, wo sich Angor noch einmal ein paar Bogenschützen angeschlossen hatten, als ein Reiter sich der trägen Armee näherte. Auf die Spitze des Heerzuges zusteuernd, war es der Kommandant der Armee, den der Mann suchte. Schwer atmend brachte der Reiter sein Pferd neben Windfeuer und keuchte dem Heerführer seine Frage entgegen. „Seid Ihr der Kommandant dieser Armee? Seid Ihr Angor von Tresmark?"

Beunruhigt von dem Auftreten des Reiters zog der Ritter seine Augenbrauen zusammen. Unsicher, warum der Mann ihn gesucht hatte, antwortete er dem Reiter. „Der bin ich. Was führt Euch zu mir?"

„Ich bin Bernhard, Sohn des Hretvar. Ich komme aus dem kleinen Dorf Lorten, zwei Tagesreisen südlich von hier. Unser Dorfältester hat mich geschickt, Euch zu warnen!"

„Warnen, wovor?", schoss es aus Angor heraus, noch bevor er über das Gehörte nachdenken konnte.

„Die Wardonen, ihre Armee hat sich wieder in Bewegung gesetzt. Als ich losritt, waren sie kaum mehr zwei Tage von meinem Zuhause entfernt. Vermutlich haben sie Lorten bereits eingenommen. Merkar, unser Ältester sagte, dass sie vermutlich marschieren, um die Armee zu stellen, die unser König geschickt hat. Wir hofften, dass die Geschichten, die wir hörten, stimmen, und wollten Euch suchen, um die Warnung zu überbringen."

„Ich danke Euch, Bernhard. Eure Worte sind für mich von hohem Wert. Wisst Ihr noch etwas über die Armee des Feindes? Wie viele sind es? Wie lange sind sie schon wieder auf dem Marsch? Über welche Ausrüstung verfügen sie?", entgegnete Angor drängend.

„Es tut mir leid, Herr, aber ich weiß nicht sehr viel. Wie es aussieht, sind sie schon seit Tagen wieder in Bewegung. Mehrere Dörfer sind in den letzten Tagen verstummt und wir nehmen an, dass sie der gleichen Blockade unterliegen wie all die anderen Siedlungen, die sie erobert haben. Über ihre Zahl weiß ich nichts, doch die Gerüchte besagen, dass sie einen Magier bei sich haben, der ihre Kraft mit seinen Zaubern verstärkt."

Ein Schauder durchfuhr den Heerführer, als er sich vorstellte, zu welcher Verwüstung der feindliche Zauberer in der Lage sein mochte. Seine eigenen Fähigkeiten, obgleich noch nicht besonders weit gediehen, hatten in der Vergangenheit bereits großen Schaden angerichtet. Einem Mann zu begegnen, der die Kunst der Zauberei länger und eindringlicher studiert hatte, mochte zu einer Katastrophe führen.

„Habt dank für die Warnung, guter Mann. Könnt Ihr kämpfen, habt Ihr Waffen?", sprach der Kommandant bereits in Gedanken seine Pläne verändernd.

„Nein Herr. Ich bin Hirte, ich habe noch nie in meinem Leben kämpfen müssen", entgegnete der Bote erschrocken.

„Dann seht zu, dass Ihr Euch in Sicherheit bringt. Der Kampf wird bald stattfinden und jeder in seiner Nähe wird dann in Gefahr schweben", brummte Angor und akzeptierte, dass dieser Mann nicht für seine Armee geeignet war. Bemüht der Armee zu entkommen, bevor sie ihn zum Dienst verpflichten konnte, gab der Reiter seinem Pferd erneut die Sporen. Von einer Staubwolke begleitet stob der Hirte über die Hügel davon.

Der Abend dämmerte bereits, als Angor seine Offiziere zusammenrief. Flackendes Kerzenlicht erhellte das Innere seines Zeltes, eines geräumigen Gebildes, in dem neben seinem Feldbett auch noch ein wackliger Tisch Platz gefunden hatte. Ausgebreitet auf dessen Platte lag eine eilig gezeichnete Karte der umliegenden Umgebung. Er hatte Späher losgeschickt, Männer aus Vrost, die sich in der Gegend auskannten. Vom Rücken ihrer Pferde aus hatten sie das Land weit schneller erkunden können, als es der Tross um ihn herum vermocht hatte. Die Informationen, die sie ihm gebracht hatten, waren gleichsam beruhigend und überraschend gewesen.

Das Land um sie herum war hügelig und der Ausblick, den eine Armee haben konnte, beschränkte sich auf wenige Kilometer in jede Richtung. Die Täler zwischen den Kuppen hatten eine Ausdehnung von wenigen hundert Metern, was dem Land den Eindruck gab, der Wind würde den Boden in Wellen verwandeln. Die Reiter waren weit gekommen und hatten ihre Reittiere nicht geschont, bis sie etwas Interessantes entdeckt hatten. Von der

Kuppe eines Hügels aus hatte einer der Männer das kleine Dorf gefunden, aus dem der Bote zu ihnen gekommen war. Noch immer viele Wegstunden entfernt, war es vor allem die offensichtliche Idylle gewesen, die den Späher beunruhigt hatte. Nach der Zeit, die vergangen war, musste das Dorf sicher schon den Invasoren in die Hände gefallen sein und doch stieg kein Rauch über der Ortschaft auf. Keines der üblichen Zeichen, das einen Angriff auf ein Heim von Menschen üblicherweise begleitete, war an dem Ort zu erkennen. Die Unsicherheit, die dem Mann noch immer anhaftete, als er seinem Kommandanten von der Entdeckung erzählte, ließ Angor vorsichtig werden.

„Gut, dass diese Hunde sich endlich zeigen. Ich bin das Warten allmählich leid. Wenn sie uns entgegenkommen, dann sparen wir uns wenigstens ein paar weitere Tage des Marsches", knurrte Ergur eifrig, nachdem der Ritter seine Informationen mit ihnen geteilt hatte.

Der Ausdruck in den Augen seiner Kameraden verriet, dass sie die Sache genauso sahen wie der alte Krieger.

„Wo werden wir auf sie treffen?", fragte Morik schließlich, nachdem die Veteranen einige Zeit miteinander über das beste Vorgehen diskutiert hatten.

„Ich habe mir schon Gedanken darüber gemacht. Ich möchte nicht, dass unsere Feinde das Schlachtfeld für uns wählen, daher werden wir sie an einem Ort erwarten, der unseren Vorstellungen entspricht", erklärte der Kommandant. „Wir werden die Straße verlassen und uns in diese Hügel hier, südöstlich unserer jetzigen Position begeben. Einer der Späher erzählte mir von einem merkwürdigen Phänomen, das hier das ganze Jahr über auftreten kann. Ein dichter Nebel bildet sich jeden Morgen an der Flanke dieser Hügel und verdeckt alles, was darunter liegt. Wenn wir diesen Vorteil nutzen, können wir unsere gesamte Streitmacht in den weißen Schleiern verbergen. Wie werden dem Feind vermutlich an Anzahl überlegen sein, doch ihre Soldaten sind wahrscheinlich besser ausgerüstet und ausgebildet. Wenn wir unsere Überzahl mit dieser List verbergen, können wir sie vielleicht in einen Hinterhalt locken und angreifen, bevor sie für unseren Ansturm bereit sind."

„Hm, Eure Idee könnte etwas an sich haben. Wie wollt Ihr den Kampf führen?", fragte einer der Veteranen.

„Wir werden die Ränge der Nahkämpfer nahe der Talsohle postieren, wo sie vollkommen vom Nebel eingehüllt sind. Die Männer mit den Schilden werden die erste Reihe bilden, um den Feind so lange wie möglich am Durchbruch zu hindern. In der gleichen Zeit werden unsere Bogenschützen, am oberen Teil des Hanges postiert, den Feind unter ständigen Beschuss nehmen. Der Gefahr auf zwei Seiten ausgesetzt, werden wir sie in die Ecke drängen und endgültig aufreiben, kaum dass sie sich zum Rückzug wenden."

„Und wie stellen wir sicher, dass sie auch wirklich dorthin kommen, wo wir sie haben wollen. Hier gibt es viele Hügel, es wäre leicht uns zu verfehlen. Schlimmer noch, was wenn sie auf der Straße bleiben und uns umgehen?", fragte ein anderer der Kämpfer.

„Auch darüber habe ich mir Gedanken gemacht. Eure Bedenken sind berechtigt, aber ich habe vor sie genau in unsere Falle zu locken. Der Hirte meinte, sie sind auf geradem Weg zu uns, das bedeutet, sie wollen uns aus dem Weg räumen, um weiter freie Hand zu haben. Wenn wir ihnen eine Fährte legen, werden sie zu uns kommen."

„Und wenn sie deine Falle durchschauen?", brummte Ergur.

„Ich denke, das werden sie nicht. Die Männer, die da in unser Land eingedrungen sind, wissen nichts über mich. Warum sollten sie damit rechnen? Das Einzige, was man ihnen vielleicht gesagt hat, ist, dass ein junger unerfahrener Mann eine unerfahrene Truppe bei seinem ersten Kommando gegen sie führt. Wer vermutet da schon einen Hinterhalt?", hielt ihm Angor entgegen.

Die ratlosen Blicke der anderen Offiziere brachten ihn dazu weiter zu sprechen.

„Morgen Abend werden wir einen letzten Späher losschicken. Er soll ihnen entgegenreiten, mit seinen Satteltaschen schwer beladen. Sein Pferd wird eine Spur hinterlassen, die nicht zu übersehen ist. Wenn sie ihr folgen, werden sie genau in unsere Speere laufen!"

Für eine Weile herrschte Stille in dem Zelt. Im flackernden Licht der Kerzen betrachteten die Männer die Karte und suchten nach der einen Sache, die sie vielleicht nicht bedacht haben mochten. Es war Ergur, der sich schließlich wieder aufrichtete und das Wort ergriff.

„Ihr habt entschieden Kommandant. Euer Plan kann funktionieren. Ich freue mich auf den Kampf. Ihr könnt auf mein Schwert zählen. Wenn unsere Feinde kommen, werden wir ihnen zeigen, was es bedeutet, sich mit den Soldaten Nurays anzulegen."

Der Schlaf weigerte sich in dieser Nacht ihm etwas Erholung zu schenken. Albträume von Niederlage und Scheitern plagten ihn, wann immer die Schwärze des Nichts sein Bewusstsein gefangen nahm. Schweiß bedeckte seinen Körper, als er an diesem Morgen aufwachte. Ein einziger letzter Tag trennte sie noch von dem Morgen des Kampfes. Die Schlacht gegen die Wardonen war unausweichlich.

Die Stimmung unter den Soldaten kippte im Laufe des Tages, als sich die Nachricht von dem näher rückenden Kampf unter ihnen verbreitete. Jeder von ihnen hatte gewusst, dass es nicht mehr lange dauern konnte, bis es galt der feindlichen Armee gegenüberzutreten, doch jetzt, wo der Zeitpunkt zum Greifen nah war, wurde die Tatsache ungeheuer wirklich. Streitigkeiten, manchmal lauthals ausgetragen, brachen unten den Männern aus und drohten das dünne Band der Kameradschaft zwischen ihnen zu zerreißen, noch bevor es sich bewährt hatte. Gereizt und dünnhäutig gingen die Offiziere mit harter Hand gegen die Querulanten vor und beendeten jede Auseinandersetzung, noch bevor sie sich zum Problem entwickeln konnte.

Die Straße bereits am frühen Morgen hinter sich lassend, wälzte sich der Heerzug mit seinen schwer beladenen Ochsenkarren durch die ungezähmte Landschaft. Land, das sonst nur zur Beweidung der umherstreifenden Herden genutzt wurde, lag nun unter den Stiefeln der Soldaten plattgetreten dar. Verlangsamt durch den unebenen Untergrund dauerte es bis zum Nachmittag, bis Angors Armee den Punkt erreichte, an dem er sein Nachtlager aufschlagen wollte.

Zwei Hügelkuppen trennten die Männer von dem Ort, an dem sie sich den Invasoren stellen würden. Wenige hundert Meter von der Stelle, an der manche von ihnen den Tod finden würden. Versteckt in einem engen Tal, umgeben von steilen Hängen, ließ der Kommandant die Ochsenkarren einem Ring ähnlich um das Lager herum postieren. Obgleich die hölzernen Gefährte keinen echten Schutz darstellen würden, vermittelten sie den Männern doch das Gefühl der Welt nicht vollkommen wehrlos ausgeliefert zu sein.

Der Späher mit den schwer befüllten Satteltaschen brach auf, noch bevor die Armee mit dem Aufbau der Zelte begonnen hatte. Die schweren Schritte seines Pferdes waren noch lange, nachdem er die Hügelkuppe überwunden hatte, zu hören. Die tiefen Spuren der Hufe seines Reittieres waren deutlich sichtbar in den Boden gedrückt.

An diesem Tag gab es keinen Drill mehr, der den Soldaten weitere Disziplin beibringen sollte. Die Anspannung alleine genügte, damit viele von ihnen sich den Übungen mit der Waffe zuwandten. Es gab nur eine Anweisung, die für die letzten Vorbereitungen vor dem entscheidenden Tag galt. Sie mussten leise sein. In ruheloser Patrouille stetig durch das Lager streifend, sorgten der Heerführer und seine Vertrauten dafür, dass sich die Männer daran hielten.

Manche würfelten gegeneinander, um sich abzulenken, andere schärften noch einmal die Klingen ihrer Waffen. Jeder hatte seinen eigenen Weg mit der Unausweichlichkeit der Gefahr umzugehen, der sie sich bald stellen mussten. Beruhigende Worte und der Verweis darauf, dass sie in den vergangenen Wochen zu fähigen Kämpfern geschmiedet worden waren, besänftigten die Gemüter der Männer, mit denen Angor sprach. Als er ging, ließ er sie mit einem hoffnungsvollen Ausdruck in ihren Gesichtern zurück. Er achtete darauf, stets offen und freundlich zu wirken und sich die unausgesprochenen Zweifel in seinem eigenen Bewusstsein nicht anmerken zu lassen. Er hatte schon vor Tagen aufgegeben eine Verbindung zu Seris herzustellen. Obwohl sein Zauber die erwünsche Wirkung zeigte, war es ihm nicht möglich eine Verbindung zu dem Geist herzustellen. Was auch immer ihre Bande belastete, es war eine Frage, der sich der junge Krieger stellen musste, nachdem er diesen Kampf gewonnen hatte.

Die Sonne war bereits untergegangen, als der Späher mit donnernden Hufen den Hang zu ihnen hinunterschoss. Völlig erschöpft kamen Ross und Reiter vor den Wachen des Lagers zum Stehen. Die Männer der Reserve, die für den Wachdienst an diesem Abend eingeteilt worden waren, eilten sich ihren Kommandanten zu informieren. Aufgeregt und inniglich hoffend, dass sein Plan aufgegangen war, eilte der Heerführer auf den Reiter zu.

„Was ist passiert. Hast du sie gesehen?", fragte der Krieger während seine Soldaten das Pferd von den Gewichten befreiten.

„Ja Herr", schnaubte der Reiter. „Sie hätten mich fast bekommen. Ich weiß nicht mehr genau, wann es war, und schon gar nicht warum, aber irgendwann haben sie die Verfolgung abgebrochen. Ich bin, so schnell ich konnte, hierher geritten, genau wie Ihr es befohlen habt. Die Spur, die ich hinterlassen habe, ist nicht zu übersehen. Wenn sie die ganze Nacht marschieren, sollten sie kurz nach Sonnenaufgang hier sein."

Angors Gefühle waren wechselhaft. Sein Plan konnte aufgehen und doch gab es so vieles, was noch immer schiefgehen konnte. „Hast du gesehen, wie viele es waren?"

„Ich müsste schätzen, Herr. Fünfhundert, vielleicht sechshundert Krieger hatten sich in der Nähe von Lorten versammelt. Sie wirkten sehr diszipliniert, als sie mir folgten. Soweit ich sehen konnte, tragen sie schwere Rüstungen ganz so, als würden sie nichts wiegen. Wenn Ihr mich fragt, steht uns ein schwerer Kampf bevor, Herr", entgegnete der Mann müde.

Die Nacht war bereits hereingebrochen, als der Ritter durch die Dunkelheit des Lagers schritt. Selbst jetzt noch lagen viele der Soldaten wach, von der gleichen inneren Unruhe vom Schlaf getrennt, wie sie auch ihren Kommandanten plagte. Es war nicht lange her, dass er die letzte Besprechung vor den Kämpfen mit seinen Hauptleuten geführt hatte. Jeder von ihnen wusste, wo sein Platz war und welche Aufgabe er in der Schlacht erfüllen musste. Die Ruhe und der Eifer, der den Veteranen zu eigen war, verwunderten Angor noch immer. Vermutlich hatten sie solche Nächte schon zu oft erlebt, um davon noch um ihrem Schlaf gebracht zu werden, ging es ihm durch den Kopf.

Keine Feuer brannten, deren Licht und Rauch ihre wahre Position verraten konnten. Das Abendessen kalt verzehrt, hatten sich die meisten der Kämpfer schon vor langer Zeit zurückgezogen.

Er war gerade auf dem Rückweg zu seinem Zelt gewesen, als ihm ein junger Bursche auffiel. Kaum älter als Aomer kauerte er mit dem Rücken an einen Wagen gelehnt in der Dunkelheit und starrte mit weit aufgerissenen Augen umher. Den Jungen zum ersten Mal bemerkend, näherte sich der Kommandant mit einem freundlichen Lächeln. Wenn es nach ihm gegangen wäre, hätte er den Burschen wieder nach Hause geschickt, wo er in Frieden noch ein paar Jahre älter werden konnte, doch dies jetzt zu versuchen, würde ihn vermutlich einer weit größeren Gefahr aussetzen, als sie ihm inmitten der Armee drohte.

„Wie heißt du?", fragte Angor den Jungen, der ihn bis jetzt noch nicht bemerkt hatte. Erschrocken über die plötzliche Ansprache zuckte der Bursche so sehr zusammen, dass er mit dem Rücken gegen den Karren stieß. Es dauerte einen Moment, bis er begriff, wer vor ihm stand, und mit zittriger Stimme antwortete.

„Cholat, mein Name ist Cholat", stammelte er schüchtern.

„Cholat, ja? Mein Name ist Angor, weißt du und ich werde euch morgen anführen", entgegnete der Kommandant mit ruhigem Ton.

„Werden wir morgen siegen?", fragte der Junge mit angsterfüllter Stimme.

„Ich denke ja, junger Mann. Siehst du nicht all diese tapferen Soldaten? Wir haben einen Plan aufgestellt. Einen Plan, der unseren Gegner überrumpeln wird und ich habe euch. Ich bin mir sicher, wenn du morgen tapfer an meiner Seite kämpfst, dann können wir gar nicht verlieren."

Das Gesicht des Burschen erhellte sich ein wenig. „Du siehst hungrig aus, Cholat. Hast du heute Abend schon was gegessen?", fragte Angor und reichte ihm die Hand. Zögerlich schüttelte der Junge den Kopf und ergriff die Hand seines Kommandanten.

„Komm mit mir. Ich habe auch noch nichts gegessen. Lass uns das gemeinsam nachholen ja? Wir wollen doch morgen stark sein", fügte der Ritter im Plauderton an.

Gnadenlos

Der dumpfe Klang geschlagener Trommeln riss ihn aus seinem unruhigen Schlaf. Gleich einem Donner schallte das Geräusch über die Hänge und Täler hinweg. Aus dem Schlaf gerissen benötigte Angor mehrere Sekunden, bis er begriff, was das Geräusch zu bedeuten hatte. Sein Herz, vor Aufregung wild pochend, ließ sein Blut rauschend durch seine Ohren strömen. Noch vor dem zehnten Schlag war der Kommandant auf den Beinen und stürmte aus seinem Zelt.

Aufgeschreckt und überrumpelt ließ er seinen Blick eilig über das Lager und den Hügelkamm schweifen. Der Feind war noch nicht zu sehen, doch die Lautstärke der Trommelschläge verriet, dass die feindliche Armee nicht mehr weit weg sein konnte. Unruhe begann sich im Heerlager auszubreiten, als immer weitere Trommelschläge über die Hänge donnerten. Es waren die Veteranen, Überlebende unzähliger Kämpfe, die zuerst reagierten und mit scharfem Ton zwischen den immer ängstlicheren Soldaten hindurch eilten. Wo immer die Männer begannen in Furcht und Panik um sich zu rufen, schritten die Krieger ein und versuchten die Ordnung aufrechtzuerhalten. Mit einer Ruhe, die selbst dem jungen Heerführer imponierte, wurden die abgehärteten Soldaten zu einem Vorbild für all jene, die zu verzweifeln drohten.

„Macht euch für den Kampf bereit, Herr. Sie kommen", brummte Ergur, als er plötzlich an Angor vorbeieilte. Der Mann hatte recht. Aufgeschreckt von den Worten seines Unteroffiziers schlüpfte der Ritter zurück in sein Zelt und griff nach seiner Ausrüstung. Die Männer brauchten Führung und einen Kommandanten, der ihnen wie ein Bollwerk gegen die Einschüchterung des Feindes Mut verlieh. Bei den ersten Schlägen hatte er sich noch gewundert, warum der Feind sein Kommen so laut verkündete, wo er sie beinahe im Schlaf überrascht hatte. Die Wirkung, die dieser nervenzerfetzende Angriff auf seine Männer hatte, beantwortete jedoch all seine Fragen.

Gerüstet und bewaffnet trat Angor schließlich wieder vor sein Zelt. Sein Gesicht, eine Maske der Entschlossenheit, strahlte nichts als Zuversicht aus. Dem steten Schlagen der Trommeln still trotzend, hatte er sich entschieden der Einschüchterung des Feindes zu widerstehen. Von den Soldaten des Königs mehr und mehr zur Ruhe gebracht, formierten sich auch die Truppen allmählich im schwachen Schein des dünnen Mondes.

In all dem Trubel, der um ihn herum herrschte, vermisste der Ritter nur eine einzige Sache. Zwischen rennenden Soldaten und fluchenden Veteranen gab es nur eines, was er nicht entdecken konnte. Die Abwesenheit seines Stellvertreters leuchtete für ihn wie eine Fackel in der Nacht. Vor Zorn beinahe bebend schlug Angor die Zeltplane von Moriks Behausung zurück. Eingewickelt in seine Decke schlief der junge Offizier noch immer ruhig auf seinem Lager.

„Hörst du die Trommeln nicht?", fuhr der Schwertkämpfer ihn lauter an, als er es gewollt hatte.

Das Gesicht vom Schlaf noch zerknautscht drehte sich der Bursche langsam um und starrte den gerüsteten Krieger vor sich an. Die Frage „Ist es so weit?", die der angehende Anführer äußerte, brachte Angor beinahe dazu sich zu vergessen. Nur mit Mühe gelang es ihm seinen Ärger unter Kontrolle zu halten und den verschlafenen Anführer zur Hügelkuppe zu befehlen, sobald dieser sich auf die Schlacht vorbereitet hatte.

Vermutlich war es einzig und allein dem Drill der letzten Tage zu verdanken, dass die Männer der Armee ihre Furcht überwanden und sich schnell in ihren Abteilungen versammelten. Von den Veteranen geordnet dauerte es trotz allem beinahe fünfundzwanzig Minuten, ehe die Soldaten bereit waren in den Kampf zu marschieren. Bestrebt keine einzige Minute zu vergeuden, war der Kommandant bereits den südlichen Hügelkamm hinaufgeklettert. Während die dröhnenden Schläge der Trommeln immer lauter wurden, musste sich Angor darauf verlassen, dass seine Helfer die Truppen gemäß seinem Plan auf den Kampf vorbereiteten. Was für ihn nun wichtiger war als alles andere, waren die Informationen, die ihm nur die Späher auf der Hügelkuppe geben konnten. Tief geduckt, um nicht schon aus der Ferne gesehen zu werden, näherte er sich den verstreuten Männern, die seit Stunden ihren Blick über das Umland schweifen ließen. Was er hörte, machte ihm nur wenig Mut.

Es waren nur wenige Minuten vergangen, seit die flackernden Lichter einiger weniger Fackeln wenige Kilometer entfernt über dem Kamm eines Hügels aufgetaucht waren. Zuerst erblickt in dem Moment, als die Trommeln das erste Mal erklungen waren, trennte den Feind wohl kaum mehr als ein halbstündiger Marsch von Angors ausgewähltem Schlachtfeld. Überrumpelt und beinahe überlaufen lief ihm die Zeit für die Aufstellung seiner Truppen weg. Jetzt durfte nichts mehr schiefgehen.

Ein Blick in das Tal vor ihm gab ihm ein wenig Mut. Der Nebel, von dem seine Kundschafter erzählt hatten, bildete sich vor seinen Augen in der kühlen Luft der Nacht und verdichtete sich mit jedem Augenblick weiter. Von Wind an die Nordflanke des Hügels gedrückt, sah es so aus, als ob sein Plan aufgehen würde.

Ein Blick über die Schulter ließ ihn hoffen. Aufgestellt in geraden Reihen marschierten die Soldaten bewaffnet und zumindest dem Eindruck nach kampfbereit den Hügel hoch, angeführt von den hartgesottenen Männern des Königs. Dieses eine Tal, das vor ihm lag, galt es noch zu durchqueren. Begrenzt von steilen Hängen, gespickt mit kantigen Felsen, schloss sich die grasbewachsene Senke vor dem Ritter als Schlachtfeld aus. Zu hoch war die Gefahr, dass seine Soldaten auf dem unebenen Untergrund ins Wanken gerieten.

Der stete Schlag der Trommeln hallte noch immer durch die Nacht und malte die Vision einer grauenvollen Streitmacht in den Köpfen all jener, die ihre Furcht nur durch das Band der Kameradschaft unter Kontrolle hielten. Schritt um Schritt näherte sich Angors Armee der Stelle, an der sie den Wardonen begegnen sollten. Die Kuppe gebückt überquerend, trat Reihe um Reihe der Männer voran.

Als Erster von allen war es der Krieger aus dem Norden, der einen Blick in das Tal warf, in dem er die Angreifer zerschmettern wollte. Ein schmerzhafter Stich und die Bestätigung einer Angst, die er nicht einmal in seinen Gedanken in Worte hatte formen wollen, ereilten ihn, als er erkannte, was vor ihm lag. Bedeckt von einem dichten Nebel, war es nicht die Flanke des nördlichen Hügels, der von der weißen Wolke verdeckt wurde. Verborgen unter dem undurchschaubaren Teppich weißen Dunstes lag der südliche Hang vor ihnen versteckt.

Der Vorteil, der unverkennbar wichtige Umstand der Tarnung vor den Augen des Feindes, galt nun nicht mehr ihm, sondern seinem Gegner. Unsichtbar für die Augen seiner Schützen, musste Angor darauf hoffen, dass der Feind von selbst aus den dicken Schwaden des Nebels treten und sich ihnen auf dem freien Feld stellen würde.

Doch er durfte kein Zögern mehr zeigen. Es war zu spät, um seinen Schlachtplan zu ändern. Wenn der Nebel nicht auf seiner Seite war, mussten sie eben umso härter kämpfen, um den Sieg zu erringen. Das Leder seiner Handschuhe knarzte, als er seine Hand zur Faust ballte.

Er konnte es sehen. In den flüchtigen Momenten, in denen sein Blick die Augen der Veteranen streifte, sah er auch ihre Erkenntnis über die Ausweglosigkeit ihrer Lage. Der Kampf würde für sie alle schwieriger werden.

An der Spitze seiner Kämpfer marschierte der Kommandant in das Tal hinein. Wenn er seine Männer schon in diese missliche

Lage schickte, dann sollten sie sehen, dass er sich vor sie alle stellte. Beinahe im Takt der immer näher kommenden Trommeln traten die Soldaten voran und nahmen ihre Positionen ein. Stille und eine Anspannung, die schon beinahe mit den Händen greifbar war, legten sich über die Truppen Nurays. Mit unruhigen Herzen und aufgeregten Gemütern warteten mehr als zweitausend Männer darauf, sich endlich dem Feind zu stellen, den zu vertreiben sie gekommen waren. Das Warten im Angesicht der lärmenden Annäherung des Feindes zermürbte selbst den mutigsten Geist.

Fahles Licht der ersten Sonnenstrahlen legte sich über den dunklen Nachthimmel und verlieh ihm eine gräuliche Färbung, als die flackernden Lichter lediglich einer Handvoll Fackeln die Ankunft der feindlichen Truppen verdeutlichten. Erleuchtet vom unsteten Licht ihrer Feuer traten gerade einmal zwanzig Männer, in einem dichten Quadrat formiert, über die Kuppe des Hügels. Nur zwanzig Männer und die Hälfte von ihnen mit großen Trommeln ausgerüstet schritten im Angesicht einer ganzen Armee völlig ruhig über die Kuppe voran und verschwanden nur Sekunden später im dichten Nebel.

Das Licht der Fackeln gelöscht, verstummte auch der Klang der Trommeln noch in dem Augenblick, als ihre Träger von der wallenden Umarmung der feuchten Wolke verschluckt wurden. Sekunden der Stille verstrichen, in denen der Feind den Eindruck des alles verschlingenden weißen Nebels auf die wartende Armee wirken ließ.

Angors Herz schlug schneller. Was hatte der Feind vor? Zwanzig Soldaten konnten unmöglich die gesamte Armee des Feindes gewesen sein. Seine Gedanken rasten, als sein Gehirn versuchte die vielen Möglichkeiten zu bedenken, wie ihre Feinde ihn übertölpelt haben konnten. War dies hier nur eine Ablenkung gewesen? Lauerte die wahre Armee in ihrem Rücken, angenähert im Schutze der Nacht und die Verwirrung ihres Manövers ausnutzend? Ein Teil von ihm war kurz davor einen kompletten Rückzug zu befehlen und sich dem Gegner im nächsten Tal zu stellen, doch sein Bauchgefühl sagte ihm, dass er damit ihre Lage nur noch weiter verschlimmern würde.

Die Stille zermürbte ihre Zuversicht genauso, wie es die Trommelschläge zuvor getan hatten. Den ersten Eindruck von ihren Feinden im Kopf, war es die Fantasie der Menschen, die nun ungezügelt durch ihre Köpfe tobte. Leise Stimmen zischten über die Köpfe der Soldaten hinweg und trugen die Botschaft der Verunsicherung mit sich. Selbst aus den Augenwinkeln konnte Angor erkennen, wie immer mehr seiner Streiter unruhig auf der Stelle traten und die Gleichförmigkeit ihrer Linie damit auflockerten. Die Furcht in ihren Herzen wuchs mit jedem Augenblick.

Es gab keine Vorwarnung, als das Geräusch der Trommeln erneut einsetzte. Um ein Vielfaches lauter, tobte der bebende Donner durch das Tal und ließ den Nebel und die Männer gleichsam erbeben. Selbst Angor konnte nicht verhindern, dass er einen erschrockenen Schritt zurücktrat. Es waren keine zehn Trommeln mehr, die ihre erschütternde Botschaft verkündeten, sondern vielmehr einhundert dieser brüllenden Instrumente, die von überall aus dem Nebel erklangen.

Die Erkenntnis darüber, was hier gerade passierte, brach wie eine Flut über den jungen Heerführer herein. Der Feind, schon seit Stunden im dichten Nebel vor ihnen versteckt, hatte hier die ganze Zeit auf sie gewartet. Die anrückenden Trommeln hatten den Mut seiner Männer zersetzt, nur um ihn nun mit der Offenbarung ihrer Übermacht endgültig zu brechen. Das Donnern hunderter Fäuste, die im Gleichtakt auf blechernen Brustpanzer schlugen, fegte über die Armee Nurays hinweg.

Der stete Angriff auf den verwundbaren Geist der Soldaten zeigte schließlich seine Wirkung. Einzig von der großen Zahl ihrer Kameraden zurückgehalten, waren Angors Männer kurz davor zu fliehen. Zurückgehalten nur durch die Sicherheit ihrer

Gemeinschaft, zerstörte die zunehmende Unruhe in den Rängen seiner Armee die Disziplin der Formationen.

Das Vorhaben, vor Beginn der Schlacht noch einige erhebende Worte an seine Männer zu sprechen, war längst aus dem Kopf des Ritters gewichen. Die Rede, die er sich in seinem Kopf zurechtgelegt hatte, war von dem einschüchternden Auftritt der Wardonen genauso hinweggefegt worden wie die sture Zuversicht, mit der er sie vortragen wollte.

Die ersten warmen Strahlen der morgendlichen Sonne suchten sich schließlich ihren Weg in das Innere des Tales. Erhellt von der Intensität der Strahlen schmolz die oberste Schicht des Nebels dahin. Banner, an langen Stangen befestigt, erhoben sich plötzlich aus der dichten weißen Wolke. Ein Raunen ging durch die entmutigten Soldaten, als sie erkannten, dass der Feind keine hundert Meter mehr von ihnen entfernt stand. Jedes weitere Zögern würde ihm nicht weiterhelfen. Der Feind hatte sich gezeigt und war so nahe, dass ein blutiger Nahkampf bald nicht mehr zu verhindern war. Die Gelegenheit nutzend, solange er noch die Möglichkeit dazu hatte, gab Angor den Befehl zu schießen.

Das Schnalzen unzähliger Bogensehnen verriet den Schwarm tödlicher Pfeile, die einen Herzschlag später den Himmel erfüllten. Gleich einer Schar Raubvögel, die sich auf ihre Beute stürzten, senkten sich die Geschosse herab und fielen auf die verhüllten Krieger des Feindes nieder. Das dumpfe Pochen von Pfeilen, die auf hölzerne Schilde trafen oder das vereinzelte Geräusch von Rüstungen, die den gefiederten Geschossen widerstanden, war alles, was durch die dichten Nebelschwaden zu hören war.

Fassungslosigkeit erfüllte den Schwertkämpfer. Die schiere Anzahl an Geschossen musste doch etwas angerichtet haben. Hatte der Feind lediglich geschwiegen? Waren seine Krieger derart diszipliniert, dass sie selbst im Moment des Todes keinen Ton von sich gaben? Der Anblick der ersten Schemen, die sich in den dünner werdenden Nebelschwaden abzeichneten, vertrieb

Angors Fragen. Dies war nicht der Moment für Überlegungen. Der Kampf war zu ihnen gekommen, es wurde Zeit für seine Schwertkunst.

Seine Waffe in den Himmel gereckt, sah der Anführer, der Ritter Nurays, den nahenden Feinden entgegen. Keine fünfzig Schritte mehr von ihm entfernt näherten sich die gegnerischen Krieger immer weiter.

„In die Schlacht Männer! Für Nuray! Für eure Heimat!" Brüllend rannte Angor los. Das Blut rauschte in seinen Ohren, während er sich Schritt um Schritt der feindlichen Linie näherte. Er hörte das Brüllen seiner Soldaten nicht, als sie ihm in den Kampf folgten. Angespornt durch sein Vorbild stürmten ihm die Kämpfer Nurays hinterher. Den Blick einzig auf die dichter werdende Linie seines Gegners gerichtet, donnerte der Krieger voran.

Der Aufprall war brutal gewesen. Gleich einer Mauer waren die Soldaten des Feindes zusammengerückt und hatten ihm ihre Speere entgegengehalten. Mit Schwert und Schild hatte sich der junge Krieger einen Weg durch die Verteidigung des Gegners gebahnt und war einem Rammbock gleich in die Reihen der Wardonen eingeschlagen.

Schon bei seinen ersten Angriffen hatte er den Unterschied zwischen den Druhks, seinen eigenen Kämpfern und den Männern bemerkt, gegen die er zu Felde gezogen war. Anders als seine Miliz oder die wilden Grünhäute waren diese Männer kampfgestählte Berufssoldaten, die seinen Angriffen mit einer routinierten Ruhe begegneten. Der Wucht und dem Geschick des Heerführers von Nuray trotz allem unterlegen, kostete es Angor ein ungewohnt hohes Maß an Mühe, um die Kämpfer des Feindes zu überwinden.

Angetrieben von seiner Entschlossenheit zu siegen und aufgeputscht durch die Wirkung der Gefahr auf seinen Geist, kämpfte sich der Ritter durch die Linie seiner Gegner. Er verursachte eine Unruhe in der Formation seiner Feinde, von der er hoffte, dass seine Männer sie nutzen konnten. Im Kampf gegen die Wardonen vor einer Herausforderung stehend, die alles bisher Gekannte übertraf, musste der junge Krieger auf jedes bisschen seines Talentes zurückgreifen, das in ihm steckte. Den hölzernen Schild, eigentlich zur Abwehr von Angriffen gedacht, nutzte er schon bald wie einen Rammbock und hieb mit ihm auf die Verteidigung seiner Feinde ein. Mit Schwert und Schild im Angriff vereint arbeitete sich Angor nach vorne.

Obgleich der Einsatz ihres Kommandanten den Männern ein erhebendes Beispiel bot, brachte der ungestüme Vormarsch des Kämpfers doch ein ungeahntes Problem mit sich. Wo Angors Geschwindigkeit und Kraft ihm einen Pfad durch die Armee aus dem Süden bahnte, konnten ihm die Soldaten Nurays nicht folgen. Der Keil aus seinen Kriegern, den er angeführt hatte, wurde von den Soldaten des Feindes schließlich überwältigt und die Bresche wieder verschlossen.

Konzentriert auf die immer weiter zunehmende Anzahl der Gegner, die auf ihn einwirkten, verpasste der Krieger beinahe, dass er vollkommen eingekesselt worden war. Er hatte einen Fehler begangen. Getrennt von seinen Männern war er inmitten der feindlichen Reihen gestrandet und blickte auf die bewegungslosen Körper derer hinab, die versucht hatten ihm zu folgen. Umzingelt und nahe daran überwältigt zu werden, spürte Angor, wie mehr und mehr Schläge eine Lücke in seiner Verteidigung fanden und scheppernd auf die Platten seiner Rüstung knallten. Die Wellen des dumpfen Schmerzes, die durch seinen Körper spülten, erweckten das, was tief in seinem Blut verborgen lag. Gestärkt durch die schwerlich kontrollierte Wut und mit einer Wahrnehmung, die durch den aufwallenden Zorn in seinem Herzen geschärft wurde, kämpfte sich der Ritter zurück zu seiner Armee.

Es hatte einen Moment gegeben, der ihm im Chaos des Gefechtes so klar wie das Wasser eines Sees erschienen war. Angors Hieb, mit Kraft von unten geführt, hatte einem Schwertkämpfer des Feindes den Helm vom Kopf gerissen. Im Angesicht des entschlossenen Blicks seines Feindes erinnerte er sich an einen Bericht, den er am Hof Turags gehört und den der Regent für dumm abgetan hatte. Trotz des Getümmels um ihn herum war der Augenblick so klar gewesen, dass er sich in seinen Geist gebrannt hatte. Die Haut des Kriegers, den er bekämpfte, hatte im Schein der morgendlichen Sonne in einem dunklen Braun geschimmert, genau wie es ihm erzählt worden war. Gebannt von diesem fremden Anblick, war er beinahe umgekommen, als er die Klinge eines Speeres erst im letzten Moment ablenken konnte. Begleitet von einem jämmerlichen Kreischen schrammte die Waffe über seinen Panzer.

Der Blick seines Gegners hatte ihn bis in die Tiefe seiner Seele getroffen. Keine Angst und keine Furcht hatten in den Augen des Mannes gelegen, als er den Hieb gesehen hatte, mit dem Angor ihn ausschalten würde. Das Gesicht von grimmigem Widerstand erfüllt, war der Wardone dem Ritter begegnet.

Die Geschicke der Schlacht verliefen nicht zu seinen Gunsten. Die enorme Überzahl an Soldaten, die er ins Feld geführt hatte, bedeutete offenbar fast nichts gegen die zweifellos überlegenen Krieger des Feindes. Die Frontlinie bewegte sich unablässig und verlangsamte nur an zwei Stellen den Vormarsch des Feindes. Die Angelpunkte, an denen Angor und Morik kämpften, waren Inseln des Widerstandes, die sich dem Druck der Wardonen entgegenstellten. Der Großteil der Armee schon bis zum Hang zurückgedrängt, war es nur zu deutlich, dass die Männer Nurays im Nachteil waren.

Hoffnung war im Herzen des Ritters aufgekeimt, als er sich für einen Augenblick von der Kampflinie zurückzog. Er hatte auf den breiten Keil vertraut, den er geschlagen hatte, und das

Signal gegeben, das den Ausgang des Kampfes verändern konnte. Im Kessel des Tales gefangen, hatten die Kämpfer seines Gegners eine schwache Position zwischen den Hügeln. Gezwungen bergauf zu kämpfen, war die Truppe anfällig in ihren Flanken geworden. Angor hatte vor, genau das zu nutzen. Mit einem Wink hatte er seine Geheimwaffe gerufen. Mit donnernden Schritten waren die zweihundert Männer angerückt, die mit einem Pferd zu seiner Armee gestoßen waren. Mit Schwung den Hang hinabstürmend, konnte der Kommandant die Verwüstung, die der Aufprall der Pferde in der Armee des Feindes verursachen würde, schon beinahe sehen.

Hoffnung war jedoch nichts, auf dass er das Leben seiner Männer setzen wollte. Seine Reiter, noch immer einige Meter von den Fußsoldaten des Feindes entfernt, wurden plötzlich von einer feindlichen Einheit gepanzerter Kavallerie abgefangen. Vierzig, vielleicht fünfzig dieser Krieger zu Pferde beerdigten Angors Hoffnung auf eine Entlastung in diesem Gefecht. Wenn sich die Reiter auch nur annähernd so gut schlugen wie ihre Kameraden am Boden, dann würden sie mehr als genügen, um die Berittenen Nurays aufzuhalten.

Über das Getümmel der Schlacht hinweg, entdeckte der Heerführer immer wieder die anderen Offiziere, die seine Männer anleiteten. Vor allem Morik zeichnete sich aus und hielt das zweite Zentrum des Widerstandes. Im Kampf gegen mehrere wardonische Soldaten lebte er förmlich auf und zeigte, warum er es verdient hatte, als Streiter des Reiches zu dienen.

Angor wusste, dass ihm nur noch wenige Sekunden blieben, bis der Druck des Feindes auf die Soldaten um ihn herum so groß werden würde, dass seine Front nicht mehr standhalten konnte. Seine Gedanken rasten auf der Suche nach einer Lösung umher. Die Frage, was seinem Feind seine Stärke und Zuversicht verlieh, war nicht allein durch ihre Kampfkraft zu beantworten. Selbst die Kraft der mächtigsten Kämpfer würde irgendwann nachlassen und seine Armee war dem Feind noch immer mit mehr als doppelt so vielen Männern überlegen.

Nur kurz erhascht und beinahe übersehen fiel Angor der glänzende Schein einer Rüstung auf. Wo die Soldaten der Wardonen überraschender Weise in nahezu identische Rüstungen gehüllt waren, gab es dort diesen einen Kämpfer, der sich von seinen Kameraden abhob. Gerüstet in einen schwarzen Panzer, verziert mit aufwändigen goldenen Ornamenten, pflügte er mit einer Leichtigkeit durch die Streiter Nurays, die jeden einzelnen von ihnen verspottete. Nicht einmal die Veteranen, Ergurs erfahrene Krieger, die sich bisher standhaft gegen die Angreifer gehalten hatten, waren diesem einen gewachsen. Vier Schläge, mehr hatte der Mann nicht gebraucht, um den mit Schwert und Schild bewaffneten Veteranen niederzustrecken. Wo er bisher kein Zeichen eines feindlichen Kommandanten entdeckt hatte, war sich Angor zunehmend sicher, dass dieser Mann, dieser beeindruckende Krieger, der eine war, der die Wardonen anführte.

Es war, als hätten seine Gedanken laut über das Schlachtfeld gerufen. Der Kopf des Kriegers, gehüllt in einen Helm mit offenem Visier, schwenkte herum. Sein Blick traf Angors Augen und selbst über mehrere Dutzend Meter hinweg konnte der Heerführer die Erkenntnis in den Augen des feindlichen Kommandanten erkennen. Eine Herausforderung, nicht mit Worten und doch unmissverständlich klar ausgesprochen, stand zwischen den beiden Männern.

Diesen Mann zu besiegen, konnte die Schlacht beenden und den Feind zur Flucht treiben. Diesen einen Krieger galt es zu überwinden, um das Blatt in dieser Schlacht zu wenden. Erfüllt von grimmiger Entschlossenheit arbeitete sich Angor dem Mann entgegen.

Ein Raum, eine Blase der Ruhe breitete sich um sie herum aus, als der Heerführer Nurays und der Anführer der Wardonen aufeinandertrafen. Die Bedeutung ihres Kampfes war nicht nur ihnen, sondern auch den Soldaten bewusst, die in ihrer Nähe gekämpft hatten. Einer Welle gleich erstarben die Kämpfe um sie herum und wichen der brodelnden Anspannung von hunderten Blicken, die auf sie gerichtet waren.

Angor bekam nichts davon mit. Seinen Blick und seine Konzentration einzig und allein auf den Streiter aus dem Süden gerichtet, sog er jedes Detail an ihm auf. Das Gesicht, durch den offenen Helm klar zu erkennen, strahlte eine Zuversicht und Überzeugung aus, die gereicht hätten, um einen weniger mutigen Mann in die Flucht zu treiben. Die braune Haut des Mannes schimmerte im Licht des Morgens und verstärkte den Eindruck seines lodernden Blickes. Gehüllt in eine Plattenrüstung, aufwendiger gearbeitet als jeder Panzer, den Angor je gesehen hatte, zeigte der Mann selbst nach fast einer Stunde der Kämpfe nicht das geringste Zeichen der Erschöpfung. Eine kleine metallene Platte, angebracht am Übergang von Brust zur linken Schulter des Kriegers zeigte ein Wappen, das Angor zuvor bei keinem anderen seiner Gegner erkannt hatte.

Der Moment der Ruhe verging so schnell, wie er begonnen hatte. Mit einer Geschwindigkeit, die kaum zu erfassen war, schoss der Kämpfer nach vorne und zielte mit seinem Schwert auf den Heerführer Nurays. Beinahe von der Attacke überwältigt, schickte der Hieb ein erschütterndes Gefühl der Taubheit durch Angors Arm, als dieser im letzten Moment sein Schild zwischen sich und die saubere Klinge seines Gegners brachte. Der Hagel an Schlägen, der sich dem Angriff anschloss, drängte den jungen Krieger immer weiter zurück.

Wellen des Schmerzes spülten über ihn hinweg, als sein beanspruchter Körper sich den unablässigen Attacken des Angreifers entgegenstellte. Das Scheppern metallener Platten erklang, wann immer die Hiebe des Wardonen eine Lücke fanden. Wut und Zorn, immer weiter angefacht von der Mischung aus

Verzweiflung, Schmerz und dem Aufschrei seiner brennenden Muskeln, gaben ihm Kraft.

Selbst als Angor an der Grenze des Kontrollverlustes balancierte, damit hadernd, ob er dem steigenden Drang nachgeben und seinen Körper der Macht in seinem Inneren ausliefern sollte, genügten seine Anstrengungen kaum, um einen Unterschied auszumachen.

Das Klirren ihrer Schwerter und der wirbelnde Wechsel ihrer Angriffe erfolgten in einem Takt, der für die meisten Menschen nicht einmal vorstellbar war. Die Wucht, mit der sich die beiden Krieger bekämpften, ließ den Stahl ihrer Waffen erzittern. Dreimal gelang es Angor seinen Gegner zu treffen. Seine Waffe mit Finten auf den Körper seines Feindes geführt, schaffte er es an der Verteidigung des Wardonen vorbei. Geschützt von einer Rüstung, die gleichsam härter und leichter als jedes andere Metall war, steckte die Panzerung die Treffer ein, ohne gar einen Kratzer anzunehmen.

Frust versuchte sich in das Herz des jungen Ritters zu schleichen. Frust darüber, dass nichts, was er tat, seinen Gegner von seinen unerbittlichen Angriffen abbringen konnte. Wie konnte man einen solchen Feind besiegen? Wer, wenn nicht er, würde in der Lage sein diesen Mann jemals zu stoppen? War er nicht der Erbe von Seris, der Nachfolger des einen Helden, der Nuray einst ins Licht geführt hatte? Sein Blick streifte die Augen des Wardonen. Obwohl nicht weniger konzentriert als Angor, wirkte es beinahe, als wüsste er schon, bevor ein Angriff des jungen Kämpfers kam, wie dieser sich bewegen würde. Seinen Blick nicht auf den Körper des Ritters gerichtet, achtete der feindliche Anführer nur auf seine Augen. Eine schreckliche Ahnung festigte sich im Unterbewusstsein des Kriegers aus Tresmark. Wer auch immer der Mann war, gegen den er hier kämpfte, er kannte seinen Kampfstil bereits.

Den Hieb eines weiteren Angriffes beiseite schlagend, machte Angor eine Entdeckung. Eine Lücke hatte sich in der Verteidigung seines Gegners aufgetan. Eine winzige Öffnung und doch unübersehbar für einen erfahrenen Schwertkämpfer. Mit dem Rest seiner Kraft und geleitet von jedem Quäntchen seiner Willenskraft, lenkte der junge Krieger sein Schwert durch die Öffnung. Die Klinge, ungebremst und nicht pariert, schrammte über den Panzer seines Gegners und fand die Schwachstelle zwischen den überlappenden Platten der Rüstung. Das erste Mal das Blut seines Feindes schmeckend, bohrte sich das Schwert mehrere Finger breit in die Hüfte des feindlichen Kommandanten.

Die Freude über seinen Erfolg brandete durch Angors Brust. In diesem Moment, bis zu einer Ewigkeit gedehnt, keimte erneut Hoffnung in ihm auf, als er sah, dass es doch eine Möglichkeit gab, hier einen Sieg zu erringen. Der schreiende Schmerz, der ihn plötzlich zurück in die Wirklichkeit riss, überzeugte ihn vom Gegenteil. Vom Haupt bis zu den Füßen zitternd, drehte der junge Streiter langsam seinen Kopf, bis seine Augen ihm die Quelle seiner Pein zeigten. Das Schwert seines Feindes in die Lücke zwischen seiner Schulter und Brustplatte versenkt, färbte sich bereits rot mit dem dunklen Blut, das zäh aus seinem Körper floss.

Bum Bum.

Der Schlag seines Herzens klang wie die Trommeln in seinen Ohren.

Bum Bum.

Obgleich sein ganzer Körper wie in einem Meer von Flammen brannte, blendete sein Bewusstsein den Schmerz aus. Eine ruhige Gelassenheit legte sich über ihn und schenkte ihm einen Frieden, der in diesem Chaos des Kriegers vollkommen fehl am Platz wirkte.

Bum Bum.

Von Wut und Zorn verlassen, wich auch die Kraft, die ihn bis zu diesem Moment aufrechtgehalten hatte, aus seinen Gliedern. Das dumpfe Geräusch seiner Knie, die in die weiche Erde sackten, ging im Tosen seines Blutes unter.

Bum Bum.

Die Stimme des feindlichen Heerführers klang weit entfernt und hallte, als befänden sie sich in einer gewaltigen Höhle. Sein Schwert aus der Wunde in Angors Körper befreit, kniete er sich vor seinem besiegten Gegner nieder. Weder Freude noch Überheblichkeit schimmerten in den Augen des Siegers, als er den gefallenen Krieger betrachtete.

„Wir wollten nur dich, Angor. Wir werden deine Leute ziehen lassen und dein Land verlassen. Du wirst mit uns kommen."

Die Aufrichtigkeit und der Respekt, der aus diesen Worten hervorklang, vergrößerte die wortlose Verwirrung im Kopf des Kämpfers immer weiter.

Bum Bum.

Eine Leichtigkeit legte sich wie ein Balsam über seinen Körper. Alle Fragen und alle Sorgen, die in seinem Kopf getobt hatten, wichen in der Dunkelheit, die gierig nach seinem Bewusstsein griff. Die Welt vor seinen Augen verblasste, als er langsam zur Seite kippte und sich dem Frieden in seinem Inneren hingab. Für ihn war diese Schlacht nun vorbei. Das Kämpfen hatte ein Ende gefunden.

Stilles Erwachen

Sein Blick wandte sich nach rechts. Ein riesiger nackter Flügel, überspannt von einer dünnen durchscheinenden Membran, stemmte sich mit kräftigen Schlägen gegen die Luft, die ihn trug. Sein Blick, wie von alleine nach links gezogen, entdeckte einen zweiten Flügel, der im Gleichtakt mit dem anderen schlug. Kalter Wind strömte über sein Gesicht, als die steten Flügelschläge ihn durch den Himmel trugen. Es dauerte einen Moment, ehe er bemerkte, dass er flog. Es war ein seltsames Gefühl und doch war sein honigzäher Geist nicht in der Lage, diese Besonderheit zu erkennen.

Die ledrige Haut der Membranen flatterte leicht im Zug der Luft, die sie umströmte. Schmale knöcherne Strukturen, ähnlich wie grotesk lange Finger spannten und falteten die Membran bei jedem Schlag, den die Flügel taten. Wem auch immer die Schwingen gehörten, Angor hatte so etwas noch nie gesehen.

Wo bisher nichts anderes als das Rauschen des Windes seine Ohren erfüllt hatte, erkannte er jetzt das weit entfernte Hallen ferner Klänge. Beinahe als wäre er unter Wasser und würde nur langsam auftauchen, dämmerte eine Mischung schmerzerfüllter Schreie, angestrengten Ächzens und das Klirren von Klingen, die sich miteinander maßen, zu ihm durch.

Sein Blick, wieder wie von selbst gelenkt, wanderte nach unten, bis er an dem schuppigen Hals des Wesens unter ihm vorbeischaute. Eine Schlacht tobte dort unten. Ausgetragen auf einem weiten flachen Feld kämpfte eine wahrhaft gewaltige Menge an Soldaten um die Oberhand. Das Gefühl, der Drang sofort dort unten einzugreifen, erfüllte jede Faser seines Bewusstseins. Er musste mit seinen Leuten kämpfen. Er musste an der Seite seiner Kameraden in die Schlacht treten und ihnen zum

Sieg verhelfen. Es war völlig gleich, wie sehr er sich anstrengte. Den Ereignissen um sich herum vollkommen ausgeliefert war er dazu verdammt nichts weiter zu tun, als dem Chaos weit unter sich zuzusehen.

Den Blick noch immer auf das wilde Meer der Kämpfe unter ihm gerichtet, erkannte sein träger Geist mehr und mehr Einzelheiten. Je mehr er sah, desto klarer wurde die Erkenntnis in seinem Kopf, dass die Auseinandersetzung, die unter ihm tobte, nicht der gleiche Kampf war, den er mit seinen Soldaten geführt hatte. Das Land zu flach, waren auch unter den Soldaten, die sich unter ihm maßen, nicht die seinen. Ein Teil von ihnen kam ihm seltsam vertraut vor. Die Art ihrer Kampfweise diszipliniert und zielgerichtet erweckte in ihm zugleich ein Gefühl der Abneigung und der Bewunderung. Tief empfundene Freundschaft und das Gefühl einer kürzlichen Feindschaft wetteiferten in ihm um die Oberhand. Wer auch immer die Krieger waren, sie verloren diesen Kampf.

Noch bevor er mehr über die Ereignisse unter sich erfahren konnte, drehte sich sein Sichtfeld, bis er hinter sich blickte. Verwirrung, Überraschung und Unverständnis erfüllten ihn, als er erkannte, dass er nicht der Einzige auf dem Rücken des fliegenden Wesens war. Er war nur ein Geist. Ein stiller Beobachter vor dem eigentlichen Reiter. Ein Mann, gekleidet in eine prachtvoll verzierte Rüstung saß hinter ihm in einem ledernen Sitz, der einem Sattel ähnelte. Er benutzte weder Zügel noch Sporen und doch schien er das fliegende Wesen irgendwie zu lenken. Sein Gesicht war verdeckt, geschützt von einem Helm und doch war zu erkennen, dass er das Schlachtgeschehen unter sich beobachtete.

Seine Hände waren erhoben. Flammen so groß wie ein Kopf entstanden immer wieder über seinen Handflächen, ehe der Krieger die brennenden Bälle auf die tobende Meute unter sich schleuderte. Beim Aufprall zerplatzend, breiteten sich die Feuer über die Kämpfer am Boden aus. Wo die Angriffe des Reiters gefährlich waren, waren die Attacken des geschuppten Wesens verheerend. Fauchende Flammensäulen, aus seinem Maul gespien, fraßen sich gnadenlos durch die Armee seiner Feinde. Nichts hielt dem hungrigen Feuer stand. Asche und verbrannte Körper waren alles, was zurückblieb.

Fasziniert von dem Spektakel fiel es Angor nun wie Schuppen von den Augen. Er, oder zumindest der Krieger hinter ihm, saß auf dem Rücken eines Drachen. Von seinem riesigen Kopf bis zu seinem peitschenden Schwanz, zog sich eine Reihe nach hinten gebogener Stacheln entlang. Der dichte Schuppenpanzer, der seinen Leib umhüllte, schützte die Kreatur vor jedem Angriff.

Noch bevor er das volle Ausmaß des Drachens begreifen konnte, wurde sein Blick erneut umgelenkt und lag schließlich wieder auf der tobenden Schlacht unter ihnen. Ein Krieger kämpfte dort unten, ein einzelner Mann, der unter der riesigen Horde, die ihn umgab, wie ein funkelnder Stern herausstach. In einem Sturm aus Klingen kämpfte der Krieger wie wild geworden gegen seine Feinde. Manche seiner Gegner flohen vor ihm, während er sich durch ihre Kameraden arbeitete. Gehüllt in eine meisterliche Rüstung kämpfte der Mann ohne Zurückhaltung. Zwei Schwerter, eines in jeder Hand und einen Schild auf dem Rücken, verwandelten ihn in eine wahre Naturgewalt des Krieges.

Selbst hier, selbst in diesem Durcheinander spürte Angor wieder eine verborgene Bekanntheit mit diesem Kämpfer. Gefühle, fremd und nicht greifbar, lauerten in seinem Unterbewusstsein und verstärkten den Eindruck der Bekanntschaft mit diesem Mann. Seine Gedanken waren wie Nebel. Flüchtig und zu vage, um sie zu ergreifen.

Ein Pfeil, aus dem Chaos der Schlacht abgeschossen, flog plötzlich heran und bohrte sich in den Körper des Kriegers. Durch eine Schwachstelle der Panzerung gestoßen, hielt das

Geschoss den Mann nur für einen kurzen Augenblick zurück. Ungeachtet der Schmerzen, die die Wunde verursachen musste, zog der Streiter den Pfeil aus seinem Körper und kämpfte weiter, als wäre er nie getroffen worden. Ein zweiter und ein dritter Pfeil flogen kurz darauf heran und fraßen sich in den Leib des Mannes, doch auch sie genügten nicht, um ihn niederzuwerfen. Geradezu angespornt durch die plötzliche Gegenwehr verstärkte der Krieger seine Bemühungen. Den Schwertarm erhoben, bereit seinen nächsten Feind zu erschlagen, bohrte sich schließlich ein vierter Pfeil unter seinen Arm. Es war das erste Mal, dass Angor den Kämpfer straucheln sah. Aus dem Gleichgewicht gebracht, stolperte der Krieger einen Schritt, bevor er sich von dem Geschoss befreite. Er hatte sich weit von seinen Kameraden entfernt. Geschwächt durch seine Verletzungen, wandte er sich seinen Truppen entgegen.

Zwei Feinde, zwei Männer beeindruckender Statur, stellten sich dem Schwertkämpfer in den Weg, als er einen Schritt zurückmachte. Ihre Angriffe zu plump, um dem Streiter unter normalen Umständen gefährlich zu werden, behinderte ihn nun seine Verletzung. Es war in jenem Moment, in dem er den ersten der beiden Feinde niederstreckte, als sich das Schwert des anderen in seinen Leib bohrte.

Ein Schrei, getragen von Pein und der Angst um einen Freund, donnerte aus der Kehle des Drachenreiters hinter Angor hervor. Der Ruf, von einer Intensität, die den größtmöglichen Schmerz ausdrückte, ließ durch eine tiefe Verbundenheit selbst den Geist Angors das Leid nachempfinden, das der Mann auf dem Rücken des Drachen verspürte. Den Blick noch immer auf die Schlacht gerichtet, sah er, wie der verwundete Krieger seinen zweiten Angreifer niederstreckte, bevor er auf die Knie sank.

Von den Schwingen des Drachens getragen, landete der Reiter plötzlich auf dem Boden. Der erschütternde Aufprall des riesigen Wesens warf die Soldaten in der Nähe von ihren Füßen.

Die Feinde um ihn herum missachtend, rannte der Reiter auf seinen gefallenen Freund zu und nahm den zunehmend schwächer werdenden Krieger in die Armee. Die Trauer, die aus dem Herzen des Drachenreiters blutete, riss Angors Emotionen mit. Den Schmerz geteilt, sah der Geist des Ritters mit an, wie der letzte Lebensfunke aus dem Körper des Schwertkämpfers wich. Der Blick des Drachenreiters war selbst durch seinen Helm hindurch zu erkennen. Wut, Schmerz und Trauer brannten wie ein Feuer in seinen Augen und richteten sich auf die Kameraden jener, die seinen Freund erschlagen hatten. Seine Faust ballte sich fester um den Griff seines Schwertes.

Angor wachte schweißüberströmt auf. Sein Atem ging schnell und die Eindrücke seines Traumes verblassten nur langsam in seinem Kopf. Unfähig zu begreifen, was er soeben mit angesehen hatte, weigerte sich sein Verstand klare Gedanken zu formen. Noch immer im Rausch seines Traumes, versuchte er zu verstehen, was sein Geist ihm gezeigt hatte. Doch je mehr er sich darauf konzentrierte die Bruchstücke der Vision zu entschlüsseln, desto stärker entglitt ihm die Erinnerung an sie. Wahnsinnig, abenteuerlich, fantastisch und erschütternd. All diese Worte huschten durch seinen Verstand, als er versuchte seine Erfahrung einzuordnen und doch war der Moment schneller vorbei, als es ihm lieb war. Erfüllt von einem Gefühl des Verlustes spürte er, wie sich sein Geist von dem Ereignis abwandte und sich auf seine Umgebung richtete.

Dämmriges Zwielicht herrschte um ihn herum und die einzige Lichtquelle war der Schein eines verborgenen Fensters, der durch eine vergitterte Öffnung in der Zimmertür fiel. Er hatte keine Ahnung, wo er war. Während seine Atmung sich beruhigte, musterte er seine Umgebung.

Die Kammer, in der er sich befand, war durchaus geräumig. Blanke gemauerte Wände strahlten eine gewisse Kühle ab und kein Fenster ließ das Licht der Sonne ungehindert in seine Unterkunft fallen. Eine Eichenholztür mit einem vergitterten Loch zur Einsicht versperrte die Kammer und war zweifellos der Eingang in sein Gefängnis.

Dies hier war ein Gefängnis für ihn, da war er sich sicher. Doch wer auch immer ihn hier eingesperrt hatte, stellte ihm dennoch einige Annehmlichkeiten zur Verfügung. Das Bett, in dem er lag, verfügte über eine weiche Matratze und die weiche Wolldecke, die man über ihn gelegt hatte, strich angenehm über seine Haut. Eingerichtet wie ein gewöhnliches Schlafzimmer, hatte man ihm sogar einen Tisch und einen Stuhl bereitgestellt.

Weder Angst noch Wut erfüllten das Herz des Ritters. Er hatte angenommen, dass er sterben würde, und Frieden darin gefunden. Jetzt hier aufzuwachen ließ ihn in völliger Gleichgültigkeit zurück. Er erinnerte sich an die grässliche Wunde, die das Schwert seines Gegners in seiner Brust hinterlassen hatte. Sein Körper hatte den schlimmsten Schmerz ausgeblendet, doch sein Gehirn hatte sofort erkannt, dass er diese Verletzung nicht überleben konnte. Vorsichtig griff er mit seiner Hand nach seiner Schulter. Mit den Spitzen seiner Finger strich er über die Stelle, an der sich der klaffende Spalt befunden hatte. Nichts war von ihm geblieben. Weiche Haut spannte sich wie immer über den Bereich und nicht einmal eine Narbe erzählte mehr von der Wunde.

Mit wackligen Beinen erhob er sich aus dem Bett. Beim ersten Schritt beinahe gestürzt, erinnerten sich seine Füße schon beim zweiten wieder an ihre Aufgabe. Wer auch immer ihn gefangen genommen hatte, machte sich nicht allzu große Sorgen darüber, dass er fliehen könnte. In einer Ecke des Zimmers, nahe der Tür hatte man sogar seine Sachen abgestellt. Gespannt darauf, was man ihm genommen hatte, durchsuchte Angor seine Taschen. Nichts fehlte, weder Kleidung noch Geld und selbst sein Edelstein war noch dort, wo er ihn zuletzt gelassen hatte. Die Frage, wie seine Häscher an seine Ausrüstung gekommen waren, ging in der Freude über deren Vollständigkeit unter. Die einzigen Dinge, die nicht bei seinen Sachen lagen, war das, was er in die Schlacht getragen hatte. Seine Rüstung und sein Schwert waren nirgendwo zu sehen, ein Umstand, der den jungen Krieger nicht verwunderte.

Den Blick durch die vergitterte Öffnung seiner Zellentür werfend, versuchte er etwas über seinen Aufenthaltsort herauszufinden. Grauer Stein bildete die Wände eines Flures, der nach wenigen Schritten abbog. Das Licht der Sonne schimmerte durch ein verborgenes Fenster in den Gang. Ohne einen Blick auf den Himmel würde es ihm nicht möglich sein die Uhrzeit oder den Tag zu bestimmten. Er war hier nun also gefangen. Der Moment, in dem seine Häscher wieder nach ihm sehen würden, konnte nicht ewig auf sich warten lassen. Es wurde Zeit, dass sie ihren Zug machten und die Zeit bis dahin würde er nutzen, um zu Kräften zu kommen.

Altbekannter Freund

Die Stunden krochen mit ermüdender Langsamkeit dahin. Trotz seiner Erschöpfung weigerte sich der Schlaf vehement, ihn in seine tröstende Umarmung zu nehmen. Allein in der Finsternis auf seinem Bett liegend, schützte ihn nichts vor den bohrenden Fragen, die sich nicht aus seinem Kopf vertreiben ließen. Warum lebte er noch? Wo war er hier? Warum hatte man ihn gefangen? Was war mit seinen Soldaten passiert?

Gerade die letzte Frage beschäftigte ihn am längsten und krallte sich unerbittlich an sein Bewusstsein. Abgesehen von dem verrückten Traum, den er vor seinem Erwachen gehabt hatte, waren seine letzten Erinnerungen an die Schlacht gegen die Wardonen noch immer nebelhaft. Die Erinnerung an seine Soldaten war es nicht. Er war zwar nicht sehr lange der Kommandant dieser Männer gewesen, doch nicht für eine einzige Minute hatte er die Bürde und Verantwortung, über diese Menschen zu befehlen, auf die leichte Schulter genommen. Sosehr er doch versuchte an die Soldaten seiner Armee zu glauben, die Wahrheit über ihren Wert ließ sich nicht leugnen. Kaum ausgebildet und miserabel ausgerüstet hatten seine Männer keine Herausforderung für den Feind bedeutet, selbst in ihrer zahlenmäßigen Überlegenheit. Die Worte, die der feindliche Heerführer zu ihm gesprochen hatte, kurz bevor er sein Bewusstsein verlor, kamen ihm wieder in den Sinn. Offenbar hatte man nach ihm gesucht, ausgerechnet ihn gefangen nehmen wollen. Wenn das stimmte, dann bestand zumindest die Hoffnung, dass die Schlacht nach seiner Niederlage im Zweikampf geendet hatte.

Zuerst trübes, doch mit dem Vergehen der Zeit immer heller werdendes Licht flutete durch den Flur vor seiner Zelle und erhellte schließlich auch das Zimmer, in dem man ihn unterge-bracht hatte. Zum ersten Mal, seit er hier aufgewacht war, konnte er Stimmen hören. Ihr Ton gedämpft und durch die steinernen Mauern um ihn herum verfälscht, war doch klar, dass sich die Sprecher ihm näherten.

Neugier und Unruhe erfüllten ihn. Die Vorstellung, endlich mehr über seine Häscher und deren Beweggründe zu erfahren, wühlte sein Herz auf. Ein Instinkt, eine innere Vorahnung, hielt ihn trotz des Dranges, mehr über seine Hüter zu erfahren, davon ab, zur Tür zu laufen und durch das Gitter zu spähen. Den Blick auf den hölzernen Verschluss seiner Zelle gerichtet blieb er auf seinem Bett sitzen.

Die Stimmen wurden lauter. Der Klang von jedem der beiden Sprecher kam ihm seltsam bekannt vor, obgleich er die Worte, die gesprochen wurden, nicht verstehen konnte. Deutlich un-terschiedlich in ihrem Ton und der Art, wie sie sprachen, war es eindeutig, dass die beiden Männer, die sich näherten, eine unterschiedliche Herkunft besaßen.

Es war der Besitzer der zweiten Stimme, die gesprochen hatte, den er zuerst durch das Gitter im Flur sehen konnte. Es war noch nicht lange her, dass er die Stimme des Heerführers der Wardo-nen gehört hatte und der Klang seiner Worte hatte sich gleich einer Narbe in Angors Gedächtnis gebrannt. Unsicherheit spülte durch seinen Kopf, als sein Unterbewusstsein sich eine Unzahl an namenlosen Schrecken einfallen ließ, die der Mann ihm antun konnte. Einem inneren Impuls folgend, versuchte der Krieger eine Verbindung zu der Stimme seines geisterhaften Mentors herzustellen, um in dieser ausweglosen Situation Beistand zu erhalten. Sein Zauber, obwohl erfolgreich gesprochen, entzog ihm mehr seiner Kraft als gewöhnlich und löste sich nur einen Herzschlag später auf, noch bevor er mit Seris in Kontakt treten konnte. Das Gefühl der Isolation verstärkte sich immer weiter.

Allein, verwundbar und ausgeliefert wartete er schließlich auf die Ankünft der beiden Sprecher. Der Takt ihrer Schritte auf dem steinernen Boden verriet, dass sie es nicht besonders eilig hatten, und doch erhöhte jeder der Töne den Druck im Herzen des gefangenen Kriegers.

„Ob er schon wach ist?", fragte eine der Stimmen hoffnungsvoll. Überrascht, dass die Worte plötzlich in das Nurayanische wechselten, bemerkte Angor, dass er auch diesen Sprecher irgendwoher kannte.

„Ich hoffe es", erwiderte der Heerführer Wardoniens in schroffem Ton. „Der Bursche hat jetzt schon drei Wochen geschlafen. Es wird Zeit, dass er aufwacht!"

Drei Wochen, schoss es dem Gefangenen durch den Kopf. Die Vorstellung, dass bereits eine so lange Zeit seit dem Ende seines Kampfes vergangen war, ließ ihn erschaudern. Drei Wochen konnten genügen, um ihn beinahe überall hinzubringen. Was war nur mit ihm passiert, dass er so lange außer Gefecht gewesen ist?

Das Geräusch eines Schlüssels, der kratzend seinen Weg in das Schlüsselloch fand, holte ihn wieder aus seinen Gedanken. Begleitet vom knirschenden Geräusch aneinanderreibenden Metalls öffnete sich das Schloss und zog den Sperrriegel zurück. Ein kurzer Stoß und der schabende Ton eines trockenen Scharniers verkündeten die Öffnung der Tür. Noch immer in seinem Bett sitzend, konnte Angor nichts anderes tun, als auf die geöffnete Pforte zu blicken. Zwei Männer standen im Durchgang, im Schein des Lichtes hinter ihnen nicht genauer zu erkennen.

Der Erste von ihnen, der eintrat, trug ein breites Tablett vor sich, auf dem sich neben einem großen Krug auch ein Teller mit Obst befand. Das Essen auf dem Tisch in der Kammer abgestellt, lehnte er sich entspannt an das hölzerne Möbelstück und verschränkte die Arme auf der Brust. Als Angor ihn ansah, erkannte er einen Mann, der bereits in seinen fortgeschrittenen

Fünfzigern sein musste. Ordentlich gekämmtes Haar, in das sich bereits mehr Grau als Braun gestohlen hatte, zierte seinen Kopf. Das Gesicht glattrasiert zeigte einen Ausdruck, den Angor von Großvätern kannte, die ihre spielenden Enkel beobachteten. Mit einer Wärme in den Augen, die sich wie ein Balsam über die wirbelnde Unruhe in seinem Herzen legte, sah der Mann dem Krieger entgegen. Unsicher wo er ihm schon einmal begegnet war, spürte Angor doch ein enges Band der Bekanntschaft, als er den Blick des Mannes erwiderte.

Der zweite Mann, der eintrat, wirkte weit weniger freundlich als sein Begleiter. Diesmal bar jeder Rüstung, schritt der Kommandant der wardonischen Armee mit konzentrierter Miene in den Raum, bis er auf der anderen Seite des Bettes stand. Seine Haut dunkelbraun glänzend im einfallenden Licht brachte den Krieger aus dem Norden Nurays noch immer zum Staunen. Die Berichte, die ihn in Gurnda erreicht hatten und besagten, dass die Wardonen ihre Gesichter färbten, waren zweifellos aus falschen Beobachtungen entstanden. Die Haut dieser Menschen war braun, ein deutlicher Unterschied zum Volk von Nuray.

Mit grimmigem Gesicht und kalten Augen starrte Jerem seinen Gefangenen für mehrere Sekunden still an. Sein Blick undeutbar war es vor allem seine Ausstrahlung, die die Unruhe in Angors Burst wieder anfachte. Obwohl zweifingerbreit kleiner als sein Begleiter, haftete dem Heerführer eine Aura der Größe an, die ihn wahrlich respekteinflößend machte. Etwas mehr als dreißig Jahre alt, mit kurz geschorenem Haar und ordentlich gestutztem Bart, zeigte er eine kühle Strenge. Seine muskulösen Arme waren vor seiner Brust verschränkt, als er den erwachten Krieger musterte.

Eine gefühlte Ewigkeit der Beurteilung verging, bevor der Heerführer Wardoniens in seinem unverwechselbaren Akzent das Wort an Angor richtete. „Weißt du, warum ich dich am Leben gelassen habe? Weißt du, warum ich dich gefangen genommen und hierher gebracht habe?"

Von der Frage seines Häschers überrumpelt, fehlten dem Ritter Nurays für einen Moment die Worte. Sein Stolz gebot ihm dem feindlichen Anführer eine passende Antwort zu geben, wo sein Kopf noch immer leer war. Mit trockenem Hals und heiserer Stimme versuchte er selbstbewusst zu klingen, als er dem Mann antwortete. „Wenn Ihr mich foltern wollt, spart Euch die Mühe. Ich weiß nichts über die Geheimnisse meines Königs oder meines Landes. Ihr könnt von mir nichts erfahren, denn es gibt nichts, dass ich Euch sagen könnte."

Der Durst und die Aufregung sabotierten seinen Versuch standhaft zu wirken. Viel zu schnell gesprochen überschlug sich seine vernachlässigte Stimme und ließ ihn im Stich. Das Lachen des wardonischen Heerführers war voller Bitterkeit. Der Ausdruck der Verachtung, als er ihm antwortete, nicht zu überhören.

„Es gibt nichts, dass du mir über deinen König verraten könntest, das ich nicht schon weiß. Der Mann ist ein Wurm, weder würdig, ein Land zu regieren, noch dazu befähigt. Er versteckt sich in seinen steinernen Mauern und befiehlt Überfälle auf wehrlose Dörfer, um seine Gier zu befriedigen und seinem Neid Genugtuung zu verschaffen. Er wagt es nicht einmal selbst das Schlachtfeld zu betreten, wenn wir kommen, um ihn zu strafen. Es ist eine Schande diesen Mann einen König zu nennen. Er ist feige und erbärmlich!"

Angor wusste nicht, was er darauf antworten sollte. Seine Lage war unüberschaubar und die Beweggründe der Männer, die ihn hier eingesperrt hatten, nicht zu durchblicken. Schweigen schien ihm hier die beste Vorgehensweise zu sein, wo ein falsches Wort vielleicht seinen Tod oder ewige Gefangenschaft bedeuten mochte.

„Ich werde dir sagen, warum du hier bist. Du kannst dich bei meinem Freund hier bedanken. Er ist es, der davon überzeugt ist, dass du noch ein großes Schicksal zu erfüllen hast. Er erzählte mir, dass du ein großer Schwertkämpfer bist, der in der Zukunft einen entscheidenden Unterschied machen wird. Ich bin noch nicht überzeugt, ob ich seinen Worten glauben kann, nach dem, was ich gesehen habe."

Angors Herz erfuhr einen schmerzhaften Stich. Seinen Stolz so direkt verletzt zu sehen, fühlte sich schrecklich an. Es stimmte zwar, er war diesem Mann im Zweikampf unterlegen, aber er wusste, dass er sich besser geschlagen hatte als irgendjemand sonst.

„Lass dich von ihm nicht aus der Ruhe bringen, Angor", sprach der andere Mann mit beinahe großväterlichem Ton. „Er ist noch immer aufgebracht, weil er zu viele Soldaten in dieser Schlacht verloren hat. Gute Männer, die er geschätzt hat. Ich freue mich, dass endlich die Gelegenheit gekommen ist, bei der wir uns persönlich kennenlernen können. Ich weiß, wir kennen uns schon recht gut, aber du glaubst gar nicht, wie lange ich mich auf den Tag gefreut habe, an dem ich vor dich treten kann."

Angors Gesicht stellte das volle Ausmaß seiner Verwirrung dar.

„Hör auf dein Herz, nicht auf deinen Verstand und du wirst es erkennen. Denke an das, was meine Stimme in dir auslöst, und erinnere dich an das Band, das wir teilen", fuhr der Mann lächelnd fort.

Für einen Moment weigerte er sich, auf das zu hören, was ihm sein Gefühl offenbarte. Kein Zweifel und keine andere Möglichkeit schienen ihm wahrscheinlicher, als der Klang der Stimme durch seine Gedanken brandete. Die Stimme des Mannes war ihm nicht nur vertraut, er hatte bereits viele Male mit ihm gesprochen. Verweigerung und Leugnung versuchten in seinem Kopf Fuß zu fassen, als er seine Vermutung vorsichtig aussprach. „Seris?", kam es ihm zögerlich über die Lippen.

„Genau der. Und nicht so tot wie in den Büchern, die du über mich gelesen hast", gluckste der Mann vergnügt und trat näher heran.

„Wenn ich ehrlich bin, wäre es ungerecht zu behaupten, deine Bücher lägen falsch. Ich bin gestorben, vor sechshundert Jahren. Aber ein unerfülltes Schicksal ermöglichte es mir ein zweites Mal auf dieser Welt zu wandeln. Na ja, und hier kommst du in Spiel", lächelte der Mann etwas verlegen.

Die Gedanken in Angors Kopf rasten und waren kurz davor ihn zu überwältigen. Wo die Vorstellung mit dem Geist eines lange verstorbenen Helden zu sprechen schon grotesk gewesen war, raubte ihm die Erkenntnis, diesen Mann jetzt leibhaftig vor sich zu sehen, beinahe den Verstand. Verblüfft, verwirrt und ein wenig schwindlig versuchte er sich so weit zusammenzureißen, dass er von der Flut an Fragen in seinem Kopf nicht vollkommen davongetragen wurde.

„Warum bin ich hier gefangen?", brachte er schließlich nach einer Weile hervor. „Ich kann Euch nichts tun und habe auch kein Interesse daran. Was wollt Ihr von mir? Warum habt Ihr mich mitgenommen?"

Die Antwort auf seine Fragen ließ eine Weile auf sich warten. Die Blicke, die der Kommandant und der wiedererweckte Held miteinander tauschten, waren für den jungen Ritter nicht zu entschlüsseln.

„Gefangen bist du noch, weil ich dir nicht vertrauen kann. Du bist ein Diener Turags und als solcher eine Gefahr für mein Volk", brummte Jerem schließlich, sah ihn dabei jedoch nicht an.

„Hier bist du, weil wir dich brauchen werden, Angor. Es geht hierbei nicht nur um die Wardonen, sondern um ein Schicksal, das du erfüllen musst. Es gibt eine Sache, vor langer Zeit ins Rollen gebracht, die in diesem Zeitalter ihre Früchte tragen könnte. Dir ist es bestimmt zu verhindern, dass die Vorgänge von Erfolg sein werden", erklärte Seris kryptisch und hinterließ mehr Fragen, als er beantwortete.

„Aber warum habt ihr mich dann nicht einfach in meiner Heimat abgeholt, wie es Wulfun getan hatte. Warum habt ihr mich nicht kontaktiert und mir den Weg gewiesen und mich stattdessen nach der Schlacht gefangen genommen?", verlangte der Ritter zu erfahren.

„Das Schicksal ist ein wirres Gefüge. Manchmal ist es notwendig unschöne Erfahrungen zu machen, um später die Tragweite der Ereignisse zu verstehen. Es gab keinen anderen Weg, denn keiner hätte dich auf das vorbereiten können, was noch vor dir liegt", erwiderte Seris kaum hilfreicher als zuvor.

„Genug!", fuhr Jerem dazwischen. „Bis er sich nicht als vertrauenswürdig erwiesen hat, verraten wir ihm nichts mehr."

Die Worte des Kommandanten ließen keinen Widerspruch zu.

„Herr Jerem, wie kann ich mich als würdig erweisen? Ich verspüre keinen Groll gegenüber Eurem Volk. Ich habe Befehle befolgt, als ich gegen Euch gezogen bin. Ich verteidigte meine Heimat gegen einen Angreifer, der unsere Dörfer eroberte, das ist alles", versuchte Angor den Kommandanten zu gewinnen.

„Sprich mich niemals ohne Erlaubnis mit meinem Vornamen an", knurrte der Heerführer kalt und verließ wortlos die Kammer. An der Tür stehend warf er seinem Freund noch einen letzten Blick zu, bevor er mit hallenden Schritten in den Fluren verschwand.

„Sorge dich nicht. Es wird eine Anhörung geben, bei der man versuchen wird herauszufinden, was mit dir zu tun ist. In zwei Tagen bist du hier raus, glaub mir. Lass dich von seinem Verhalten nicht einschüchtern. Seine Gedanken sind bei seinem Volk. Seit langer Zeit sorgt er sich um die Belange Wardoniens und wenn eine Bedrohung für seine Einwohner naht, dann ist er der Erste, der sich ihr in den Weg stellt.

Er ist ihr König, weißt du und er erträgt diese Bürde auf eine völlig andere Art, als es der derzeitige Regent von Nuray tut. Er führt sein Volk schon seit sehr vielen Jahren und die Höhen und Tiefen, die er dabei erlebt hat, haben ihn ein wenig der Unerfahrenheit der Jugend gegenüber abstumpfen lassen. Er ist ein guter Mensch, glaub mir. Er ist lediglich auf der Hut.

Iss etwas und komme wieder zu Kräften. Dein Körper hat sich von einer schweren Verletzung erholt und braucht neue Nahrung. Ich werde bald wieder nach dir sehen. Halte aus und mach dir keine Sorgen, mein Freund", erklärte Seris mit seiner warmen Stimme.

Das Geräusch des schabenden Mechanismus erfüllte Angors Kammer, als der Mann, den er bisher nur als einen Geist aus der Vergangenheit gekannt hatte, seine Zelle pflichtbewusst verschloss. Er hatte so viele Fragen, die in einem steten Echo durch seinen Kopf hallten, und noch mehr verrückte Gefühle, die er nicht einmal in Worte fassen konnte.

Zwei Tage, hatte Seris gesagt, sollte es dauern, bis er wieder etwas anderes als die kalten Mauern dieser Kammer sehen sollte. Zwei Tage, die schrecklich viel Zeit waren, damit er alleine in der Stille mit den Dingen zurückbleiben konnte, die in seinem Kopf wild herumgeisterten.

Noch immer hatte ihm niemand verraten, wo er eigentlich war. Noch in Nuray oder hatte man ihn nach Wardonien gebracht. Anhand der wenigen Geräusche, die durch den Flur zu seiner Kammer hallten, konnte er zumindest erahnen, dass mehrere andere Personen in der Nähe seines Gefängnisses waren. Ob dieses in einer Burg, einer Stadt oder gar einer verlassenen Ruine versteckt lag, war hingegen ein Rätsel, das er nur mit seiner Fantasie beantworten konnte.

An der Person, die sich als Seris zu erkennen gegeben hatte, bestand zumindest für Angor kein Zweifel. Das Band, das er zu dem Mann verspürte, den er noch nicht einmal zuvor gesehen hatte, vertrieb alle Gedanken, die ihn verleugnen wollten. Die Frage, wie es möglich war, dass dieser Mensch aus der Vergangenheit seines Landes nach sechshundert Jahren wieder lebte, war ein Rätsel, das seinen Horizont überstieg. Das Gerede über ein Schicksal, welches es für ihn zu erfüllen galt, setzte dem Ganzen die Krone auf. Bei all dem, was er bisher erlebt hatte, zweifelte er daran, dass er zu noch mehr in der Lage war.

Nein, wenn es wirklich das Schicksal war, das ihn in all diese Dinge verstrickte, dann war er auch in der Lage die Herausforderungen, die vor ihm lagen, zu meistern. Er war jetzt ein Ritter Nurays und zumindest für ihn, den jungen Burschen aus dem fernen Norden, bedeutete das noch etwas. In den Büchern, die er gelesen hatte, war keiner der ehrenvollen Helden vor den Gefahren gewichen, die auf ihn gewartet hatten. Wenn er ein Ritter war, dann würde er einer dieser tapferen Streiter sein.

Die Stunden krochen dahin und hinterließen ihm nichts als weitere Langeweile. Das Licht in seiner Kammer hatte sich verändert und den Anbruch der Nacht im Freien offenbart. Unfähig zu schlafen hatte er eine Flamme entzündet, um ein wenig im Schein der Feuer in dem einzigen Buch zu lesen, das er mitgenommen hatte. Das Schriftstück über Seris, das er damals in Tront eingesteckt hatte, barg zwar nichts Neues für ihn, bot ihm aber trotz allem ein wenig Ablenkung. Deutlich schneller als üblich durch den einfachen Zauber ausgelaugt, entzündete Angor eilig eine Kerze.

Allein in seiner Einsamkeit dachte er über die Worte des wardonischen Kommandanten zum König von Nuray nach. Zu wissen, dass der Mann selbst der König und Herrscher von Wardonien war, änderte den Eindruck, den seine Worte hinterlassen hatten. Wo der Herr der Wardonen selbst ausgerückt war, um das Leid zu rächen, das seinem Volk angetan wurde, hätte Turag niemals diesen Mut dazu aufgebracht.

Sosehr er sich doch dagegen stemmte, war allein die Vorstellung, dass Turag sein Schloss verließ und sie in die Schlacht geführt hätte, einfach lächerlich. Durch und durch unreif und egoistisch hatte der Regent obendrein noch nicht einmal eine Ahnung, wie man einen Kampf austrug. Angeführt von diesem Mann hätte Angors Armee vermutlich bereits beim Ertönen der Trommeln die Flucht ergriffen.

Die Tatsache, dass Seris nach all der Zeit wieder lebte, erweckte gänzlich andere Gedanken im Kopf des Streiters. Wenn es möglich war, einen verstorbenen Menschen wieder zurückzuholen, war es dann vielleicht auch machbar seine Mutter wieder ins Leben zu rufen. Früh verstorben hatte er so viel Zeit mit ihr verloren, die die anderen Kinder seines Dorfes mit ihren Müttern verbringen durften. Wenn er herausfinden wollte, wie dieses Kunststück zu erreichen war, dann musste er zuvor das Vertrauen der Wardonen gewinnen.

Es war irgendwann am Tag, nachdem Seris und Jerem ihn besucht hatten, als er erneut Schritte im Flur zu seiner Tür hörte. Für einen Moment hatte er gehofft, man würde ihn aus seiner Kammer befreien, bis er den König der Wardonen in Begleitung von vier seiner Soldaten sah. Deutlich weniger gerüstet als auf dem Schlachtfeld, erachteten die Kämpfer den Gefangenen wohl kaum als Bedrohung. Ihre braune Haut deutlich zu erkennen stellte einer der Männer stumm ein reichlich gefülltes Tablett vor ihm auf den Tisch.

Das Treiben seiner Begleiter ignorierend, schlenderte Jerem mit undeutbarer Miene durch die kleine Kammer. Ohne etwas zu sagen, trat er näher auf den stehenden Ritter zu, bis ihn nur noch ein schmaler Abstand von dem Gefangenen trennte. Mit ruhigem Ton stellte er schließlich seine Frage. „Hast du genug zu essen? Ich möchte nicht, dass man mir nachsagt, ich ließe unsere Gefangenen hungern. Wenn du etwas brauchst, dann sag mir Bescheid."

Überrascht von diesem Angebot riss Angor die Augen auf. „Ich habe alles, was ich brauche, Herr. Was Eure Leute mir bringen, genügt vollkommen", stammelte er überrascht.

„Gut, dann will ich dich etwas anderes fragen", sagte der König und trat einen Schritt zurück. Für einen Moment schweigend, begann er durch die Kammer seines Gefangenen zu schlendern. „Der Krieg zwischen Nuray und Wardonien lässt sich nicht mehr verhindern. Turag will die Konfrontation mit uns und obwohl nur wenige in Nuray es wissen, war er es, der zuerst mein Land überfallen hat. Ich möchte nicht, dass dieser Krieg mehr Opfer hervorbringt, als notwendig sind. Ein Spion am Hofe des Königs von Nuray, ein Mann, der Einblick in die Kriegspläne des dummen Regenten hat, könnte mir da sehr behilflich sein. Würdest du diese Aufgabe für mich übernehmen, wenn ich dich dafür freilasse?"

Überrascht von dem Angebot entgleisten Angor für einen Augenblick die Gesichtszüge. Seinen eigenen König ausspionieren, selbst wenn er diesen so wenig ausstehen konnte wie Turag, kam für ihn nicht in Frage. Er würde nicht nur seine Ehre als Ritter, sondern auch seine Ehre als Mann verlieren, wenn er sich an einer solchen Tat beteiligte.

Das Gesicht des Regenten von Wardonien blieb neugierig. Nichts verriet, ob er dem jungen Mann eine Falle stellte oder ob das Angebot seine einzige Chance war hier herauszukommen. Gewillt seinen Häscher nicht vor den Kopf zu stoßen, gab Angor die einzige Antwort, die er geben konnte.

„Es tut mir leid, Herr, aber ich kann das nicht tun. Es würde nicht nur meine Ehre verletzen, sondern auch gegen den Kern meines Wesens verstoßen. Wenn Ihr einen Mann braucht, der sich gegen sein eigenes Volk wendet, dann müsst Ihr Euch einen anderen fangen. Ich bin kein glühender Anhänger des Herrn von Nuray, das ist wahr, aber Verrat ist ein Verbrechen, das nicht zu verzeihen ist. Wie er als König für den Schutz meines Volkes verantwortlich ist, so schulde ich ihm meine Ehrlichkeit."

Das Gesicht des feindlichen Kommandanten zuckte kurz und zeigte für einen einzigen Herzschlag ein zufriedenes Grinsen. „Wie du meinst. Ich respektiere deinen Beschluss. Wir werden uns wiedersehen."

Der Herr von Wardonien war so schnell wieder verschwunden, wie er gekommen war. Obgleich er weder verraten hatte, was er wirklich mit seiner Frage hatte erreichen wollen, noch, was er von der erhaltenen Antwort hielt, blieb der Eindruck zurück, dass Angor sich richtig verhalten hatte.

Es war kurz vor Sonnenuntergang gewesen, als ihn schließlich Seris besucht hatte. Wo er zwischenzeitlich noch eine Mischung aus Wut und Ablehnung dem Mann gegenüber empfunden hatte, der ihn ohne Warnung in diese Situation gebracht hatte, freute sich der junge Krieger nun den Einzigen zu treffen, der ihm hier ein wenig vertraut war. Der Besuch des alten Helden hatte ihm sowohl Beschäftigung wie auch neue Sorgen gebracht.

Ein Buch, geschrieben über die Vergangenheit der Wardonen, würde ihm in den langen Stunden der Einsamkeit ein wenig Zerstreuung bieten. Die Nachricht, die er mitbrachte, jedoch auch.

„Du musst nicht mehr lange hier ausharren. Die Anhörung wird schon morgen stattfinden. Man wird dich befragen und aus den Antworten, die du gibst, werden die Wardonen sich ihre Meinung über dich bilden. Die Entscheidung, was sie mit dir tun werden, wird folgen."

Das zu wissen beruhigte Angor kein bisschen. Er war noch nie bei einer Anhörung zugegen gewesen, doch für ihn hörte sich das alles nach einer Gerichtsverhandlung an. Er würde sich rechtfertigen müssen für Taten, die er im Auftrag seines Königs begangen hatte.

Bevor er schließlich ging, teilte Seris noch eine letzte Information mit seinem Schüler. Ein Blick auf den Stummel der heruntergebrannten Kerze verriet ihm, dass der junge Mann in dieser Kammer einen Zauber gewirkt hatte. Ein Bann war über diese Zelle gesprochen worden, der das Wirken starker Zauber verhinderte und selbst die Ausübung der einfachsten magischen Aktionen zu einer kräftezehrenden Angelegenheit machte. Gesprochen um zu verhindern, das begabte Gefangene sich mit ihren Kräften aus diesem Raum befreiten, riet Seris seinem Nachfahren seine Talente ruhen zu lassen.

Bald schon wieder alleine, widmete sich der junge Krieger dem Buch, das ihm dagelassen worden war. Wenn er es schon in den Händen hatte, dann konnte er auch etwas über die Menschen erfahren, die ihn gefangen hielten.

Die Anhörung

Schwere Schritte holten ihn aus seinen Gedanken. Das Licht der Sonne war erst seit weniger als einer Stunde bis in sein Zimmer vorgedrungen, doch Angor war bereit. Der Tag der Anhörung war gekommen. Gewandet in seine beste Kleidung hatte er in der trüben Dunkelheit seiner Zelle darauf gewartet, dass man ihn abholte. Er wusste nicht, wem er bei der Anhörung gegenüberstehen würde, aber er war sich sicher, dass es besser war, wenn er einen ordentlichen Eindruck hinterließ.

Die halbe Nacht hindurch hatte er in dem Buch gelesen, das Seris ihm dagelassen hatte. Obgleich er trotz allem noch nicht viel über die Geschichte der Wardonen gelernt hatte, war das Wichtigste doch in seinem Kopf hängen geblieben. Ein Verständnis von Ehre, von Treue und Loyalität gepaart mit einem starken Anspruch auf Rechtschaffenheit erfüllte jeden einzelnen Menschen dieses fremden Volkes. Sie standen zusammen und waren stolz darauf Wardonen zu sein. Verletzte man jedoch ihren Stolz oder ihre Ehre, war der Zorn, den man auf sich zog, meist fatal.

Das schabende Geräusch seines Türschlosses brachte ihn dazu aufzustehen. Sieben Männer standen vor seiner Zelle, als sich die massive Holztür öffnete. Neben Seris und dem König Wardoniens waren fünf der Soldaten des Reiches gekommen. Genauso schwer gepanzert wie auf dem Schlachtfeld bewegten sie sich in perfekter Disziplin.

Angor sah den beiden Männern entgegen, wegen denen er hier war. Nur Seris und der König traten durch die Tür ein und kamen auf ihn zu. Ihre Gesichter waren ernst und die Anspannung, die tief in seinem eigenen Herzen pochte, auch auf ihren Mienen zu erkennen.

„Es ist so weit. Heute wirst du diese Zelle verlassen dürfen. Wir werden bei einer Anhörung über dein weiteres Schicksal entscheiden. Es werden dir Fragen gestellt werden und du wirst sie wahrheitsgemäß beantworten. Ich rate dir uns nicht anzulügen, denn von deinen Antworten hängt vielleicht viel mehr ab, als du glaubst."

Von den Worten des Königs nicht gerade beruhigt, schaute der junge Krieger zu dem Mann, der seit Monaten mit ihm gesprochen hatte. Ein Lächeln, das ein wenig Zuversicht in ihm wecken sollte, huschte für einen Moment über die Züge des alten Helden. Eine Geste, um seinen jungen Schüler zu beruhigen, und doch für Angors Gedanken zu leicht zu durchschauen.

Bemüht gelassen trat Seris auf ihn zu und nahm ihn sanft bei der Schulter. „Man wird dir keine Fesseln anlegen. Wir werden dich jetzt zur Anhörungskammer führen. Ich rate dir, leiste keinen Widerstand und befolge alle Anweisungen, die man dir gibt. Wir werden diese Sache bald abgeschlossen haben, dann wird alles gut werden."

Dankbar über die nett gemeinten Worte nickte der Ritter Nurays stumm.

„Folge mir", brummte der König und trat vor ihm aus der Kammer. Mit vorsichtigen, aber selbstsicheren Schritten befolgte der Krieger die Anweisung. Das endlose Warten in der Einsamkeit hatte endlich ein Ende. Der Moment, ab dem er wieder Einfluss auf sein Leben nehmen konnte, stand unmittelbar bevor. Umringt von den wardonischen Soldaten verließ er zum ersten Mal die Zelle, in der er aufgewacht war. Sein Herz hüpfte, als er den Absatz seines Stiefels über die Schwelle der Tür hob. Die Neugier endlich zu erfahren, an was für einem Ort man ihn gefangen hielt, kehrte in seinen Kopf zurück.

Nach nur wenigen Schritten um die Ecke des Flures tretend, erblickte Angor zum ersten Mal, was sich jenseits der Biegung des Ganges befand. Unterbrochen von mehreren Fenstern schloss sich ein weiterer steinerner Flur an, der nach mehreren Metern zu einer Treppe führte. Helles Tageslicht fiel ungestört in das steinerne Gewölbe und ließ den Krieger seine Augen schmerzerfüllt zusammenkneifen. Über Tage in der Finsternis seiner Zelle eingesperrt, bemerkte er nun zum ersten Mal, wie dunkel es tatsächlich in der Kammer gewesen ist. Es dauerte einen Moment, in dem er die wässrigen Tränen in seinen Augen wegblinzelte, bis er sich an das Licht gewöhnt hatte.

Schritt um Schritt trat er voran und saugte jedes Details seiner Umgebung ein. Die flachen Oberflächen ordentlich behauener Steine bildeten die Wände des Ganges. Steinerne Fensterbögen gewährten ihm kurze Einblicke auf das, was jenseits des Gebäudes lag, in dem man ihn untergebracht hatte. Ein Hof, dutzende Meter im Durchmesser, ausgelegt mit großen steinernen Platten wurde umringt von einer Vielzahl an Gebäuden. Die meisten aus dem gleichen grauen Stein erbaut wie der Gang, in dem er sich befand, reckten sie sich bis zu vier Stockwerke weit in die Höhe. Mehrere Türme erhoben sich im Hintergrund in den Himmel und streckten ihre mit Zinnen bewehrten Spitzen nach oben. Ein kleines Fachwerkgebäude, die Balken rot bemalt und die Zwischenräume weiß gekalkt, unterbrach den sonst so gleichförmigen Eindruck der Anlage. Ein Brunnen, von einer steinernen Mauer umringt, nahm die Mitte des weitläufigen Platzes ein. Kaum zu sehen erhob sich ein massiver Wehrgang hinter den Häusern und verband die breiten Türme miteinander. Die Mauer um alle anderen Bauten herumführend ließ Angor schließlich erkennen, dass dieser Ort nur eine Burg sein konnte. Gebaut einzig für den Zweck, einen angreifenden Feind abzuwehren, war dies das erste Mal, dass der junge Kämpfer eine derartige Anlage aus der Nähe sah.

Ein letzter Bau fiel ihm noch auf, ehe seine Schritte ihn die hölzerne Treppe hinab führten. Eine Halle, ähnlich einer Scheune erbaut und doch größer als jede andere, die er bisher gesehen hatte, nahm einen guten Teil des innersten Bereiches ein. Es war Seris, der sich dazu äußerte, nachdem er den Blick des jungen Mannes gesehen hatte.

„Sie nennen es einen Kornspeicher, obgleich er weit mehr beinhaltet als nur die Nahrungsmittelvorräte der Festung."

Beeindruckt von dem riesigen Gebäude trat der Krieger die letzten Stufen hinab. Jetzt war nicht die Zeit, über seine Umgebung nachzudenken. Er musste konzentriert bleiben, konzentriert um den Fragen seiner Häscher gewachsen zu sein. Eine hölzerne Tür versperrte ihnen den weiteren Weg. Metallene Beschläge verstärkten das Holz und würden jeden Durchbruchsversuch zu einer zeitraubenden Angelegenheit machen. Ein zweiter Schlüssel in der Hand des Königs öffnete nur wenige Sekunden später den Durchgang und offenbarte einen kleinen Raum dahinter, in dem lediglich eine schmale hölzerne Bank an der Wand stand. Zwei weitere Türen führten aus der Kammer, beide so massiv wie jene, die er soeben durchquert hatte.

„Warte hier!", sagte Jerem knapp und deutete mit seiner Hand auf die leere Bank. „Wenn du gebraucht wirst, wird man dich hereinrufen."

Eine weitere Erklärung folgte nicht. Wie befohlen setzte sich Angor stumm auf die Bank. Einer der Wachmänner bezog nur einen Schritt neben ihm Stellung, seine Hand auf den Knauf seines Schwertes gelegt. Der Blick des Mannes war starr in den Raum gerichtet und doch konnte der junge Ritter die deutliche Abneigung des wardonischen Kriegers ihm gegenüber spüren.

Angeführt von ihrem König traten die restlichen Männer durch die Tür gegenüber der Bank. Den Blick versperrt, konnte Angor ein lautes Sammelsurium unterschiedlicher Stimmen hören, die ungezügelt durcheinander sprachen. Der Moment währte nur kurz, bis Seris als Letzter die Tür hinter sich schloss. Allein mit der Wache und seinen Gedanken harrte der gefangene Krieger in dem kleinen Raum aus. Die nackten gemauerten

Wände boten ihm nur wenig Ablenkung und begünstigten so, dass sich seine Gedanken ein weiteres Mal den Unwägbarkeiten der nächsten Minuten zuwandten.

Eine gefühlte Ewigkeit verging, in der die Wache neben ihm in beinahe absoluter Regungslosigkeit auf ihrem Platz verweilte, bis sich die Tür vor ihm schließlich wieder öffnete. Es war der Held von Nuray, der durch den dünnen Spalt trat und ihm ein aufmunterndes Lächeln schenkte.

„Es ist so weit. Komm mit mir", sagte er entspannter, als seine angespannte Haltung vermuten ließ.

Unsicher ob die Wache an seiner Seite reagieren würde, stand er zögerlich auf. Keine Regung kam von dem Soldaten und er drehte noch nicht einmal den Kopf, als der junge Ritter einen Schritt auf seinen Mentor zuging.

„Sei vorsichtig, was du da drinnen sagst. Das Gremium, das dort auf dich wartet, ist nicht gänzlich mit Männern besetzt, die dir so wohlgesonnen gegenüberstehen, wie Jerem es tut. Stell dich auf einige harte Fragen ein. Vertrau auf dein Herz und sprich nichts als die Wahrheit und du wirst in Kürze hier raus sein. Da bin ich mir sicher", flüsterte Seris leise.

Der Gedanke, dass der König der Wardonen ihm wohlgesonnen war, brachte Angor beinahe zum Grinsen. Bisher dem Eindruck erlegen, dass der Mann eher eine tiefe Abneigung gegen ihn verspürte, mochte er sich nicht vorstellen, was die anderen Männer in der Kammer wohl über ihn denken mochten.

Mit einem letzten Nicken öffnete Seris die Tür zu dem angrenzenden Raum. Das Wort Halle beschrieb wohl besser, was sich hinter der Tür verbarg. Mehr als vierzig Meter lang und über fünfzehn breit, führte einzig ein schmaler Gang durch sie hindurch. Tribünen gefüllt mit Menschen reihten sich auf beiden Seiten des Raumes aneinander und zeigten schließlich auf einen einzelnen Stuhl, der für jeden sichtbar auf einer freien Fläche am vorderen Ende der Halle stand.

Grimmige Gesichter verfolgten jeden seiner Schritte, als er zwischen den Reihen der Wardonen hindurch marschierte. Offener Groll strahlte ihm von der Menge entgegen. Groll, der eine Schuld vermittelte, die er selbst nicht spüren konnte. Die Lächerlichkeit der Situation, in der er sich befand, brachte ihn für einen Moment beinahe zum Lachen. Hierher gebracht zu werden, um sich für etwas zu rechtfertigen, das ihm nicht nur befohlen worden war, sondern auch noch das Recht jedes guten Menschen war, erschien ihm absurd. Er hatte gegen dieses Volk gekämpft, doch nur um Nuray zu beschützen.

Die Deutung von Seris, sich auf den einsamen Stuhl zu setzen, war nicht notwendig. Alleinstehend, ausgeliefert, schutzlos. Genau das war der Eindruck, den der Stuhl jedem, der darauf Platz nehmen würde, vermitteln sollte. Unwillig sich von der Geste einschüchtern zu lassen, setzte sich der junge Krieger auf das harte Holz des Sitzes. Ihm gegenüber, nur wenige Schritte entfernt, erhob sich ein Podest. Eine hüfthohe Wand aus getäfeltem Holz, verziert mit kunstvollen Schnitzereien, bot eine klare Abtrennung zwischen dem Gefangenen und den Männern, die über ihn richten würden. Fünf Wardonen, unter ihnen der König selbst, hatten auf der Bühne Platz genommen und beobachteten den jungen Mann vor ihnen. Der harte Ausdruck ihrer Augen verriet nur zu deutlich, dass sie tief in ihren Herzen bereits ihr Urteil über den Krieger aus Nuray gefällt hatten, und doch verlangte ihr König, dass man ihm die Chance gab, seine Taten zu rechtfertigen.

Angor hatte nicht vor, sich den feindseligen Blicken der Männer unnötig lange zu stellen. Solange er nicht mit ihnen reden musste, konnte er seine Aufmerksamkeit auch auf weniger bedrückendere Dinge richten. Er wagte es sich in der Halle umzusehen, in die man ihn gebracht hatte. Offensichtlich normalerweise für andere Zwecke genutzt, haftete dem Raum eine kunstvolle Schönheit an. Aufwändige Schnitzereien, die Szenen über tapfere Kämpfer im Gefecht zeigten, schmückten jede einzelne der Bänke und Tribünen, auf denen die Zuschauer saßen. Der Boden, getäfelt in verschiedenfarbigem Holz, strahlte eine angenehme Wärme aus. Selbst die Wände und Decke der Halle waren beeindruckend verziert. Wo aufwändige Wandteppiche den nackten Stein verdeckten, schmückten bunte Muster die Balken des Daches.

Das laute Räuspern eines Mannes vor ihm brachte seine Aufmerksamkeit zurück zu den Herren auf dem Podest. Die Geräuschkulisse der steten Gespräche um ihn herum löste sich binnen weniger Herzschläge auf. Beinahe gespenstisch still richteten sich alle Blicke nun auf das Geschehen, für das die Menschen gekommen waren.

„Dein Name lautet Angor von Tresmark, Sohn des Guntrich. Ist das richtig?", fragte der Mann mit dem typischen Akzent, den der junge Ritter bereits vom König der Südländer kannte.

„Das stimmt", entgegnete Angor und war überrascht, wie selbstsicher seine Stimme dabei in dieser Situation klang.

„Diese Anhörung heute soll über dein weiteres Schicksal entscheiden. Man wird dir einige Fragen stellen und du wirst sie der Wahrheit gemäß beantworten. Solltest du lügen, werden wir das wissen und die Strafe für deine Falschheit wird gnadenlos sein."

Der Ton des älteren Wardonen war streng und zielte entweder darauf ab ihn einzuschüchtern oder unter den Zuschauern für Zustimmung zu sorgen. Ungerührt von der offenen Feindseligkeit beobachtete der Ritter, wie sich ein anderer auf der Tribüne erhob. Mit einem zusammengerollten Pergament in seiner einen Hand, deutete er mit seiner anderen auf den allein sitzenden Mann.

„Wir haben diese Urkunde in deinem Gepäck gefunden. Ein Schriftstück ausgestellt von dem Narrenkönig Turag, in dem er festhält, dass er dich zum Ritter Nurays erhebt. Eine Geste, die dieser Wurm sicher nicht aus einer reinen Gefälligkeit heraus getan hat. Du musst diesem lausigen Exemplar von einem Regenten einen großen Dienst erwiesen haben, wenn er bereit war dir eine solche Ehre zu erweisen. Nur ein Mann, der ihm die Treue mehrfach bewiesen hat und einen Schwur auf ihn ableistet, hätte eine solche Auszeichnung erhalten können. Was war es, womit du dir die Gunst dieses Narren verdient hast? Hast du Unschuldige überfallen oder andere bestohlen?", polterte der Mann und starrte ihn finster an.

„Nichts dergleichen, werter Herr. Ihr sprecht wahr, wenn Ihr sagt, ich bin ein Ritter Nurays, doch erwarb ich diese Ehre nicht durch die Begehung schändlicher Taten. Es war nicht mein Bestreben, die Gunst des Königs zu gewinnen, als ich tat, was mir den Ritterschlag verdiente. Vielmehr waren es mein Mut und mein Einsatz für das Volk von Nuray. Die Gunst des Königs gewann ich, als ich das Dorf Denton im Norden Nurays gegen einen Überfall der Druhks verteidigte. Ich focht gegen die Bestien und rettete viele Leben unter den einfachen Dorfbewohnern. Gemeinsam mit den Menschen konnte ich die Bestien vertreiben und die Siedlung vor der Plünderung bewahren. Den dankbaren Gefallen, den mir der König für diese Tat gewährte, verwendete ich, um eine Familie von Leibeigenen aus der Knechtschaft der Krone zu befreien und sie gegen Lohn in meine Dienste zu nehmen. Eine Sache, die mir den Spott des Hofes von Nuray einbrachte.

Die zweite Tat, die König Turag dazu brachte mir seine Gunst zu erweisen, war der Sieg über eine Horde von mehr als hundert der grünhäutigen Bestien, die in das Land nahe Gurndas eingedrungen waren. Ausgeschickt, um zwei seiner Gefolgsleute in die sicheren Mauern der Stadt zu geleiten, konnten wir einen Kampf nicht mehr umgehen und stellten uns schließlich den Ungeheuern. An der Seite dreier weiterer Streiter kämpften wir bis zum Versiegen unserer Kraft und schafften es die Horde zurückzuschlagen und zu vernichten. Dafür und um während meines Kommandos über die Armee des Königs dem Volk zu zeigen, dass nur ein Adliger das Recht der Führerschaft beanspruchen konnte, erhob mich der König schließlich zu einem seiner Ritter.

Ich leistete einen Schwur, auch da habt Ihr recht, doch sprach ich meine Worte nicht auf König Turag, sondern auf das Volk von Nuray. Mein Dienst gilt den guten Menschen meines Landes, denn sie sind es, die meine Treue und mein Schutz verdienen. Es ist mir gleich, wer auf dem Thron in der Hauptstadt sitzt, denn meine Treue gilt dem Volk selbst."

Selbst über seine eigenen Worte erstaunt, sah Angor die Wirkung seiner Antwort in den Gesichtern der Männer nicht. Er hatte sein Herz sprechen lassen. Vielleicht zum ersten Mal hatte er ausgesprochen, was sich seit langem darin verbarg. Ein Groll, bisher sorgsam unterdrückt, schlummerte in ihm. Ein Groll auf die Unfähigkeit des Regenten von Nuray, der einzig an seiner persönlichen Bereicherung Interesse hatte.

Ein kurzes Schweigen folgte, während dem sich die Herren auf dem Podest neu sortierten. Es war wieder ein anderer, der aufstand, ein jüngerer Mann, der nun das Wort an ihn richtete.

„Du sagst, deine Treue gilt dem Volk und doch hast du eine Armee von unausgebildeten Bauern wie die Lämmer zur Schlachtbank gegen uns in den Kampf geführt. Auch sie gehörten zu deinem Volk und hatten gegen unsere Armee keine Chance. Du musst gewusst haben, dass unsere Soldaten deinen Truppen überlegen waren, und doch nahmst du den Tod deiner Leute willentlich in Kauf, um weiteren Ruhm zu erlangen.

Keine Vernunft, sondern nur Wahnsinn beherrschte deine Taten, als du den Angriff gegen uns befohlen hast. In deiner Raserei verloren, hast du viele unserer Soldaten getötet. Männer mit Familien. Familien, die nun ohne einen Vater, Bruder oder Sohn auskommen müssen. Wie möchtest du dich von dieser Schuld befreien?"

Für einen Moment überrumpelt, zögerte Angor, bevor er antwortete. Die Bedeutung der Anschuldigung erfüllte seinen Verstand. Ihr haftete eine Wahrheit an, die er nicht leugnen konnte, und doch spürte er die brennende Hitze des Unrechtes, mit dem man ihm die Verantwortung aufbürden wollte. Dem Rat von Seris folgend, sprach er aus, was sein Herz ihm riet. „Ihr habt recht. Die Männer, die ich in den Kampf geführt hatte, waren unerfahren und nicht so gut ausgerüstet wie der Gegner, dem sie sich in den Weg gestellt haben. Doch war es genau das, was ihren Mut umso größer machte. Es war mir nicht gleich, wie unsere Chancen standen, doch ich konnte die Möglichkeit eines Sieges sehen. Unerfahren oder nicht, ich gewährte den Männern zumindest eine grundlegende Ausbildung und formte sie zu einer tapferen Truppe. Ich habe keinen einzigen von ihnen dazu gezwungen unter meinem Kommando zu kämpfen. Es war ihr Wunsch, ihre Heimat vor den Eindringlingen zu verteidigen. Ich war lediglich der Anführer, der ihnen eine gemeinsame Richtung gab.

Es tut mir leid, dass es zu so hohen Verlusten unter euren Soldaten gekommen ist, doch ihr wart es, die in unser Land eingefallen sind. Ihr habt die Dörfer Nurays zerstört und als Ritter des Reiches war es meine Pflicht euch daran zu hindern. Zu behaupten, eure Soldaten wären die Opfer in diesem Krieg, beschmutzt das Andenken eurer Krieger. Ich bin mir sicher, dass sie sich genauso wie die Männer unter meinem Kommando freiwillig für den Dienst an ihrem Land gemeldet hatten. Jeder Krieger, der zur Waffe greift, weiß um das Risiko, das er damit eingeht. Es war ihre Wahl. Dafür verdienen sie euren Respekt und nicht euer Mitleid."

„Du wagst es …", blaffte der Ankläger mit zornverzerrter Miene und baute sich wütend auf, doch Jerem hob warnend seine Hand und beendete den Ausfall seines Landsmannes. Mit verkniffenem Gesicht setzte sich der Mann wieder und funkelte den Gefangenen auf dem Stuhl wütend an.

Ein dritter Fragensteller stand auf und musterte den Mann auf dem Stuhl für einen Moment ruhig, bevor er mit gelassener Stimme seine Frage vortrug. „Du sprichst recht, wenn du sagst, dass den Soldaten unser Respekt dafür gebührt, dass sie ihr Leben für den Rest von uns riskieren. Sie vertrauen sich ihren Kommandanten an, den Männern, die sie anführen, und hoffen dass diese sorgsam mit ihrem Schicksal umgehen. Wo war deine Sorge? Du warst im Nachteil, das musst du erkannt haben. Warum hast du nicht versucht zu verhandeln? Einen Kampf zu umgehen? Eine andere Lösung zu finden? Du hast dich für das Schwert entschieden, noch ehe du den ersten unserer Krieger klar durch den Nebel gesehen hast. Der Tod gehört zu einer Schlacht, doch wählt ein vernünftiger Mann immer den Weg, der den Tod vermeidet.“

Die Worte des Mannes trafen den jungen Streiter mitten in sein Herz. Er hatte Recht. Er hatte nicht darüber nachgedacht, dass es noch andere Wege geben konnte. Wege, die den Kampf vermieden. Doch er hatte Befehle und der Gedanke sich zu ergeben war so fern der Wirklichkeit, dass er nie in seinem Verstand erschienen war.

„Die Worte, die mir über eure Truppen zugetragen wurden, legten nicht nahe, dass ihr an Verhandlungen interessiert wart. Die Meldungen, die mich erreicht hatten, sprachen von einem Verstummen jedes Ortes, der unter euch gefallen war. Tod und Zerstörung schienen eurem Weg zu folgen, eure Beweggründe dafür für uns unbekannt. Wie hätte ich ahnen sollen, dass ihr es nur auf mich abgesehen hattet. Was hätte mich auf den Gedanken bringen sollen, dass eine Armee, die ein Dorf nach dem anderen aus dem Reich schneidet, mit der Gefangennahme eines einzelnen Mannes den Rückweg nach Hause antreten würde. Vergebt mir, aber ich bin nicht zum Ritter geschlagen worden, weil ich den Kampf scheue und vor Herausforderungen davonlaufe. Ich wurde ausgeschickt, um euch zu stoppen und das hatte ich vor. Wenn ihr hättet verhandeln wollen, dann wäre es an euch gewesen diesen Wunsch vorzubringen!"

Wut begann in Angors Herzen aufzukeimen und ließ sich nicht mehr aus seiner Stimme halten. Man warf ihm hier Dinge vor, für die er nicht alleine verantwortlich sein konnte. Sicher traf ihn ein Teil der Schuld an dem Blutvergießen, doch zweifellos stand es den Wardonen nicht zu, diese allein auf ihn abzuwälzen.

„Ich zog los, um Nuray zu verteidigen, und jetzt stehe ich hier und soll mich vor einem fremden Volk dafür rechtfertigen. Bei allem Respekt, ich denke nicht, dass ihr in dieser Sache urteilen dürft. Habt ihr selbst nicht ohne Zurückhaltung unter meinen Soldaten gewütet? Habt ihr selbst nicht unzählige gute Männer Nurays erschlagen, anstatt das Gespräch mit mir zu suchen? Das Leid eurer Soldaten ist auch das meine. Wenn ihr nur mich gewollt hättet, dann wäre beides vermeidbar gewesen."

Schrecken, Missbilligung und Verachtung waren die deutlichen Reaktionen der Männer auf der Tribüne, als sie seiner erhobenen Stimme lauschten. Unwillig, sich diese Vorwürfe von einem besiegten Feind anzuhören, starrten ihn die Mitglieder des Gremiums erbarmungslos an. Jeder von ihnen, außer der König selbst. Mit einer Strahlkraft, die ihm bis zu diesem Moment noch nicht aufgefallen war, lag der Blick des Kommandanten und Herrschers auf seinem Gefangenen und verdeckte das leichte Lächeln, das er offen trug. Die Hände von seinem Mund zusammengelegt, blickte er ihn für einige stille Augenblicke lang an. Als Einziger in der beinahe greifbaren Anspannung im Saal lehnte sich der König ruhig auf seinem Stuhl zurück und antwortet seinem Gefangenen.

„Dein Standpunkt ist nachvollziehbar und dennoch nicht richtig. Eine Schlacht ist gefährlich und jeder meiner Soldaten wusste das. Tatsächlich hätten wir euch alle in euren Betten erschlagen können, doch ich entschied mich dafür die Sache anders anzugehen. Verhüllt vom Nebel, wollte ich meine Soldaten vor dem voreiligen Angriff deiner Männer beschützen. Hast du dich nie gefragt, warum wir nicht einen einzigen Pfeil auf deine Soldaten abgeschossen haben?

Ich marschierte an der Spitze meiner Armee, mit meinem Blick über deine ungeordnete Horde schweifend. Ich hatte dich gesucht und hätte dir unseren kampflosen Abzug angeboten, wenn du uns nur begleitet hättest. Niemand hätte dort sterben müssen, wenn du einen Moment länger deine Nerven behalten hättest. Es war dein Befehl, der den Pfeilhagel ausgelöst hat, und dein Schwert, das den ersten Hieb auf einen meiner Männer niedergehen ließ.

Wenn du wissen möchtest, warum wir dich mit Angriffen auf die Dörfer im Süden Nurays angelockt haben, dann musst du deinen Freund Seris fragen. Es war seine Idee, die uns entfesselt hat. Nachdem du bereits im Dienst des Königs von Nurays gestanden hattest, war er es, der meinte, dass es keinen anderen Weg gab an dich heranzukommen. Er wollte dich aus den Fängen dieses Dummkopfes befreien, bevor es zu spät war. Ein Angriff auf einige unbedeutende Dörfer war da genau die richtige Provokation, um den Geizhals zu veranlassen dich mit einigen wertlosen Truppen auszuschicken.

Es freut dich vielleicht zu erfahren, dass wir nicht ein Dorf und nicht eine Siedlung zerstört oder gar beschädigt haben. Wir nahmen die meisten Ortschaften kampflos ein und schonten die Einwohner. Wir töteten nur jene, die sich nicht von einer friedlichen Übernahme überzeugen ließen, und nahmen nichts von den Bewohnern. Keine Plünderungen und kein Diebstahl kamen auf die Menschen Nurays zu, während meine Armee ihr Land durchquerte. Durch unsere Blockade verhinderten wir lediglich, dass die Informationen nach Gurnda kamen, die wir nicht selbst streuten. Der Bote, der dich bei Lorten erreicht hat, wurde von uns geschickt, um weitere Angriffe zu verhindern. Wir beendeten unser Treiben, sobald wir erfuhren, dass du auf dem Weg zu uns warst.

Die Schlacht unserer Armeen verlief für deine Truppen weit weniger verlustreich, als du vielleicht angenommen hast. Nachdem ich dich im Zweikampf ausgeschaltet habe, brach der Mut deiner Truppen und die Männer rannten in alle Richtungen davon. Wir hielten niemanden auf. Im Gegenteil. Wir kümmerten uns um deine Verwundeten genauso wie um die unseren und stellten sicher, dass so viele wie möglich die Kämpfe überleben würden. Wir stahlen nichts aus deinem Lager und nahem nur das mit, was dir gehörte. Selbst während der Kämpfe schonten wir deine Männer. Meine Soldaten waren mit stumpfen Waffen ausgerüstet, die deine Männer meist nur betäubten. Trotz allem starben etwa siebzig deiner Soldaten, einige von ihnen in der Panik nach ihrer Niederlage. Allein du hast jedoch sechzig meiner Soldaten erschlagen. Sechzig Männer, die nicht hätten sterben müssen. Diese Männer sind es, für die du Buße tun musst. Erst dann können wir dir gewähren, die Aufgabe zu erfüllen, die Seris für dich im Sinn hat."

Angors Gedanken rasten. Konnte das stimmen? Konnte er sich so sehr verschätzt haben. Warum war es ihm nicht aufgefallen, dass die Soldaten des Feindes keine scharfen Waffen getragen hatten. Der Rausch der Schlacht hatte ihn so sehr in seinem Griff gehabt, dass er außer dem nächsten Hieb auf nichts mehr geachtet hatte.

„Ich weiß nicht, ob Ihr die Wahrheit sprecht, doch ich wüsste nicht, warum Ihr mich anlügen solltet. Wenn es stimmt, was Ihr sagt, dann danke ich euch für Eure Güte. Ich wollte meinem Volk dienen, die Menschen beschützen und habe ihnen offenbar mehr Leid angetan, als ich vermeiden konnte. Wenn ich büßen muss, dann soll es so sein. Ich stelle mich Eurer Aufgabe. Als Ritter und als Krieger."

Ein gieriges Grinsen erfüllte die Gesichter der anderen Männer auf der Bühne, doch der König gebot ihnen zu schweigen.

„Bevor wir dir deine Aufgabe nennen, sollte ich dich noch über etwas informieren. Den Grund, warum wir überhaupt ein Interesse daran haben, dass du nicht weiter in der Armee von Nuray kämpfst.

Es ist dein König, Turag, der diesen Krieg mit uns angefangen hat. Schon kurz nach seiner Krönung begann er meinem Volk gegenüber immer aggressiver aufzutreten. Sein Wahn von Gier und Neid getrieben gipfelte schließlich in einem Überfall auf die Dörfer meines Reiches. Er zieht immer wieder Truppen von der Grenze zu den Druhklanden ab und gefährdet sein Volk, um neue Plünderungen in meinem Reich zu versuchen.

Du kennst ihn. Selbst in seinem eigenen Reich regiert er mit Willkür und ist kein Mann der Güte. Nun versucht er uns zu vernichten. Uns, die wir das Volk von Nuray über Jahrtausende hinweg immer wieder gerettet haben, wenn die Macht der Druhks zu stark für eure Krieger geworden war. Wissend, dass die Stärke seiner Armeen nicht ausreichen würde, um dieses Ziel zu erreichen, und unwillens, das Geld für den Unterhalt und die Ausbildung der benötigten Streitkräfte aufzubringen, hat er einen Boten in die alte Heimat deines Volkes entsandt. Ein Pakt, geschlossen kurz nach dem Aufbruch seiner Ritter, um Kommandanten für eine neue Armee zu finden, wurde ihm eine riesige Streitkraft versprochen.

Sechzigtausend Soldaten marschieren gerade jetzt von jenseits des Gebirges im Osten auf uns zu, einzig mit dem Ziel Turag die Macht zu geben, die er braucht, um uns einen tödlichen Schlag zu versetzen. Wardonien ist schwach verteidigt im Moment, unsere Truppen überall verstreut im Einsatz, um die Sicherheit von vielen anderen zu gewährleisten. Selbst wenn wir alle Männer zurückrufen, die wir an den Fronten entbehren können, stehen uns noch immer zu wenige zur Verfügung, um uns dieser Armee in den Weg zu stellen.

Eine Prophezeiung brachte mich dazu, meinen alten Gefährten wieder ins Leben zurückzurufen. Seine Weisheit hat oft einen Weg aus schlimmen Situationen gefunden, doch dieses Mal verwies er lediglich auf einen Krieger, der sein Erbe antreten würde. Er sagte, du würdest der eine sein, der den Untergang von Nuray und Wardonien aufhalten könnte. Als er den Kontakt zu dir hergestellt hatte, trug er uns auf dafür zu sorgen, dass du nach Wardonien kommen würdest.

Das Schicksal ist ein verschlungener Weg und jeder von uns muss seinem eigenen Pfad folgen. Deiner liegt genau jetzt vor dir und wir müssen prüfen, ob du den Mut hast, ihn zu gehen."

Angor war überwältigt von dem, was er soeben gehört hatte. Sein Verstand nicht in der Lage all die Informationen zu verarbeiten, die er gerade erhalten hatte, klammerte sich an das, was er greifen konnte.

„Aber wie soll ich sechzigtausend Krieger besiegen? Niemand kann das alleine schaffen!"

„Ich gebe zu, dass dies wirklich unmöglich ist. Doch du wirst nicht alleine sein. Die Zwerge halten den Feind für uns in den Bergen auf, scheuen sich aber den direkten Kampf zu suchen. Sie geben uns die Zeit, die dein Weg braucht, um sich zu entfalten. Während der Feind vorrückt, musst du uns beweisen, dass du wirklich derjenige bist, der uns voranbringen wird."

Unglauben erfasste ihn. „Wollt Ihr damit sagen, Ihr vertraut mir die Verteidigung Eurer Heimat an?"

„Du sollst mit uns kämpfen. Es heißt, es muss ein Mann Nurays sein, der die Schlacht für uns entscheidet, sonst steht beiden Reichen eine düstere Zukunft bevor. Erweise dich als würdig. Bestehe unsere Aufgabe und kämpfe an unserer Seite."

„Was soll ich tun?", fragte der Ritter mit fester Stimme.

„Geh für uns zum Drachenberg. Steige hinauf und bringe uns das Ei eines Drachen. Wenn du diese Aufgabe meisterst, hast du uns bewiesen, dass du alles schaffen kannst."

„Das kann nicht dein Ernst sein!", polterte Seris plötzlich vom Rand der Versammlung. „Du weißt, dass niemand das alleine schaffen kann!"

„Wenn er wirklich so stark ist, wie du es behauptest, dann wird er selbst diese Herausforderung meistern", hielt der König ruhig dagegen.

„Jerem, selbst wir beide zusammen haben beinahe bei dieser Herausforderung versagt. Was bringt dich dazu, diese Aufgabe einem einzelnen Mann zu stellen? Wie soll er das schaffen können?", warf der einstige Held seinem Freund entgegen.

„Halte dich zurück, Seris! Missachte nicht die Würde dieses Tribunals! Die Aufgabe, der sich Angor stellen wird, unterscheidet sich von unserem Kampf vor all den Jahren. Ich sagte nicht, dass er einen Drachen töten muss. Wenn es seine Verschlagenheit ist, die ihm zum Erfolg verhilft, soll mir das genügen. Andernfalls kann er sich mit dem Gedanken trösten, dass sein Gegner nicht von der finsteren Macht einer Druhkschamanin in den Wahnsinn getrieben wurde."

Die Fassungslosigkeit in Seris Blick wurde nur noch von der Erschütterung im Antlitz seines Erben übertroffen. Angor wurde übel. Was man von ihm verlangte, war nichts als Wahnsinn. Ein Drachenei zu bergen würde sicher den Kampf gegen ein ausgewachsenes Exemplar voraussetzen und abgesehen von den beiden Helden der Vergangenheit wusste er von niemandem, dem ein solches Unterfangen je gelungen war. Und er sollte das alleine erreichen? Sein Blick strich von dem alten Helden, dessen Erbe er antreten sollte, zum Anführer der Südländer. Welche Absicht verbarg sich hinter den Worten des Wardonen, dass er ihn mit eben der Tat prüfen wollten, die Seris größten Erfolg dargestellt hatte? Was ließ den König glauben, dass er, ein einfacher Mann aus dem Norden ein solches Wunder vollbringen konnte. Glaubte Jerem wirklich, dass er damit die Grenzen der Macht prüfen konnte, die in Angors Blut ruhte? Das er herausfinden konnte, ob Seris Erbe wirklich etwas Unmögliches zu vollbringen vermochte? Allein der Gedanke daran schnürte dem Ritter die Kehle zu.

„In einer Stunde werden wir aufbrechen. Ich werde dich begleiten und Zeuge deines Erfolges werden. Packe zusammen, was du für die Reise benötigst. Proviant und alles Weitere haben wir schon für dich vorbereitet."

Die Worte des Königs beendeten die Anhörung. Wie unter Schock stehend, torkelte der junge Ritter aus dem Saal zurück in den Vorraum. Die Aufgabe, die man ihm stellte, überforderte selbst seine Fähigkeiten. Er wollte mutig sein. Seine Tapferkeit beweisen, aber diese Herausforderung war eine Sache, die ihn bis ins Mark erschütterte.

„Davon habe ich nichts gewusst! Dieser Narr, er hat mich ausgetrickst!", schimpfte Seris, als er wenige Sekunden nach Angor in die Vorkammer trat. „Du musst aufpassen, wenn du gegen einen Drachen kämpfst. Wo ihre Krallen und Zähne ungeheuer gefährliche Waffen sind, ist ihr feuriger Atem die gefährlichste von allen. Das Feuer eines Drachen brennt heißer als alles andere und schmilzt selbst den Panzer eines Ritters."

„Aber bin ich nicht durch meine Magie vor dem Feuer geschützt?", fragte der Krieger noch immer ein wenig benommen.

„Das Feuer eines Drachen ist kein natürliches Phänomen. Es ist besonders und kann selbst den erfahrensten Feuermagier binnen Sekunden verbrennen. Deine Fähigkeiten werden dir keinen Schutz vor seinem brennenden Odem bringen."

Seris Worte senkten Angors Mut nur noch weiter. „Du solltest dich jetzt vorbereiten. Wenn du unterwegs einen Rat brauchst, kannst du mich jederzeit kontaktieren. Aber pass auf, dass Jerem es nicht mitbekommt. Ich fürchte, er würde es nicht gutheißen, wenn er erfährt, dass ich dir helfe."

Aufbruch

E r war so schnell, wie es die Wache zugelassen hatte, zu seiner Zelle zurückgekehrt. Die wenigen Dinge, die er hier ausgepackt hatte, waren mit wenigen Handgriffen wieder in seinen Taschen verstaut. Wenn der König ihm schon gewährte mitzunehmen, was seines war, dann sah er auch keinen Grund, warum er auch nur einen Teil seines Besitzes hier zurücklassen sollte. Die Reise, auf die er sich begeben musste, konnte nur auf zwei Arten enden. Wenn er scheiterte, dann war es ihm gleich, ob seine Sachen in der Weite Nurays verrotteten. Dort draußen war ihm dabei noch lieber, als wenn die wenigen Dinge, die er zurückgelassen hatte, als die letzten Zeugnisse seines Lebens in einer Gefängniszelle der Wardonen zurückblieben.

„Hast du alles, was du brauchst? Kann ich dir helfen?", fragte Seris, als er mit besorgter Miene in die Kammer trat.

„Nein, danke", entgegnete der junge Streiter mit einem gezwungenen Lächeln. Ein Teil von ihm sehnte sich danach, lieber weiter hier in dieser Zelle zu sitzen, als sich der irrwitzigen Gefahr zu stellen, die auf ihn wartete. Sein Verstand hatte noch immer nicht ganz erfasst, was es wirklich bedeuten mochte, das Ei eines Drachen zu stehlen. Noch immer weigerte sich ein Teil seines Verstandes sich der Gefahr bewusst zu werden, in die er sich damit begeben musste.

„Jerem lässt sich nicht dazu bringen von dieser verrückten Aufgabe Abstand zu nehmen", knurrte Seris frustriert. Es war deutlich zu erkennen, dass er mit einer ähnlichen Verzweiflung kämpfte, wie sie sich gerade auch in das Bewusstsein des jungen Ritters schlich.

„Ich denke, wenn nur er es wäre, der diese Entscheidung treffen muss, dann wäre er nicht so unnachgiebig. Vermutlich sind es seine Gefolgsleute, die fordern, dass du dich dieser Prüfung stellst. Sie wollen sehen, wie du scheiterst und für den Tod ihrer Leute bezahlst", schnaubte er erschöpft.

Mit einem letzten Ruck zog Angor den Riemen an seiner Tasche zu. „Aber wenn er der König ist, kann er dann nicht einfach abschließend entscheiden? Er könnte sich über sie hinwegsetzen, oder nicht?", fragte der Krieger.

„Ganz so einfach ist das nicht. Als König hat er zwar das Recht zu entscheiden, aber die Beziehung zwischen König und den Fürsten des Reiches ist in Wardonien etwas anders als in deiner Heimat. Obgleich er König ist, kann er sich nicht über jeden Wunsch seiner Untergebenen hinwegsetzen, wenn er ihren Rückhalt nicht verlieren will. Für sie bist du ein Fremder. Ein Soldat aus einem Reich, das den Krieg mit ihnen sucht. Du wurdest gut behandelt, seit man dich gefangen genommen hat und doch bleibst du ein Feind, bis du etwas anderes beweist. Dich nur auf den Wunsch eines wiedererweckten Mannes aus der Vergangenheit ziehen zu lassen, genügt den Menschen Wardoniens einfach nicht."

Mit nichts als einem Brummen zur Antwort schulterte Angor seine Sachen und trat aus der Kammer. Wenn diese Reise unvermeidbar war, dann wollte er sie so bald wie möglich hinter sich bringen. Der kleine Raum im Erdgeschoss am Ende der Treppe war das vorläufige Ende seines Weges. Es dauerte einige Minuten, ehe die dritte Tür des Raumes für sie geöffnet wurde. Genau wie der Ritter es angenommen hatte, führte der Durchgang auf den Burghof hinaus.

Ein junger Soldat, gehüllt in eine der Rüstungen, die Angor bereits als typisch für die wardonischen Soldaten erkannt hatte, trat mit undeutbarer Miene vor ihn. Im gleichen starken Akzent wie all seine Landsleute sprach er seine Worte in der Sprache Nurays.

„Du, komm mit. Wir gehen zum Stall. Mach dein Pferd bereit."

Ihr Weg führte sie quer über den Burghof. Zum ersten Mal im Freien erkannte der Krieger, wie groß dieser tatsächlich war. Groß genug um hunderten Menschen Platz zu bieten, übertraf er sogar die meisten Marktplätze, die er bisher gesehen hatte. Umringt von einer Vielzahl an Gebäuden lag er wie ein Tal innerhalb der hohen Mauern, die ihn umschlossen. Unterkünfte für viele Soldaten reihten sich neben Lagerhäusern und allerlei anderen Bauten aneinander. Eine große Halle, in die gerade jetzt eine Vielzahl an Soldaten strömten, erschien Angor wie eine Übungshalle, um die Fähigkeiten im Kampf zu schärfen.

Eine Mauer, höher noch als selbst die Dächer all dieser Gebäude, umringte in einem weiten Bogen den gesamten inneren Bereich. Türme, viele rund, einige eckig, unterbrachen in regelmäßigen Abständen den mit Zinnen bewehrten Wall. Ohne eines der spitzen Dächer, die er immer wieder in den Mauern anderer Städte gesehen hatte, barg die flache Fläche an der Spitze der Türme genug Platz, um seltsame hölzerne Konstruktionen aufzunehmen. Bemüht dem voranmarschierenden Soldaten nachzueilen, verzichtete Angor darauf zu fragen, was es mit ihnen auf sich hatte.

Der größte Turm reckte sich im Inneren des Hofes in die Höhe. Mit einem Durchmesser von zwanzig Metern und einer Höhe, die alle anderen Gebäude der Burg bei weitem übertraf, dominierte der Bergfried den Anblick des gesamten Hofes. Seine Mauern dick, prangte ein stolzes Wappen über seinem Eingang.

Das Gebäude, zu dem er geführt wurde, war weder der Bergfried noch eine der Unterkünfte. Über viele Meter entlang des Walles gebaut, duckte sich der Stall in den schwindenden Schatten entlang der Mauer. Überraschend warm und mit dem typischen Geruch, den eine größere Anzahl an Tieren in einem Gebäude hinterließ, war der Pferdestall in viele getrennte Abteile angelegt.

Mit großen Augen folgte Angor dem Soldaten durch den stroh-gedeckten Mittelgang des Gebäudes. Prachtvolle Pferde, groß und stark, verbargen sich in jedem der Abteile und warteten darauf, für eine neue Aufgabe ausgewählt zu werden. Die Tiere waren Schlachtrösser, gewaltige Pferde, die einen Feind schon allein mit der Wucht ihres Ansturmes brechen konnten. Über die katastrophale Wirkung, die der Einsatz dieser Tiere in der Schlacht haben konnte, nur aus einer seiner Geschichten infor-miert, war der Ritter mehr als froh darüber, dass die Wardonen sie nicht gegen seine Fußsoldaten eingesetzt hatten.

„Hier, dein Pferd. Belade es, mach schnell! Der König ist bald da. Sei dann bereit!", sagte der Soldat in seiner abgehackten Art, die verriet, dass er sich mit der Sprache Nurays nicht leichttat. Neugierig darauf, was für ein Tier man ihm zur Verfügung stel-len würde, trat Angor einen Schritt näher an das Abteil heran. Erstaunen und Freude erfüllten sein Herz, als er das reine weiße Fell von Windfeuer erstrahlen sah. Gut genährt und bei bes-ter Gesundheit, kaute der Hengst auf einem Büschel frischen Heus herum. Mit einem breiten Grinsen im Gesicht ließ der Krieger seine Taschen fallen und trat zu dem Tier, das ihn seit seiner Abreise aus Tresmark begleitet hatte. Mit sanften Händen streichelte er dem edlen Hengst über den Kopf. Bis zu diesem Moment hatte er befürchtet, dass er das Pferd in den Wirren des Krieges verloren hatte. Über die Wochen der gemeinsamen Reise beinahe zu einem Freund geworden, wärmte das Wissen darum, ihn noch immer bei sich zu haben, sein Herz.

Fast als freute er sich seinen Besitzer wiederzusehen, stieß Windfeuer den jungen Ritter vorsichtig mit seinem Maul an. Eine innere Ruhelosigkeit, als würde das weite Land jenseits dieser Mauern nach ihm rufen, strahlte von dem muskulösen Körper des Tieres ab. In Momenten wie diesen fragte sich der Ritter, ob das Pferd irgendwoher wusste, dass die nächste Reise auf sie wartete. Es brauchte nur wenige kundige Handgriffe, um den Sattel und seine Taschen anzubringen. Mit den Hufen scharrend verschaffte Windfeuer seiner Vorfreude auf den nächsten gemeinsamen Ritt deutlich Ausdruck.

„Sobald du so weit bist, können wir aufbrechen. Der Weg ist weit und je eher wir diese Sache hinter uns bringen, desto besser", sagte Jerem hinter ihm im Plauderton. Von der Strenge und Abneigung, die er ihm bisher entgegengebracht hatte, war nichts mehr geblieben. Mit einem leichten Lächeln auf den Lippen stand der König in den einfachen Kleidern eines gewöhnlichen Reisenden vor ihm. Nichts ließ darauf schließen, dass dieser Mann nicht nur ein herausragender Schwertkämpfer, sondern auch noch der Herr über ein Königreich war.

„Bereit, wenn Ihr es seid", entgegnete Angor und griff nach den Zügeln seines Pferdes.

„Na dann los, ein Abenteuer erwartet uns", lachte der König und verließ den Stall. Das rhythmische Klappern von Windfeuers Hufen begleitete die beiden, als sie zu der Gruppe aus fünf Männern stießen, die bereits auf dem Platz vor dem Gebäude warteten. Zusammen mit ihm und dem König zählte der Ritter sieben Reiter und acht Pferde. Ein kräftig gebautes Tier mit einem vollbeladenen Tragegestell diente der Gruppe als Packpferd.

„Guten Morgen, Männer", begrüßte Jerem seine Gefährten. „Ihr alle wisst, was auf euch zukommt. Wir werden tief in ein Land eindringen, das uns offiziell feindlich gesinnt ist. Denkt daran, dass es der König von Nuray ist, gegen den wir kämpfen, nicht sein Volk. Angor hier wird für die Dauer der Reise unser Gefährte sein. Ich möchte auch, dass er entsprechend behandelt wird.

Unser Weg wird uns durch die Schlucht und den Wald dahinterführen. Wenn wir jeden Tag gut vorankommen, sollten wir den Drachenberg in zwei Wochen erreichen können."

Neugierig darauf, wer ihn begleitete, musterte der Krieger Nurays die Reiter des Königs. Keiner von ihnen war gepanzert,

435

obgleich sie alle eine Waffe mit sich führten. Nur flüchtig betrachtet konnte man sie für eine Truppe Reisender halten, die zum Handeln unterwegs waren. Mit aufgeschlossenen Blicken und freundlichem Lächeln bildeten diese Männer einen starken Kontrast zu beinahe jedem anderen Wardonen, den Angor hier bereits getroffen hatte. Fast schon einladend schauten ihm die Männer des Königs entgegen, als er seinen Platz in ihrer Mitte einnahm. Zum ersten Mal, seit er hier erwacht war, fühlte sich der Ritter Nurays nicht mehr abgelehnt.

Ein knapper Wink gefolgt von einem Schnalzen seiner Zunge signalisierte dem Trupp, dass es Zeit war aufzubrechen. Mit dem König an der Spitze trotteten die Pferde los. Geradewegs auf das gewaltige Torhaus zu, das in seiner Dimension selbst beinahe einer kleinen Burg glich, folgten die Männer dem Anführer. Die Augen vor Staunen weit geöffnet, betrachtete Angor das riesige Gebäude, das sie passieren mussten. In seinem Fundament den Ausmaßen des Bergfriedes ebenbürtig, erhoben sich die Zinnen des Tores noch einmal mehrere Schritte über die restliche Mauer hinaus. Schießscharten durchbrachen in regelmäßigen Abständen die dicke Wand und sollten es den Bogenschützen ermöglichen, einen Feind aus der Sicherheit des Gebäudes heraus zu beschießen. Die Torflügel, jeder drei Meter breit und sechs Meter hoch, öffneten sich wie von selbst, als sie sich dem Durchgang näherten. Das gedämpfte Rattern einer verborgenen Mechanik enthüllte die meisterhafte Technik, die sich hinter der Illusion verbarg.

Zehn Meter lang führte sie der Tunnel der überwölbten Mauern durch das Gebäude, bis sie auf der anderen Seite des massiven Burgwalls wieder hervortraten. Selbst nur für wenige Augenblicke aus dem unerbittlichen Schein der Sonne heraus, genoss der junge Ritter die Kühle, die sich zwischen den dicken steinernen Mauern des Gebäudes gehalten hatte. Eine Sache war ihm bereits aufgefallen, kaum dass er dem Soldaten das erste

Mal ins Freie gefolgt war. Wo auch immer sie sich befanden, die Sonne schien an diesem Ort weitaus stärker, als sie es in Angors Heimat getan hatte. Die Hitze, die hier bereits in den frühen Morgenstunden die Luft erfüllte, wurde im fernen Tresmark meist nicht einmal an den heißesten Tagen des Jahres erreicht.

Eine gepflasterte Straße schloss sich hinter dem Torhaus an und führte sie in einer sanften Kurve weiter. Die Erkenntnis, dass die Festung noch um einiges größer war, als er bisher angenommen hatte, traf den Ritter wie ein Hammerschlag. Ein zweiter Mauerring, massiver noch als der vorangegangene, umspannte den Inneren in einigem Abstand. Eine zweite Kette an Türmen, manche von ihnen wieder mit den unbekannten hölzernen Konstrukten versehen, verstärkte den befestigten Ring zusätzlich. Eine Unzahl an Gebäuden verschiedener Art füllte den Raum zwischen den Wällen aus. Unterkünfte, Werkstätten, Lagerräume und vieles mehr beschworen den Eindruck mehr in einer Kleinstadt denn einer militärischen Anlage zu sein.

Eine rege Betriebsamkeit haftete diesem äußeren Bereich der Anlage an. Wo er im Inneren abgesehen von einigen wenigen anderen nur wardonische Soldaten gesehen hatte, trieb sich hier eine bunte Mischung verschiedener Menschen herum. Handwerker, Mägde und jeder, der sonst einen Grund fand, sein Haus zu verlassen, erfüllte die Wege.

Wann immer einer der Burgbewohner den Herrn Wardoniens entdeckte, hob er freudig den Arm und grüßte seinen König voller Respekt. Eine lockere Freude, die mehr als nur die Achtung eines Untertanen seinem Herrn gegenüber darstellte, war gut erkennbar in den Gesten der Menschen zu sehen. Ein wohlwollendes Lächeln auf den Lippen tragend, winkte Jerem jedem einzelnen der Menschen, die ihm ihre Freude zeigten. Hinterlegt vom steten Klappern der Pferdehufe beobachtete Angor das Schauspiel für mehrere Minuten.

Als er noch in Gurnda gewesen war, hatte er einmal erlebt, dass sich der Regent von Nuray hinaus in die Stadt gewagt hatte. Umgeben von einer starken Wachmannschaft hatte er sich einen Weg durch die geschäftige Menge seiner Bürger bahnen lassen. Niemand hatte dem König von Nuray entgegengelächelt oder gar vor Freude gewinkt. Die Menschen waren vor ihm gewichen, unsicher welches Schicksal ihnen blühte, wenn sie seinen Zorn auf sich zogen. Zu sehen, dass der Herr über ein Königreich von seinem Volk auch gänzlich anders empfangen werden konnte, bestärkte einen zunehmend stärker werdenden Zweifel im Kopf des Ritters.

Das zweite Torhaus, das sie letztlich hinaus aus der befestigten Verteidigungsanlage führen würde, war in seiner Größe und Dimensïon seinem inneren Gegenstück ebenbürtig. Geschützt durch ein zusätzliches stählernes Fallgitter, das vor den Toren abgesenkt werden konnte, öffnete ihnen die Pforte in der Mauer schließlich den Weg ins Freie.

Angeführt vom König an ihrer Spitze, ließ die Gruppe das letzte Gebäude der Festung hinter sich. Die gepflasterte Straße, die aus dem Inneren der Burg bis hierher geführt hatte, beschrieb einige hundert Meter vor ihnen einen langen Bogen, der sie weiter Richtung Süden führte. Eine grasbewachsene Ebene schloss sich auf beiden Seiten des Weges an und erstreckte sich, soweit sie sehen konnten, in beinahe jede Richtung. Einzig im Norden begrenzt durch einen Wald, der sie von Horizont zu Horizont begleitete, entdeckte Angor in der Weite eine Herde grasender Rinder, die sich an dem reichlichen Futterangebot bedienten.

„Jetzt geht es los, Männer", rief Jerem über die Schulter. „Wenn wir erst einmal im Wald sind, können wir nicht mehr schnell machen. Lassen wir unsere Pferde also lieber jetzt gleich zeigen, was sie können!"

Angespornt durch die Einladung des Königs, gaben die Männer ihren Tieren die Sporen. Noch bevor Angor dazu kam

Windfeuer anzutreiben, sprang der ungestüme Hengst bereits voran und preschte dem Wald entgegen. Von der Straße befreit und in der weiten Steppe des grasbewachsenen Landes lebte das Tier förmlich auf. Der Ehrgeiz und die Freude des Hengstes färbten nicht nur auf seinen Reiter, sondern auch auf die anderen Pferde ab, die sich von dem fremden Tier in ihrer Herde nicht abhängen lassen wollten. Das Donnern ihrer Hufe und das Rauschen des Windes waren schon bald das Einzige, was der Ritter hören konnte.

Es gab keinen Weg, dem sie durch das wogende Gras zwischen der Festung und dem Wald folgen konnten. Ein Trampelpfad, kaum mehr als eine Spur plattgetretenen Grases, markierte einen Weg, den einige Holzfäller und Jäger manchmal nahmen. Die strikte Weigerung des temperamentvollen Pferdes unter Angor diesen Pfad auch tatsächlich zu benutzten, brachte nicht nur den Ritter, sondern auch die anderen Männer des Trupps zum Lachen.

Je weiter sie sich dem Waldrand näherten, desto deutlicher konnte er den grauen Kamm der felsigen Gipfel erkennen, von denen Jerem zuvor gesprochen hatte. Die Schlucht, eine deutliche erkennbare Spalte zwischen den kahlen Felsspitzen der steinernen Erhebungen, wartete unweit des Waldrandes auf sie. Die Strecke bis zum Rand des Waldes war etwas weiter, als die Männer sie ihren Tieren im Galopp zumuten wollten. Wo die anderen Pferde nach mehreren Kilometern des ständigen Rennens das langsamere Tempo begrüßten, spürte Angor, wie Windfeuer weiter an seinen Zügeln zog, begierig darauf, dass Wettrennen weiterzuführen.

Als der kühlende Schatten der Bäume schließlich die Strahlen der brennenden Sonne von seiner Haut tilgte, ließ der Krieger Nurays ein erleichtertes Seufzen fahren. Wo die Sonne drohte ihn zu verbrennen, schienen die Menschen aus dem Süden die unerbittliche Hitze des gleisenden Lichtes mit sehr viel mehr

Gleichmut zu ertragen. Die allgegenwärtige Wärme eindeutig gewohnt, ließ keiner von ihnen die Zufriedenheit erkennen, mit der Angor den Schatten willkommen geheißen hatte.

Gut zu erkennen schlängelte sich der Trampelpfad im Inneren des lichten Waldes zwischen den mächtigen Stämmen uralter Bäume hindurch. Obgleich Büsche und Sträucher immer wieder auf dem laubbedeckten Waldboden wuchsen, reichte der Blick der Reiter viele Meter in jede Richtung.

Die kühle feuchte Luft zwischen den Bäumen genießend, trotteten die Pferde weiter. Die steinernen Felswände der Schlucht erhoben sich etwa zwei Stunden später vor ihnen. Der Wald, gleich einer Welle, die an den Felsen der Küste gestoppt wurden, endete so plötzlich, wie die natürliche Mauer begann. Überrascht darüber, dass die Wände der Felsen tatsächlich beinahe senkrecht in die Höhe ragten, beäugte der Ritter das steinerne Gebilde.

Kaum Sonnenstrahlen erreichten den Boden zwischen den moosbewachsenen Steinen. In dämmriges Licht getaucht breitete sich ein hunderte Meter langer Weg vor ihnen aus. Breit genug damit zehn Männer nebeneinander marschieren konnten, bot der Pfad den Reitern genug Platz, um einen losen Kreis um Angor und das Packpferd in ihrer Mitte zu halten. Obwohl ihm aufgefallen war, dass die Soldaten des Königs stets versuchten einen Kreis um ihn zu bilden, ließ der Ritter sich dadurch nicht aus der Ruhe bringen. Das Verhalten der Männer war ruhig und die Wachsamkeit, die sie an den Tag legten, so beiläufig, dass er immer wieder vergaß, dass seine Begleiter ihn bewachten.

Der Wald jenseits der Schlucht war wesentlich dichter gewesen. Ihr Vorankommen durch den ungezügelten Wuchs des Unterholzes deutlich gebremst, brauchten sie zwei weitere Tage des stetigen Wechsels aus Ritt und Marsch, um die Grenze des Waldes zu erreichen. Das Gebiet jenseits der Schlucht war weit weniger gepflegt, als es der Bereich näher an der Burg gewesen war. Unbeeinträchtigt von den Taten der Menschen, hatte sich das Leben hier ungestört ausgebreitet. Das Trällern bunter Vogel, die in den Kronen der uralten Bäume umherhüpften, gehörte ebenso zur ständigen Geräuschkulisse wie das Rauschen des Windes, der sich in den Blättern der Bäume verfing.

Es war Nachmittag, als immer mehr Licht vor ihnen durch das dichte Unterholz schimmerte. Der Waldrand lag vor ihnen und die weiten hügeligen Ebenen dahinter würden ihnen ein schnelleres Vorwärtskommen erlauben. Es war auf Höhe der letzten Bäume gewesen, als der Anführer schließlich sein Pferd gestoppt hatte. Laut genug, damit ihn jeder hören konnte, sprach er seine Warnung aus.

„Dies hier ist die Grenze Wardoniens. Wenn wir noch einen Schritt weitergehen, dann betreten wir Nuray. Auch wenn es das Reich deiner Heimat ist, Angor, so möchte ich dir doch raten zu deinem Wort zu stehen und nicht zu fliehen. Die Aufgabe, die vor dir liegt, ist von größter Wichtigkeit und ich würde dir nur ungern nachjagen müssen, wenn dich der Mut verlässt."

„Ihr habt mein Wort und ich werde es halten. Ich werde nicht fliehen, bis ich mich der Aufgabe gestellt habe. Das Ei eines Drachen soll mir meine Freiheit bringen. Lasst uns es holen", entgegnete Angor bestimmt und führte Windfeuer stoisch voran.

Der Abend war schneller gekommen, als ihnen lieb war. Weit entfernt von jeder Siedlung hatten sie ihr Lager in einem Talkessel zwischen mehreren Hügeln aufgeschlagen. Geschützt durch die Hänge um sie herum, würde nur der Zufall einen anderen Reisenden auf ihre Spur bringen. Es war eine angenehme Abwechslung, die Zelte nicht über den Wurzeln umliegender Bäume, sondern auf dem flachen Grund des wogenden Graslandes aufstellen zu können. Ein kleines Feuer spendete ihnen Licht und wärmte das Essen, das in einem kleinen Topf über den Flammen köchelte.

Er war überrascht gewesen, als sich der König zu ihm gesetzt hatte. Zwar hatte er in den letzten Tagen immer wieder mit dem Mann gesprochen, doch bisher hatte man ihn an den Abenden weitgehend alleine gelassen. Mit einer zusammengerollten Decke in den Armen ließ sich der Herr Wardoniens neben ihm nieder und starrte stumm in die zuckenden Flammen. Es dauerte einen Moment, ehe er sein Schweigen brach und sich zu dem Kämpfer, den er gefangen hatte, umdrehte.

„Angor, ich muss sagen, du hast dich bisher als überraschend vertrauenswürdig erwiesen. Ich hatte befürchtet, dass du flüchten würdest, kaum dass wir die Graslande von Nuray erreicht hatten, aber wie es aussieht, stehst du zu deinem Wort. Ich schätze so ein Verhalten, denn es bereitet einem Mann Ehre. Ich möchte dir etwas geben als Zeichen meines Vertrauens. Ich denke, es wird Zeit, dass du dein Schwert und deinen Schild zurückerhältst, als Lohn für deine Ehrlichkeit."

Überrascht blickte der Ritter aus Nuray auf. Er hatte seine Waffe seit Wochen nicht mehr gesehen und schon befürchtet, sie wäre in den Turbulenzen des Kampfes verloren gegangen. Das zusammengerollte Bündel, das Jerem ihm nun reichte, überzeugte ihn vom Gegenteil. Mit eifrigen Händen befreite der Krieger sein Schwert von dem Stoff, der es umgab, und zog seine Waffe hervor. Noch immer in seiner Scheide steckend, machte die Waffe einen gepflegten Eindruck. Der Schild, von den Kämpfen vernarbt, zeigte kaum mehr ein Bruchstück des Wappens von Nuray. In der Schlacht zerstört war das kunstvolle Bild auf dem Holz nun verloren.

Als Angor seine Klinge ein Stück aus seiner ledernen Hülle hervorzog, ergriff der König erneut das Wort. „Wir haben es für dich gesäubert. Ich habe es mir einmal genauer angesehen und muss zugeben, dass die Qualität beeindruckend ist. Wo hast du es her?"

Ein leichtes Lächeln umspielte die Lippen des Kriegers, als er an das einfachere Leben dachte, dass er einst geführt hatte. Sein Blick wandte sich dem König zu, als er ihm antwortete. „Von meinem Vater. Ich habe es einst zusammen mit ihm geschmiedet und bis heute hat es mich nie im Stich gelassen. Solange ich dieses Schwert bei mir trage, spüre ich seine Hand auf meiner Schulter."

Das aufgeschlossene Lächeln auf dem Gesicht des Anführers wich einer Miene der Trübsal. Irgendetwas an der Antwort des jungen Streiters hatte etwas im Herzen des Königs von Wardonien getroffen, das dieser nur schwer aus seinem Gesicht verbannen konnte. Misstrauen und die Furcht davor, das aufkeimende Band des Vertrauens zwischen ihm und dem Herrn der Wardonen beschädigt zu haben, griffen nach Angors Geist. Ein Konflikt, offen auf dem Gesicht des Königs ausgetragen, zeigte, dass dieser mit seiner Reaktion haderte.

„Habe ich etwas Falsches gesagt?", fragte der Ritter zurückhaltend und versuchte seine Unsicherheit zu verbergen.

Die Augen des Königs hoben sich wieder und begegneten dem Blick des Streiters. Schmerz, Mitleid und sogar ein Hauch von Freundschaft strahlten aus seinem Blick hervor, als er sich ein zartes Lächeln abrang. „Nein, hast du nicht", brachte er mit sanfter Stimme hervor. „Es ist etwas anderes. Tut mir leid, ich hätte mir das nicht anmerken lassen sollen. Es steht mir nicht zu."

Verwirrung legte sich über Angors Gedanken. Was meinte der Mann? Das Gefühl, das die Traurigkeit des Königs etwas mit seinen Worten zu tun hatte, ließ sich nicht verbannen. Wenn er den Mann nicht beleidigt hatte, dann wollte er zumindest Gewissheit darüber haben, worum es ging.

„Wenn es mich betrifft, dann bitte ich Euch, sagt mir, was los ist!", forderte der Ritter mit mehr Nachdruck, als er zuerst gewollt hatte.

„Seris sollte es sein, der es dir sagt. Der Moment sollte passen", murmelte der König vor sich hin.

Ungeduld erfasste den jungen Mann. „Wenn es mich betrifft, dann sagt es mir jetzt. Ich möchte nicht warten, bis ich Seris wiedersehe, wenn es etwas ist, dem ich mich schon jetzt stellen kann."

Schweigen kehrte für einen Moment zwischen ihnen ein. Während eine innere Unruhe durch Angors aufgewühlten Geist wirbelte, konnte er sehen, wie der Herr von Wardonien mit sich rang. Als er schließlich seinen Blick wieder hob, war der Ausdruck in seinen Augen fest.

„Ich wollte es dir nicht sagen, aber wenn du darauf bestehst, dann soll es dein Recht sein es zu erfahren. Dein Vater ist tot, Angor. Gemeinsam mit dem Rest deines Dorfes bereits vor Wochen ausgelöscht."

Jegliche Farbe wich aus dem Gesicht des Streiters, als er die Worte vernahm. Unglauben, Weigerung und ein ungeheurer Schmerz tobten durch seine Brust. Wo sich der Großteil seines Verstandes weigerte die Nachricht aufzunehmen, erkannte ein kleiner Teil seines Bewusstseins, dass er die Wahrheit vielleicht schon lange gefühlt hatte. Immer wieder waren seine Gedanken zu seinem Zuhause zurückgekehrt, nur um ihn mit einem schlechten Gefühl zurückzulassen. Der Eindruck von Versagen und Schande war jedes Mal wie der bittere Geschmack von Asche in seinem Herzen zurückgeblieben. Zu Beginn hatte er sich eingeredet, dass er nur unter dem Gefühl der Trennung litt, doch spätestens seit er den König von Nuray getroffen hatte, wusste er, dass noch etwas anderes der Grund dafür sein musste.

Nur eine Frage ging ihm durch den Kopf, nur eine Antwort, die ihn jetzt noch interessierte. Mit fester Stimme stemmte er sich gegen den Schmerz in seiner Brust. „Wie?", sprach er es aus.

„Wie ich schon sagte, zog Turag immer wieder einen Teil seiner Soldaten von seinen Stellungen im Norden ab, um Plünderungen durch die nördliche Grenze meines Reiches zu wagen. Die Verteidigung gegen die Druhks war irgendwann so lückenhaft geworden, dass immer mehr Banden durch die Netze der Armee deines Landes schlüpfen konnten. Einer dieser Truppen bist du in Denton begegnet. Eine weitere ist dir nahe der Hauptstadt entgegengetreten. Ein Angriff einer kleinen Bande galt auch deiner Heimat. Die Bewohner Tresmarks konnten vor dem Angriff fliehen und kehrten Tage nach dem Überfall in ihre zerstörten Häuser zurück. Alles, was du gekannt hast, ist beim Angriff der Druhks verbrannt oder geraubt worden.

Es war nur zwei Wochen später, als die Steuereintreiber deines Königs nach Tresmark kamen. Ungeachtet der verkohlten Ruinen, die einst dein Zuhause gewesen waren, forderten sie von den Bewohnern, ihre Zahlungen an die Krone zu leisten. Als die Menschen sich weigerten, auch die letzten Münzen, die ihnen geblieben waren, abzugeben, wandten sich die Männer Turags gegen sein eigenes Volk. Das Gemetzel muss furchtbar gewesen sein. Niemand hat es überlebt. Geschickt vom König Nurays mit dem Recht jedes mögliche Mittel einzusetzen, um die geforderten Steuern einzutreiben, plünderten die Männer anschließend, was von den Bewohnern übrig geblieben war."

Kalte Wut und unbändiger Zorn setzten sich wie ein Knoten in Angors Kehle fest. Die Vorstellung, dass er in die Dienste des Mannes getreten war, dessen Unfähigkeit nicht nur einen Überfall auf sein Zuhause ermöglich hatte, sondern dessen Gier gar den Tod seines eigenen Volkes billigte, ließ ihm übel werden.

„Woher wisst Ihr das?", zwang der Ritter die Worte aus seinem Hals.

„Seris hatte einen Vertrauten in dem Gebiet zu der Zeit. Du erinnerst dich vielleicht an den Mann, der die Geschichte meines Freundes erzählte. Er hörte von den Ereignissen in Tresmark und ließ es uns wissen."

Ein brennender Hass erwachte im Herzen des Streiters als sein Geist nach und nach die Tragweite dessen erkannte, was er gehört hatte. Einem König, der mit Willkür und Gier regierte, konnte er nicht weiter dienen. Einem Mann, der seinen persönlichen Vorteil über das Wohlergehen seiner Untertanen stellte, der schlimmer noch dem eigenen Volk schadete, um nur ein paar Münzen mehr in seiner Tasche zu haben, konnte er nicht mehr folgen.

Angor fühlte sich schmutzig, als er an das Geld in seinem Beutel dachte. Wie viel Blut war vergossen worden, um es zu verdienen? Wer war dafür gestorben? Der Schwindel raubte ihm den Atem. Bebend vor Zorn stemmte er sich auf die Beine und stolperte in die Dunkelheit davon. Ein Ruf versuchte ihn aufzuhalten, doch Jerem unterband das Einschreiten seiner Männer.

Mit jeder Sekunde, die verstrich, verstärkte sich die Überzeugung in seinen Gedanken. Er würde Turag für seinen Verrat büßen lassen. Er würde den Tod seines Vaters rächen.

Erkenntnis

Dunkelheit umfing ihn. Er war allein in der Finsternis. Seine Füße hatten ihn immer weitergetragen. Er hatte es nicht gewollt. Das Licht des Lagers flackerte im Tal der Hügel einige hundert Meter von ihm entfernt und beleuchtete die kleinen Zelte, die errichtet worden waren.

Er war auf die Knie gesunken. Zu Boden gefallen vom Schmerz überwältigt und unfähig auch nur einen weiteren Schritt zu tun.

Er wollte schreien, fluchen, brüllen und weinen. Nichts davon fand seinen Weg aus seinem betäubten Körper. Schmerz und die erschütternde Wirkung der Endgültigkeit hielten ihn in ihrem Griff gefangen. Seine Hände waren schon so lange zu Fäusten geballt, dass sich die Nägel seiner Finger schmerzhaft in seine Handflächen gebohrt hatten. Es war nur eine flüchtige Ablenkung von den tobenden Gefühlen in seiner Brust gewesen. Zu dem wortlosen Schmerz, der seinen leidenden Geist gefangen hielt.

Für eine Weile hatte er sich im Gras zusammengekrümmt, darauf wartend, dass ihn die Trauer vollkommen überwältigte und er sich der unerbittlichen Wirklichkeit stellen konnte. Sein zerrütteter Geist verwehrte ihm diese Linderung. In einer endlosen Schleife wirbelte der wilde Sturm aus Gefühlen durch das Herz des Kriegers und drängte ihn zugleich in seinem Innersten Schutz zu suchen und sofort aufzubrechen und den Mann zu strafen, der ihm all das angetan hatte. Er wusste nicht mehr, wie lange er in dem raschelnden Gras gelegen hatte, als sich die Emotionen in seinem Inneren zu unbändigen Diamanten aus Hass und Wut verfestigten. Niemals in seinem Leben hatte er derart klar ein Ziel vor seinen Augen gesehen. Niemals war er einem Weg gefolgt, der so eindeutig sein eigener war, beseelt von dem inniglichen Wissen, dass er alles tun musste, um seine Aufgabe erfolgreich abzuschließen. Alles, was er bereits in seinem Leben vollbracht hatte, war auf den Wunsch oder die Anregung anderer Menschen geschehen. Die Gerechtigkeit, die er zu Turag bringen würde, war der Weg, dem er sich unterwerfen würde. Wenn der König Nurays einen Krieg mit den Wardonen suchte. Wenn er ihren Reichtum stehlen wollte, um seinen eigenen Wohlstand zu mehren, dann würde er fortan an der Seite der Menschen des Südens kämpfen. Turag würde nicht triumphieren. Er durfte nicht triumphieren.

Es konnten Minuten aber genauso gut auch Stunden vergangen sein, als Angor endlich die Stärke fand, das Gespräch mit demjenigen zu suchen, der einer Familie noch am nächsten kam. Nur gehaucht, kaum geflüstert sprach er die Formel „*Digabol*" und verband seinen aufgewühlten Verstand mit den Gedanken seines lange verstorbenen Vorfahren.

„*Ah, Angor, Wie geht es dir? Wie weit seid ihr gekommen*", ertönte die müde Stimme des Mannes kurz darauf in seinem Kopf.

Die Flut der ungezügelten Gefühle, die noch immer im Kopf des Ritters tobten, schwappte auch über die Verbindung ihrer Gedanken. Eine dunkle Vorahnung überkam den ehemaligen Helden, als er sich gewahr wurde, was passiert sein musste.

„*Jerem hat es dir erzählt ja?*", fragte er mit einer ruhigen Stimme, in der deutlich eine schuldbewusste Note mitschwang.

„*Das hat er*", erwiderte Angor knapp und versuchte die Wirkung seiner Gefühle in seiner Stimme zu verdecken. Wo er mit Muskeln und Kontrolle seine wirkliche Stimme zwingen konnte, mehr Stärke anzunehmen, als sie noch hatte, offenbarte seine geistige die wahre Verfassung seiner Seele.

Von Schmerz und Leid getragen sprach er weiter. „*Mein Verstand weigert sich ihm zu glauben und jedes bisschen meines Wesens versucht sich an der Hoffnung festzuhalten, dass seine Worte eine Lüge, eine List sind, um mich auf seine Seite zu ziehen. Zu*

gerne würde ich meinen Zweifeln glauben und mich der Trost-
losigkeit in den Weg stellen, die seine Worte in meinem Inneren
hinterlassen haben, doch mein Herz kennt die Wahrheit. Ich wage
es noch nicht es selbst auszusprechen, doch die betäubende Kälte,
die sich seit langem immer wieder in mein Innerstes geschlichen
hat, verdrängt jeden Zweifel."

Seine Stimme, obwohl nur gedanklich, brach für einen Moment ab und ließ sie in einem schauerlichen Schweigen zurück.
Allein die Verbindung, das Gefühl, nicht völlig allein auf dieser
riesigen erbarmungslosen Welt zu sein, spendete ihm ein wenig
Trost.

„*Ich kann nicht in Worte fassen, wie sehr mir dein Verlust leid-
tut. Ich verstehe den Schmerz, den du empfindest, denn auch ich
habe einst das Gleiche gespürt. Auch wenn ich jene, die du verloren hast, nicht ersetzen kann, möchte ich, dass du weißt, dass
ich immer zu dir stehen werde, Angor*", sagte Seris nach einiger
Zeit der Stille. Der sanfte Ton und das Gefühl des Beistandes,
das mit seinen Worten mitschwang, waren ein Balsam für den
verwundeten Geist des Kriegers.

„*Wie lange hast du davon gewusst? Wann hast du von Turags
Verderbnis erfahren?*", fragte der junge Mann nach einer Weile
und spürte das Zurückkehren seiner Wut beim Gedanken an
den König von Nuray.

„*Ich weiß es seit wenigen Monaten. Du warst noch nicht in der
Hauptstadt angekommen, als mir ein Vertrauter von dem Massa-
ker in Tresmark erzählt hatte. Denton hätte das gleiche Schicksal
ereilt, wenn du damals nicht dort gewesen wärst. Die Gefahr, die
der derzeitige König von Nuray für sein Volk ist, war mir schon
kurz nach meiner Rückkehr bekannt. Ich bin in Gurnda gewesen,
weißt du. Nur für wenige Tage und doch habe ich dort einiges über
Turag erfahren können.*"

„*Wieso hast du es mir nicht schon viel früher gesagt? Wieso hast
du mich nicht davor gewarnt in die Dienste dieses Monsters zu*

treten? Ich hätte diesem König niemals bei irgendetwas geholfen, wenn ich all das früher gewusst hätte!", fauchte Angor plötzlich mit ungezügelter Wut.

Mit dem gleichen großväterlichen Ton, mit dem er schon zuvor auf die Wut des jungen Mannes reagiert hatte, antwortete der alte Held auf den Ausbruch seines Schülers. Er ertrug den Angriff des trauernden Kämpfers, wohl wissend, dass dieser ein Ventil für seine erdrückenden Gefühle brauchte.

„Ich konnte es dir noch nicht sagen. Zum einen hätte dich das Wissen darum in große Gefahr gebracht und zum anderen wusste ich nicht von vornherein um die Tragweite der Bedrohung, die Turag für uns alle ist.

Hättest du dich noch in Gurnda vom König Nurays abgewandt oder ihn gar gestellt, hätte man dich vermutlich ins Verlies gesperrt oder getötet. Ich musste dich dort zuerst herausbekommen und das auf einem Weg, der sicherstellen würde, dass der dumme König seinen neuen Günstling ausschicken würde."

Angor überkam eine Welle der Übelkeit, als er an die Gunst des Regenten von Nurays dachte.

„Ich habe die Zeit mit Nachforschungen und Studien verbracht. Seltsame Zeichen sind in den letzten Jahren aufgetreten, die alle auf die Erfüllung von Vorhersagen deuten, welche vor langer Zeit ausgesprochen wurden. Es hat mich Wochen gekostet, all die Einzelteile dieses Rätsels aufzudecken. Um zu erkennen, wie bedeutend es ist, dass wir in dem kommenden Kampf siegreich sein werden. Turag darf nicht gewinnen oder eine Dunkelheit wird sich nicht nur über Nuray, sondern über den gesamten Kontinent legen!"

Ein geringschätziges Schnauben entfuhr dem brodelnden Krieger. *„Wenn der Tod Turags diese Welt retten wird, dann sei versichert, dass ich alles erreichen werde, was diesen Moment beschleunigt."*

Ein mulmiges Gefühl ergriff den Helden der Vergangenheit. *„Es geht hier nicht um seinen Tod, Angor! Seine Machenschaften*

müssen aufgehalten und die Früchte seiner Arbeit vernichtet wer-
den. Lass dich nicht von deinem Zorn hinreißen! Wir müssen klug
vorgehen, wenn wir den kommenden Sturm überstehen wollen."

"*Ich danke dir für deine Ehrlichkeit, Seris. Ich denke, ich muss*
mich nun alleine mit meiner Trauer auseinandersetzen. Ich melde
mich wieder bei dir", sagte der Ritter und beendete die magische
Verbindung.

Die Rüge des alten Mannes würde ihn nicht bremsen können. Eines Tages würde er Turag von seinem Thron zerren und
zur Rechenschaft ziehen. Er würde alles tun, was notwendig
sein würde, um das zu erreichen. Er würde Freunde brauchen.
Menschen, die seine Abneigung gegen den Regenten von Nuray
teilten. Sein Blick richtete sich auf das flackernde Feuer im Lager der Wardonen. Ihr Vertrauen zu gewinnen würde der erste
Schritt auf dem Pfad sein, der nun vor ihm lag.

Tage vergingen, in denen die Gruppe durch die südlichen Berei-
che Nurays vorstieß. Immer wieder entdeckten sie die typischen
Anzeichen menschlicher Besiedelung in der Nähe und doch
hielten sie sich von ihnen fern. Der Berg, zu dem sie gelangen wollten, lag fernab jeder Straße und in einem deutlichen
Umkreis um ihn wagte es niemand eine dauerhafte Siedlung
zu errichten. Als Drachenberg bei den meisten Menschen nur
als schauerlicher Mythos bekannt, beherrschten die riesigen
geflügelten Wesen tatsächlich einen ausgedehnten Landstrich
um ihren felsigen Gipfel herum.

Die Zurückhaltung, mit der er den Wardonen an seiner Seite
zuerst begegnet war, legte Angor schnell ab. Sie waren die Ersten
aus dem Volk der Südländer, die ihm freundlich begegneten,
und so nutzte er die Gelegenheit mehr über das Volk zu lernen,
dessen Freundschaft er gewinnen wollte. Sowohl während ihres
Rittes wie auch abends am Lagerfeuer suchte der Krieger immer
wieder das Gespräch mit den anderen Männern. Einer von ihnen

zeigte sich für die Annäherungsversuchte des Nurayaners besonders aufgeschlossen. Ein Mann, der sich als Sawe vorgestellt hatte, erzählte ihm freimütig allerlei Dinge über die Wardonen und ihre Kultur.

Es war beim Abendessen, als der Krieger aus dem Norden das Gespräch unauffällig eröffnet hatte. Die Männer des Königs hatten einen dicken Eintopf aus verschiedenen Zutaten gekocht, der in ihrer Heimat wohl gerne gegessen wurde. Neben Fleisch und Gemüse war eine der Hauptzutaten eine braune Knolle, die unter der Erde wuchs. Es war Sawe gewesen, der ihm darüber vorgeschwärmt hatte, dass die Knolle sowohl gekocht als auch gebraten hervorragend zu allerlei verschiedenen Mahlzeiten schmeckte. Als er sie schließlich selbst gekostet hatte, war der junge Mann überrascht, dass man das Gewächs nicht auch in seiner Heimat angebaut hatte. Für ihn überaus schmackhaft und mehr als sättigend, schlemmte er gemeinsam mit seinen Gefährten.

Handverlesen von ihrem Herrn, waren die Männer von Jerems Truppe allesamt Krieger, die Wardonien stolz machten. Das Herz am rechten Fleck, waren diese Männer trotz ihres Dienstes für den Herrn ihres Landes bodenständig geblieben und begegneten jedem, ob Bauer, Adligem oder selbst einem gefangenen Feind, mit Respekt und Freundlichkeit. Die Wardonen waren ein stolzes Volk, bei dem die Ehre jedes Einzelnen wie auch die ihrer Gemeinschaft den höchsten Rang einnahm. Sie hatten sehr wenig mit Verbrechen zu kämpfen und vom einfachsten Bauern bis hin zum höchsten Fürsten legte jeder einen großen Wert auf die Richtigkeit seiner Taten. Wo die Ehre hochgehalten wurde, galt es gleichermaßen Schmähungen ohne Gnade zu vergelten. Den rechtmäßigen Zorn eines Wardonen auf sich zu ziehen endete nicht selten darin, dass der Schuldige sich in der Öffentlichkeit entschuldigen und Wiedergutmachung leisten musste. Selbst Fehden zwischen verschiedenen Parteien, die ihren Ruf unrechtmäßig verletzt und ungesühnt sahen, wurden niemals mit Hinterlist und Täuschung ausgetragen, da ein derart errungener Sieg den Gewinner nur weiter beschämte.

Freiheit und Gerechtigkeit waren die Werte, die das Volk über alle anderen erhob. Ohne jedes Zögern verteidigt von einem jeden Mitglied des Volkes. Der Stolz der Menschen wurde manchmal zu einer Bürde, wo der reine Starrsinn die Vernunft verdrängte. Nur ungern zugegeben, konnten sich die meisten Wardonen an eine Gelegenheit erinnern, in denen ihr Stolz sie zu einer riskanten Haltung getrieben hatte.

Zwei Dinge galten unter den Menschen des Südens als die schlimmsten Verbrechen, derer man sich schuldig machen konnte. Unverzeihlich und zumeist gnadenlos bestraft wurden Korruption und Verrat von niemandem geduldet. Dabei wurde kein Unterschied gemacht, ob es sich um einen Knecht handelte, der sich gegen seinen Herrn wandte, oder einen Adligen, der die Gelder seines Lehens verantwortungslos verschleuderte. Fasziniert von dieser Haltung, die dem gesamten Volk inne war, dachte Angor für einen Moment an den Regenten von Nurays, der seinen Untertanen als das schlechteste aller Beispiele voranging.

Es war schon spät in der Nacht gewesen, als nur noch der Ritter Nurays und der König von Wardonien um die knisternden Flammen des Lagerfeuers saßen. Still und vom deftigen Abendessen ermüdet, lehnten sie sich in der angenehmen Kühle der Sommernacht zurück und lauschten dem steten Knacken des Feuerholzes.

Es war mehr aus einer entspannten Langeweile heraus gewesen, dass Angor begonnen hatte kleine Flammen über seinen einzelnen Fingern zu beschwören. Er hatte diese Fähigkeiten nun schon seit Monaten und bisher hatte er sie immer vor anderen Menschen versteckt. Vom Dienst an Turag befreit, war es ihm nun gleich, ob die Wardonen von seinen magischen Talenten wussten. Wenn er daran dachte, dass man ihn in eine Zelle mit einem Schutzbann gesteckt hatte, waren sie vermutlich ohnehin schon von Seris informiert worden.

Das Lodern der kleinen Lichter über seinen Fingern ließ die Schatten über sein Gesicht tanzen. Die Augen auf die kleinen Feuer gerichtet, war er kurz davor einzuschlafen. Ein plötzliches Zucken einer der Flammen ließ ihn wieder aufschrecken. Zuerst langsam, dann immer schneller wanderte plötzlich eine der Flammen nach der anderen von seinen Fingerspitzen zu seiner Handfläche und bildete dort eine gerade Reihe. Fasziniert von dem Anblick, zu dem er nichts beigetragen hatte, starrte der Ritter die kleinen Lichter an. Ein überraschtes Schnauben entfuhr ihm, als er dabei zusah, wie die Feuer plötzlich einen lockeren Kreis bildeten und schließlich begannen sich umeinander zu drehen. Gebannt von dem Anblick, rieb sich der Krieger ein Auge und dann das andere und versicherte sich, dass er nicht schon eingeschlafen war.

Sein Blick huschte zu dem Wardonen neben ihm. Er wollte sich versichern, dass er nicht der Einzige war, der das Spektakel beobachten konnte.

Der schelmische Gesichtsausdruck, den er im Gesicht des Königs entdeckte, brachte ihn zum Stocken. Seine Hand stetig leicht bewegt, vollführte ein einfaches Muster, das der Bewegung der Feuer auf Angors Hand ähnelte.

„Seid Ihr auch ein Feuermagier?", fragte der Ritter verdutzt und entzog seinem Zauber alle Kraft. Die Flammen auf seiner Hand drehten sich munter weiter, ganz so, als bräuchten sie keine Macht mehr, um zu brennen.

Ein breites Grinsen stahl sich auf das Gesicht des Königs. Er schloss die Faust und die kleinen Flammen stießen zusammen und erloschen schließlich gänzlich. „Nein, ich bin kein Magier, aber ich kann ein bereits entfachtes Feuer kontrollieren."

„Faszinierend. Wie habt Ihr diese Fähigkeit erlernt, wenn Ihr keine Magie verwendet?", fragte der Krieger neugierig.

„Das ist eine lange Geschichte", seufzte Jerem und schaute auf seine Hand herab.

„Wenn es Euch nichts ausmacht, würde ich mich freuen sie zu hören", entgegnete Angor begierig darauf mehr zu erfahren.

„Lass mich dir zunächst etwas anderes erzählen. Den Grund, aus dem wir ausgerechnet dich brauchen. Ich möchte, dass du verstehst, warum wir dich so hart prüfen müssen, bevor wir all unsere Hoffnung in dich legen."

Unruhe und Neugier erfassten Angor, als er die Worte des Königs hörte. Tatsächlich hatte er sich diese Frage auch schon mehrmals gestellt und bisher nie eine Antwort darauf finden können. Als der Herr Wardoniens weitersprach, hörte er gebannt zu.

„Wie du sicher schon gelernt hast, endet unsere Welt weder an dem Meer im Süden noch an dem steilen Hängen des Gebirges im Osten. Gerade jenseits der Berge gibt es weitere Länder, in denen andere Mächte am Werk sind. Die Menschen deines Volkes haben ihren Ursprung dort im Osten, vor Tausenden von Jahren hierher geflohen, um den Gefahren in ihrer Heimat zu entkommen. Es gibt ein Reich der Menschen dort drüben, um ein Vielfaches größer als Nuray und regiert von einem raffgierigen Tyrannen, der um die Länder jenseits des zwergischen Gebirges weiß.

Er hat ein Auge auf unsere Länder geworfen, deines wie auch meines und ist genau wie unzählige vor ihm begierig darauf, sein Herrschaftsgebiet zu erweitern. Die Zwerge, in ihren verborgenen Festungen in den Bergen sitzend, standen bisher als Bollwerk gegen die Armeen des Ostens zwischen uns und ihnen und haben so verhindert, dass sich das Reich dieser Menschen bis hierher ausdehnt. Wir Wardonen sind uns der Gefahr im Osten genauso wie der Bedrohung durch die Druhks gewahr und helfen unseren bärtigen Verbündeten, wo wir können, und stehen einer Eroberung unserer Heimat bereits seit Jahrhunderten im Weg.

Der jetzige Herrscher des fernen Reiches hat jedoch einen neuen, listigeren Plan entworfen. Spione, die den Weg durch die Berge gefunden haben, erzählten ihm von der Uneinigkeit der Reiche diesseits der Berge. Von den unnötigen Kriegen, die immer wieder zwischen den Menschen dieser Reiche ausbrechen, und der steten Gefahr durch die Druhks, die uns in Schach hält. Er wandte sich an das schwächste Glied, das er erreichen konnte, und kontaktierte den jungen König von Nuray. Erst wenige Monate zuvor gekrönt, bot er ihm seine Hilfe an, wenn er dafür einen Krieg mit den Wardonen begann. Die Versprechen von Gold und Besitz, den Nuray dadurch anhäufen könnte, haben den dummen Narren dazu verleitet auf das Angebot dieses fremden Herrschers einzugehen.

Er treibt Nuray an, einen erbarmungslosen Krieg mit uns zu führen, in der Hoffnung, dass sich unsere Völker gegenseitig so weit schwächen werden, dass wir seinen Truppen nicht mehr widerstehen können. Wenn wir einst abgekämpft sind, werden die Soldaten aus dem Osten kommen und das nehmen, was den Krieg überstanden hat. Eine erste Truppe ist bereits auf dem Weg aus dem Osten, gesandt, um den Stein ins Rollen zu bringen.

Eine alte Prophezeiung besagt, dass nur Nuray und Wardonien gemeinsam der Bedrohung aus dem Osten widerstehen können. Die Völker müssen gemeinsam gegen den Feind antreten oder getrennt voneinander fallen. Ein Mann aus jedem der Reiche wird sich in unterschiedlichen Zeiten erheben, um schließlich der gleichen Bedrohung ein Ende zu setzen. Wo ich mein Volk bereits geschlossen hinter mir habe, fehlt Nuray heute noch die Einigkeit, die es braucht, um bestehen zu bleiben. Es muss ein Mann aus Nuray sein, der an der Spitze ihrer Armeen dem Feind entgegentritt. Seris ist davon überzeugt, dass du dieser Mann bist, bewiesen dadurch, dass du das Kästchen im Wald gefunden und geöffnet hast. Ich brauche dafür noch einen weiteren Beweis. Er sagte, deine Fähigkeiten müssen durch Herausforderungen weiter geschärft werden, aber dass du sie alle überwinden wirst. Meine Leute und ich müssen es sehen. Wenn du wirklich der Verbündete werden sollst, auf den wir zählen können, dann müssen auch wir den Beweis dafür sehen. Für blindes Vertrauen steht einfach zu viel auf dem Spiel."

Die Worte des Königs hinterließen eine fragende Leere in Angors Kopf. Niemals hätte er geahnt, dass die Verstrickungen, in die er geraten war, so große Ausmaße annehmen würden und doch spürte er eine tieferliegende Wahrheit dahinter.

Ein erschöpftes Lächeln zeigte sich auf Jerems Gesicht. „Ich kämpfe nun schon seit Jahrhunderten für das Wohlergehen meines Volkes und noch immer sorge ich mich um seine Zukunft. Verzeih mir, wenn ich dich mit meinen Worten beunruhigt haben sollte. Die Aufgabe, die vor dir liegt, erfordert all deine Konzentration. Vergiss den Rest einfach für eine Weile, ja?"

Ein seltsames Gefühl der Brüderlichkeit breitete sich zwischen den ehemaligen Feinden aus. Als Angor den Man betrachtete, der ihn nur wenige Woche zuvor auf dem Schlachtfeld niedergestreckt hatte, empfand er weder Abneigung noch Missgunst. Je näher er diesen ruhigen besonnen Mann kennenlernte, desto mehr wuchs der Respekt, den er vor ihm hatte. Die Ernsthaftigkeit und ehrliche Sorge, mit denen er sich um sein Volk kümmerte, weckten ein freundschaftliches Gefühl in dem Schwertkämpfer. Es kostete ihn einige Überwindung, die Frage auszusprechen, die in seinem Kopf spuckte. Als er es tat, musterte er den König aufmerksam.

„Wie alt seid Ihr wirklich?", flüsterte Angor über das Knacken des verbrennenden Holzes hinweg.

Der Blick des Königs richtete sich auf das schrumpfende Feuer vor ihm. Mehrere Sekunden vergingen, in denen der Ritter schon befürchtete, dass er keine Antwort mehr erhalten würde.

„Sechshundertsiebenunddreißig Jahre", sagte Jerem schließlich.

„Das ist nicht Euer Ernst!", entfuhr es dem jungen Mann deutlich lauter, als er es beabsichtigt hatte.

Das Lächeln kehrte in das Gesicht des Königs zurück. „Doch. Ich bin ebenso ein Teil der Geschichte wie der Gegenwart. Unfähig zu sterben, lebte ich schon, als dein Urgroßvater noch ein Kind war. Dein bedeutendster Urahn war einst mein engster Freund."

Angors Gedanken ratterten, als er versuchte die Worte, die er gehört hatte, zu entschlüsseln. „Ihr meint Seris, nicht?"

Das Nicken des ewigen Königs war Antwort genug.

„Soll das bedeuten, dass Ihr seit sechshundertsiebenunddreißig Jahren die Geschicke Eures Volkes lenkt?", hakte der Ritter fassungslos nach. „Wart Ihr es, der geholfen hat die Druhks vor all den Jahren aus Nuray zu vertreiben?"

„König wurde ich erst im Alter von zweiunddreißig Jahren. Zuvor war ich lediglich der Großfürst von Argonier. Die Rettung von Nuray von dem Übel der Grünhäute ist schon so lange her, dass ich mich an vieles davon kaum noch erinnere. So viele Schlachten mussten seitdem geschlagen werden. So viele hat der Tod ereilt, wo ich unentwegt weitergelebt habe."

Der Herr Wardoniens starrte in die Nacht. Seine Seele für einen Fremden geöffnet, erlebte Angor in diesem Moment eine völlig andere Seite des sonst so zielstrebigen Mannes, der als unermüdliches Vorbild für seine Leute stets voranstrebte. Die schroffe Art, die er zuerst von ihm erlebt hatte, und der strenge Umgang, mit dem er ihm begegnet war, waren einer Menschlichkeit gewichen, die den Eindruck der Größe dieses Mannes nur noch weiter verstärkten. Er war nur ein Mensch und trug die Last so vieler Leben stumm auf seinen Schultern. Ungeachtet seiner eigenen Pein stand er als ewiges Bollwerk bereit, für das Wohlergehen seines Volkes einzutreten.

„Wenn Ihr es also wart, der vor all den Jahren an der Seite von Seris gekämpft hatte. Wie kann es dann sein, dass er gestorben ist und Ihr noch immer am Leben seid?", fragte Angor nach einer Weile.

„Ja, ich kämpfte neben ihm", entgegnete Jerem mit melancholischer Stimme. „Es war hart damals, aber gemeinsam haben wir die Druhkschamanin und ihren Drachen getötet."

Angor erinnerte sich daran etwas von einem Opfer und einer schweren Verletzung gelesen zu haben. Er wollte gerade weiter nachfragen, als er sah, dass der König weitersprechen wollte. „Es war ein harter Kampf gewesen, als wir uns den Weg durch die furchtlosen Krieger der Druhks gebahnt hatten. Wir kämpften Rücken an Rücken, bis wir schließlich vor der mächtigen Hexe standen. Obgleich zerbrechlich im Äußeren, war sie einer der mächtigsten Gegner, denen ich je begegnet bin. Ich war es, der den Todesstoß ausführte und der Bestie mein Schwert durch die Brust rammte. Mit ihren letzten stinkenden Atemzügen röchelte die Schamanin einen Fluch, der meinem Körper und meiner Seele die Ruhe des Todes verwehren sollte, bis mein Volk in Sicherheit und meine Aufgabe erfüllt sei. Ich fürchte mittlerweile, dass so etwas niemals möglich sein wird."

Zischend ausatmend bemerkte Angor, dass er die Luft angehalten hatte. Der Gedanke, auf ewig an das Leben gebunden zu bleiben, erschien ihm im ersten Moment verlockend, bis ihm eine grausame Tatsache einfiel. So wie er nun unter dem Wissen litt, alle verloren zu haben, die er geliebt hatte, musste ein Mann, der niemals starb, diesen Schmerz immer wieder ertragen. Eine Folter, all jene sterben zu sehen, die man zu schätzen lernte, und das immer und immer wieder, war eine Pein, die nur die stärksten Seelen überstehen konnten.

„Ich glaubte zunächst nicht an den Fluch. Keine Veränderung an meinem Leib spürend, tat ich den Zauber der Hexe ab und stellte mich mit Seris dem, was die Grausamkeit des Monsters erschaffen hatte. Der Drache, wahnsinnig geworden durch die Qualen, die ihm angetan worden waren, war ein Gegner, der uns bis zum Äußersten forderte.

Es war dein Urahn, der um ein Haar den Angriffen der gequälten Kreatur erlegen wäre. Von einem mächtigen Hieb der Pranken getroffen, war er benommen zu Boden gegangen und wehrlos dem feurigen Odem des Wesens ausgeliefert. Es waren mir nicht mehr viele Möglichkeiten geblieben, also trat ich dem verheerenden Angriff des Geschuppten in den Weg. Meinen Schild erhoben versuchte ich die heißen Flammen abzuwehren und meinen Freund vor dem sicheren Tod zu bewahren. Meine Mühe bewahrte mich nur kurz. Während mich die unerbittliche Hitze der Flammen traf, gelang es Seris aus dem Weg der Flammen zu entkommen.

Mein Schild, vom feurigen Tosen der Flammen binnen Sekunden verzehrt, ließ mich schutzlos dem Angriff der Kreatur ausgesetzt. Ich brannte. Ich verbrannte. Der unglaublichen Hitze des Feuers ausgesetzt löste sich mein Körper auf und zerfiel zu Asche, während ich noch immer den tosenden Flammen trotzte. Die Schmerzen waren unbeschreiblich und mehr als der Geist eines Menschen ertragen konnte. Ich spürte, wie sich jede Faser meines Körpers nach dem erlösenden Tod sehnte, von den Worten der Hexe an das Leben gebunden. Noch in den Flammen des Drachen stehend, bildete sich mein Körper neu. Verkohlte Knochen erholten sich und frisches Fleisch wand sich um die Struktur meines selbst. Haut und Haare kehrten zurück, nur um Augenblicke später wieder unter dem steten Ansturm des Feuers zu vergehen.

Sechzehn mal verbrannte ich beinahe zur Gänze, während Seris sich in Position brachte. Der Drache fokussiert auf den Gegner, den er einfach nicht töten konnte, erkannte die Gefahr nicht, die sich ihm genähert hatte. Es war das Schwert meines Freundes, das den Hals des Drachen durchbohrte und dem Kampf ein Ende setzte. Alles Weitere steht in den Geschichtsbüchern."

Angor fehlten die Worte. Es dauerte eine Weile, bis er sich an eine Frage erinnerte, die ihr Gespräch überhaupt erst ausgelöst hatte. „Habt Ihr damals die Fähigkeit erlangt das Feuer zu kontrollieren?"

Jerem schenkte ihm ein gepeinigtes Lächeln. „Ja, mehr oder weniger zumindest. Verbrannt bis auf die Knochen war kaum mehr etwas von mir übrig, als Seris den Drachen schließlich bezwungen hatte. Mein Körper hatte sich unzählige Male um die Flammen herum neu gebildet und die tosende Glut in meinem Selbst eingebunden. Als das Schwert meines Freundes aus dem Leib der Kreatur gezogen wurde, traf ihr Blut die verheerte Ruine meines Körpers, die einfach nicht sterben wollte. Eingeschlossen im Inneren meines Körpers, wurde das Blut des Drachens Teil meines Wesens. Lange Zeit wirke es wie ein Gift in meinem Körper und hätte mich sicher ein weiteres Mal getötet, wenn der Fluch mich nicht zum Leben gezwungen hätte. Unter Schmerzen gewöhnte ich mich an die fremde Substanz, die gemeinsam mit meinem eigenen Blut durch meine Adern spülte. Ich brauchte Jahre, um zu entdecken, dass mit dem Blut des Drachens auch die Fähigkeit, die Flammen zu kontrollieren, an mich überging. Über Jahre übte ich und verbesserte diese Fähigkeit. Es ist nicht nur so, dass ich die Flammen meinem Willen unterwerfen kann, sondern sogar so, dass mir kein Feuer egal welcher Quelle mehr ein Leid antun kann."

Angor war zutiefst erstaunt. Im Licht der abnehmenden Flammen ihres Lagerfeuers wirkte der Blick des Königs plötzlich seltsam abwesend. Er sagte nichts, als er plötzlich aufstand und sich in sein Zelt zurückzog.

Der Morgen war kühl, und der Tau der Nacht hatte sich über eine durstige Landschaft gelegt. Obwohl er bis tief in die Nacht hinein wach geblieben war und über das nachgedacht hatte, was Jerem ihm erzählte, war er bereits früh am nächsten Tag wieder auf den Beinen. Mit müden Augen sah sich der Krieger um, als er die Plane seines Zeltes zurückschlug, und entdeckte den König Wardoniens bereits am Rand ihres Lagers sitzend.

„Konntet Ihr auch nicht mehr schlafen?", fragte Angor, als er aus seiner provisorischen Behausung hervortrat.

„Schon seit vielen Jahren nicht mehr", antwortete der Herrscher geistesabwesend und starrte weiter in die ruhige Ferne des wogenden Graslandes.

Etwas überrascht von der Antwort trat der junge Kämpfer näher. „Darf ich mich zu Euch setzen?"

Das knappe Nicken des Königs war im Schein der Morgendämmerung kaum zu sehen. Eine Frage trieb Angor schon seit längerem um. Eine Frage, die ihn auch in der letzten Nacht nicht verlassen hatte. In Erinnerung an die Vertrautheit, mit der ihm der König Wardoniens am Abend zuvor begegnet war, fasste der Ritter all seinen Mut und sprach seine Gedanken aus.

„Eure Majestät, warum begleitet ausgerechnet Ihr mich über die weite Reise zum Drachenberg? Viele hätten diese Aufgabe übernehmen können, und ich bin sicher, Ihr habt eine Menge fähiger Krieger, die bestens dafür geeignet wären. Ihr macht Euch all diese Mühe, wo Ihr die Zeit doch genauso in Eurem Palast verbringen könntet."

Jerems Blick war noch immer in die Ferne gerichtet. Ein sachtes Lächeln stahl sich auf sein Gesicht, als er über die Worte des jungen Mannes nachdachte. Es dauerte einige Zeit, bis er schließlich auf die gestellte Frage antwortete.

„Ach, weißt du. Manchmal vergesse ich selbst, warum ich etwas tue. Ich denke, dass ich mir einfach nicht mehr so viel aus der Bequemlichkeit eines Palastes mache wie einst. Ich lebe nun seit beinahe elf menschlichen Lebensspannen und hatte mehr als genug Zeit den Luxus zu genießen, den die Position eines Königs mit sich bringt. Ich habe viel in meinem langen Leben erfahren können und gelernt, dass all die kleinen Annehmlichkeiten, aus denen sich so viele Menschen etwas machen, auch nicht die Zufriedenheit bringen, nach der sich jeder Mensch sehnt. Nein, ich denke, das hier ist es, das den höheren Wert besitzt.

Du hast Recht. Ich habe viele vertrauenswürdige Männer unter meinem Befehl, die mit größter Freude die Pflicht übernommen hätten, an meiner statt diesen Weg anzutreten. Einige von ihnen habe ich ausgewählt uns zu begleiten, andere habe ich damit betraut wichtige Aufgaben anderswo in meinem Reich zu erledigen. Wenn ich ehrlich bin, war es vor allem die Aussicht darauf mehr über den Mann zu lernen, der den Worten nach den Unterschied im Verlauf der Geschichte machen wird, die mich dazu brachte dich selbst zu begleiten. Ich wollte dich näher kennenlernen. Herausfinden, was für ein Mensch du bist."

„Aber hättet Ihr das nicht auch später herausfinden, oder auf das Wort Eurer Untergebenen vertrauen können?", hakte Angor noch immer nicht überzeugt nach.

„Hm, du lässt nicht so einfach locker, was?", lachte der König und schüttelte belustigt den Kopf. „Vermutlich trieb mich auch der Wunsch vor einem Entkommen aus den Zwängen des Hofes hier hinaus. All diese Förmlichkeiten bringen mich manchmal dazu einfach mal dem ganzen Treiben zu entkommen und wieder einen Eindruck vom Leben der einfachen Menschen zu gewinnen. Über die Jahre konnte ich immer wieder erfahren, welche Konsequenzen es hat, wenn der Regent sich zu weit von seinem Volk entfernt. Die Hingabe eines Königs für die Sorgen und Nöte der einfachen Menschen beginnt zu welken und sein Verständnis für die Menschen, um die er sich kümmern sollte, schwindet.

Ein König ist nicht dazu da, um über sein Volk zu herrschen, Angor. Er wird gebraucht, um es zu behüten, ähnlich einem Hirten, der auf seine Schützlinge achtet. Er sollte es führen und dafür sorgen, dass es gedeiht, ohne ihm dabei zu viel abzuverlangen. Der König dient dem Volk und nicht das Volk seinen persönlichen Belangen. Seine oberste Pflicht ist es den Menschen seines Landes von Nutzen zu sein und im Sinne ihrer Gemeinschaft zu regieren. Seine Taten sollen die Ordnung bewahren und seinen Untertanen zu Wohlstand und Erfolg verhelfen. Ein König kann nur dann stark sein, wenn sein Volk stark ist. Ein Regent, der diese Weisheit vergessen hat, geht unausweichlich auf seinen Untergang zu."

Für eine Weile breitete sich Schweigen zwischen den beiden aus und sie betrachteten gemeinsam die aufgehende Sonne. Es war der Ritter, der schließlich die Stille zwischen ihnen beendete. „Könnt Ihr nicht schlafen, weil Ihr Euch Sorgen um Euer Volk macht?"

„Hm, ich weiß nicht recht", seufzte Jerem und lehnte sich zurück. „Ich denke, es liegt an etwas anderem. Ich habe so viel Leid erlebt, Freunde und geliebte Menschen verloren, dass allein die Erinnerung an all jene, die ich zurückgelassen habe, genügt, um mir den Schlaf zu rauben. Zuerst waren es wohl die Wut, die Trauer und der Schmerz über die Ohnmacht, all diese Menschen zu verlieren und doch für immer gezwungen zu sein in dieser Welt weiter zu bestehen, die mich in den Nächten umgetrieben hat. Heute sind es vielmehr ihre Gesichter, die zu mir zurückkehren, wenn ich meine Augen schließe. Es wäre gelogen zu behaupten, dass ich mich ihnen gerne stelle und hin und wieder, wenn ich doch einmal in den seichten Schlummer verfalle, wage ich es mit ihnen zu sprechen. Der Druck wächst für mich. Mit jedem Jahr und jedem geliebten Menschen, den ich verliere, wächst der Schmerz, den mein Herz ertragen muss. Ich beneide all jene, die sterben dürfen, bevor sie verstehen können, was diese Bürde bedeutet."

Die Stimme des Königs war ruhig gewesen und doch war der tiefe Schmerz in seiner Seele nicht zu überhören. Angor schluckte, als er versuchte zu verstehen, was der ewig Lebende zu ihm gesagt hatte. Er war noch jung und der Tod trotz der Gefahren, denen er sich gestellt hatte, in seinen Gedanken noch immer weit von ihm entfernt.

„Warum erzählt Ihr mir das alles? Ihr sagt, Ihr könnt mir noch nicht vertrauen und doch erzählt Ihr mir so viel über Euch und Euer Volk. Ich verstehe das nicht", fragte der Ritter schließlich.

„Dass ich dir als König noch nicht vertrauen kann stimmt, und doch, ich persönlich habe nichts gegen dich, Angor. Ich konnte dich die letzten Tage ebenso kennenlernen und habe erkannt, dass du dein Herz am rechten Fleck hast. Der Groll, den ich zu Beginn gegen dich verspürt habe, ist der Erkenntnis gewichen. Wo ich mich zuerst darüber geärgert hatte, dass du so viele meiner treuen Soldaten getötet hast, da habe ich mir mittlerweile eingestanden, dass du dies nicht in böser Absicht getan hast. Weder Zorn noch Habgier haben dich geleitet, sondern die Hoffnung darauf dein Volk zu beschützen. Diese Hoffnung verbindet uns beide und macht uns ähnlicher, als ich es zunächst erkennen konnte. Vertrauen darf nicht nur in eine Richtung bewiesen werden. Wo wir von dir verlangen eine Prüfung zu bestehen, die unserem Volk beweist, dass du zu ihm halten wirst, da müssen auch wir beweisen, dass wir es verdient haben. Vielleicht genügen meine Worte nicht, um das zu erreichen, aber ich hoffe, dass ich einen ersten Schritt in die richtige Richtung gemacht habe."

Unter der Sonne Nurays näherten sie sich immer weiter dem Ort der Prüfung. Dem Drachenberg mit jeder vergangen Stunde näherkommend, war die anfängliche Stille unter den Männern bald einem angenehmen Gespräch gewichen. Ein Geheimnis, das den jungen Ritter bereits seit seinem Zweikampf gegen den Heerführer der Wardonen in seinem Griff hatte, wurde ihm nun endlich enthüllt. Die Frage danach, warum sich der Anführer der Wardonen im Kampf so schnell hatte bewegen können, hatte den Kämpfer einfach nicht in Frieden gelassen.

„Es liegt an der Beschaffenheit meiner Rüstung", hatte der König erklärt. „Der erste Unterschied, die sie von den Plattenpanzern Nurays trennt, ist die Art, auf die sie hergestellt wurde. Anders als in Nuray tragen wir nicht mehrere Schichten Metall übereinander. Das Kettengeflecht, das bei deiner Rüstung die empfindlichen Stellen an deinen Gelenken schützt, ist bei unseren Panzern nur an ebendiesen Stellen angebracht. Dadurch sparen wir eine Menge Gewicht. In meinem Fall habe ich das Glück, dass die Rüstung, die ich getragen habe, ein Geschenk unserer zwergischen Verbündeten ist. Gefertigt aus *Murtakum* wiegt sie nur ein Viertel einer herkömmlichen Panzerung und ist zugleich härter und dennoch widerstandsfähiger als Stahl."

Der schlummernde Schmied in Angors Seele war sofort gebannt. Begierig mehr über dieses Murtakum zu erfahren blieb er an der Sache dran.

„Es ist ein seltenes Metall, das nur im Gebirge der Zwerge vorkommt. Seine Vorkommen sind so rar, dass selbst unter den Zwergen die meisten nicht um die wertvollen Erzadern wissen. Zu wertvoll um es zu handeln, wird es Außenstehenden nur als Zeichen besonderer Wertschätzung als Geschenk verliehen", erklärte Jerem.

„Sie verkaufen es nicht?", fragte der Ritter enttäuscht. „Habt Ihr denn gute Beziehungen zu den Zwergen?"

„Ja, sehr gute. Seit vielen Jahrhunderten sind wir treue Verbündete und haben unsere Freundschaft bereits in vielen Kämpfen bewiesen. Auch im Handel sind wir enge Freunde, aber das Murtakum ist für die grimmigen Bergbewohner so wertvoll, dass sie es nicht einmal gegen die funkelnden Edelsteine eintauschen, die in Wardonien gefördert werden.

Wo die Zwerge gute Kunden für unsere Edelsteinminen und die reichhaltigen Erträge unserer Bauern sind, gestaltet sich der Handel mit den Elfen etwas schwieriger."

„Wieso? Was ist es, dass die Elfen wollen", verlangte Angor neugierig zu erfahren. Jegliches Wissen über die mythischen Völker der Zwerge und der Elfen wurde von ihm geradewegs aufgesaugt. Nachdem er erst seit kurzem wusste, dass es die beiden Völker wirklich gab, war er ganz begierig darauf, alles über sie zu lernen.

„Hm, sagen wir, sie sind wählerischer. Wardonien hat eine hervorragende Lage in dieser Welt. Gesegnet mit fruchtbaren Böden und mit reichlich Sonne und Niederschlag vom Meer her, können unseren Bauern zumeist zwei Ernten im Jahr einfahren. Mehr als genug Nahrung, um mehr als nur die Einwohner meines Reiches zu ernähren. Wo die Zwerge gerne das Getreide unserer Felder für ihr Brot und ihre Brauereien abnehmen, interessieren sich die Elfen lediglich für die seltenen Gewürze und exotischen Früchte, die nur in dem warmen Wetter meines Landes wachsen."

„In einem Buch in Gurnda habe ich einst gelesen, dass ihr einen Pakt mit den Zwergen und Elfen geschlossen habt, in dem ihr euch gegenseitige Unterstützung in schweren Zeiten versprecht. Warum helfen euch die Elfen dann nicht in dem Kampf, der kommt?", fragte der junge Krieger.

„Eine Antwort auf diese Frage, ohne eine Vermutung zu äußern, gibt es wohl nicht. Das Volk des Waldes ist schon seit langer Zeit verschlossen und nur wenige von ihnen verlassen ihre Heimat dieser Tage überhaupt noch. Mit einer Armee von ihnen können wir nicht rechnen. Die Krieger, von denen ich weiß, patrouillieren die Grenzen ihres Waldes und wehren die Überfälle der Druhks ab, die nach Tieren und anderer Beute suchen. Botschafter ihres Volkes sind die Einzigen, die man noch zu Gesicht bekommt. Diese und die wenigen Einwohner des Handelspostens, den sie auf einer Insel im Meer eingerichtet haben."

„Wieso haben sie das getan? Wann haben sie sich so sehr zurückgezogen?", fragte Angor überrascht.

„Die Frage nach dem Grund kann dir wohl niemand außer ihnen beantworten. Sie waren schon immer ein verschlossenes Volk, das sich in dem letzten großen Wald dieses Landes verbarg. Ich erinnere mich nur an eine Zeit, damals als Seris und sein Drache unter uns gewandelt waren, als sie offener zutage getreten sind", erklärte der König.

Angor biss sich auf die Lippe. Ob dies wohl der Grund war, aus dem der König Wardoniens ihm aufgetragen hatte, ausgerechnet ein Drachenei zu besorgen?

Stunden waren vergangen und der Abend breitete sich wie ein orange leuchtendes Tuch über das Land aus. Die zunehmende Offenheit seiner Begleiter nutzend, erfuhr der junge Krieger immer mehr über die Notwendigkeit seines Erfolges. Über Stunden hatte er immer wieder unterschiedliche Vorschläge vorgebracht, wie die Wardonen ihre Armee verstärken konnten. Der Vorschlag, alle Magier des Landes in der Abwehr einzusetzen, war ihm dabei besonders geistreich vorgekommen. Die Wahrheit war allerdings nicht so einfach gewesen, wie er es sich erhofft hatte. Obgleich auch Wardonien über einige fähige Zauberkundige verfügte, waren sie doch viel zu wenige, um einen wirklichen Unterschied zu machen. Je mehr er sagte, desto mehr offenbarte der Ritter dabei sein lückenhaftes Wissen über die seltsamen Kräfte, über die er selbst erst seit kurzem gebot. Wo nur einer unter Tausend Menschen ein Gespür für Magisches im Blut hatte, besaß selbst unter jenen nicht einmal jeder Zehnte wirklich genug Talent, um tatsächlich einen Zauber wirken zu können. Jene, bei denen sich die Fähigkeiten offenbarten, wurden ausgebildet.

Die meisten der Wardonen, die diese Künste erlernten, beschritten den Pfad der Heilung. Ihre Fähigkeiten nutzend, um die Verletzungen und Krankheiten des Volkes zu heilen, waren sie unschätzbar für die Gesundheit des Königreiches. Magier, die in der Lage waren mit ihrem Talent anderen zu schaden, waren noch deutlich seltener als ihre unterstützenden Kollegen. Die Besonderheit von Angors Flammenkunst war daher eine Sache, die selbst unter Zauberkundigen für Aufsehen sorgte.

Es war beim Abendessen gewesen, als er schließlich eine Frage gestellt hatte, die all seinen Begleitern ein stolzes Lächeln ins Gesicht gezaubert hatte.

„Wie kommt es, dass Ihr euch alle Wardonen nennt? Die Einwohner Nurays nennen sich schlicht Menschen aus Nuray, bei euch scheint es mir gar so, als wäre Eure Heimat sogar nach dem Namen Eures Volkes benannt."

„Es freut mich, dass du dich dafür interessierst. Es stimmt, der Name unseres Landes leitet sich vom Namen des Volkes ab, und nicht anders herum. Viele Jahrtausende alt, waren es die Elfen, die einst unseren Vorfahren diese Bezeichnung gaben, als sie sahen, wie diese die Druhks zurückgedrängt haben. An den Küsten dieses Kontinents gelandet, schufen sie sich eine Heimat in dieser Welt. Unnachgiebig fochten sie gegen die Horden der wilden Grünhäute und verdienten sich den Respekt des edlen Volkes, das schon vor ihnen in diesen Landen gelebt hatte. Abgeleitet aus dem Elfischen bedeutet der Name der Wardonen *Mutiges Volk*, und lässt uns die Tapferkeit unserer Vorväter niemals vergessen."

„Ziemlich passend will ich meinen", prahlte Sawe und brachte die anderen zum Lachen.

Aufstieg

Die Silhouette des riesigen Berges holte ihn aus seinen Gedanken. Nicht einmal eine halbe Tagesreise trennte sie mehr vom Fuß des gigantischen Berges, der sich einsam in der Weite Nurays erhob. Kein anderer Gipfel, nicht einmal hohe Hügel umgaben die einsame Felsspitze, die sich bis über die Wolkengrenze hinaus in den Himmel streckte.

Die letzten Tage über hatte er immer wieder vergessen, warum er überhaupt auf dieser Reise war. Die Wardonen, mit denen er unterwegs war, waren ihm in den vergangenen Tagen ans Herz gewachsen und die Freundschaft, die zwischen den Männern aufkeimte, begann sich zu verfestigen. Mehrere Male war der junge Ritter von der Gruppe zu nahen Dörfern ausgeschickt worden, um neuen Proviant für sie alle zu besorgen. Beim ersten Mal hatte Sawe ihn noch begleitet, doch seine Wächter hatten schnell gemerkt, dass er keinen Grund mehr hatte zu flüchten. Seine Heimat war zerstört worden und der König, dem er einst gedient hatte, war der Grund dafür. Angor hatte ihnen erzählt, dass Turag ihm mit einer schweren Strafe gedroht hatte, sollte er ohne Sieg an den Hof Nurays zurückkehren. Seine Rachegedanken dem Regenten seines Landes gegenüber behielt er lieber noch für sich.

Den gesamten Vormittag über dominierte der Anblick des hoch aufragenden Berges ihr gesamtes Sichtfeld. Ein Wald bedeckte den kargen Fels über mehrere hundert Meter Höhe, bevor er nach und nach der Einöde des kahlen Steines wich. Es gab so viele Aspekte seiner Aufgabe, über die sich der Ritter Gedanken machen konnte, doch er verweigerte seinem Geist die selbstzerfleischende Tätigkeit. Er wusste, dass die Gefahren nicht erst beim Eintritt in eine der steinernen Höhlen der feuerspeienden

Kreaturen begannen. Der Aufstieg selbst würde bereits eine tödliche Herausforderung darstellen, doch sich über diese Probleme Gedanken zu machen, lange bevor er sich ihnen stellen konnte, würde ihn nur nervöser machen.

Als der Schatten der Bäume am Fuß des Berges über sie fiel, begann sein Herz schließlich doch schneller zu schlagen. Mit jedem Schritt, den Windfeuer unter ihm tat, näherte er sich der Unausweichlichkeit der Gefahr.

Der löchrige Teppich der Bäume am Fuß des Berges verdeckte den Übergang der Ebene zu dem steinernen Monolithen inmitten des Graslandes. Die Bäume standen nicht besonders dicht beieinander und immer wieder ragten die verkohlten Überreste eines Stammes wie eine Mahnung in den Himmel. Die Schritte ihrer Pferde wurden zunehmend vorsichtiger, als sie die Gruppe weiter in das Unterholz des wilden Baumlandes brachten. Abgebrochene Stümpfe mit einem Durchmesser, der stärker war als die Schulterbreite eines Mannes, standen gleich neben den zertrümmerten Resten ihrer einst stolzen Kronen.

Eine unheilschwangere Stille senkte sich über die Krieger. Keiner musste erklären, was es mit den toten Bäumen auf sich hatte und allein die Vorstellung einer riesigen Kreatur mit stahlharten Schuppen, die sich aus dem Himmel auf sie herabwarf, genügte, um jedem von ihnen Bescheidenheit zu lehren. Eine Lichtung, entstanden zwischen den Überresten mehrerer gewaltiger Bäume, die mit einem einzigen gewaltigen Schlag zerstört worden waren, brachte den König schließlich dazu die Pferde anzuhalten.

„Dieser Platz sieht geeignet aus", sagte er und sah sich um. Niedriges Gebüsch hatte die Ränder des Platzes zurückerobert und blühende Waldpflanzen wuchsen zwischen den trockenen Bruchstücken der früheren Äste hervor. Hier würde es mehr als genug Feuerholz geben.

„Sawe, Drodgar, hier werden wir unser Lager aufschlagen. Wir verstecken die Pferde unter dem Blätterdach. Die Zelte bauen wir am Rand der Lichtung auf. Hoffen wir, dass sie unentdeckt bleiben werden."

Die verdrängte Unruhe kehrte zu Angor zurück. Von seinem Pferd abgestiegen kam Jerem auf den Ritter Nurays zu. „Angor, es wird Zeit. Der Berg liegt vor dir. Wenn du so weit bist, dann steige seinen Hang hinauf. Wir haben dir einiges an Ausrüstung mitgebracht, die dir den Aufstieg erleichtern soll. Nahrung und Wasser sind auch dabei, aber ich hoffe, dass du auf dem Weg nach oben an einigen Quellen vorbeikommst. Sieh dir die Sachen durch, bevor du aufbrichst. Wenn dir etwas fehlen sollte, sag uns Bescheid und wir werden sehen, ob wir es aus unseren Sachen abgeben können."

Das aufmunternde Lächeln des Königs schaffte es nicht die steigende Anspannung in der Brust des jungen Mannes zu lindern. Mit geschlossenen Augen atmete der Krieger ein letztes Mal durch, bevor er sich aus dem Sattel schwang und nach seinem Schild und seinem Schwert griff. Ein Rucksack, gefüllt mit allem, was die Wardonen für ihn mitgenommen hatten, lag bereits angelehnt an einen umgestürzten Baum für ihn bereit.

„Wird einer von euch mich begleiten?", fragte er, als er auf die lederne Tasche zulief.

„Nein, unser Gesetz fordert, dass du diese Aufgabe alleine meisterst. Ich würde dir gerne helfen, glaub mir, doch nicht einmal ich vermag es mich über die Entscheidung des Rates hinwegzusetzen", sprach Jerem und unterdrückte die Unruhe, die nun auch ihn erfasste.

Angor nickte stumm. Es gab nichts, was er tun konnte, um dieser Aufgabe zu entgehen. Nichts, das seinen Stand in diesem Leben verbessern konnte. Wenn er eines Tages den Tod seines Vaters rächen wollte, wenn er Turag für den Verrat an seinem Volk bestrafen wollte, dann gab es keinen anderen Weg, als sich dieser Prüfung zu stellen. Grimmige Wut glomm in seinem Herzen und stärkte seine Entschlossenheit. Mit wenigen Handgriffen durchsuchte er den Rucksack und machte sich ein Bild seines Inhaltes. Decken, eine Jacke und eine Plane, die er wie ein winziges Zelt aufspannen konnte, befanden sich darin. Widerhaken für seine Schuhe und zwei kleine Hacken mit kurzen Griffen würden ihm das Klettern auf dem letzten Teil der Passage erleichtern.

„Iss noch etwas, bevor du deinen Weg beginnst", sagte Sawe und kam mit einem Apfel und einem Streifen getrockneten Fleisches auf ihn zu.

Dankbar nahm Angor die Speisen entgegen. Ein Widerstreit tobte in seinem Herzen. Selbst jetzt noch, vor der Unausweichlichkeit des Aufstieges stehend, versuchte die Furcht in seinem Inneren die Entschlossenheit seines Geistes auszuhöhlen. Sein Blick richtete sich auf den Gipfel über ihm. Die zerklüfteten Flanken des Hanges würden ihm den Aufstieg erleichtern. Wenn er Glück hatte, würde er den Großteil des Weges auf seinen Füßen zurücklegen können, bevor die anstrengende Kletterpartie beginnen würde.

„Wir haben dir Verpflegung für sieben Tage eingepackt. Getrocknetes Fleisch und Obst sowie einige Nüsse. Das sollte dir die Kraft geben, die du brauchst, ohne zu viel zu wiegen. Ich war zwar noch nicht auf diesem Berg, aber ich kämpfte schon an der Seite der Zwerge und konnte ein paar Erfahrungen in der Höhe sammeln. Der Wind dort oben kann eisig werden. Er kühlt deinen Körper aus, selbst wenn du denkst, dass du schwitzt. Zögere nicht die Jacke anzulegen, wenn er über dich kommt. Wenn du Glück hast, kommst du regelmäßig an frischen Quellen vorbei. Nutze sie, raste kurz und fülle deine Wasservorräte auf. Halte dich an die Wildpfade. Die Tiere des Berges kennen die sichersten Wege und schnellsten Aufstiege nach oben", erklärte Turgur kameradschaftlich.

„Ja genau, mach das!", legte Hrobar nach. „Ich habe gehört, die Drachen kommen nur selten aus ihren Höhlen, um auf die Jagd zu gehen. Sie schlafen viel und scheinen sich ihre Höhlen nicht mit Artgenossen zu teilen. Wenn du Glück hast, findest du dein Ei schon in der ersten Höhle, an der du vorbeikommst. Wenn nicht, dann versuch den Bewohner nicht zu wecken und schau, dass du weiterkommst."

„Hrobar hat recht. Wenn sie nicht gerade Hunger haben, bleiben die Drachen meist in ihren Höhlen. Versuch trotzdem nicht zu viel Lärm zu machen, wenn du da hochsteigst, nicht dass du einen von ihnen weckst, solange du noch am Hang hängst. Versuch dich nicht entdecken zu lassen, sollte einer von ihnen seine Höhle verlassen.

Wir werden eine Woche hier unten auf dich warten. Das ist nicht viel Zeit, ich weiß, aber wir können nicht für immer hierbleiben. Die Gefahr für unsere Heimat kommt immer näher. Bleib an deiner Sache dran Angor und du wirst uns hier unten wiedertreffen, wenn du zurückkehrst", erklärte Jerem zuletzt.

Die letzten Bissen seiner Mahlzeit herunterschluckend stand der junge Krieger auf. Sein Gesicht war eine Maske der Zuversicht und des Stolzes. Männer, die eigentlich seine Feinde sein sollten, umringten ihn nun und teilten ihr Wissen und machten ihm Mut. Er würde jetzt nicht zaudern. Wenn die Wardonen an ihn glaubten, dann musste er das auch tun. Mit festem Griff nahm er den Rucksack entgegen, den Sawe ihm reichte, und warf ihn über seine Schulter.

„Ich wünsche dir viel Erfolg. Wir sehen uns in einer Woche hier wieder!", sagte Jerem voller Überzeugung und reichte ihm die Hand. Brüderlichkeit, das war es, was Angor spürte, als der den Handschlag erwiderte. Den Kopf erhoben war der junge Mann nur wenig später auf dem Wildpfad, der ihn in die Höhe führen würde.

Die ersten Schritte waren die schwierigsten gewesen. Es war nicht der Anstieg, der ihn in dieser Zeit beschäftigt hatte, sondern die plötzliche Einsamkeit, derer er sich bewusst wurde. Bereits nach hundert Metern auf dem gewundenen Pfad der Tiere hatte er das Lager aus den Augen verloren. Die Stimmen der Männer schnell vom raschelnden Blattwerk um ihn herum verschluckt, hatten ihn nichts als die lebendigen Geräusche eines wilden Waldes begleitet. Niemand würde ihm mehr zur Hilfe kommen können. Seine Hoffnung darauf, ein Ei ohne die Notwendigkeit eines Kampfes zu erlangen, wurde immer wieder von der Erinnerung an die Geschichten, die er über die geschuppten Wesen des Berges gelesen hatte, geschmälert.

Mal deutlicher, mal kaum zu erkennen, schlängelte sich der Waldweg weiter den Berg hinauf. Abzweige, deren weiterer Verlauf von den Büschen in seinem Blickfeld verborgen wurde, stellten ihn ständig vor die Wahl, welchem Weg er folgen sollte. Mit den Bäumen um ihn herum war ihm der Blick auf den Gipfel versperrt und nichts als sein Bauchgefühl konnte ihm als Ratgeber dienen. Mit Beinen, die von den ständigen Reisen der letzten Monate gestählt waren, stemmte er sich unnachgiebig gegen den Hang des Berges.

Seine beanspruchten Muskeln brannten, als er am Ende des ersten Tages sein Lager an der Grenze der letzten Bäume aufschlug. Den Rücken an einen bemoosten Felsbrocken gelehnt, blickte er zum steinernen Gipfel hinauf. Das graue Gestein verbarg noch immer jede Spalte und jede Höhle, die es beherbergte. Den Worten aus seinen Büchern nach, lebten dutzende Drachen in den kalten Flanken dieses Berges und kaum eines der Wesen teilte seinen Unterschlupf mit dem schuppigen Leib eines Artgenossen.

Weder am ersten Tag seines Aufstieges noch an einem der folgenden entzündete Angor am Abend ein Feuer. Die Furcht davor, dass die Flammen eines der fliegenden Wesen aus dem

Inneren des Berges hervorlocken könnten, verleitet den Krieger dazu, seine Mahlzeiten kalt einzunehmen.

Der Rat von Turgur war viel wert gewesen. Obwohl manchmal schwer zu erkennen, hatten ihn die Wege der wilden Tiere schnell weit nach oben gebracht. Die Bäume vom Fuß des Berges waren mit seinem stetigen Aufstieg immer kleiner und gedrungener geworden und schließlich gänzlich den knorrigen Büschen gewichen, die sich unnachgiebig in die felsigen Flanken krallten. Geröll und Kieshalden, die Überreste mächtiger Abgänge, verwischten immer wieder den weiteren Weg und zwangen den jungen Mann beständig kleinere Strecken zu klettern. Spuren von Bergziegen und anderen Tieren der Höhe gaben ihm immer wieder Hinweise darauf, wo der Boden fest genug war, um darauf zu stehen.

Die Nächte waren hart und kalt. Selbst mit seinem Zelt, das ihn vor der nächtlichen Absenkung der Wolkenhöhe schützte, begehrte sein Körper jeden Morgen auf, als er den müden Gliedern erneut die Anstrengungen des Aufstieges zumutete. Wo er in der morgendlichen Kühle mit dem Gewicht des durchnässten Stoffes seiner Zeltbahn zu kämpfen hatte, setzten ihm am Mittag die Strahlen der unerbittlichen Sonne zu. Längst jenseits der Baumgrenze war Angor dem brennenden Licht schutzlos ausgeliefert. Verbrannt durch die Sonne und zugleich ausgekühlt durch den zunehmend schneidenden Wind quälte sich der Ritter die Flanke des Berges hinauf.

Etappen des mühseligen Kletterns, in denen er in einer halben Stunde kaum zehn Meter an Höhe gewann, wechselten sich immer wieder mit den dankbaren Wegen ab, die von den Bergtieren ausgetreten worden waren. Es hatte einen Moment gegeben, der dem Krieger beinahe den Mut gekostet hatte. Ein Brandfleck, mehrere Meter im Durchmesser, hatte den Weg vor ihm eingenommen. Ein Geröllfeld, dutzende Meter den Hang hinab, hatte die verkohlten Steine über einen großen Teil des

Berges verteilt. Er brauchte nicht viel seiner Vorstellungskraft, um sich auszumalen, was hier passiert war. Das Bild eines riesigen fliegenden Wesens, mit Klauen wie Speeren, das nach einem hilflosen Steinbock griff, verließ ihn für den Rest des Tages nicht mehr.

Eine kleine steinerne Plattform unterhalb einer zerklüfteten Felswand bot ihm die beste Gelegenheit, seinen müden Körper auszuruhen. Es war der dritte Tag seiner Reise und noch immer lag der eigentliche Gipfel des Berges weit über ihm in den Wolken verborgen. Angelehnt an die feste Mauer des Berges hatte er die wenigen Minuten, bis er eingeschlafen war, auf das Land unter sich hinabgeblickt.

Gleich einem löchrigen Meer aus Sternen hatten unzählige kleine Lichter im weiten Umfeld des Berges aufgeleuchtet. Zusammengefasst zu kleinen Haufen sahen manche von ihnen fast so aus wie die funkelnden Sternbilder am Himmel über ihm. Es waren die Dörfer und Städte Nurays, wie Angor erkannte, nachdem er eine Weile das orange Flacken beobachtet hatte. Viele Kilometer von dem Fuß des Berges entfernt, wurde vor allem aus der Höhe deutlich, wie viel Abstand die Menschen zum Berg der feuerspeienden Kreaturen hielten.

Es gab nur ein Feuer, ein einziges Licht, das den Mut einiger weniger verriet. Halb verdeckt durch das Blätterdach des Waldes flackerte unter ihm noch immer das Lagerfeuer der Wardonen gleich dem Licht eines Leuchtturmes auf. Es war ein Anker, ein Signal, das sie noch immer auf ihn warteten und bereit für seine Rückkehr waren. Das zähe Fleisch seines Abendessens kauend, lehnte sich der Ritter müde zurück. Solange sie dort unten noch auf ihn warteten, war er nicht vollkommen alleine.

Der Nachmittag des vierten Tages war bereits angebrochen, als die Hoffnung gleich einer Sturmflut durch seinen ermatteten Körper spülte und ihm neue Kraft gab. Im Schutze eines massiven Felsens, der vor einem Absatz in der steinernen Flanke des Berges herausragte, hatte er sich einen Moment vor dem kalten Wind zurückgezogen. Schon am Tag zuvor hatte er die fellgefütterte Jacke angezogen, die neben der Wolldecke in seinem Rucksack gelegen hatte. Selbst mit Handschuhen an seinen Händen, die ihn vor dem eisigen Stein schützten, fror er mittlerweile bis zu den Knochen.

Es war noch Morgen gewesen, als er begriffen hatte, dass die Hälfte seiner Zeit bereits vorüber war und er noch immer keine einzige Höhle an dem Berg entdeckt hatte. Der Aufstieg war hart, doch er machte sich nicht die Illusion, dass der sichere Abstieg mit einer zusätzlichen Last der leichtere Teil seines Weges werden würde. Der Stein war rutschig und schon jetzt wusste er, wie schwierig es sein konnte den richtigen Weg in den Felsen zu finden.

Ob die Wardonen auch noch auf ihn warten würden, wenn er sich um einen Tag verspäten sollte? Der Gedanke spukte immer wieder durch seinen Kopf und brachte Zweifel mit sich, die ihn nur von seinem Ziel ablenkten. Doch im Angesicht all dessen, was er bereits geschafft hatte, weigerte sich Angor, seinen Schwächen nachzugeben.

Angetrieben von seinem Ehrgeiz und dem Gefühl der Eile, hatte er sich ins Zeug gelegt und war schneller geklettert als zuvor. Ein Fehler, der ihm um ein Haar das Leben gekostet hatte. Zweimal war er beinahe verunglückt und nur knapp einem unschönen Ende auf den Felsen des Berges entgangen. Wo beim ersten Mal sein Stiefel von der glatten Oberfläche eines Steines abgerutscht war, hatte sein Leben beim zweiten Unglück einzig an der Stabilität seiner Picke gehangen. In die Spalte zwischen zwei Felsen gerammt, war sie das Einzige gewesen, das seinen Absturz aufgehalten hatte, nachdem ein großer Brocken unter seiner Hand abgebrochen war.

Geschützt vor dem schneidenden Wind ließ Angor seinen Kopf gegen den kalten Stein in seinem Rücken sinken. Erschöpfung und die immer stärker werdende Verzweiflung kämpften in ihm miteinander, als er die Augen langsam wieder öffnete. Mehrere Sekunden vergingen, ehe er wirklich verstand, was sich vor ihm offenbarte. Noch immer dutzende Meter von ihm entfernt und doch klar zu erkennen öffnete sich der gähnende Eingang einer steinigen Höhle. Sie war in Reichweite und sicher nicht weiter als eine Stunde des weiteren Aufstieges entfernt. Sein Geist klammerte sich an diesen Anblick, als sein Herz mit neuer Kraft warmes Blut durch seine Glieder pumpte. Er konnte es schaffen. Er wusste es. Wenn er diesen Eingang erreichte, wenn dort drinnen das Ei eines Drachen versteckt lag, dann hätte er zumindest den ersten Teil seiner Aufgabe überstanden.

Ein Grinsen breitete sich auf seinem Gesicht aus, als ein Vorgeschmack der Erleichterung durch seinen Verstand geisterte. Neben all den Strapazen, die er durchlitten hatte, um zu diesem Punkt zu kommen, würden diese letzten Meter ein Kinderspiel werden. Von neuer Kraft erfüllt stemmte er sich auf die Beine. Jetzt würde er sich nicht mehr unterkriegen lassen. Ein leises Lachen drängte sich aus seiner Brust, als er weiterkletterte. Nicht mehr weit, dann hatte er es geschafft.

Aller Schmerz und alle Entbehrungen waren vergessen, als seine Hände schließlich die letzte Kante ergriffen. Breit grinsend zog er sich über diesen letzten Absatz und ließ sich auf den Rücken fallen. Ein tonloses Lachen entfuhr seiner gemarterten Brust, als er atemlos seinen Triumph feierte.

Ein warmer Wind blies über seinen Körper und ließ die taube Haut seines Gesichtes schmerzhaft prickeln. Die Wärme genießend blieb der Ritter für mehrere Sekunden still liegen, bevor er seinen Kopf zur Quelle des Windes drehte. Die Öffnung der Höhle war gewaltig. Mehr als zehn Meter im Durchmesser führte sie in einem weiten Bogen tiefer in den Berg hinein.

Trümmer und abgebrochene Felsen lagen immer wieder auf dem Grund des Einganges verstreut und machten den Weg zu einem Hindernislauf.

Das Tageslicht schien von draußen herein und erhellte das Innere des Tunnels. Er schätzte den Stand der Sonne. Nur noch wenige Stunden würde ihr Licht den Eingang erhellen. Wie es im Inneren aussah, konnte er nicht sagen. Mit zerschundenen Fingern und zitternden Armen schob der Ritter seinen Körper an die Wand der Höhle. Ein klein wenig Zeit würde er sich nehmen. Ein klein wenig Ruhe finden, bevor er sich der Kreatur stellte, die diese Kaverne bewohnte.

Befreit von seinem Rucksack stärkte sich Angor ein letztes Mal. Trockenes Fleisch, kühles Wasser und der süße Geschmack der letzten Obststücke, die man ihm mitgegeben hatte, würden seinem Körper die Kraft geben, die er brauchte. Der warme Wind blies mit beständiger Stärke aus der Höhle heraus. Nur Minuten nachdem er den Eingang betreten hatte, bildeten sich bereits Perlen aus salzigem Schweiß auf der Stirn des Kriegers. Die dicke Winterkleidung würde ihn beim Kampf nur behindern. Aufgewärmt und gestärkt legte er die wärmenden Kleidungsstücke ab und ergriff stattdessen sein Schwert und den Schild. Es wurde Zeit, dass er sich der eigentlichen Aufgabe stellte.

Ein schicksalhafter Kampf

Die Überreste natürlicher Säulen ragten wie abgebrochene Zähne von der Decke herab. Die kegelförmigen Spitzen, die einst wie die Reißzähne eines Raubtieres vom Stein der Höhle herabgehangen hatten, lagen schon seit langem zerbrochen und in Trümmern am Boden. Angor betrachtete die zerschmetterten Felsen auf seinem Weg. Selbst wenn er niemals eines der Bücher über Drachen und Ritter gelesen hätte, allein beim Anblick der Höhle hätte er sich vorstellen können, wie groß ihr Bewohner sein musste. Seine Faust schloss sich fester um den Griff seines Schwertes. Seine Überzeugung war unangetastet. Eine innere Gewissheit hatte sich in ihm ausgebreitet. Die Überzeugung, dass er in diesem Kampf nicht sterben würde, erfüllte jeden Winkel seines Körpers.

Seine Schritte waren vorsichtig gesetzt und kaum ein Laut verriet die stete Annäherung des Kriegers. Das leise Knirschen seiner Füße auf dem losen Kies ging im zunehmend heiser werdenden Rauschen des warmen Windes unter. Je schwächer das Tageslicht wurde, das vom Eingang der Höhle in die Tiefe des Berges leuchtete, desto besser konnte er es erkennen. Ein flackerndes Leuchten, rot und orange in seiner Farbe, strahlte in wechselnder Stärke aus dem Inneren der Kaverne.

Etwa vierzig Meter nach dem Eingang öffnete sich der gebogene Tunnel im Berg plötzlich einer weitläufigen Halle. Beinahe hundert Meter im Durchmesser und sicher sechzig Meter in der Höhe, brachte die Kammer den Ritter dazu, sie mit offenem Mund zu mustern. Einen Raum dieser Größe hatte er in seinem ganzen Leben noch nicht gesehen. Natürlich entstanden im massiven Felsen des Berges, waren ihre Ausmaße noch viel gewaltiger anzusehen.

Tief geduckt und darauf bedacht möglichst keine Geräusche zu machen, schlich Angor am Rand des natürlichen Saales entlang und versteckte sich hinter einem Felsbrocken, der größer war als ein ganzer Ochsenkarren. Ein Geruch wie von Kohle, Rauch und Schwefel machte die Luft zu einem schweren Gebräu, das schon bald in seinem Hals kratzte.

Sein Herz schlug schneller, als er seinen Kopf vorsichtig aus seinem Versteck hervorstreckte. Er brauchte einen Plan, er brauchte eine Vorstellung davon, wie die Höhle aufgebaut war, wenn er die beste Vorgehensweise wählen wollte. Der gesamte Boden der Kammer war mit Felsbrocken in verschiedenster Größe bedeckt. Manche von ihnen einem Laib Brot ähnlich, andere noch größer als der Stein, hinter dem er sich versteckte.

Unzählige kleine Feuer brannten aus Rissen im felsigen Grund. Ihre Flammen, unbeständig und stetig zuckend, warfen einen flackernden Lichtschein und lange Schatten auf ihre Umgebung. Tierknochen und Holz, Fels und Feuer. Die Höhle war ein wildes Durcheinander. Noch immer in der Hocke schlich Angor Schritt für Schritt um sein Versteck herum, bis seine Augen schließlich entdeckten, was seine Erlösung versprach. In der Nachahmung eines Vogelnestes aus Steinen und verkohlten Baumstämmen gelegen, schimmerte ihm die Schale eines riesigen Eis entgegen. In der Form einem gewöhnlichen Vogelei nicht unähnlich, war es die Größe des Schatzes, die den jungen Ritter zum Staunen brachte. Beinahe so groß wie sein gesamter Oberkörper lag es mit seiner rauen Schale an die Umfassung des Nestes gelehnt da. Je länger er es beobachtete, desto unsicherer wurde er sich, ob es an den wechselnden Lichtumständen lag oder ob das Ei wirklich in der dunkelroten Farbe süßen Rotweines schimmerte. Die Frage, ob es Zufall war, dass das Ei, das zu holen er gekommen war, ausgerechnet in der Wappenfarbe Nurays schimmerte, ließ sich nicht aus seinen Gedanken vertreiben.

Angor schüttelte den Kopf. Diese Fragen würden ihn nicht weiterbringen. Er sah das Ziel seiner Reise vor sich. Das einzige Objekt, das ihm seine Freiheit zurückbringen und vielleicht die Freundschaft der Wardonen sichern mochte. Wenn er den Tod seines Vaters rächen wollte, dann würde ihn sein Pfad nur über dieses Ei führen. Bedacht darauf keine unnötigen Geräusche zu machen, schlüpfte er wieder hinter seine Deckung und betrachtete seine Umgebung. Die zahlreichen Trümmer in der Höhle würden ihm einen Vorteil bieten. Wo die kleinen Brocken die Gefahr des Stolperns boten, konnte er sich vielleicht im Schatten der größeren Felsen ungesehen dem Ei nähern. Vielleicht war es möglich, vielleicht konnte er es wirklich schaffen das Ei zu erlangen und zu flüchten, ohne dabei von der Drachenmutter entdeckt zu werden. Bis jetzt hatte er sie nirgendwo gesehen. Wenn er Glück hatte, war das schuppige Wesen irgendwo am Berg auf der Jagd. So oder so musste er schnell und achtsam sein, wenn er dies hier kampflos beenden wollte.

Seinen Weg genau ausgewählt, huschte Angor, so leise er konnte, zu einem Brocken von der Größe eines Ochsens, der sich vor langer Zeit von der Decke gelöst hatte. Das Herz in seiner Brust wummerte in einem hohen Takt. Die Aufregung strömte mit seinem Blut durch seine Adern. In seiner Deckung verborgen, sah er sich nach seinem nächsten Ziel um. Ein weiterer Spurt brachte ihn einige Meter näher an das Nest heran. Bemüht kein einziges Geräusch zu verursachen, hielt Angor einige Sekunden inne und lauschte, ob sein Vormarsch von irgendjemandem entdeckt worden war. Nichts. Abgesehen vom steten Fauchen der verstreuten Flammen herrschte um ihn herum nichts als Stille. Sicher, noch immer unbemerkt zu sein, trat er wieder aus seiner Deckung hervor. Fels um Fels näherte sich der Krieger dem Nest im hinteren Teil der Höhle. Die Distanz sank, doch mit jedem Schritt, den er tat, wuchs die Nervosität, die ihn ergriffen hatte. In seinem ganzen Leben, bei all den

Kämpfen, die er ausgefochten hatte, war er noch nie in einer größeren Gefahr gewesen.

Der Kies knirschte unter seinen Füßen, als er seinen nächsten Sprint versuchte. Kaum mehr fünfzig Schritte trennten ihn noch von dem Gelege, als plötzlich ein sengender Feuerstrahl den Boden vor seinen Füßen verbrannte. Obgleich er nicht direkt getroffen worden war, brachte ihn allein die überwältigende Hitze der tosenden Flammen zum Wanken.

Vor Schreck erstarrt folgten seine Augen den Flammen bis hin zu ihrem Ursprung. Angors Körper erzitterte und eine Woge der Furcht löschte für einen Moment alle anderen Gedanken in seinem Kopf aus, als er die riesige Kreatur zwischen den hängenden Felsen der Decke erkannte. Mit einem Maul voller spitzer Zähne, jeder von ihnen so lang wie sein Unterarm, fauchte das geschuppte Wesen ihm ihren feurigen Tod entgegen. Drei Dutzend Meter von der Schnauze bis zur Spitze ihres peitschenden Schwanzes lang, hielt sich die Kreatur mit Pranken an der Decke, die groß genug waren, um ein ganzes Pferd zu zerquetschen. Klauen, schon von weitem als messerscharf zu erkennen, sprossen wie die Klingen von Speeren aus ihren Fingern und versprachen den Tod für jeden, der davon getroffen wurde.

Von Furcht und Panik überwältigt, konnte der Ritter die anmutige Schönheit dieses Wesens nicht würdigen. Ihre Schuppen leuchteten im gleichen Rubinrot wie die Schale des einsamen Eis im Nest. Ein Kamm dolchartiger Stacheln erhob sich in regelmäßigem Abstand vom Genick bis zur Schwanzspitze aus dem Rücken des Drachen.

Die Zeit schien stehenzubleiben, als Angor all diese Details wahrnahm und doch nicht in der Lage war zu verstehen, was seine Augen ihm zeigten. Keine Zeichnung und keine Erzählung kamen jemals an den Schrecken heran, den dieses wütende Wesen über ihm verbreiten konnte.

„Drache", entfuhr es ihm geflüstert. Das Wort schien wie von alleine über seine Lippen geschlüpft zu sein und doch brach die laute Benennung des Wesens den Bann des Schreckens, der über dem Krieger gelegen hatte. Seine versteinerten Glieder reagierten wieder und folgten einem tief verwurzelten Instinkt in ihm, der ihn zur sofortigen Flucht zwang. Der sengende Flammenstrahl näherte sich langsam seiner Position. Mit einer Geschwindigkeit, die er von sich nicht kannte, wich er den alles verzehrenden Flammen aus und stürzte sich hinter einem Felsen in Deckung. Das wilde Pochen seines Herzens übertönte für einen Augenblick alle anderen Geräusche. Sein Verstand kämpfte mit seinen Instinkten um die Oberhand. Gefangen in diesem Widerstreit konnte der Ritter für einen Augenblick nichts anderes tun, als auf die brennende Spur am Boden neben ihm zu blicken. Der Feuerodem hatte geendet und doch brannte der blanke Fels noch immer in hellen Flammen, wo ihn das Feuer getroffen hatte.

„*Wie ist das möglich?*" Die Frage erklang laut in seinen Gedanken. Davon hatte nichts in den Büchern gestanden, die er über Drachen gelesen hatte.

Das donnernde Brüllen des Drachen zog ihn wieder zurück in die Wirklichkeit. Zurückgeworfen von den gewölbten Wänden der Höhle erreichte der markerschütternde Schrei eine betäubende Intensität. Von der Lautstärke beinahe überwältigt, presste Angor knurrend die Hände auf seine Ohren. Das Gefühl, sein Gehör für immer zu verlieren, ließ ihn vor Panik erstarren. Doch der Lärm endete so schnell wieder, wie er angefangen hatte, nur um dem Vorboten einer noch viel gefährlicheren Tatsache zu weichen. Die dumpfe Erschütterung, die durch den Boden der Höhle wallte, verriet die Wahrheit, noch bevor der Ritter aus seiner Deckung treten konnte. Die Bewohnerin dieser Kaverne war von ihrem Platz über ihm herabgestiegen.

Funkelnde Sterne flackerten vor seinen Augen, als er sich erschüttert aufrichtete. Er wagte es kaum um die Kante des Felsens zu spähen, um zu sehen, was sich in der Höhle getan hatte. Mit wummerndem Herzen kämpfte er darum, seinen Mut über seinen blanken Lebenswillen siegen zu lassen. Er musste seine Furcht überwinden, ehe er ihrer lähmenden Kraft erlag. War nicht er der Erbe von Seris? Die Hoffnung des einstigen Helden? Der wiedergekehrte Retter von Nuray vertraute auf seine Fähigkeiten und er selbst musste es auch.

Angespornt von diesem Gedanken, reckte Angor seinen Kopf über den qualmenden Felsen. Was er sah, schien seine Zuversicht zu verspotten. Der Drache war nun zwischen ihm und dem Nest. Unverkennbar bereit ihn zu töten, sobald er hinter seiner Deckung hervortrat.

Beleuchtet von den flackernden Flammen, die noch immer dort brannten, wo das Drachenfeuer den Boden getroffen hatte, kehrte Angor in sein Versteck zurück. Er musste nicht lange überlegen, um zu erkennen, dass seine Möglichkeiten begrenzt waren. Die Gefahr, in der er schwebte, war überwältigend und doch konnte er noch immer eine Chance auf einen Erfolg sehen. Das Gelände bot ihm noch immer eine Zuflucht. Vielleicht konnte er es zum nächsten Stein schaffen und von diesem zum nächsten. Wenn er Glück hatte und vorsichtig war, konnte er sich so im Schatten der felsigen Trümmer dem Ei immer weiter nähern, ohne zu einem Haufen Asche verbrannt zu werden.

Für einen Moment schloss er die Augen und vertrieb die glitzernden Fäden, die sich noch immer hartnäckig an seine Sicht klammerten. Während die Nachwirkungen des ohrenbetäubenden Gebrülls von ihm abfielen, wappnete sich der Ritter für seinen nächsten Sprint. Wie der Pfeil eines Bogens schoss er plötzlich hervor, den Blick starr auf den fünf Meter entfernten steinernen Koloss gerichtet. Seine Füße schlitterten auf den rutschigen Felsen und doch schaffte er es in den verheißungsvollen Schutz des feuerfesten Hindernisses zu kommen.

Eine Welle der Freude und Erleichterung überkam ihn, als er erkannte, dass er noch immer am Leben war, nur um einen Herzschlag später erneut der Todesangst zu weichen. Abgelenkt von der massiven Flanke seines Schutzes, stoben die wilden Flammen des feurigen Angriffes des Drachen um ihn herum. Zusammengekauert zu einer Kugel versuchte Angor den Auswirkungen der Hitze zu entgehen.

„Aahhhrg!" Der wortlose Ausruf des Ritters war das Einzige, was den Wahnsinn auszudrücken vermochte, in dem er sich befand und transportierte doch den Trotz, der unvermindert in Angors Brust kochte.

Die Temperatur um ihn herum stieg immer weiter an. Einzig sein Talent, großer Hitze zu widerstehen, bewahrte ihn in diesem Moment vor schmerzhaften Verbrennungen durch die brennend heiße Luft. „*Danke Seris!*" Er wusste nicht, ob sein Urahn wirklich dafür verantwortlich war, dass er einen übernatürlichen Widerstand gegen die Hitze besaß, doch gefangen in dem Feuersturm, schenkte ihm der Gedanke daran ein wenig Trost. Die Vorstellung, dass der einstige Held ihm zumindest auf diese Weise schützend zur Seite stand, half ihm, nicht seiner Furcht zu erliegen.

Der hölzerne Schild an seinem Arm begann zu kohlen und die leinene Bespannung, auf der einst das stolze Wappen Nurays geprangt hatte, löste sich in einer glimmenden Rauchwolke auf.

Dies war die letzte Warnung, die er erhalten sollte. Ein grollendes Knirschen hinter ihm ließ ihn seinen Blick auf den Felsen in seinem Rücken richten. Eine gewaltige Pranke lag auf der dampfenden Oberfläche des Steines und schloss ihre waffengleichen Klauen um den erhitzten Felsen. Der Schrecken, der Angor erfasste, als er erkannte, was das Knirschen zu bedeuten hatte, stach ihm ihn die Brust. Nur Sekunden nachdem er stolpernd davongesprungen war, barst der Stein unter der Kraft des

Drachens und versprengte seine Splitter Geschossen gleich in der Umgebung.

Ungeschützt und alleinstehend starrte der Mensch dem gewaltigen Drachen entgegen. Auge in Auge mit der schuppigen Kreatur erkannte Angor den Wahnsinn hinter seinem Versuch. Schon von Anfang an, hatte er gewusst, dass diese Aufgabe verrückt war. Was man von ihm verlangte, war eine Tat, die kein Mensch alleine schaffen konnte. Jetzt, wo er dem wütenden Blick der Drachenmutter begegnete, wusste er klarer als je zuvor, dass es nicht mehr um Erfolg oder Scheitern, sondern um nichts anderes als sein weiteres Überleben ging.

Seine Chancen standen schlecht. Der Drache stand mit gefletschten Zähnen zwischen ihm und dem Nest. Er war sich sicher, dass die Mutter ihren Nachwuchs bis zu ihrem letzten Atemzug verteidigen würde. Der Weg zum Ausgang der Höhle war weit und führte ihn mindestens einmal über ungeschütztes Gelände. Er machte sich nicht die Illusion zu denken, der Drache würde ihn nach seinem Eindringen ungestraft ziehen lassen. Selbst wenn er es irgendwie bis zum Eingang der Höhle schaffen konnte, würde spätestens der Abstieg vom Berg sein Ende bedeuten. Ihm blieb nur eine Möglichkeit. Er musste gegen die Kreatur des Berges kämpfen. Musste sie bezwingen, wenn er auch nur einen weiteren Tag erleben wollte.

Angors Kiefer spannte sich an. Seine Zähne fest aufeinandergepresst und seine Augen von der Gewissheit erfüllt, dass er das Unmögliche schaffen musste, sammelte er seinen Mut.

Der Moment der Stille endete so schnell, wie er begonnen hatte. Es war die Verteidigerin des Hortes, die den ersten Zug machte. In einem wilden Ansturm aus Klauen und Zähnen stürzte sie auf ihn zu. Ihre Angriffe folgten unerbittlich aufeinander und zeigten nicht die geringste Trägheit. Dass ein Wesen dieser Größe überhaupt dazu in der Lage war sich so schnell zu bewegen, spottete den Augen, die es beobachteten.

Es verlangte Angor jedes Quäntchen seiner Fähigkeiten ab, nicht bereits von den ersten Angriffen des Drachens getötet zu werden. Seine Konzentration war so scharf wie die Klinge seines Schwertes und jeder seiner Sinne bis zum Äußersten gespannt, um den nächsten Angriff vorherzusagen. Zersplitterte Steine flogen um ihn herum und schnitten wie Pfeile in seine Haut. Wo ihn die Hiebe des schuppigen Wesens nicht trafen, zehrten die unzähligen kleinen Treffer der Bruchstücke langsam an seiner Ausdauer.

Die wilde Mischung aus zuschnappenden Zähnen und unerbittlichen Klauen trieb den Ritter immer weiter durch die Kammer. Vom hintergründigen Schmerz und der unabänderlichen Einseitigkeit dieses Kampfes erzürnt, durchfuhr den jungen Krieger ein Schub an Kraft, der ihn immer weiter durchhalten ließ. Es war jener Moment, in dem er sich unter dem todbringenden Hieb einer Pranke hinwegduckte, als der Drache einen neuen Trumpf ins Spiel brachte. Das knarzende Geräusch berstenden Holzes war das erste Zeichen, das Angors Verstand verarbeiten konnte. Seine Augen hatten ihn nicht kommen sehen, doch als der peitschende Schwanz des riesigen Wesens seinen Schildarm traf, wurde er von den Beinen gehoben.

Mit rudernden Armen und vor Schreck verzogenen Gesichtszügen flog der Krieger durch die Luft, bevor er hart auf dem Boden aufschlug. Der Aufprall hatte ihm den Atem geraubt und ließ ihn nach Luft japsend auf dem warmen Stein der Kaverne zurück. Die Schmerzen, die durch seinen Körper wallten, löschten alle anderen Empfindungen aus. Zusammengekrümmt war sein Leib für einen Moment zu nichts anderem in der Lage, als sich den ungeheuerlichen Qualen zu ergeben. Gefangen in der Welt der Pein, glaubte der Ritter ein tiefes grollendes Lachen zu hören.

Als die Tränen in seinen Augen seine Sicht wieder klärten, sah er eine ausgestreckte Pranke über ihm aufragen. Er wusste, dass ihm weniger als eine Sekunde blieb, bis sich die messerscharfen Klauen in seinen Körper bohren und diesen Kampf beenden würden. Im letzten Moment zur Seite gerollt wich er dem Angriff aus und kam wieder auf die Beine. Wo ihn der Schmerz gelähmt hatte, entfesselte der Instinkt in seinem Inneren nun die Kraft, die in seinem Blut verborgen lag. Das Schwert noch immer in der Hand, streifte Angor die zertrümmerten Überreste seines Schildes ab und stürzte sich auf das Ungetüm, das seinen Tod wollte.

Der Kampf, zuvor bereits erbarmungslos gewesen, wurde jetzt wahrhaft mörderisch. Der Krieger verspürte keinen Hass der Kreatur gegenüber, die versuchte sein Leben zu beenden und doch weigerte er sich auch nur einen Schritt breit nachzugeben. Je länger er lebte, desto zügelloser wurde die Wut, die die Drachenmutter weitertrieb. In einer wahren Kaskade an Angriffen schlug sie sowohl mit ihren vorderen Pranken wie auch mit ihrem Schwanz immer wieder nach dem Menschen, der es gewagt hatte in ihr Zuhause zu kommen. Wo ihn die Hiebe ihrer Angriffe nicht töteten, versuchte sie ihn mit ihrem tödlichen Feuer zu verbrennen, doch der kleine Krieger, der in ihre Höhle eingedrungen war, weigerte sich unaufhörlich zu sterben.

Angor wich den zerfleischenden Hieben der Klauen aus, nur um immer wieder vom Schwung des blitzschnellen Schwanzes durch die Luft geschleudert zu werden. Wie eine Puppe in den Händen eines ungeschickten Kindes konnte er nichts gegen die übermächtige Kraft seines Gegners tun. Die unnachgiebige Härte seiner Landungen trieb Wellen bebenden Schmerzes durch seinen Körper. Mindestens eine seiner Rippen war bei seinen Stürzen gebrochen, und sosehr ihn der Schmerz auch quälte, schärfte seine Macht auch seinen Verstand. Die Formel verließ seinen Mund, noch bevor sich der Gedanke vollständig in seinem Geist gebildet hatte. *Zirkonei!* Von der Macht des

Zaubers getragen, gelang es ihm seine Landungen abzufedern, um weiteren Verletzungen zu entgehen.

Ein granitharter Stein bot ihm für einen Augenblick Schutz vor dem alles verzehrenden Feuerodem des Drachens. Er brauchte einen Plan. Egal was er sich einreden mochte, die Wahrheit war, dass die Drachenmutter ihm nicht nur körperlich, sondern auch geistig überlegen war. Das Wesen war schlau, viel schlauer als alle anderen Gegner, denen er jemals begegnet war. Ganz gleich wie sehr er auch versuchte sie zu täuschen, schien die Drachenmutter stets auf sein Vorhaben vorbereitet zu sein. Einzig ihr Zorn, die Raserei ihrer Wut, geboren aus der Furcht um ihren Nachwuchs, brachte sie dazu, immer unkontrollierter und unvorsichtiger zu kämpfen, je näher er dem Nest kam. Wenn er hier lebend herauskommen wollte, dann musste er diese Schwäche nutzen.

Immer wieder hatte er versucht mit seinem Schwert nach den geschuppten Gliedmaßen des Drachens zu schlagen, nur um festzustellen, dass ihr dichter Schuppenpanzer der Schärfe seiner Klinge mühelos widerstand. Ein einziges Mal war es ihm gelungen, einen Glückstreffer zu laden, als die Schneide seiner Waffe an den Schuppen an der Innenseite der gefährlichen Pranken abgerutscht war. Geleitet von der Rundung war die Klinge geradewegs in die schmale Lücke zwischen den harten Panzerplatten geglitten und hatte das erste Mal das Blut des Drachens gekostet. Der Vergeltungsangriff, der seinem Erfolg bestrafte, hatte ihn weit durch die Höhle geworfen.

Das Tosen des Feuers um ihn herum ließ nach. In weniger als zwei Sekunden würde der nächste zerschmetternde Angriff des Drachen folgen. Es wurde Zeit, dass Angor seine Deckung verließ. Er passte den Moment so ab, dass die wütende Kreatur die Richtung ihres Angriffes nicht mehr ändern konnte, und rannte, so schnell er es vermochte.

Vor seinem inneren Auge bildete sich bereits eine Möglichkeit, seinen Gegner zu verletzten, auch wenn er die aufkeimenden Ideen noch nicht greifen konnte.

In schneller Folge wich er mehreren Schwüngen des gepanzerten Schwanzes aus und tauchte unter einem erbarmungslosen Krallenschlag hindurch. Er näherte sich dem Ei und zwang den Drachen dazu sich zu drehen. Selbst in dem flüchtigen Moment, in dem sich ihre Blicke trafen, konnte Angor die lodernde Wut in den Augen der Mutter erkennen. Die Furcht davor, ihr Junges an die Hände einer fremden Kreatur zu verlieren, trieb sie immer weiter.

Ein schwerer Steinbrocken bremste den nächsten Angriff auf den Ritter ab. Fünf Sekunden, mehr würden ihm nicht bleiben, um seine Entscheidung zu treffen. Die Worte des Königs von Wardonien kamen ihm wieder in den Sinn. Seris hatte ebenso einst einen Drachen getötet. Er hatte den Rücken des geflügelten Wesens erklommen und ihn von hinten mit seinem Schwert durchbohrt. Eine Methode, die mehr Erfolg versprach als alles, was er bisher ausprobiert hatte.

Der Hagel aus kleinen Steinen erinnerte Angor daran, dass es an der Zeit war, erneut die Position zu wechseln. Der mit Dornen versehene Schwanz des Drachen war die einzige Möglichkeit, auf ihren Rücken zu kommen, und zugleich eine ihrer gefährlichsten Waffen. Ein mörderischer Spießrutenlauf würde ihn erwarten, wenn er versuchte zwischen den ungezügelten Angriffen der Kreatur auf ihren Rücken zu klettern. Vor der sengenden Hitze eines weiteren Flammenstrahls flüchtend, schoss ihm eine Idee durch den Kopf.

Der Fels, hinter dem er sich versteckte, erwärmte sich zunehmend in seinem Rücken. Sein ganzer Körper pulsierte unter der grollgeborenen Kraft, die der nahende Tod in ihm freigesetzt hatte. Eine List mochte ihm vielleicht die wenigen Sekunden schenken, die er brauchen würde, um in Schlagreichweite zu kommen. Eine Ablenkung, die sein Leben retten mochte. Eine einzelne Sekunde der Konzentration nutzend, sammelte Angor die Kraft in seinem Inneren und fütterte mit ihr seinen Zauber. „*Tyrnok.*" Das Wort huschte lautlos über seine Lippen und erweckte den Avatar aus seiner Vorstellung zum Leben. Es war kein Drache, den er dieses Mal aus den Flammen beschwor. Zu groß die Gefahr, dass der Zauber ihn töten würde. Es war ein Mann, eine brennende Gestalt, die ihm wie ein Spiegelbild glich. Ein zweiter Angor aus Flammen gebildet sprang einen Herzschlag später hinter dem Felsen hervor und rannte mit zauberverstärkter Kraft auf das einsame Ei zu.

Furcht und Entsetzten lähmten für wenige Sekunden den Geist der Drachenmutter und brachten sie dazu dem flammenden Avatar zu folgen. Den Schwanz vergessend zuckte der schuppige Schweif dem versteckten Kämpfer entgegen. Dies war der Moment. Dies war die einzige Chance, die er erhalten würde. Der Ritter sprang hervor.

Er kletterte. Er kletterte schneller, als er jemals geklettert war. Die Schuppen waren tückisch, obgleich ihre schimmernden Farben den Eindruck einer rauen Oberfläche erzeugt hatten. Griff um Griff zog sich der Krieger an den dolchartigen Stacheln auf dem Rücken des Drachen immer weiter dem Kopf entgegen. Die Sekunden verstrichen und die Anspannung des Momentes ließ jeden einzelnen seiner Herzschläge schmerzen. Der Hals der Kreatur war nicht mehr weit. Wenn er sein Schwert im Genick des Drachen unter den Schuppen hindurchstoßen konnte, dann würde dieser Kampf ein schnelles Ende finden.

Er zog sich weiter voran. Die Muskeln seiner Arme brannten in beständiger Agonie, doch er ignorierte den Schmerz. Der brennende Avatar, der sich dem Nest genähert hatte, löste sich in davondriftende Flammen auf, als der Zauber seine Kraft verbraucht hatte. Für einen Moment verwirrt, durchschaute die Drachenmutter die Täuschung schneller, als er gehofft hatte.

Das tiefe Knurren ihrer ungezügelten Wut ließ ihren gesamten Brustkorb beben. Um ein Haar wäre der Mensch auf ihrem Rücken durch die plötzliche Vibration abgeworfen worden. Im letzten Moment mit seinem Fuß auf dem Ansatz ihrer Flügel abgestützt bewahrte sich der Ritter vor dem tiefen Fall.

Das Schwert in der Hand holte Angor gerade zum entscheidenden Stich aus, als das Wesen unter ihm den Verbleib ihres Gegners erkannte. Er wusste nicht mehr, was es war, das ihn vom Rücken des Drachens gerissen hatte, doch ein weiteres Mal flog er durch die stinkende Luft der Höhle. Wut, Verzweiflung und das brennende Gefühl der Ungerechtigkeit erfüllten sein Herz, als seine Augen die zunehmende Entfernung zum Rücken des schuppigen Wesens erkannten. Er hatte alles riskiert. Er hatte alles gegeben und war seinem Ziel so nahe gekommen.

Sein Verstand weigerte sich sein Scheitern zu akzeptieren. Er weigerte sich die Ausweglosigkeit seiner Lage zu erfassen und zu erkennen, dass ihm seine Möglichkeiten ausgegangen waren. Ganz gleich wie stark der Drache auch sein mochte, Angor wusste, dass er bis zu seinem letzten Atemzug kämpfen würde.

Der Aufprall schleuderte ihm sein Schwert aus der Hand. Das helle Klimpern des glänzenden Metalls verlor sich irgendwo in der Weite der Halle. Hilflos huschte sein Blick durch die Kammer. Von seiner Klinge getrennt spürte er einen schmerzhaften Stich des Schreckens durch seinen Geist stoßen. Furcht keimte in ihm auf. Er brauchte sein Schwert. Ohne diese Waffe konnte er keinen Sieg erringen. Ohne diese Waffe war er der in Raserei verfallenen Kreatur vor ihm ausgeliefert. Dieses Schwert war das letzte Zeugnis seines Vaters und wenn er diese Waffe verlor, dann war er wirklich alleine auf dieser Welt.

Nichts konnte den Ritter mehr am Boden halten. Die erschütternden Schritte des Drachens näherten sich ihm, als er in die Richtung stolperte, in die seine Klinge gefallen war. Es war, als leitete ihn eine fremde Hand, als er sich instinktiv unter dem ungestümen Angriff des Drachen hindurchbeugte. Kaum die breite eines Daumens trennte seinen Rücken von den zerfetzenden Krallen des Ungetüms. Wieder und wieder schlug die Verteidigerin des Hortes nach dem wankenden Krieger und doch verfehlte sie ihn mit jedem Angriff.

Das rötliche Funkeln der unzähligen Feuer spiegelten sich auf den Flanken seines Schwertes wider. Erleichterung durchflutete Angors aufgewühltes Herz, als er die glänzende Klinge sah. Seine Beine trugen ihn schneller voran. Zielsicher eilte er dem verräterischen Funkeln des Schwertes entgegen. Die Hand ausgestreckt hechtete er vorwärts und spürte die Wärme des lederumwickelten Griffes, als seine Finger sich um die Waffe schlossen. Wenn er schon sterben musste, dann würde er es mit diesem Schwert in der Hand tun.

Er stemmte sich gegen den Boden und riss die Klinge mit sich, bereit in den wilden Angriffen des Drachen zu sterben. Was als Nächstes passierte, fühlte sich noch schlimmer an als sein unausweichliches Ende. Er war bereits in der Bewegung gewesen, als die Vorderpranke des geschuppten Wesens nur wenige Zentimeter jenseits seiner Hand niederging. Sie hatte ihn verfehlt, nur um über dem strapazierten Metall seines Schwertes niederzugehen.

Für Angor verlangsamte sich die Zeit. Er bewegte sich ganz so, als befände er sich in zähem Honig und beobachtete mit wachsendem Schrecken, wie sein Schwert begleitet von einem knirschenden Kreischen kaum zwei Handbreit über dem Griff entzweibrach. Entsetzen, Verzweiflung und Fassungslosigkeit waren alles, was er fühlen konnte, als er wie gelähmt auf die langsam auseinanderdriftenden Bruchstücke seiner Klinge blickte. Der Schmerz drohte ihn zu überwältigen. Der Großteil seines Verstandes weigerte sich noch immer zu verstehen, wie die Waffe, die er einst mit seinem Vater geschmiedet hatte, vor seinen Augen zerbrechen konnte. Seine Trauer drängte ihn, sich einfach seinem Schicksal zu ergeben. Gelähmt von seinen Gefühlen, war es ein Funke des Widerstandes und des Trotzes tief aus seinem Unterbewusstsein, der in diesem Moment die Kontrolle übernahm. Sein Hals belegt von dem erdrückenden Gefühl des Verlustes, reagierte dieser Funke mit kaltblütigem Trotz.

Sein Arm noch immer in der Bewegung änderte seine Richtung. Angors Herz schlug erneut und beendete die honigzähe Wirklichkeit. Von seinem Instinkt geführt schoss die abgebrochene Klinge nach vorne. Von Trauer und Wut beschleunigt gruben sich die zackigen Bruchstücke bis zum Heft der Waffe zwischen die Zehen des Drachens. Ein Brüllen aus Wut und Schmerz geboren erfüllte die Kammer und schien die Ohren des Ritters doch nicht zu erreichen. Sein Körper bewegte sich wie von selbst, als er den abgebrochenen Splitter unter der angehobenen Pranke des Drachens hervorzog. Sein Blick wandte sich dem Ungetüm zu, das noch immer mit dem tobenden Schmerz zwischen seinen Klauen beschäftigt war. Ein verräterisches Schimmern, eine hellere Stelle an der Brust der gepanzerten Kreatur enthüllte dem eiskalten Verstand des Kriegers die entscheidende Schwachstelle. Wo nur wenige Schuppen im dichten Panzer des Drachen fehlten, ergab sich eine einmalige Gelegenheit.

Noch bevor er darüber nachdenken konnte, was er tat, holte Angor mit dem Bruchstück in seiner Hand aus und schleuderte die scharfkantige Klinge dem Leib des Ungetüms entgegen. Der Flug des Stahls war perfekt. Die Spitze voran bohrte sich der zerstörte Rest des Schwertes in den Leib des Drachen.

Die Kontrolle über seinen Körper kehrte zu Angor zurück. Sein Schwert war verschwunden und doch konnten seine Augen ein Wunder beobachten. Blut, dunkel und zäh, rann unaufhörlich aus der grässlichen Wunde. Der Schmerzensschrei des geflügelten Wesens donnerte durch die Kammer und ließ jeden weiteren Angriff in seiner Macht vergehen.

Was auch immer der Krieger getroffen hatte, es musste etwas Wichtiges gewesen sein. Die Vorsicht ließ ihn weiter vor der wankenden Kreatur zurückweichen. Im Todeskampf gefangen begann der Drache zu zucken und zu wanken. Zitternde Schritte ließen ihn noch einige wenige Meter näher an das Gelege herannahen, ehe seine Kraft weiter schwand. Das Blut strömte immer schneller aus der Wunde und bildete schon bald eine glänzende Lache vor den Füßen des Ritters. Das dumpfe Poltern, das durch die Höhle schallte, als der Leib der Drachenmutter neben ihrem Nest auf den Höhlenboden aufschlug, war wie der Klang einer Totenglocke.

Weit außerhalb der Reichweite des Wesens stehend, das in den letzten Minuten versucht hatte ihn zu töten, klärte sich der Nebel der Wut und des Schmerzes in Angors Verstand. Er hatte so viel Leid und Schmerz erlebt, dass sich ein stumpfer Schleier über seine Gedanken ausgebreitet hatte. Er war noch am Leben und er wusste, dass er dies nur der Macht seines Blutes verdankte und doch erfüllte ihn ein schmerzhaftes Gefühl des Bedauerns, als er den gefallenen Drachen vor ihm betrachtete. All die Majestät und Anmut des Wesens lagen offen gebrochen vor ihm nieder. Schuld breitete sich über sein Gemüt aus, je länger er den sterbenden Körper beobachtete. Starke Atemzüge klammerten sich an das Leben und blähten den mächtigen Brustkorb immer wieder auf. Schwerfälliger Atem verriet das langsame Schwinden des Lebens.

Er wusste, dass er dieses Wesen hatte töten müssen, um sein eigenes Leben zu bewahren und doch schmerzte ihn der Anblick dieser edlen Kreatur, die er niedergestreckt hatte, beinahe mehr als all die Treffer, die seinen Körper pochen ließen.

Ein Druck breitete sich in seinem Kopf aus. Ein Drang, der immer stärker auf sein Bewusstsein wirkte. Zu Beginn wehrte sich Angor dagegen, doch dann spürte er die Ähnlichkeit zu der Verbindung, die Seris zu ihm aufgebaut hatte. Ermattet und betrübt gab er seinen Widerstand auf und erlaubte dem fremden Geist zu ihm zu sprechen.

„Dein Name ist Angor, nicht wahr?"

Überraschung erfüllte ihn, als die zittrige Stimme einer jungen Frau in seinen Gedanken erklang. Verwirrt wandte er seinen Kopf und suchte nach der Sprecherin, bis sein Geist das Rätsel entschlüsselte. Seine Augen trafen den schmerzerfüllten Blick des Drachens und erkannten nichts als Trauer und Furcht. Die Tiefe dieses Ausdruckes zerriss dem Krieger beinahe das Herz und brachte ihn dazu seinen Blick beschämt abzuwenden.

„Dein Name, Mensch, lautet er nicht so?", setzte die schwache Stimme der jungen Frau in seinem Kopf nach.

Sein Herz krampfte sich schmerzhaft zusammen, als er das Leid hinter ihren Worten hörte. Er hatte Laute oder Empfindungen von dem Wesen erwartet, niemals aber klar gesprochene Worte. Seine eigene geistige Stimme bebte vor geteiltem Leid, als er ihr antwortete. *„So ist es."*

Seine wahre Stimme hätte keinen Ton hervorgebracht. Fest verschlossen von dem Kloß der Trauer in seinem Hals.

„Warum bist du in meinen Hort eingedrungen? Warum willst du meine Brut stehlen?", keuchte die Frauenstimme in seinem Kopf.

Erschüttert rang der Krieger nach den richtigen Worten. Er wusste nicht, ob sie die wahren Gründe verstehen konnte, doch er wusste, dass er diesem edlen Wesen nichts als die Wahrheit schuldete.

„Es tut mir leid, dass ich diesen Schmerz über dich bringen musste. Ich wurde dazu gezwungen diese Tat zu vollbringen, von Menschen, die meinem Leben drohten. Ich hatte gehofft das Ei zu erlangen, ohne jemandem ein Leid anzutun. Es schmerzt mich zu sehen, was nötig war, um dies zu erreichen."

„Dein Mitleid ehrt dich, aber dennoch bist du nicht im Recht. Du hättest wissen müssen, dass dies nicht ohne einen Kampf zu schaffen wäre. Verteidigen die Menschen denn nicht ihren Nachwuchs

gegen Diebe? Würdest du deine Kinder nicht gegen Eindringlinge verteidigen?"

Die zarte Stimme der Frau in seinem Kopf bohrte sich wie ein Nagel in sein Herz. Selbst jetzt noch schlug ihm kein Hass von der Stimme entgegen. Nur die Trauer um ihren Verlust und ihr Versagen begleiteten ihre Worte. Er wusste nicht, was er antworten sollte. Seine Gedanken waren gefangen in einem Strudel wilder Gefühle, die ihn wegen der Schwere seiner Tat heimsuchten.

„Ihr habt Recht. Es war töricht auf einen kampflosen Erfolg zu hoffen und doch war mir keine andere Möglichkeit geblieben. Dieses Ei wird eine Allianz schmieden, die diese Welt vor Tod und Versklavung retten kann. Habgierige Mächte haben einen Blick auf dieses Land geworfen und sehnen sich danach, alle Wesen in dieser Welt zu unterjochen oder auszulöschen.

Euer Ei wird dabei helfen diese aufziehende Dunkelheit zurückzuhalten. Es wird dabei helfen das Leid nicht nur von den Menschen und den anderen Völker dieser Welt fernzuhalten, sondern schlussendlich auch die Freiheit der Drachen zu bewahren."

Angor wusste nicht, ob die sterbende Drachenmutter seinen Worten Glauben schenkte, doch er wusste, dass er aus der tiefen Überzeugung seines Herzens sprach. Wenn er sich bisher nicht diesem gemeinsamen Ziel von Seris und den Wardonen angeschlossen hatte, dann würde er ihm jetzt folgen, um dem Opfer dieses Wesens Ehre zu erweisen.

Die schweren Atemzüge des Drachens verrieten die schwindende Kraft ihres Körpers. *„Du hast gut gekämpft, Mensch Angor. Besser als all die anderen Abenteurer, die über die Jahre ihren Weg in mein Zuhause gefunden haben. Ich kann keine Lüge in deinem Geist finden und keine Falschheit an deiner Seele. Unser Kampf war voller Ehre und mein Tod wird meinem Jungen keine Schande bereiten."*

Die Stimme schwieg für einen Augenblick. Die Augen des Ritters richteten sich wieder auf den sterbenden Drachen. Die rote Lache, die seinen Körper umgab, wuchs immer langsamer.

„Ich spüre, wie die Kälte des Todes in meine Glieder kriecht. Ich werde sterben und mein Ei soll nicht alleine in dieser Welt zurückbleiben. Ich bitte dich, erfülle einem sterbenden Gegner einen letzten Wunsch. Wenn du schon mein Ei stehlen musst, dann lass nicht zu, dass es stirbt. Brüte es aus und ziehe mein Junges groß, wenn es geschlüpft ist. Sei ihm ein Vater und mache es zu einem stattlichen Drachen, auf den ich stolz sein kann. Lass es kämpfen für die Freiheit der Drachen, ganz wie du es gesagt hast. Lass es kämpfen für das Gute in dieser Welt, auf dass unnötiges Leid jenen erspart bleibt, die unter seinem Schutz stehen."

„Das werde ich, ich schwöre es!", entgegnete Angor sofort und spürte, wie das Feuer der Pflicht in seiner Brust brannte. Nichts würde ihn davon abhalten können diesen Schwur seiner Erfüllung zuzuführen. Die Ehre, die darin lag, von der Mutter zum Hüter ihrer Brut bestimmt zu werden, löste eine Welle des Stolzes im Herzen des Ritters aus.

„Wenn mein Junges dich danach fragt, sag ihm, seine Mutter hörte auf den Namen Ankura", rief die zunehmend ferner klingende Stimme der Drachenfrau.

Angor prägte sich diesen Namen ein. Niemals in seinem ganzen Leben würde er ihn mehr vergessen. Die Verbindung in seinem Kopf löste sich langsam auf und überließ ihn wieder der trüben Einsamkeit seiner eigenen Gedanken. Der letzte Atemzug des einst furchteinflößenden Drachen trieb dem Ritter Tränen in die Augen. Die Schuld, dieses Wesen getötet zu haben, wurde nur vom Gefühl der Ausweglosigkeit in Schach gehalten.

Die Zeit schien für ihn stillzustehen. Er wusste nicht, wie lange er mit dem Rücken an den Felsen gelehnt hatte, unfähig etwas anderes zu tun, als die reglosen Überreste des gefallenen Drachen anzustarren. Sein Kopf war leer. Keine klaren Gedanken mochten